U0535439

人民文学出版社

油树揃残兔

马平来 著

图书在版编目(CIP)数据

满树榆钱儿/马平来著.—北京:人民文学出版社,2010
ISBN 978-7-02-008355-8

Ⅰ.①满… Ⅱ.①马… Ⅲ.①长篇小说—中国—当代Ⅳ.①I247.5

中国版本图书馆 CIP 数据核字(2010)第 218894 号

责任编辑:付艳霞　　装帧设计:黄云香
责任校对:段志坚　　责任印制:李　博

人民文学出版社出版
http://www.rw-cn.com
北京市朝内大街 166 号　邮编:100705
北京天来印务有限公司印刷　新华书店经销
字数 578 千字　开本 680×1000 毫米　1/16　印张 39　插页 3
2011 年 4 月北京第 1 版　2012 年 7 月第 2 次印刷
印数:10001-15000
ISBN 978-7-02-008355-8　　定价 50.00 元

如有印装质量问题,请与本社图书销售中心调换。电话 01065233595

引　　文

　　这都是民国六年了,和皇上在位的时候比,除了头上没了辫子,铁狮子胡同里多了块民国政府的牌子,北京似乎并没有多大的变化。春天还是让关外那铺天盖地的西北风给刮来的,娇嫩的绿色中夹带着土黄,苍旧中又分明透出着鲜亮。什刹海冻的冰早化了,又成了招人爱的一汪水。草生了,柳绿了,过往的人脸上也多了点儿喜兴。

　　沿湖沿儿向东就是把后门大街隔成南北两段的后门桥。这桥打元大都时就有,几百年了。破是破了点,汉白玉的栏杆已经像老头儿嘴里残缺不全,满是黄垢的板儿牙。不过它没塌没倒,每天仍然载车驮人。远看拱起的桥身,还真像个驼背的倔老头儿生生撑立在那儿,让人看了不免有几分沧桑,几分感慨。

　　后门大街在北京不算条长街,一共也就二里多点儿。从后门桥往北,抬头就见高高的鼓楼,往南不远就是地安门。它和前门、天安门、午门、景山、鼓楼、钟楼共同连成了一条通贯北京城的中轴线。要说长安街是北京的脸面,那后门大街就活脱儿是北京的一条脊梁骨。

　　据说元大都时,北京是个水城。什刹海西边的积水潭,就是个水运码头。紧靠水边的后门大街就成了北京最热闹繁华的一条商业街。那阵儿船经后门桥,向东经东不压桥,与北河沿、南河沿和天安门前的金丝沟相连。再往南经天桥折向东,过红桥可直通五十里外的通慧河。到明代水源渐竭,到大清更是难寻穿城而过的水系,只留下中南海、北海、什刹海这几汪水,和若干不见水,可还叫桥的地名。

　　自打大清国把都城从奉天迁到北京,原先明京城的九门之内就成了只许旗人居住的内城。汉人大都给赶到前三门以外,另辟新城。据说这是摄政王多尔衮的主意,美其名曰"拱卫京师"。内城以紫禁城和后门大街为正中,东边是镶黄、正白、镶白、镶蓝四旗;西边是正黄、正红、镶红、正蓝四旗。北京的地势是西高于东,北高于南,当然以上风上水为贵。所以后门大街以西,一直到积水潭,这一片邻水的西北角儿就成了最金贵、皇亲国戚显贵宠臣最聚集的地界儿。

如今水少了,大清国也不在了,可后门桥还在,后门大街也仍然是京城的热闹所在。你看那街上熙熙攘攘,车水马龙,穿大褂的、着短衫的和洋鬼子、假洋鬼子混杂在一起;光头的、短发的和瓜皮帽下翘翘的猪尾巴小辫儿混杂在一起;驴车、骡车、硬胶皮的洋车、木轮的独轮推车和牵马、牵骆驼的混杂在一起;赶路的、逛街的和摇着软鼓收旧货的、敲着梆子卖香油的、颠着铁镰磨剪子抢菜刀的混杂在一起。似乎全北京的三教九流、各色人等,土的、洋的、穷的、富的、乡下的、城里的、过景的、时髦的都凑在了这里。您说算不算个全活?算不算个热闹?

五丈宽的路两边是一水儿的各色买卖店铺,门前飘着各种旗幡幌子。有"庆会堂"、"庆和堂"等饭庄,"通兴长"绸缎铺、"正氏兴"糕点铺、"山西大酒坊"、刻字带印刷的"墨香斋"、"天江茶园"、"清荣园"澡堂子……最引人注目的是"天和楼"戏园子。门口的戏报牌子上俨然一串戏名;《白水滩》、《古城会》、《武家坡》、《双摇会》、《法门寺》、《穆柯寨》……上面的角儿名气最大、最醒目的莫过青衣"小月蓉"。引得不少过客纷纷驻足,边嘻笑议论着,边忙着掏钱买票,猴急地往里蹿。那位拎着油瓶子进门的,甭问,保准是拿打油的钱买了戏票。回去怎么向老婆交差?这会儿顾不上了,谁让戏瘾来了呢。说来也奇怪,本来出自长江边上的西皮、二黄,一进了京,就被称作了京戏,竟让几代北京人如此痴迷。这大概就是京城的特性,像一块大洼地,来自各方的水都往这儿流,在这儿汇集。美的在这儿升华,丑的在这儿腐烂。什么是京味儿?其实就是个杂巴凑。可凑好了,就凑出个满汉全席,群英荟萃。凑不好兴许也能凑出个蛇鼠一窝,藏污纳垢。

从后门桥到鼓楼前,路西有条学士府胡同。不长,从东口到西口不过百丈有余。可挺宽,两辆马车对面,尽可以撒欢儿地跑。胡同正中路南有个大影壁,对面路北就是个三开间的大门楼,这就是鼎鼎大名的学士府。门前高高的台阶,两尊龇着牙的石狮子和朱漆大门上高悬的"学士府第"大匾,仍然可见当年的气派。

这学士府可不是等闲人家,是北京汉军旗里顶了尖的户,主家姓齐。据说他家老祖宗明末时曾在关外做参将,和总兵祖大寿一起降了后金。后来随清兵入关,与正黄镶黄二旗一起南下,克南京、平江浙,立下汗马军功。后来顺治爷削三藩,不放心汉人掌军权,去了他的军职,封了个山东盐海道的从三品文官。这可是个肥缺,管的是官盐。光正当的常例就是大把的银子往家流啊。在任上八年,老人家见好就收,就此告老辞官,回老家山东武城守着那千亩良田,满库金银偷着乐去了。可没想到乾隆年,宫中选秀竟选上了他家的女儿。进宫不几年就封了个"慧妃",齐家就此又从土财主成了皇亲显贵。"慧妃"娘娘的弟,皇上的小舅子以两榜进士出身,从翰林院编修一直官升至正一品的大学士兼礼部尚书,并加封一等子爵。这学士府就是乾隆爷钦赐的宅院,门上挂的大匾就是当时的御笔亲书。其规格自然超过一般大员的制式,虽比不了亲王郡王,可比贝勒贝子府毫不逊色。只是影壁和砖饰上不见满旗贵族常用的四爪龙形,而用狮兽代替。按大清的规矩,五爪为龙,只能皇上御用。四爪为蟒,亲王郡王贝勒贝子都可用。而齐家虽显赫,但毕竟是汉人外戚,多少也得有点区别。

以后齐家嘉庆年又出了一个"敏"妃,不过还没沾什么光,嘉庆皇上就暴崩在热河的避暑山庄。到光绪年,齐家才又一次冒了尖。在国子监苦熬了十几年的齐老爷,偶得慈禧老佛爷赏识,一步登天进了军机处,在当时六位军机大臣中占了一把交椅。没两年加封文华殿大学士,兼大阿哥的老师。只可惜给没嗣的光绪皇上续后的大阿哥实在不争气,在后宫闹出不少荒唐事,悄无声息地就被废了。后来等光绪帝驾崩后,只好立了醇亲王的幼子溥仪,称年号为宣统。不过齐大学士没见着这一天。八国联军打进京,老佛爷和光绪皇上以及满朝文武都溜了,他送走妻儿,自己却在家中独守。等日本兵进了府,才一扬脖服了鹤顶红。死也是正襟端坐,圆瞪着眼睛。

齐老爷死后,只留下老夫人和独子齐月轩。虽然无老爷在世时那么显赫,但虎死架子在。终归齐家出了两位皇妃,两朝大学士,称得起世代书香门第、官宦之家。再加上府上的家规森严，从未纳妾，八辈儿子嗣都是一脉单传，没人闹着分家分产，所以建了百余年，占了半条胡同的学士府才得以撑在那儿。别说一般老百姓，就是大清的贝勒贝子，这几年的民国新贵也不敢小视。这是明面上的理儿，其实齐家的长兴不败，还得念府上有几代杨姓的好管家。知内情的说学士府是齐家的骨头，杨家的肉，还真差不离。京城里一品大员多了，就是权相阁老也没齐家这谱儿，就有也没这么长久。靠俸禄能有多少？一品大员一年也不过一百八十两银子。就有些养廉银，再靠常例、靠孝敬，也就是当权的那一阵儿，还得防别人眼红奏你一本。官帽一丢，老爷一闭眼也就玩儿完。可齐家不同，几代杨管家都忠心耿耿，会掌家，善理财。打进北京，齐家就有买卖，后来发展到大大小小十几个。特别是光绪年后兴洋务，齐家买了整套的德国机器，办起了刻字带印刷的墨香斋，更开了财路。内务府虽有印刷厂，可架不住墨香斋机器好，又离宫里近，再加上齐家的面子，管家的手段和嘴，自然成了御用的生意。能愁没活干？没钱挣？虽然现在民国了，紫禁城里的小朝廷已没有多少公文可印，可给皇上印片子、请柬、宫门抄的招牌效应还是招人。

　　可惜齐家老夫人也不长寿，齐老爷走后几年也去了。临死时没把家业交给唯一的儿子，却托付给老杨管家之子杨志兴。他比齐月轩年长二十岁，齐大少爷也尊称个杨叔。这些年两人一直不温不火，却似乎貌合神离，有点暗里较劲。作为大少爷当不了家，却把大权旁落给已出了籍的外姓人，自然有些别扭。这是秃子长疮，明摆着的。至于两人心里还有什么更深的过节儿，府上的老人儿们虽有各种猜疑，可谁也说不准。只知道杨志兴的老婆叫秀兰，是府上剃头匠老刘的闺女，在少爷房里做过丫头。后来是老夫人做主，许给了和她爹岁数差不多，当时还在祖地管事的杨志兴。生下一女后，就偷着跑了，几年再无音讯。为此老刘急瞎了眼，一跺脚离了学士府，靠胡同口摆剃头挑子度日。一晃杨志兴的闺女都八岁了，当初让人嚼舌根的旧事也早就慢慢让人淡忘了。

　　得了，以前的陈芝麻烂谷子就不说了，内里的乱麻一时也缕不清。还是打这开始往后讲吧，这书中曲曲折折的故事大都离不开眼面前儿这条后门大街，这条胡同，这座学士府和府上这点子人。

第 一 章

　　学士府大门外不远有棵老榆树，有一搂多粗，几丈高。它有多大岁数，谁也说不清。不过府里头进院靠墙有块修府时立的石碑，上边除了记着乾隆爷赐府和齐家从宦、封妃的政绩，也说到当年建府址时是"老榆树以北为院墙，以西四丈建府门"。由此推算，这棵榆树起码也有两三百年了。虽是棵老树，它却一点儿不露衰相，依然枝繁叶茂。这不，春风一吹，满树就挂起了一串串、一簇簇的榆钱儿。

　　一个十一二岁的小子光着脚，攀在树上，灵巧得活像只猴子。一群穷孩子围在树底下，抢着拣他扔下的榆钱儿，边拣边还尖声稚气地念着童谣："榆树钱儿蒸饽饽，穷人见了乐呵呵。树上长钱不能花，填饱了肚子先不饿。"

　　这爬到树上的孩子叫望田，是老高高贵庚家的小子，他家也在旗，就住在学士府胡同路南的一条小巷里。那边的房和胡同两边的宅门可没法比，都低矮简陋，破旧不堪。据说这片房最初是修学士府时工匠住的工棚，之后越盖越多，成了当年内务府应差的工匠杂役们的住所。这些人无论原先是满人、蒙人、还是汉人，也无论干的是车夫、轿夫、奶妈子，只要进内务府应常差，伺候宫里府里的活就算随了旗，成了旗人。后来一提在旗，人们往往和贵族混淆。其实旗人中的主子是少之又少，大多是给旗主、营主侍应的旗奴。这些人是一人为奴，子孙为奴，得跟主子姓，几代后主子开恩才能还籍复姓，归自家的宗。按大清律，百姓有罪送衙门，依国法论处。旗人主子有罪送族堂、宗人府，按族规量裁。而奴才依的是家法，哪儿都甭送，罪大罪小，怎么处置就是主子一句话。好在大清国倒了，小皇上退了位,靠民国政府给银子维持,再也摆不起过去那排场。内务府遣散裁减了一大半,这里的人们也大都各自凭手艺谋生。最苦的是像高贵庚这样的主儿,军伍出身,不会养家的营生,只得推着粪车走家串户,以掏粪背道为业。现今这一条胡同里还是两重天,两层地。大胡同里住的都是爷,而小巷里住的是为这些爷效劳,也靠这些爷活的穷孙。人比人气死人,甭比。富有富的愁,穷也有穷的乐。你看,树上的望田多开心。不仅有收获的乐,还有给人的乐。穷的乐其实比富的乐容易得多。

月娥在学士府院里听到外面孩子们的喧闹,也按捺不住,抱着一个小笸箩,跑出府门。她是杨志兴杨管家的女儿,今年刚八岁。虽说不是小姐身份,生下不久就没了娘,可这偌大的学士府就她这么一个小孩儿,又生得俊俏伶俐,自然成了全府上下的心尖子。连齐大少爷也格外喜欢她,带她玩儿、逗她乐,成了齐月轩每天必修的功课。连她身上那缎子棉袍,脖子上挂的白玉葫芦都是少爷赏的。按规矩,大宅门里的孩子都是高墙围里圈大的,哪能和外边那些小胡同串子一起折腾啊?可孩子爱扎堆儿,那是天性。管了她几次,弄了个整天噘嘴掉眼泪,不忍,只得随她的兴儿。

月娥跑到树下,高举着笸箩仰面喊:"望田哥,我也要!我也要!"

高望田低头见是她,忙应着撅了个满是钱儿的小枝儿扔下。见她也学旁边孩子,用手撸下榆钱儿就往嘴里塞,忙说:"月娥,别生吃。拿回去洗干净蒸窝头。"

月娥却不在乎,边嚼着,咂吧着滋味儿,边喃喃自语:"嘿,甜的,挺好吃。"

没等望田再说什么,身边一个小小子搭了茬儿:"嗬,大管家的千金也吃这个?告诉你,我们穷人天生是草肚子,咋吃都没事。你是肉肚子,生吃准拉稀。"

"你才拉稀呐。"

"不信是不?大伙儿说我说得对不对?"

穷孩子们哄笑着纷纷应和:"对,对,一准儿拉稀。"

月娥不经逗,有些恼,伸手打去。小小子一闪身躲开,还顺手揪了揪月娥的小辫儿,逗得月娥更急,穷追不舍。可那小小子泥鳅似的在人群中钻来钻去,加上孩子们起着哄故意遮挡,哪里逮得着?气得月娥直跺脚,竟哭将起来。

树上的望田见了喊道:"她小,你们就不兴让她点儿?月娥,别哭,接着。"

一个满是钱儿的小枝准准地扔到月娥的小笸箩里,月娥才眨巴着泪眼笑了。

这时,从胡同东口走进几个人。两个乡下打扮的中年人在前,一个十七八岁挺虎实的小伙子搀着个着长衫的老先生在后。这老先生可有岁数了,长而稀的山羊胡已全白,脸已像风干的橘子,精瘦得只剩一层皮,只是那双深陷在眼窝里的小眼睛随意地一瞥一扫,竟显得格外有神。

几个人拦住个路人,像是打听什么,尔后径直走到学士府门前。

老先生仰头看看门上的大匾,微笑着点点头:"是了,就是这里。"说着,没让扶,自己迈上台阶。

门房闻声忙从屋里出来,见几个人想往门里迈,忙拦住:"哎,你们找谁呀?"

小伙子抢先答:"找学士府。"

门房噗嗤一笑:"学士府人多了,找谁呀?"

老先生上前欠欠身:"这位小哥,老朽姓张,从德州来。距贵府祖地不远,也算个乡亲吧。"一指小伙子,"这是我孙子张志诚,这两位都是同村乡亲,我们要见府上当家的主子,请您给通禀一声。"

"大少爷不在。"

"那府上的管家……"

"杨管家也不在。先回吧,过后您再来。"门房的话像俩月没烧的炕,透着冰凉。

张老先生还要说什么,可话还未出口,他孙子张志诚却早按捺不住,张嘴声儿就挺冲:"让我们回没那么容易,我们都让你们学士府给糊弄多少次了?这回大老远跑北京来,见不着你们当家的,让我们回?甭想!"

"嘿?!你这小子说话真不知深浅,"门房也有些恼,"你不头一次来学士府嘛,怎么叫糊弄你多少次了?告诉你,这也就是民国了,要是大清国那前儿,能容你这号儿的上这台阶儿?早给你一顿乱棒了。"

"你试试。"张志诚不示弱地挺了挺身。

门房一见忙向院里高喊："老李头,快来！"

话音刚落,看家护院的镖师老李头就带着俩手下,晃着膀子走出来："怎么着,是……你们几个想找不痛快？"

张志诚一点儿没怵,竖起浓眉正要发话,却被张老先生拉住。他上前一步,赔着笑脸："哎,大家都是乡亲,何必粗莽相向？我等不是来滋事的,只是想找你家主子讨个说法。好,好,不让进我们等就是了。"

说着,他让孙子搀着,转身坐在了台阶上。两个中年人也随着坐下。

门房刚见点睛的脸又阴了起来："嘿,嘿,有点眼力见儿没有？这是你们坐的地方吗？"

老李头也咋咋呼呼："起来！还不快起来？"

张老先生瞥了他们一眼,笑问："几位小哥,你们不让我们进府中就座,这里也坐不得,那难道让老朽这等年岁,一直站着不成？"

门房一时噎住,接着冷笑一声："老爷子,本来我真不是蒙您,你们要非这么较劲,您就坐吧。信不？我让你三天三夜也见不着人。"

张志诚听得火起,张老先生忙把他的手按住。

门房笑着又言："您几位要是不走,一会儿管街面儿的巡捕可就得来。您自己掂量啊……哼,要是大清国那前儿,就是跪,您也得跪到台阶底下去。"

这话刺得张老先生周身一抖,他愣了愣,猛然撑着拐棍站了起来,尽力挺直羸弱的身躯。

门房不觉倒退了一步,眼前这老头儿仍笑着,可眼神有点瘆人。

"这位小哥,我等不是来讨赏要饭的,而是来向你家主子讨债的。本来我体谅府上的身份颜面,没有明言,可你却三番五次逼我出口。我原以为学士府是书香门第,总是讲些道理的,可惜呀……"

话未说完,张老先生笑出声,直笑得门房一时犯了愣,老李头和两个手下也面面相觑。堂堂学士府这么大个家业,能让几个乡下人做了债主子？打死也不信呀。可听这老头儿口气也不像是信口开河。

"你不是言跪吗？"张老先生突然止住笑,脸变得严峻："我张某也是举人出身,大清时见官过堂也可不跪。今日为小哥这句话,老朽与你跪下,让邻里过客都看看。"

说着,他扑通一声跪在当地。张志诚和俩乡亲忙上前欲扶他起,他却吼道:"来,都跪下。让大家都看看,这就是学士府的待客之礼,诚信之道,仁厚家风!"

他的喊声惊动了过往的行人,连大榆树下的孩子们也都跑了过来,一片猜疑议论之声。

这下门房慌了,连忙边往起搀张老先生,边把话往回找:"老爷子,我真不是蒙您,少爷和杨管家真都不在。您赶紧起来,到屋里坐着等,行不?"

张老先生只淡淡一笑,却执拗地不起,四下的议论哄笑声更盛。

"哎哟,老爷子,"门房的声音带了哭腔,"求您了。要不,我给您跪下得了。"

说着还真就要跪,张老先生这才起了身,和孙子乡亲一起,随门房进了院。

说来这门房倒也没说假话,大少爷和杨管家的确都未在府里。此时,杨志兴正在墨香斋。虽然府上的各处买卖都有掌柜的打理,可杨志兴每月初都要听掌柜报账,平日也断不了巡视抽查。

初建墨香斋时,是以刻字为主,各种名章、闲章、买卖章都能刻。印刷只是附带,只能印些片子、请柬之类的小活。自从置办了一套德国设备,各种告示、招贴、戏报也都能印。北京最早的一些报馆,书社的报纸、书籍,也有不少是出自这里。后来借着地理和人际的优势,又从内务府抢过不少宫里的差事,更让墨香斋成了京城民间印刷的头一号。

这墨香斋是个坐西朝东的木质结构二层楼,门市正在后门大街最繁华的地段,楼后有门与学士府相通。门额上的镏金大匾是当年齐老爷亲笔所题,高台阶,大屋顶,朱漆彩绘,素瓦飞檐,很有些大买卖的气派。

账房里只有杨志兴和掌柜董福兴两个人,桌上摆着一摞账本。杨志兴坐在桌前翻着账,不时还扒拉几下算盘,一句话也没有。一旁立着的董福兴偷窥了一下他的脸色,有些忐忑不安。

杨志兴着一件半旧长衫,俩胳膊肘上都打着补丁,五十刚出头,可头发胡子已是白的多,黑的少。平时不苟言笑,两眉之间常拧起个疙瘩,挤出几道深深的抬头纹。辫子剪了,几乎及肩的头发披散在耳后,可前边半拉脑袋仍依前清的规矩刮得净光。看他这样,说有六十多没人不信。

　　董福兴正相反,天生一张娃娃脸,三十好几,有人叫爹的了,可猛一看,大苹果似的脸,笑眯眯的一双眼,倒真像个十八九岁的小学徒。他八岁进府,长得端正,人也机灵。小时给少爷做书童,大了做长随,当墨香斋掌柜的有三年了。您可别小看他,知根底的人都说他生得好,外表少相,内里老成,嘴上唱的是"红楼",肚子里装的可都是"三国"。

　　忽然,啪的一声,杨志兴把账本摔在桌上,不说话,只是两眼直勾勾地盯住董福兴。

　　董福兴扫了一眼摊开的账页,连忙说:"杨管家,这个月的应酬花销是稍多了点,不过笔笔都花在肯綮儿上。"

　　杨志兴哼了一声:"多了点儿?你好大的口气。一个月应酬出去几百块,哪儿那么多肯綮儿让你打点?你当掌柜才几天,敢跟我玩花活?"说着指着账本念,"二十四请浙江石商陈掌柜于天庆饭庄,用银二十元陆角整。"

　　"这……陈掌柜送石料来,您是知道的呀。"

　　"哼,老陈是二十五才到的京城,能头天晚上吃你的请?"

　　董福兴愣了愣,马上拍了拍前额:"嗨,您看我这脑子,记差了,应该是二十六。"

　　杨志兴淡淡一笑,神色平和了:"噢……这老陈可是出了名的嘴馋,没弄点儿熊掌、鱼翅的给他尝尝?"

　　"没敢,再说他那土包子也就喜欢个大鱼大肉的。"

　　杨志兴忽又板起脸:"光点子家常菜,凭什么花二十块大洋?今儿晚上我请你,还天庆饭庄,不上山珍海味,家常菜随你点,看你怎么花这二十块?"

　　董福兴一时噎住,无话答,头低下了。

　　也难怪,当时京城一石米不过两块多钱。一个月能挣十块八块的,就足够养一家人了。

　　杨志兴看着他,也不吱声,半响,只用手指敲了敲桌子,意思是让他自己说。

董福兴犹豫片刻,才嗫嚅着说:"杨管家,这应酬账上,是……有些虚账,可我也没辙呀,大少爷的零用月份儿哪个月也不够花,动不动就来柜上支。我又怕您发火,只得出此下策,虚记些应酬,好做平了账。"

杨志兴真火了,一拍桌子站了起来:"这样的话你也说得出口?这样的事你也敢做?你不是不知道府上的规矩,就是老爷、老夫人在的时候也没直接从柜上支过钱。事后你还瞒天过海,变着法儿做假账蒙我。什么没辙?你是巴不得少爷天天来要钱,好拍主子的马屁,也好浑水摸鱼。现在是民国了,你也出籍了,不能按家法抽你鞭子、打你板子,可我让你卷铺盖走人,还用不着少爷点头。"

"杨管家,您……"董福兴真慌了,红润的脸变得煞白,"您就饶我这一次吧,我打小就跟少爷,一时抹不开面儿。"说着,掏出个小本递上,"这儿都记得清楚,我可是一分一厘也不敢沾呐。"

"我不看,别又拿假的糊弄我。"

"您可以找少爷核对核对呀。"

"哼,少爷是花钱有数的主儿吗?"

"那……那我可跳黄河也洗不清了。"

"要想清楚,就别干这不清楚的事。"

董福兴还想解释,可空张了张嘴,什么话也没说出来,憋得眼泪都快下来了。

这时,老李头匆匆走进来,在杨志兴耳边低语几句,甭问一定是讲有人来讨债的事。听得杨志兴又惊又疑,连忙站起来随他向外走。走出门又回身找补了一句:"福兴,这事可没完,过后我再找你。"

董福兴躬送他走远,才松了口气。朝着他的背影,嘴巴张合了几下,虽没出声,可看他的口形和咬牙切齿的样子,甭问,准是句骂人的脏话。

不一会儿,杨志兴就到了西跨院的厅屋,与张老先生一行人见了面,稍作寒暄,就话入正题。

"老先生,"杨志兴问,"听说您几位是为讨债而来?"

"正是。"

"我们从来没见过,这债不知是何债?"

"粮款。贵府去年收秋粮时,只付了一半,尚欠我村七十六户共一万六千七百斤的粮款。"

杨志兴愣了愣,马上又一笑:"不会。我学士府祖地有的是粮,又从不做粮食买卖,收粮做什么?是不是您弄错了?"

张老先生从怀中掏出一摞欠据:"空口无凭,有据为证。"

杨志兴接过欠据,翻看了几张。上面都写着:北京通顺粮行为山东督军筹买军粮,收某某小麦若干斤,每斤若干钱。粮款暂付一半,两月内付清余款。签据者都是沈鸿。

杨志兴隐约有些明白了,心中有了几分底。他赔笑道:"老先生,这里写明是通顺粮行,签的是沈鸿的名号,收粮之事实在不是学士府所为呀。"

张老先生还欲说什么,话未出口被孙子张志诚抢了先:"那沈家老二沈鸿、老三沈鹏不是你府上的奴才?"

"不错,沈家两兄弟都曾是府上的包衣。老二沈鸿在祖地任过库管,老三沈鹏在京城西山看过坟,也做过府上的护院。不过,宣统二年他们就出了籍,复了姓,离了学士府,早已不是府上的人。若不信,我可以拿户籍册给几位看。"

张老先生忙又问:"那……通顺粮行不是学士府的买卖?"

"不是。"杨志兴的回答非常肯定。见几人将信将疑,连忙说,"诸位如不信,可到衙门去查,找邻里去问。我学士府大大小小十三家店铺,绸缎、百货、日杂、山货都有,只是没有粮行。"

几个人都呆愣住,半晌无言。

原来去年收粮时,沈家的确打着学士府的旗号。因齐家祖地武城离他们沈刘庄不远,又知道同村的沈家兄弟是学士府的人,乡亲们才轻信其言。后来虽多次找沈家要钱,却总是推三阻四,一拖就是半年多。今年又逢大旱,种下的地大都不出苗。许多家拿口粮当种子补种,已是无粮下锅。出于无奈,才推举教私塾的张老先生来北京找学士府讨个说法。没想到是野鬼充阎王,让他们找错了庙,更认错了神。

张老先生苦笑着摇摇头,长吁口气,扶着椅掌儿颤巍巍地站起:"如此说,也怪不得府上……我等告辞了,恕老朽多有得罪。"说着,就颓然地往外走,张志诚和两位乡亲也忙跟随。

"等等,诸位留步。"杨志兴追上两步。

几个人停住,有些诧异。

杨志兴笑笑:"老先生,我还有话说。诸位乡亲为什么敢赊粮给沈家?也是冲我学士府的面儿,信得过学士府的信义。这回进京让您空手而归,实在于心不忍。我给您写封信,回去后您派人到我家祖地去一趟,从那儿先拨点儿粮给你们救急。您看怎么样?"

几个人都呆呆地望着,不知所措。

张老先生深深点了点头,眼里有些湿润,突然他撩起长衫下摆,又要跪下。

杨志兴抢先搀住:"老先生,您这是干什么?我可当不起。"

"当得,当得。方才我在府门前也曾一跪,只是为气,现在要跪,那是为敬。杨管家,您放心,回到家中,我定书写百份千份告示,广告街里乡邻,还贵府仁德之名。"

"那您得受我一拜了。"杨志兴笑出了声。

话虽说了,可两人互相搀扶着,谁也没让对方跪下。

张老先生拿了信,一刻也不愿耽搁,匆匆告别。杨志兴知道此事人命关天,也不挽留,赶紧让马号套了辆车,送他们到永定门。那儿往德州方向的马车很多,有专门拉客的,也有拉货返回捎个顺脚的。看他们上了车,直到看不见车影,杨志兴的心才踏实下来,脸上也有了点笑模样。

"爹!"月娥捧着盛满榆钱儿的小笸箩跑到他身前,"爹,您看,我拣了这么多榆钱儿。望田哥说蒸窝头好吃,今儿晚上就吃,好吗?"

杨志兴见她认真的样子,笑出了声。想想,也难怪,长这么大都是大米饭、白面馍喂着,连棒子面她都不知道是什么滋味儿,能不把榆钱儿当个稀罕物?

"行不行?"月娥有点急。

"行,一会儿就让张妈给你蒸。"杨志兴边应着,边抓起一撮榆钱儿塞到嘴里嚼着、品着,"呵呵,我可也有日子没吃这口儿啦,这可是老天爷给穷人的赏物。"

月娥眨眨眼,似乎没听懂。

杨志兴却忽然来了兴致,一声喊,把望田和一群孩子都招拢了过来。他捋着胡子,笑眯着眼问:"你们都知道这榆钱儿好吃,哪个知道这榆树为什么长榆钱儿?"

孩子们面面相觑,谁也答不出。

高望田挠头憨笑着:"杨叔,那您说这是咋回事?"

"这里可有个故事,我也是听我爹讲的。"杨志兴停顿了一下,拉着长音继续说,"相传呐,这榆树原先也只生芽长叶,不长钱儿。到明朝,朱棣皇上移都北京,要重修北京城。可哪来那么多钱呢?得,朝廷就下了旨了,让每家每户交铜钱五吊。穷人饭都吃不饱,哪交得起呀?可不交,就得抓去蹲监、服苦役。老天爷知道了,发了慈悲,一夜之间,让城里的榆树上都长出了一串串的铜钱。人们全乐疯了,都跑到街上,爬到树上摘铜钱。你也争,他也抢,弄得枝也断了,树也倒了。皇上也知道了,让大官带着好多兵赶来。说普天之下莫非皇土,树上的钱也是皇上的。可这些钱一运进紫禁城里,一转眼就成假的了。打那以后,榆树上再也没长过真钱。为什么?老天爷生气了。气这世上的人太贪,就知道争啊抢啊,一点不仁义。要是树上长真钱,不得天天出人命?连树都活不成啊。所以,从那以后每年这时候,榆树就只长些榆钱儿给穷人填肚子了。"

故事讲完了,孩子们一阵哄笑,只有高望田没乐,似乎琢磨着什么。半晌,他叹了口气:"哎,要都不贪心,树上长了真钱大家分、大家花有多好。"

又是一阵笑声,连杨志兴也笑得和孩子们一样开心,可没笑了几声却突然收住,盯住了高望田,长舒口气叹道:"哎,这世上难得榆树这样的傻树,更难得做个傻人呐。"

第 二 章

晌午饭刚过,天和楼戏园子的下午场已经开锣。上座不错,可旁边胡同里车却没几辆。也难怪,但凡有点名的角儿是绝不白天唱的,有身份的客官自然也不会来。可今儿个学士府齐大少爷却来了,那辆讲究的骡车停在路边真挺打眼。他可不是来看戏的,而是刚和小月蓉在饭庄吃了个酒足饭饱,进了戏园子后台。叫上琴师鼓师,让名角儿陪着唱几段,过过戏瘾。

齐月轩进戏园子票戏去了,车夫郑子闲得没事,又收拾鼓捣那挂车。这车是老爷在世时置办的,很是讲究。从车辕到车梢是整根的榆木,车篷是红木骨、雕花围、绿呢顶,棉帘外又罩着湘绣的窗帘车帘。红色的流苏配着鎦金的帐钩,车前悬着个大葫芦,车后还飘着两条狐尾。车轴、轮子是新换的西洋件,蒙的是东洋的胶皮带。五岁口的西口骡高大精壮,鬃齐毛亮,配镶着彩色琉璃的银鞍。肚带胸围上也挂着银饰,顶上还翘着个带绒球的太子冠。它前胸那挂铃铛是端王爷送的,上好的响铜,宫制的手艺,一般的哪有这么好听、这么纯正的声啊。不过,车好也得靠人收拾,车把式讲究的就是个手勤。擦得锃光瓦亮,修得严实顺溜,整得大气体面,跑在街上,停在路边,不只长主子的脸,也有把式的面儿。

"哟嗬,又收拾上了。"有人打招呼,郑子抬头看去,是老张。

"噢,是老张啊,你怎么来了?"

老张没吱声,只坏笑着扬了扬手里的鸟笼。

郑子顺手撩开笼罩,里面是一只鹩哥,见亮就叫了一声:"少爷吉祥。"喜得郑子笑骂了一句。

老张忙掩上帘,有点发急:"你小子就是手欠嘴贱,这鸟要跟你学了脏口,就不值钱了。"

"嗨,不就一鹩哥嘛,值不了三五块的。"郑子不以为然。

"三五块?"老张笑了:"您可真敢随口哩哏唠。告诉你吧,这只鹩哥会一百多句话,能学几十种鸟叫。昨儿少爷一眼就看上了,主家还不愿卖,今儿我好说歹说才买到手,花了这个数……"老张伸出一个手指。

"十块?"

"一百块!"

郑子惊得张大着嘴,半天没合上。老张见了噗嗤笑了出声,径自走向戏园门。门口把场的都认识,忙点头哈腰地把他让进去了。

老张可是学士府的老人儿了,比杨志兴也只小个七八岁。打他爷爷那辈儿就在府上侍应,是专门的虫把式,只伺候主子稀罕的蛐蛐儿、蝈蝈儿、油葫芦。这些年府上裁了好几次人,后花园这摊儿只留下他和俩花匠。没辙,才只好连养鸟也兼了。老张论养虫那是一顶一的好手,经他一调教,不开牙的废物都能成猛虫。可论养鸟也就是个将就。好在养鸟只要不斗鸡、斗鹌鹑,不架雕鹰围猎,光听个叫、放个飞,手艺高低很难有个准尺寸。不像斗蛐蛐儿,放进斗盆立马见输赢。再说越是大宅门的主子越好糊弄。不信你到后海边或茶馆里看看,那提笼架鸟,聊起鸟经一套一套的,不是靠点儿俸禄凑合过的穷旗人,就是宅门里的管事、听差、鸟把式。正经主子论玩鸟大都是棒槌,齐大少爷也不例外。这可是老张私下闲聊透的底,要是让少爷知道,那可不得了。

到后台得穿过前场,这阵台上正演着《打店》,一武生一武旦正打得热闹。台底下扔手巾板儿的茶房更能折腾,边吆喝着,边一个"苏秦背剑",又一招"张飞蹁马",热手巾楼上楼下,前后翻飞。下午场看戏的斯文人少,笑声、叫声、聊天声、骂街声混在一起,比台上声还大。

顺台前小门撩帘进,就是后台。这里也不消停,催场的急着、喊着;等场的聊着、笑着;管箱的忙着叠熨着素衫、锦袍、小衣、水袖;梳头的忙着给人贴片子、插头面、扎头、戴花。一溜梳妆镜前,旦角抹着口红,生角描着剑眉,净角勾着脸,丑角涂着豆腐块儿。都忙着,可还说着、逗着、哼着、乐着,哪儿都嗅得到戏班儿特有的这股味儿。

老张走到一个单间前,里面传来唱戏声。撩帘偷窥,正是齐大少爷和男旦小月蓉,屋犄角坐着伴奏的琴师鼓师。虽说是玩,还真格真令挺认真。虽不是着装彩唱,可带着表情、带着身段,一点不含糊。

老张没敢进,怕扫了少爷的兴,只好靠墙一蹲等着,歇歇腿、喘喘气,也听少主子侍候咱一段儿。

这齐大少爷叫齐月轩,小时曾在西山的爱新觉罗子弟学校伴贝勒、贝子读过书,十五岁就中了文举。琴棋书画,诗词歌赋无所不通,更写得一笔好字,是京城有名的才子。光绪皇上变法维新时,广开言路。他年少气盛,跟着康梁新党,三天一进折,五天一奏疏,也出了些风头。没想到慈禧老佛爷翻了脸,把皇上囚在了瀛台,变法强国成了南柯一梦。要不是因他年幼,又看在他爹的面儿上,没准还真吃了瓜落儿。打那以后,他就变了个活法儿,天底下有的没有不好的,整天就是一个玩儿。老爷、老夫人在世时,他还收敛点儿,可也没少挨家法。现在齐府上下他为大,谁还管得了?出门就是茶馆、饭庄、戏园子,回家就是赏花、观鱼、逗鸟、玩虫。有时也聚几个朋友谈诗论字,不过是些帮闲吃白食的,胡乱夸上一通,好赚他请酒做东。好在整个家业没交到他手上,全是老管家杨志兴经营掌管,每月只给他五百块零用。可管有管的招儿,花有花的法儿。学士府大大小小十几家店呐,没钱他就偷着从店里柜上支。为这杨管家没少跟他翻车,也因此换了好几个掌柜的。

说来也怪,齐月轩快近而立之年了,人虽不比宋玉潘安,倒也眉清目秀,气度不凡,却还是光棍一条。老夫人在时曾给他娶过亲,女家大他三岁,门当户对,是户部侍郎明端的千金。不知是女家无福,还是男方犯克,老夫人丧事刚完,她就流产血崩,年纪轻轻的竟也去了。此后,多少人提亲保媒,齐月轩就是不思婚娶。说他有毛病吧,可他也时不时地偷着去八大胡同找乐。说他没毛病吧,怎么就不名正言顺地娶个老婆,非一个人钻冷被窝呢?难怪有人把男旦小月蓉也扯上,戏言齐月轩不好女色美,却喜后庭花。嗨,这人一反常,就少不了传些闲言碎语。加上北京专门有这么一号人,吃您的、喝您的、打着饱嗝、喷着酒气,边拿牙签剔着牙,边还忘不了背后糟改您。

屋里面的唱停了,老张忙撩帘进。没想到还是进早了,刚唱完又聊上了。得,一边儿立着吧,还好谁也没注意。

"月蓉,刚才我这段'武家坡'唱得如何?"齐月轩问。

小月蓉欲言又止,好像在琢磨着合适的词。

齐月轩有点发急:"嗨,说呀,不就是个玩儿嘛,有什么大不了的?"

没等小月蓉话出口,琴师先搭了腔:"好,唱得好。满宫满调,您还真有个好嗓子。"

鼓师也忙插话:"齐少爷,嗓子是天生的,唱功可是练出来的。不是奉承您,您这几段真是有板有眼,尺寸都对,气口吐字还真像杨月楼杨老板的味儿。"

"过奖,过奖。"齐月轩虽嘴上谦虚,却笑出几分得意,"别说,您耳朵还真贼,我小时还真是请杨老板开的蒙。文的学的《武家坡》,武的学的《挑滑车》。只是他死得太早,哎,真可惜了啦……"他的话未完,却瞟到小月蓉在偷笑,忙说:"月蓉,还是你这个大老板给我说说。"

小月蓉自觉不妥,边递上块毛巾,边又一笑。本来就俊俏的脸更有了点女性的媚:"嗨,隔行如隔山,我一唱旦角的哪能给您说戏呀。刚才二位不都说了嘛,不错。就是……身上稍许差那么一丁点儿,缺点儿刚劲、挺劲。您要演个《借箭》里的鲁肃倒还罢了,这薛平贵大小不也是个将军嘛,还真不能差这点儿劲。"说着向齐月轩偷瞟一眼,忙话锋一转,"过两天,我让我师哥教您出《夜奔》。您只要醒过这昧儿来,别说玩票,就是下海挑梁唱大轴儿都没问题。"

这几句,让原本有点堵的齐月轩又笑出了声,连声称谢。

老张这才上前:"少爷,这鸟我给您买下了。"

齐月轩高兴地连声叫好,马上揭下笼罩:"来,都看看,这可是只好鸟啊。"说着凑近鸟笼,"来,说一句。"

笼中的鹩哥只是张望,半响一声不吭。

老张连忙接过鸟笼,向鹩哥拉着长音:"少爷吉祥……恭喜发财……您好……"但无论他怎么说,鹩哥就是不理睬。

齐月轩有些尴尬,轻叹一声:"今儿早上说得还挺好的,怎么就一句不说了呢?"

老张突然一拍大腿:"嗨,全怪我,怎么把这碴儿给忘了?就不该带它来戏园子啊,这地方人多声杂,八成是惊着了。哎,这儿哪是好鸟待的地儿呀!"

齐月轩闻言也不禁点点头,突然眼一睖,把脸沉了下来:"嘿,老张,你这话什么意思?你敢拐着弯儿骂我?!"

"哎哟,少爷,我哪敢呐?就随口一句话,您,您千万可别往歪里想……"

"我往歪里想?"齐月轩气更大了,"我为买这只鸟,从墨香斋支了点钱,鸟还没见着,杨叔就知道了,兴师问罪,吓得福兴来求我出面,一准儿是你给我使的眼药。我今儿明摆着告诉你,学士府姓齐,还没姓了杨!"

"少爷,这可是冤枉呀。您借我俩胆儿,我也不敢呐。"

齐月轩哪听得进,狠狠哼了一声:"我这还算个少爷?整个儿一摆设。连这么只鸟也来臊我……"他越说越气,举起鸟笼就要摔。

老张慌忙拦住,小月蓉也边拉边劝:"少爷,摔不得,您别生气,别生气。"

齐月轩的脾气一上来,哪里劝得住,眼看鸟笼就要砸下去,笼里的鹩哥却开了腔:"别生气,别生气。"

听鹩哥一叫,齐月轩的脸立刻从阴转晴。这鸟好像通人性,一叫就没完,连珠炮似的说着哄人的话,把齐月轩逗得眉开眼笑,满肚子怒气一下子被抛到了九霄云外。

御刀刘今天出摊儿了,剃头挑子仍摆在老地方,学士府胡同东口。到底是在旗的,祖上伺候过皇上,在学士府待了半辈子的主儿,就是落到沿街剃头,也不掉价。别说,老辈儿传下来的那套物件还真是地道,木架、木凳全是红木彩绘,炭炉、水桶、脸盆都是紫铜的。再配着竿上飘的写着"御刀刘"三个字的幌旗,眼睛一瞟就知道不同一般。别个剃头匠大都是短打扮,为的是干活利索。他却着长衫,挺着胸脯,晃着膀子,怀里还揣着个过冬的蝈蝈,带着七个不服、八个不忿的那股劲儿。要不是手里拨着铁铮子,旁边摆着家伙什儿,那谱儿倒像是哪个店铺里的掌柜,宅门里的管事。凡知根底的人倒也都谅解,人混到什么都没了的时候,不就靠着这点面儿撑着嘛。

九年前,她女儿秀兰让老夫人许给了杨志兴,本来论兄弟的,成了他女婿。可秀兰生下月娥刚满月,就从祖地跑了,从此无音讯。他气瞎了眼,离了学士府,这才挑上这剃头挑子。凭他的手艺,摸着黑儿,活儿也一样漂亮。可心灰了,哪还有奔的劲儿呐?酒是越喝越多,又沾上了大烟,出摊也是三天打鱼两天晒网。刮风下雨不出,有酒席饭局不出,兜里有钱还不出。女婿给钱,他自觉没脸要,一次都没收过。好在少爷还惦记他,常让人送些钱粮,接主子的赏,当然长脸不栽面。要不,他也撑不到今天。

御刀刘手中的铁铮子刚拨了几下,从鼓楼那边走来两个牵马的人,在不远处停下。

这是两个小伙子,前边那位有二十五六,着皮袍罩马褂,一顶旱獭高帽。个子不高,身板也挺单薄,但有股子帅气。脸面儿更生得好,挑眉凤眼,直鼻朱唇。三国里说吕布、赵云如何俊,谁见着过?可这位年轻人,那可是实实在在的能让人眼前一亮。后面那个生得魁梧,也就十七八岁。青色棉衣外罩白硪皮坎儿,绑着腿束着腰,眉毛眼虽也端正,只是生得粗了点,脸黑皮糙满脸大疙瘩,显得有些蛮。甭问,看穿戴就知这二人准是关外来的北佬儿。

年长的小伙儿先停了步,盯住御刀刘直犯愣。

御刀刘眼瞎,可耳朵极灵,听得人行马蹄声在近前停住,忙转脸招呼:"二位,想刮脸,还是剃头?"

年长的小伙儿没吱声,只是吁了口长气,眼里竟有点湿润。

御刀刘咧嘴一笑:"客官,听您叹气八成是为我这睁眼瞎。不过您放一百个心,我眼瞎,这御刀刘仨字可不是瞎吹的。甭说给您刮个口,就是有一根刮不净的,您就可着劲儿扇我一大嘴巴。怎么着,谁先来?"

年长的小伙儿轻声叫了声:"七子。"

年轻小伙忙凑过来:"当家的,您……"

当家的在他耳边低语几句,把一个小钱袋塞到他手上。

七子不解地眨眨眼,但没敢再问,把缰绳递过,径直走到剃头摊前,在木凳上坐下。当家的自己牵着两匹马向卖酸梅汤的摊子走去。

"老爷子,您给我剃剃头、刮刮脸。"

"得了,您睛好吧。"御刀刘应着,麻利地抽出搭布一抖一翻,给七子围好。转身拧了条热毛巾,给他敷在头上,问:"您是用一般的刀刮,还是请御刀?"

七子不解:"我只听说过去有御刀侍卫,您这剃头的也敢称御刀?"

"那当然。"御刀刘一提御刀来了兴致,嗓门也高了许多,"您这外地人哪知道这个呀,过去御前有三把刀,佩刀、菜刀、剃头刀。我爹伺候皇上的剃头刀可是头一把。"

"那……为什么呀?"

"那还用问,天底下只有这剃头刀敢在真龙天子头上剃发刮须。除了它,谁敢?"

七子被逗得笑出声:"得,您就给我用御刀,咱也尝尝刮过龙须的刀是啥滋味儿。"

御刀刘边搅着肥皂水,边又说:"请御刀可贵点,全活儿一般刀五大枚,御刀可得十大枚。不过,我给您用的是东洋胰子,您闻闻,喷儿香,刮起来溜溜儿的,舒坦。"

"行,您赶紧吧。"

御刀刘这才应着,从抽屉里请出那把刻有宫制字样的御刀,展示他祖传的手艺。

这阵儿,那当家的早把马拴在电线杆上,坐在小摊前一边品着酸梅汤和甜杏干,一边和卖货的老头闲聊。尽管兜着圈子问话,可怎么绕,话题也没离开这学士府。那老头儿就住这胡同,又挺健谈,放下手中敲的冰盏,自是有问有答。

"哎,大爷,听说这学士府有个叫杨志兴的,还在吗?"

"在,他早就当大管家了,这么大个家业全靠他支撑。那可是个能人,也是个好人。"

"听说他有个女儿……"

"是,他女儿叫月娥,有八九岁了,长得可水灵啦。哎,从小没娘的孩子怪可怜的,听说她娘是撇下孩子大人私奔了。"老头儿说着压低嗓门,"就是那剃头匠的闺女。这娘们儿心可够狠的,不是东西。"

听着老头儿的话,那当家的白皙的脸一下涨红了。想说什么又咽了回去,只灌了一大口酸梅汤。半晌又问:"府上那齐大少爷……娶儿房了?"

老头儿笑了:"还几房?一房也没有。"

"他就没再娶?"

"没有。"

"为什么?"

"我知道为什么呀。老话讲侯门深似海,我这样的能探到底?不过我琢磨着,凭人家的人品,凭人家的身份,怎么这也得过筛子似的挑啊。挑模样,挑秉性,更得挑门当户对。"

当家的一旁轻轻哼了一声,把空碗推过:"您……给我来碗加冰的。"

"这刚开春您就喝冰的?"

"我有火!"

"您有火,我哪找冰去呀?要不,在水盆里给您镇镇?"

当家的只嗯了一下,未做声。老头儿边盛了碗酸梅汤镇在水盆里,边心里有点犯嘀咕。

这时,御刀刘已经完了活儿,给七子解下了围布,递上面镜子:"得,您瞅瞅,怎么样?"

"真不赖,行,您不愧称御刀刘。"

"那是,得,赔您的赏。"

七子站起身,掏出小钱袋塞到他手上:"收好,都是您的。"

御刀刘掂掂钱袋,一惊,忙说:"这位爷,我只收十大枚,剩下的您拿回去。我也是在旗的,您别臊我。"

七子笑笑:"老爷子,这钱不是我给的,是有人托我交给您,还给您捎了句话。我可一个字没多,一个字没少,您听好:老帮子,回家歇着去,饿不死你!"

御刀刘听了立马火冒三丈,跳着脚大骂:"臭嘎嘣儿的,跟老子这儿显阔,有他妈俩糟钱儿你烧得慌?拿走!敢管我叫老帮子,我操你八辈儿祖宗!"

任凭他骂,七子也没还嘴,径自走向拴马的电线杆。

那当家的也站起,把一块大洋拍在桌上,说了声"甭找"就要走。

摆摊的老头儿迟疑地问:"这位爷,您是学士府的……"

当家的冷笑一声,边走边只答了两个字:"仇人!"说着,与七子牵着马扬长而去。老头儿拾起那银元,战兢兢的样子倒像捧着个冒着烟的炸弹。

剃头挑子前,御刀刘还在扯着脖子骂,见没人理,气得扬起钱袋就要扔。突然,他似大梦初醒般呆愣住。举起的手慢慢垂下,两只瞎眼不断眨着,脸上的肌肉都微微抽动着,嘴里喃喃叨念:"老帮子……老帮子?!是……秀兰?!"一时他老泪纵横,瘫在地上号出了声:"是她,是他妈这个臭丫头!"

御刀刘想得不差,那位当家的正是他的闺女秀兰。打小她就没叫过一声爹,就是叫他老帮子。想起来,御刀刘心里就抱屈。秀兰五岁那年,他拿给老婆抓药的钱下了酒馆,第二天早上回家,老婆的身子都挺了。他觉得这辈子对不起的是老婆,可对闺女是一百一。可他糊涂啊,闺女是她妈身上掉下的肉,你让她那么小就没了妈,她能不怨恨你一辈子?不活该叫你老帮子?

秀兰六岁就进了学士府,起初做粗使丫头。她生得俊俏,干活麻利,就是个倔种,打死不拧弯儿。又是个爽性子,私下里敢说敢笑,全不顾规矩。十四岁那年少爷打觉罗学①毕业,回府上住。给他挑的丫头他一个不要,硬是磨着老杨管家把秀兰从大厨房拨到他那儿,没几天,就升了内房侍应。说怪也不怪,论她的模样,整个学士府也找不出第二个;论她的性格,寻遍府上老少更是唯一。眼前都是些低头哈腰的,碰上个敢扬头笑的,也还真难得。说不怪也怪,少爷和她没一天不吵不闹。可好了吵,吵了好,倒令少爷文思大进,中了举人,让几次要给儿子换丫头的老夫人也无话可说。

戊戌那年,齐少爷追随新党,出了些风头。变法失败后,老爷和老夫人怕有不测,让他带几个仆人、丫头躲到白云观里,住了好一阵,等风声过去才回府。没想到一回来,少爷就说要成婚,竟要娶秀兰。大宅门里主子和丫头有染,也不算什么大不了的丑事。可要娶个丫头为妻,就丢不起那

---

① "爱新觉罗学校"的简称。

人。私下让稳婆一验,秀兰竟有了身孕,这别说少爷不知,连秀兰自己也浑然不晓。无奈老夫人劝通了老爷,想让秀兰住到外边,不娶不嫁,不言不语做个外家。御刀刘自然答应,可秀兰不干,非要个名分,吹吹打打坐花轿。一气之下,老夫人把少爷关在后花园,把秀兰硬许给了老杨管家的儿子,在祖地管事的老光棍杨志兴。不干?绑着往花车里一塞,一天一夜就到了武城,入了洞房,哪容你不干呐。后来,秀兰生下个女儿,从祖地私逃回京。可齐家已经给少爷成了家,娶了一个门当户对的媳妇。见不着少爷,连大门都不敢进。绝望中秀兰一横心,夜里在府门前的老榆树上系了根绳。宁愿死,也不愿苟活,豁出死,也要让学士府丢人现眼。可偏偏老天爷不收,这才有了后来女扮男装,隐名埋姓,闯荡江湖的八年。今天,她挺着胸脯又回来了,也有了一个响亮的名字——"一枝花"。

第 三 章

齐月轩玩了个尽兴,才打道回府,拎着鸟笼刚进前院,就碰上月娥。小孩子一见稀罕物,忙追着要看。

"别急,别急,进屋再看。"齐月轩边说边拉着月娥进了他住的二进院,直奔正房。

这学士府正院是个三进的大四合院。一进大门是一溜南屋的前院,两边有月亮门通东西跨院,正中穿过暖阁是当家主子住的二进院。院内正房五间,两边还各有一间相通的耳房,高台阶,朱漆柱,前廊足有丈二进深,边上有垂花门和东西厢房的抄手游廊相通。院内有石板铺的甬道,一架偌大的藤萝盘在架上,把院中遮个严实。西边另有一小门,与屋后的花园相通。过去,二进院以内包括东西跨院是府上内院,除了主子、管家和内房里的丫头,一般下人不叫是轻易不敢进的,保镖、跟班、门房都只住前院。除了这正院外,东西还另套着四个小院。围墙高的是库院,飘着香的是厨院,常传出喧闹声和汗馊脚臭味儿的是粗使下人住的仆院。最边上是车马院,后门通府里,大门临胡同,府上的几挂车,十几头牲口都供在那儿。院和院之间大都有游廊相连,下多大雨也头上不湿,脚下不泥。都说北京的四合院住得舒坦、敞亮,像学士府这样的大宅子,就得再加上讲究、气派这四个字了。

齐月轩领月娥进了正房,把鸟笼放在茶几上。正在里屋收拾的小丫头忙迎出来,欲帮他宽衣。不料他摆摆手:"不用。去吧,去吧,这鸟怕人多,不叫就麻烦了。"

小丫头笑着退了出去,并没下台阶,只在门外候着,一是怕少爷招呼,二也想看个新鲜。

这正房厅屋是连着的三间大北房,东边是卧室,西边是书房,都有硬木雕花隔断。朝南一面都是镂格大窗,真是豁亮。屋里的家具都是一水儿红木。正中的条案上,摆着明青花的梅瓶,元白瓷的耳罐,紫檀的四扇屏风和宫廷式的西洋座钟。横梁上悬一块写着"有德堂"的大匾,下挂一幅山水中堂,两边是一隶书对联,上写:"存天地正气,传尧舜古风"。案前一张八仙桌,两把太师椅。两厢对称摆着几张矮掌方椅和茶几。大理石面的圆桌、圆墩,金银丝镶嵌的宝阁和兰花架、铜炭炉,插满书画轴的瓷缸,一人高的粉彩瓶错落有致地分布两边,显得古朴、素雅,又有些奢华。

一掀去笼罩,鹩哥就说了起来,逗得月娥笑出了声。这鸟真算灵性,学着她的声竟也笑了几声,哄得齐月轩忙拿小虫打赏。月娥更是乐得合不拢嘴,白嫩的小脸上浮起红晕,凝神的大眼睛显得格外清亮。

齐月轩转头无意一瞥,一时竟看得走了神……这孩子长得太像秀兰了,连那神态、那笑声都像。第一次见秀兰,她也差不多这么大。中间隔了几年没见,可还是能从一群下人中认出她。人大了,个高了,模样长开了,可那眼神,那笑声没变……

"少爷,您怎么啦?"月娥让他看得有些忐忑。

"没……没什么。"齐月轩定定神,只苦笑着摇摇头。

月娥见少爷不悦,想想,眼中一亮,从衣袋里掏出一把榆钱儿:"少爷,您看这是什么?"

"哈哈,榆钱儿?好东西!就这么点儿?"

"好多呐,让我爹拿厨房去了。"

"好,今儿晚上让你尝尝榆钱儿炒鸭舌。"

"那有什么好吃?还是蒸窝头吧。"

齐月轩笑了,一盘鸭舌得好几十只鸭子,够一桌席的价钱,就自己也难得吃上这口儿。你敢说不好吃?可跟孩子较什么劲,嘴上忙应着:"行,行,就蒸窝头。"

这时,门外的小丫头唤了一声"杨管家",话音未落,杨志兴就走了进来:"少爷,您回来啦。"

杨志兴微微欠了欠身,脸上仍然是淡得几乎看不出的笑。多少年了,他见少爷就是这样,不违主仆的身份和规矩,但有事说事,闲话没有,连笑都各啬。

齐月轩点点头,边坐边应:"啊,有事?"

"是。月娥,先出去玩。"

月娥正在兴头,自然不情愿,但一看爹板着的脸,只得噘着嘴走出屋。小丫头也识相,忙拉她沿廊子去了后花园。

屋里只剩他俩,可一个站、一个坐,一个不说、一个不问,干耗了半晌。

还是杨志兴先开了口,语气平缓,不温不火:"少爷,跟您禀告两件事。第一件,府上的规矩是从乾隆年就立下的。主子也都有定数的月份儿,特殊的花销也得从我这儿支。买卖店铺不是敞着盖的银箱,想拿就拿。所以,我已经又关照了各处店铺,再发现有敢私自支钱的,掌柜的一律辞退。等对完账,您从各处支的钱也得每月往回扣。"

"那……那我就不出门?就把脖颈扎起来?"齐月轩有些急,早知道他要提这档子事,可没想到他把事做得这么绝。

他急,杨志兴却不急:"我给您留着余地呐,每月月份儿只扣一半,扣完为止。"

"你……"齐月轩猛地站起,可憋了半天,没说出话来。

"少爷,我这也是按规矩办,不得已而为之。您说,劝您多少次了,您上心吗?"

齐月轩瞪了他一眼,吐了口长气又坐下。

杨志兴停了一下,又说:"按说,您只要不瞎花,有一半月份儿都足够。钱就是花着容易,挣着难。由着性来,有多少也不够。可着北京城,能玩儿的,您有不好的吗?您的鸟笼子拆了够盖房,蛐蛐罐儿码起来够垒城墙了。您买这么只鹩哥花一百块?不就听那几句好话嘛。甭多,您每月加五块钱,府上大把的活人能抢着给您说。"

齐月轩忍不住想笑,可看杨志兴毫无笑意,又憋了回去。

杨志兴轻叹一声:"您是读过书、中过举的人,怎么就不知道玩物丧志这个理呢?这连……"

话没说完,被齐月轩打断:"什么玩物丧志?我是丧志玩物!六岁我就知道修身,齐家,治国,平天下。有用吗?想求光可见不着亮,空有志又往哪儿奔呐？我现在是就想着玩儿,那是志丧了、心死了。可就玩出大天去,不也就落个当时哈哈一笑,静下来,不还是个苦嘛……"

杨志兴被他的话说愣了,一时无言。

齐月轩长吁口气,也没有再说下去。

杨志兴稍思,试探着:"哎,您大概是一个人过,要再……"

"得,打住。"话未完,又被齐月轩打断,他没好气地,"我娘是把家业托付给你了,可没说我的婚事也由你做主吧。我乐意一个人,行吗?"

"少爷……"

"少爷？我算什么少爷？"齐月轩笑得更苦,"我别说比你,就是比赶车的郑子,养虫的老张都不如。"

"这话怎么讲？"

齐月轩又叹了一声:"活了三十年,我都没找着自个儿在哪儿。别说读书经事,强国富民,就是喜欢上一个女人……"

"少爷！"杨志兴脱口打断,一改常态,声音变得高而严厉。片刻,他竭力压抑住冲动,又用平缓的语气说,"少爷,嘴里的痰咽回去没什么,吐出来可就恶心了。"

齐月轩被噎住,空张着嘴却一句都说不出。

杨志兴转身欲走,却又停步:"噢,还有件事。沈鸿、沈鹏哥俩儿打着府上的旗号,在德州收了不少粮,拖欠几十家粮款,让苦主今儿找到府上来要。"

"有这事？"齐月轩微怔。

"我已经把实情讲清了。可今年大旱,卖粮又收不回钱,许多家都已揭不开锅。所以,我从祖地拨了些粮,借给他们救急。"

齐月轩咂吧着嘴,没说话,只冷笑一声。

杨志兴明白他的意思,忙说:"少爷,粮是我吐口借的,可我是替主子行善积德。扬的是学士府的名,人家念的也是少爷您的好啊。您别动不动救国兴邦,谈那么大,要是眼面前儿抬抬手能帮的事都不做,那……可就真有点空了。我还有事,先走了,您接着玩儿。"

说着,他躬躬身,径自出屋。

齐月轩望着他的背影,越想越气。杨志兴的话像小刀子在他心里划了个口子,让一切的不满和愤懑都涌了出来,又一时无从发泄,只在胸内上下折腾。突然,他眼中一亮,猛一拍大腿,大步出屋奔了前院,高声吩咐:"老李头,套上两挂车,多带几个人,跟我走!"

沈家兄弟的通顺粮行开在鼓楼西街上,门市邻街,地点也不赖,往东扭脸看得见鼓楼,往西一溜达就到德胜门。

沈家祖籍是德州城西十里的沈刘庄,老辈儿都是老实巴交的农民。咸丰年闹捻子①,沈家兄弟的爹也跟着剪了辫子,入了捻军。据说当时都打到了通州,可还是败了。他爹和大儿子都落个死不见尸,他娘和两个双棒儿老二沈鸿、老三沈鹏,因是匪属被收做官奴,那年哥俩都才十岁。后来她娘死在哪儿不知道,只知这哥俩是被当礼品送给齐家的,老二沈鸿分到祖地,老三沈鹏到西山看坟。一晃二十多年过去,他俩都已是四十出头了。现在不仅还了籍复了姓,堂堂正正地姓沈,而且几年的工夫,还乡的沈鸿在沈刘庄就混成了首富。被齐少爷荐到顺天府应差的老三沈鹏当上了北京北城警察局的巡捕头,还是清帮在家里的大辈儿,也成个人物了。两人成婚也没分家,一个坐镇乡里,一个站稳京城,一心合力,倚助呼应。就是有学士府的招牌,也不能不承认这哥俩的确有过人的心计、眼光和狠劲。这哥俩是双棒儿,长得非常相像,都是肉大身沉,浓眉环眼,一瞟就知不是善主儿,可生人细看也能分出不同。哥哥沈鸿眼里多几分蔫和阴,而弟弟沈鹏脸上却多几分蛮和爽。

这会儿买粮的人正多,队排得老长。虽然粮价又涨了不少,可是人的肚子忍得了气,忍不了饿,心里愤,嘴上骂,还得买。

这时,店里的伙计在齐脖子的柜台上高声喊:"不卖了!不卖了!今儿的粮卖完了!"

人群立刻炸了窝,喊着拥了上来。

"你骗谁呀?昨儿你们刚运粮来,这就卖完了?"有人大声问,人们一片应和。

---

① 捻子是民间的一个秘密组织。咸丰三年,捻子在太平天国影响下发动大规模起义,起义后的"捻",史学界称捻军。

伙计答:"粮是有,可每天掌柜的就让卖这么多。"

"为什么?"

"我哪知道。"

"你们这才开门卖了多一会儿呀?叫掌柜的出来讲明白。"

"掌柜的不在。散了吧,我关板儿啦。"

"你们这是开的买卖,还是衙门?!"

伙计笑了:"我们东家还就是又开衙门,又开买卖。"

"吓,你们这儿是谁家的买卖?"

"学士府齐家!"

伙计边说边上着门板,买粮的不应,吵作一团。又两个伙计上来帮忙,仓促关了板。外面的人们喊着、骂着,还有的拣起砖头就砍,砸得门板叮咣乱响。

这会儿,掌柜的沈鹏的确不在店内。头天沈鸿亲自押车来送粮,今儿就急着往回返。沈鹏带着他的姘头唱大鼓的李凤姑,到饭店给二哥钱行去了。这定量卖粮就是沈鸿出的招,他认定今年大旱粮价肯定得见涨。这当口能拖的账尽量拖,能囤的粮尽量囤。一点不卖不行,也怕官面上找麻烦,每天多少卖点,面上也交代得出去。这招虽是能赚大钱,可有点忒损、忒招骂。可沈家能顾这个?要顾这顾那能气吹似的就发了家?

见势不妙,粮行的伙计把巡警找来了。俩警察穿着官衣,吹着警棍,挥着警棍,可粮行外买粮的人们仍嚷着、拥着不肯散。也难怪,穷人家能有多大存蓄,不少家还等粮下锅呐,要拿不回几斤棒子面,今儿全家的肚子就都得唱《空城计》。

正这时,两挂车急驶而来,在店前的马路边停住。头车上跳下几个大汉,打头的是学士府的老李头。几个人使劲分开人群,挤了进去。

老李头一纵身坐到柜台沿上,大声喊:"都住手,听我说!"

喧闹声一下子小了许多,一个警察却睖睖眼问:"你……算哪棵葱啊?"

老李头嘿嘿一笑:"这位差爷,我先打听打听,这是谁家开的店呐?"

"学士府齐家呀。"

店里的伙计一听警察的话,也趴着板缝儿打边鼓:"没错,这就是学士府的买卖。"

"那就好办了,"老李头伸手一指,"您往那儿瞧,学士府齐大少爷来啦!"

大家都转头看去,只见齐月轩正站在骡车的车辕上。他朝众人拱手抱拳,朗声说道:"诸位,我齐家自乾隆十九年迁府进京,遵祖宗家训,守仁厚门风。七代人,百余年可做过横行乡里、仗势欺人、不顾脸面的事吗?人不能不吃饭,国以人为本,民以食为天。我齐月轩岂能违天负义,让人唾骂。这通顺粮行既然打我齐家的旗号,是我学士府的店,那就告诉里头,马上摘板儿卖粮,倾其所有,卖完了算。"

一听这话,众人一阵欢叫喧腾。

店里的伙计慌忙喊:"齐少爷,沈掌柜没在,我可做不了主。您……"

"笑话!"齐月轩厉声打断,"我堂堂大少爷,连自家的买卖都做不了主?天底下有这等事吗?诸位听着,他要不开门,就给我砸!有劳大家帮我教训教训奴才。"

众人齐刷刷地应着,高喊着"开门",拥向柜台。

齐月轩见警察有些不自在,忙说:"两位差官辛苦了,老张,赏着。"

警察捧着老张递过的一摞银元,这才眉开眼笑,点头哈腰地退去。

齐月轩一阵大笑,直笑得淋漓畅快,回肠荡气。什么烦恼,什么憋屈,这会儿都没了。只有像小时候在门口放块西瓜皮,让大人滑一屁蹲儿般的窃喜和得意。

粮行发生的这点热闹,沈家兄弟当然还不知道。在馆子里吃了个酒足饭饱后,两人就此告别。京城这边卖的粮款沈鸿全数带走,打算再多囤些粮。按他的话说,老天不下雨,苦的是种粮的。对卖粮的,那就是个发家的机会,就得咬着牙、红着眼,豁出去赌一把。所以他一会儿都不想耽搁,急着回车马店往回返。李凤姑下午在天江茶园有唱,还得去赶场,沈鹏也就不再远送。

李凤姑是天津卫人,十岁就随师父在天桥撂地儿唱"落子",头两年靠沈鹏引荐,才能进内城的大茶馆登台。说起这"落子"的由来,这名称包括的内容,说法不一。有的讲北方鼓词最早兴于河北乐亭,初时叫乐子。乐与落谐音,慢慢就叫"落子"了。也有的说这是当时民间对鼓词的俗名统称,其中是带有歧视的意思。最早在前三门外唱曲儿的大都是妓女,唱的场所是堂子里的花酒桌上。后来才进了茶馆,唱的是花子讨饭时连说带唱的"莲花落",所以才叫"落子"。到清末才有了专门的唱书场,才把北方鼓词都称作"落子"。甭管怎样说,都是唱北方的曲儿。贱看也好,贵看也罢,老百姓喜欢的就是好玩意。就说大鼓,别看都是一把三弦一张鼓,最多加把二胡、琵琶,可这里名目多了,深浅大了。不过种类虽多,最流行的还是西河、梅花、乐亭、单琴、京韵这几种。那阵儿,唱"落子"的若不是唱红了,很少专唱哪一口儿,凭看官喜欢,点啥唱啥。前门外,特别是天桥,听"落子"的大都是市井平民,所以以活泼、俏皮、逗哏的梅花、乐亭、西河大鼓等为主。内城里不同,旗人住得多,甭管穷富,就是明儿早上没饭吃,今儿晚上听唱也得有点爷的品位。所以,在内城大茶园听"落子",主要是满人自娱自乐,谁都能哼上几句的八角鼓词,也就是后来的单弦。到清末民初,词较文雅,曲调厚重,多唱才子佳人,历史故事的京韵大鼓才兴起。它用的是直隶河间的木板大鼓的腔,用北京话唱,所以叫京韵。按说吃开口饭,一般十几岁不红也就红不了啦,李凤姑二十多岁才创牌子,是够难的。可那阵坤角如凤毛麟角,人漂亮、嘴甜、嗓子好,再加上沈鹏沈三爷帮她镇台捧场,倒也站稳了脚。后来又拜了个退隐多年,但写一手好词,弹一手好弦子的魏爷为师,主唱京韵,更唱出了点名气。沈鹏虽家中有妻,可在京城是一个人。李凤姑又未嫁,于是一来二去,两人就傍到了一起。虽说没名分,但谁都知道凤姑是沈三爷的人。

  为送凤姑赶场,两人上了辆洋车。光沈三爷一人就够分量了,又搭上凤姑,拉车的又岁数稍大点,没跑多远就龇牙咧嘴,有些努劲儿了。凤姑嫌车慢,沈鹏就招呼跟着车跑的周四帮着推。这周四也就十五六岁,是沈鹏在门里收的徒弟。听师傅发话,他忙应着,撑在了座后。本来奔后门大街的天江茶园,最近的道就是走学士府胡同,可沈鹏非让绕着走。李凤姑有些不悦,在一旁甩起了咧子。

  "三爷,您大小也是个爷呀,怎么连学士府门口都不敢过?"

  "你懂什么?我是怕碰上少爷和杨老头。抬头不是,低头也不是,给自己找难为。"

"嗨,您现在捧的是民国的饭碗,又不吃他齐家的饭,有什么难为?哼,说穿了,还是弯惯了腰,端直不起来。"

"你……"沈鹏被她的话拱起了火,扬起蒲扇似的巴掌。李凤姑没躲,沈鹏的手也没落在她的脸上,而是一探身,拍到车夫屁股上,"走,就走学士府!"

车夫一个趔趄,嘴里轻声嘀咕:"走哪儿就走哪儿嘛,至于发火吗?要我摔了,您二位都得掼出去。"

逗得沈鹏和凤姑都忍不住笑出了声。

车子拐进胡同西口,转眼到了学士府门前。

突然,一股臭味飘来,李凤姑忙掩住口鼻,说:"真臭,快走,一会儿呛着我的嗓子。"

原来是望田的爹高贵庚,刚从路南一宅门背出一桶粪,正往路边的粪车里倒。

沈鹏骂了一声:"妈的,真没眼力见儿。停车!"

看师傅发了怒,没等车停,周四几步就跑到刚放下粪桶的高贵庚面前,一把揪住他的脖领,吼道:"你他妈的敢熏我们三爷?"

高贵庚笑笑,操着浓重的山东腔说:"对不住您,您赶紧走,要不然不更熏您了吗?"

周四大概是想在师傅面前表现一下,眼一翻说:"得让你长长记性。"说着抡圆了就打。

高贵庚只一闪身,右手就叼住周四的手腕。周四左手又打来,也被抓住。没见使劲,人家就松了手,仍然笑着说:"有话好讲,莫动手。"可周四却捂着腕子,直咧嘴。

李凤姑一见,说了声:"走吧,人家是个练家子。"

沈鹏本来也没想较真,见徒弟吃亏,凤姑的话又给他一激,火直冲脑门:"我打的就是练家子。"边说,边虎着脸从车上跳下。

高贵庚见了忙躬了躬身:"这位爷,今儿怪我眼拙。您大人大量,抬抬手让我过去吧。"

沈鹏撸着袖子还往前迎,看来不找回面儿来,是没完了。随着一声吼,他的右拳就直奔高贵庚的面门。高贵庚却不慌不忙,待他的拳临近,才向后撤步避开。沈鹏打空,马上左拳虚晃,收右臂上步肘击。高贵庚一闪身,又让他打空。沈鹏更急,抽臂抬腿踢向小腿迎面骨,高贵庚仍不还手,只是轻移下盘,连连闪开他左右开弓的鸳鸯腿。

这时,正在老榆树上摘榆钱的高望田纵身从高高的树杈上跳下,挡在他爹的前面,说:"你们别欺负人!"周围的孩子们也都围了过来,七嘴八舌帮腔。

沈鹏未搭言,一把揪住望田的衣襟,想把他甩开。没想到,这孩子抱住他胳膊张嘴就咬。虽没咬着,却让沈鹏更火冒三丈。他左手一拧,右手一抄,拧腰挺劲,竟把望田举了起来。高贵庚这才出了手,搓步上前,一抖手腕,用手背在沈鹏肋下轻弹了一下。沈鹏哎了一声松了手,倒退两步,望田摔下,被他爹接住。

"这位爷,"高贵庚放下儿子,脸也沉了下来,冷笑一声,"动手也别动孩子。今儿您也是欺人太甚,骑脖子拉屎。这么着吧,您铆足了劲,给我三下,拳脚随便,我不躲不闪不还手。打完解了气,算您本事,伤了胳膊腿,算您倒霉。您看行不行?"

沈鹏愣了愣,明白今儿是碰上硬碴子了,没想到这掏粪的竟敢叫板,而且功夫远在自己之上。可是僵到这儿了,不打又如何收场?只好应声好,硬着头皮运足气力,正要挥拳打去,背后有人喊:"三儿,得了,别现眼啦!"

大家都扭头看去,是杨志兴捋着山羊胡,站在学士府高高的台阶上。

"哎哟,杨管家。"沈鹏顿时有些不自在,但还是躬身行了个武式安。

杨志兴笑着走下:"嘀,我说三儿,几年没见,这功夫没长,脾气可见长啊。"说着,向门房招招手,"赶紧赏着,别让三儿白练。"

沈鹏虽尴尬,还是勉强挤出笑:"别,别介,杨大管家,您给我留点面儿⋯⋯"

杨志兴又笑笑:"我给您留面儿?笑话。您现在可不是看坟护院的了,是民国政府的新贵。今儿我是求您给点面儿,我当不起,就算您给少主子点面儿,行不?"

这几句话损得沈鹏涨红了脸,慌忙说:"您别臊我了,我⋯⋯"

话没讲完,却被杨志兴厉声打断:"哼,我可是看得真真的。你好歹也是在府里待过,大小也让人称个爷,跟个力辈儿你较什么劲?轻易见不着你,一来就在主子门口抖机灵、耍把式,是我臊你?还是你自己找臊?"

"得,得,今儿算我不对。"沈鹏边说边向后退,"我……今儿还有事……"

"别介,到门口了,还能不进去?"杨志兴的脸又松弛了,一瞟呆坐在车上的李凤姑,笑道,"怎么,还带个唱'落子'的来孝敬少爷?嗨,少爷他哪待见这口儿呀,我都不爱听,您弄个京昆的角儿来还差不多。"

李凤姑闻他言,直窘得粉白的脸发了青,眼泪汪汪地忙扭过身。

沈鹏嘴里敷衍着:"改日……我改日再来给少爷请安。"说着也忙上了车,见车夫还叉着手瞅热闹,气得他瞪圆了眼,从牙齿缝中挤出一句话,"走,快走啊!"

车夫抬起车杆刚要迈步,后面杨志兴又发了话:"三儿,你给你哥也带句话。告诉他,别再打学士府的旗号招摇撞骗,干点子蒙人坑人,没屁眼儿的事。"

沈鹏没敢再搭话,只催着车夫快走。车走出好远,还在一边犯傻的周四这才醒过味儿,撒腿就跑,像只受了惊的兔子。引得孩子们一阵哄笑。

月娥也不知是什么时候出来的,跑到望田身边,忙问:"望田哥,伤着没?"

望田憨笑着:"没事,汗毛也没掉一根。"

高贵庚走上前,向杨志兴拱手躬身:"杨爷,今儿多亏了您。"

杨志兴摆摆手:"哪里,今儿我是给沈三儿救了驾。他那儿拳要铆足劲砸,还不戳了腕子,伤了胳膊?嗨,行家一伸手,就知有没有。一看你就内功不软,而且是见过战阵,搏过生死的主儿。"

高贵庚淡淡一笑:"您好眼力,早年我在神机营里做过小校,功夫稀松,战阵嘛倒真没少经。"

杨志兴稍思,又说:"有句老话,宁得罪阎王,别招惹小鬼。这沈三儿怎么也是个吃官饭的,你又做的是走街串巷的生意,这梁子能解就别结。过后见着,买两包好烟,说一句软话。沈三儿没他哥那么歹毒,也不能没完没了。"

高贵庚点点头:"是,是,我听您的。"

杨志兴把目光又转向一边的望田:"你这小子可不赖,仁义厚道,又有股子倔劲儿,将来错不了。"

高贵庚听着未答话,只看着儿子笑了,笑得很憨也很甜。

第 四 章

转眼已过了立秋,可今年的秋老虎比往年邪乎得多,比原先更热。有钱人家的房前出廊后出厦,顶高墙厚,自然不打紧。实在热,还可从冰窖买回大块的冰,砸碎放在身边,顺便还能再镇点儿红果汁、酸梅汤。可低矮的平民小房就不行了,屋里闷热得像蒸笼。人们晚上一般都是在小院或胡同里铺个凉席,睡到后半夜。您要再想找个有过堂风的地儿,可得早点占。等吃过晚饭,那就只有搬个板凳坐的份儿了。先摇着蒲扇,天南地北地侃舒服了,倒下一睡才踏实。在外头纳凉,老爷们都是光膀子,下边就一条短裤。女人一过四十,也就满不论,上身光着,甩着俩大奶子,不算新鲜。偷看两眼可以,可别紧盯着。要不,不给您一耳贴子,也得挨一句"看什么看,老娘儿子都比你丫大!"

闷热憋得蝉鸣蛙叫蚊子嗡嗡,连北京的民国政府也不消停。这几天,报上天天都有总统黎元洪和总理段祺瑞"府院之争"的消息。这次政坛风波的起因表面上不是为中国的事,而是因为在欧洲爆发的第一次世界大战。一边是德国挑头的联盟国,一边是英法俄为主的协约国,几十个国家、上千万的军队正杀得昏天黑地。总理段祺瑞力主参战,支持英法俄的同盟,而总统黎元洪却要中立。于是政府、国会都围着这两人分成了两大派,双方是剑拔弩张,水火不容。主战的要让总统下台,主和的要解散内阁。黎元洪还让山东督军张勋带五千辫子兵进京,以壮声势。别说一般老百姓干看热闹看不明白,连齐月轩齐大少爷也觉得这是没事找事,吃饱了撑的。两边打的都是八国联军里的,都是欺负中国的。仗在欧洲打,打就打呗,中国的政府犯得着为这事内讧吗?晚上,他的文友,在报馆当编辑的周正节周先生来串门,听他一番解释,齐月轩才明白这内里的实情。原来日本人想把德国在华的势力范围占为己有,这才鼓动亲日的段祺瑞力主参战。而英法怕日本独占中国,就让亲英法的黎元洪反对参战。嗨,"府院之争"闹得这么热闹,其实还是洋人手里耍的木偶戏。

送走周先生,齐月轩独自站在院里,望着阴云压抑,没几颗星的夜空,久久无语。最后长长的一声叹,甩着京戏韵白骂道:"这天真不是东西,要下便下,不下就晴,不晴不下,真真闷煞人也⋯⋯"

后边有人笑,回头看,是老张。

"少爷,您这是唱得哪出儿啊?"

齐月轩也绷不住笑了,猛然想起什么,忙说:"对了,我差点忘了,明儿那贝子爷约的那场蛐蛐儿大战,你可得小心准备。他一张嘴,可就是五百。"

"您就放一百个心。"老张应得胸有成竹,"让谁上阵我早就盘算好了,您就赜等着捧钱吧。"

"让谁上阵呐?"

"土行孙。"

"就⋯⋯那只林爷扔了,让你捡回来的破蛐蛐儿?"齐月轩瞪大了眼。

老张狡黠地一笑:"少爷,斗蛐蛐儿讲究知彼知己,还得一物降一物。贝子爷那只铜头将我见过,个儿大,八厘还出头。可您想,这才几月呀,它那个儿不是天生野长的,是喂起来的。这种蛐蛐儿架子高,腿儿软,表面虎实,内里厌,最怵戳底儿。咱土行孙个虽小,但结实筋道,咬起来不对牙较劲,是低头攻下盘的主儿。对付这铜头将,他是何家闺女嫁郑家,这才叫郑何氏(正合适)。"

"那土行孙可败过口⋯⋯"

"不碍的。这蛐蛐儿和人一样,败过的只要会调教,那比常胜的还凶。常胜的搏的是胜,败过口的要兴起来,搏的是命。"

"嗯,有道理。"齐月轩点点头,"这大概⋯⋯就是知耻而后勇,哀兵胜也。"

老张没太听懂,但知道是夸他,忙笑着点头称是。

齐月轩让他勾起了兴致,又追问:"哎,你可从没跟我露过底,来,说说,你到底用的什么招儿？我也学学。"

老张吭哧了半天,只傻笑不语。见齐月轩不悦,才说:"少爷,您当主子的身份,玩儿也得有玩的谱儿。知道用人就得,哪用得着您操这份心？再说,什么事点透就没意思了,这点小玩意儿虽说不算什么,不是小的饭碗嘛。要是……"

"行了,行了,我不问了。"齐月轩见他的样子,又好气又好笑,"不过,你一定给我用点心,淘换点子好虫。明儿这炮要打响了,少不了有约战的。"

"您放心,您输得起钱,我还输不起脸呐。不过,要是您赢了多了……"

齐月轩明白他下边没出口的话,瞟他一眼:"这么着吧,多也好少也好,只要我赢,就给你一成的抽头。怎么样？"

"谢少爷。可这不敢叫抽头,是小的接您的赏。"说着,他煞有介事地行了个安,逗得齐月轩笑出了声。

这时,董福兴走进院里:"少爷。"

"噢,福兴啊。有事？"

"我来跟少爷辞个行？"

齐月轩一愣:"是杨叔……"

"不,不,不,"董福兴连忙接过话茬,"我就是去趟德州我姐那儿,想把我那闺女接来,来回最多五天。下边我都安排好了,杨管家也准了假。"

"那就去吧,快去快回。"

董福兴似乎还有话讲,扫了一眼老张。

老张明戏,忙说:"少爷,我那儿还有活儿,您聊着。"说完,匆匆退去。

"你……还有事？"

董福兴支吾着未马上回话,等老张出了垂花门,才压低嗓门说:"少爷,打官司的事,我可给您打听清楚了。"

"打官司？什么官司？跟谁打官司？"

"哎哟,这么大的事,您都忘了？"董福兴有些发急,"您不是要告杨管家吗？律师、法院我全跑到了,这官司保您赢。家规比不了国法,您有继承权,哪能没当家的权呐？"

齐月轩这才想起,自己的确说过这话,连忙:"嗨,我当时也是一时气话,你还真……"

"少爷,"董福兴打断,娃娃脸上满是同情,"哎,我知道您心善,可善人给人欺,善马给人骑呀。您要是不早决断,这家业非姓了杨不可。您能忍,我都忍不下去。"

齐月轩轻叹一声:"杨叔有时候是忒过,不过这么多年,他们几辈人还算忠诚。我看……"

"忠诚?哼……"董福兴冷笑一声,"您凭什么说他忠诚?他能查我的账,谁查过他的账?那就是良心账。这年月您还信良心这俩字?我知道您念他家几辈儿的功,可您忘了,功高才盖主,才嚣张呐。您说,是不是这么个理?"

齐月轩沉吟着半晌无语。

董福兴苦笑一声:"哎,少爷,我福兴从小伺候您,我说话、办事,这心可全是向着您的。您要是……嗨,就算我今儿什么也没说。您歇着。"说着他撤身欲走,两眼中分明闪着泪花。

"等等,"齐月轩终于开了口,"福兴啊,我知道你是为我好。这么着吧,等你回来就操办这事。最好不打官司,杨叔要能把位子腾出来,要留要走,我都不能亏他。你以后就……"

董福兴忙打断:"少爷,您甭惦记我。您的意思我明白了,您就踹好吧。我走了。"

齐月轩目送他的背影出了院,心情没觉得舒畅,倒更憋闷、焦躁起来。

一枝花回京已经仨月了。起初在德内的顺达车马店寄宿,偶尔去看看他爹。上个月她听店老板说想卖了店回口外,觉得价钱合适,就盘下了这家店。这儿靠近德胜门,从口外运货的马车、骆驼要进城都经这儿过,所以生意不错。盘下店,有了个准住处,她才想把她爹也接过来。不过没接他之前,一枝花就给他爹立下两条规矩:第一,屋里没外人怎么叫都行,当着人叫"当家的",不能露她是女人的内情;第二,无论过去还是眼前,她做什么别问。要答应,您就过去一块住。不答应,您就别怪没人管,接茬儿一人忍着。对此御刀刘应得十分痛快,这闺女从小就是当小子养的,他还巴不得有个儿子呐。男也好,女也罢,不男不女也没啥,反正自己眼睛看不见。不该知道的事就问也问不出,还问他干吗?有吃有喝有钱花就行,糊涂着倒不怕这钱烫手。就这样,他也住进了车马店。腾出了后院四间小北屋,他住两间打通的大屋,一枝花睡里屋,旁边单开门的小房给七子住。眼睛虽看不见,耳边总多点热闹,身下的炕和入肚的茶水酒菜总多点热乎,好歹也算有个家了。

七子是十一岁跟的一枝花,那时他是个没爹没娘,沿街要饭的小叫花子。有一天,他大冬天没地儿住,钻到人家羊圈里,偎着羊睡。却让主家当作了偷羊的贼,挨了好一顿打。是一枝花扔下两块大洋,才救了他一命。起初他也以为这是个英俊的哥,日子久了,才知道她是个姐。除了七子再没人知道她是女人,也没人敢把她看做女人。她在关外入过伙、挂过单、劫过商队、卷过大户,是迎着刀尖枪口死过几回的主儿。可她就是命大,阎王爷不收。有一次,科尔沁王爷的旗兵把他们围得里三层外三层,可她打开马栏,和七子愣夹在马群里冲了出去。摞倒对方好几个,自己身上却一点没落碴儿。后来,那一带的人们就流传开"大户不怕丑脸匪,专怵俊哥一枝花"这么个说法。几年过去,七子也从一个毛孩子,长成了个粗大的汉子。可他心里没别人,佩服的、依恋的就是拿他当亲弟的这个姐。平日眼面前的事他们无话不谈,可一枝花从不和他深谈过去。把说过的只言片语连在一起,也只知道她还有个爹在北京,她嫁过人,还有过个孩子。可为什么跑出来,又为什么奔的关外,吃上这口豁命的江湖饭,就不清楚了。不过七子也从不问,他知道这里有揭不得的疙疙疤疤。这回跟当家的回了京,算过了几天安稳日子,可野惯了的七子倒有些不自在。从不离身的枪给收了,藏进了炕洞,城里挺宽的路偏不让骑马,见人得规规矩矩地小心夹着尾巴,说话都不能高声得压低着嗓门……要让七子拿主意,他决不选择让人憋屈的北京。他宁愿回关外,过那有今儿没明儿,但无拘无束的日子。

晚上刚吃过饭,一枝花换上长衫,戴上顶礼帽,就招呼七子跟她上街。问她干什么,她不说,只是三转两拐,没一会儿就到了座茶馆。进了门,上二楼单间坐下,这才告诉他要在这儿等个人。七子见她把礼帽朝天放在桌上,就知道她准是来会个道上的朋友。帽子朝天就是顺风顺水,拜山访友,这是青帮里的规矩。

那年月,各种帮会在民间很是盛行,五花八门,数都数不清。最有声势的莫过青帮、红帮和哥老会。数青帮的势力最大,北到东三省、察哈尔、热河;南至两湖、江浙、上海都有码头。红帮的势力主要在闽、台、两广,哥老会的堂子大都在云贵川湘几省。北京是京都,自是帮会云集,但还是青帮占了鳌头。不过也因为是京都,所有的帮会堂口都在前三门外,没人敢在内城折腾。而且活动诡秘,不像南方天高皇帝远,能公开亮牌子。以致后来许多人都认为北京没什么帮会,只有混混儿,那实在是不知内情。当时别说江湖中人和下层民众,就是商贾、政客、军伍当中的许多有头有脸的爷暗里也是帮会中人。

青帮原先用的是大清的清字,民国后才把三点水去掉。关于青帮的历史,众说纷纭。有的说最早兴于安庆的船工之中,故称"安庆帮",是反清复明的组织。后来归附朝廷,才改称"安清帮"。也有的说归附一事根本没有,不是"安清帮",而是"阉清帮"。说俗了,就是把满人挞子都骗成太监。要我说,恐怕都对。树林子大什么鸟都有,有人安清,就有人阉清。好在安也不能,阉也不用,大清倒了。而青帮还在,借着它拉扯在一起的人们,大概也是鸟想飞、蛙想蹦,各有各的盼头。一枝花自然也有她自己的想法,今儿来拜码头,自然也是无事不登三宝殿。

这一带最大的茶坊就是这座后门大街路东的天江茶园。上下两层,下边是散座书场,楼上是雅座单间。那会儿还不兴电扇,除了客人自己手里摇的折扇、团扇、芭蕉扇,这座茶园还有土风扇。一楼书场顶上,高高地悬着一块大布,上边固定,下边拴绳,绳顺两侧的滑轮垂下连在长棍上,一拉一放,大布就来回呼扇。凉快谈不上,多少总有些风。茶馆这地方是三教九流都来,穷的富的都坐。想便宜,您楼下靠后坐,泡壶大叶儿要不了几大枚,能听蹭还没人过来讨赏。想露脸,您靠台前中间坐,嘉兴泥壶给您沏壶正宗的碧罗春,摆上几样干果茶点,听完曲儿扯着嗓子喊声"赏",随手扔块现大洋,您就比台上唱的还讨俏。想清静,您奔楼上单间,品着茶、聊着天,还能凭窗赏月观街景,多惬意呀。想解闷,您跟茶房昐咐一声就行,唱曲儿的可以叫进来唱。看相算命的不用叫,自己会上门哄您高兴,也哄您的钱。要姐儿陪也行,关起门来,就是您的天下。不过您得防着点儿老婆找来,更别囊中羞涩。

这阵儿李凤姑正在台上唱着,沈鹏沈三爷坐在台下。上面唱什么,他一句也没听进,只是一个劲儿和桌对面坐的老头低声攀谈。

沈鹏自从让齐月轩砸了粮行,又在学士府门口吃了亏,真觉得无地自容。常恨得咬牙根,可又是哑巴吃黄连,有苦难言。思来想去,他更认定了一个理:求王道不行,就得图霸道。鸟能筑巢,鼠能打洞,王八会缩头,各有各的活法,各有各的天地。他想借青帮的力,可没堂口聚不了人,合不成势。于是,他想把散了多年的北隅堂再拉起来。他师傅已故去,所以他才把二师叔找来商量。

只听二师叔轻咳一声说:"三儿啊,立堂口的事,我劝你还是掂量清楚。这'北隅堂'是你师爷那辈儿就散了。也怪他老人家忒不安分,愣敢经常带人大白天的劫银库送库丁的车。那会儿的库丁哪有不夹带点儿的,挨了劫也不敢报官。后来事发了,你师爷给关进顺天府的号里,十几天就给砍了。打那以后,我和你师傅可都没敢亮过牌子。你师傅混到死,也就落个混混儿。我知道你让旧主子给撅得不轻,急着扬威立万,可……"

沈鹏浓眉一扬:"二师叔,现在是民国,不是大清了,这内城不立堂口的老规矩就不能变?再说,现在是老的倒了,新的还没立起来,正乱的时候。这当口不搏一把,就真一辈子给人当狗,做奴才啦。"

二师叔稍思,笑笑:"我可没说不行,只是让你掂量清楚。别没三天半,就让人给端了。我出不了山了,也就给你敲敲边鼓。你是大字辈的,官面上又吃得开,要干就你挑头吧。"

沈鹏心里暗喜,但脸上忙谦恭地赔着笑:"二师叔,晚辈怎么也得靠您给掌着纲,戳着杆儿呀。现在这北隅堂,理字辈儿健在的也就您一个人啦。"

"那可不是。"二师叔摇摇头,"你师爷除了你师傅和我,临了可还收了个关门弟子,叫'小扑虎'。岁数不大,长得跟个小丫头似的,说话也有点儿娘声嗲气的,可你师爷攒跤那点子看家本事都传给他了。就你这样的,俩都不是个儿。也因为抢库丁,他和你师爷一起进的死牢。可人家命大,那么严紧的牢号,愣让他跑了。"

"这……我怎么不知道？"

"嗨，那会儿你还在齐家看祖坟呐。你师傅收你才几天？你哪知道这事。"

"那他现在……"

"哎，打那儿就再没他的消息。"

沈鹏听完，正寻思着，茶房走过来："沈三爷，楼上有位客人请您。"

"谁呀？"

"没见过。"

沈鹏立起身："二师叔，您先坐，我去看看。"

二楼单间内，一枝花端坐在桌前，七子立在她身后。

沈鹏撩帘进来，先扫一眼桌上的帽子，然后盯住一枝花上下打量。

一枝花未等他问，先作出左手行"三老"，右手行"四少"的手势，问："兄弟，敢问尊姓大名？"

沈鹏愣了愣，也作出同样的手势，答："在家姓潘，在外姓李。"又冷笑一声，"这位兄弟，怎么不分主客？"

一枝花也笑笑："谁是主？谁是客？你师傅少慈悲，前人欠交待？"

沈鹏听罢心中好恼，拜码头都是主问客答，怎么倒反客为主呢？但他还是强压住火，走上前按青帮礼数，右手执壶把，左手按壶嘴和壶盖之间，给她倒了杯茶。然后双手按住桌角，瞪着眼紧紧盯住一枝花。

一枝花毫不退让，也按住桌角，迎住他逼人的目光。

片刻，沈鹏问："请问老大，是哪一座宝山？"

这是句青帮里探问家门师承的暗语，又叫"盘道"。被问的必须答出自己真实家门的三帮九代。青帮素来许充不许假，有冒充青帮弟子的，赔个礼也就算了。但家门辈分可不能有一句假话，只要发现有假，轻则暴打，重则丧命。

只见一枝花双手抱拳，朗声道："好说，好说，敝帮北隅京帮。家师上陈下明礼，是山东登州府平度人氏；师祖上李下单名一个进字，直隶天津卫塘沽口人氏；太师祖上张下之明，山东登州府蓬莱人氏。引进师上陈下达礼，山东登州府平度人氏……"

一枝花一口气报出了师傅、师祖、太师祖以及三代引进师、三代点传师的姓名籍贯。

沈鹏听完，愣了一下，有些疑惑地又问："老大……什么坎儿？"

一枝花答："头顶十九，脚踏二十一。"

沈鹏的神情顿时谦恭了。他问的这"坎儿"就是帮中辈分，原先是按"罗祖真传，佛法玄妙，普门开放，万象依旧，圆明性理"这二十个字来排的。到清末用完，才又补了"大通悟觉，嘉律传宝"八个字。刚才一枝花的交代一点儿不"翘"，而且言明是理字二十辈的，是沈鹏的同门长辈。

沈鹏忙拱手欠身："尊一声师叔，称一句长辈。小辈头顶二十，脚踏二十二。此处不便，容后再补家里的规矩礼儿。"

一枝花笑问："你……就是三儿吧？"

"是，您……莫非就是北隅堂的小老大？"

"过去人称'小扑虎'，现称'一枝花'。"

沈鹏忙深鞠一躬，道："大名如雷贯耳。我拜师晚，欠调教，借前人路走，有眼无珠，师叔海涵。上座请茶。"

"好说。"一枝花坐下，接过沈鹏捧过的茶，又问，"三儿，听说……你要重立北隅堂口？"

"有师叔在，晚辈不敢。"

一枝花抿了口茶，道："我可不愿挑头担纲，老头子你做就行。不过，你得给我留块儿存身的地儿。"

沈鹏一听，悬着的心才落了地，连忙说："好说，我哪能忘师叔的栽培。"

"好啦，还不请你二师叔过来？"

"您还是跟我下去吧。"沈鹏的脸上堆满了笑，"和二师叔会齐了，咱上天庆饭庄，我给您老接风。"

一枝花笑出了声，但很快又收敛了笑容。此时，她想起了师傅陈明礼，那个明里做杠行老板，暗里是青帮老头子的陈爷。就是他，在秀兰寻死悬在老榆树上时救了她。而且违了老规矩，让她女扮男装，收她为徒。师傅现在已经去了，可秀兰、小扑虎、一枝花还活着。触景生情，心中一阵酸楚……

第 五 章

老张还真不是吹牛,第二天齐月轩果然得胜而归。

起初那贝子爷一看他们带去的这只"土行孙",差点没笑岔了气,连连摆手说:"算了,算了,今儿咱们不蚪了。我不愿欺负你,赢了也不光彩。也甭五百啦,留下一百,您走您的。"

一听这话,看看人家那只黄头褐翅,威风凛凛的"铜头将",再看看自己这只蔫头耷脑,地出溜儿似的"土行孙",齐月轩心里也没了底,两眼直偷窥老张。

老张在一旁眯着眼,只冷笑着无动于衷。

齐月轩只好狠狠心,硬着头皮说:"说好的事哪能不算,有多大输赢?不就是个玩嘛。"

那贝子爷这才笑着放出了"铜头将"。那蛐蛐儿一进斗盆就兴得很,摆着长须到处寻着,拿探子一拨,就张开两个大紫牙嘟嘟乱叫,直叫得齐月轩心里打起了小鼓。

只见老张不慌不忙,先把"土行孙"引到手掌。五指虚握,上下摇晃几下,又吹了一口气,才把它放进斗盆。

情形果然不同,"土行孙"浑身一抖,立刻精神起来。不动,但徐徐轻晃双须,低埋下头。"铜头将"鸣叫几声,张着牙压将过来。"土行孙"也马上应战,但并不和它对牙,两只小牙只贴着地皮猛铲。顷刻间,两只蛐蛐儿搅作一团。那贝子爷微怔,紧咬着牙,瞪圆了双眼。齐月轩却不忍再看,不由得闭了闭眼睛。待他又睁开眼,一只蛐蛐儿已经蹦出了斗盆,趴在了沿儿上。定神看,蹦盆的竟是"铜头将"!搭拉着须子,断了两条前腿,早没了刚才的威风。而"土行孙"正竖着折了半截的须,猛抖擞着身子,用伤了的翅发出沙哑、难听,但毕竟是胜了的叫声。偷眼看,那贝子的脸已气得发青。

那贝子爷边挥挥手,让下人把蛐蛐儿引回罐,边没好气地说:"下次再战得先约过,不上七厘可不行,别再拿这种贱虫来瞎搅和。"

齐月轩笑笑,晃着脑袋道:"古来胜者为贵,败者为贱,布衣可做天子,何患一虫乎?"

噎得那贝子爷干张了张嘴,却雪人吃冰核——没化(话)。一甩手就往后厅走,到了屏风后才想起,探出身向下人甩了句:"赏齐少爷五百。"逗得齐月轩和老张都忍不住想笑,却又怕拱人家火,只会意地对了个笑眼。

初战告捷,齐月轩自然喜出望外。当晚约了小月蓉,周正节等几个朋友去了天庆饭庄,几个人又喝又唱好不热闹。让老张也坐,老张却死活不肯。拿个大海碗拨点饭菜,端着小酒壶蹲在了包厢外。说他循老规矩,其实是只知其一。其实最重要的原因还是怕人追问。说不好,不说也不好,万一哪句说漏了,越问越秃噜。周先生又是报馆的,他要在报上登几篇豆腐块儿,以后还吃什么呀?

快十点了,齐月轩还没回家。这么晚,府门口却有人叩门找他,还是个外地人。门房没敢让进,先进去通报。

这会儿,杨志兴也没睡,还在屋里对着账。一听门房讲,忙随他到了大门口。借灯光,见来人三十多岁,着西装,戴眼镜,拎个皮箱,看打扮举止像个新派的先生。可挺魁梧,剑眉挺鼻,络腮胡须,生得文人武相。

"您是老杨管家的公子吧?"来人先搭了话。

杨志兴愣了愣,可也没想起他是谁。

见他迟疑,那人笑笑:"您不记得了?光绪三十二年,朝廷要派人到美国学航海,家母送我来应试,曾在府上叨扰多日。当时名额已满,还是老夫人念在同乡分上,写了封信给教政衙门,这才补上的名嘛。还是您送我去的火车站……"

"噢……"杨志兴想起来了,脸上迸开了笑,"是郝先生吧?"

"是，郝炳臣。"

"哎呀，看我这记性，您还教我背过乘法口诀呐。我脑子笨，可没少费您的工夫。"

郝炳臣笑着点头："有这事。不过您可不笨，就一个多月，您那算术比我都溜。"

"您……这是刚打美国回来？"

"我回来好几年了，在武汉的船厂干过，后来在上海美国人的公司里做事。这几年，素与齐少爷有书信往来，却一直未谋面。我这次是应聘到清华大学任教，刚下火车。"

"少爷还没回，您先进府歇歇脚。"说着他招呼门房，"快给郝先生拎着箱子。郝先生，您请。"

郝炳臣刚要进门，胡同口传来一阵响亮、醇厚的铃铛声。

"巧啦，"杨志兴一指撒着欢儿跑来的骡车，"这不，少爷回来了。"

果然不错，骡车在府门前停下，郑子忙跳下，撩开车帘，扶齐月轩下了车。

"月轩兄！"郝炳臣迎上。

齐月轩愣了一下，盯住半晌，笑出了声："哈哈，是炳臣兄吧，要没接到你的信，还真认不出了。您这胡子拉碴的，哪像个教授啊，整个儿一个洋土匪呀。"

郝炳臣也反讥："怎么，文人就得像您似的，远看一根棍，近看棍一根？大风一吹就不知哪里去了。"

大家都笑了，笑声一直伴他们进了二进院。门房要把皮箱拎到客房，可齐月轩却让放到正房。十多年前，郝炳臣来京，就是和他住一个屋，两人相处十分投机。后来虽没见过面，可一直不断书信。两人谈天论地，纵横国事人生，虽论战不止，但仍惺惺相惜，互为知己。此番相见恨晚，岂是一般往来客情。看两人的兴致，恐怕不聊个通宵达旦，也得夜半三更。

杨志兴自回西跨院，继续对账。按说各处买卖都有专门的账房，府上也有个先生把执总账。可杨志兴却从不敢怠慢，总是亲自过目核对一遍。多少年他从来如此，而且今儿的事今儿做，决不拖到明儿。回到屋，又拿起算盘紧扒拉,可眉头一直没舒展过。有人推门进来,他头都没抬,只翻眼瞥了一下,是严妈。

严妈原是老夫人带来的陪嫁小丫头,没姓却叫杏儿。二十六赏给了大厨严久,就连个名也没人叫了,人都称严妈。三十一过就守寡,仍在小灶管煨汤熬粥炖甜品。她年轻时也是个俊俏的人,现在快四十了,也还是那么利索齐整。

"杨管家,还算呐?"

杨志兴仍眼不离账,手也没停,只笑笑答:"这儿差着账呐。"

"差多少?"

"对了两遍了,还是差两块三毛六。"

严妈笑出声:"说得怪吓人的,成千成万打您这儿过,这一星半点儿的还叫差?您也不是年轻人了,悠着点儿。"说着把托盘放在桌上。

"这是什么?"

"燕窝羹。您还不如月娥呐,都没尝过我的手艺。"

杨志兴却收敛了笑,咂吧着嘴说:"这还得了?快拿走,别打我这开了例。府上几十张嘴,金山银山也架不住敞开了作。"

严妈笑笑,把小碗放到他面前,才说:"看您认真的,这是给少爷和郝先生做的,少爷不吃,要倒了不可惜了啦?"

"那……你吃了。"

"我不稀罕,给主子炖啥也是我尝第一口。吃吧,趁热。"

杨志兴这才拿起匙羹品了一口,但马上一皱眉,笑道:"燕窝就这味儿呀? 腥不拉唧,甜不溜丢,还不如大楂子粥顺口呐。"

"您可真行。"严妈嗓门大了起来,"别吃了,我倒了还落个糟踏好东西。赶上您这么个不识货的,连个好都落不下。"说着就伸手夺碗。

杨志兴忙护住碗,连声称好,又向里屋努了努嘴。

严妈这才想起月娥已睡,扑哧一笑,不再言语。

"少爷他们还没睡?"杨志兴轻声岔开话题。

"睡? 哼,两人吵得凶着呐。"

"吵起来了?!"

"可不,我听不明白吵什么,反正脸红脖子粗地各说各的理儿,满嘴新名词儿。"

杨志兴松口气:"嗨,人家那是争论,不是吵架。"

严妈想起什么,又把声音压低了些:"哎,您进屋给我拿只月娥的鞋。"

"干吗?"

"比比尺寸,我抽空给她把棉窝做上。"

杨志兴应着撩帘进屋,拿出一只布鞋递上,又小心地问:"那……我的也给你拿一只?"

严妈边用手比量着,边笑嗔地说:"孩子的脚长,您的脚也长?您那蹄子钉多大掌,我还不清楚?快吃吧,碗我明儿再拿。"说着,把鞋放在桌上,头也不回地快步走出屋去。

杨志兴望着她的背影若有所思,苦笑着叹了口气。

夜已深了,正房卧室的灯也熄了。躺在床上的齐月轩又翻了个身,轻叹了口气。

旁边躺的郝炳臣问:"月轩兄,还没睡着?"

"你不也没睡着。哎,多年没有谈得这么兴奋,争得如此畅快了。"

"我也有同感呐。"

齐月轩稍停又说:"细想,你讲的孙文的三民主义的确不无道理,只可惜他那临时大总统下去得太快。后来台中间站的角儿都唱功不错,只是做功不灵。现今民国哪有什么民族、民权、民生?天下没了王道,倒多了霸道。一人之天下不可取,可军阀割据,成了春秋战国,不更乱?"

"社会进步都是由乱而治。"郝炳臣边说边用胳膊肘撑起身子,"中国实行帝制两千年,一下子推翻了,乱也是必然。现今中国应寻的是拨乱求治的方法。"

"嗨,怎么说,没有根主心骨也不行。"

"说得对,不过……"郝炳臣稍顿,又话锋陡转,"中国的脊梁可不是你的皇上,不是几个治世贤臣。而必须是一群志同道合的精英,是一个强有力的政党。"

齐月轩却叹道:"唉,我亲历过戊戌年的维新变法,当初要成功了,中国不就是现今的日本？就欧洲列强,不也大都是君主立宪嘛。"

"怎么,莫非你还惦记着恢复帝制？别国我不论,就说中国,袁世凯称帝,几十天就完蛋了。这不合国情,不得人心,此路不通啊。"

齐月轩干脆坐了起来:"此路不通,那你说哪条路通？是靠前面跳的民国哪位新贵？还是靠后边牵线的哪国洋人？"

郝炳臣被问住,沉吟着叹了口气,才说:"知道错难,明白对就更难呀。中国的出路在哪儿,我一时也说不清。但我相信中国的未来,还要靠'德先生'和'赛先生'"。

齐月轩愣了愣,寻思片刻,仍疑惑地:"这……两位先生我还真没听说过。"

郝炳臣笑了:"嗨,'德先生'就是英文 democracy,中国话就是民主。'赛先生'就是英文 science,中国话就是科学。"

齐月轩一撇嘴:"得,知道你留了几年洋,拿外国话唬我。哎,我知道这两样都是好玩意儿,可中国要兴起来,得猴年马月。"

"这就得靠你我之辈去宣传,去推行呀。"

"得了,一介书生,平头百姓,有人听你的？"齐月轩苦笑着,"就算争清了,辩明了,那些军阀老爷能服理？秀才见兵,有理也说不清。今儿也就是你来了,发泄一番图个痛快。我自己都明白,没什么用,还是睡觉吧。"边说边把身子扭到一边。

"好,睡觉。"郝炳臣躺下又碰了他一下,"明天再争。"

齐月轩哼了一声:"不争了。嗨,你我就是读了几天书的过,要是大字不识,倒活得安分踏实,也省得争辩不清憋闷,认明了道理又恨无用武之处。不争了,明儿我约几个文友来,还是散发扁舟,谈诗论文吧。"

此后,两人再无话。可等郝炳臣鼾声大作,齐月轩仍在床上烙饼。

董福兴清晨从京城出发,晚上就到了姐姐家。他姐家和沈家兄弟是同村,也在德州城西的沈刘庄。

她姐福琴原先也在正红旗一都统家当丫头。后来那都统调升拱卫大内的神机营,当了掌印大臣,就把她许给了手下的一个管带刘坤柱。这刘坤柱虽是汉旗出身,本无根基,但武艺出众,骁勇善战,全凭军功本事搏出来个四品顶戴。他年过三十未娶,福琴嫁过去就为正妻,倒也算个满意的归宿。神机营常驻京城,他家就安在宣武门内帘子胡同里。可好日子不长,第二年就闹义和拳。老佛爷下旨烧洋教堂、打洋使馆,没杀几个洋人,却把八国联军的洋兵给招来了。神机营急调到通州八里桥与洋人一通血战,结果弓弩骑兵挡不住洋枪洋炮,落个伤亡惨重,全军溃散。做护旗官的刘坤柱也身负重伤,虽没丧命,可战后却因为丢了大旗而当了替罪羊,一抹到底,削职为民。这才回了老家,以开武馆教徒为生。好在刘坤柱伤愈没落残,又有些声名在外,倒也衣食不愁,算个殷实人家。归乡后,他得了个儿子。出满月时,曾找来当地有名的算命先生批过八字,说这小子日后定有大事可成,属封相拜将之辈,所以起名叫成龙。

　　董福兴的闺女叫彩屏,小成龙三岁,今年刚七岁多。孩子妈原来是齐家老夫人房里的粗使丫头,是严妈出嫁她才顶的内房的缺。夫妻两个都干的是没时没响的活儿,孩子生了没法带,就把彩屏寄养在姑家。和成龙又定了娃娃亲,既是表妹,又是以后的媳妇。董福兴这两年混得不错,他老婆在老夫人去后也回了家,早就想把闺女接回来。可姑家上下都舍不得,连彩屏也不愿走,加上不凑空,才拖到今天。就这次,董福兴也没好见面就说接闺女,只说是来给姐家送些粮。一个晚上只聊家常,没念一句真章。第二天上午,乘刘坤柱在院里教徒弟练武,董福兴才悄悄和他姐在屋里谈起这事。

　　刘坤柱的家原是个小四合院,他开武馆后在院前又圈了一块空地。垒上院墙,新修了大门,原来南屋的门改成了朝北开,这就成了个两进院。里院住人,外院除北屋三间都是空地,做了练武场。一进大门,两侧摆着些刀枪棍棒、石担石锁,衬着院中正光着膀子练拳的一群汉子,还真挺有气势。

　　"停!"刘坤柱高喊了一声,徒弟们都赶紧收住势,把目光聚向师傅。

　　刘坤柱个子不高,但十分精壮。虽只是一身白绸裤褂,但举手投足都透着刚劲、威猛。特别是那双眼,朝你一瞥,能让人像挨了一鞭似的一激灵。

　　他扫视了一下说:"练武讲究的就是下盘要稳,不能脚底下踩棉花。蹲得像石,立得像松。要想打人,先得自己脚下有根。你们刚才打得挺溜,可脚下却轻飘飘的,力不聚,气不沉,活像一群惊了的猴儿。我刘坤柱教的是能保命杀敌的真功夫,别给我练成只能耍把式卖艺的花架子。今儿别的不练了,都给我扎一个时辰的马步,好好省省味儿。听见没有?"

徒弟们齐刷刷地应着,原地扎起了马步。刘坤柱在一旁踱步巡视,突然停下,猛地朝一个徒弟弹了一腿,那人哎哟一声,跌出好远。

"哼,你这也叫马步?"刘坤柱冷笑着,"心是浮的,气是虚的,两腿就是软的。志诚!"

张志诚应声走过,他是刘坤柱最喜欢的弟子。打小他就守着教私塾的爷爷,却偏不爱读书,只恋习武。骂也骂过,打也打过,只是没用。无奈,张老先生才让他拜到刘爷门下,算起来已有五年多了。

只听刘坤柱道:"来,你扎个马步给他们瞧瞧。"

张志诚应着上前两步,含胸搭背,引掌运气,稳稳的扎个马步。

刘坤柱未吱声,突然错步上前,左一踢,右一撩,当中一踹。连着挨了三脚,张志诚却纹丝没动。

"看见没有?这才叫马步。学他的样,重新做。"

众徒弟不敢怠慢,又摆起了架势。

这时,董彩屏从里院跑出,一头扎到刘坤柱的怀里,哭出了声。

"怎么啦,彩屏?"

"姑父,我爹要我上北京,我不去嘛。"

刘坤柱把她抱起,忙哄:"好,咱不去,不去,咱哪儿也不去。"

彩屏打小就在姑家,刘坤柱对她比儿子还疼。一条铁骨铜声的汉子,一见这小丫头就柔得拿不起个儿了。

董福兴和成龙娘俩也跟了出来。没等他们说话,刘坤柱就埋怨道:"好不样儿的,让彩屏回去干吗?在这儿又不是外人家,我们还能亏待了她?看把孩子招的。好啦,别哭了彩屏,咱哪也不去。"

董福兴笑着想说什么,却没出口,只向他姐瞟了一眼。

福琴会意,忙拉过儿子:"成龙,去,带彩屏玩去。"

"哎,"成龙应着拉住彩屏,"走,咱们上后山摘酸枣去。"一听这话,彩屏马上破涕为笑,出溜到地上,跟着成龙,跑出了院。

福琴这才开了腔:"他爹,这回福兴来,是惦记把彩屏接回去。起初,我的心也咯噔一下。可细一想,这么好个闺女,我这当姑的都舍不得,人家当爹娘的能放得下?"

刘坤柱看看妻子,没吱声。

董福兴接过话茬:"姐夫,彩屏在您这儿这么多年了,您和我姐怎么待她,我能心里没数?我倒没什么,彩屏她娘女人家嘛,想闺女想得整宿睡不着。我这回接她回去,其实也在我们身边待不了几年。等大了,您不就大红花车一拉又回来了嘛,早晚是您刘家门的人。再说,有这门亲事,才更得让他们分开一段。要不,不成童养媳妇了嘛。让人嚼舌头,我不光彩,您也没面儿,您说是不是这么个理?"

刘坤柱寻思半晌,长舒口气:"哎,回……就回吧。"

董福兴又笑笑:"这两年我算出了点儿头,当墨香斋的掌柜了,每月有一成的红利。少爷挺看重我,还有让我顶杨管家那差的意思。用不了两年,等我买了宅子,立马就来接您全家。哪儿好也比不了京城,咱们那儿聚齐不比这乡下强?您什么身份……"

话没说完,被刘坤柱打断:"行了,你的好心我领了,京城是好,可我连想都不愿再想它。那……是我刘坤柱的伤心之地呀。"

说着,他从石桌上拿起剑来,抽剑出鞘。好一把剑,一抖似低鸣隐隐作响,发出幽幽寒光。他轻抚了一下锋刃,大喊一声:"都停下,站到一边,看看师傅老了没有?"

刘坤柱大步走到院中,抱剑挺身,一个开式亮相,旋而舞将起来。时而柔中带刚,时而刚猛非常,直舞得剑光闪闪,风声阵阵。

福琴看着叹了口气:"嗨,你姐夫这些年活得憋屈呀。"

董福兴点点头:"哎,我明白。"

这时,刘坤柱一个大鹏展翅,腾空跃起,猛向院边的一棵树劈去,只听咔嚓一声,一个碗口粗的树枝被齐齐地斩断。刘坤柱这才住了手,长长地出了口气,眼中竟有些湿润。

后山离村不远,说是山,其实就是几个不高的土包。山上酸枣棵子的确不少,但节气不到,枝上的酸枣还是九成青,一成红。可青也好,红也罢,孩子摘酸枣就是图个新鲜,图个玩儿,好吃不好吃倒不在乎。一会儿工夫,成龙和彩屏身上的兜儿就都装满了酸枣。

两人寻块大石头坐下。成龙怕酸,别说吃,一见酸枣都牙根想倒。彩屏嘴馋,一边酸得咧嘴,一边还往嘴里放。

成龙这孩子长得确实一表人材,把他爹的英武和她娘的俊俏糅在了一张脸上。彩屏虽还小,可已看得出是个美人胚子。别的不说,只那一双会说话的大眼睛,笑起来腮边的俩酒窝就够可人了。过去的娃娃亲,可真难得有这么般配的。

成龙看着彩屏下作的吃相,忍不住笑了,拉了拉她的衣摆,问:"彩屏,你就不想你娘?"

彩屏抬起头:"想,咋不想。"

"那你怎么不跟你爹回去?"

"到北京有爹有娘,可没有姑、姑父,也没有你呀。"

成龙笑笑:"我也舍不得你走。可你还小,在娘身边多好啊。过几年,我就长大了,等书念得天下第一,武也练得天下第一,我就去把你接回来,再不让你走。"

"干吗?"

"干吗都不知道?咱俩可是早定了娃娃亲的,你打小就是我媳妇。我当然得把你娶回来,还得八抬大轿抬你回来。"

彩屏涨红了脸,发急地:"呸!呸!没羞没臊没脸皮。"说着,起身向山下跑去。

成龙紧赶几步,一把将彩屏抱起,手还不停地搔她的痒。

彩屏笑着求饶:"呵呵呵……放下我吧,呵呵呵……我受不了啦,放下我……"

成龙停了手,又问:"说,嫁不嫁我?"

"不嫁,就不嫁!"身上不痒,彩屏的嘴又硬起来。

成龙又用手挠了起来,说:"好,让你不嫁,让你不嫁……"

彩屏实在痒得受不了啦,笑得眼泪汪汪,只好说:"好……我嫁了,我嫁了还不行……"

"大声点儿!"

"我嫁!"

"嫁给谁?"

"刘——成——龙!"

这喊声、这笑声把树棵子里的鸟都惊了起来,扑棱棱地飞向湛蓝的天空。唉,孩子就是孩子,脸小皮厚。心里想啥,嘴上说啥,什么都敢往外招呼。活得多简单,多快乐呀。等长大了,脸皮倒薄了,心里想的就只能憋着、忍着,甚至屈着,多复杂、多累呀!

第 六 章

午后,老张兴冲冲地去见少爷,却碰了一鼻子灰。上次杀败了那贝子爷的"铜头将",引得声名大噪。下帖子来约战的真是不少,档期已排到了月底。上午,富源当铺的林掌柜找来,非要下午约齐少爷斗一阵。少爷没在,老张就做主给应了下来。午饭过后,齐月轩才和郝先生及几个文友酒足饭饱地回了府。没料想,齐少爷一听老张禀告此事,就满脸不高兴,说下午有事,让他怎么应的,怎么给回了。老张边往回走边想不清,人家送钱来您不要,非得几个人闲篇扯淡,一分不挣还倒贴饭钱,这不撑的嘛。细想其实老张的看法不错,诗文本来大都是吃饱了以后打出的嗝儿。李白要两天吃不上饭,准保也先去想法儿填肚子。就是硬写,也得一笔写出仨"饿"字来。

这会儿,齐月轩在书屋里,借着酒兴正诗兴大发,挥毫疾书。顷刻间,一幅行草绝句跃于纸上。

一位花白胡子的老者摇晃着脑袋,拉着长音念道:

　　一杆竹影敲明月,
　　半榻云床数繁星。
　　我乃悠然天外客,
　　人间不与论纷争。

话音刚落,周正节抢先喊了声:"好!"周围顿时一片赞誉之声。

那老者似怕别人抢了先,忙咂吧着嘴说:"好诗,真是好诗。可谓有文采,有情境,雅而不迂,俗而不平。信口拈来,已是难得之佳作。正庄子曰：夫恬淡寂寞，虚无无为，此天地之平，道德之质也。"

避在一旁久未吱声的郝炳臣，此时却笑着开了腔："其实啊，每个中国人心中都有儒家、道家和土匪三种潜质。只不过有的抒发出口，有的深藏于心。昨晚领教了月轩兄儒家的忧患，今天又见你老庄的超脱，哈哈，可就差见你的匪气了。"

他的话让众人都发了愣，齐月轩还未答话，那老者却颦眉耸鼻，连连摇着头："文人乃斯文之人，谈什么匪气？"

郝炳臣又笑笑："我看中国文人要真多些匪气，倒是国家之大幸。要是有啸聚江湖的胆魄，不为奴，也不求仙，只求堂堂正正做人，中国就有望了。"

"真俗也，谬也。"老者低声嘀咕着，坐到了一边。

齐月轩忙打起圆场："莫争莫争，今日只谈诗文，不论政治。"见郝炳臣还欲说，忙拉他坐下道，"郝兄之见也不无道理，可你也太小瞧了我齐月轩。前几月，我把通顺粮行……"

说到这儿，齐月轩觉得唐突不妥，忙把话咽回，又瞟瞟众人，有些尴尬。

周正节知道这档事，见齐月轩的样子，忙把话岔开："月轩兄，你的这几笔行草也颇有大家之气。形出自右军之体，但不拘一格。草而不浮，劲而不拙，功而不显，秀而不纤。可称是博采众长，自成一家呀。"

另几位老少文友也都跟着附和。齐月轩心里有些得意，但嘴上仍作谦逊："仁兄过誉。这只不过是首打油歪诗，涂鸦之作。"说着指指纸上的墨点，"看，这儿还不慎滴了几滴墨。"

周正节素有捷才，稍顿即说："这墨滴得好啊，这才更显得酣畅淋漓，自然天成。正是那：难得晴空数行雨，更珍飞瀑几粒珠。"

说得众人纷纷赞同，唯有郝炳臣付之一笑，背过身。

齐月轩并未察觉，脸笑得像个烂柿子。其实他心中也知周正节的话有奉迎之意，可马屁拍得好，就好在拍得恰到好处，圆得合情入理。众人都信服，被拍的还能不舒服？

不过，有来无往非礼也。齐月轩点点头，问："正节兄，你刚才吟的两句诗是出自何人？"

"这是小弟受兄启迪,一时灵感而已。"

"好,也是好诗。"

又是一阵应和与笑声。

一个中年人也不甘寂寞,说:"诸位,我偶得一趣联,只有上联。不知哪位可对得出?"

"说来听听。"齐月轩边说边颠着二郎腿,半眯起眼,似胸有成竹。

中年人笑笑不语,提笔在纸上写下一行字。

周正节先接过看,只见上写:"学士青莲,尚书红杏。"他寻思着连称"好联"。

众人也都纷纷传看。齐月轩瞥了一眼,稍思,自语道:"学士青莲似指李白,他曾有青莲居士的自号,又授过学士之职。"

中年人点点头:"正是,正是。"

"那这尚书是指……"

"这是指宋代尚书宋祁,他曾有诗曰:红杏枝头春意闹。"

"嗯,有趣。"齐月轩眉头微颦,苦苦寻思。

周正节抢了先:"仁兄,我给你对:中郎绿绮,太史黄庭。"

"绿绮古琴也。"齐月轩点点头,又问:"这中郎是……"

周正节忙接过:"这是指汉文姬之父,官居中郎的蔡邕。太史黄庭就是写《黄庭记》的王羲之啊。"

"嗯,也算不错。但略有些牵强、冷僻。"齐月轩说罢,又苦思冥想,突然眼中一亮。

正这时,杨志兴急匆匆走进门来。到案前偷偷拉了拉齐月轩的衣服。

"杨叔?"齐月轩回过身。

杨志兴附耳低声说:"少爷,我有事找您。"

齐月轩正在兴头上,有些不悦:"嗨,有什么事你做主就是了。"

"这事我可做不了主。"杨志兴的神情有些严峻。

"好,好好,等我说完这几句。"齐月轩不耐烦地说着,站起身,向众人道,"诸位,大家听听我的下联如何? 我对的是:将军褐翅,状元黑头。"

众人闻言,面面相觑,一时都不解其意。

齐月轩狡黠一笑:"哈哈,各位仁兄不必再想,想到明年此时,你们也想不到出处。这是我养的两只蛐蛐儿,一只叫'大将军',一只叫'武状元'。"说着稍顿,带上身段,甩着京戏里的小生腔,"正所谓:将军褐翅,状元黑头。"

逗得大家捧腹大笑,连称有趣。

齐月轩拱拱手:"诸位先聊,我有点小事,去去就来。"这才随杨志兴走出屋去。

两人一出屋,齐月轩就忙追问,可杨志兴却神秘兮兮地不语。直拉着他穿过厅屋,进了东侧的卧室,把门帘放下,才压低嗓门说:"少爷,恐怕要出大事。"

"大事?有什么大不了的事?"齐月轩仍不以为然,边问边在窗前坐下。

"少爷,我听说辫帅张勋派人让印刷厂赶印一万面大清国的黄龙旗。"

"黄龙旗?!"齐月轩一愣,皱起眉来紧寻思。

"还要印什么号外。"杨志兴继续说,"可印刷厂的工人罢了工,枪逼着都不干……"

齐月轩腾地一下站起,打断:"杨叔,你赶紧派人……别,你亲自去吧,把这单活儿给抢过来。"见杨志兴迟疑,发急地,"这事儿明摆着呀,张勋是大清旧臣,一直拥戴皇上,他的兵连他本人都没剪辫子。这回为调停府院之争,带兵进京是醉翁之意不在酒。这回他印黄龙旗,还能有什么别的?一准是扶皇上复位呀。"

"我也看出来了。不过……"

"还不过什么,这当口不是图钱,是表对皇上的忠心。"齐月轩稍顿又说,"赶紧交代福兴,墨香斋管印刷的大工、伙计一个也别放走,今儿个整夜给我候着。"

"福兴去德州接闺女了。"

"嗨,我都把这碴儿给忘了。那你就给盯紧点,要有事也就是今儿明儿两天。"

杨志兴仍有些迟疑:"少爷,咱们是不是再掂量掂量,我还是觉得……"

"还掂量什么?"齐月轩提高了嗓门,"过了这村,可就没这店了。平时小事我不和你争,今儿这事你得听我的。去吧,赶紧着。"

杨志兴应着刚要走,又被齐月轩叫住。

"还有个事,也得提前候着。把我爹的朝服朝珠,官靴顶戴都找出来,一样也别少。我是世袭的一等男兼一云骑尉,大事若成,哪能不进宫朝贺呀?"

杨志兴摇摇头:"老爷的朝服官靴您能穿得合身?再说,那都是正一品的制式,您没实职,不合典制礼数。"

"嗨,顾不了这么多了,有就不错了。"他猛然又一拍大腿,"哎哟,最要紧的怎么倒给忘了。"

"什么?"

"辫子!"齐月轩叹口气,"到民国全剪了,这秃尾巴鹌鹑似的敢上朝吗?可这一时半会儿,到哪儿淘换去呀?"

杨志兴也为难地摇着头:"这还真不好找……唉?要不把月娥那小辫……"

齐月轩一时哭笑不得:"你别糟改我了,那也太小了,跟猪尾巴似的……"突然他眼睛一亮,叫出声,"对!一会儿我去天和戏楼……"

"这节骨眼儿您还有心思听戏?"

齐月轩笑笑:"我不是为去听戏,为的是到后台抄他根辫子。再说每天都泡在那儿,今儿一不露面,还不显山露水的?"

杨志兴笑着点点头,没再吱声。心里却说:"哎,鸡急能上房,猪急敢蹿圈,这人急了就什么馊招儿都想得出啊。"

晚上,戏园子前边已经开了戏。化妆室里的小月蓉却没上装,穿着小衣,端个小茶壶,坐得挺悠闲。今天的戏码是他的大轴儿《三堂会审》。这才唱开锣,中间有两折垫场,还早着呐。

大清时,戏子优伶都是男的,连后台都不许女人进,否则就是有伤风化,够坐牢的罪。没辙,剧中的女人就都得男人来扮,也就造就了中国戏曲中独特的男旦艺术。直到民国十几年以后,才陆续出了些女角儿,但也没盖过男旦的风头。后来评的四大名旦，四小名旦无一例外都是男人。后人对此褒贬不一，有的说是封建糟粕，社会畸形；有的说是国之瑰宝，艺术精华。要我说，两种评说加一块儿合适，就是历史。

小月蓉姓王，本名庆声，今年只有二十六，可入这行有二十二年了。四岁就典给师傅，专攻旦角，六岁就登台，人称"六岁红"。可那阵儿是个草台班子，红也就红在乡镇县城。别说北京，连天津、保定都进不去。梨园行讲究师门正宗，特别是京戏。自打宫里喜欢这皮黄，就身价百倍，端起来了。在宫里唱过的这些人和弟子门徒就形成了个京派，唯我独尊。外来的想在京城立住，比登天还难。好在小月蓉十二岁出师，改拜了给老佛爷唱过戏的名旦陈爷陈霆林，才算入了流。后来又跟十几个名角学过，从跑龙套、唱开锣、凑垫场、陪角儿演二三路活，混到了现在能大园子挂头牌，也的确不易。在草台班子不比京城大戏班，什么都得演，这倒给他打下了宽厚的底子。唱红以后，他也是青衣、闺门、花旦、刀马，甚至武旦都来，有时还反串小生。在京城梨园行的当红旦角里，有比他更出名的，有唱功比他好的，有作派身段胜他一筹的，可没人比他会得多，没人比他戏路子宽，也称得起是独树一帜。要不然自己没班底，也不会到哪儿搭班都能挂个头牌二牌。

小月蓉饮透了茶，正要上装，戏园子老板风是风，火是火地跑了进来。

他满脸赔笑地说："哎哟，王老板，您还没扮上？正好。今儿个下面来了个直系的张师长，非要听家乡戏，点着名让您加唱回梆子的《骂殿》。"

"唱不了。"

"您不是会……"

小月蓉哼一声打断："会得多了，我还会唱几口大鼓呐，还会站着撒尿呐。想干嘛让他上哪儿，咱唱的是皮黄，伺候不着他。就我愿意巴结他，完了改装也不赶趟儿。"

"赶趟儿，我让他们再加折《三岔口》。求您了，那可都是带着马弁，别着枪的主儿，惹不起。"

"哼，有头有脸的我见多了，他能怎么着？能把我毙了？明告诉他，我会唱梆子，可丢不起那人。"

"您算帮我行不行？"

"不行！"

无论他怎么说，小月蓉就是不应，戏园老板只好硬着头皮去回话。还没敢把小月蓉的原话奉上，转着好大的弯儿，赔了不少的笑，才说出"唱不了"这仨字。那位师长立马就一拍桌子，操着冀东口音大骂："是他娘喘气喘得不耐烦了？连梆子都唱不了，还他娘演个球戏？都下去，老子自己吼两嗓子！"

他的两个手下，也跑到台前大吼大叫。直吓得台上的艺人停了戏，偷偷往台后出溜，台底下也都惊了个目瞪口呆。

正这时，右边桌子旁有人拍着巴掌站起来，大声说："好，欢迎这位军爷唱两段梆子，伺候伺候咱们爷们。来，呱唧呱唧呀！"

这，不是别人，正是齐月轩。他的话音刚落，台上台下一片掌声和哄笑声。

那师长起初还没回过味，也跟着笑了两声。突然圆脸变长脸，猛地站起，骂道："你……他娘什么人，敢消遣老子?!"

齐月轩不顾一旁的郝炳臣阻拦，笑笑说："军爷，民国不讲究平等嘛，别说唱梆子，就是唱曲儿您也不丢人。您先唱一段，完了本少爷给大伙唱段皮黄。这才叫军民同乐，太平盛世。"说着又向也来拉他的周正节说，"大主笔今儿也在，明儿给来个头版头条，那可是好新闻。"

又是一阵哄笑和应和之声。没人惦记看戏了，眼前这出儿比什么戏不好看？听戏子唱，哪有看两位爷斗架叫阵过瘾呐？

那师长愣了，他也是初进京城，只听说北京藏龙卧虎，可没领教过。今儿也是多喝了两杯，一时兴起。看眼前这人虽不托底，但看这谱儿，听这口气也不是个等闲之辈。忙问戏园老板："这是哪儿……蹦出的个臭虫？"

"哎哟，军爷，这是学士府的齐大少爷呀，皇亲国戚。这半条街的买卖都是人家的，可是有钱。现在好多民国大员、将军也都是他爹的门生属下。段大总理前几天还去学士府拜会呐……"戏园老板信口开河，一个劲儿地吹。甭管真假，能把眼前的事平了就得。

这番话把那师长的气泄了大半，酒也醒了大半，半晌没吱声，有点进退两难。

　　这时,郝炳臣拉着周正节走上前,和颜悦色地"嘀里咕噜"说了一通英语。说得那师长直皱眉眨眼,只有傻愣的份儿了。周正节对英语也是稀松二五眼,不过他明白郝炳臣的用意。凭着这机灵脑瓜,这三寸不烂之舌,编吧。

　　他笑着说:"这位军爷,这位先生是美利坚合众国的'蒿啊病拉衬'博士。他刚才说:您好,他听完戏还要和外交部长曹汝林先生一起吃宵夜,请您也一同作陪。他很喜欢听京戏,问您是不是能改日再听梆子。如能让他继续看完这场戏,不致误了外交事务,他将不胜感激。"

　　那师长被郝炳臣的西服革履,满口洋文和周正节的翻译唬住了,心中飞快地打起算盘。又是少爷,又是洋人,又是报馆的,还惹了满园子人的众怒,闹起来没自己的好,还不如借台阶下。想着忙咧嘴笑笑,拱拱手:"兄弟粗人,借酒开个玩笑,各位别当真。您几位接着看戏。我还有军务不能再陪了,日后再拜访。告辞!"说完,就带着手下往外走,走得匆忙,也走得狼狈。

　　场内又是一阵哄笑。认得齐月轩的还喊着:"齐少爷,够意思!"齐月轩站起来向众人招招手,又向戏台上大声说:"还等什么?开戏呀。"

　　锣鼓声又敲起,齐月轩、郝炳臣、周正节三人相视而笑。齐月轩忍住笑,指着郝炳臣说:"炳臣兄,这就是狗屁民国。我这大少爷还得靠您这个假洋鬼子和这位蒙事行的翻译官圆场,事平了我心里都不平。说说,刚才您笑不滋儿的转那段洋文是什么意思?"

　　郝炳臣起初只笑不语,再三追问,他才压低嗓门说:"我是说,先生,您是不是介意我和您的母亲做爱?不介意的话,您能不能把她介绍给我……"

　　没听完,三个人都忍俊不禁,大笑出声。直笑得台上的艺人都有点发毛,不知哪出了错。台下的人也不知怎么啦,都往这儿瞧,后边看不见的还站起直踮脚伸脖。他们这才捂住嘴,但还止不住偷笑。

　　这时,护院的老李头匆匆跑进,到齐月轩身旁,附耳低语了几句。只见齐月轩惊喜地愣了愣,突然从椅上蹦起,挪腿就往外走。没走两步,又猛然想起什么,转身跑向幕边通后台的小门。这回,不止场里的看客们不知怎么回事,连郝炳臣和周正节都丈二和尚,摸不着头脑了。

后台里,人们还在三个一撮儿,五个一伙儿地议论着前面发生的事。尽管戏园子老板连声喊着:"都散散,没事了。"可哪有人肯听,一见齐月轩撩帘进来,就一窝蜂似的围了过来,东一嘴,西一嘴问个不停。

齐月轩这会儿心里正火烧火燎,哪有工夫和他们磨牙,只勉强答了几句,笑了几声,分开人群直奔小间。刚到门口,戏园子老板见了抢先撩起帘,脸上堆满笑,边把他让进,边贯口儿似的说:"齐少爷,今儿您可积大德了,我得念您一辈子。人常说没君子不养艺人,这话还真不假。今儿晚上散了戏,我请……"

齐月轩忙一笑打断:"嗨,小事值不得。我和月蓉有两句话,您……"

"噢,您聊,您聊。"老板知趣地退了出去。

齐月轩刚要说什么,早已站起的小月蓉迎上两步,往下就跪。齐月轩忙搀住发急道:"你这是干什么?"

小月蓉一句话也说不出,泪却无声地淌下,在刚打完粉底子的脸上留下两道痕。

齐月轩此时却顾不得理会,用目光在屋中搜寻着,说:"我今儿得求你个事。"

"什么事?您说。"

齐月轩刚要答,就发现搭在角落里的一根假辫子。他兴奋地一把抄起,转身就往外走。撩起帘,一条腿都迈了出去才想起,转过身说:"就和你求这个。"

"您真逗,要这干吗?"

齐月轩得意地卖着关子:"小子,明儿就又是大清国了,你就等着赏赐吧!"

说着,头也不回,一溜小跑,笑着扬长而去。

戏园子老板呆看着他的背影,问小月蓉:"齐少爷这是……犯神经了?"

小月蓉只摇摇头,他也不知齐月轩今儿是动错了哪根筋。

不错,齐月轩翘首以待的大事在当晚发生了,张勋让他进京的几千辫子兵控制了各处京畿要害。黎元洪躲进外国使馆,段祺瑞逃去了天津,刚立起没几年的中华民国政府的大牌子,又被摘了下来。这时,普通百姓还不知晓,其实就知道也不会睡不着。兴什么国对他们都一样,什么时候也是啃窝头。欣喜若狂的是那些大清的遗老遗少和沾得上边儿的那些人。

齐月轩从戏园一回到家,就马上忙活开了。印黄龙旗和号外的差事已经让墨香斋揽下,一切就绪就等开印。他急的是赶紧穿戴整齐,连夜去宫外候宣。他爹的官服又短又肥,的确不合身。官靴太小,穿上都费劲。脚趾在里面蜷着,不走路都难受。官帽太大,戴上旷得很,只好找布垫上。最可心的倒是那条辫子,吊在后面又黑、又粗、又长,一点看不出是假的。只是担心它掉,让下人系了好几次。直到使劲拽,疼得他龇牙却不掉,才算放心。

穿戴停当,他一瘸一拐地走到大镜子前,看着第一次穿上官服的自己,他觉得比他爹当年还威风。似乎治国、平天下的夙愿,强国富民、兴邦雪耻的梦想都一下成为近在眼前的现实。心里既喜悦又忐忑,既兴奋又发慌,既踌躇满志又飘飘然,脚不着地,心不落底。

这时,郝炳臣从书房里走出来,看他的样子不禁苦笑着叹了一声。

"炳臣兄,"齐月轩摆出了个戏里的架势,问:"你看,我现在像不像'长坂坡'里的赵子龙?"

郝炳臣淡淡一笑:"今儿在戏园子,你还有点赵云的意思。现在嘛……倒像中举的范进。"

齐月轩微怔,刚要争辩,杨志兴走了进来,说:"少爷,官轿给您安排好了。仪仗可不全了,只找着一把杏黄伞,一柄金瓜,两把扇。您还没有实职,又大半夜的,开道的锣我看也免了吧。当着好些亲王郡王和老臣子,您可不敢太招摇。"

齐月轩稍思,点点头:"嗯,你说的有道理。干脆仪仗都不要,带的人别太多,有两盏灯笼照亮就得。咱们还得赶早去候着,现在就走。"

杨志兴应着先出了屋。齐月轩又在镜前端详了一下,喊了一声:"上朝!"

不一会儿,学士府门前的轿子就颤悠悠地在几盏灯笼的簇拥下向胡同口走去,很快隐进了漆黑、幽深、莫名的夜幕中。

第 七 章

第二天一大早,北京的各主要街道上就都发起了"号外"。发"号外"的有墨香斋的伙计,也有从学士府其他店铺临时调用的帮工,甚至府里的杂役、护院也都上了街。"号外"登的就是些"张大帅拥戴皇上恢复大清,宣统帝重登大宝诏告天下"之类的词儿。不要钱,白送,过路人都纷纷争抢。有的边走边看,有的相互议论,也有的抢了许多,一个字也不看就揣进口袋。有人奇怪,问他他不答。实在问急了,才偷笑着低声说:"这纸不赖,糊墙围子合适。"

沈鹏带着两个手下,正沿着后门大街两边乱踅摸。干吗?奉旨查旗。头天半夜,墨香斋边印着黄龙旗,就有人边取走,挨户下发,说凡拒不挂旗的,要送官严办。谁能拿自己的脑袋不当事?这不,满大街查了个遍,还没见哪家没挂。没查着不挂旗的,却碰上把挑子摆到大街上的御刀刘。

沈鹏走了过去:"哟嗬,刘爷,您可真行,剃头挑子敢往大街上摆?"

御刀刘听出是他,笑道:"三儿,你瞪大了眼好好看看,我这是剃头吗?我这是替大清国还老规矩,蓄辫!谁敢撺我御刀刘,那就是跟大清国有仇。"

沈鹏定神一看,果然杆子上挂着张纸,写着:接发蓄辫,一元一位。架子上还挂着几条辫子。

御刀刘那儿还说着:"三儿,你那没毛的脑袋可麻烦。要不,给你踅摸一假头套?"

沈鹏笑了,"你可真敢开牙,这么胡侃有生意吗?"

"您还甭说,我这都卖出好几根儿了。谁不会掂量呀,是钱重要,还是吃饭的家伙儿重要?一块钱,那是蓄辫子的价,你要弄个头套可没这个价,至少得五块。"

沈鹏摸着礼帽下的秃脑瓜,想了想说:"行,不过您可得快。"

"成,明天还在这儿,一手钱一手货。放心,我给你绷点松紧带儿,大小都合适。"

沈鹏又笑着寒暄了几句,正要回去,一个手下眼贼,瞭见胡同里有家寿材铺门上空着,没挂旗。他一指,沈鹏就气哼哼地走了过去。

"人呐?出来!"

听到喊声,掌柜的忙走出来。

"你怎么不挂黄龙国旗呀?"沈鹏瞪着他问,"是你对大清国不满,还是活腻了?"

掌柜的忙赔着笑,不慌不忙地说:"三爷,您来得正好,我这儿正琢磨呢,不敢不挂,也不敢挂。您给个准话,我这儿挂还是不挂?"

沈鹏没听明白,一睖眼:"废话,家家买卖都挂,你敢不挂?赶快挂上。"

"这可是您让挂的,要闹出麻烦来,可没我什么事。这街坊四邻可都听见了。"

沈鹏越听越糊涂:"你……什么意思?"

掌柜的慢条斯理地说:"您看,我们寿材铺没见过哪家开在闹市街上,到外边问起来从不敢说是干什么的。为什么?就是怕人家腻歪。我这儿卖的是棺材、装裹,都是给死人用的东西不是。我是想,这黄龙旗要挂在我这门口,挺喜兴的事不丧气了嘛。谁要告我一个妨大清国,我可担待不起。不过,我听您的,您让挂,我马上就挂。"

沈鹏愣了愣,什么也没说,扭头就走。

掌柜的追了两步:"三爷,我到底是挂不挂?"

沈鹏没停步,只没好气地说了句:"嗨,爱挂不挂吧。"他那儿走了,背后头好多看热闹的却都偷着直乐。

墨香斋的生意一下子红火了许多。本来应的印黄龙旗,印"号外"的皇差就够忙了,这一改朝换代,散活儿比往常也多出了好几倍。也难怪,国号都改了,凡用名帖的能不跟着改?中过举的得添上举人的功名,当过官的得添上官职品位,在旗的得添上旗籍所属,八竿子打不着的小杂货铺老板也得添上曾给宫中供奉。蛐蛐儿是不兴用名帖,要用,也得添上出自皇城根儿这几个字。广告、告示也得跟着改,别的不说,就这年号日期就非改不可。又大清了,还能写民国多少年?那不自己找麻烦嘛。不止是印活多,刻章的也多了,可甭管怎么多,机器一天印多少有数,人就是连轴转也是两只手。只能是先应皇差,其余的慢慢排队吧。

董福兴早上才回来,眼都没合,就忙活开了。这当口不露点儿脸,显点儿本事,还待何时呀?看见有的伙计哈欠连天,他忙拍了一下柜台大声说:"都听着,现在可又是大清国了,老规矩礼儿可一点也不能含糊。都给我放机灵点儿,手底下麻利点儿,穿戴也得齐整着点儿。不好好干,现在可不止让你滚蛋。听见没有?"

伙计们忙强打精神应着。董福兴刚要进账房,一个伙计跑进来。

"掌柜的,东华门、西华门、前门、东四、西单那几个点的号外都发完了。车间那边问,还印不印?"

"再加印一万,送东直门、西直门、德胜门、北新桥。"

"还……白给?"

"废话。"董福兴板起脸,"这日子口别谈钱。少爷吩咐过,这是向皇上敬个忠心,表个孝敬。明儿的号外就登了,醇亲王、庆亲王和几位贝勒举荐,咱们少爷封了个总理衙门帮办章京,军机上行走,正三品呐。过去,中状元才赐六品朝冠,不赶上这节骨眼儿,哪有这么好的事呀?还不快去。"

伙计忙应着走了。这时,一个宅门管事拎着鸟笼走了进来,董福兴一见迎了上去,边施个文式安,边招呼:"哎哟,索爷。"

索爷回了个武式安,一手高扬鸟笼,来了个"大亮底"。

按大清的规矩,这请安名目多了。凡上朝敬祖,正式场合得行大安,双膝着地得真磕头。平日行的是小安,男的单腿半跪,探手躬身。女的双膝并拢,扬手半蹲。男的还分文武之别。文人行安是右腿后撤半跪,右手伸右腿外侧。武人常甲胄在身,所以不跪只欠身,右腿向侧后稍挪,手伸在两腿之间。人说的"文夹裆,武裂胯",就是讲的它。那鸟笼扬起,也有讲究,"大亮底"就是笼底朝天,这是一种显摆炫耀。什么人养什么鸟,这一点不假。武人养鸟,除雕鹰鹞子之外,都好画眉。这鸟爪硬有力,平日练就的抓劲,就是笼子倒过来,它也没事。您一见遛鸟的人晃着膀子,把笼子悠荡得挺高,一准儿就是这号武人武鸟。

"索爷,您有什么吩咐?"董福兴问。

"给我家老爷刻个戳儿。"

"行,用什么料?"

"全铜镏金。"

"多大尺寸?"

"两寸见方。"

"刻什么字您?"

"承天府正堂印。"

董福兴笑出声:"得了,索爷,您别拿我开涮啦。我们民间店铺哪敢私刻官印呐?这您得上吏部验封司呀。"

"嗨,那衙门要在,我来求你干吗?"

"大清国都复了,那吏部能不复?"

"等着他?得等出蜘蛛网来。我们老爷急等着回去接管,手下没兵,再没个印信凭证,人家能给腾位子吗?"

董福兴想想:"要不,您甭管从哪儿,只要讨个公函文书来,我这儿也算有个交待。"

索爷哪肯,仍软磨硬泡。一会儿,一声喊叫打断了他。

一个中年人走进门。他身上的长衫破着洞,洗得已看不出原色,后边翘个兔尾巴长短的小辫,准是短发现扎的。他边倒背着手,迈着方步,边操着江南口音问:"怎么……没人支应啊?"

一个伙计迎上来:"您有什么吩咐?"

"看看我的章子刻完没有?"

柜台里有人应:"这位爷,您不是刚送来一个时辰嘛,今儿活忒多,还没刻呐。"

中年人一听就火了,又转着南方味儿的京腔道:"怎么着,就刻'候补道员陈'这五个字比修长城还难?这次老爷要是补了缺,你们上赶着,我还不刻了呐。"

董福兴刚要过去,索爷却坏笑着抢先走过去。

"哎哟,这位爷,您这候补的着什么急呀?您……候的时候不短了吧?"

中年人叹口气:"哎,打光绪三十三年就备候,都候了十年了。惭愧呀……"

索爷阴奸奸地笑笑:"光惭愧没用,十年您都没咂吧出滋味儿来?就您这样也想补上缺?哼,没银子您就接茬儿候着吧。"

中年人脸气得煞白,但他忍下了,只不屑地瞟了他一眼,叹道:"可怜天子之门生却不能因之而仕,苦哉!悲哉!怪哉!"

"得,您就慢慢'栽'吧。"索爷一旁还火上加油。

中年人实在压制不住,甩出一句:"哼,人品不立,无异猪狗也!"说着拂袖欲走,却被索爷拉住:"嘿,你还敢骂人呐?"

中年人有些怕,但还是硬挺着。情急中嘴里蹦出一串上海话:"侬说阿拉骂侬,是侬将阿拉小觑。"

索爷一句没懂:"你……说什么鸟语?"

董福兴忙上前把两人拉开。中年人溜得挺快,可到门口又停住了,用乡音找补了一句:"侬以为侬门槛精,不过一副瘪三模样。"

索爷虽不懂,但知道不是好话,又要上前,幸而有董福兴拦着、劝着才算没改武戏。

嗨,这都是昨晚突然而来的变故给闹的,让沉淀了的又翻了起来,让快咽气的又还过阳来,让刚沉下心的又犯了神经,也让刚辨出点儿方向的又找不着北了。

这会儿,学士府正房厅屋里是坐满了人。老一辈,少一辈,经常来的和几年没见的朋友都来了。

齐月轩此时坐在他爹当年坐过的太师椅上,似乎还有点做梦的感觉。自打戊戌维新以后,十几年了,他多少次梦见过今天。可又多少次睁开眼,连一点亮都看不见。先皇被囚在瀛台,死了个不明不白,他不知跟着落过多少次泪。为皇上的冤,为国家的衰,也为自己生不逢时。他和大多数遗老遗少不一样。他心里把钱看得很轻,除了出人头地之外,的确还有抹不去的视天下为己任的抱负和久被压抑,但仍未泯灭的激情。使劲掐一把自己的大腿,他才完完全全地相信自己是醒着。可往往梦是套着圈的,醒了有时仍在梦中。这,他此时哪能想得到啊。

一阵笑声之后,齐月轩向众人拱拱手,朗声说:"各位仁兄过奖。我齐月轩早感八股之陈腐,朝政之弊端。也曾追随康梁,思变法图强。戊戌之后,自觉补天无力,以至心灰意懒,放浪不羁,实在惭愧。这次全凭几位王爷贝勒举荐,蒙张中堂提携,才得皇上赏识,才使月轩有报效皇上,报效国家之机遇。但愿今日复国,能兴新政、行仁治、明法度、图中兴,以洗庚子、甲午之耻,以告先帝和家父在天之灵。"

一老者捋须笑道:"难得贤契有此拳拳之心。本是栋梁之材,又蒙皇上恩宠,实乃天降大任于斯人也。"

齐月轩笑笑:"救国大计靠众人合力,岂一人能为之?诸位均是饱学多才之士,更当有一跃龙门之时。"

周正节站起来:"还仰仗月轩兄提携、引领。"

"哪里,共勉,共勉。"齐月轩寒暄着,突然凝住神,稍思,问:"今日早朝归来,我曾于途中口拈小诗一首,各位可否愿听?"

这还用问吗?自然是一片应和声。

齐月轩慢慢站起,眼中似乎还显着湿润,念道:

夜半云开月又圆,心中忐忑候传宣。
春蚕将死犹作茧,冬笋已干又润鲜。
草木扬枝承恩露,鹰鹏振翅向云端。
书生亦鼓匹夫勇,报国何惜一寸丹。

话音一落,屋里又是一片赞誉和笑声。

只有郝炳臣早已溜出了屋,一个人在院中发呆。

"哟,郝先生,"是杨志兴,"屋里那么热闹,您怎么一人……"

郝炳臣勉强笑笑:"里边太闷,出来透透气。"

"是少爷惹您不高兴了?"

"没有,没有。"郝炳臣苦笑着,"是我自己心里迷惘。哎,想求光却看不见亮,空有志不知往何处奔呐。"

"唉？您这话我可有点耳熟……噢,对对,是少爷常说的。"

"这是我在一封信中写给他的。"

"噢,"杨志兴看了他一眼,又问,"这回皇上复了位,少爷封了官,他那儿都见着亮了,怎么您还迷……迷呐？"

郝炳臣瞟一眼喧嚣的正房,叹道:"只恐……昙花一现呐。"

杨志兴一愣,猜度着:"您是说……"

郝炳臣不答却问:"杨叔,您说这水能从低处往高处流吗？"

"那哪成……不过要水车紧抽着,倒可以。"

"那不也就一阵的事啊。"

杨志兴寻思着刚要点头,却又停住,压低声问:"郝先生,您是觉着大清不如民国？"

郝炳臣想想,不答反问:"杨叔,您觉着这世道是合理好,还是不合理好？"

"当然合理好。"

"好,那把这天下的财富比作一锅粥,是大家伙分着喝合理？还是让一个人独占了去,让有些人饿死合理？大家都是人,是平等相处合理？还是分主子奴才合理？"

杨志兴愣了,不知如何回答,半晌支吾出一句:"那得看依什么理了。"

郝炳臣笑了:"是啊,这世上的理太多。上有上的理,下有下的理,不上不下有当间儿的理。有的理不敢不依,可心里却另藏着自己的理。不过要我说,既是理就得讲公平二字,没它的理就是歪理、坏理,蒙人的假理。"说到这,他煞住口,看了看不禁点头的杨志兴,才又说,"世道总会奔越来越公平去变,决不会倒回去。就有,也长不了呀。"

杨志兴有些紧张,发急地:"那……那您得好好和少爷叨唠叨唠。"

郝炳臣摇摇头,满脸苦笑:"我尽力吧。不过当局者迷,正得意的时候他能听得进？有的梦是不栽跟头醒不过来的。"

杨志兴的眉头紧皱起,挤得额上的抬头纹更深了。他现在的心情就是刚才没学上来的那个新名词——迷惘。

北京闹了个翻天覆地,可离京城也就一天路程的德州却很少有人关心这档子事。今年是百年不遇的大旱,夏收根本不用收,稀稀拉拉的庄稼还都是瘪的。一般人家早就挖上野菜,吃上麸糠秫秸秆儿了,天天都有饿死的。这时候,人们只想着如何填肚子。不求饱,只求别饿得肚子转筋,能凑合挺着活下去。

刘坤柱家虽不种地,但存粮还有,董福兴这回又给送了些,还不至于为粮发愁。可他老婆福琴还是总惦着去北京。一来彩屏乍一走心里放不下,二来也怕粮荒生了乱,想出去避避。这天,刚吃完晚饭,她就又提起这话茬儿。

"他爹,我看咱们还是回北京吧。和你说了无数次了,你不是不吱声,就是俩字——不去。咱又没偷没抢,没赊没欠的,怎么就不能回京城去避避呢?"

刘坤柱起初还是不吭气,让老婆叨唠得实在急了,才头也不抬地说:"要去,你带成龙去吧。我不去!"

"为什么?不就是没官了,回去不光彩嘛。"

"屁话!"刘坤柱让老婆的话激怒了,瞪起了眼,"你老娘们家懂得什么?我是怕回京城,可不只是怕人低看我刘坤柱,而是怕见老旗营的那些没了胳膊腿儿的弟兄,没了丈夫、没了爹的娘们孩子……"沉寂半晌,他长长地舒了口气,才又说,"……八里桥那一仗让洋人给打得太惨了。我手下一千多号人,个顶个是好样的,可……没剩下几个呀。我让校尉贵庚背下来,拣了条命,可还真不如让我当时死了,马革裹尸,倒也痛快。这倒好,人活了,心里头埋了把刀,一想起这事就割得疼。我哪还有脸去京城?没脸呐……别再臊我啦……"

说到这儿,他再也说不下去,竭力瞪大的眼中满含着泪。

福琴也不知说什么好,愣了愣,拿起块毛巾递给他,只说:"得,不想了,我听你的。"

这时,成龙跑进屋,喊着:"爹,老先生来了。"

刘坤柱这才紧擦了擦脸,站起了身。没迎几步,张志诚就搀着他爷爷张老先生进了屋,后面还跟有几个乡亲。

几句寒暄,几人都坐下。

张老先生轻咳一声说:"坤柱啊,今儿个我和几位乡亲来你这儿,是有事相求啊……"

"老先生,您言重了。"刘坤柱连忙打断,"我小时候就跟您念过私塾,现在您又教犬子。一日为师,终身为父,有什么事,您尽管吩咐。"

"好,那我就不兜圈子了,今年逢这大旱,家家都是颗粒未收。村里十有八九的户都断了粮,饿死十几个了。我……"

福琴一旁插了一句:"老先生,前儿我不让成龙给您送了些粮嘛。"

"非也,非也。"张老先生连连摇头,"老朽今日岂是为自身,本是风烛残年,还有多少时日呀?我是不忍看众乡邻蒙难呐。我虽非官非吏,但毕竟读过几篇道德文章,尚知仁者爱人,好义珍生之理,故而……"

刘坤柱爽快地接过话茬:"老先生,这道理我明白。我家里还能拿出几袋粮。"

"师傅,"张志诚站起来,"您家存那点儿粮能救得了几户?我爷爷不是那个意思。咱庄上的沈家在北京开粮行,有不少粮囤在仓里,我们只想让乡亲们能从沈家买些粮。"

刘坤柱点点头,又有些不解,问:"这于情于理都说得过去呀,这沈家既然开粮行,卖给谁不是卖?有什么可难的?"

老先生苦笑着:"哎,这里的内情你不知啊。这些粮本来就是沈家打着旧主子旗号,从乡亲们手里收的。欠款欠了半年多,我和几位乡亲还为这跑了趟北京。后来,虽然还了款,可把人给得罪下了。再说,沈家囤粮就是为发国难财,想运北京卖天价,在这儿哪里肯卖呀。许多乡亲跪着求都不行……哎,真是人心不古,为富不仁呐。"

刘坤柱一听气得猛拍了一下桌子,脱口骂道:"什么东西?真是小人得志。要是我带兵那阵……"他没说下去,只叹口长气,说了声,"可恨!"

"坤柱啊,"张老先生又说,"可着咱这村,也就你够身份,有面子,和沈家又没有过节。故而,我几人才相约来请你出面,明早一同去求沈家开仓卖粮。你看……"

刘坤柱却面呈难色,说:"老先生,不是驳几位的面儿,这事实在让我为难。您……还是另请高明吧。"

张老先生好不意外："怎么，你也惧他沈家的势力？"

刘坤柱哼了一声："他沈家纵是龙潭虎穴又有何惧？"

"那你……"

"嗨，我刘坤柱生来就不怕阎王，却见不得小鬼。我和他沈家平日就素无往来，在这种势利小人面前，我实在低不下头，说这个求字。"

屋里沉寂了片刻，没人说话，连喘气声好像都停了。

张老先生突然几声笑，听着却带着哭腔："好好，是老朽强人所难了。这人命哪里比得刘爷的面子？走，咱们走，豁出去这张老脸，我到沈家去跪个三天三夜！"

说着，他不用孙子搀，朝外就走，脚下一绊，竟向前栽去。幸而刘坤柱眼疾手快，一把扶住。可他刚站稳，就执拗地较着劲，想甩开刘坤柱的手。

刘坤柱双手扶稳他，动情地说："老先生，过去您拿戒尺打过我的手板，今儿您是拿话抽我的心呐。我刘坤柱不是个无情无义，缩头缩脑的人。您说得对，什么也大不过百姓的命。明天我去。一准儿去！"

张老先生笑了，笑得很欣慰，笑得眼中满是晶莹。

第 八 章

　　这几天,齐月轩像变了个人,每天天不亮就到宫外候着,下了朝也不出屋,总是埋头写个不停。对此杨志兴是又喜又忧,而老张却只有忧,没有一丁点儿喜。自打复辟大清,不仅原先约好的局全都给推了,而且少爷压根儿就没踏进后花园一步。那只曾稀罕得宝贝儿似的鹩哥,天天喊着"少爷吉祥",却也盼不来主人。

　　这天上午,天和戏园的老板捧着两只澄江罐,亲自送到了府上。一是为答谢齐月轩那天帮他解围,二也是看他得了势,买来两只好蛐蛐儿以示祝贺,讨他个喜欢,也求自个儿长远。他来时,少爷还没回,他前脚刚走,齐月轩就进了院,老张忙捧着俩蛐蛐儿去向少爷禀报。

　　一进门,就见齐月轩外衣都没宽,就又坐在案前写了起来。他依旧便装,一领长衫外罩马褂。他爹的官服实在不合身,也不合分,所以他只穿过一次。现在,就等朝廷定制的正三品行头赐下来了,那穿在身上,顶在头上才理直气壮地光彩。

　　"少爷,"老张一改原先的随便,虽两只手都占着,不能真格真令地行安,但身子躬得像个虾米。

　　齐月轩头也没抬,只"嗯"了一声。

　　"天和戏园的老板给您送来两只蛐蛐儿,一只'青头愣',一只'黄飞翅',样儿都不错。说是从隆福寺虫市买的,我看少花不了。您……不瞧瞧?"说着,他掀开罐盖儿。

　　齐月轩忍不住扭过头来,但只眨眼工夫,脸上的笑全没了。他干咳一声,又正襟端坐道:"本官尚有公务,还不退下。"

老张打着哈哈,又说:"瞧一眼误不了您多少时间。您不给这两只蛐蛐取个好名,图个吉利?"

"你怎么那么多废话?"齐月轩厉声打断,"你以后少拿这些玩意儿来诱惑本官。复国初始百废待兴,有多少大事要做!要误了皇上交的差,你吃罪得起吗?"

老张愣着干张了几下嘴,没敢再吱声。

"还不退下?"

老张忙诺着,捧起俩罐,退了出去。刚走出厅屋门,正碰上杨志兴。

老张拉他往一边走了两步,才低声问:"杨爷,这几天少爷怎么跟变了个人似的?真有点原先老爷那劲了。脾气大了不说,连说话都拿着劲儿咬文嚼字儿,甩着说了。"

杨志兴明白他碰了钉子,笑笑说:"你才知道呀,这市有俗语,朝有官腔,能一样吗?见了皇上,张嘴就是界彼儿,旮旯儿,吃了吗您?不让人给撵出来才怪呐。这几天,你呀就好好伺候后院那群宝贝儿,少上前头来招他不待见。现在,少爷顾不上这个。"

老张苦笑了一声,转身走,嘴里却低声叨唠:"得,看这架势,我快没饭喽……"

杨志兴望着他背影摇摇头,走进屋。进了书房,见齐月轩写得聚精会神,没说话,静候在一边。

齐月轩还是听见了响动,抬头见是他,放下笔问:"杨叔,有事?"

"嗨,还是庆王府提亲那事,"杨志兴忙答道,见他不置可否,又说,"今儿可又差人来催了。这事您还真得赶紧定夺,好给人家个回话。"

齐月轩思忖着站了起来,片刻无语,猛然想起似的说:"您把郝先生请来,我想听听他的意思。"

"我还没向您回这事,郝先生他……走了。"

"走了?"齐月轩一愣。

"他走时您还没回,他给您留了张字条。"说着,他掏出一张叠了几折的信纸。

齐月轩打开一看,上面用钢笔写着:"月轩兄:恕我不辞而别。我理解你的忧国之心,但中国之强,难以靠皇权帝制这根枯骨。望自珍重,也盼殊路同归。"

杨志兴偷瞟他一眼,见齐月轩叹了口气,神情变得复杂而凝重。他忙试探地问:"要不……我差人去把郝先生接回来?"

"算了吧,"齐月轩没好气地摆摆手,"别提他了。你……你看……"

杨志兴迟疑少顷,说:"庆王爷是当今皇上的叔,又是他老人家保举您,女家儿又是他的亲外甥女,要是驳了他的面儿,对您的前程肯定不利呀。"

齐月轩似要分辨,可欲言又止,不悦地坐下。

"话又说回来,"杨志兴又说,"您心里要觉得太勉强,也不必想太多,我去想法儿婉转着给回了。现在正用人之际,我想也不会有什么大不了的……不过,我就这么一说,大主意还得您自己定。"

齐月轩看看桌上没写完的文稿,又扫了一眼手里那张字条,久久不语,看得出他心里在斗争,在权衡着。终于,他舒了口长气,问:"那女家儿人怎么样?"

"我打听过,就是岁数稍大了点,二十六的老姑娘。恐怕也是高不成,低不就才……"

齐月轩不耐烦地打断:"那鼻子眼全不全?"

"全呀,"杨志兴让他问得愣了愣,连忙说,"都说人长得不错……"

齐月轩哼了一声:"行了,哪儿都不缺,坐在那儿像个人就得。就这么着吧,你去回话儿吧。"

杨志兴有点意外,忙又追问:"少爷,您真的……"

"嗨,什么真的假的?不就娶个媳妇嘛,娶过来摆在那儿,供在那儿,还不行?"他见杨志兴还想讲什么,忙又说,"行了,行了,你别再搅和了,我这儿一大堆公文呐。日子你跟他们定吧。要办就尽快,别让我又悔了。"

说着,齐月轩又拿起笔,虽写不出一个字,但不再看他,也不再吱声。

杨志兴只好退了出来。他猜得出少爷此时的心境,一出门就心绪复杂地长叹了一声。

刘坤柱是个唾沫星落地能砸个坑的汉子,头天应下了出面去沈家买粮,哪能失信?第二天一大早,就和张老先生、张志诚,还有几位乡亲奔了沈家粮仓。看仓的伙计忙去请沈鸿。

沈鸿一听他们来,就明白了来意,先来个闭门不见。让伙计去说他上德州了,今儿不一定回。没想到他的这点小转轴蒙不过去,刘坤柱等一行人坐在仓院的屋里不走,非等沈鸿回来不可。等了一个多时辰,还没见着人。村里的乡亲们等不及了,纷纷跑来,都拥进仓院,把粮仓前的晾场挤了个满满当当。有坐的、有卧的、有站的,足有好几百口子。男女老少都有,全拎着筐,倚着担,背着空口袋。

张老先生怕闹出事来,忙劝大伙先回。可没人肯走,只好千叮咛万嘱咐,让众人少安毋躁,别吵别闹,求人就要低头好脸儿。

天快晌午了,沈鸿看无法收场,才算露了面。他打着哈哈怪手下根本没通报,说自己压根儿不知这档子事。刘坤柱也没和他计较,耐着性子,好言好语说明了来意。

沈鸿听完嘿嘿一笑:"刘爷,您言重了,我可当不起您这个求字。我是早有心结交您这样的英雄豪杰,是您不赏小的脸。要是您自己缺粮,谈买都生分,说个数我马上让人给您送家去。可外面这些人又不是您的三亲六故,干吗您非要往里搀和呢?"

刘坤柱也笑笑:"沈二爷,大家都是乡里乡亲的,您能见死不救?"

张老先生插言:"然也,君子贵有好生积善之德……"。

"呸!"沈鸿瞪了他一眼,"别跟我来这穷酸烂醋的胡转,不是你们跟我要账那会儿啦,愣告到学士府去,毁我的名,砸我的买卖。我想起就有气!"

张老先生没敢再做声,刘坤柱忙接过话茬说:"沈二爷,过去的恩怨不提了。今儿就请看在刘某的薄面上,卖些粮让乡亲们度日。您看……"

"刘爷,我不是驳您的面儿,这粮我是要运进京的,卖不了。这倒不是记恨谁,哪儿价高往哪儿卖,我是在商言商。"

"既然是在商言商,就没有价都没开,就说不卖的道理。"

沈鸿愣了一下,又笑笑说:"好,冲刘爷的面子,我开个价儿,不还价,四块一担。"

大家都被他的狮子大开口惊呆了,张志诚忍不住,脱口嚷道:"四块?你可是一块五从乡亲们手里收的这些粮。"

沈鸿仍厌奸奸地笑着:"小子,什么不是水涨船高,物稀为贵呀?这价你们要应不了,我就没辙了。"

张志诚还想争辩,被刘坤柱止住。

他想了想,问:"沈二爷,您就少赚点儿,就两块一担,您看行吗?"

沈鸿笑出声:"刘爷,您可真是吃皇粮,领俸禄惯了,就现在这行市,天王老子来,您这价我也卖不了。"

刘坤柱被他的嚣张激怒,虽然仍尽力压着火没出声,可脸还是沉了下来。

沈鸿看出来了,忙又说:"这么着吧,刘爷,有您坐在当间儿,我一点不让也让您为难。好,我就让两毛,三块八一担。"

张志诚还是年轻气盛沉不住气,别人都还没搭腔,他就又没好气地甩出一句:"就你这价,有几家能买得起?"

沈鸿眼一睒:"买不买自己掂量,我可没逼着你们买。"

"姓沈的,你赚这黑心的钱就不愧?"张志诚甩开他爷爷的手,上前两步,"别以为有俩臭钱就了不得,告诉你,现在是人命关天,人要逼得没了活路,什么事都做得出!"

沈鸿被他这当头一棒砸得有点蒙,一时噎住。张老先生怕事弄僵,一边使劲扯住孙子,一边忙赔着不是。刘坤柱坐着没动,张志诚的话也勾起他心中的火,说了他想说的话。所以他只一旁冷眼观看着,他倒想看看沈鸿能怎样?

这会儿,沈鸿缓过劲来,阴阴地盯住张志诚,狞笑着:"你小子是吃枪药长大的?你敢跟我这儿耍三青子①,甩两句狠话想唬我,你还嫩点。再往狠了说,大不了不就是个反字嘛。告诉你,我沈家是他妈造反的祖宗!"

张老先生拦在中间,又劝:"沈二爷,有话好说,别跟他这孩子一般见识……"

---

① 形容人爱找碴儿,蛮横无理。

81

刘坤柱此时也坐不住了,刚站起,话还未出口,张志诚却冲动地打断了他爷爷的话:"爷爷,这种势利小人你还求他干吗?"说着,他猛转身,大步出了屋。

沈鸿一见,愣了愣,嘿了一声,边骂着,也边往外走。刘坤柱,张老先生和屋里所有的人也都紧随着追了出去。

外边的乡亲们早就等得不耐烦了,尽管有五六个沈家看仓的伙计拦着,还是越挤越近。一见张志诚从里面气哼哼地出来,立刻拥到了近前,七嘴八舌地问个不停。

张志诚向众人大声喊道:"乡亲们,姓沈的粮要卖三块八一担,你们能买吗?"

话音未落,人群就像开了锅,说的、喊的、骂的混在一起,喧腾了起来。

沈鸿愣了愣,他见惯了这些人的温顺柔弱,还没见过这样的无所忌惮,心里虽有几分怵,但嘴却未软。他哼了一声,说:"行了,行了,别舍命不舍财。愿买的那边交钱称粮,不愿买的都给我出去。"

他的话又激怒了众人,顿时喧闹声更盛。人们纷纷向前拥,把几个用棍棒拦着的伙计挤得连连倒退。

这时,刘坤柱双手一扬,亮起铜钟般的嗓子喊道:"乡亲们,都静一静。容我当着大家伙儿的面儿,和沈二爷再打个商量。"

人群很快静了下来,都把目光凝聚在刘坤柱和沈鸿身上。

刘坤柱淡淡一笑,问:"沈二爷,现在正逢灾年,谁家手头也紧。您看这样行不行,就照您说的价,不过乡亲先按两块一担给您现钱,剩下的缓几个月再付。您要是信不过,我做中保,给您落个字据。要是哪家到时还不上,由我一力承担。我就是卖房卖地,豁出脸借,也不会差您一分。您看……"

人群突然变得鸦雀无声,似乎都屏住了呼吸,等着沈鸿的回答。

沈鸿看看刘坤柱,又扫视了一下众人,有些犹豫。但沉默片刻之后,却笑出声:"刘爷,亏您想得出这主意。我看嘛……是成也不成。"

"怎么讲?"

"这价我认。冲着您,我再让一毛,三块七。不过赊账不成,就得是一手钱一手货,钱货两清。"

喧闹声一下子又响起,但刘坤柱一扬手,人群又静了下来。

刘坤柱盯住沈鸿,两手不觉握成了拳,连脸上的肌肉都微微颤动。他一字一顿地又问:"沈二爷,你就不怕惹了众怒吗?"

一时,沈鸿被他显露锋芒的话和目光震住,心里有点虚。但他定了定神,又挤出了几声笑:"我怕……什么?这天底下就没王法了吗?"

"呸!你还配提王法?"刘坤柱一声冷笑,朗声道,"不管是大清,还是民国,天底下最大的王法就是让百姓能活!"

这话音未落,刚被压住的人声又迸发出来。他们扯着嗓子,喊着、骂着,像一波巨浪,不顾一切地拥了过来。几个看仓的伙计起初还推搡着、阻拦着,但转瞬之间就被人潮吞没。

一个伙计拿棍子把张志诚使劲搡了一下,张志诚哪里忍得,两手一较劲,就夺过了棍子。抬腿一脚,把那伙计踢翻,嚷道:"反正是死,死咱也不能做饿死鬼!"

他的话似乎提醒了众人,人潮突然转了向,直奔西侧粮仓拥去。任凭刘坤柱和张老先生喊破了嗓子,也无济于事,饥饿已经让人们冲破了最后的一点忍耐。

沈鸿被这突起的事态惊呆,完全不知所措。半晌才猛然醒过神,转身跑去。竟把几个年轻伙计落在了身后,活像匹受了惊狂奔的骡子。

张老先生急得直捶胸跺脚,嘴里还不停叨咕着什么。刘坤柱也呆望着,长长地叹了一口气,满脸凝重。他们都没料到今日的买粮竟演变成了抢粮,当然更料不到以后的惨烈悲剧。

第 九 章

　　皇上复位没几天，沈鹏就把北隅堂的堂口重新立了起来了。堂址就设在内城北新桥，他新买的个两进院。他是怕夜长梦多，也正好乘着眼前这乱乎劲儿。按青帮的规矩，掌家的老头子本应由长辈当。可理字辈的二师叔和小师叔一枝花表明不愿出山，大字辈的沈鹏才顺理成章坐上这头把交椅。打这起，别说"三儿"这小名，就是沈鹏的大号也没几个人再叫了。门里的得尊称他老头子、老爷子，在外边官称三爷。

　　据说这北隅堂在北京的堂口从乾隆末年就有。正史里没记，野史里倒提到过这么一笔，不过没有传说的那么神。门里人都传是一天晚上，天地会百把号人愣从东华门杀入宫，有几个闯进了内宫门，正碰上乾隆爷的圣驾，身边的几个太监死的死、逃的逃。正当皇上命在旦夕之时，有一个给宫里送煤的汉子却抡起扁担救了驾。等太子颙琰，也就是后来的嘉庆皇帝带人赶来，那人已死于刀剑之下。后来，从他身上找到一本记着清帮规矩和暗语的小册子，门里人称"海底儿"，上面标明北隅堂堂号。为表彰这救驾的煤黑子，特许北隅堂在京城立堂口。一直到一枝花的师傅陈明礼因劫库丁被砍了头，这堂口才散了伙。不管是真是假，沈三爷重立堂口为名正言顺，还真格真令地打出了这面旗。堂中除供奉罗祖画像和翁、钱、潘三位祖师牌位，还在门口摆了个"陈四主爷"神位，旁边还立根扁担，也不知那煤黑子是不是叫这名儿。

　　一枝花没和沈三爷争当老头子，但提出把京城西北角儿的三庙三市划归她，作养家立身的地盘，并让沈三爷当着二师叔和几位师兄弟的面儿应下了。这所谓"三庙"就是指处于内城西北的护国寺、白塔寺和城外大钟寺的庙会。大钟寺庙会只在正月,而白塔寺每月逢三,护国寺每月逢七八就是庙会。庙会又称庙市,卖什么的都有。是京城的一大民俗,也是一大热闹所在。所谓"三市"是指德胜门内早市,德胜门外晚市和沿护城河的北鬼市。早市卖的主要是果蔬肉蛋,晚市以鞋帽杂品见长,鬼市则半夜开,天明散,只卖旧货古董。在这三庙三市摆摊卖货,都是自发俗成,一般没人收租纳税。一枝花看准了这块肥肉,想的是收摊份儿得利。沈三爷虽心里一百个不情愿,可为了不误大事,只能暂且应下,待自己立稳脚跟,羽翼丰满,再作计较。

一枝花如了愿,自然心中欢喜,和七子买了一坛好酒和几样小菜回去,打算和她爹一块儿喝几盅,以示庆贺。从明天起,她就要竖杆子、拉人马、霸地盘、踢出头三脚。可刚到屋门口,就闻见一股特殊的香味,立刻让她火冒三丈,一脚就把屋门踹开,闯了进去。

御刀刘正抱着杆烟枪,半卧在炕上喷云吐雾。猛地一下踹门声,吓得他一机灵,烟枪都脱了手。但他很快眨眨那双瞎眼,边摸索烟枪,边嚷道:"臭丫头,你抽什么疯?"

一枝花本来满肚子的气,却让他狼狈的样子逗笑了:"老帮子,你耳朵还挺贼。"

"废话!除了你,就没有第二个敢这么踹我门的。"御刀刘也笑笑,又端了起来,"不是吹,谁见着我御刀刘不得叫声刘爷?想当年……"

"行了,"一枝花没好气地打断,"您还有点新鲜的没有?不就是给皇上剃过头嘛。给谁剃,不也是剃头,能吹出花来?"

御刀刘被她噎得干张嘴翻眼,却一句话也说不出。听见一枝花把酒坛撩在桌上,才笑着叹口气,说:"哎,你这臭丫头呀,嘴毒心不狠,这点儿倒随我……"

"随你?我随你就麻烦了。"一枝花说着夺过他手中的烟枪,"这大烟你就不能不抽?"

御刀刘发急地又把烟枪夺过,然后向炕里紧缩了缩,不再吱声。他也知道理亏。自打搬过来,每天大肉吃着、小酒喝着、伙计使唤着,小日子也算滋润。就是钱袋是瘪的,让他有点受不了。他心里也明白闺女不是小气人,是怕他总把钱往烟馆送。可这能说戒就戒得了吗?好在皇上复了位,他偷偷跑街上给人接辫子,捞了些外快,这两天才算过足了瘾。

一枝花看着他蜷缩的样子,没说话,只长长叹了口气。叹中有怜、有怨、有恨,也有无奈。她默默抱起酒坛,转身欲走。

御刀刘听见想喊,但口中的烟呛得他咳了两声,才憋出几个字:"酒……搁下。"

一枝花把酒坛使劲撂在桌上,发出砰的一响,吓了御刀刘一跳。半响也只憋出几个字:"哼,你也算个……"

后面的话她没说,御刀刘心里却明白。他一撇嘴说:"咋?我不是你爹,你是我爹?哼,你娘死是怪我点儿,可她也不是我掐死的。你能记恨我一辈子?你别没良心!你敢说我不疼你?"

"疼我?!"一枝花苦笑着,有些冲动,"多亏您疼,要不然能把我嫁给杨志兴那老头子?"

御刀刘也提高了嗓门:"你还好意思怪我?要不是你犯骚勾搭少爷,能有这出儿?当时不这么着,怎么办?你要是显了怀,还嫁得出去?"

"我根本就没想嫁!我就憋着挺着大肚子在他学士府现眼!"

"这话你也说得出口?你不要脸,我还要脸呐。哼,要当初由着你的性儿,你小命儿早完了。"

"哼,当初我就没想活……"

"那你就死去,现在没人拦着你!"御刀刘扯开嗓子喊。

一枝花冷笑着:"惦记着死,就是偏偏命大,死不了。上吊老天不收,关进死牢都能让我溜了……"

"行啦!你以为你是孙猴子?那顺天府的号儿能让你溜得了?要不是我和志兴还有他爹去求老夫人……"说到这,御刀刘自觉失言,忙把话刹住。

一枝花愣了,她是第一次听到这事,急着追问。几年前,她从号里逃出的时候,脚镣上的锁子竟然是开着的,小号的牢门都忘了锁。顺着夹道溜出来没碰到一个看守,只是翻墙跳到外面后,才有喊声。但她一阵奔跑,三拐两绕就甩掉了追兵。当时她也曾疑惑,但实在想不出谁能伸此援手?

在一枝花反复追问下,御刀刘才道出隐藏多年的秘密。

当初她从祖地私逃后半年多,杨志兴也调到府里。当他得知一枝花被收监的消息,无奈间只好和他爹老杨管家,还有御刀刘一起去求老夫人搭救。老夫人起初不理,但在三人苦苦跪求之下,才算点了头。不过,提出个条件,让杨志兴答应一辈子不得休妻,并不能向任何人露出月娥的身世。三人只得应承,并当面立了毒誓。这些不仅一枝花毫不知晓,连齐月轩也一直蒙在鼓中。

听完御刀刘的讲述,一枝花呆坐到炕上,没再吱声,只是两眼竭力睁着,没让噙着的泪流下来。尽管她着男装充爷们,但终归是个女人。她之所以从关外回京城,就是心里还有忘不掉、抹不去的惦记,有月娥、有他爹,更有齐月轩。当她知道齐月轩仍孤身一人,甚至还天真地想,有朝一日,重进学士府,圆她那个少年的梦。而现在本来心里那一点儿亮,都没了,只剩下一个黑咕隆咚,不见底的大坑。

御刀刘看不见,但他还猜不出?他叹了口气,语气温和下来:"我知道你心里还放不下少爷,可有用吗?哎,认命吧,咱们家祖坟没长那根蒿子。人家齐大少爷现在是齐大老爷了,就算心里有你那么点儿影,能舍脸蹚这混水?我听庆王府的人说,人家齐少爷马上就要娶庆王爷的外甥女啦。你说,你还惦记个什么?"

一枝花闻听,猛地一下站起来,吁出一口长气:"我惦记他?!哼,我惦记……杀了他!"

谈婚论嫁是人生大事,要碰上个合心的、对眼的就是难事,要合心对眼又有缘分,那就是难上加难。可要凑合还不容易吗?要多快有多快。齐月轩的婚事从应下到过门,一共才整十天。不过少爷就是嘴一吧嗒,可忙坏了杨志兴。

杨志兴心里明白少爷的心思,可他也愿意少爷早点再娶。一是能为齐家传后,二是为断了齐月轩的想头,三也是听到风传,说少爷要让董福兴跟他打官司。他想等新少奶奶回门之后,就自己请辞,打算回祖地弄几亩地,过几天清闲日子。虽有些寒心,但不亏心就好。

正日子这天,可真够热闹,撒出去四百张请柬,张张不空。齐月轩迎亲的仪仗还没回,客人都已经来得差不多了。门内唱贺的一声跟一声,就没停过。"谢那贝子爷红珊瑚盆景贺礼一对儿！""谢'正式兴'荀掌柜礼金二百！"喊得嗓子都快哑了。抄录礼单的写得手腕子发酸，引客迎宾的走得脚脖子发软，杨志兴在大门口不断地欠身寒暄，弯得老腰杆儿直发胀。

这时，一枝花拎着一个礼盒来到门前。见杨志兴站在门口，犹豫了一下，压低礼帽檐儿，冲杨志兴点点头，就匆匆顺边往里进。

杨志兴一眼看去，觉得面熟，紧看两眼不觉一愣，忙迎下台阶。一枝花见他认出来了也不再躲闪，坦然相对。

"真是你？！"

"是我。"

"这……日子口儿你来干什么？"

一枝花冷笑着："来凑凑大少爷大喜的热闹。"

杨志兴一板脸："今儿这门你进不得。"

"我偏要进。"她说着硬往里闯。杨志兴一把拉住，顺势把她的手臂夹在腋下，拉她到一边。门口的人都忙着，大都没注意。

杨志兴压低着嗓门说："你要进这门也可以。"

"那你还不撒手？"

"可你想好了，进了这个门，你就还是我老婆，月娥的娘。"

一枝花轻叹了口气："老杨哥，你是我唯一对不住的人。可世上没有回头的箭，你再寻一个吧。今儿我来，不是冲着你。"

"那你要干什么？"

"我要把月娥托付给她亲爹、后娘。"

"你……真不要脸。"

一枝花迎住他的目光，毫不退让："哼，我就是一贱人，要什么脸？"

杨志兴扫了一下四周，又压低了嗓门："现在可又是大清国了，你前案未消，就不怕再进顺天府的号儿？"

"哼，大不了咔嚓一下……"

"住嘴！"杨志兴猛地打断，"只要我活一天，别的你就休想！今儿你敢进这大门一步，我就是绑、就是锁，也不会再让你出屋半步。你自己……掂量清楚。"

两人四目相对,沉寂片刻。

一枝花长舒口气:"好……今儿的热闹我不凑了。你……还不放手?"

杨志兴松开了她的手。一枝花边揉着腕子边说:"哼,不过,我可也把话撂在这儿,我明着来你不让进,别后悔!告辞。"说着,她把手中的礼盒甩得老远,头也不回,匆匆而去。

胡同口传来喜乐声。迎亲的仪仗来了,远远地就看见八抬花轿,还有骑在马上,披红戴花的齐月轩。顿时,大门口鞭炮齐鸣。

当晚,天和戏园唱的是带《辕门斩子》的全本《穆柯寨》。这出戏是有文有武,唱念做打无一不全。穆桂英自然是小月蓉的活儿,这是他的看家戏。

一个圆场后,小月蓉下到台口的侧幕条边,跟包的赶紧把小茶壶给他递上。刚饮了一口,戏园子老板就凑了过来,虽笑着,但是硬挤出来的。

"王老板,今儿您的戏可有点水。怎么,您连调门都降了?听那胡琴弦都趴啦。该要的好儿,今儿可都没要下来。我这儿可全指着您呐,下头的'斩子'您可得铆着点儿。"

小月蓉把茶壶递给跟包的,有些不悦:"您又不是不知道,后儿,齐大少爷要给皇上进一台戏,有我的《大登殿》。我这两天能不悠着点儿?您知足吧,我没给您撂就不错了……您也别睐睐眼儿,是您大,还是皇上大呀?这回要赶上皇上高兴,没准儿我还封个什么顶戴呐……"

戏园老板却笑出了声:"得了,歇歇吧您,您就不怕闪着舌头?"

"什么意思?"小月蓉有点火。

戏园老板扫了一下四周,才低声说:"敢情您还不知道呐,今儿可又变了。"

"变戏码?"

"变天!"

"变……天?!"

"段祺瑞的讨逆军可进城了,那辫子兵没打就全散了。明天又指不定兴什么国呐。"他见小月蓉目瞪口呆的样子,又发笑道,"您呐,就好好

89

唱您的戏,别惦记什么顶戴了。台上您称王封后没人管,台底下您可别再顺嘴开火车。别到时候哪句不对付了,让人家给——'咔嚓'啦。"说着,他还拿手在小月蓉的脖子上比划了一下,小月蓉一激灵,好像那不是手,而真是一把刀。

锣鼓又响了,戏园老板一推小月蓉:"赶紧着,该您上了。"

小月蓉这才连忙上台,仓促中,连亮相都没亮在点儿上。胡琴起张嘴一唱,坏了,怎么嗓子似乎不是自己的,沙哑得这么难听?一铆劲儿更坏了,高音全无,干吼没声。台底下一片倒好,小月蓉却愣在台上,像傻了一般。

此时,齐月轩正在逃亡的骡车上。听着外面零星的枪声,脑子里一片空白,连怕都忘了。

晚上的酒席正热闹,董福兴就跑来告诉,说直系军队已经从东南两个方向进了城,辫帅张勋已经躲进了日本使馆。喜宴上的宾客们顿时都成了惊弓之鸟,一下子散了个精光。董福兴劝齐月轩也到日本使馆去避难,可齐月轩却梗着脖子说:他爹死在倭寇之手,宁殉国也不能去。

杨志兴吩咐人收拾细软,又命车院套车,然后才来劝少爷回祖地。齐月轩应了,可刚过门的新少奶奶却不愿意,非闹着要回娘家。齐月轩一赌气,随她去吧,还真就派人送她回家了。人能走,可偌大的祖宗家业搬不走,各处的买卖搬不走,总得有人照应。杨志兴反复权衡,还是决定自己带几个人保着少爷走,买卖让绸缎庄的李掌柜总管,院里留下严妈留守。而齐月轩却想把买卖交给董福兴,为此两人还争了起来。情况紧迫,哪有再争的空儿,无奈,杨志兴只好点了头。刚要动身,董福兴又提出件事,说这些日子墨香斋出的风头太大,怕将来保不住,并提出个主意,让少爷把墨香斋暂且过到自己名下,这样对外和学士府无牵连,内里还是齐家的生意。齐月轩觉得是个好主意,应得挺干脆。董福兴已经拟好了转让文书,立马让少爷签了字。杨志兴虽有疑惑,但一时也想不出更好的办法,犹豫再三,还是签了字,做了中保。一行人这才分乘三辆骡车,夺路奔逃。

段祺瑞的直系部队是从东南进的城,他们只好就近奔了德胜门。大街太显眼,就一路穿胡同。眼看黑黝黝的城门楼子已在眼前,突然,从路边窜出几个直系的大兵。

一个军官扬扬手,高喊:"停车!"

头车的把式忙猛勒缰绳,车子还是险些撞上人。那军官边骂着,边揪住把式,伸手就打。

杨志兴忙从中间的车上跳下,赔着笑迎上前:"哟嗬,军爷,您今儿当值啊?"

那军官边打量着他,边问:"你们……是干什么的?"

"做生意,开绸缎庄。"

"这时候你们出城干什么?"

"回家呀,过了关厢就到家。随便您问谁,开绸缎庄的李玉明没人不知道。"

"那你们打哪来呀?"

"这不是刚散戏嘛,就天和戏园子。"

那军官是头一次来北京,他哪知道哪儿是哪儿呀,不过看杨志兴不慌不乱,说话没打磕巴儿,脸色好看了些。他看着这几挂车,说:"嗬,挺有钱呐。"

杨志兴忙掏出个钱袋递上。其实他早就准备好了,怕人生疑,才没使钱。

那军官接过钱袋掂掂,笑了笑:"不少,真想收着,不过,今儿可不行。"说着,把钱袋又扔还给他,向后边的大兵一招手,"给我好好搜搜,别放跑了逆贼。"

几个大兵上前挑开头车帘,军官却仍往后走。到第二辆车前,刚要撩帘,却被杨志兴拦住了。

那军官一瞪眼,话还没出口,杨志兴忙抢先说:"军爷,这车里都是女眷,不方便。"

"少废话。"那军官边说,边想用手推开挡在车前的杨志兴,不料推了两下,却没推动。那军官火了,伸手就要拔枪,有两个大兵也挺枪奔后而来。杨志兴哪能让他拔出枪来,身子往前一靠,下一招可就要锁喉夺枪了。保镖老李头在后面已把飞镖抽出,赶车的郑子扬起了车鞭,其余的人也都暗抄家伙,准备一搏。

正这时,后面一声大喊:"住手!"

声音未落,两匹马飞奔而来,在车前停住。两个人翻身下马,正是一枝花和七子。

没等那军官发问,一枝花施出"三老四少"的手势,用暗语问:"这位兄弟,大路朝天,门里门外?"

那军官一愣:"哟,兄弟是家里人。"说着,也打出同样的手势,问,"敢问尊姓大名?"

一枝花朗声作答:"在家姓潘,在外姓李。喜洋洋,乐洋洋,一步来到三义堂。承你老大打个好字旗,兄弟年轻,望高抬龙膀。"

"老大,今年运粮船有多少板?"

"天有365时度,人有365骨节,船有365块板。外加三块,头顶的屋板、身背的纤板、脚踏的跳板。"

那军官的脸色好看了些,稍顿又问:"老大什么坎?"

一枝花一笑:"头顶十九,脚踏二十一。"

那军官有些不相信地审视着:"我看有点'翘'。"说着,伸出左手就抓一枝花的脖领。一枝花哪容他抓?一个掏掌反腕,倒将他拧住。他身一斜,"哎哟"一声,右手掏出枪。但未等扬起,手已被一枝花攥住,使劲一拧,枪口反顶在了自己的脑袋上。

几个士兵一见,忙拉栓顶火,挺枪而对。七子的手早伸到怀中,杨志兴等人也都严阵以待,但双方都不敢动手,只是怒目相视。

只听一枝花冷笑一声:"小子,翘不翘,你辈分儿低说不清。你们不是国璋冯爷的兵吗?回去问问第三混成师陈玉龙师长,北隅京帮有没有我这个小老大?"说完,放开了手。

那军官倒退了两步,边揉着生疼的腕子,边又问:"老大,可知我们陈师长什么坎儿?什么帮?"

一枝花对答如流:"他头顶二十,脚踏二十二,他是江淮泗帮。他师傅上张下单一个海字,我和他同坐过贵帮香堂,算我个师兄吧。"

那军官听到这儿,才忙收起枪,欠身赔笑:"前辈,兄弟入帮晚,师父少慈悲,前人欠交代。今儿军务在身,家里的规矩礼容后再补。"

一枝花一摆手:"好说。管家,赏着。"

杨志兴连忙把钱袋递上。那军官却边推辞着,边说:"这可使不得,不合规矩。"

一枝花笑笑:"给就拿着,算长辈给的见面封。回去给玉龙师侄捎个平安帖子,说我船停稳了,一定派人搭好跳板等他。"

那军官这才接过钱袋,躬身说:"得,谢前辈赏。请!"

几个士兵一见,忙退到一边。一枝花和七子翻身上马,杨志兴等人也忙上了车。

那军官抱拳拱手:"顺风顺水,前辈走好。"

一枝花应着和七子策马先行,三辆骡车紧随其后,驰出城门。

出了城,走出三四里地,一枝花勒住马缰绳,掉转马头,对从车辕上跳下的杨志兴说:"你们打这儿,抄小路走吧。恕不远送。"说着,拍马就走。

杨志兴紧追出十几步,一把拉住马嚼子。

一枝花扬眉一瞥:"还要干吗?从今儿起,咱们就算两清。"

杨志兴仍未松手,迟疑了一下,说:"你,就不想见见……"

一枝花猛地打断:"不见!谁我也不见!"话音未落,她就一抖缰绳,和七子催马飞奔而去。

杨志兴望着她背影,叹了口气,只好往回走,差点和车上下来的齐月轩撞个满怀。

齐月轩边张望,边问:"那恩公走了?我……怎么觉得她有点像秀兰呀?"

杨志兴发急地说:"嗨,这什么时候,您还胡思乱想。我老婆我能不认得?"

齐月轩还在迟疑,却被杨志兴不容分说地推上了车。

第 十 章

快下半夜了,高贵庚却还没有回家。他是天刚擦黑就掏完粪,奔的城外粪场,往常用不了一个时辰。像平日一样,望田帮他爹背完道,送出胡同,就回家做饭。等爹进门,窝头也蒸得,粥也熬好,都是热乎的。可今天窝头熥过好几次,粥也热了好几遍,还是不见爹回来。听街上乱哄哄的,还有零星的枪响,又听街坊说外边兵变,望田心里能安生?

望田和月娥一样,从小没娘。他娘生他的那天就去了,长什么样都不知道,全是爹一把屎,一把尿把他拉扯大。爹脾气倔,火气又大,他从小可没少挨打。他虽不恨爹,但每到挨了打,就格外想娘。他心里、梦里,有过多少个娘的模样,他自己都数不清。但甭管是长脸、圆脸、大眼、小眼,娘总是笑的,笑得那么美、那么亲、那么暖。挨打他从没掉过泪,每次的眼泪却都是在娘面前掉的。当然,他也懂娘只是个神,而爹才是自己一辈子能依靠的人。他真怕呀,真怕爹再出点儿啥事。

除了惦记爹,他此刻心里也放不下同样没娘的月娥。他听街坊讲,月娥跟她爹和齐少爷走了。可这兵荒马乱的,往哪走又能保证不出意外?枪子儿没眼,就算打不着,她那么小,吓也能吓出个好歹来。他真想站到街上,冲着打仗的双方一伸手:"别打啦,有孩子!"可有人听吗?他自己都笑自己犯傻。

外面门响,望田忙迎出门,是爹回来了。他悬着的心这才算落了地,趁爹在院里归置家什,他回屋打好洗脸水,又点起了灶火。

高贵庚进了屋,边洗脸边跟儿子说,他是让直系的大兵给拦在了城外。幸亏是推个粪车,满身臭味,要不然非得在城外忍一宿啦。粪行是最不入流的行业,背道的见谁都得矮三分,也就是今儿,倒沾了不让人待见的光。

人不吃活不了,吃了喝了就得拉撒,拉了撒了就得有人掏,就得有粪行。北京这座城从燕国到民国,无论是燕蓟城、辽幽州、金南京、元大都,还是明清两朝的京城,朝代可变,皇上可换,城名可改,但都离不开粪行。大清时,皇宫里掏粪归内务府十三衙门中的洒扫处,民间就仍叫粪行、粪业。不入流,但也是个买卖,掏粪背道也得花钱买粪契。粪契和房契、地契一样,哪条胡同,从哪儿到哪儿,多少个门写得清清楚楚。不归你的不能掏,要不逮着打个半死,还得落个偷。买不起粪契的就得包别人的道,按年、季,或月交租金。高贵庚的粪道就是包别人的。要是在北京没根儿又没人保,那就连包都没处包去。要背道,就得给别人当帮工,老板管饭,可挣不到什么钱。粪场都在城外,专收背道的送来的粪,然后或直接转卖给周边的菜农,或把大粪晒成粪干再卖。干这一行得有把子力气,一桶粪百多斤,单肩一挎得站得起,和走台步似的得走得稳。要不然溅出来,不灌自己一脖子,也得洒得哪儿都是,让主家骂。除了力气之外,干这行必须能忍气吞声。三百六十行中粪行是排在拉洋车的车行、扛大个的力行之后,没人拿正眼夹你,不忍哪儿行啊?

爷儿俩说着话,窝头焖得了,粥也热了。高贵庚早饿急了,一口就咬下小半个窝头,紧嚼几下咽下,才说:"望田,你小子做饭悠着点,别死乞白赖地老吃干的。把粥熬稠点,弄个囫囵饱就得。"

望田笑了:"爹,您放心吧,今年我晾的干榆钱儿多,搭着蒸窝头,怎么也顶半年粮。"

高贵庚嗯了一声,脸上难得地露出点儿笑。见高望田端着饭碗有点发呆,问:"咋啦?吃呀。"

望田扒拉一口粥,又停住:"爹,您说……月娥和杨叔他们……"

高贵庚轻叹口气:"哎,你以为我就不惦记?只是……嗨,好人总有好报。"

两人沉默着,没说也没吃。半晌,望田又问:"爹,您说明儿又要改啥国了?"

高贵庚狠咬了口窝头,使劲嚼着说:"你小子咸吃萝卜淡操心,改啥国跟咱这号的有啥关联？谁要让我全棒子面窝头吃饱、管够，叫狗屁国我都得伸大拇哥。"

望田被逗得笑出了声。高贵庚自己也绷不住劲，笑得前仰后合，差点噎着。

沈家粮仓被抢以后，沈鸿从仓院逃出来，回家拿点钱就骑马奔了德州去报官，没想到却吃了个闭门羹。

京城里恢复了大清国，这儿的县政府可还是民国的。县长姓贾，在'辛亥'之前是州衙的工房房首。没读过几天书，是花五千两银子捐了个八品官。虽位不高，但是实职，而且在州衙六房中，工房管的是水利、土木、官道等工程和维修，还算个肥缺。没当一年就民国了，知州大人携家跑了。他剪了辫子，带人换了牌子，也算革命了。没多日，州改了县，就被任命为民国的县长。袁世凯称帝那几十天，他又带人换了个牌子。袁世凯一死，"洪宪"朝就吹了，又是赶紧换牌子。这回张勋复辟，他接受了教训，来了个什么牌子也不挂，大门紧闭不办公，等着看风头。

沈鸿和贾县长谈不上有什么交情，只是一个酒桌吃过酒，落个面熟。好容易见了贾县长，却是兔子拜乌龟，你急他不急。贾县长说得也对，现在正不知风往哪边转，怎么定罪呀？是依大清律？还是依民国法？时局不定又逢大灾年，万一饥民闹起来，县里没兵，就几十个捕快哪能镇得住啊。他让沈鸿以后再说，沈鸿不干，还央告，贾县长竟一沉脸说：若按大清律，粮商灾年囤粮居奇，够杖四十、发配的罪。沈鸿被吓住了，沈刘庄也不敢再回了，把一家人都接到城内，暂住在客栈。又派人上京城，给沈鹏沈三爷报信。

沈鹏这边忐忑不安，沈刘庄的人们又能消停得了吗？靠一股热气抢了粮，吃饱了，静下来才知道怕。人们都在盘算着这事会怎么着，自己又怎么办？当然有不怕的，一种是像张志诚那样，一跺脚、一横心什么都豁得出的愣小子。再者就是像刘坤柱这样的主儿，他心里坦然，粮没沾一粒，人没打一个，连个粗口都没出，怕什么呀？张老先生是全村最怕的一个，他怕倒不是为自身。拿他自己的话说，黄土都埋到脖子了，鬼都不惧了。他是为全村的人怕，几百号人的身家性命搁他一个人心里，哪儿能睡得着觉啊。

当天晚上,他又带着孙子和几个乡亲来找刘坤柱商量。

张老先生一坐下,就说:"坤柱啊,这事让你坐了蜡。可事已至此,总得想个法儿呀。你看……"

刘坤柱苦笑着,不答反问:"您看呢?"

张老先生叹口气说:"我看……只有三条路。第一条路是缩,把伸出的头再缩回去,把各户抢到的粮都统一过秤造册,给沈家补上粮款。拿不出的补上欠条,再托人赔情舍面儿,把事平了。第二条路是躲,凡显眼的人都赶紧躲出去。甭管你有多少舍不得,甭管你怎么理直气壮,也得出去避开风头。这第三条路么……嗨,不说也罢。"

其实这第三条路也不用他说,谁心里都明镜似的,不就是一个"拼",或"反"字嘛。可这条不归的路,不到万不得已,谁又愿走呢?

刘坤柱沉吟半晌,在众人催促下,才说:"百家的主意百家拿,谁也做不了谁的主。我刘坤柱只知我自己怎么办,我是以不变应万变。其他人何去何从,还得让他们自己掂量。老先生,您也不要再牵头了,您只替志诚想个法儿就得了。"

张老先生稍思又道:"坤柱,你不明白我呀,我为什么?不过是心中不忍呐。你见过大世面,你……还是帮我,帮大伙揣摸揣摸吧。"

刘坤柱何尝不明白张老先生的心,这个教了一辈子圣贤书的老人,是个至善、至诚,又呆的人呐。可众人之事哪里好管?各人有各人的小算盘。说句缩容易,可是粮散到了百家,就像放出个屁,还能收得回?说句躲容易,可那得拖家带口,背井离乡,保不齐连尸骨都回不了家呀。事已至此,还有什么好法儿呀?不过,他不愿伤老先生的心,憋了半天,还是开了口。

"老先生,依我看,这两条路哪条也走不通。就和打仗一般,气只可鼓,不可泄,军心只能聚而不能散,散了可就只有挨打的份儿了。"

"莫非你要……反?"张老先生瞪大了眼。

刘坤柱一笑:"我可没这么说,我只是说抢粮时那股子热气不能散。是他沈家灾年囤粮,为富不仁在先,才引起此乱。现在是大灾之年,方圆几百里到处是饥民。历来都是灾以宽刑,法不治众。他沈家肯定报官,咱也得理直气壮进德州见官,带人越多越好。就是想缩,您也得憋着拼,张着嘴、龇着牙,慢慢往回缩。要这当口让人看出软、看出怯来,那就没好啦。"

张老先生沉吟着还未说,张志诚却蹦了起来:"对,师傅说得对,横就横到底,大不了一死。"

刘坤柱板起脸,厉声打断:"屁话!你这样不知深浅、不懂分寸的趁早别去,别又生出什么事来。"

张志诚不敢再言。一直思忖的张老先生仍没话,但深深地点了点头。

第二天,张老先生手捧着全村一百三十四户,六百多人联名的状子进了德州。状子签名最前的是文举张兆清和武举刘坤柱,他身后跟着上百号携妻抱子的乡亲。贾县长不得不开门接了状子,字都认不全,只得让抄录帮着念。张老先生不愧是中过文举的人,状子写得有理有据,言辞有情有节。最后几句,听得贾县长都有点冒冷汗。

……草木蝼蚁且畏死珍生,何惶人乎?国以人为本,不惜人命者乃误国、覆国也。大人乃忠君爱国之士,定是爱民如子的青天父母。岂能容不仁之人,小视子民之命?灾非一德州,饥非只我等。百万之众挣扎于生死,若不安抚救济以示国恩,惩办奸商以平民愤,民何以能存?国焉有宁日?望大人体恤民情,明察公断。万千子民当永念父母之恩德,一册青史当永记大人之清正。

听着这话,看着黑压压一直跪到大门外的这些人,贾县长半天说不出一句话。最后一拍桌子站起来,说了一句:"状子我准了。都回去吧,本县定为你们做主。"

在堂下一阵欢呼中,贾县长挺着胸、眯着眼,也过了一回当包公的瘾。

等众人散去,贾县长立马就派人告之沈鸿,让他连夜离开了德州。第二天捕快去拘传,哪里还有人影。沈刘庄的人们得知,自然也不再告,这场风波似乎就这么糊里糊涂地平了。可谁又想到,刚复的大清国就那么几天的热闹。时局一掉个儿,八百年前的事都能抖搂出来,别说是还没凉的这盘小菜儿了。

北京护国寺的庙会是每月逢七、八。每月这两天,城内、四郊,乃至邻省的行商都往这儿聚。这座庙始建于明代宣德四年,最早叫"大隆普寺",是明皇家寺院。后来多次改名,到清康熙年,蒙古王公重修此庙,更名为"大隆普护国寺喇嘛庙"。庙内的香火不见得旺,倒成全了这儿庙外的庙会。过去老人常讲,北京最盛的庙会属西护国寺,东隆福寺,中土地庙。到清末,宣武门外的中土地庙渐衰,几近无人。就剩下护国寺和隆福寺这两处并列鳌头,当时被称作东庙、西庙。而且,这两处庙市的时间紧挨着,护国寺是每月七、八,隆福寺是每月九、十。一般行商、摊贩都是先奔护国寺卖,剩货到隆福寺甩。所以常逛庙会的人都知道:想要好、要全得奔西庙,想要便宜、要撮堆儿得奔东庙。

一枝花揽下了西北角的三庙三市,就凭着她理字辈的身份,竖起了旗,招兵买马,很快就有了自己的一帮手下。和几伙混混干了几仗,打服了,把他们也收在麾下。两三个月,就稳稳地霸住了这几块地盘。替她打点护国寺庙会的瘌子李,就是这一带的混混头儿。人说瘌毒瞎狠,一点不假,俩小眼一抹搭,下手就是黑的。可他偏服了一枝花,为什么?很简单,散勇怕打旗的,横的怕玩命的。一枝花大度,讲规矩,会为人,自己只抽自己的份儿,给下边都留有油水。所以,一架打下来,瘌子李服了个五体投地。他一归顺,其他小帮混混就都纷纷投到一枝花门下,成了在家里的弟子。

这两个月,时局动荡,庙会也萧条许多。现今时局一稳,护国寺的庙会又旺了起来,早上六点到的,都没地儿摆了。拿瘌子李的话说,这是生给憋出来的大屁。各种摊档高高低低,从寺门口一直摆到了大路边,居家日用、穿的戴的,无一不全。靠边的一溜地摊还卖着花鸟鱼虫、斗鸡玩狗。寺门对面儿是一应小吃、零食。卖糖葫芦的草插把、卖豆汁的木桶挑、卖灌肠的炉铛邻着卖炸货的摊儿,上面摆满麻花、炸糕、薄脆、焦圈……烤白薯的大桶炉子挨着卖黏货的铺板,十几个大托盘堆着艾窝窝、年糕、切糕、豌豆黄……卖茶汤的紫铜大壶和卖大碗茶的大白瓷壶,在小贩的吆喝声中特别抢眼。最靠里是拉洋片的西洋景和耍猴儿、练把式的小地场。拨浪鼓、冰盏儿、木梆子、小铜锣等各种响器声和吆喝叫卖声、讨价还价声、斗嘴吵架声混杂在一起。拥挤的人流中还杂着个把驴垛子、排子车,慢慢往前挪。这就是老北京的庙会——土得亲切,俗得平易,杂得热闹,乱得红火。

自从这庙会归了一枝花,虽得收份儿,但摊贩们怨气不大。明着拿点小钱,比过去让混混儿乱吃、乱拿、乱宰强。过去因占地每天都少打不了架,现在有人管,双方纠纷有人给掌理秤。交点钱,图个规矩、稳当倒也算值。

一枝花坐着洋车驶来,后面跟着骑单车的七子。在市边停下,没往里走。一是庙会逛多了烦,二是自己是门里长辈,见面规矩礼太多。所以只让七子一人进去,自己等在一边。一旁卖烟的吆喝声,把她勾到了摊前,她拿了两包"哈大门"烟卷,问:"你这儿还有什么烟?"

小贩笑了:"这位爷,我这烟多了,得看您好哪口儿?"

"我不抽,是给别人买。"

"噢,那得,我给您说说。您看,这儿还有旱烟,地道的关东烟、迪化的莫合、河套的大叶。这是正宗英国洋烟斗丝,雪茄大棒槌。还有鼻烟、水烟、一口香……"

一枝花打断他:"有没有抽了它,能不想烟泡儿的烟?"她见小贩直犯愣,笑笑又说:"得了,拣劲儿大的,每样给包点儿,抽着好我再来。"

小贩心里嘀咕,哪儿见过这么买烟的?可心里想,没误手上拿,一样一小包,一会儿也凑成了好大一包。

一枝花刚要掏钱,七子和瘸子李走来。到近前,瘸子李一高一低紧走两步,躬身要行规矩礼。

一枝花忙摆手说:"在外面没那么多规矩。把份儿给七子就得,还往外迎什么?"

瘸子李说:"师叔祖,有件事我得讨您个吩咐。"

"什么事?"

"今儿个周四来过,说是捎老头子的话,以后护国寺庙会的份儿,得有一天缴堂里、归公产。"

一枝花一愣,没想到沈三这小子,这么快就变卦。她稍思,一扬眉:"哼,说得好听,到他手就姓了沈。再来,你就说我说了:西北角儿这三庙三市是划给我的,是我打出的天下。要啃我这块地儿,他牙口还嫩点。有事他该先拜我,迈过我去不合规矩。他要来横的更好,你们尽管给我招呼。不过,约出城去,别碍着街坊、吓着孩子。有什么事我兜着,甭怵。闹大了,我再出面请茶,让各位长辈掌理秤,叫开了,不就得了。"

"得,有您的话,小的就有底了。"瘸子李忙点头应着。

"行了,七子,走着。"一枝花走到洋车前,又不放心地回过身,向瘸子李说,"咱们吃的就是耍胳膊根儿、玩脑袋球儿的饭。让他一次找着便宜,那就有二有三。你要自觉着豁不出去,明说。明儿,我让七子来盯着。"

瘸子李忙拍着胸脯说:"您放心,有我瘸子一口气在,决不能给您老丢人。"

一枝花这才上了车,后面小贩喊了声:"您的烟!"一枝花才想起,忙叫车夫等等。

瘸子李接过扎好的烟包,递上来。一枝花掏出一块大洋扔给小贩,问:"够不够?"

小贩接住钱,还没答,就被瘸子李一把夺过,边捧还,边说:"这点儿小意思,还能让您……"

一枝花的脸一下子沉了下来:"我可和你们讲过不只一次,人得各挣各的饭,谁也别惦记别人碗里的。怎么,往常你们都这德行?"

瘸子李一时无话,忙偷揉了揉小贩。小贩慌忙说:"没……没有,这儿的兄弟都没有。"

一枝花"嗯"了一声,脸色好看了些:"我再说一遍,在家里不是混混儿,可有规矩家法。"

瘸子李连连点头称是。

"走着。"一枝花这才吩咐车夫,与七子上了路。

一枝花离开庙市,径直回了家。这些日子,她爹御刀刘大烟是越抽越多,烟瘾上来,不给钱就跳着脚骂,抄起什么都敢摔。一枝花为给他戒烟,硬下心,这两天把他反绑在屋里。这一大包各式各样的烟都是给他买的,想让他吸几口,分分对大烟泡儿的念想。刚进后院,就听见屋里御刀刘鬼哭狼嚎似的哭叫声,她连忙紧走几步,推门进屋。

御刀刘被反绑着双手,斜靠在被上,鼻涕眼泪淌了一脸。店里的伙计正用毛巾给他擦着,边劝:"老爷子,您吃点儿……"

"我不吃！哎呀……我，我要抽两口……"御刀刘说着，听见门响，知道是闺女回来，声更大了："臭嘎巴儿的，你这是让我死呀？我操你八辈儿祖宗……嗨，这不骂自个儿嘛。哎哟……活不了啦……"说着，哈欠连天，浑身直打冷战。

一枝花挥挥手，伙计会意，忙出了屋。她走到炕边，把烟包放在桌上，边打开边说："老帮子，你忍着点儿，要不，我可给你送官戒所。戒不了就关小笼子，大冬天拉到西直门外，拿消防队那水管子滋。"

御刀刘有些怕，口气软了下来，乞求道："好闺女啦，求你了，给我点儿吧。我……"

一枝花一边从烟包里拿着烟，一边说："给，给你抽！这是旱烟、这是纸烟、这是鼻烟、这是洋烟，就是没有大烟。"

"哎哟，"御刀刘又求道，"这不管用，就给我一个烟泡……哎哟，我管你叫爹，行了吧？"

"叫祖宗都不行！"一枝花说着，把一根雪茄塞到他嘴里，帮他点着。御刀刘紧嘬几口，安静了些。

这时，七子推门进来，把几个钱袋放在炕上，说："当家的，这是护国寺庙会和德内早市、德外晚市的份儿。还有两个想投师的送来的小钱粮和拜师帖子，您看……"

一枝花未假思索就摆摆手："退回去，让他们找小辈儿的拜吧。"

"那……您把份儿清清？"

"不用了。"

七子转身刚要走，一枝花又叫住他，从怀中摸出几块大洋塞到他手上。七子刚要谢，被她打断："你可听着，有俩钱自己攒着点儿。吃点儿、喝点儿，逛窑子我都不管你，就别沾赌，别沾老帮子这口儿。听见没有？"

七子连声应着，退了出去。

御刀刘叼着烟，嘟囔着："呵，你说啊，每天捞这么多钱，就舍不得给爹买口烟？"

一枝花闻言，没好气地回了一句："我就舍不得。"

御刀刘把烟吐在炕桌上，嚷道："你留那么多钱干吗？留着下小的？"

一枝花也火了，一拍桌子说："我买房、买地、开买卖、养骡子、养马、养骆驼。就是沿街撒钱,打发要饭的,也没你买大烟的份儿!"

御刀刘气得直哆嗦:"哎呀……气死我了。我他妈的不活了……"

说着,用头往炕桌上猛撞了一下,一枝花慌忙扑上去,抱住还想撞的御刀刘。摸着他头上拱起的青包,顿时,两眼湿润了。她轻舒口气说:"老帮子,我是心疼那俩钱吗?你说,我还有谁?不就剩你了嘛。"说着,给他解着绳子,"我给你解开,只要你舒服点儿,要打要骂随你,行了吧?长这么大我没服过软,没求过人,今儿我求你了:忍着点儿戒了它,多活几年陪陪我,我……就是想让你多活几年!你听见没有,老帮子……"

说到这儿,一枝花猛地抱紧她爹哭出了声。御刀刘抽出双手,哆嗦着搂着她,也哭嚎了起来。

第十一章

转眼"重阳"已过,齐月轩回祖地已经三个月了。

齐家祖地离武城县城不远,只有六七里地,是个有四百多户的大村,叫齐家园。村里的农户除少数自耕农外,大都是齐家的佃户。村边修有围墙、堑壕,园门上和四角还修有望楼和炮楼。据说,这是当年为防捻子修的。虽多年失修,有些残败,几尊铸铁的土炮都满是锈斑,但仍能看出当年的气势。齐家在村中有座老屋,虽比不上京城的学士府那么讲究,可在乡下也是一顶一的豪宅。三进院后边连着库院晾场,场内还有条已封死的暗道,过去曾与园边围墙上的望楼相通。民国后,齐家祖地也裁了几次人,现在只剩下主事、账房、管库和十几个家丁、帮工。

回了祖地,吃用当然不愁,让齐月轩难耐的就是太闷。此次脱险,让他心有余悸,静下来也是怨天怨地,怨时运不济。郝炳臣留下的字条他常看着发呆,却总不愿承认自己是看错了路,上错了船。左思右想,揣摸不透,就只剩下一个"烦"字了。乡下不是京城,想找个乐子排解都难。吟诗作对,找不到知音。抹几笔书法,也只能自己看。偶尔进趟县城,也听不着皮黄,唱的都是俚语乡音的柳琴戏。就是以酒浇愁,也没个说话的酒友,越喝越闷。幸而有老张相跟,见他烦,就天天逮些蛐蛐儿逗他开心。后来,齐月轩也常和老张一起上后山逮虫。虽帮不上忙尽添乱,倒觉得心境开朗了些。

这天下午,齐月轩又和老张上了后山。一路磕磕绊绊,还总是瞎支派,听见叫就让逮。老张心里笑他是"棒槌",嘴上可没敢说出口。

齐月轩见他厌奸奸地笑着不吱声,倒发了急:"我说你这是干吗来了？溜得我腿都细了,一个蛐蛐儿也没见着。"

老张连忙说:"少爷,不是我不逮,一听声就是嫩秧子,逮了也是喂鸡的货,要它干吗呀？逮蛐蛐儿,您可急不得。有时候溜达一天,也遇不见一只能听着入耳,看得上眼的。这里头……嘿嘿,学问大了。"

齐月轩自己也笑了:"好,你说你说,我还真喜欢听你白话。"

"那是,要不然要我这样的虫把式干吗？"老张说着来了劲,边走边犯了话痨,"这蛐蛐儿人称六月虫,北方野长的至多四个月,大霜一降就全玩完。冬天给您玩的,那是咱自己'酚'的。也就解个闷,没野性的家养玩意,怎么也不上档次。现在,快到'白露'了,正是出好蛐蛐儿的时候。可一晒太阳就叫的那是儿子辈的,上不得台面。好蛐蛐儿都是偶尔叫两声,碰上得凭个缘分,还得凭把式这双耳朵。"

齐月轩嗯了一声,连连点头:"有道理。听你这一说,这小小个虫,竟也有几分哲理呀。"

老张不懂哲理这词,但也明白是夸他。笑笑:"我们家几辈儿都琢磨这虫。少爷,您要把这蛐蛐儿琢磨透了,人这点道理,也就能参个八九不离十。"

这话更勾起了齐月轩的兴致,刚要再追问,不远处的两个孩子,把他的目光引了去。这是俩小子,一个五六岁,一个三四岁。身上的破衣裳到处露着肉,蹲在那儿挖着什么。

齐月轩走上前问:"你们……也逮蛐蛐儿？"

大点的孩子没抬头,用袖子抹了一下汗和鼻涕说:"老大个人连这都不懂,野菜没见过？"

齐月轩愣了愣,这才看到他们身边装野菜的小筐。又笑问:"喂猪？"

大孩子火了:"你才是猪呐。你……"转回身见齐月轩的举止打扮,忙煞住话。

老张忙走过来,数落那孩子:"你这傻小子,敢跟大少爷这么说话？还不……"

齐月轩见俩孩子惊惶的样子,忙笑着打断:"嗨,跟孩子较什么劲？"说着,抚着大孩子的头又问,"那你们挖野菜干吗？"

老张明白,少爷不是装傻,是真不晓得。回乡虽已数月,可大门不出二门不迈,哪知道今年的灾情和农户的疾苦呀,无奈只叹了口气。

大孩子看着齐月轩的笑脸,心定了些:"就和着粮熬……熬粥喝。"见他有些吃惊,又说,"我家还算好呢,有的家都吃净菜的粥了。村边的野菜早就挖没了,这山上也……看,今儿一下午就挖了这一点儿。"

"那……你们的粮呢?"齐月轩又问。

老张忙接过话茬:"少爷,今年太旱,收成不行,打下的粮不也得尽着交府上的租子嘛。"转头又对俩孩子说,"这边已经让人寻过多少遍了,东边小山沟里人去的少,兴许能多挖点儿。不过擦黑之前就得回来,晚上可有狼。"

大孩子笑着点点头,领着小的刚要走,又停住问:"您不是逮蛐蛐儿吗?"

"是啊。"

"给。"大孩子掏出一个小纸卷,递给齐月轩,才转身走去。

齐月轩呆愣了半晌,等俩孩子的身影隐进灌木丛中,才醒过昧儿来,在身上摸出两块大洋,塞给老张:"快,快赏着。"老张拿钱追了过去。

齐月轩长叹了口气,一屁股坐在大石头上,捧着那纸卷,陷入沉思。

老张回来,见他这样没吱声,只悄然拿过那纸卷晃了晃,扑哧笑出声。打开纸卷口,放出里面的蛐蛐儿,任凭它跳入草中。

他看齐月轩仍不语,笑着说:"少爷,您以后就是赏,也别出手太大了。就这么只蛐蛐秧子,您给两块,明儿全村的人都能给您去送蛐蛐儿。您……"

齐月轩叹口气:"孩子可怜呐……我只是想不透,什么才是能救国救民的方啊?"

老张也苦笑着叹口气:"嗨,少爷,别想了,咱们再往上走走,兴许能碰上个把像样的虫。"见他仍未动,搀他起说,"其实,还是那句话,您要把这蛐蛐儿琢磨透了,人生就能参个八九不离十。"

"好,那你说说。"

老张狡黠一笑,边走边说:"少爷,您说,咱逮蛐蛐儿干吗呀?"

"斗啊。"

"是啊,俩蛐蛐儿往斗盆里一放就蓟。你断我颗牙,我裂你根夯,胜了的'嘟嘟'一叫,那意思,嗬,我赢了!我英雄!其实啊,输赢都是那拿探子的。"

"嗯?!……嗯!"齐月轩寻思着点点头。

"这人不也一样吗?你争我夺,打打杀杀,就打个尸横遍野,血流成河,谁输谁赢?不还是那拿探子的嘛。"

听到此,沉吟着的齐月轩仰天一声长吁:"哎……是啊,我也是只人形的蛐蛐儿呀!"

老张慌忙:"少爷,我可没……"

齐月轩拍了拍他的肩膀:"你说得有道理,非常有道理。"

"那您还不……"

"有赏,有赏。"齐月轩被他逗笑。

老张刚要谢赏,两声蛐蛐叫吸引了他。他忙压低嗓说:"那儿有个够个儿的,您别动,我过去。"说着,他蹑手蹑脚地走过去。蛐蛐儿又不叫了,他蹲下,向齐月轩摆摆手,让他撤后些。

齐月轩只得向后退了又退,老张摆着的手才停下。

这时,不远处有人喊:"少爷!"定睛看,是杨志兴。

齐月轩怕扰了蛐蛐儿,没敢应,忙迎了下去。

自从回祖地,齐月轩和杨志兴的关系大有改善,说患难见真情,那是一点儿也不假。齐月轩虽没明说,但心里有愧,表面也多了几分敬重。

"杨叔,有事?"齐月轩未等他开言先问。

杨志兴喘息未定,就说:"少爷,今年大旱,德州一带灾情最重。沈鸿家囤粮不卖,粮库可都让人给抢了……"

齐月轩哼了一声,蹦出俩字:"活该!"突然,又觉得蹊跷,问,"唉,这德州的事,他沈家的事值得您跑上山找我?我又不是龙王爷会下雨,也不是官能惩奸赈灾,您……八成是又跟我绕弯子。嗨,有什么事您就直说吧。"

杨志兴笑笑:"这不,咱们这儿今年收成也不行,所以,佃户们都来找我,想……"

齐月轩打断:"行了,我明白了。绕半天不就为今年的租子嘛。"

"您……能应?"杨志兴有些意外。

齐月轩叹口气:"人家天天都吃野菜了,我能不应?你别老把我往小人那儿想,行不行?"

杨志兴看着他笑了,忙向山下喊:"都上来吧,你们的事少爷应了!"

七八个佃户从不远处的树丛和山岩后面走出,一溜小跑拥了上来。纷纷拱手深躬,连声道谢。

齐月轩忙说:"行了,行了,不是什么大不了的事。哎,怪我不谙民间疾苦,我早该想到这一层。得,回去告诉大伙,就说今年的租子全免了。"

众人闻言非但没笑,各个惊得目瞪口呆,连杨志兴也愣住了。转瞬间,众人齐刷刷地跪下,口中连称:"小的不敢。"让齐月轩一时云里雾里,不知所以。

杨志兴忙上前:"少爷,他们可没提要免租。"

一个佃户也跟着说:"是啊,少爷,种佃缴租是自古的规矩,我们不敢违呀。"

齐月轩涨红了脸,发急:"那……那你们到底要干什么?!"

众人未答,杨志兴苦笑一声:"嗨,他们只是想求您给留下口粮,今年交不齐的租子,容他们明年再补。"

齐月轩愣了愣,环视着怯生生的佃户们,想说什么,但空张张嘴,却半句都没出口。

杨志兴转向众人:"快都起来吧。少爷是真心想给你们免租,不是要收你们的地。"

众人将信将疑,眼神仍惊惶不定。

杨志兴看看齐月轩,连忙又说:"少爷,也不怪他们胆小,哪见过您这么不把家的东家呀。按大清的规矩不缴租就收地,拒不交地就可送官。要是没旗籍的包衣更简单,府上直接就能押地牢。他们就跟平时老压个大麻袋一样,突然间这背上一没了分量,能不一激灵?还怕有重物掉下砸着呐。"

齐月轩迟疑着:"那……"

"我看……这么着吧,今年的租子减一半,这大家伙儿就都得要念您的大恩了。"

"那……好吧,就这么着吧。"

众人听罢,脸上才露出笑容,忙施礼道谢,兴高采烈地离去。

齐月轩望着他们的背影,眼中竟闪出泪花:"哎,中国的百姓真是太本分,太老实了,哪有一点点苛求啊?但凡有活路,怎么能走到抢粮造反那一步呀!"

杨志兴像第一次见到少爷一样,紧盯住他的脸。没说话,但眼中满是惊喜。

这时,老张捧着蛐蛐罩走来:"少爷,您快看,这可是只够七厘五的青磕愣。您……不给封个……"

齐月轩看也没看,愤愤地哼了一声:"现在不又民国了嘛,就叫他大总统。不知道别的,就知道窝里头蚵!"

逗得老张和杨志兴笑出声,他自己却只龇了龇牙,笑得很淡却很苦。

逢大灾年,张老先生的私塾也一下子萧条了,原来二十多个学生,现在只剩下刘坤柱的儿子成龙和另两个孩子。但他依然一丝不苟,教得十分认真。别人都劝他干脆休学,连刘坤柱也劝过他,让他带孙子去寻他在四川铁路上供事的长子,也就是志诚的大伯。可他不干,他说:"有学者乃世之幸也,教人乃士之乐也。老朽无能,仅能教人一二,若微能而不尽,岂不苟活一世?已残烛之年,何惧风乎?"

说者坦然、随意,但听者却无不为之动容,一般人心中只有敬重,而经过大起大落的刘坤柱心里却油然涌起另一番感慨。他私下对成龙说:"哎,论老先生的学识人品,何止是个开蒙的先生啊。谁也比谁强不了哪去,王侯将相,宁有种乎?世上难逢的就是时运呐。可乱世争霸,谁又拿道德文章当回事?连孔夫子当年周游列国,到处讲他的仁,还不是落个到处碰壁,自嘲是丧家之犬……哎,现今就不是好人、能人能得志的世道啊!……"

刘成龙似乎懂了,深深地点了点头。可他还是个孩子,他爹这番活了几十年才品出来的话,他哪能真懂啊。不怕不懂,怕就怕这似懂非懂。后来,成龙的几十年一直牢记着他爹的这段话,只可惜一样的话也能变了味。

这天天还没亮,刘坤柱的屋外就有人敲窗,他闻声而起,见是张志诚,急忙披衣开门,把他让进屋。

张志诚火急火燎地说:"师傅,不好了,快收拾收拾,趁天没亮,快走吧。"

"什么事?你慢慢说清楚。"

"抢粮那事又发了。县衙捕快傻德子也曾是我爷的学生,偷偷让人送信来,说县里明儿一早就来抓人了。"

刘坤柱一愣:"这事……不判咱们赢了吗?"

"嗨,这不是大清又换民国了嘛。沈家老二又成了京城在家里的老头子,政府里有硬路子,听说还把抢粮跟复辟逆贼扯上,这罪可轻不了。我还得去通知别人。我爷说,啥事他顶着,凡出过点风头的都得出去避避。您别犹豫,快走。"说着,又叮嘱两句就匆匆出屋,依旧照来时一样,越墙而出。

妻子福琴和儿子成龙也早被惊醒,话都听得真真儿的。福琴边穿衣边说:"他爹,啥也别说了,咱们赶紧走。奔北京,找福兴去。"

成龙也麻利地穿好衣裳,就盼着爹发话。

刘坤柱却呆坐着不做声,他没料到熟了的鸭子能飞,定了的案子能翻。他可以避,就不避,凭他的身手也没拿几个捕快放在眼里。可他想,买粮是自己挑头出面,告状也是自己的名字在前,让一个古稀老人扛下此事,于心何忍?这不是他刘坤柱的性格为人。再说,他仍不信板上钉钉的事能翻过来,能翻过来就可能掉过去。就是到县、到省、到京,过堂也不是只许一边说话。大清也罢,民国也好,不能无法无情。老先生有学问,但有时太软,怕他到肯綮儿上跟不上劲。况且,自己粮没沾一粒,钱没收一文,人没打一个,粗口的话都没一句,有什么可怕呢?想到这,他长舒口气,暗下了决心。

福琴见他长思不语,说:"他爹,你别老闷着,给句话呀。"

刘坤柱淡淡一笑:"嗨,是福不是祸,是祸躲不过。就是能躲过,也不是我刘坤柱的性格。人求长生,比得了龟吗?可要那样活得太憋屈,倒是生不如死。我这号死人堆里爬出过多少次的人,命早已看淡。死若不惧,还怕什么?八里桥那一仗,让我心里堵了十几年,我不能再给自己添堵。我理不亏、法不犯,哪儿也不去。我倒要看看,他们能怎么着?你知道我的脾气,别再劝。要走,你就带成龙赶紧走吧。"

成龙挺着小胸脯,拉住爹:"爹,我也不走。"

福琴叹口气:"他爹,你不走,我们娘俩能走?"

刘坤柱抚着成龙的头笑出声:"不走就不走,啥大不了的事,我一人还扛不下?他还能诛我的九族?起来就别睡了,去炒俩菜,我坐这儿边喝边等。"

半坛酒下肚,已是日上三竿,外院响起急促的敲门声。刘坤柱把酒碗一撂,说:"去,成龙,大大方方开门去。别唧唧缩缩的,给老子丢人。"

成龙应声去开院门,刘坤柱又端起酒杯抿了一大口。见妻子站在一旁,眼中噙泪,板起脸说:"老娘们家坐里屋去,天塌下来也别出来。"

福琴想说什么,但见刘坤柱喝得血红的双眼,没再吱声,进了里屋。

里院里一片喧哗,有人喊了一声:"都在外面等着!"

捕快傻德子一人跟着成龙进了屋。刘坤柱端着酒碗,端坐着没动,只冷冷地扫了他一眼。

傻德子却不禁打了个冷战,忙避开他的目光,苦笑道:"刘爷,您怎么没……嗨,今儿真让我为难。"

刘坤柱笑笑:"傻德子,我心里领你一份情。你穿这身皮,吃这碗饭,哪能为难你呀。不就是见官嘛,来吧,甭客气,掏出链子来锁吧。"

傻德子慌忙说:"不用,不用。您给我面儿,我能不兜着?县长也就是请您问个话,算不上过堂。再说,我德子再傻也不敢锁老虎啊。您要是现在想走,就我们这任半人能拦得住您?您没见嘛,几个弟兄我都没敢让进屋。就怕把您老惹恼了,撕巴撕巴,拿我们哥几个当了下酒的菜。"

刘坤柱朗声大笑:"好,算你小子会说话。"说着站起就要往外走。

福琴从里屋奔出,哭出声,一把把他拉住。成龙也眼泪汪汪,死揪住爹的衣摆。刘坤柱梗着脖子,连看都没看一眼。他不是无情,此时他也觉得鼻子发酸。但是,他身子猛地一抖,妻子被他震得松了手,倒退了两步。成龙更站不稳,一屁股坐在了地上。他没回头,径自甩开大步出了屋。傻德子和院里的几个捕快,一溜小跑才勉强跟上。可一出大门,他却不觉愣住了。

院外,里三层外三层地站满了乡亲,一见刘坤柱出来,都一下聚拢过来，围了个水泄不通。

傻德子有些慌，一把拔出腰间的枪。另几个捕快也挺起长枪，嘴里还不住地喝骂。人们没被吓住，反而像火上加油，一阵呼喊中，许多人也扬起了锄头、扁担和石块。

一个念头在刘坤柱的脑际闪过。那一瞬间，他真想施出老拳铁脚，把眼前这几个小子打个屁滚尿流，就此豁出去，反了！可随后紧跟着闪过的却是他当年剿捻子时，亲自经、亲眼见的惨烈血腥……"住手！"他不禁大喊了一声。

短瞬间，一切似乎都停住了，凝固了，连一丝呼吸都听不到。还是刘坤柱的声音："把枪都收起来。"

傻德子也醒过味儿来，自忖凭自己这几只单打一、老套筒不够保命的本钱，闻言慌忙收起枪，手下们自然也不敢怠慢。

刘坤柱向众人拱拱手，道："乡亲们，县长找我只是问话，这案子怎么定，还得服公理、凭国法。我刘坤柱既然出了头，就没有缩回去的道理。大家都听我的，快闪开，让我堂堂正正，理直气壮地去见官。"

这时，两个骑马的捕快驰来，向傻德子禀报："头儿，其他人可都跑了。"

傻德子一挥手："得了，走吧。"说着，转向刘坤柱，"刘爷，上车吧，请。"

刘坤柱刚要上车，张老先生跌跌撞撞地走来，一把拉住辕马的笼头，挡在车前："傻德子，你要眼中还有我这个先生，今天就带我走。这事本是因老朽而起，怎能牵连他人？历来文先武后，我文举出身，理应在前。有天大的事，我也一人承担！"

傻德子心中暗暗叫苦，又不便明言，忙上前低声道："老爷子，您那肩膀厎点儿，担不起了。您就别搅和了，别让我……"

张老先生的犟劲上来，谁能劝得，他仍死抓不放，大有撞死也不让的架势。众乡亲也一下围过来，哪里还走得？

刘坤柱看着此情此景，胸中热潮翻涌，这种被人由衷地敬重，这种临危而不惧的豪气，十几年久违了。而今天，这些普通百姓却让他又得到了，又找回了驰骋沙场的自己。一时忍着的泪，终于夺眶而出，泉涌一般，扑通一声,跪在车前。他的声音颤抖着:"老先生,诸位乡亲,大家的情义我愧领了。要是还信得过我刘坤柱,就成全我,让我去吧,就算让我再经一回战阵。我这儿谢啦!"

人群又一次静得怕人。老先生猛地奔到刘坤柱面前,搀他不起,索性也要跪,被刘坤柱撑住。半晌,他呜咽着:"好……你去吧。不过你放心,过堂之时,决不会让你落了单,全村老少一个都不会少。"

刘坤柱站起身,又向众人拱拱手,坐到车辕上,大声说:"走,还不快走?!"

第十二章

　　自打齐月轩离京避难,京城的生意就都由董福兴打点。虽说从他进府,一直是一步一步地往上爬。可那不是爬嘛,得躬身哈腰,还得使出吃奶的劲。更得提心吊胆,总怕哪块石头踩不稳,总怕有人推一把、绊一下。这回不同,就像个二踢脚,第一响往后崩的是少爷和杨管家,却把他送上了半空。虽然各家的生意都不比从前,可要论往自家捞银子,那可比原先容易多少倍。可董福兴还没晕到家,他还知道把握分寸,知道留后手,知道怎样在账上下工夫,就谁查,也没大纰漏。实在没法落的账他都列到活动费上,是杨管家托人捎信让他替少爷上下活动打点,这就是个无底的洞。短短几个月,他就落下了过去苦熬二十年也挣不下的钱。

　　这事瞒得了外人,可瞒不了他老婆。她叫方倩儿,也是从学士府出来的丫头,没读过什么书,可还明事理,会做人。她曾是个让人扔在街上的弃婴,是在老夫人娘家开的善堂里长大。十二岁进府,名是老夫人起的,姓方也是随的老夫人的姓。她跟董福兴也十年了,还不知道董福兴的禀性?从少爷离京就担心他弄出什么事来,所以千叮咛,万嘱咐。偶然一次,董福兴漏了空,小金柜忘了锁,让方倩儿看到了里面那一摞子写着丈夫名字的银票。问董福兴,他起初还遮掩、抵赖,后来圆不了谎,干脆认了账,但却还是理直气壮。他说:"我这也是为你,为孩子,为咱的家。人这一辈子图啥?难道就图个给人当使唤丫头,当跟班碎催吗?没什么光彩不光彩的,钱能花就不臭。当爷的脸上趴个臭虫,别人都得说长一好痦子。他齐家这么牛,那也是给皇上当奴才当来的。这就光彩?我董福兴现在还牛不了,我就只能做牛虱子,有朝一日我要牛了,也一样有虱子凑到我身上来。你呀,少管男爷们的事,头发长见识短,世上的事你根本理不清。"

方倩儿嘴也不笨,但哪比得了董福兴那三寸不烂之舌,结果吵了多少次,劝了多少回,也只是给窑工身上淋点儿水,不见去泥,倒和泥儿了。她索性不再问,但心里总还是揪着心,过得好吃好喝却没个踏实。

这天下午,董福兴亲自给沈三爷去送印好的帖子。本来这种事打发个伙计去,也就行了,可他偏要亲自去。他和沈三爷同在学士府二十年,但一直来往不多。小时他是少爷的书童,沈三爷只是个看坟的。后来他当了绸缎铺的主事,沈三爷才到顺天府应差。等他成了墨香斋的掌柜,沈三爷也不过是个小班头。搭不上界,挨不着边,也压根儿没把他高看。可这些日子,沈三爷是鸟枪换炮,份儿长得都让人眼晕。这块北隅堂老头子的牌子,可比个衙役头响不知多少倍。政界、军界、商界本来就和青帮有千丝万缕的联系,正逢乱世,谁也图多条路、多招棋。于是,你搭我,我勾他,很快就织成了黑白合流,明暗不分的一张网。董福兴这么精明的人,还能不知这里的弯弯绕?所以,近来与他也有了些酒桌上的交情。不过,他也不愿一下子和沈三爷走得太近,总归是刚涨起的水,还探不出深浅。他也怕一脚踏不实,没捞着鱼倒让一口水呛死。今天这么上赶着,不知为什么?

院门的手下一通报,沈三爷就让人把董福兴让到了厢房。正房厅屋是北隅堂堂口,不是门里人不会让你探了底。

过了好一阵,沈三爷才进了屋。果然是一副春风得意的样子,那架子端得活赛关老爷了。不过手中没有青龙偃月刀,只是揉着俩大核桃。董福兴到底是打小跟少爷的人,懂得真正的爷是什么做派,心里不禁暗笑:"三儿啊三儿,你装什么装?你以为台上唱红脸的都是关公呐,呸!不还有太监刘瑾呢嘛"。当然这只是心里想,不误他满脸赔笑,站起躬身。

其实,沈三爷的心情也是这几天刚见好。前些日子,他哥沈鸿带着一家老小来了北京,让他很是烦心。家中粮仓遭抢,报官又碰了壁,老婆闹、凤姑吵,弄了他一个焦头烂额。幸亏他上下活动,没少花钱,也没少作揖,总算打通了民国政府司法部的关节,这才让死鱼翻身。过去,他和他哥虽差不了个把时辰,但凡事都得听他哥的。可这回算变过来了,连一贯自以为足智多谋的哥都服了他这个弟。送走了哥一家和自己的老婆,争了外场和家里的面儿,脸上自然多了些得意的真笑。看着董福兴递过的帖子上沈鹏那两个烫金的大字,心里甭提多舒坦了。

"三爷,您看印得还行吧?"董福兴赔着笑问。

"好,好,不赖。我打小到今儿还头一次用这玩意,是他妈挺气派啊。多少钱?我……"

董福兴忙打断:"三爷,跟我谈钱,您可就见外了,是不是怕我将来沾您的光啊?"

沈三爷笑了:"好,不见外。福兴啊,咱们是一道在学士府长大的兄弟,以后可别三爷,三爷的。"

"那……"

"嗨,我比你大,叫个三哥就行。"

"好,那……好,恭敬不如从命。三……我看还是叫大哥吧。"

"行,随你吧。"

两人寒暄着,闲聊几句,话题扯到了齐少爷。沈三爷的脸上立刻满是不悦。他心里对粮行挨砸,府门口栽面儿的旧事还耿耿于怀。

董福兴却好像是专门戳他肋叉子一样,说:"大哥,我从小跟少爷,他那狗熊脾气我还不知道?再怎么,也不能一点面儿不给您这样的老人留吧。整您那事儿,我听说了,真够损的。哎,我都觉得寒心。现在我但凡有本事单挑个买卖,也不给这号人卖命呀。"

沈三爷果然被激起了火,咬牙切齿地骂了几句。转而又觉得蹊跷,停住口,眯起眼审视着他。他何尝不知董福兴是何等人,老江湖能嗅不出他话中那别的味儿?

董福兴让他看得有点发毛:"大哥,您这……"

沈三爷笑出声:"福兴,你呀是心里有鬼呀,要不,这么俊个小脸儿都怕看了?"

董福兴忙挤出些笑:"您拿我开涮?"

沈三爷的笑一下子从热变了冷:"福兴,你这是钓了条大鱼,到我这臭显摆?还是专门想恶心我?"

"什么大鱼?您这话……"

沈三爷又一笑:"甭揣着明白装糊涂,那么大一墨香斋都到了你的名下,这鱼还不够大?"

"您……怎么知道?"

"我是干什么的呀,你敢说没这事?"

董福兴叹口气:"有这事。不过,名是我挑,内里还是齐家的买卖。"

"得了,我还不清楚你的小转轴。"沈鹏哼了一声,"怎么着,是不是想吃鱼又怕粘一身腥啊?"

董福兴不置可否,笑而未答。

沈三爷眯眼笑看着他,也都没话。揣摸半晌才说:"这么着吧,我给你想个吃鱼又不粘腥的招?"

董福兴微怔,却马上故意不经心地:"……哎,天底下能有那么好的事?"

沈三爷突然板起脸,一拍桌子:"我可以想法儿封了墨香斋,还可以让你蹲几天班房!"

董福兴有些慌,连忙:"别,别价。"

沈三爷又笑了:"嗨,这是明面上做给人看的。契约不在你手上吗?咱们来个明封暗卖。现在的官比台上唱戏的上下都快,过后谁也抓不着什么把柄。"

董福兴寻思着:"卖?卖给谁呀?"

"卖给我呀。"

董福兴龇龇牙,没敢笑出声:"您……能经营?"

"我哪管得了啊。"沈三爷笑得毫不尴尬,"福兴,让我买下来,掌柜还你当。只要你把价做低点儿,以后你六我四都行。咱们可以明一份约,暗一份契,怎么样?"

"那……您可就便宜我了。"

沈三爷冷笑着:"哼,你不想找便宜,能专程来套我的主意?不过,你有你的赚,我有我的值。起码让我出口恶气不是。"

董福兴竭力掩饰着心中的狂喜,做出副苦相,轻叹道:"哎,这……只是良心上有点儿过不去。"

沈三爷笑出声:"良心?良心多少钱一斤?你呀,别招我啐你一呀呀呸！我当婊子，你立牌坊，你还拉着个苦瓜脸？我告诉你，现在民国政府可又要换新总统了，要是徐世昌当了总统，可又没准兴什么章程。他也是大清的老臣，和紫禁城里的小朝廷可有一腿。你要不趁早下手，万一熟了的鸭子飞了，你可哭都来不及啦。"

董福兴做出狠狠心的样子："那……就听大哥的。"

沈三爷笑看着董福兴，心中不由暗骂了几句。

没过几天，一场"周瑜打黄盖"的戏就按两人商量好的主意上演了。沈三托人办了查封令，几个警察就来封了墨香斋，并带走了董福兴。福兴的老婆方倩儿并不知内情，还到处托人活动取保，几夜没睡好，和女儿彩屏一道白搭上许多眼泪。

董福兴只在号里蹲了三天，就被沈三爷接了出来，径直奔天庆饭庄替他接风。沈三爷以帮中公产名义，另找了个门里的弟子陈启做买家，与董福兴签了买卖协议。价低得离谱，只合店值的四分之一。然后沈三又与董福兴立了个暗契，上面写明：只要墨香斋在，就有董福兴六成股。没几天，墨香斋又重新开业，还是董福兴当掌柜，做主拿纲，陈启兼作账房，东家只是顶个名。一场戏演得天衣无缝，沈三爷和董福兴似乎也都各取所得，皆大欢喜。其实这出戏还远远没算完，只不过刚演了个帽儿，曲折、跌宕的好戏全在后面呐。

秋尽冬来，转眼已近年根儿。

傍晚时分，墨香斋后院倒出了满满的一车炉渣，早已在门前等候的一群孩子立刻蜂拥而上，争先恐后地抢着煤核儿。

高望田手执一把耙子，边把腾着烟尘热气的红炉渣扒散、摊薄，边向众孩子吼着："抢什么抢？等我摊散了，晾凉再拣，大家都有份。听见没有？"

孩子们闻声大都停了手。有一个小点的孩子被挤得站不稳，一下坐在炉渣上，忙站起来，裤子后边还是冒起了烟。紧拍打，屁股上还是烧了几个大洞，燎起了泡。

高望田没停手，笑道："抢，还抢不抢？狼多肉少，就得大家分着吃，越抢越吃不上嘴。"见那孩子疼得直咧嘴，忙又说，"你们谁有尿，一边撒一泡去。拿尿和点泥儿给他糊上,保准管用……别笑,我爹就这么给我治过。"

这招儿还真灵,那孩子屁股上敷上些尿泥,顿时觉得清凉舒坦,没那么疼了。

高望田已经把炉渣摊开,见孩子们蠢蠢欲动的样子,挥挥手中的耙子说:"都别急,等凉透了再拣。要不,你们有多少双鞋也不够燎的。"说着,拿耙子在炉渣上划着,"一共十一个人,我都给你划了道。各拣各的,别抢。早就说好这规矩,谁也不许耍横欺负人。谁要敢,大家就把他扔炉渣堆里,行不?"

孩子们异口同声应着。要论抢,谁也不是望田的个儿,可人家自己做得正,说话能不让人服?

不一会儿,高望田一声吆喝,孩子们才像小野狗似的扑向猎物,撅着屁股一阵紧扒。没人吱声,只听耙子、挠子扒炉渣的嚓嚓声。

高望田干活麻利,很快拣完了自己的那一份。他还想等大伙都拣完,剩下不要的,他再过一遍,拣点煤矸石,火旺也能烧。

这时,严妈买菜回来,打边上过,望田瞟见,忙迎上去。

自从杨志兴和少爷去了祖地,学士府院里就归严妈打理。这些日子,望田没少向她打听杨叔和月娥,可每次的回答都是:人好着呐,啥时候回没信儿。

"严妈。"

严妈停住步:"噢,望田啊。"

"杨叔和少爷……他们还没信儿回?"

严妈笑了:"你这小子还真知道惦记。今儿个,刚上台的徐世昌徐大总统可发了道赦免令,齐大少爷没事啦。我估摸着,他们快回了。"

"那月娥……"

"嗨,大人们都回来,还能不把月娥带回来?"

望田憨笑着挠挠头:"严妈,您可真成,愣认识大总统……"

严妈一下笑得前仰后合:"就我……还认识大总统?我就认识酒桶、饭桶和你爹那大粪桶。"

"那您……"

"嗨,这赦免令都见报了,凡报纸都登的头版头条。你这傻小子,就踏实地等吧。"

严妈笑着走了。高望田等她走远，才一蹦老高，快意地高声"嗷"了一嗓子。惊得孩子们都停了手盯住他看，连过路的都不禁扭过头来。望田这才觉出自己的失态，不好意思地低下头，回到炉渣堆旁。任别人怎么问，也只是光抿嘴笑，没话。

小月蓉自打那次砸在台上，嗓子就一直缓不起来。唱功戏演不了，只能演些刀马和武旦的折子戏。大轴儿哪还有他的份儿？比他小七八岁，原来他代师教过的男旦韵秋，顶了他当家青衣的坑。他就只能又回去唱开锣、垫场了，有时连缺个龙套、宫女，老板竟也能拉下脸让他顶。包银多少在其次，成过角儿的人再往下出溜，这面儿就让人栽不起，受不了。原先每天登台，是个享受。而如今得受人指指点点，天天都有一把锉刀在心里磨呀。

这天的戏码，压轴的是韵秋的"昭君出塞"。小月蓉在前边垫场戏"盘丝洞"里顶了个小妖，下场还得赶紧换装，改扮个宫女。看着人家的蹿红，再看看自己这身和猪八戒逗闷子的打扮，真不是滋味儿。可艺人不演凭什么活呢？不想坐吃山空，为养家糊口，只能是到哪步说哪步，凑合将就。

唱铜锤花脸的同门大师兄见他不悦，边勾着脸，边往近前凑了凑，问："月蓉，你那嗓子还没见点好？不成，你得去洋人开的大医院。"

小月蓉叹口气："嗨，我能没去嘛，中医西医有名的大夫我拜了个遍，药瓶子、药渣子都能拿车装了。哎，我这嗓子恐怕是没指望了……"

"那……你还真得想想别的辙，老这么着，也不是个事。"

小月蓉还没搭话，一旁演丑的六师弟也凑过来："是啊，让您唱个垫场开锣也就算了，龙套也让您顶？这老板可也真不是玩意儿。韵秋也不是什么好鸟，这才红几天呐，你看那架子端的。哎，这人脸真是变得快，就他这几出儿不都是从您这儿学的？那会儿，恨不得给您舔脚丫子……"

大师兄狠狠瞪了他一眼，心说："你这唱丑的就是嘴碎。心是好心，可这话不是往人心里捅刀子？"

六师弟也恍然领悟，连忙偷瞟了一下月蓉，说："师兄，我可没别的意思,您可别……嗨,我就是看着心里有气。"

小月蓉淡淡一笑,拍拍师弟的手:"我还不明白哥儿个的心?哎,这戏班儿能让我放不下的,除了身上这点玩意儿,就是哥们弟兄间的这点儿义气。今儿我还能坐在这儿,觍着脸混,全凭你们给我撑着呀……"

他没再说下去,拿起粉扑往脸上补了点粉。两个师兄弟也不敢再往下说,扭过脸叹着气,各自忙自己的事。

这时,戏园老板端个小茶壶走来。从他们身边经过,没理没睬,径直奔了月蓉原先化装的单间。他走到门口,撩开帘,叫了声"韵秋",把茶壶递进,倚着门说:"韵秋,今儿台底下可好些贵人,我可全指着您这个大青衣了。您可得上点儿心。"

里面的韵秋不知说了什么,老板扑哧一笑又说:"嗨,小月蓉红的时候也没您这俏劲儿。什么叫青出于蓝而胜于蓝呀?您那唱功……绝!末了那小腔儿一甩,颤颤巍巍的,跟小爪挠心似的痒得舒坦。您那做派更绝,一个眼神愣能把台底下的戒指、大洋都能给勾上来……嗨,小月蓉没那戏了,现在那公鸭嗓,也就够在您边儿上打旗站桩的份儿……"

大师兄闻言腾地站起来,被小月蓉一把拉住。

老板的话声似乎更大了:"没错,没错,咱们哪能不念旧情儿啊……对,怎么也得赏他口饭。要饭的上门,不也得打发嘛……"

六师弟一拍案子,也要站起,又被小月蓉拦住:"哥几个的心我领了,可别因我这么个废人砸了大伙儿的饭碗。"说着,他抄起块毛巾,把刚化好的妆擦了个满脸花。

大师兄愣了愣:"月蓉,你这是……"

小月蓉凄然一笑:"不唱了!待会儿我在祖师爷那点烛香,磕过头,谢过罪就再也不算梨园行的人了……"

六师弟发急地说:"师哥,这话要出口可就没法儿收了,您可得想仔细了。"

大师兄也欲劝,没等他出口,小月蓉一声长叹:"哎,还容得你想吗?就饿死,我小月蓉也不能让人这么挤对。我唱坤演旦,可还是个男人。要连这都忍,就连个贞节烈女都不如,白演了这么些年的青衣……"

话没完,他的脸上已淌满了泪。

第 十 三 章

　　北方的旧历二月虽已是早春,不像三九天那么冻地皮,但冰雪将融,大风中夹杂着阴冷的湿气,倒似能透骨。

　　齐月轩坐在骡车上向外看,此时光秃秃的树梢在他眼中,却仿佛都是一派盎然的绿色。车子颠簸的吱扭声,他听着都像是跳跃在枝头的鸟鸣。民国总统一纸大赦令,他又能回家了。心里边满是和煦的春风,看的、听的自然都觉得充满暖色和希望。

　　月娥知道今儿回家,兴奋得半宿合不上眼,现在却一点没有倦意。一会儿扒着车窗把小脸儿探出窗外,一会儿掀开车帘学着车把式吆喝牲口,不论干嘛,笑从没离过她的脸。

　　杨志兴笑嗔地说了声:"行了,别折腾了,老实点儿,别学这么没规矩。"

　　月娥这才安分了些,笑着眯起眼。齐月轩以为她犯困,把盖在腿上的毯子拉过来搭在她身上。不料她忽又睁大了眼,蹦出了一句话:"我……想吃糖葫芦。"逗得大家都笑了。

　　齐月轩也半眯起眼,似是逗她,又像是自语:"我……想吃八大件。"

　　有人搭茬儿,月娥又来了情绪:"我想吃金糕条。"

　　齐月轩也接着:"我想吃它似蜜。"

　　"我想吃杏仁酪。"

　　"我想吃烤肉季。"

　　月娥小眼一翻,连珠炮似的:"我想吃糖官儿、桃仁儿、槐花儿、榆树钱儿……"

齐月轩笑着:"瞧你想吃的这点儿东西,一点儿值钱的也没有。我想吃烤全鸭、涮羊肉、烧海参、油焖大虾……"

"行了,行了。"杨志兴打断,"别吃了,再吃就撑着啦。"

齐月轩板起脸:"杨叔,你这人可忒狠了,这么多日子都没吃着,过过嘴瘾都不行?"又逗得大伙一阵畅快的笑。这时,车把式猛勒缰绳,刹住车,让正笑着的几个老少滚成了一团。

"哎哟,多悬呐!老爷子,您站路当间儿犯什么呆呀?没事吧?"外面传来车把式的声音。

杨志兴连忙撩开帘看,见郑子已经把一个老头从地上搀起来,正帮他拍着身上的土。

"没事,没事,是老朽之过。"那老头忙说。

杨志兴这才认出,这老头儿正是到过府上讨债的张老先生。他连忙跳下车,迎了上去,边招呼着"老先生",边拱手微躬。

张老先生迟疑了一下,也认出杨志兴,喜出望外地拉住他:"哎呀,今日遇贵人了。"

杨志兴笑笑:"我算什么贵人呐。我家少爷也在车上。"

没等请,齐月轩也忙下了车,笑道:"我可也不是贵人,是刚大赦的钦犯……"

"哪的话,"张老先生忙接过话茬,"这叫回天有力,大劫大福啊。"说着,舒口长气,招呼身旁的一个妇人和一个男孩,"来,来,坤柱媳妇,成龙,能救坤柱的贵人到了。快来,见过齐大少爷和杨管家。"

福琴拉儿子成龙上前见了礼,短暂寒暄,张老先生就把话题扯到刘坤柱身上。原来,自刘坤柱被传到县后,就被收了监。这么多日子,不审不放让人干着急。听说近日开庭,张老先生就带这娘儿俩来打探消息。不料听班头傻德子透露,堂虽未过,但沈鸿私下花了银子,让县长以通逆、抢劫、伤人三罪并诉,那可就是死罪。三人一听都如五雷轰顶,神情恍惚,这才呆立路中,险出车祸。说着,张老先生老泪纵横,福琴娘俩泣不成声,再三央求齐少爷和杨志兴出面搭救。

杨志兴听了没敢吱声,偷瞟了少爷一眼。见齐月轩眉头紧锁,红润白皙的脸已变得铁青。突然,他嘴里蹦出几个字:"上车,快走。"

123

"上哪儿？"杨志兴忙问。

齐月轩有些不耐烦："还能上哪儿，县衙呀。"

这里距县政府只一箭之地，转眼就来到大门口。县政府所在就是原州衙。除额上的州衙横匾改成竖挂的县政府的牌子，门口的守卫没了辫子，旧差服换了身黄警装，别的没怎么变。连堂鼓还在，虽落满厚厚的一层灰尘，可还立在那儿。

齐月轩一下车，就带着几个人往大门里走。

门口的守卫不识齐月轩，却认得张老先生和福琴娘俩，忙拦住说："你们刚软磨硬泡半天了，怎么又来了？没跟你说吗？县长有客，不见。"

齐月轩眉一扬，不屑地哼了一声："好，那你去通禀一声，就说大赦钦犯齐月轩归京途经本县，想会会他。"

守卫定神看看，虽知他来头不小，但也怕再挨县长几句骂，忙赔笑说："这位爷，您还是趁早赶路回京吧，那是大事。您搀合他们这民间小事干吗？"

齐月轩立刻火冒三丈，厉声道："性命关天，你敢说小事？什么才是你这衙门的大事？"说着，走到堂鼓前，抄起鼓槌说："小子，你不传，我还不用你，就这破鼓敲烂了算。"

那守卫早慌忙跑过，挡在齐月轩已扬起的胳膊前："这位爷，您可别生气，要解气，您敲小的。我马上让人通报。"说着，向门前一个手下挥挥手，"还不快去。"那手下应着匆匆进院。

齐月轩这才气平了些，扔下鼓槌，掏出手绢擦擦手。雪白的一个帕子，立刻几抹黑印。

守卫一见，忙赔笑道："不好意思……这位爷，我一看您就不是普通人。您过去也当过县令？"

齐月轩笑而未答，反问："这位差官，你……进过京吗？"

"没有，我连省城都没去过。"

"那就难怪了。"齐月轩笑笑，稍顿又说，"北京有两样儿最多，一个是风多，一个就是官多。大清那阵儿，有一次刮大风，把王府的墙给刮倒了。砸伤的不算，砸死了三个。扒出来一看，都是跟你一样看门的。人家可都有顶戴，好嘛，一个六品，俩七品，哪个都不比你们县太爷差。"

一席笑谈说得守卫直犯愣咋舌,却逗得杨志兴、张老先生等人都忍不住笑出声。

这时,贾县长随手下迎了出来。守卫没瞎说,他此时的确有客,而客正是沈鸿。本来贾县长虽接了司法部的函,但心中明白事情源由,也没想重判。可沈鸿却宁以重金相许,也要买刘坤柱的命。沈鸿心里更多的不是恨,而是怕。他一想起刘坤柱那愤愤的一瞥就直打冷战。他觉得这是只老虎,捉了,可就放不得。而贾县长其实也并不待见这位沈二爷,只是他送的钱招人待见而已。何去何从,他也还在掂量、犹豫,没最后下决心。听手下说有个姓齐的大赦钦犯求见,就赶紧从后门打发走沈鸿。他虽没见过齐月轩,可武城离德州不远,学士府的大名早有耳闻,也知沈家与学士府的渊源,深晓官场无常,时政变幻。古往今来,让皇上亲自赦免的人,又飞黄腾达的可不少。所以不敢怠慢,马上迎出大门。

没等手下介绍,贾县长先堆着笑问:"您就是齐大少爷?"

齐月轩也淡淡一笑:"正是齐月轩,您就是此县县长大人?"

"不敢当,民国了都称同志,同志。"

"同志?"齐月轩差点笑出声,瞥一眼张老先生,说,"这位老同志,刚才带着一位女同志,一位小同志来求见您这位县长同志,可真够难呐。幸亏碰上了我这个过路的同志,要不……"

杨志兴见贾县长有些尴尬,忙偷拉了一下少爷的衣摆。齐月轩这才住了口,省去了后边要扯的许多"同志"。

杨志兴、张老先生陪少爷,随着贾县长进了院,福琴母子与其他人候在门外。

贾县长把几人引入后衙正房,各安各座,稍事寒暄就直入正题。

齐月轩正襟端坐,虽淡笑清谈,语气和缓,但细掂量,每句话都很沉重。他说:"贾县长,我齐某现在非您的上峰,也非沈家兄弟的主子,和刘坤柱家更不沾亲带故。现在是无官无爵,仅一介平民,但事关民生人命,言微亦不敢不言。今年的灾情百年不遇,您身为一方父母当比我更知其间困苦。国称号可改,体制可更,有一样是变不得的,那就是得让百姓能活。人之生息繁衍才是国之根本。现今的国号虽叫了民国,但若民都饿死,那国在哪里?"

贾县长愣了愣,连忙说:"是,您言之有理。不过沈刘庄一案若不严办,开此先例,那灾情严重,再加上刁民妄为,恐怕就……"

齐月轩打断:"若齐某在京之时,也许会苟同你意,可今日不会。因为我亲眼目睹了真实的民生。中国的百姓有何求?无非是求个温饱而已,他们实在是天下最本分、最知足的人了。若立世以公,居官以正,为富以仁,能让兔子都咬了人?民之千万,不能无刁者。但最刁的是有了俩臭钱,做了个小官就张牙舞爪,比虎狼还凶的那一类。"

张老先生闻言不禁脱口:"好!讲得好!说得……"肋下被杨志兴捅了一下,他才觉失言,忙刹住口。

贾县长有些尴尬,不好发作,只干咳了两声。

杨志兴忙站起,接过话茬儿:"县长大人,我家少爷一向快人快语,口无遮拦,这是跟您没见外,拿您当朋友交。"

贾县长的脸色好看了些:"不敢当,我贾某也是个率性之人。只是……管家尽可明言,这案子是否与府上有什么实在的关联?"

齐月轩没好气地抢着说:"关联大了,您家要养条狗,给他放了生,他在外边撒疯乱咬人,人家找您家去,您能不管?"

贾县长还未答,杨志兴又接过说:"县长大人,我家少爷话虽糙了些,可理是这么个理。学士府在京城也算个大户,素有仁厚之口碑,能让家乡父老背后戳脊梁骨?您要是能看府上这点薄面儿,抬抬手,松松口……"

说着,他把一张叠起的银票攥在手心,上前握住贾县长的手。贾县长自然明戏,攥着银票抽回手,会意地一笑。

杨志兴继续说:"您全了府上的声名,就是我家世代的恩公。您宽以施刑,以德服众,就是千万人的恩公。甘蔗没有两头甜,可哪边儿轻,哪边儿重,哪边肉多干净,吃得舒服踏实,哪边有虫眼,咽下也窝心后怕?不必我明言,您……还掂不清?"

一席话说得贾县长托腮凝神,半晌才点了点头:"是,说得好,我心中有数了。不过……这事有司法部的公函,我……"

齐月轩刚要说,被杨志兴抢了先:"县长大人,司法部大,还是总统大呀?现在的徐大总统,过去也曾是我家老爷的治下,此次少爷归京……"说到这,他故意停住,只笑吟吟地看着贾县长。

"噢……我明白,我明白。"贾县长马上接过说,脸上堆起了笑,问,"齐少爷,您说吧,这案子您是想……"

齐月轩刚要开口,杨志兴偷拉了他一下,又抢过话茬儿:"县长大人,您是一县父母,谁也不敢给您提章程,您心中有数就行。怎么酌情,您看着办,办到什么份儿,我们少爷都得念您这份情。以后您进京,可得赏脸到府上住,好让我们好好谢谢您。"

这话让贾县长听得甭提多舒坦了,连声称好。

谁也没想到事情办得这么顺,虽没有准信儿,但贾县长愿尽力的诚意,还是让所有人悬着的心落到了实处。福琴母子再三拜谢不说,张老先生也由衷地对齐月轩和杨志兴十分敬佩。而齐杨二人也为这个老教书先生的品格所感动。回京和他们回沈刘庄同路,杨志兴就让三人搭个顺风车。

张老先生与齐杨二人同车,一上车,他就打开了话匣子。

"杨管家,还是你想得周全,会行事,好言谈呐。要老朽这等迂腐之人……"

杨志兴笑着打断:"哪里,今天多亏有少爷端着谱儿,叫着份儿。有唱红脸的,有唱白脸的,还有您这站脚助威,这才能成好戏呀。"

"是,是,"张老先生连忙说,"齐少爷正气逼人,文才犀利。不是晚生奉承,此等襟胸,此等睿智,若能为官,乃一方百姓之福也。"

齐月轩苦笑着:"老先生,仕途险恶,宦海沉浮,我已看破、看淡,还是做个闲云野鹤,过得自在些。"

张老先生端详着他,长叹了口气:"哎,晚生也是读书人,哪里不知个中滋味。我今年七十有五,读了七十载诗书,却从未有一官半职。别人问起,我也如此说,可心里又怎能无几分失意、几分抱憾、几分凄苦呀……若只为出人头地,也还放得下,若以天下为己任,又怎能敢忘?不谈大,就我要是此县正堂,哪能于百姓不顾,而容小人猖狂?齐少爷,我看得出,你和老朽一样是个放不下的人呐。与其日后哀鸣长叹,不如低头躬身以求大逞啊……"

齐月轩被戳到痛处,脸色变得凝重。杨志兴一见,忙欲岔开,被他拦住。见老先生也住了口,忙说:"您说,接着说,我爱听。"

张老先生这才继续说:"史间君子与小人斗,文人与痞子争,鲜有胜绩。为何?非才不及,非智不够,非操守不如,但如以玉击石,心存忌惮。君子重品,文人拘礼,有可为,有可不为。而小人痞子本是寡廉鲜耻,自无可不为,可不择手段。"

"嗯……"齐月轩深深地点点头。

张老先生稍顿又道:"此次归京,少爷若再有入仕之机会,千万不要错过。不求富贵荣华,也求为民做点事。三百年大清让国衰民怨,民国初起还当有一试呀。我写了一篇小文,曰'兴国十策'。不敢说远见卓识,自忖尚有几分道理。只是进言无门,今日托与少爷,付予知己。若能上达,采纳一二,不求贵人高看,只求匹夫之责矣。"

说着,他从怀中掏出一摞手稿递上,诚恳地说:"齐少爷,切记老朽之言,贵人若不能自贱,万事无望矣。老朽已是残烛,少爷还如日中天,切切珍重!"说着他满眶热泪,引得齐月轩也一阵酸楚。

车到岔路,惜惜而别。齐月轩手捧这摞书稿,遥看路边深躬不起的张老先生和福琴母子渐渐逝于视线,才感慨道:"哎,乱世求仁,庸世施才,古往难矣。可读书人若如老先生,就不为官,不留名,也没算白读圣贤书啊。"

当晚,齐月轩一行人就回到了北京,冷清多日的学士府又热闹了起来。张妈本来准备了一些鞭炮,一来迎主子归家图个热闹,二来也依风俗去去霉气。但齐月轩却没让放。一路上他反复读着张老先生的手稿,联想这些日子,前所未见、前所未闻的所见所闻,早已没了初踏归程的喜悦。他说了句:"败军之将,丧家之犬,羞还羞不过,别再张扬。"就一头扎进书房,没再出屋。及至半夜,仍见他秉灯独坐,或沉思,或疾书。饭端进去,也没吃几口,都想去劝,可谁也不敢。找杨管家吧,也不见了影儿,连严妈也不知他哪儿去了。

原来杨志兴一回京,没坐稳就问起生意的情况,墨香斋查封出卖的消息给了他当头一棒。其他的生意也都经营惨淡,让他哪里待得住?胡乱扒了两口饭,就出了府,找董福兴,找各处掌柜核实详情。半夜回来,一夜没睡。面对着这个烂摊子,他得想应对之策呀。他想找少爷商量,悄悄进去看看,又悄悄退了出来。见少爷坐在案前那副凝重的样子,他不忍打扰,只得回屋自忖。

天刚蒙蒙亮,众人还都未醒,杨志兴心中有了主意,心情开朗了些。走到院里,正轻舒腰腿想活动活动,隐约听得正院少爷的笑声。知道他也熬了一宿,忙叫醒小灶儿的师傅给少爷准备早点,才来到他的房中。

齐月轩这一夜没白熬,书案上摞了厚厚的一摞信纸,脸上现出抑制不住的兴奋。见杨志兴,没有半句寒暄,笑道:"杨叔,你看,洋洋洒洒一泄万言呐。"说着,捧起信稿,"张老先生确是有识之士,他所写的'兴国十策',字字珠玑,很有见地。哎,今日方知何为藏龙卧虎啊。士之才者多矣,苦于时势不遇,又乏识才之人呐。你看,我依老先生之思路,并成扶弱均平、合军勤政、兴学选才、均衡外交等六策,再加丰富扩充,包括国政、民生、军务、外交之大计。待会儿就给我备车,我要以我之名亲呈徐大总统一阅。但愿他能重视,也不枉老先生一番苦心,不枉我齐月轩做了一回丧家之犬呐。"

杨志兴点头笑了。经过离京这段日子,少爷在他心里已有了些新的亮色。两个人不像过去,近在咫尺却天各一方,有时甚至能感到他心的怦怦声。本来想说的府中事,又让他咽了回去。此时他不愿分他的心,扫他的兴。

第十四章

月娥从祖地一回来,就像小鸟出了笼。加上杨志兴忙着应付烂摊子,顾不上管她,她更是玩野了,整天不着家。和望田那帮胡同串子混在一起,能有什么斯文的玩法?跟着他们拣罢煤核,然后一块儿拍洋画、跳房子、骑马打仗、官兵捉土匪。出去干干净净,回来总像个小土猴。严妈怕她挨骂,老是偷偷给她洗了换过,替她瞒着。脏是脏点,不过倒也放心,有望田在,月娥就有人护着,出不了啥大事。

这天,月娥又去找望田,却见他霜打了一般,问他,他像个闷葫芦罐,只进不出。月娥不问清哪里肯放,他缠不过才道出实情。望田家的粪道是包前街李猴子家的,人家想卖了粪道回老家。说卖先尽着包户,要买不下,就卖给别人。高贵庚当然想买,这条大粪道户多,出粪成色又好,二十五块大洋实在不贵。可手头攒的太少,又东借西拆,还是差七八块。要是买不下,粪道就归了别人,他们家就不知靠啥活了。

月娥一听笑了,在她眼里,七八块不算个大钱。少爷的蛐蛐罐哪个不得几块呀?就她自己,这些年少爷赏的,众人送的压岁钱也有一两百,只不过在爹手里。于是,她说了句:"我帮你,你等着。"转身就要走。

"你干吗去?"望田忙拦住她。

"我找我爹要我的压岁钱。"

"不行,不行。"望田的脑袋摇得像拨浪鼓,"你不怕你爹,我还怕我爹呐。这事要让他知道,那还得了?我又少不了一顿打。"

"那……我偷偷跟少爷要?"

"更不行,那我爹要知道,我就没活头了……嗨,算了,算了,怪我多嘴。不用你管,行不?"

月娥撅起嘴,一时无话。愣了愣神,突然眼睛一亮:"望田哥,我有法儿了,保准让他们大人都不知道。"

"什么法儿?"

月娥摘下脖子上的玉葫芦,说:"咱们把它当了去。当了钱,你自个儿拿给李猴子。让他瞒着你爹,就算把粪道便宜七八块卖,不就结了?等你们攒够了钱,再把它赎回来还我,那会儿你爹就知道,也气不大了。"

望田没做声,但看得出他有点动心。片刻,他轻抚着手中的玉葫芦,问:"这么个小玩意儿,能值七八块?"

"那哪儿止,这是少爷赏的,我爹说过去值五十两银子呐。"

望田让她的话吓得直咋舌,手马上攥紧了些,好像生怕不慎摔了一般。

月娥见他的样子笑出声,说:"要去就赶紧,再晚就关门了。"

望田犹豫了一下,还是跟月娥出了门,两人径直奔了后门大街的庆丰当铺。月娥知道店掌柜和她爹挺熟,也认识她,所以没进去。望田一人进了店,她只站在远处墙根等着。

没想到,左等也不出,右等也不来。正要进去看,高贵庚被一伙计引着匆匆赶来。没多会儿,望田就让他爹从店里拎了出来。原来,当铺的伙计一看这玉葫芦的成色,就知是和田上好白玉仔儿料的老物。再一看望田是孩子,又一身破衣,不免生疑。旁边有人认得,从后门出,叫来了正背着道的高贵庚。

月娥这才知道坏了,忙上前解围。可高贵庚正在气头,哪听得进劝,只是拧着望田的耳朵紧往家走。回到家他就把望田吊在了房梁上。月娥吓得哭着跑回家,去搬他爹当救兵。

此时,杨志兴正在少爷房中。刚才总统府差人送来封回信,他引来人到正房厅屋,来人把信亲自交给齐月轩,就匆匆告退。十多天前,齐月轩去总统府求见,虽没能见到总统本人,但秘书答应当日就把信亲呈总统审阅。回来后,齐月轩就像傻老婆等汉子,坐也坐不稳,躺也躺不安,心中抓挠似的就是一个"盼"字。这回可有回信了,忙拆开看,但很快,脸上的笑就消失得一干二净。

杨志兴一见,忙问:"少爷,您怎么……"

齐月轩把只一张纸,三行字的信递给他,悻悻地叹了口气:"哎,你看这是什么话?什么'中国贫弱数十年,勿望一日可强。'什么'书生之见,其情可嘉,难免偏颇。国家大事,莫妄谈也。'哼,整个儿一热脸贴了回冷屁股!"

杨志兴指着信说:"这不,还让您到教育部教宣司备候嘛。"

齐月轩没好气地说:"什么叫备候啊?就是让你花钱买位子。"

"要不……咱们就花点儿?"

"算了,算了。道不同,志不合,何必去虚情假意称什么同志?"

"少爷,"杨志兴又劝,"您忘了途中张老先生说过的话?您……就不能低低头、躬躬身,忍耐一下吗?"

齐月轩笑了,笑得很苦:"哎,不是我不能忍,我是看透了这些人的心思,求私而不公,求霸而废仁。忍又何用啊?与其去当人家探子下的蛐蛐儿,还真不如在野地里活着自在。"

杨志兴还想劝,但觉得少爷的话也有道理,一时无从开口。

这时,门房走进来说:"少爷,有人来看您。"

"谁呀?"

"是唱旦角的王老板。"

杨志兴向来不喜欢戏班的人,特别讨厌唱旦角的男人。一听是小月蓉,马上冷笑着挥挥手:"戏子也敢上门来?就说少爷不在。"

"别介,"齐月轩发急地,"我回来这么些日子,还没几个人登门呐。人家这是知道惦记,快请。"

门房应声出来,却险些和跑进的月娥撞上。

杨志兴一见月娥慌张的样子,忙问:"怎么啦?"

月娥当着少爷不敢说,把爹拉到院里,才抹着眼泪,边低声诉说,边拉着杨志兴出了正院。

高贵庚把望田两手绑住吊在梁上,两个手腕已经勒出了深深的红印。本来就破的裤子,又被打裂了两个口子,都露了腚。

高贵庚扬着根白蜡竿,指着儿子喝问:"你小子啊,没长了本事,倒学会了偷……"

"爹,我真不是偷的。"望田怕爹的棍子又打下来,忙喊道。

"哼,那你为什么不说,这是哪来的?"

"爹!"望田的声带了哭腔,"我……我是不能说呀。您说我长这么大,偷过吗? 您就不能信我一次?"

高贵庚扬起的棍子慢慢放下,脸也稍松弛了些。心想:"是啊,我老高家的孩子,咋也不至于做这种下三滥的事呀。"可又一转念,"啥事可都有第一回,也没准黄鼠狼下刺猬。就不是偷,也不是好来的……"想着,他又扬起手中的棍子,说,"你今天要不给我说清楚,可别怪我往死里揍你。说呀!"

"是……"望田脱口想说,还是咽了回去。

高贵庚气得狠狠地打了他一棍,疼得望田大叫。一见棍子又被爹扬起,望田忙喊:"我说,我说。"

扬起的棍子垂低了些,指向望田:"快说!"

"是……是,是我捡的。"望田怕说出实情,月娥会遭打骂,硬是把到嘴边的话又改了口。

高贵庚哼了一声说:"我来北京这么多年了,捡过打、捡过骂、捡过人的白眼,还捡过什么好东西? 你还敢蒙老子?!"说着,棍子又猛地扬起,望田只咬牙闭眼,屏住气等着挨这一下。

这时,杨志兴冲进来,一把托住了高贵庚的胳膊,夺下了他手中的棍子。

高贵庚愣了愣:"……杨管家,怎么把您也给惊动了?"

杨志兴边放下望田,边埋怨:"有你这么管孩子的吗? 就是有错,屁股上扇一巴掌,有个记性也就得了。怎么着,是想把孩子打死?"

望田脚一着地,腿一软,被志兴和月娥搀住,扶他到炕边。疼得不敢坐,只斜靠着。

高贵庚长叹口气,从怀中掏出那玉葫芦,递到杨志兴手上,说:"哎,就这一个崽儿,我就舍得下狠手? 您看看,他……嗨,臊我这张老脸呐。"说着,蹲在地上一阵长吁短叹。

杨志兴看着又好气又好笑,拍了拍他的肩膀:"嗨,你呀,就不能把事情弄清了再发火?"

"我……刚不正问呢嘛,这小子死不吐口。"

杨志兴笑了:"就你这又审又打的,孩子能敢说真话?告诉你吧,这玉葫芦是月娥的。这是正宗的白玉仔儿料的老物,是少爷……"

他话还没说完,高贵庚却又发了急,腾地站起,羞恼地说:"还是……嗨,你这臭小子……"说着,又要冲向望田。

杨志兴也火了,猛地推了他一把:"你这山东老帮子,怎么又急又梗呀?就不能听个整话?坐那儿,好好听着。"

高贵庚只好耐着性子坐下,听杨志兴和月娥讲清了事情经过,这才恍然大悟。看看这父女俩,又偷瞥了一眼炕角的儿子,脸上满是憨笑。笑中有懊悔、尴尬,也有欣喜、舒坦。

杨志兴边把玉葫芦给月娥戴上,边说:"这东西可当不得,这是个念想。"见月娥欲言又止,明白她的心思。他从怀中掏出钱袋,数出八块大洋递给高贵庚,"给,够不?"

高贵庚连连推辞,让杨志兴倒发了急。他笑嗔道:"你以为我想花俩小钱儿,买你这身功夫保着我呀?呸!我身上的活儿还没地儿使去呐。这钱不是给你的,算我借给你的。挣了钱还我,行了吧?"

高贵庚这才接过钱,心中很是感激。不知说什么好,弯身就要深躬。

杨志兴忙拦住:"多大的事呀,甭那么多礼儿。"说着转向望田,"小子,疼吗?活动活动看看,别落下啥伤。"

望田站起来道:"没事。"边说边还拧腰伸腿,摆了个架势,一下触到了痛处,又不禁"哎哟"了一声。见大家都盯着他看,忙又捂着屁股,噙着泪笑着,"没事……哎哟,没事。"

齐月轩虽已归京多日,但还没顾上,也没心思探亲访友,也没什么人登门。本来他想把憋了好久,满满一肚子的苦倾诉一番,没想到小月蓉刚离开梨园行,一开口,比私逃汉营的韩信牢骚还多,自己就只好做了劝人的萧何。不过劝人若劝到理上,不止被劝的能豁然开朗,连劝人的也会觉得畅快许多。这不,小月蓉拭干泪,脸上有了笑容,齐月轩更是多了几分自得。

小月蓉轻舒口气,说:"齐少爷,您说得对,这人是得经过大坎儿才能悟出点儿什么。嗨,我也就是一时心里转不开,经您这一点拨,心里舒坦多了。"

"是啊,凡事得往开想。有上台就有下台,谁也不能总在台上,总站台中间呀。若把人世当台,把一生当戏,你还没过而立,不还得唱好几十年吗?"

"嗯……对,是这么个理儿。齐少爷,您都能看淡,我这号的还有什么放不下的?"说着他又满脸疑惑起来,"唉?……这么多日子没听您说话,我怎么觉得您改了脾气,也改口儿了?"

"改在哪儿?改得好不好?"齐月轩忙问。

小月蓉琢磨着:"这……改在哪儿,我一时可说不上,只觉得改得好。"

齐月轩淡淡一笑:"哎,要说改,无非变了个看世界的角度。这回我不算大劫大福,起码还亲眼看了看外面真实的世界。比之过去的笼中鸟、井底蛙,自然有所不同。月蓉啊,世间比你我苦百倍、冤百倍的人多的是,还有什么看不开?你我都得好好想想,以后人生这场戏怎么唱。"

小月蓉点点头:"对,我听您的。其实我已经想好辙了,想开一个二荤铺。"

"什么叫二荤铺?"

"嗨,就是小饭铺。这种馆子您哪儿去过?没好菜,就备两样荤的,要么猪肉鸡肉,要么牛羊肉,所以叫二荤铺。"

"噢,也好,也好,生意不在大小,做得好,二荤不也能出百样菜嘛。过后,我让府上的大厨到你那儿传传手艺,保准能火。"

小月蓉笑着连连拱手:"得了,我的大少爷,您饶了我吧。您府上的厨子都是侍候宫里府里的,我那小庙能请这大神?他敢教,我还不敢学呐。一个水煮白菜,听着简单,好,鸡汤得煨好几个时辰。得撇得一点沫儿、一点儿油花都没有,跟清水似的。买得起料,都费不起那工夫。"

齐月轩也被他逗笑了,又一转念:"要不……我帮你点本钱?"

小月蓉连忙说:"别,我现在不唱了,没道理再拿您的赏。我内人比我精明,手里还攒点儿,办小铺儿的钱还够。"

"那我……"

"实话说,我今儿来,还真是想向您求样东西。"

齐月轩毫不犹豫:"说,想要点儿什么?"

小月蓉吊他胃口般地顿了顿、笑了笑,才说:"我呀……就想求您给题两幅匾,一个写二荤铺,一个是店号,名儿还得让您起。"

齐月轩满口应承说:"这店号就用你的艺名,叫'月蓉居',行不行?"

"嗯……行,这名挺响亮。"

齐月轩来了兴致,立刻到案前,铺纸蘸墨,斗笔一挥而就。两幅行草写得饱满苍劲,潇洒大气。不仅小月蓉连声叫好,他自己端详着也颇为满意。

这时,门房走进来:"少爷,郝炳臣郝先生来看您。"

齐月轩脸上的笑一下子没了,显出几分尴尬,他是又想见他,又怕见他呀。正犹豫间,郝炳臣已经出现在屋门口。

他打量着齐月轩,眼中充满了关切、兴奋、真诚的神情。

齐月轩忙迎上,嗫嚅着:"炳臣兄,我……"

话却被郝炳臣打断了:"月轩,过去那页翻过去了,就看你以后怎么写。"

齐月轩的手被郝炳臣紧紧握着,一时只觉心里暖、鼻子酸。

郝炳臣发现案上的"二荤铺"、"月蓉居"两幅大字,打趣地问:"怎么,堂堂学士府的大才子少爷,也肯给小铺儿题匾?"见齐月轩面呈尴尬,忙拍拍他的肩,笑出声,"月轩,我这可是夸你呐,看来,你这回跟头没白栽!"

屋中一阵大笑声。什么失意?什么烦闷?什么憋屈?都随着这阵畅快、透亮的笑,消散得无影无踪。

第 十 五 章

春总是苦短,一晃又是夏。

自从墨香斋易了手,生意却眼见得比过去红火。也难怪,给自己干和给别人干能是一样的劲儿吗?董福兴现在全部的心思都扑在了这买卖上。绞尽脑汁,使尽了招儿,能不见点成效?店里的伙计,车间的工人都私下说,董掌柜上辈子一定是骡子投胎。要不怎么就不知累,打一滚儿就精神?甭管是白天还是半夜,是店铺上还是车间里,背后老有他那双眼贼着,那两只耳朵竖着。你送货他限时记点,晚回来十分钟能扣你一天工钱。你上班打个盹儿,那掸子把儿就能立马抽你身上。骂归骂,但谁也不能不服董福兴那满是转轴的脑瓜,诡异多端的手段和挣钱不顾命的疯劲儿。

一大早,董福兴照例站到店门前,盯着伙计下板开张,亲自迎进第一批客人。昨晚,他起了两次夜,在车间熬了半宿,今儿一早还是不落空,一点没显倦意。看着不断走进的客人,兴旺的生意,人家的脑瓜又盘算着如何增加分店,又如何添置设备了。

这时,杨志兴从门口经过,和董福兴正打了个照面。

这些日子,杨志兴也不比他闲着。一个又大、又烂的摊子摆在他面前,哪能闲得下呀?除了无望收回的墨香斋,其他店铺或生意惨淡,或资金短缺。杨志兴无奈只好采取了以退为进的策略,只留下绸缎、日杂两家店面,其余的统统转让拍卖。收回的钱他全换成了金条。按他说,这叫看不准道儿就先收腿立稳,迈步不能急。乱世多变,手里攥硬货比瞎折腾踏实。对府里他更是做了大手术,几十号人他只留下十个。门口留门房,柜上留账房,仨丫头不分内外房,细活粗使都得干。护院留下俩,还兼院内洒扫。厨房只留下俩厨子,应大小灶,外带采买。张妈仍作炖品,闲时给各处顶坑。花匠、鸟虫把式一个也没留,老张也离了府,到西山老旗营看坟去了。府上车马院已让墨香斋作了车间,干脆连车马都不留,出门用车现雇。住房只留带东西跨院的正院。厨院、仆院、库院堵死,另开临街门,租给他人。少爷虽心里不舒服,争执几次,还是应了杨志兴。只是嘱咐他,让人走,给足盘缠,没地儿去的可回祖地,败家别败了家风。少爷心里难受,可还是好话他说,好人他做,临别还受人三个头、两滴泪、一声谢。杨志兴却只能硬着心、说绝话、做恶人,忍着挨记恨。不过,他无怨,而且憋着让家业重兴的心气儿。

此刻,他站在当年老爷题的"墨香斋"的牌匾下,面对着得意的董福兴,真想痛快地骂他一顿,咬他几口。可只是心里明白没用,骂不出理,咬都找不着下嘴的地儿。

董福兴见杨志兴的脸沉下来,脸上的笑却更灿烂了。他迎上前,拱拱手:"杨管家,少见。快请里边坐,我给您沏壶好茶。"

杨志兴冷冷地说:"免了,别耽误董大掌柜发财。"

董福兴毫不尴尬:"您真会说笑,现在我还只是个掌柜,为谁干也轮不到我发财呀。我这份钱挣得也不容易,够累的。"

杨志兴微微一笑,端详着:"可不,累得都挂相了,快成大眼灯了。你小子我还不托底,你是那无利起早的人吗?有钱催着,还怕累?死都不怕。"

董福兴微怔,但马上又笑出声:"您说的也对,钱甭管归谁,它也赶着人。生意好,没办法。我还真盼着您给我安排个位,可府上的生意我听说……都关了?"

杨志兴愣了愣,可也立马笑着叹口气:"哎,生意嘛,赚不了钱关也就关了,关了将来可以再开,不可惜。怕就怕生意太火,人让钱催得急了,就刹不住腿,顾不上脚底下。生意淡关张,好歹手里落俩钱。要生意火倒闭,那可容易落个两手空空。"

"这话……有意思。"董福兴冷笑着,"我真得好好琢磨琢磨您这覆车之鉴。"

杨志兴也还以一声冷笑:"嗨,人要都能琢磨透,世上就没翻车的了。得了,我少陪了,得去办大事了。"

"什么事让您这么急?"

杨志兴隐而未答,只向他头上方指了指,笑着径自走去。

董福兴转身抬头,才发现他指的竟是门上那块大匾。心中不免打起小鼓,脸上的得意被不安和羞怒盖了个严实。

北京的六国饭店距前门不远,紧邻天安门南东路的牌楼,背后就是东交民巷,与西交民巷遥遥相对。这一带是大清时就辟出的使馆区,东西交民巷都有外国的巡捕当值把口巡街,禁止一般中国人穿行进入,俨然一个国中之国。中国的法在这块地上不管用。别说要犯,就是小偷被追,只要一跑进那道白线,中国警察也管不了。要捉,您得逐级上报到外交部,再以外交形式与洋巡捕房协商引渡。外国人不同意,您还就干瞪眼没辙。所以交民巷就成了对外的大号官称,北京的老百姓都管这儿叫"洋番区"、"鬼子巷"。六国饭店坐落在这儿,自然成了老北京的土与外国人的洋混杂、交汇的一个窗口。

穿着一身西装的周正节站在饭店的高台阶下,等人等得有点急。他要等的是杨志兴,为的是打官司追回墨香斋的事。

周正节祖籍浙江,光绪二十年,其父从绍兴府调礼部做司案,他们才举家迁来。他幼年就离乡,长在北京,他妹妹周正英是在京城所生。大清末年,他父病故,家境渐衰,好在母亲会过,靠老底倒也还勉强撑个殷实之家的架子。周正节在"京师大学堂"毕业,在一家报社做编辑、主笔。张勋复辟那些天,他也想顺齐月轩的杆儿谋个一官半职。齐少爷应了,可没想到,那场戏刚开场就散了。齐月轩归京,他早就听说了,只是怕沾包没敢去。过了一个月,看准了没事,这才又登学士府的门。言语间提起墨香斋之事,他主动请缨,探探打官司的路子。今天他特地约了杨志兴,与大律师见面。可律师都到了,杨志兴仍迟迟未来,他能不急?当然,周正节不止是为他的好友急,内里也为自己。

杨志兴来了,一下洋车,看着饭店门口进出的人直犯愣。这地界儿离府上并不算远,可他从没来过。看着眼前白的、黑的、黄的、棕的不同肤色,不同打扮的人,不犯愣才怪。

"杨管家,"周正节迎上,"快进吧。人家律师可都来了。"

杨志兴迟疑着:"周先生,咱们换个地方吧,找个茶馆谈事方便。"

"嗨,这里边有咖啡厅,就和茶馆一样。"

"唉,您看看,"杨志兴向门口撇撇嘴,"那些娘们的旗袍都裂到哪儿了?她们就不怕丑,也不怕冻着?我们在旗的穿了多少辈儿,也没见敢这么露大腿的。"

周正节笑了:"您这可是忒老古板儿了,现在就兴这旗袍大开气儿。您整个一刘姥姥进大观园。"

杨志兴苦笑一声:"我看我不像刘姥姥进大观园,倒像傻小儿逛窑子。"

他说话声大了些,被身旁一个挎着洋人膀子往外走的女人听见了,扭头狠狠一瞥。慌得周正节边赔笑点头,边硬把杨志兴拉上台阶。

咖啡厅里光线有些暗,杨志兴进来一时不适应,周正节把他扶到桌前,他也只模糊地看见有人站起,对方是谁长什么样都没看清。

周正节介绍:"这是刘玉刘律师,这是学士府的杨管家。"

刘律师道声"您好",伸出手,杨志兴想握,却握了个空,只好躬躬身。双方坐下短暂寒暄,就直入主题。听杨志兴讲了事情的来龙去脉,刘律师却托着腮帮子,半晌无语。

杨志兴的眼已缓过来,看清对面这位刘玉律师,是个三十多岁的中年人。着长衫,戴眼镜,举止儒雅,不像个律师,倒有几分书卷气。杨志兴端详着,也猜度着他可能出口的话。

周正节先绷不住劲,问:"刘律师,您是天津的大律师,什么案子没见过?您看这墨香斋……"

刘玉淡淡一笑:"官司没有不能打的,我只想问问杨管家,打这场官司,要达到什么目的?"

"当然是想收回墨香斋了。"

"官司要凭证据,您怎么证明学士府有权收回?"

"这条街哪个不晓得墨香斋是学士府的产业?我作为中人,可以证明和董福兴签的是份应付官面的假约。"

刘玉笑笑:"杨管家,您就找十个人证,也不如他手里那份书证。若董福兴也承认是假,那还有可能。若你们各执一词,恐怕这书证是推不翻的。"

杨志兴想想又说:"那份转契上写明,转让款由董福兴以几年在墨香斋所得的红利相抵。账上可查到他只有八百多块红利,那么大个墨香斋能就值这点钱?这不……"

刘玉打断他:"他的红利即便只有一块钱,双方'周瑜打黄盖',也证明不了契约有假。"

"那……"杨志兴一时噎住。

周正节发急地:"刘律师,您看就没有办法了吗?"

"当然有办法。"

"什么办法?"

刘玉顿了顿,说:"你们的转契只涉及墨香斋这买卖的转让,可并没有转让地契……"

杨志兴立刻醒悟:"对,刘律师您真行。您的意思是楼是他的,地还是府上的,咱就收这块房基地?"

"是这意思。不过口说无凭,得拿出地契来。"

杨志兴长叹了口气,片刻才说:"我从我爹手上接任管家,还就没见过这份契。按说应该有,可陈年的老账本、凭证簿,我都一页页的查过,就没找着。"

刘玉苦笑一声,只叹口气,摇摇头。

周正节扫一眼二人,稍思又问:"刘律师,这样……就没法儿了?"

刘玉未答,指指桌上咖啡:"杨管家,请。"

杨志兴正口渴,一口喝下大半杯,苦得他直颦眉咧嘴。

刘玉笑了,这才不慌不忙地说:"打官司就如同喝咖啡,若觉得苦就得加糖,多点甜头。在中国打官司,多没理的官司都能赢。关键是……"

杨志兴明白他的意思,问:"您明说,得多少钱?"

刘玉抿了口咖啡才说:"若被告方不能往里砸钱,还有个数,要是被告方也使钱,那就水涨船高了。这官司你们本来就证据不足,占不到理

141

上,若钱再压不倒对方,那可没多大胜算了。"

杨志兴沉吟半响,思忖再三,终于说了一句话:"刘律师,您容我回去好好想想,也和少爷商量商量。"说着,起身告辞,匆匆向外走。

周正节忙追上,跟他到了走廊里,才问:"杨管家,您这是……"

杨志兴苦笑着:"辛苦您了。我刚才没好意思说,您给刘律师代个话,就说我要是找着地契,再请他。要找不着,这官司就不打了。"

周正节极不情愿地:"就这么……不太窝囊了?"

杨志兴叹口气:"府上这回已经元气大伤,再折腾不起了。没有谱的事我可不敢冒这个险。"说完,径自向大门口走去。周正节愣了愣,又忙返回咖啡厅内。

未等坐稳,周正节就急着问:"刘玉兄,咱们是朋友,你不妨明言,墨香斋……"

品着咖啡的刘玉瞥他一眼,笑了:"正节呀,人家正主都不急,你急什么?依我看你必有所图。既是朋友,还瞒我?"

周正节略有尴尬地笑笑:"不瞒刘兄,我替齐少爷争这墨香斋,除了尽朋友之谊,的确有自己的一点考虑。我早想自己办一份报,最近一家小报正要转让,价格很合适,我想接过来。我相信凭我的能力和经验,一定能办成京津最火的报。只是我勉强能凑齐转让费,一时难筹流动资金。若墨香斋能争回,我就可以在那儿印报。纸可以赊,印刷费可以欠,不出半年,我就能周转开,所以……"

刘玉盯着周正节抿嘴笑着,笑得有些异样。

周正节停住,把后面的话又咽了回去,有些迟疑地说:"刘兄,您是不是觉得……"

"我觉得你想的挺好,很有些经营眼光。"刘玉忙接过话茬,"不过,这个官司即便打,即便打赢,也不是很快能结案的。对你恐怕也是远水解不了近渴呀。"见周正节有些沮丧,又话锋一转,"你不妨换个角度去看、去想。"

"换个角度?"

"对,你想,占着墨香斋的一方怕不怕打官司?愿不愿息事宁人?我们吃律师这碗饭,就不在乎帮谁。一个道理,若达到自己的目的,你完全可以找那董掌柜去摊牌。我想,若你话在点上,敲得分寸合适,他倒有八成愿意帮你这个忙。再说,你的报若卖火了,对他的生意也大有所益嘛。"

周正节闻言兴奋得眼睛有些发亮,但还言不由衷地说:"这主意是好,只是我与齐少爷是好友,情面上有些……"

刘玉笑出了声:"本来我还想多直言几句,看你这样子,我倒成了小人……好了,不说了,你自己去掂量吧。"

"别,别别,"周正节发急地,"您说得对,您说。"

这以后不久,周正节果然去找了董福兴。事情也果然如刘玉预料的一样发展,两人一拍即合。周正节如愿接下了那家报,更名为《实报》。墨香斋成了他印报的定点厂家,可暂赊欠材料工本。很快《实报》就在京城渐渐站稳了脚,成了报业的后起之秀。特别是它的文学副刊,笔调清新,活泼多样,雅俗共赏,成了许多人必读之文和茶余饭后议论的话题。随着利带来的,自然是双方都皆大欢喜。

方倩儿不解,问丈夫:"周先生是少爷的好友,怎么能帮你?"

董福兴就回了一句话:"嗨,有钱拉着,利牵着,谁和谁不能成朋友?"

杨志兴没找着地契,也没敢冒险去告,填那无底洞。齐月轩也没去教育部备候,倒依郝炳臣的主意,把后海边的一座破庙盘下来,改建成了一所新式小学,当了校董。杨志兴虽起初犹豫,但也被少爷"救国需救本,中国之兴,赖以启迪民智"的话打动了。自忖花费不多,又能给少爷谋个正事,也就松口,由他去了。

少爷有了正差,府上的事、买卖的事也安排停当了,又有一件事让杨志兴头痛。头年娶的那位新少奶奶,在少爷回祖地时没跟着去。回京后,到庆王府去接,人家说早回了南方娘家。私下有人说,其实早就另嫁了。

这事在他心里藏了好几天,才敢绕着弯子和少爷提。没想到,齐月轩竟没拍桌子,没瞪眼睛,也没大发雷霆。只是沉默半晌后,付之一笑,说:"还是给人家补份儿休书吧,别将来又弄得不明不白。"

杨志兴又提再娶,却让齐月轩没好气地堵了回来:"杨叔,我的婚事不用你操心。"见杨志兴有些尴尬,又笑着说,"我看,你倒该给月娥找个娘了。"

　　杨志兴别的事都敢劝，就这婚事他不好直言。正思忖着，齐月轩倒眼睛一亮："有了，有了，我看严妈就不错，心好，岁数也合适。她没出籍，这主我做得。得，就赏给你如何？"

　　杨志兴没料到他倒打一耙，但这耙子倒打得他心里又疼又舒服。这些年严妈和他早就有些意思，只不过隔一层窗户纸。他涨红了脸，半天才嗫嚅地说："那……还得人家愿意才行，勉强不得。"

　　齐月轩第一次看到杨叔如此狼狈，不禁笑出了声："你放心吧，杨叔，我要没几分把握，也不会吐这口儿。退一万步说，民国了，她就算不应，我也不会逼人上吊。"

　　杨志兴憨笑着，没再吱声，不过心里挺暖和。

第十六章

　　一枝花和沈三爷之间的矛盾,在帮中早已不是秘密。为争西北角儿的三庙三市,两人的手下已经冲突了多次。前些天,沈三爷让手下周四带十几个人,到德外早市强行收份儿,还打伤了人。他们刚敛完了钱要走,一枝花闻讯,让七子带人赶来,把他们截在了城外的路上。双方没斗多会儿,就见了输赢,沈三爷的手下被打了个落荒而逃。周四没跑了,不仅收的份儿如数交回,还让七子用小刀子在屁股上划了"王八"两个字,笑称给他留点念想,害得周四后来趴着睡了个把月。一枝花还气不过,当晚亲自带人砸了沈三爷在关厢开的大烟馆。当场留下话说:"在家里不是没有规矩,凡诲淫诲盗,就得家法从事。回头告诉三儿,再要不收着点,别怪我开香堂,替祖师清理门户。"

　　沈三爷得知气得暴跳如雷,决意与一枝花彻底翻脸,要摆下场子,公开论高低。幸而二师叔赶来,才拦住他。

　　二师叔说:"三儿,我要是死了,就眼不见心不烦,只要还有口气,就得端这理秤。我心里再偏你,明面儿上也得说得过去。你小师叔做的是过了点儿,忒扫你的面儿。可他就是得理不让人,不还占个理嘛。三庙三市是你红口白牙许给他的,在场的可不是我一个人。他占住了盘子,你又想伸筷子,这理上讲不过去。那大烟馆的事,更摆不上桌面。我师傅生前最恨的就是抽大烟。别说是卖烟土,就门里人抽,都让他倒栽到后海,种了'荷花'。你还要摆场子?不知死!他那话可不是吓唬你,门里可理大过位。他要真较真儿,抄住你的拐子不放,以长辈身份开香堂,你有胜算吗?"

一席话说得沈三爷有点胆寒,但恨意难平,嘴上也不服软。他一眯眼:"我也不能太窝囊了,要不以后还怎么掌这个家?只要您站我这边儿,我就不怕他。"

"那不可能。你是师侄,当家老头子,可他是我师弟小老大呀,我哪边儿也站不了,只能站到理上。你要有心,不会找他的短儿?只要让我理上站得住,我一准给你戳杆儿。"

沈三爷一时无话,憋得脸都发了紫,突然一拍桌子:"他跟我讲规矩?就不怕我给他兜个底儿掉?在家里什么时候能容个娘们充大辈儿?"

二师叔闻听一点儿没惊,只扑哧一笑:"嗨,我师傅收他的时候,我就觉得他像个娘们儿。可有用吗?你是扒他裤子看过?还是把他憋在澡堂子里了?没准章儿的事,你还少外边瞎咧咧,这可是欺师灭祖的罪过。哼,就算他真是个娘们儿,只要他一天不嫁,是爷们打扮儿,你也得睁一只眼,闭一只眼,叫他一天师叔。"

沈三爷气哼哼地长出口气,又成了闷葫芦罐。

二师叔看着他,也笑着叹口气:"三儿啊,你呀就是欠点心胸,人可不能凡好的都想占着。你不给别人留份儿,谁死心跟你干?我品着,你小师叔也就是个顺毛驴。你老抽他,他能不尥蹶子?得了,这事千万可别再往大了闹。我没大本事,就做了一辈子和事佬。这事交给我,明儿我请桌酒,你到时候可别再生什么枝节。"

"我吃了亏,还得给他赔罪?"

"嗨,两人桌前一坐,酒杯一端,啥话也不用说,全在酒里了。"

"你就一准知道他能……"

"他可比你有外场,懂进退。"

沈三爷琢磨了半天,终于"嗯"着点头了。

第二天,二师叔果然把两人凑在了一个桌前。一枝花故意晚到了几分钟,一进门就笑称迟到,主动自罚了三杯酒,先堵了沈三爷的嘴。而后谈笑风生,杯来盏去,天南地北一顿胡侃,像个没事人一样。过去的事一字未提,一场风波就算平了。一枝花临走,让七子撂下两封大洋。沈三爷明白这是点儿赔偿,可人家话没这么说,只说是长辈给他手下的酒钱。所以,也连声道个"破费"。

等一枝花出了屋,二师叔才说了句心里话:"三儿,别傻不愣怔的就知接钱。学着点儿,这才叫会做面儿。哎,这号人要真咬起牙来,你不是个儿。以后别再招惹他,好自为之吧。你要把我这话当耳旁风,等我要咽了这口气,哎……"

下面的话他虽没说出口,沈三爷哪能不知是什么意思,既觉得有道理,又心存不服,只点点头,没吭气。

这时,一个手下匆忙赶来,让他赶快回家,说老家出大事了。

沈三爷忙追问,待手下附耳几句,竟把他惊了个呆若木鸡。

早在五六个月前,沈刘庄抢粮一案就已结了案。刘坤柱以"聚众滋事"的罪名被起诉,但念事非初衷,又未直接参与抢劫、伤人,事后又主动投案,从轻判处一年监禁。张志诚等几人以"伤人抢劫"、"畏罪潜逃",分别被判八年、五年、三年刑期,并予通缉。沈家被抢的粮食,按沈家库账为据,秋后由所有参与各户均摊补偿,并责成张老先生督办此事。对这判决,沈鸿极不满,但也摆不出什么证据理由,只好背地骂几声"狗官拿大钱办小事"。而另一方虽也心中不服,可总算是大事化小,刘坤柱没获大罪,另几个人早就远走高飞,料无大碍,也就认了,不再上诉。只有贾县长是名利双收,对上对下都可以交代得过去,两只手都落了钱,成了个最大的赢家。

判决后,刘坤柱因刑期短,没被押解省城监狱,仍在县中关押。众牢头都早仰慕他的本事和为人,又有傻德子关照,自然另眼看待,有时还容家人探望,倒不甚为苦。

沈鸿气不过,又私下找了几次贾县长,都被婉言搪塞。于是他捎信去北京,让沈三爷找路子再告。沈三爷掂量再三,觉得此案判的虽有些轻,可也算挽回了损失,找回了面儿,也不愿花钱托人再折腾。于是听了二师叔的主意,并让他代笔写了封信回家。劝沈鸿见好就收,终归都在一个村,结仇太深总不是好事。刘坤柱是代人受过,而且也不是个善主,不仅不能相逼,还要常到监中去看望,并善待其家小。沈刘两家并无大恨,此事牵连也是无奈。二师叔不愧是老江湖,说话行事确实圆滑。若沈鸿真能这样做,就能化干戈为玉帛。

可沈鸿却不是个能听进劝的人。他这些年一直窝在乡下,还没有他弟弟那点眼界和心胸。多年为奴的压抑,一朝发迹的嚣张在他身上反差得更加强烈。然而狂妄中他却总摆脱不了内荏、狡诈,算计中也离不开浓烈的土腥味。在肯綮儿上,这种既狂妄又心虚的心态,土财主式的狡诈、算计往往会变成失去理智的歹毒和疯狂。

接到信后,他倒也去探了趟监,还带去了些酒菜。可他一面对刘坤柱那双小刀子似的眼睛,就浑身不自在。勉强说了几句,递上一杯酒。不料刘坤柱一句未答,只接过酒杯,把它捏了个粉碎。沈鸿一赌气拂袖而去,回来却三天没睡好。一闭眼就看见刘坤柱紧盯着他,偶尔睡着,也总是噩梦。不是梦见刘坤柱掐住自己的脖子,就是梦见他又带着村里的人潮水似的涌来,梦见满地的血,也梦见他家腾起的大火……

他赶紧托人买了几枝枪,分发给伙计。自己弄支短枪,白天揣在怀里,晚上枕着睡觉,这才稍许安定了些。心里放不下的,就只有刘坤柱了。鸟无头不飞,人无头不聚,此人尚在,而且很快就如虎归山,实在是心头大患。左思右想,他心生一计。

县衙的狱中有个看守姓林,大号没人叫,都只叫他"白条儿"。据说他早些年做解差去省城,酒后去逛窑子嫖了姐儿,又掏不出钱,让人家给痛打一顿,剥了个赤条条扔在当街。从那儿起,才落下了这个外号。三十多没娶妻,也没攒下一个子儿,有钱就往酒色上扔,没了钱就借。本来他爹娘在沂蒙山里活得好好的,可他为借钱,把爹和娘说得都死了多少回。平常人跟他见不得第二面,说话别过一袋烟,要不,他准张口借。沈鸿号准了"白条儿"的脉,就舍点小钱当饵,拉他上钩。借了几次钱,沈鸿不催账,倒请他吃饭。酒过三巡,沈鸿一点点儿地透出了自己的意思。"白条儿"禁不起重金诱惑,应了话、收了定,打算事成之后,远走高飞。

没过几天就是八月十五,轮他带班。福琴和成龙来探监,他没让进,只留下了送的月饼、酒菜。晚上他乘空,把毒药放入酒菜中,捧给刘坤柱。看着他饮下一杯,吃了几口,才借故出了监门。去沈家报了信、领了赏,家也没敢回,直接搭车奔了烟台,打算乘船下关东。

刘坤柱酒没喝完,就觉得不对,忙唤来狱卒。可为时已晚,药性发作,腹如刀绞。临终一声大喊:"我刘坤柱没死在沙场之上,却丧在小人之手……我不甘,不甘呐!"言罢气绝,却未瞑目,圆瞪着血红的双眼。

天明后,福琴母子得知噩耗,与张老先生及许多乡亲赶来,见刘坤柱如此惨死,顿时一片痛哭哀号。谁都明白他因何而死,也知是谁所害,于是又结状上告。贾县长岂不心知肚明?但勘察数日,毫无证据。沈鸿当夜未出,刘坤柱所食酒菜是自家所送,"白条儿"有嫌疑,又不知去向,只好先把此案搁置,赏了点儿钱让发丧。

刚安葬了刘坤柱,福琴就发现不见了成龙。她怕他去寻仇,急忙赶到沈家。不出所料,远远就见成龙挥着爹的剑和几个伙计打作一团。他一个孩子哪里能以寡敌众?眼看着剑被打落,让人按住,幸亏大家赶来的快,才没出大事。

回到家中,福琴抚着成龙胳膊上的淤伤泪流满面。成龙却梗着脖子,愤愤难平。

张老先生看着这母子,沉吟半晌,道:"福琴啊,我看此间太凶险,你们孤儿寡母,还是去寻亲暂避为好。"

福琴还未答,成龙瞥了他一眼,说:"不去!我哪儿也不去!"

张老先生又劝:"就现在的情形,只能暂且忍耐。听我的,走吧,官府那边我会常去询问。若……"

成龙又打断:"算了吧,指着外人,这仇这辈子也别想报。"见张老先生还欲言,又说,"老先生,我做学生的不该对您这么说话,可我实在憋不住,我爹死得太冤!我家不缺粮,是你非拉我爹出头。为什么众人犯下的事让我爹一人扛?众人都活着,偏死了我爹一个人?"

"成龙!你胡说什么?"福琴狠打了他一巴掌。

成龙停住口,紧闭的嘴角抽动了几下,声泪俱下:"娘,您打!打死我,我也要说!"说着指着张老先生,"我爹也是你,也是你们害死的呀!"

张老先生像被鞭子抽了一下,周身一震,羸弱的身躯晃了晃,几乎站不稳,福琴忙一把扶住。

他却像哭似的笑了几声:"孩子,你……说得对呀,老朽愧对坤柱和你们娘俩呀……"言未尽,泪已下,泣不成声。突然他甩开福琴的手,直挺挺跪到当地,拉也不起,沙着嗓子吼道,"老朽已害了坤柱,不能再害你们……此事由我而起,必由我而终。我教了一辈子信义二字,决不食言。

若还能信我一次,那你们就走吧……走吧!"

福琴和成龙拉他不起,也都跪下,三人纵声号啕,哭作一团。

第二天,福琴和成龙就依了张老先生,离了家,打算去北京投奔董福兴。送走了他们母子,张老先生径直去了沈家。

沈鸿听说就他一人,想都没想就让他进来了。原以为他又要讲什么圣贤之言,扯什么人世道理,心里准备了一肚子损话等着他。没想到,张老先生进门就作揖,接着一通自责,求沈二爷看在他年迈昏庸的分上,莫计较。并表示督办赔偿一事,他定会尽心竭力。

沈鸿有些意外,但细一想又觉合乎情理。刘坤柱已死,另几个挑头闹事的又畏罪出逃,这么个酸腐文人,快死的老头哪敢再撑着大旗呀?刘坤柱活着吓的是沈家,可不明不白的一死,吓的可就是众人了。越想,他越觉自己这事办得漂亮,脸上挂的就只有得意了。

张老先生又说:"老朽想略置薄席淡酒,表表诚意,给沈二爷赔罪。"

"当不得,有你这句话,我心领就是了。"沈鸿笑着推辞,心里却十分受用。

张老先生一听竟沉下脸,苦笑一声:"哎,一杯水酒都不肯赏脸,看来沈二爷还是真不肯放过老朽。莫不然,你打我几下解气?"

沈鸿连忙说:"哎哟,我可没那意思……好,好,我应了。这酒我吃,给你一个放心。"

张老先生笑了:"那就一言为定,明日中午,在城里的聚仁楼。"

"就咱俩?"

"我无他人可请,沈二爷若嫌寂寞,我叫个姐儿来陪,可好?"

"好,好。"沈鸿的脸乐开了花。

第二天,张老先生早早就恭候在聚仁楼下,把沈鸿迎到楼上包间。不多时,菜已上齐。

沈鸿一看桌上的菜,全是招牌大菜,还没吃,心里就已觉三分满意。一看酒,正宗汾酒老窖,满意已有六分。待一个打扮妖艳的窑姐进来,嘻笑着傍沈鸿坐下,他未动筷子,未举杯,已是十分满意了。

"哈哈,老爷子,你不过了?这么破费。"

"哈哈,沈二爷赏我的脸,就是您不挑眼,我也不能臊了自己。不怕您笑话,我一生俭朴,从未尝过这些好东西。今日算沾您的光,也痛快潇洒一回。"

沈鸿笑着举起杯,三人杯来盏去,没谈一句正事,只是胡侃海聊,插科打诨儿。无意中,一瓶酒已干。

张老先生涨红着脸,又从桌下拎出一瓶酒,边打开边说:"今日老朽高兴,甘愿一醉。劝言不劝酒,女客就不要喝了。二爷,您也自量。"

沈鸿正喝到兴头上,一把夺过酒瓶,将酒匀在两个大碗里,笑道:"你忒小看我的酒量了。不让她再沾一口,咱俩对半撅,不行再上。"

"呵呵,你可不知老朽酒量,年轻时我也曾效李太白斗酒诗百篇,结果诗虽未及五十,可酒是着实的饮了一斗。"

"你吹吧。"沈鸿笑着端起大碗,一下喝了半碗,"看见没有,喝!"

张老先生也饮了一大口,脸上浮起一丝异样的笑,盯住他问:"沈二爷,你……可去过鬼城丰都?"

沈鸿边啃了口鸡腿,边言道:"没有。那儿有什么好玩的呀?"

张老先生收敛了笑,瞪大着眼道:"城里也只是小街陋巷,可山上却有阎罗宝殿一座。两边的侧房之中,可尽是阴间的酷刑,刀劈、斧剁、生裂、锯身、火烧、油煎之惨状啊。"

那姐儿吓得叫起来:"哎呀,说这干吗呀?怪怕人的。"

沈鸿笑问:"怎么,还真是越老越怕死啊?"

张老先生大笑,笑得坦然磊落,率真畅快,毫无忌惮。笑得沈鸿干张嘴眨眼,直犯傻。

他突然猛地刹住笑,正色道:"我张某一生向善,无愧于心,当何惧之?我只是为沈二爷担心。人世间公平唯有生死,无论贵贱,都有一绝。活着造孽太多,死后必有一报。过了奈何桥,打进十八层地狱,饱受十八般酷刑……呵呵,人间纵有富贵,奈何?!"

沈鸿火了,一拍桌子:"你这老小子,喝多了吧,敢拿我消遣?"

张老先生也拍了一下桌子,竭力挺直了身板,冷笑着:"哼,孟子曰:君视臣为草芥,臣视君为寇仇,何况你这种鸡鸣狗盗的势利小人。吾身不能除大恶,只落个和你……哎,惭愧呀。"

沈鸿大怒,猛地站起。突然腹中一阵剧痛,让他大叫一声,捧腹倒地。这时他才全明白了,挣扎着指着正襟端坐的张老先生,想说什么,却已说不出。

那姐儿站在一旁吓傻了,叫不出、挪不动,只筛糠似的抖着。

张老先生淡淡一笑,说:"莫怕,头一壶酒无毒。你尽可报官,我身上有字据一张,已写明责任因由,不会牵连与你。"

说着,他也捂住了肚子,脸上的五官一时都错了位。那姐儿惊叫一声,跑了出去。

张老先生大笑一声,仰天长啸:"《左传》、《春秋》、《史记》、《汉书》……可有如此的死法?哈哈哈……如今有了……快哉!快……哉……"

他笑着慢慢闭上了双眼,像睡着了,走得异常安详、淡定。

第 十 七 章

又到年根儿了,已是腊月二十九。北京城一派过年的喜兴,临街的店铺都在门面前搭起了小摊,后门大街两侧连成了两条琳琅满目的年货长龙。"甩货大酬宾"的大牌子和伙计们高声的吆喝,引得人们纷纷驻足。人行道被占了个严实,宽畅的街一下子窄了许多。过往的人只得走车道,而车就只能在人流的夹缝中缓缓穿行。可没人催,也没人急,拎着大包小包,挤得东倒西歪,顺脖子汗流也还是个笑。不是北京人改了爱较真抬杠的脾气,这不是过年嘛。一年的辛劳苦涩,不就这几天家人团聚,能痛快地笑几声?谁也不找气生。挤就挤吧,暖和。乱就乱吧,热闹。

这几天,临着后门大街的学士府胡同也成了个泄洪的口,分流的道。不仅穿行的人多,从街上过不去的各种车子也纷纷打这儿绕行,本来闹中取静的胡同也变得熙熙攘攘。

高贵庚串完了最后一家宅子,把粪倒入车上的大罐,又把空桶挎在车边。望田趁这空,已经拿把小笤帚把溅出的一星半点儿收拾干净。见爹推起粪车要走,边把笤帚挂到车上,边问:"爹,过年了,咱家就不买点年货?"

高贵庚没停步:"嗨,穷人家过年不就两块年糕,一顿饺子?我都置办了。"

望田想说什么,又没敢出口,只低下头,看看自己脚下露着脚趾的破棉鞋。

高贵庚一瞥,明白他的意思,笑笑:"我拣的那双皮鞋不给你了嘛。旧是旧了点儿,可还是牛皮的。拿点猪油一蹭,倍儿亮,穿上和少爷似的,多好。你咋不穿?"

"那鞋也太大了,跟船似的,一点儿不跟脚。我也就是拣煤核时怕燎鞋,凑合穿穿。"

"嗨,小孩子家要什么好?前面塞点儿,后边垫点儿,不就行了。"

望田轻声哼了一声,不再吭气。

高贵庚看看他,叹口气道:"望田呀,爹现在勒着紧着攒下几个。为啥?不欠着杨爷钱呢嘛。人家不催,我也不好意思拖到明年去。还上了账,咱们再咬咬牙。你说大就大了,不给你添条粪道,也不能不给你娶媳妇吧?"

"我不要媳妇,行不?"望田扭过脸,"爹,您就给我买双新鞋,再买……几块糖官,一串糖葫芦解解馋,一辈子我也不要媳妇。您还没有呐,我能要?"

高贵庚笑了:"屁话,我没有媳妇,能有你?你娘……"说到这,他突然顿住,没再说下去,脸上的神情变得凝重。

望田偷瞟了一下爹,知道随口的笑话触了爹的痛处,一时自己的心也有些沉。他小心地说:"爹,鞋我不要了,您……"

高贵庚却苦笑一声:"得,我回来就给你买。"见望田疑惑的样子,干脆放下车把,拉他到身前,抚了抚他的头,说,"是爹没本事啊,亏了你,也对不起……"话没说下去,只是一声轻叹。

不过,望田的心已觉得很暖。头上那张钢硬得让他怕的、蒲扇似的大手竟也能这样柔软。

"你回吧,给,烤烤吃。"爹掏出个白薯塞到他手里,推起车走了。

望田望着他爹的背影愣了愣,才扬着手中的白薯,兴奋地叫着:"过年了!"转身跑去。胡同东口有个烤白薯的铁桶炉子,这会儿,摊主已经回家,可火没熄,正好借他的光。

跑经学士府门前,他见月娥一人坐在台阶上,看着过往的人发呆。他连忙停住,上前问:"月娥,干吗哪,一个人在这犯呆?"

"我等人。"

"等谁?"

"等一个叔。"

"哪个叔？"

"嗨，我也不知道他姓什么。"月娥见望田不解，忙又说，"今儿是我的生日，我是属虎的，前年那个叔来，送我一只好大的布老虎。他说每年这会儿都来，送给我布老虎。可不是随口说，我俩是拉过钩的。去年我在祖地，他来也跑空。就不知道今年他会不会来？"

• 望田见她认真的样子，笑了："敢情今儿是你生日呀，那叔来不来先放一边。我送你……送你个烤白薯，好不好？"说着，亮出手中的白薯。

月娥被他逗笑了："好，好啊，可别烤煳了。"

"你放心吧，我的手艺比卖的还好。"言罢，他就又向胡同口跑去。

这时，一辆洋车驶来，在门前停下，着棉袍、戴皮帽的一枝花从车上下来。没等他到近前，月娥就认出了他，叫了声"叔"，迎了上去。虽然只见过一面，可月娥却是一见如故，这个叔对她有一种说不出的亲切感。

一枝花倒背着手，端详着月娥，眼中早无平日的英气，只有母性的柔情。

见她没带布老虎，月娥有些失望。一枝花莞尔一笑，把倒背的双手亮出，两只布老虎出现在月娥眼前。

月娥一手一个揽在怀里，乐得合不上嘴，俊俏的小脸兴奋得泛起红晕，格外可人。一枝花盯着她，双眸黑白间闪着些晶莹。

"哈哈，这两个都比前年的大，"月娥比着布老虎，"这个最大，这是今年的。"

一枝花把月娥揽到怀中，轻拍着她的背，喃喃地念儿歌似的说："小老虎，快长大……"

月娥一笑忙接过："天王老子都不怕。谁最小，我最小，不龇牙不伸爪。谁为大？我为大，豺狼猫狗算什么？"

一枝花笑出声："月娥你真行，前年教你的，还记得？"

月娥扬扬脸，没吱声，只得意地抿嘴一笑。

一枝花瞪大着眼，才没让泪落下。她笑着，小心翼翼地问："月娥，你……不想你娘吗？"

月娥愣了愣，却摇了摇头。

"不想？！……"一枝花的泪在眼中直打转，她怕月娥瞟见，忙扭过脸。

只听月娥又嗫嚅,断续地说:"我……不愿想她。她……咋这么狠,心里就没有我?她不想我,我也不想她。"

一枝花闻言不觉扑簌泪下,月娥瞧见,眼里满是疑惑。

"叔……你也没娘?"见一枝花点点头,月娥小大人似的叹口气,"要说不想,哪能不想?少爷说我长得和我娘小时一模一样。不知道……嗨,还是别想了,我怕想她,怕想得转不出来。"

一枝花轻抚着月娥的头,几次张嘴又合上,半晌无语。

这时,门内传来杨志兴的喊声:"你们赶紧搭桌子,门两边贴上红纸,好让少爷题春联。"

一枝花听见,连忙说:"月娥,我走了。"

"您……不进去坐坐?我爹这就……"

"不了,我还有事。"说着上了洋车,才扭过脸说,"记着咱俩的约。"

月娥点点头,目送着洋车跑远,心里油然一阵莫名的失落。

齐月轩正在屋里闷坐,门房来说,杨管家请他去写大门上的对联。他极不情愿地出了院,还是止不住地向杨志兴发牢骚。

"哼,杨叔,大过年的,一个堂会都舍不得请,您也真做得出。"

杨志兴笑笑:"少爷,不是我抠,是府上眼前已不是往年,摆不得过去的排场。"

齐月轩更来了气:"一点面儿都不要,干吗还写这寡味儿的对子?干脆连这'学士府第'的大匾也摘了吧,挂着它,我都臊得慌……"

杨志兴叹口气,他何尝不知少爷好皮黄,何尝不知过年的堂会是京城大户间攀比、摆谱儿的最着眼的事。可他憋着重振家业,手上的钱在他眼里就是能铸钱的钱母。他能舍得花上千块钱的钱母,充那虚面儿?不过他没反驳,少爷有牢骚在他意料之中,让他把气撒完,也就算了。

齐月轩喋喋不休地又叨唠了一通,看杨志兴无动于衷,知道拳头打在棉花上,一点儿不顶用,刹住口,叹了一声。

杨志兴见他不说了,才指着门两边贴好的红纸说:"明儿就三十儿了,您还是随意写上两句吧。"

齐月轩没好气地哼了一声:"要让我写,可没好听的。上联写上九个'穷'字,下联对上九个'酸'。横批空着,知道什么意思吗?没脸!"

杨志兴还没答,身后有人笑出声,回身看,竟是董福兴。

董福兴这些日子可是风光得很,自给周正节印《实报》后,墨香斋的生意愈加红火。工人两班倒,机器连轴转,还是有印不完的活。他正托人想买套能印照片的洋设备,要能如愿,那可就更是锦上添花了。再看看学士府的日渐萧条、冷清,得意中又有几分幸灾乐祸。过年了,他想借这当口会会少爷。让外人知道自己念旧,更是想借机显摆炫耀一番,也给旧主子和杨志兴添点堵。听见齐月轩那番牢骚话,他能不笑?

杨志兴见是董福兴,像吃了个苍蝇一样,心里直犯恶心。见他脸上那厌奸奸的笑,更是气不打一处来,没吱声,只冷冷地扫了他一眼。齐月轩见是他也一愣,忙干咳一声,端起点谱儿,遮掩自己的尴尬。

董福兴煞有介事地行个文式安:"少爷,福兴给您请安了。"

齐月轩摆摆手:"都民国了,用不着那么多老礼。"

"什么时候我也不能忘了老主子呀。"

"有……事啊?"

"给您拜个早年,还想求您给写副春联。"说着,他扬扬手上的红纸,又掏出一封银元。

齐月轩的脸一沉:"我还没到卖字过年的份儿。"

董福兴忙说:"哎哟,少爷,您可别误会,这是我一点孝敬,两码事。"

齐月轩哼了一声:"我自家的对子还没写呐,等着吧。"

"不着急。"董福兴偷瞟他的脸色,故意问,"少爷,大过年的,谁惹您生气了?"

"没……没有。"

董福兴抿嘴一笑:"嗨,我都听到了。不就因为一场堂会嘛,值不得您生这么大的气。初二我请了一个堂会,要不,挪到府上来唱?"

齐月轩的脸色更难看了。杨志兴忙想回敬几句,刚要说,却被齐月轩拦住,他冷冷一笑:"好啊,说说,你请的堂会都有些什么好玩意儿呀?"

董福兴不无得意地说:"好玩意儿可多了,有李凤姑的大鼓、刘凤仙的坠子、穷不怕、韩麻子的相声。一应杂耍有:腹上开石、头顶开砖,上刀山、耍中幡、坛子、空竹……"

齐月轩没等他说完,大笑出声:"你再牵两只猴,小铜锣一敲……哼,我这学士府不成天桥的地场了?你这大小也算个爷了,就不兴玩点儿上得了台面儿的?"

杨志兴也讥笑着敲起边鼓:"福兴啊,让我说你什么好呢?"

董福兴有些尴尬,但马上又嘿嘿一笑:"少爷,我这可是好意。我跟您那么多年,熏也熏出点儿皮黄的瘾呐,就是我那院小折腾不开。要不,我把这堂会给辞了,另给少爷请台京昆大戏?千把块钱撑死了,我出!"

"用不着!我……"齐月轩火起,硬邦邦地回了一句,话出口又觉失态,忙刹住口。

董福兴脸上的笑又堆得多了些:"少爷,不让小的孝敬,您……自己请?"

齐月轩被噎住,脸涨红着说不出一个字。

杨志兴刚要发话,被人拉了一下。一看,竟是小月蓉和他的两个师兄弟。

小月蓉笑着大声道:"凭齐少爷的面儿还用请?"说着转向齐月轩,"初二咱们就京昆大戏,我们哥几个都来。我陪您穿上扮上,真格真令地票出《武家坡》。"

齐月轩喜出望外,连声称好。

董福兴却扑哧一笑:"哼,这也……少花不了吧?"

小月蓉扫了他一眼,说:"董掌柜,人是从娘肚子生出来的,不是打钱眼里头下的。我们这号下九流的戏子都明这个理,您能不懂?"

他的话引得众人都笑出了声。

董福兴被撅得有些狼狈,嘴里说着:"得,少爷,您忙……"转身想走。

"等等!"齐月轩却叫住了他,"你不是要幅春联吗?把纸拿来,我赏你一副好对子。"

董福兴疑惑着把红纸递上。齐月轩接过,到门旁桌前,凝思少顷,就大笔一挥,转瞬间,一副对子已跃然纸上。上联是:柳影入池鱼上树,下联是:槐荫挡路马登枝。

小月蓉在旁笑道:"好,写得好,入木三分。"

杨志兴也看出了其中的含义,却只偷笑未出声。

齐月轩掷笔在案,叫:"福兴,拿去吧。"说着,和小月蓉几位进了门。

杨志兴看到自家门上的红纸,追上去说:"少爷,咱们府门的联……"

"不写了,就那么空着吧,此处无声胜有声!"齐月轩边走边说。走出好远,还听得到他畅快的笑声。

杨志兴见董福兴捧着那幅联,还在琢磨着,就问:"怎么,还没明白什么意思?"

"嗯……那依您看……"

杨志兴笑出声:"这意思再清楚不过了,槐树的荫凉映在了路上,拉车的牲口踩到上面,就觉得自己是上了树了。其实,一场虚幻而已。"

说完不再理他,也进了门,把董福兴一人晾在门外。

董福兴越想越气,咬牙切齿地向门内呸了一声,把那幅联撕了个粉碎。

月娥抱着布老虎回了屋,大人都忙着操办过年,谁也没注意。她一个人偎在床上,摆弄着三只布老虎,想着、玩着、自言自语着,不一会儿,竟抱着布老虎睡着了。不知是做了什么梦,咧着小嘴笑,泪却流下来。

严妈端着刚蒸好的寿糕进了屋,见她睡着,忙放下手中的盘子,轻轻地给她盖上了被。

按北京的老规矩,生子可办满月、喜三、周岁酒。以后若有老人在世,小辈儿不做寿。若是生女,一般连酒都不办,更别提过生日了。不只是寻常百姓,就是皇家的公主、郡主,只要没熬成婆,礼制上也没这档子庆贺。在学士府里,月娥虽是个稀罕物,可到底不是主子身份,又是女孩,没人在乎她的生日。连杨志兴也没在意,可严妈却惦记着这事,专门给她做了一个小寿糕。面里夹上豆蓉的馅,塞到模子里,往外一磕满是花纹,还拿面捏了个小老虎放在上边。蒸出来又画上几笔,好看又喷香。厨子拿她开逗,说她还没嫁老的,先巴结小的,让严妈着着实实地打了他一饭勺。说归说,笑归笑,这话还真说到了点上。

严妈刚走出里屋,杨志兴就走进来,带来一串笑声。一想起少爷给董福兴的对联,他就觉得过瘾、解气,就止不住笑。

"小声点儿,月娥睡着了。"严妈忙打断。

"这晌不晌夜不夜的,睡的是啥觉?"

"嗨,管啥觉呐,孩子嘛,玩累了就睡呗。"

杨志兴看到桌上的寿糕才想起:"噢,今儿是月娥的生日。我都给忙忘了,难得你还惦记着。"

严妈一笑:"你忘了?那你咋给她又买俩布老虎?"

杨志兴一愣,忙掀开门帘看了看,脸上的神情有些复杂。他见到第一个布老虎,其实心里就明白。正因为明白,他才不问、不说。

严妈觉得蹊跷,问:"不是你买的?"

杨志兴只轻叹了口气,没答。

严妈笑嗔:"你这人哪儿都好,就是有啥不爱说。心里的事就不兴少存点儿,也不怕沤得长了毛?"

杨志兴苦笑着摇摇头。见严妈还欲说,忙把话岔开:"唉,说正经的,你这也答应少爷了,啥时候……"

严妈打断:"这你急了?要少爷不提,你能闷到死去也不张嘴?"

杨志兴歉意地笑笑:"要不,过了年请个轿,你坐着出去兜一圈,再……"

"行了,别寒碜我了。您那'二锅头'就我这'回锅肉',还张扬什么?不就是东院到西院,一抹脸、一闭眼的事。到时候,我自己个儿蔫蔫儿地夹着铺盖就过来了。"

"那……"

"怎么也得过了清明,让我最后再到死鬼坟前祭一回,多烧点儿纸。以后,可就没脸再去了。"

杨志兴忙点点头:"应该,应该。到时候我叫个车,陪你一起去。"

屋里月娥醒了,大声叫起:"你们要干吗去?我也去!我也去!"

第十八章

  天已擦黑,路灯还没亮,街上一片昏暗。老天板起了脸,灰蒙蒙、阴沉沉得怕人。风也渐渐大了,吹得天上落下了雪,好大的一场雪。
  学士府胡同东口,走进一个衣衫褴褛,蓬头垢面的小小子。他在风中哆嗦着、张望着,看见靠墙有个小棚子,忙紧跑几步,躲了进来。棚子里有个铁皮的大桶炉子,手一摸,不烫,但还挺暖,忙紧紧地抱住了取暖。好一阵,他才止住了抖。旁边的路灯亮了,他仰起脸,看了看那被风雪裹挟的光。哎呀,这孩子不是刘成龙吗?
  刘成龙和他娘福琴,两个月前就奔了北京。一路上都是拖家带口逃难的人,哪儿搭得上车,只得靠两条腿走。幸好福琴在旗,不是小脚,还勉强走得。可平日不走长路,又背着包袱,再加上饥寒交迫,一白天也就走个三几十里。福琴不免着急,照这样,什么时候才能熬到北京啊?于是,带着成龙天黑后也赶路,到后半夜才找地儿歇。可没想到,一天夜里,走到了前不着村,后不着店的地方,只能在路边秸堆里忍了半宿,一下就受了风寒。起初还咬牙硬挺,后来昏倒在路上,才被送到小镇求医。可病已沉重,拖了半个多月,还是撒手人寰。钱已所剩无几,幸亏众人帮忙,成龙才讨一领破席葬了娘。后来的三百多里地,是成龙独自一人边要饭边走过来的,那其中的苦可想而知。好容易到了北京,可问了不知多少人,也没找到他舅家。中午在小饭馆拣了点儿人家吃剩的饭菜,没吃几口就让人轰了出来。到现在,早饿得前心贴后心了。
  突然,刘成龙闻到一股诱人的烤白薯的香味。他忙拿开炉口上盖的砖头,把手探进去摸,竟摸出了一个已烤熟的白薯。顾不得掸灰,也顾不得烫,掰开就是一大口。

这时,高望田端着个簸箕跑来。他打算把烤好的白薯送给月娥。正赶上一个宅门倒炉渣,他忙回家拿家伙去拣。这不,刚拣完,煤核儿都没送回家,就急着跑来,生怕白薯烤糊了。到了炉前,他放下簸箕就伸手摸,可没想到里面空空荡荡,连个白薯皮也没有。正纳闷,突然发现躲在炉后正大嚼着的刘成龙,一时又急又气。

他一把揪住刘成龙,问:"你干吗偷我的白薯?"

刘成龙自知理亏,但也不愿认这个偷字,眨眨眼反问:"你的白薯?写你名了吗?"

高望田愣了愣,不再言语,上手就夺。

刘成龙边躲闪着,边把剩下的白薯一下塞进嘴里。一时嚼不了、咽不下,噎得他气都透不过,憋得脸通红,直翻白眼。

高望田一见,忙在他背后猛拍了几下。

刘成龙这才把白薯咽下,连喘了几口粗气。见高望田还满脸怒气,忙说:"兄弟,我实在太饿了。该不该,反正我也吃了……"

高望田看他的可怜相,也无可奈何。可想到自己要对月娥失信,不禁懊丧地叹了口气:"哎,要是我自己吃的也就算了,可我这是送人过生日的。你……"

"大不了,我……赔你。"

"好,拿来!"

"现在没有。我是来北京找我舅的,大概就住这一块儿。等我找着舅家,赔你一口袋。"

高望田一把揪住他的胳膊:"好,别吹牛。说话算话啊,我跟你一起找你舅家。"

"你别,别揪着我呀。"

"不揪着你,你跑了咋办?"

刘成龙只好跟他出了棚子,心里却想着主意。向西没走两步,一辆洋车迎面驶过,他立刻猛回头,惊叫了一声:"舅!"

高望田下意识地撒了手。刘成龙跟着洋车追出十多步,却回过身做了个怪相,才又一溜烟似的跑了。高望田知道上当,心里气又逮不着、追不上,也只好作罢,端起煤核往家走。

刘成龙刚跑出胡同口,正得意地向后瞟着,没注意左侧一辆洋车驶来。车夫看见,忙边扭车把,边整个身子往后挺,两只脚在雪地上蹭出了两道深印。车没撞上他,他自己却结结实实地撞在了车上,身子向后一倒,摔倒在地。

车上的客人撩开车帘,吼叫:"你怎么拉的车?!"

车夫边放车把,边连忙说:"对不起您,这孩子一下就蹿过来了。"说着,朝倒在地上的刘成龙骂道,"臭嘎巴儿的,你奔丧啊?"

"行了,还不看看撞坏了没有?"

车夫忙走过,可未等他扶,刘成龙自己爬了起来,拍着身上泥雪,说:"没事,没咋的。"

车夫松了口气:"你这小子真愣。幸亏是我这人拉的车,也幸亏我机灵点,要是个马车、汽车你还有命? 快回家吧,别让你爹娘揪心。"

这话勾起了刘成龙的伤心,他叹了口气,喃喃自语:"哎,家? 我哪儿还有家呀……"

车帘撩大了些,里面的客人露出脸,却突然像触了电一般缩了回去,又掩住帘,只留下一条缝。

刘成龙见车夫又抬起车把要走,上前拉住他:"大叔,我是来北京找我舅的,可问了好多人都说不知道……"

"住哪儿呀?"

"说是在后门儿的街上。"

"后门儿? 哪的后门儿呀?"

刘成龙答不出,只摇了摇头。

"哎呀,那可就不好找了。"车夫刚要走,却又停住。"后门儿? 是……后门吧?!"

"是,是这地儿。"

车夫笑了:"嗨,这儿就是后门大街。小子,这后边那'儿'不能乱加,怪不得你问不出道儿呐。得了,赶紧找吧。"说着,拉车就要走。

"等等。"车篷里的客人喊了一声,车夫忙停住。

这车上的客人不是别人,正是刘成龙要找的舅——董福兴。

董福兴自打把女儿彩屏接到北京,很久没有姐家的音讯。一个多月前,沈鸿暴死,沈三爷回德州奔丧,他才从账房陈启口中得知事情原委,知道了姐父的死讯。也私下托人去探过消息,得到的回音是刘家已人去房空。他知道,姐一准儿得奔北京寻他,他是既盼又怕。他和姐是一母同胞,儿女又早订下娃娃亲,无论从亲情,还是从礼数,他都不可能无动于衷,不可能不盼。可现今,墨香斋是他和沈三爷合伙的买卖。而且他刚入了"在家里"的门子,深知沈三爷的根儿多深、势多大、手多黑。今天他刚借送帖子,又去探了探他的口风。沈三爷认定他哥被毒死,是刘家人指使,信誓旦旦要替兄报仇。幸好姐是随她旧主子的姓,没还董姓,自己又不常去姐家,沈三爷不知他和刘家的关系。可要是姐和成龙寻了来,可就难保不露底了。董福兴能不怕?

董福兴仍只把车帘撩开条缝,问:"孩子,你爹死了?"

刘成龙点点头:"是,是让人给害死的。"

"那……你娘呢?"

刘成龙呜咽着:"也死了,她……病死在来京的路上……"

董福兴一惊,想撩开车帘下车,可他犹豫着没动,手禁不住微微发抖。

只听刘成龙又说:"我有个舅在这块儿住,先生,您可知道?他叫董福兴,他……"

董福兴的手一下把车帘紧紧攥住,打断:"别说了,我……我就是你舅……的朋友。"

"那您一定知道我舅住哪儿。"

半晌才听车里说:"你舅他……他也死了。"

"不可能!"刘成龙叫出声。

"是真的。"

"那,那我舅妈和彩屏呢?"

"都回孩子姥姥家了。"

"在哪儿?"

"不知道。"董福兴叹口气,又说,"孩子,我知道你爹是为啥事死的。沈家在北京的势力大得很,这儿可久待不得。可别再找你舅了,也千万别提谁是你舅,听见没有?我可是为你好。"

"那我……"刘成龙呆愣住,眼中一片茫然。

董福兴递出一个钱袋,说:"拿着,孩子。赶紧走,走得越远越好。"

刘成龙接过钱袋,一时眼中盈着泪,却不知所措。

车夫在一旁拉了他一把:"小子,你今儿可遇见大善人了,还不快谢这位爷?"

刘成龙扑通一声双膝跪地:"爷,谢您的大恩。"

董福兴闻言,像被针刺了一样,猛一机灵。声音颤着喊:"走吧,快走!"

刘成龙却一把抓住他欲缩回的手,说:"爷,好歹让我见您一面,留个姓名,我日后也好报您的恩。"

董福兴边使劲往回抽着自己止不住抖的手,边说:"别……不必,我也是不得已而为之……"说着,又向车夫喊,"快走啊!"

洋车驶去,只留下刘成龙呆愣在那儿,像个石头人一样一动不动。

董福兴逃了,像躲避瘟疫般从刘成龙身边逃开,逃到沈三爷在全聚德摆的酒席上。

这是北隅堂门里年前的例行应酬,又称"家窝子"或"团拜"。门里的弟子三教九流、五行八作都有,平日彼此往来并不多。要没有大事,发帖子、开香堂,一年也就这么一次大聚会。在这种场合,只讲门里的辈分。穿着绫罗绸缎,或披着官衣的给个浑身补丁的作揖斟酒,不算新鲜。所以门里的穷人拿每年这一餐,当个找平的乐儿,恨不得头天晚上就空肚,就等着这一顿痛快酒。而门里有势的、有钱的人也一般不落空。除了拘于帮中的规矩以外,也愿意有个显示自己大度、义气的机会。就算不能在酒桌上找到几个能帮衬的人,也可以和平时八竿子打不着的人,借着酒,牢骚一通,骂上几句,腾空了郁闷好过年。

董福兴今儿可没这个心情,勉强应付着场面,几杯酒饮下,心里就倒海翻江似的折腾。他是逃了、避了,可能逃得彻底,避得干净?姐、姐夫、外甥的影老在他眼前转,陈芝麻烂谷子的往事总一个劲儿往上翻。脸上赔着笑,嘴里喊着"哥俩好",咽下去的也是一杯黄连汤。别人随口一声骂,就让他心里一机灵。他又想逃了,可不知除了王和霸、权和钱、低压的天和拱起的地、良心和贪欲之间的夹缝,还能往哪儿逃?他又硬着头皮,找个托辞,自罚了一轮"通关"酒,就匆匆离了饭馆。此刻,他觉着只有家,才是他可以钻的洞。

回到墨香斋,他叩叩后门的门环,妻子方倩儿从楼上跑下开了门。没等他立稳足,就说:"快上去吧,成龙来了。"

简直是晴天霹雳!董福兴惊呆在那儿,半天没缓过劲儿来。

方倩儿插上门,推了他一把:"快上去吧,姐和姐夫都……"

"别说了,我都知道了。"

"你知道了?!你咋知道的?"

董福兴没答,叹口气自语道:"他……怎么还是找来了?"

方倩觉得话音不对,不悦地瞥了他一眼:"他就你这一个舅,他不奔你来,奔哪儿?今儿也是巧,我带彩屏上街回来,正撞上他。我都没认出来,还是彩屏眼睛尖……"

董福兴压低嗓门,忙打断:"我不能上去,刚才我在街上见他了。幸亏隔着帘儿,他不知道是我。我,我给他钱了……"

"呸!这话你也说得出。"方倩儿虽也未高声,但听得出她的愤怒。刚才听成龙说起这段路遇,正纳闷这个既给钱,又无端妨人死的人是谁?没想到,是他自己演的一出戏。

董福兴沉默片刻,又返身拉开门栓:"我出去躲一宿,明儿一早,你怎么也得打发他走。"

"一个孩子,你让他去哪儿?姐一家对咱们……"

"管不了那么多啦。"董福兴有些发急,"你呀,是不知道这事情的严重,也不知道咱这买卖的内情……"

"再大的事能碍着孩子?"方倩儿的声音也高了些,"那绝情的话我说不出口。就是砍头,掉脑袋也不能这么行事啊。你摸摸胸口,问问自己,里边蹦的是颗啥心?"

董福兴脸上的肌肉痉挛似的抽了一下,他吁了口长气,咬着牙问:"你不说……是不?"

方倩儿没答,只冷冷地瞪了他一眼。

董福兴有些气急败坏:"好,好好,好人都让你们做,我自己去说!"说着,他就匆匆奔了楼梯口。刘成龙和彩屏正站在楼梯拐角处。

一阵闷人的沉寂。半晌,刘成龙笑了一声:"舅,甭说了,我都听见了。我还以为在街上遇见大善人了呐,没想到……哼,您真让我知道了什么是好人,什么是亲的己的!"

彩屏拉住他:"成龙哥,甭理他,我爹他喝多了,撒酒疯。"

董福兴勉强挤出些笑,刚要说什么,被走下几步的刘成龙打断了。

"舅,冲着我死去的妈,我再叫您一声舅。您放心,我不会赖在您这儿。您踏实地赚您的钱,发您的家吧。"说着,他掏出董福兴给他的钱袋,"您把这也收好。"

"你……拿着吧。"董福兴嗫嚅的声音像蚊子叫似的。

刘成龙见他不接,使劲地把钱袋扔在楼梯上,里面的大洋滚落,叮当乱响。他冲下楼梯,拉开街门。

方倩儿一把死死拉住他的胳膊,刘成龙仍使劲地扯着、挣着。彩屏也哭喊着跑下来,竟一脚踏了空,惊叫一声向前栽去。幸而董福兴伸手拉住了她的衣服,方倩儿见了也扑过来接,三个人跌作了一团。

"没摔着吧?"

"没有。"

"哎呀,这儿都蹭出血了。快让娘看看……"

"真没事!"彩屏甩开娘的手,望向大门,哭出了声。

刘成龙已不见了,只有街门在风中微微呼扇。

"成龙哥!"彩屏喊着爬起,不顾一切地想冲出门去。却让董福兴抢先一步,挡在门前,任凭彩屏如何哭叫、踢打,他都死死地抵住大门。

"造孽呀……"方倩儿似哭似笑地自语着,竟无力再爬起来,任泪静静地淌下。

这场雪真大,北京很少见这么大的雪。从天擦黑下到这会儿,一点儿没见小。地上的积雪已经有半尺多厚,一片洁净的白色把一切肮脏、丑陋都掩盖得严严实实。风也似乎要显示淫威和公平,可劲地刮。不断把高处的雪吹落,扫向低洼,扫向角落。等雪化时,等一切伪装剥尽,那里更是一汪烂泥臭水,更是蝇蛆蚊卵的窝。

高贵庚恨死了这场雪。平时送车粪到德胜门外的粪场,来回用不了一个时辰。可今儿雪厚得漫轱辘,塞得轮儿都不转,脚下打滑又吃不上劲儿,只能一点点地往前挪。努到下半夜,弄个浑身汗透,才总算望见了学士府胡同的口儿。这才觉得有点儿喜,也觉得胳膊酸腿软,没劲了。他放下车把,喘着粗气,望着眼前还飘着的大雪和白茫茫的地,不禁仰天笑骂了一声:"呸,你还他妈下?就不怕老子捅你的眼?!"

有人呵呵笑了,没想到竟是望田。

"这大雪,你小子深更半夜的不睡,还往外跑?"

"您不回,我能睡着?这不为迎您嘛。"说着,望田上前拍着爹身上厚厚的雪。

高贵庚笑笑:"别拍了,赶紧回家吧。别冻着。"

爷儿俩推着车往家走,边走边聊,脚下轻快多了。

"爹,饿了吧?"

"废话,这时候能不饿?"

"我就知道您肯定饿急了,多蒸了几个窝头,粥也是热乎的。"

"算你小子有心。别说了,越说越勾得我饿。"

笑声中,他们已拐进胡同。没走多远,只听得"咔嚓"一声,路边烤白薯的棚子让雪压风刮的,断了一根掌。棚顶歪斜了一角,"扑拉拉"直掉雪。

望田一眼望见,烤炉旁歪靠着个人。像那个要他的小要饭的,忙跑过去看。果然是他,可叫他不应,推他不醒,这才慌了神:"爹,快来!快来!"

高贵庚忙撂下车,走过来。见刘成龙身子已僵,忙用手探探鼻息,也觉不出呼吸。可伸手把把他的脉,竟隐约感到微弱的搏动。

"还活着。"顾不得多想,高贵庚手一抓、腰一挺就把刘成龙扛在了肩上,向望田说了声"你推着车",就奔家一溜小跑。

等望田把吃奶的劲儿都使出来把粪车拖回家,见爹已把刘成龙放在炕上,把他脱了个精光。身旁放着个盆,满盛着雪,爹正大把大把地抓着雪,往他身上猛搓。

"爹,您不给他烤火,咋还往他身上弄雪呀?"望田有些急。

高贵庚手没停,笑笑说:"你懂个屁,冻僵了的倒卧就怕见火。一烤,有救的也没命了。冬天吃冻柿子,不也得拿冷水泡,要拿开水烫,还不烂了?"见望田还傻愣着,又说,"这孩子没事,赶紧把粥热上。等我给他把寒气都逼出来,一会儿就醒。他也是饿的,小肚子瘪的一点食儿都没有。"

"这有窝头。"

高贵庚又笑了:"人要饿过了劲,得先饮点儿稀的,热乎乎的润开了肠胃。要不,一个窝头也能要了命。"

望田惊得直咂舌,边捅开炉子,边又问:"爹,您咋知道这么多?"

"哈哈,你小子以为你爹就知道掏粪?你爹当初经过的战阵比你起小淘的气都多,啥世面没见过?"

"那怎么您从来不讲给我听?"

"哎,好汉不提当年勇啊。"

高贵庚把最后一捧雪搓完,拉过被子把刘成龙裹了个严实,这才松了口气,才觉得好饿。等不及让儿子拿,掀开屉一手抄起个窝头,一手拿起片被北京人称作"棺材板儿"的大萝卜咸菜,转眼就吞了个精光。

望田忙又递上一个,可爹未接,他的眼光停在炕边的那把剑上。刚才从刘成龙身上拿下来的时候,情急中并未留意。刚才无意一瞥,就觉此剑不同一般,而且有些似曾相识,他忙拔出剑看。灯光下寒光一闪,剑身上的"乾坤一柱"的字样让他不禁心头一震。

第 十 九 章

　　浩渺无垠的世界，有时竟如此小。变化诡异的人世，有时也这么巧。高贵庚和这把剑的主人刘坤柱不仅相识，而且有过换命的交情。

　　十几年前，高贵庚在神机营里的右翼中营马队做亲兵，转战冀鲁，征捻子时就在刘坤柱标下。刘坤柱喜欢他的忠厚和刚猛，对他十分看重。高贵庚也敬他的正直和骁勇，甘愿马首是瞻。两人一起经了大小战阵几十次，有几回共临危险，几回相互救助，数都数不清。回京后，刘坤柱从营总升了管代，高贵庚也从亲兵熬上成了亲军校尉。

　　刘坤柱曾有意结拜金兰，但高贵庚却执意不肯。刘坤柱不解，反复追问，高贵庚才吐了心里话。他说："蒙将军待我像朋友，已经够让我一生图报了。我是个粗人，还报只这条贱命。在军中一天，命就一天归您。可我实在不愿一辈子打打杀杀，吃这碗沾人血的饭。要与大人再结成兄弟，就怕是永远不得安生，就算搭上妻儿，也还不尽您的恩了。既知难报，就不敢承受，还望大人恕在下无理！"说罢，长跪不起。刘坤柱乍听此话，有几分不悦，但细一想却豁然开朗，忙搀起高贵庚，心中更敬他的性格为人。

　　没多久，八国联军打下塘沽、天津，直逼京城。神机营会同京师各部十万之众，在京东通州八里桥阻击洋兵。刘坤柱做护旗官，率队于中军护卫。高贵庚是掌旗校，撑着两丈余高的大旗。但血肉之躯终难挡钢铁，弓弩刀剑难敌枪炮。这是他们从军以来，第一次在战场上面对外敌。可这第一次就败得惨不忍睹，给他们心里刻下了永远抹不去的耻辱。中军溃散，连主帅也落荒而逃。刘坤柱腹部中了弹片，跌落马下，生命危急。高贵庚只得弃了已被打得千疮百孔的大旗，救起刘坤柱，杀出重围。事后朝廷不究主帅,倒拿下面的将士做替罪羊,不少人因此而丢了官,也有的丢了命。高贵庚作为掌旗军校,丢了大旗,也当死罪。刘坤柱力保不能,只得私放高贵庚逃生。自己因此被参获罪,削官职,去旗籍,归返乡里。虽二人不是结拜的兄弟,可天下又有多少亲生兄弟能有如此的换命情分呢?

这时,刘成龙醒了。眨了眨眼,愣了愣神,一骨碌爬起,掀开被就要下床。这才发现自己浑身赤条条,又慌忙红着脸把被子围在身上。

高贵庚又拉过一床被,给他盖住腿,笑着说:"算你小子命大。要不是凑巧碰上我们爷儿俩,明儿一早儿,你就得给阎王老子磕头了。"

刘成龙愣了愣,急忙想掀被拜谢,被高贵庚拦住。

望田盛了碗热粥,递到他面前。

刘成龙接过碗才认出他,一时有些不好意思,嗫嚅地:"大哥,我……"

望田笑了:"嗨,甭提了,再提我可就钻地缝了。快喝吧,趁热。"

刘成龙早饿了,端起碗就往嘴里灌,烫得直咧嘴咂舌,逗得望田父子笑出了声。

等他喝下这碗粥,高贵庚才拿起那把剑,问:"孩子,这把剑是……"

"是我爹的。"

"那你爹是……"

"我爹叫刘坤柱。我叫刘成龙。"

"你爹是在神机营做过管代的刘坤柱,刘大人?"

"是啊……您是……"

"我叫高贵庚,曾在你爹帐下做过小校。"

刘成龙一听,异常惊喜:"噢,原来是高叔!我爹常提起您。不是您在十里桥,把我爹救下的吗?"

高贵庚点点头,却欲言又止,片刻才小心试探:"那……你爹……"

这话又勾起了刘成龙的酸楚,泪盈满了眼眶:"我爹他……死了,他是让人害死的。"

高贵庚心中虽早已想到,但听到确实的噩耗,还是大吃了一惊。听刘成龙一五一十讲完他的遭遇,则惊了个半响无语,悲了个老泪纵横。

"高叔,我没家啦!啥……也没了。"刘成龙泣不成声。

高贵庚一把抱住他,说:"孩子,成龙,我和你爹是换过命的。刘大人不在,还有我,你若不嫌这家穷屋破,这儿就是你的家。"

望田在一旁端着碗热粥,也说:"是啊,往后这儿就是你家,咱俩就是兄弟。"

刘成龙止住哭泣,扬起脸呆呆地看着这父子俩,半晌无语。这几个月接踵而来的灾难,让他过早地尝到了人世间的痛苦和绝情。他在冲出舅家的那一刻,在偎着大桶炉子,神志开始模糊的那一刻,他心中曾只有一个信念:那就是好人没好报,世上少好人。他甚至咬着牙发了个誓:要能活也要比恶人还恶,死了也要比厉鬼还凶。面对着这两张满是诚挚、满是同情的脸,他竟然不敢相信。

突然,他号啕着喊了一声:"高叔,从今往后您……就是我爹!"

高贵庚竟有些慌:"不,不,我是个……嗨,当不起呀。"

"不,您当得!"说着,刘成龙不顾高贵庚的阻拦,撑起精赤的身子,在炕上磕了三个响头。

大年初二这晚,学士府胡同好不热闹,两台堂会几乎同时开演。被墨香斋占去做了车间的马号院,演着曲艺杂耍。一墙之隔的学士府以正院的廊子为台,唱起了京昆大戏。往常在家请堂会,一般只发帖子请近亲挚友。这次摽着劲打对台,自然是想图个人气,韩信点兵,多多益善。齐月轩写了个告示牌子摆到府门口,写明时间、戏码,恭请街坊四邻届时光临。董福兴更不甘示弱,发的帖子不仅把帮中长辈弟兄,买卖客户同行撒了个遍,而且让伙计到周边挨家请。并言明,备有茶点糖果,敞开吃。这招儿还真灵,没开演时,董福兴这边儿远比隔壁热闹得多,乐得董福兴让人一个劲儿地塞糖,抓瓜子。随着沈三爷这帮人晃着膀子进了院,也随着学士府那边的锣鼓一响,后面站的就溜得不剩几个了。董福兴急不得,恼不得,脸上充着笑,心里暗骂自己花钱买气。

墙那边,随着人越聚越多,台上演的也格外起劲卖力。前面垫场的"跳加官",让小月蓉的师哥玩出了新花样。手里捧的大元宝里竟捧出了无数小元宝,边随着锣鼓点儿扭着,边抛给众人,引得一阵哄抢和欢笑。接着是齐月轩和小月蓉合演的"武家坡"。齐月轩不惯足下的厚底,一出场就险些崴了脚,中间还几次忘了词。起初他还有些尴尬,到后来也破罐破摔,索性和下面的观众笑作了一堂。俨然一个大孩子,好开心!

高贵庚一家来得晚,站到了最后边。他收了成龙这个义子,可坚决不让他改姓,好让刘家留个传后的根儿。望田比成龙大两岁,自然就成了哥。孩子个儿矮,站在后面看不见,高贵庚竟哈下腰,让望田和成龙都骑在了自己的肩上。一挺腰站起,俩孩子既喜又惊,相互紧抓着笑成一团。这才几天啊,爷儿仨其乐融融,还真像亲的。还是那句老话:难里人易近,苦中水都甜呐。

过年过年,一晃年就过了。齐月轩办的"英才"小学经过半年多的改建、筹备,终于正式挂出了牌子。他自知不懂西式教育,特聘了一位在教会学校教书多年的陈先生做校长,并让一些老师到教会学校去观摩实习。以洋学堂的教材为基础,编出了自己的一套教材。教舍、师资、教材都有了,万事俱备,就只欠招生了。年一过,附近的大街小巷就到处都见得着"英才"小学的招生告示。不仅招适龄男孩,也招女生。

后门大街西这一带,大清时是旗人聚居的地界儿。向来以私塾为主,有学校也是旗中的官学。虽然往远点,西什库有洋人办的洋学,可中国人自己办的私人洋学堂,还兼招女生,可真是蝎子拉屎——头一桀(份)。自然是褒贬不一,有捧有骂,有人还在报上公开指责有辱风化。开始齐月轩还惴惴不安,但没想到争议倒成了活广告。报名那天,学校门口报名的学生、家长竟排起了长龙。

杨志兴也动了让月娥上学的心思,虽说女孩儿终得嫁,但识文断字总是有用。再说学校是府上办的,月娥不读书,不是拆自家的台嘛。话一出口,月娥就一蹦老高,笑得合不拢嘴。

月娥随爹去报名,刚出府门就碰上正经过的高望田。他手中拎着耙子,端着簸箕,又是刚拣完煤核儿回来。

月娥一见他就兴高采烈地说:"望田哥,我要上学了。你不上?"

望田没说话,只眼中露出几多羡慕,苦笑着叹口气。

杨志兴有些不解,忙问:"怎么,你不去报名?再晚,可就不一定报得上了。"

"我爹他能……舍得?"望田嗫嚅着。他何尝不想穿得干干净净,背着书包去上学?他做梦都想。和爹不知说过多少次,但爹只是不吐口。

杨志兴见他可怜兮兮的样子,笑了:"傻小子,你是他儿子,他有啥舍不得的?今儿早上他到府上掏粪,还和我打听学校报名的事呐。他说了,咋穷也得供孩子念书,过了晌午就去报名。"

"真的?"望田的眼睛发了亮。

"那还假得了?快回去吧,叫上你爹赶紧去,别误了。"

高望田应着,转身就跑,边跑边吆喝着:"噢!……上学喽!上——学——喽!"

"英才"小学大门前来报名的家长、孩子早排成了长队。高贵庚带着刘成龙也排在中间。刘成龙的身上穿着崭新的棉衣,脚上的布鞋也是新的。这是义父让他上学穿的"逛衣",给他买,却没给望田买。望田没说啥,但那有些酸的一瞥和那不经意的苦笑,已经让他惴惴不安。义父跟他讲,让他俩都上学,可偏不等望田一起来。他向后张望着问:"爹,望田哥咋还没来?要不……"

"嗨,马上他就到,赶趟。"高贵庚笑笑,却笑得不甚自然。

刘成龙瞥他一眼,没再吱声,但心里却犯着疑。

好一阵儿,才挨到了他们。坐在桌前的一个胖胖的中年先生打量一下刘成龙,嗯了一声,问:"叫什么名字?"

"刘成龙。"他应着,又瞟向义父。

高贵庚知道他的心思,忙附耳说:"甭等他,你先报。"

刘成龙想说什么,却被胖先生的问话打断:"多大了?"

"十一。"

"念过书吗?"

"念过三年私塾。"

胖先生板着的脸松弛了些:"你家里干什么的?"

刘成龙稍愣了一下:"我爹他……不在了……"

高贵庚忙接过:"他爹原先是做过前清管代的。"

"噢,还是个少爷。"胖先生瞥瞥高贵庚,又问,"那你是……"

高贵庚稍顿了顿,还没答,被刘成龙抢了先:"他是我义父。"

"他是干什么的?"

"他……"刘成龙没马上答,有些迟疑。

"你说话呀。"胖先生有些不耐烦。

高贵庚连忙欲说,却让刘成龙拦住:"先生,上学是考我,不是考我爹。您看我行,就收我,您看我不行,我挪腿就走。和我爹干什么有什么关系?"

"废话!我就要问你的出身门第。"胖先生有些恼。

刘成龙赌气转身就要走,高贵庚忙拉住,赔着笑说:"先生,您千万别生孩子的气。我嘛,就是个掏粪背道的。身份是低点儿,可咱们不偷不抢,凭力气挣钱吃饭。上您这学,要多少钱?我这儿都预备下了……"

"你以为就钱的事?还有学校的声誉呐。"胖先生讥笑着打断,"我还得考虑,收了你们这号的,人家少爷小姐还肯不肯来?"

刘成龙气得又要反驳,被高贵庚拦下。他忍住火,硬挤出些笑,刚要再求,后面有人发话了。

杨志兴领着月娥挤到头前儿,叫了声:"尚先生。"

胖先生见是他,忙站起来笑脸相迎:"哎哟,杨大管家,您也给小姐来报名?嗨,还用得着您亲自来?"

杨志兴笑笑:"来都来了,您就给登一下。我这丫头叫杨月娥,九岁。"

胖先生忙提笔记上,见杨志兴掏出一摞大洋在桌上,慌忙说:"嗨,我跟校长报一声就得,您还用……"

"别,一码归一码,您收着。"杨志兴见他收好钱,才指着高贵庚说,"尚先生,他也是学士府的老人儿,过去在神机营也算个人物。您看……"

"嗨,他不早说,府上的面儿我敢驳?"胖先生忙登上,"刘成龙,十一,对吧?得了,您交钱就齐活。"

高贵庚赶紧从怀中掏出个纸包递上,打开竟都是些零钱。他见胖先生皱眉,忙说:"这是十块钱,我数了三遍,不会少。"胖先生懒得再数,连包塞进抽屉,接着登记后面的考生。

月娥扯住高贵庚问:"高叔,您怎么不给望田哥报名?"刘成龙也疑惑地盯住他。

高贵庚支吾着:"等……他来再说吧。"说着,匆匆向杨志兴道个谢,拉着成龙就走。

杨志兴觉得蹊跷,忙把他拉到一边,低声问:"我说你又玩什么幺蛾子?你是不是压根儿就没想让望田上学?他是你亲儿子。你知道他多想念书吗?你这是啥爹?"

高贵庚长叹了口气:"杨爷,这一个孩子上学就十块大洋,我家这样的哪供得起俩呀?成龙是恩公的后,既认了我这爹,就得尽着他。望田将来恐怕也就是接我的营生,念不念书倒也不要紧。"

杨志兴又急又气,瞪他一眼:"没钱?你还我钱干吗?"说着伸手往怀中掏。

高贵庚一把攥住他的手,说:"杨爷,您的情我心领了,可只有救急,没救穷这说儿。您不是不知道我的性子,欠人一点儿,我都睡不踏实。杨爷,您这事不管……行不?"

"那……我找少爷说说,免了望田的学费?"

"别,千万别,"高贵庚也发了急,"这点儿小事可不敢惊动人家。杨爷,您体谅体谅我,报不了的恩,我不敢受啊。"

杨志兴盯住他半响,没再说什么,只感慨地长叹口气。

不远处,高望田正躲在棵大树后面,二人的话他听得真真的。像一瓢冷水浇在头上,一直冰到了心。他委屈地蹲到地上,把已满是泪的脸,埋到双膝上。

学校开学了。在开学典礼上,齐月轩作为校董作了即兴演讲。从盘古开天、仓颉造字,讲到近代中国的腐败、懦弱。从汉唐乃至前清盛世,扯到外国的古罗马兴衰、欧洲文化复兴、日本明治维新。疾呼以教兴国,鼓励学生以天下为己任,抱仁爱之心,全报国之志,以己才做悬壶之水。愿此校为孔墨老庄,林肯孙文之摇篮……他口若悬河,滔滔不绝地讲了半个多钟头,引经据典,慷慨激昂。只是他忘了一点,忘了面对的是些刚入小学的孩子们。结果,弄得满堂大眼对小眼,全不知他讲的是什么,糊里糊涂地听,又糊里糊涂地鼓掌。

作为嘉宾参会的周正节坐在一旁偷笑,碰碰身旁的郝炳臣低声说:"月轩兄雅性不减,只可惜对牛弹琴。"

郝炳臣虽也觉得齐月轩讲得太不通俗,但他早对周正节的为人不感冒,竟不软不硬地回了两句打油诗:"正节兄,琴声自比枪声美,莫非自贬也为牛?"周正节鼓鼓眼,未再吱声。

不过,嘴仗没算完,典礼过后,三人回到学士府齐月轩的书房。周正节想让齐月轩投资报业,又引起了一场舌枪唇剑的争论。

齐月轩道:"正节兄,您饶了我吧,投资报业?打死我也不干!"

"为什么?"

齐月轩笑笑:"办报是给世人引路的。我自己还糊涂着呐,顶多壮着胆子给学童讲讲道理,还敢办报?"

"那我的《实报》不也独树一帜?"

"独树可以,一帜可牵强。你名曰《实报》,有几分真?几分实?至多是两分真,三分假,三分模棱两可,剩下两分胡说八道。靠点趣闻逸事,花边文学,赚点钱罢了。"

他的话真噎人。周正节涨红着脸,片刻才说:"好,好,月轩兄既有高见,何不与小弟联手,一展文才抱负呢?冷嘲热讽谁不会讲?你不愿从事报业,恐怕还是怕文字狱吧?"

"非也。"齐月轩见他发急,笑笑,语气和缓了:"哎,素来讲文人以死而谏,我不是怕死,是真弄不清当为谁死。说个报国容易,何为国呀?说个救民简单,哪是路呢?莫说政务我是看不清,就个文人,至今连中国文化之短长优劣都没弄清。迷惘可敢言?不只是我,就您二位,一个大主编、一个大教授就敢说明白?"

郝炳臣没搭茬,只沉吟着点点头:"也是啊,明白谈何容易?先说明白的不一定就是真明白。只有自认不明白,才可能明白的多点儿。"

周正节却付之一笑:"月轩兄实在有点落伍了,有什么不明白?中国腐朽的根子就是文化。中国若强,必先学强国的文化。孔孟之道实在误国至深,不废之、毁之不足以倡新声。"

齐月轩哼了一声:"貌似明白,其实你也是半睡半醒。"

"何以见得？"

齐月轩索性站了起来："中国文化传承了五千年就一无是处？废之？毁之？你好大口气。秦始皇焚书坑儒都没断了诗书，全世界都找不出你这号儿的，废毁自己文化的败家子。你说，孔孟之仁义何罪之有？"

周正节不以为然："中国两千年封建，换了多少朝，改了多少代，哪朝哪代不是尊孔崇孟？可哪朝哪代能真正行仁讲义？大清三百年，就是康乾盛世也还有饿殍遍野。更何况后来，国势颓衰，列强瓜分，军阀割据，民不聊生。国人还有什么脸去谈仁讲义？"

"错在虚，谬在假，权者不施仁政，与仁义文章何干？"齐月轩又道，"古人云：一本《论语》平天下，其中有德、有仁，也有谋、有术。求仁德者非一日之功，乃千年伟业，求之难矣。而求谋术者却能立竿见影。所以求仁者、爱人者稀，而求谋术礼教，图治者众。哎，可怜一本道德文章，却被歪嘴和尚念得只剩半部。实非孔子之过，非《论语》之过也。"

周正节还要争，被郝炳臣打断："哈哈，两位老弟，你们各执一词，各有千秋，容我说两句。中国文化若无正气，何来岳武穆、文天祥、屈子、李白？何来这五千年历史？何来这世界最大的民族？"

齐月轩有点得意，应了声："然也。"

郝炳臣又话锋一转："而中国文化若无腐朽，又何来赵高、秦桧、和坤、袁世凯？何来数万万东亚病夫？何来这泱泱大国被弹丸小国欺辱之惨状？"

周正节笑了："着啊，所以……"

齐月轩忙打断："慢，你不要曲解郝兄之意。"

"我何以曲解？郝兄之见貌似公允，无非中庸调和，各打五十大板。中国五千年的文化就像个大包袱，已压得国人透不过气。不弃之，何以前行？郝兄，你在美利坚留学多年，应有体会。美国只有区区百年历史，而也跻身于世界列强，且有超越之势。不正是此理？"

郝炳臣答："你说的有道理，但不尽然。美国乃移民国家，那些欧洲移民正是靠欧洲千年的文明和先进科技开疆辟土，自立于世。若没这些，难道靠当地土著的刀犁火种，长矛弩箭不成？连美国人说话不也是讲英语吗？"

周正节一时语塞,齐月轩不免得意,接过话茬说:"极是,极是。文化是史之河流。中国文化乃大河,百川之汇也。似万里黄河,浑也、浊也,但也养育了中华民族,移来个黄土高原。君为何只见其弊,而不见其利?"

周正节争得兴起,冷笑一声:"我不愿听月轩兄的公子哥儿之见,顶着老祖宗的辉煌光彩,又有何用?现实是一个大而弱的中国,连小而强的日本都无法抗衡。你为何只见汉唐之强,而不见庚子、甲午之耻呢?"

齐月轩被问住,干张了张嘴,没出声。

这时,他身后有人接过话题:"几位爷,其实这和斗蛐蛐一样。"

哈,是虫把式老张。他自离府去西山看坟,平日很少来,今儿是专门给少爷送蝈蝈的。他早来了,但见几位爷聊得兴起,没敢打扰,只在一边候着、听着。他们的话勾起了他的话瘾,这才忍不住插了嘴。

齐月轩一见是他,知道他肚子里有货,忙笑道:"噢,老张啊,说,说说。"

老张刚要讲,瞟到周正节不屑地一笑,又咽了回去,赔笑说:"还是你几位聊吧,我就是府上一下人……"

郝炳臣笑笑接过:"嗨,什么上人下人?是人就有发言权。"

周正节也勉强点点头:"你说吧,我倒要听听,国家大事怎么能和玩物扯上?"

老张这才不慌不忙地开了腔:"这蛐蛐儿啊,是土里的不如石头缝的。为什么?石头缝的蛐蛐儿是啃小石头子长大的,就比啃土圪垃的牙口硬。土里的蛐蛐儿也分立土的和卧土的,立土的蛐蛐儿就比卧土的强。为什么?立土的蛐蛐儿得立着,练就的后腿就有力。不起眼的个小蛐蛐儿就能斗过七八厘的厎货。这和人不一样吗?他外国过去都穷,可穷就挤对出人家的好牙口、好斗性。人家两条腿立着,咱这儿见谁都得跪、都得拜,老四条腿趴着,他能不厎?"

这一席话,让齐月轩和郝炳臣连连点头,笑出声。周正节没笑,愣了片刻,咂吧着嘴蹦出俩字:"精辟!"

老张听拧了,忙说:"是,是,我胡说,尽屁,尽屁。"直逗得哄堂大笑。

"老张,周先生那是夸你呐。"

老张听齐月轩讲,虽没弄清这词,还是放下心,从怀中掏出个葫芦罐递上:"少爷,我这是给您送蝈蝈来了。"

齐月轩打开盖,里面的蝈蝈见风就叫了起来,浑厚又脆声。齐月轩又喜又惊,问:"你养的蝈蝈叫得就是好。也怪了,一到我手里要么不叫,要么偶尔叫几声,怎么也没这么好听。"

老张笑了,眼中闪着诙谐和狡黠:"嗨,这可全在养上。不能冷,也不能忒暖。不能让它饿,也不能忒撑。冷了缩、暖了困、饿了蔫儿、撑了懒。饿的就惦记那口食儿,哪有心思叫啊?要肚儿撑得圆圆的,就又叫不出来了。就算偶尔叫,饿声是嚎,饱声是嗝儿,能好听得了?其实,这虫跟人还是一个理儿。"

"嗯……嗯?……嗯!"齐月轩嗯着,深深地点点头。

周正节又叫道:"精辟!太精辟了!"

引得老张一笑:"周爷,我知道您又夸我了。您换个词行不?这屁屁的,总……不那么入耳。"

又是一阵笑声。

第 二 十 章

成龙上学了,一身新:新逛衣、新书包、新剃的头、新买的鞋。

望田还是照旧,脚上还是那双破棉窝,天天给爹打完下手,就去拣煤核儿,摘榆钱儿,回来再做饭。此时正是榆树又生钱儿的时候,他琢磨家里又添了口人,更得多摘点榆钱儿,晾干搭着粮吃。所以,连着几天带着一帮穷孩子,把周围十几棵榆树上的钱儿,摘了个干干净净,把不大的小院当了晒场,铺了个满满当当。

刚闲下来,又该做饭了。等把窝头上了屉,捅开了火,才算有时间喘口气。忙时忘了的心事,又翻了起来。看着成龙上学,他嘴上没说什么,可心里却好几天别不过劲儿来。炉边儿脸上一热,又让他想娘了……娘竟戴上了副眼镜,像个教书的女先生。耳边响着娘的声:"孩子,哪能不让你上学?上!一定让你上!"可愣愣神儿,就啥也没了,只有炉火烘得那点儿暖。止不住鼻子一酸,眼泪又扑簌簌地往下掉。

这时,街门响,是爹回来了。望田忙抹干脸上的泪,装得没事儿人似的,拿火钩搋了搋火。

高贵庚进了屋,看见儿子还红着的眼圈,心里能不明白?他闲扯了几句,犹豫了半晌,才拉望田在炕上坐下。

他抚着望田让树杈子刮出血痕的手,自己的手倒颤了起来。他鼓了鼓气,才说:"望田,我哪能不知道你心里屈呀。老想跟你说说,可当着成龙又没法出口。你怪爹吧?"

"不……不怪。"

高贵庚苦笑一声:"哎,不怪才怪,怪也该怪呀。爹没本事,咱家实在供不起俩学生。一个是恩公的后,一个是自己的亲儿子,我也只能屈亲的,尽后的。做人不就得这么做?成龙进了咱们家,咱就得对得住人家磕的那个头,叫的那声爹。要没刘管代,我早死了,哪有你呀。咱山东人都敬秦琼,服武松,为啥?不就是个义气嘛。咱家再穷,不能穷得连义都没有,连情分都不讲。啥叫做人?知道这才算人。人字你也会,就一撇一捺。可写就得立着,不能倒着、卧着、歪着、跪着。爹是没本事,做不了老爷大人,可也不能让人戳脊梁骨,背地骂个龟孙小人呐!"说着,他的眼里竟也满盈着热泪,尽力瞪大了眼,才没让它滚落。他长舒口气,紧攥着望田的手,凑到自己脸边,说,"望田,这些年爹没少打你。今儿咱爷俩倒回个儿,你心里有屈有气,就打爹几下。使劲招呼,没事。只要你消气儿,咋打都行。"

望田久久紧盯着爹,像数着他脸上那一道道沟渠纵横般深深的皱纹,像在他晶莹眼中搜寻着自己的影子。突然他猛地抽回手,抱住爹的脖子,贴着他的脸轻声说:"爹,我不怪你!真不怪!你是天下……最好的爹!"

高贵庚再没说什么,一时他骨子里的一切刚强、坚硬都在汹涌的暖流撞击下融化了。他也抱紧了儿子,爷俩的脸紧贴着,泪泉涌似的淌下,分不清是谁的泪。都笑着,更分不清是什么样的感觉。

突然,门被猛地推开,刘成龙冲了进来。在义父和义兄面前呆呆凝立,脸上也满是泪。

高贵庚有些慌乱,连忙站起来遮掩着:"成龙,下学了?呵呵,马上就得,吃……"

刘成龙把书狠狠摔到地上,哭出声:"爹,甭再瞒我,我都听见了。这学我不上了!"

高贵庚愣住了,一时不知所措。

刘成龙又道:"爹,您既然收了我,就该拿我也当亲生的。咱家有俩儿子,我还有个哥。您得一样待,一碗水端平。您知道这两天我心里的滋味吗?坐在课堂里我也不踏实。"

"成龙,可咱家……"

"爹!"刘成龙更冲动了,"我的命都是您和哥捡回来的,这恩我就一辈子还不起了。您怕人戳脊梁骨,我更怕。哥不能上学,我决不上。他那儿趿拉着双破鞋拣煤核儿,让我里外三新地去充少爷?我……不干!"

高贵庚心里急得火烧火燎,却不知怎么说,干张嘴,没话。

这时高望田走上前,拉住刘成龙问:"成龙,你叫我哥,就听哥说两句行不?"

"你说。"

高望田诚挚地说:"成龙,起初我看着你上学,心里是不舒服,可现在我想明白了。你和我现在是兄弟,可不一样。我没娘,可爹是亲的,你亲爹亲娘都不在了。你的苦比我大,你受的屈比我多,你还有要报的仇。你进了这个家,爹就得偏你点儿,多疼你点儿,这才是真的一碗水端平。哥心里不屈,真的不屈。成龙,你比哥机灵,又有底子,你就不兴心里咬牙,好好学?有一天,你真成了龙,再把爹驮上,让哥也揪你一龙尾巴,行不?"

一番话说得刘成龙含着泪笑了,紧紧揽住望田。猛然却一努劲,竟把他抱得离了地。望田生来怕痒,手脚乱挣蹦,成龙哪还站得稳,两人一块儿摔倒了。扑通一声砸在了地上,砸出了几声惊叫和一阵畅快的笑。

晚上,齐月轩悄悄溜出了院子,走出大门。

门房见了,忙追了出去:"少爷,这么晚您还出去?"

齐月轩略有尴尬,干咳一声,道:"我……要和校长去谈些公事。"

门房也是府上的老人,私下和少爷也常没大没小。看着他一本正经的样子,坏笑着说:"是……女校长吧?"

"屁话!"齐月轩笑嗔,"赶紧去给我叫辆车。"

门房嘻笑着仍没动,说:"少爷,今儿我的宵夜可是啃萝卜就酒……"

齐月轩扬了扬手,但没真打,却忍不住发笑:"你跟我蹬鼻子上脸?我哪回亏了你这狗嘴猪肚子?快去吧你。"

门房这才挪步,奔胡同口走去。

月娥却从门洞里跑出,拉住齐月轩。

"噢,月娥呀,这么晚还不睡去?"

"少爷,我……我想求你一大事。"

"嗨,小孩子家有什么大事?"见月娥嗫嚅着欲言又止,齐月轩笑了,

"好,我答应你。快说,只要不要月亮就行。"

"我……我想让望田哥也上学。"

"哪个望田呀?"

"就掏粪的高家的孩子,就老摘榆钱儿给我的那个……"

"噢,有印象。想上学就让他去报名嘛。"

"他家没钱。"

齐月轩有点迟疑,心说:办学虽不是生意,可也得靠钱支撑啊。天底下没钱的多了,要开了这个头,倒怕刹不住口儿。

月娥一见发了急,小嘴儿紧吧嗒,连珠炮似的一通,把高家救人收子,宁屈亲儿,也供义子读书的事讲了个大概。

齐月轩听了,心里也有些感慨。可还没顾得说什么,门房叫的洋车到了,他忙上了车。

月娥气得直跳脚:"少爷,这事……"

车没停,只传来齐月轩的声音:"嗨,我不是答应了嘛。明儿再说吧。"

北京前门外,紧靠着路西的大栅栏,几条相通的胡同连成了一片灯红酒绿的不夜城。这儿就是老北京娼业聚集的"八大胡同"。打建北京城,禁过烟、禁过赌、禁过使菜刀、禁过人说话,还就没禁过这一行。元明清三朝都有官家办的教坊妓院,妓女都是因家人获罪被收为奴的女人。活着有人管,死了没人问。元明两朝,北京的娼业主要在内城,以东单北的"勾栏胡同"最出名。民国后把外交部迁到这胡同里,才更名"外交部街"。清初年随着汉人被强迁出内城,前门外的八大胡同就成了京城娼业的中心。到清末以后,官妓销声匿迹,而民间娼业照样兴隆。就八大胡同这一带,民国初年就有公开的妓院数百家,妓女多时逾万,少时几千。来的嫖客身份不一,穷富都有,妓院堂子自然也分出高、中、低各种档次。高档的一座楼,三进院,装潢排场,满堂都是穿着讲究的靓妞俏姐儿。听唱有曲,想吃有席,专接肯大把花钱的贵客。低档的也有三五间平房,只靠几个相貌平平的乡下妹和一把年纪的半老徐娘支撑着。客人也大都是外来的小贩,街上的混混儿,偶尔赢钱的赌鬼。就再低,也不是力行、车行、杠行的穷苦力来得起的地界儿。小胡同里的"暗门子"和城外进门就上炕,油灯暗得看不清脸的"白房子"倒补了这个缺。

齐月轩去的那家"春意楼",是八大胡同最高档的青楼之一,这儿的腊梅姑娘是他的老相好。人模样清秀,但在这儿,和上百花样的姐儿比着,算不上顶漂亮,二十六七的年龄也算不上年轻。平日又是个冷脸子,不似一般姐儿一样见人三分笑,嘴上抹蜜似的甜。可她小时读过几年书,略通诗文。十一岁死了寡母,被亲叔卖进娼家,又学会画几笔花鸟,弹几曲古琴。还真是各人各好,齐月轩头一次来"春意楼",竟一眼挑上这个脾气生倔,不受老鸨待见的姑娘。听说她叫"粉蝶",连称不好,亲自给她改名叫"腊梅"。自此每逢特烦或特喜之时,齐月轩就往这儿溜。从不找别的人,只点她的牌。老鸨见有贵人常捧,自然另眼看待。让她以唱曲儿、弹琴、陪花酒为主,很少接一般的客。这儿的姑娘大都比腊梅小,称她梅姐,齐月轩就被叫作梅姐夫。

有钱人到这种地界儿寻欢找乐儿很寻常,但齐月轩每次来却都偷偷摸摸,做贼似的小心,生怕被熟人撞见。今天也不例外,压低帽檐儿遮住半个脸,匆匆穿过大厅,就上了楼。

老鸨瞧见忙追上来:"哎哟,这不是……"见他急得直摆手,才刹住口。

齐月轩又低声吩咐:"给掂掇几个菜,弄壶好酒送屋儿去。"说罢就转身欲走,可还是被眼尖的小姑娘瞟见了。

"梅姐,姐夫来了!还不快出来?"一声喊,让齐月轩好不尴尬,一溜小跑闪进腊梅的房,总算躲开后面的一阵哄笑。

这时,楼下大门口走进一个绑腿束腰,短打扮的小伙子。不是别人,是一枝花的手下七子。他一进门,俩眼就不瞧两边,径直要奔楼上。

老鸨见了忙迎上拦住,没好气地说:"嘿!招呼都不打就乱窜?你是哪位爷带的跟班儿?这么没规矩。"

七子打量一下她,冷笑道:"你可真是蝎拉虎子打啼嚏,好大的口气!我像跟班儿?谁配让我跟班儿?"

老鸨听他话茬不善,愣了愣,挤出点笑:"得,算我眼拙。怎么,想找姑娘?嗨,你奔我这儿不实惠。去去,出门儿见路口儿向左拐,有的是倚门子站街的。"

七子一听更火了,扯着大嗓门儿说:"老子还就看准你这地儿了。怎么,窑子还愣充衙门?呸!"

老鸨也火了,一招手,喊了声:"来人,把这不识相的小子给我扔出去!"

话音未落,两个看场的彪形大汉就冲了过来。

七子站着纹丝未动,待两人到了近前,才猛然发力。手一带,脚一蹬,一个大汉已跌到他身后。紧接着他一拧身,左手抓襟,右手探裆,屈身上步,好一个折口袋!另一个大汉在他肩头翻了个斤斗,摔了个着着实实。

老鸨叫着刚要跑,被七子拉住。

"你……你要干什么?"她的脸色煞白,声儿都发了颤。

七子笑了,松开她,施了个三老四少的手势,说:"爷今儿不是来嫖姐儿,也不是砸你的场子。"

见他行门里的礼,两个爬起的大汉揉着胳膊腿儿,没再上前。

老鸨小心地问:"那你……"

"我找人。"

"找……找谁?"

七子向楼上一指:"刚才上去的那位,是学士府的齐少爷吧?"

"是。那您……"

七子掏出两块钱,递上:"给,我也别扰人家的好事,你先给我来点酒菜,我喝会儿你再通禀。"

老鸨接过钱,还不放心,又说:"兄弟,有仇可也别在我这……"

七子冷冷地推了她一把:"去吧,我跟他没仇,亲戚。"

"那您是……"

七子在厅中桌前坐下:"嗨,是……是他二叔。"

这话一出口,让老鸨惊了个目瞪口呆,他自己也忍不住扭身偷笑。

齐月轩今儿高兴。他办的小学正式开学,一炮打响,让他止不住由衷的喜悦。少年中举、复辟封官、特赦回京时他也曾这样喜悦,可这次的喜悦却远比过去来得真切、实在,没有那么多忐忑不安。他终于靠自己做成了一件有益国家社会的事。尽管不大,但他是尽了心、费了力,眼瞅着它从无到有,一点点长成。高兴!甭提多高兴!

腊梅和齐月轩相识已多年,把他的脾气禀性早摸透了。烦的时候来准是先喝酒,酒喝得半醉,倒空了牢骚才往床上躺。像今儿这样进门就猴急,不用问,准是高兴。这些年,她总是念齐少爷的好,甚至已把他当作最亲近、最信赖的人。他不来时惦着他,梦里也嫁过他,但一和他对面,却就变得异常清醒。她明白自己的身份,也明白齐月轩对她的喜欢里,隐隐地有着对另一个女人的回忆。她没说过,也没问过,只是凭女人的直觉。不过她愿意他高兴,看到他脸上大孩子似的笑,她自己的身心就也满荡着欢愉。

一阵疯狂过后,齐月轩让腊梅的脸贴在自己并不宽阔的胸膛上,两人一个节奏地喘息着。腊梅用手指轻划过他搓板式的肋骨,他觉得痒,捉住她的手,却捉不住自己的联想。熟悉的一瞬,又让他的脑子开了小差儿。

有人敲门。"谁呀?"腊梅问得没好气。

老鸨在屋外答:"有人要见齐少爷。"

"不见,谁也不见。"

"齐少爷,他可说是您的叔。"

齐月轩慌了,边胡乱穿着衣服,边叨唠:"准是杨叔。他……怎么找来了?"

不多时,七子进了屋。

齐月轩见是个陌生的小伙子,一愣,不再紧张,却好生奇怪。腊梅知趣,退了出去。

齐月轩这才上下打量着说:"我……不认识你呀。"

"你不认识我,可我知道你。"

齐月轩来了气,一拍桌子:"知道我的人多了,你竟敢……"

七子没动声色,笑着坐到桌前,打断他:"嗨,不编个噱头,不是见不着您这贵人嘛。"

齐月轩还想发作,但又不屑与个蛮夫纠缠,压住火,问:"那……你找我干什么?"

七子笑笑,不答反问:"齐少爷,您不会忘了上次逃亡离京,是怎么出的德胜门吧?"

齐月轩微怔,思忖着盯住七子:"你……莫不是那位恩公?"

"当时我在,可救您的不是我。"

"那……是谁?"

"这人可是您的老熟人。"

"谁?"

七子故意顿了顿,才慢条斯理地说:"她叫刘秀兰。"

齐月轩愣住,半晌才喃喃自语:"真是她?! 那晚我就觉着像……"

"想见她吗?"

"想,想! 她在哪儿?"齐月轩抑制不住兴奋,猛地站起。多少年了,秀兰的影子一直缠绕着他,让他抹不掉、挥不去。多少次想忘掉她,但她那张扬的色彩却总盖不住,透过别的女人仍显出她深深的痕。

七子看着他的样子,心里悬着的石头才算落了地。脸上的笑不再是奉迎、调侃,而是实在、真诚。跟一枝花这些年,他早感觉得出她对一个人恨得眼睛出血似的眷恋。也就是在送齐月轩出城那晚,他才知道这人是谁。别看她表面上着男装,充爷们儿,可内里还跳着颗女人的心,做着女人的梦,所以今儿才让他来找齐月轩。

"她到底在哪儿? 你快带我……"齐月轩有些发急。

"等等,她可让我给您带句话。"

"什么话?"

"她说,若不能大大方方地进学士府,不见也罢。"

齐月轩呆愣住,半晌才沮丧地坐下:"哎,难呐,我何尝不想? 可她……她现在终归是……"没说下去,只是一声长叹。

七子笑了:"嗨,这么多年,你心里有她,她心里有你,不易。不就中间隔个杨老头嘛。"

齐月轩欲言又止,只苦笑着摇摇头。

七子又说:"您不是把一老妈子赏他了吗? 这不就有话头了嘛。他的心也是肉长的,让他休了秀兰姐,不就结了。"

齐月轩嗯了一声,想想又有些打怵:"可我实在……"

七子又笑笑:"嗨,你真够磨叽的,哪像个大老爷们儿。告诉你吧,这用不着你出面讲,她那儿已经找好说客了。"

"谁?"

七子没吱声,却把手伸向酒壶。齐月轩一见,忙抢先端起,给他斟上酒。

此时,屋外偷听的腊梅已不愿再听下去,抹去不觉中滚出的泪,拖着步子去了。

第二十一章

第二天上午,一辆洋车在学士府门前停下,从车上走下的是衣着光鲜的"御刀刘"。他拿竹竿探着路,上了台阶,迈过门坎。

门房迎出来,搀住他:"哎哟,刘爷,可有日子没见您了。嘿,您这剃头摊儿不摆了,倒越活越滋润了。"

"那是。"御刀刘咧咧嘴,有点自得。

门房坏笑着咂着嘴:"瞧瞧这身儿啊,新姑爷似的。怎么,奔哪个大宅门伺候老太太去了吧?有这好事也想着我点儿呀。"

御刀刘一竿子打去,笑骂道:"呸,改朝换代都没改了你小子这张臭嘴。现在老子谁也不伺候,是让人伺候。"说着,掏出点零钱塞给门房,"给,赏你壶酒钱。"

门房乐了,没推辞,边揣钱边调侃:"看来您真是发达了,有爷的谱儿了。得,我谢您赏。看不见,您摸摸,我这儿可给您请安了。"

御刀刘笑笑,没再接茬,问:"现在杨志兴住哪院?"

"杨管家住西跨院正房。我扶您去。"

御刀刘拨开他的手:"不用,我在这院里待了几十年,哪有个耗子窟窿都在我心里。"说着,把竹竿也递给门房,"这都用不着。"

"您可小心。"

"放心吧。"御刀刘大模大样地径自进了左边的月亮门。那麻利劲儿,还真不像俩眼都看不见的瞎子。

严妈正在西跨院正房里缝书包。杨志兴见了,诧异地问:"咦,怎么又缝一个?"

严妈没停手,只笑笑:"还不是你那宝贝女儿给我派的差。不知道又给谁,问也不说。我都缝两个了,一个月娥背着呐,一个给了掏粪的老高。他家那望田不也要上学……"

杨志兴打断她:"嗨,那书包没给望田,在他爹救的那孩子身上背着呐。"

"那就对了,这个准是给望田的。"

"不会,贵庚压根儿就没让望田上学。今儿早上我还见他拣煤核儿呢。"

"那……"

门外御刀刘一声喊,把他们的闲谈打断:"志兴啊,在屋吗?"

杨志兴应着打门:"哎哟,是您,快屋里坐。"说着,忙伸手搀。

"不用。"御刀刘甩开他的手,笑着,"到门口了还用你……"边说边迈腿,还是让门坎绊了一下,踉跄着向前栽去。幸好杨志兴一把扶住,没摔着。

御刀刘摇摇脑袋:"嘿,怪了,你这门坎儿准动过。"

"是,头年修过。"

"我说呐……怎么,大管家的门坎都得高点儿?"

杨志兴只笑没答,扶他坐下。

严妈倒了杯茶,放他面前:"刘爷,您喝茶。"

御刀刘扬扬脸,一笑:"是严妈吧?"

"是我。您真成,别看……"严妈话没说完,觉着不妥,忙刹住口。

御刀刘笑了:"眼瞎耳朵贼,是吧?嗨,说也没事。"边说边掏出一个红包,撂在桌上。"听说你跟志兴要大喜,我这儿可提前道贺来了。"

"哎哟,谢了,谢了。"严妈说着,还真格真令地屈膝还了个安。

"谢什么,应该的。"御刀刘顿了顿,"我今儿来,一嘛是给你们贺喜,这二嘛……"他故意刹住口,端起了茶杯抿了口茶。

杨志兴向严妈丢个眼色。严妈会意,招呼一声,匆匆出了屋。

御刀刘听严妈走远,才放下茶杯,干咳了一声说:"这二嘛,是句说不出口的话,可……"

杨志兴冷冷打断:"说不出口的话,您趁早别说。咽回去,烂在肚子里。"

御刀刘被他撅得一愣,但还是忍住火,赔笑道:"志兴啊,你是个好人。我御刀刘怨天怨地,可没怨过你一个字。算我求你,看在咱俩多年的交情,也看在秀兰可怜的分儿上,就放她一马吧。"

"你……还想让我怎么放她?她在外边儿,折腾得还不够邪乎?!"

"那你写个休书,休了她。"

"不可能!"杨志兴毫不犹豫,回答得斩钉截铁。

御刀刘拍案而起:"你,你凭什么吃着碗里的,还霸着锅里的?凭什么?"

杨志兴的桌子比他拍得更响:"您还好意思说,凭什么?就凭我爹,我和你在老夫人面前立的毒誓!"

御刀刘像个泄气的皮球,颓然坐下。呆愣半晌,才小心地放缓口气:"哎,这不民国了嘛,那话……就不能通融?"

"不能!"回答仍然坚决。

御刀刘长叹口气,两只浑浊的瞎眼满是湿润,声也颤抖着带了哭腔:"志兴啊,秀兰活得忒屈,少爷那……"

杨志兴猛打断:"屈?谁屈也没屈过我去。人家做出的好事,让我顶着。你问秀兰,我动过她一手指头吗?屈不屈?一跺脚,她跑了。折进顺天府的号儿,我还得去求老夫人救她,立那毒誓。屈不屈?!她那满世界折腾,把月娥甩给我一人,空担个丈夫、爹的名。屈不屈?!……"说着,他也是热泪盈眶。

"那你这回休了秀兰,不都解了扣儿?都不屈了嘛。"

"不可能。"杨志兴一声苦笑,"泼出的水、说出的话、立过的誓,还收得回?!"

"那我……怎么跟秀兰说呀?"御刀刘猛捶了一下自己,似哭似笑地摇着头。

杨志兴半晌无语,只长吁了口气。突然,猛一扬眉道:"你就说,她在外边怎么着,我不管。她要进学士府,就还得进我杨志兴的门。我活着一天,就得在中间横着一天。"

"你这是何苦啊?……哎,造孽呀!"御刀刘嚎出声。

杨志兴铁青着脸,坐下不再吭气,泪已静静地淌满他的脸。

下午放学一回来,月娥的小脸上就满是抑不住的兴奋,撒欢儿似的满院子找严妈。见她已把书包缝好,竟抱过脖亲了她一下脸,拿着就跑。严妈望着她的背影,一时哭笑不得。

月娥今天可是办了件大事。一大早,她就跑到少爷屋,齐月轩半夜才归,睡得正香。她不管,推醒他又追问让望田上学的事。齐月轩正困,见是她又急恼不得,应她下午去办,还不干,非缠着马上兑现。只好在被窝里写了张便条,让月娥带给校长,才算了事。这会儿,一看月娥脸上的笑,就知道她这奉旨钦差当得还不错,事肯定是办成了。拿书包往外跑,准是给望田报喜信儿去了。

上午送走了御刀刘,杨志兴的脸就一直没晴过,只是趴在桌上,对着已经对过多少次的账,一声不吭。

严妈虽不清楚内情,可也猜到几分沉重。只是端午饭让他吃,没敢多问。倒是杨志兴觉着不落忍,苦笑着说了句:"今儿是我跟自个儿在心里较劲,你可别多心。不碍的,一会儿就过去了。"见严妈欲言又止,明白她咽下去的话,又补了一句,"等你过了门,我一定把心都敞开给你。我也想有人帮我分担呐。"虽然话不多,笑也有点儿苦,但严妈还是觉得心里挺暖,踏实了许多。

齐月轩也知道御刀刘来了,虽没见人,但明白他的来意。想知道结果,又不好问,热锅上的蚂蚁般在书房里打转。突然情绪来了,想写点什么,却写了撕,撕了写,弄得地上满是纸团,好歹吟出了几句。

妄语千言得几句,狂呼吓走满天星。
新芽乍绿风嫌冷,断丝重续雨多情。
抚弦半阕春时梦,润墨一幅秋色容。

一首七律只写了六句,尾联想了许久,都觉无味,只得搁笔作罢。

严妈给少爷屋送午饭时,齐月轩也问起御刀刘来的事。尽管东一句西一句,像随口扯闲篇,可也透出特殊的关切。见问不出个所以然,他寻思一下竟说:"晚上多弄俩菜,让杨叔过来,和我一起喝点儿,聊聊。"见严妈迟疑,也补了一句,"都民国了,别总拘老礼。"

按老规矩,主仆不同桌。这么多年,除了月娥有时让少爷叫来一起吃,别人,包括杨志兴也没有过。所以严妈应着出去,吩咐了厨房,心里还有点犯嘀咕。她那儿嘀咕,杨志兴听了心里却和明镜一般。

这晚的夜空特别透亮,一点儿云都没有,显得星格外多、格外近,显得月格外明、格外柔。

酒菜已摆在正院厅屋内,可杨志兴却迟迟未到。齐月轩走到屋外廊下,见晴朗的夜空,心里却愈加急恼。突然他眼中一亮,急匆匆进了书房,在未完的诗稿上又写了两句:

  残羽自衔思巢暖,苦不成诗恨月明。

写罢,默念一番,颇觉自得。正要高声吟,杨志兴来了。他忙迎出去,少不得寒暄几句。

严妈和少爷房里的小丫头都退下,屋里就只剩齐月轩、杨志兴二人在桌前对坐。

气氛挺闷,酒多话少,总是齐月轩问,杨志兴答。从不愿过问生意钱财的齐月轩,今儿也无论巨细问了个遍。杨志兴有问必答,不过简明扼要,多一个字没有。绕了半天圈子,齐月轩真想问的话也没出口。

"少爷,您要没什么问的,我就先去了。"杨志兴起身说。

"别,别介,"齐月轩忙拉他又坐下,又给他斟上酒,"今儿找您没正事,就是为闲聊。来,喝着。"

杨志兴只好淡淡一笑,没再干,只抿了一小口。

"杨叔,你和严妈……"齐月轩终于找到了话题。

"挺好。"杨志兴又只答了俩字。

"那还慎着什么?赶紧办了吧。"

"过了清明就办。"

"好啊,到时候多办几桌,把府上的老人儿都请到,好好热闹热闹。"

"是。"

"严妈没孩子,心又善,待月娥错不了。"

"是。"

"哈哈,杨叔,以后你可就有福享了。"

"是。"

"那……喝酒,喝酒啊。"

"是。"

齐月轩心中好气,无论他怎么说,人家就那一声"是",无奈狠狠心,问:"听说……今儿刘叔来了?"

杨志兴微怔,但回答仍只一个"是"。

"他来……有什么事吧?"

"嗨,左不是点儿家长里短。"

齐月轩忍不住脱口:"他……让你休了秀兰?"

杨志兴瞥他一眼,没吭气,只点点头。

"那你……"齐月轩没问下去,却紧盯住他的脸。

杨志兴苦笑着摇摇头,把杯中酒一干而尽,才说:"少爷,老奴已经出了籍,我自家的私事就不劳您费心了。"

齐月轩气得站了起来:"你……"话刚出口又觉气馁,忙改了口,调也降了下来,"她……也可怜。"

杨志兴的脸也憋得涨红了起来,目光软了软,热了热,又变得尖锐、冰冷:"少爷,大家都可怜。可还是那句话:痰咽回去,没什么,吐出来,就恶心了。"

"放肆!"齐月轩真急了,猛拍了一下桌子,震得酒杯滚落在地上摔得粉碎。他压根儿不知道,杨志兴当着老夫人立过"永不休妻"的毒誓,也压根儿不知道月娥是自己的骨肉,当然也不会理解杨志兴心里的复杂和沉重。心里的愤懑忍了这么多年,却让秀兰的突然出现,变得忍无可忍。一时他眼通红,像喷着火,从牙齿缝里挤出一句话:"杨志兴,你,你别把我逼急了!"

杨志兴的目光没有闪避,久久凝视着齐月轩。一阵只听得见喘息的沉闷后,他苦笑一声,说:"少爷,有些事你不知道,您甭问,带进棺材我也不会说。今儿我心里折腾一整天了,我杨志兴不是铁石心肠,更不是狼心狗肺。可我实在没办法违诺背誓,迈不过这个坎儿啊。严妈那事您可以收回,您让我走,我马上交账卷铺盖。我走,我心里也踏实点了。因为这些日子,您行事为人让我刮目相看。您今儿像个爷们儿!"

言罢,他转身就走。齐月轩却抢上一步,拉住了他,拉得很死,甩都甩不开。两人的目光又扭在了一起,没有了碰撞和火花,都是泪融的柔。

"杨叔,我刚才……算我没说。"

"说了就得算,少爷,就得有这股子劲。"

"杨叔……"

"少爷,您不没说什么嘛。您放心,你不撵我,我不会走,我愿傍着您。不为别的,就为争口气,也为您这人。"

齐月轩欲言又止,半响,才说:"我心里……"下面的话又没说下去,只是眼中盈满泪。

杨志兴长叹口气,轻拍拍他的肩膀:"少爷,你的心我明白,可你咋就不明白我呢?休妻我不能,别的……我不管。你……非让我说出口,臊我这张老脸?"他笑了,笑得很苦。

齐月轩愣住了,一时脑子一片空白。

这时,月娥突然跑了进来,拉住齐月轩:"少爷,高叔带孩子来谢您来了。"

齐月轩一时没醒过昧儿来,等高贵庚带着望田和成龙走进屋,才想起是怎么回事。

高贵庚拱手深躬:"齐少爷,杨爷,我带俩孩子来谢您的大恩。"

杨志兴不明所以,愣了愣神。

齐月轩连忙笑笑:"嗨,不用谢。孔子曰:有教无类。若我们学校不以树人育才为本,只图挣钱,那不成开买卖了?就算让你俩孩子交一份儿,也挑费不小,实在不足挂齿。"

"可不能这么说。"高贵庚忙拉过两个孩子,"快,给大少爷好好磕仨头,谢谢恩。"

望田和成龙正要跪,被齐月轩拦住:"不用,用不着这么大礼。"

高贵庚却执拗地坚持:"少爷,让孩子磕吧。孔圣人说什么我不知道,可我知道老话讲知恩图报。磕头是让他们长记性,人不能光得济,不知道念着,不知道还。"

齐月轩只得随他，受了俩孩子三个响头。

高贵庚把手里拎的几斤点心放在桌上，说："少爷，那我们就回了。府上有什么事用得着，您就尽管盼咐。"

"别，别着急走，坐，都坐下。"齐月轩忙挽留，"我还有事细问问你们。"

高贵庚爷仨儿只好坐下。原来齐月轩只听月娥讲了个大概，今儿一见成龙又觉有几分面熟。所以想问个究竟。

听高贵庚讲了收义子的经过，听了高刘两家的交情和成龙家破人亡的遭遇，齐月轩一阵长吁短叹，杨志兴也感慨不已。

齐月轩把刘成龙拉到身边，说："孩子，你有福分呐，老天爷给你的这俩爹可都让人敬佩呀。"说着，他斟了三杯酒，叹道，"老高，我齐月轩读了二十多年圣贤之书，自以为有善，今日与你们相比，实在令我无地自容。有权者有几个想着为民？有钱人有几个又能向善？倒叫坤柱那样的拿命去搏，倒叫你这样的勒着裤带去帮人。不公啊……可不公，倒更显可敬。"

说着他将一杯酒，洒在地上。又把一杯捧给高贵庚，自己也端起酒杯："来，干了，算我敬你们二位。"

高贵庚激动得有些慌乱，端着杯的手止不住颤抖着。齐月轩的话，手中这杯酒他觉得很重，重得他必须拼尽全力去托住、去承受，因为这里有着天底下最沉重的尊重。短瞬间，他甚至有点怕，怕自己担不起、扛不住、还不了。但他很快就坦然了，人这条命为什么活呀？不就为这点子尊重吗？为这，再苦再屈也值，大不了是豁出去这一百多斤……他的手不再抖，稳稳地把杯捧到唇边，与齐月轩一起一饮而尽。饮下了酒，也暗暗应下了诺。

第二十二章

  直系将军陈玉龙的部队驻扎在河北西北和察哈尔东南部。第二十一混合师是他的老底子,就驻扎在北京延庆西的怀来县。当时各路军阀以直系最盛,京、津、沪、汉等大城市和广大中原地区都在直系军队的控制之下。不过雄霸关东三省的奉系却总有把势力范围扩入关内的企图。为此直系军队不敢掉以轻心,在各自辖区招兵买马,扩充实力,以备大战。

  怀来城西不远的宋庄,是二十一混合师新兵训练队的营地,村里的场院成了演兵场。大中午顶着日头,一队新兵在排长的口令下,操练着刀法。边"嘿""嘿"地呐喊着,边整齐划一地挥着大刀片。

  "停!"排长喊了一声。众人都停下,保持着当顶斜劈的姿势。

  排长中等身材,是个精壮汉子。他走到一个大个子新兵面前,吼道:"你怎么回事?这招儿是斜劈,不是正砍。全排就你出么蛾子。听我口令,再来一遍!"

  一声口令过后,众人又把这一式重演一遍。排长又喊了停,脸色阴沉着走到那大个子身前,喊道:"张志诚,出列!"

  大个子往前跨了两步,立正站好,他正是德州沈刘庄张老先生的孙子——张志诚。自从抢了沈家粮仓,逃出避祸,他到过天津、去过保定,扛过大个儿、拉过洋车。原想避过风头,就能回去,遇到逃难的乡亲,才得知师傅和爷爷相继惨死,就此断了回乡的念头。正赶上军队招兵,他投军至此已有三个月。

  "张志诚,你自己来一遍。"排长喊道。

  张志诚拧身引刀,腾空跃起,双手握柄,大吼一声奋力劈下,却依然还是迎顶正砍。

那排长好不气恼,厉声问:"你小子成心是吧?"

张志诚立得笔直,朗声答:"报告排长,迎面劈刀,实战时敌人必用枪械来搪。若斜劈,很容易被搪开。若以泰山压顶之势迎头正砍,即便被搪,也很难挡重刀,可一刀致敌死命。"

"妈的,是我教你,还是你教我?"排长边骂边抽出鞭子,抽了他一下。

张志诚忍住疼,又喊:"报告排长,迎面劈刀是搏命的招儿。如不能一刀杀敌,必尽失其势,露破绽于敌,这样……"话没说完,就又挨了一鞭子,脖子上被抽出一道血印。他疼得脸上的肌肉都痉挛似的抽动了一下,但马上又梗起了脖子。

"报告排长:平时练刀是为打仗,不是练花架子,中看不中用。"

"嘿,我就不信制不服你这头犟骡子。"排长骂着,又扬起了鞭子。

张志诚没动,只是下意识地屏气含胸,咬紧了牙关。

"住手!"不远处一声大喊。

一个中年的将军带着几个骑马的护兵冲过来。这位将军一身戎装,外披斗篷。国字脸上满是胡子茬儿,两道浓眉下的一双眼闪着冷峻、孤傲。

排长一见忙住手,随着他的一声"立正",队列昂然以待。他跑到将军面前,行个军礼:"报告秦师长,三团新兵教导队二排排长成金柱率部下正操练刀法。请长官训教!"

秦将军冷笑一声:"你这是操练刀法,还是操练鞭法?"

"报告秦师长……"

"行啦,我都看见了。"秦将军打断他,翻身下马,走到队列前。上下打量一下张志诚,紧盯住他问:"你敢说这刀法是花架子?"

张志诚想说什么,却被他的目光逼得垂下了眼,话也咽了回去。

秦将军冷笑着:"小子,你知道吗?这大刀片是咱西北军的看家本事。这套刀法是咱们陈军长亲自编的,每一招、每一式都在战场上见过血。你一个新兵蛋子好大的胆子,好大的口气!"

排长闻听立即喊:"一班长,把张志诚绑了,送军法处。"

队列里有人应着要出列,被秦将军一挥手止住:"等等。就是劈了这小子,也得给众弟兄一个交代。二排长!"

"到!"

"拿杆枪给他。就刚才那招,你劈他防,实打实地劈。他要能搪得开,再他劈你防。大家都瞪大了眼给我看着,看清楚什么是中看不中用。"

排长应着,从枪垛子上拿来一杆"汉阳造"扔给张志诚,自己挑了把合手的大刀。

"开始!"随着秦将军一声喊,两人各挺刀枪,对峙着。队伍中众人也都屏住了呼吸,紧盯住场内。

排长右手执刀,左手引掌,缓缓地围着张志诚兜着圈子,寻着下手之机。张志诚则虚丁步,以后腿为轴,始终执枪相对。突然,排长向左虚晃一下,张志诚未被所动。排长纵身一跃,双手抡刀,全力斜劈而下。张志诚早已向左前跨步侧身,用枪杆借力斜搪刀锋。嘡的一声,排长手中的刀脱了手,身子向前扑去。虽没摔倒,但把整个后背亮给了对方。张志诚搪开刀,就势变式,反转枪托捣去。众人一声惊呼,他却已收住了枪。

一片赞叹之声中,张志诚执枪立正。排长捡起刀,直起身,好不尴尬。

秦将军意外地愣了愣,点点头笑着说:"好,你们把手里的家伙掉过来。小子,你也别给他留情面,往狠里招呼。"

排长经刚才那一下,已有些怵,但长官发话哪敢不听,忙把刀递过。

张志诚接过刀,犹豫一下,以执刀式向秦将军立正:"报告师长:我力大刀重,真砍必伤了人。假做又看不出招数劲道,请长官让我拿那木桩一试。"

秦将军顺他目光一瞥,见场边竖着几根半人多高,海碗粗细的木桩,寻思了一下,点点头。

张志诚见他应,跑到一根木桩前。停了停,暗暗屏气运劲,突然发力,拧腰抡刀,腾空跃起。大刀在头上画了个圈,随着一声大吼,刀锋一转迎顶猛砍在木桩上。咔嚓一声,木桩从上至下被劈裂大半,引得一片叫好声。

秦将军走过来,看看木桩,抿嘴一笑道:"好!你……叫什么名字?"

张志诚忙用力拔下刀,持刀立正:"报告师长,新兵张志诚。"

"嗯，"秦将军点点头，"你还有两下子。听你说话，是不是还念过书？"

"报告师长，我爷爷是教私塾的先生，我跟着念了几年。不过，我不是读书的料，忘的比记的多。"

秦将军笑出声，突然叫道："二排长！"

"到！"

"饭后让张志诚到师部警卫连报到。"

"啊？……是！"

秦将军径自走到马前，正要上马。身后张志诚却追上几步，又喊了声："报告师长，"他回脸望望，只听张志诚嗫嚅地问，"我……我能不能不去？"

秦将军颇感意外，睐着眼说："你小子啊，给脸还不兜着，给我当护兵还屈了你？"

张志诚的嘴张了张，但没再吱声。

秦将军翻身上了马，又扭过头，笑骂道："哼，你小子他娘的不去也行，直接奔军法处报到。"说着，策马扬长而去。

每年的清明，齐月轩都依旧例到西山老旗营祖坟去祭奠。杨志兴早早就备了香烛果品，并订了两辆骡车，一大早就上了路。除了内房丫头，严妈和月娥也随了去。严妈的前夫厨子严久死时没出籍，也葬在齐家的坟地，正好一并祭奠。月娥则就是一个心思——玩。其实也不算错，清明扫墓历来不那么悲悲切切，正值春时，又有踏青之说。就是坟前的供物，香焚了、纸烧了，果子糕点也都是由家人分食。图的其实是一种家的和睦与亲情。

齐家的祖坟在老旗营村西北的半山上，几十亩坡地用砖石垒的围墙圈起，大门和坟都坐北朝南。按大清礼制，非皇上不得称"陵"。连铁帽子亲王都不敢，更不要说汉旗的外戚了，故而园门上的石匾也只刻着"齐家墓地"四个字。门内有石板甬道通向园里，甬道旁相对排列着几对石人石马，中间的几座主坟前还矗着汉白玉的石牌坊。四周的小坟都是葬的在籍的包衣。这在大清时，是主子对奴仆的一种赏赐恩典。但在家人立的碑牌上，则都得把"忠奴"、"义仆"刻在"考妣"、"夫妻"的称谓前面。园内种有许多松柏树木，只是欠修整，到处杂草灌木丛生，显出几分破败、野莽。原先齐家鼎盛时，有十几户人携家带口住在老旗营看坟。后来大都出籍，另谋生路，现在只剩老张一人。一个人要照顾这么大一片坟，也是忙不迭。

祭过祖，扫完墓，齐月轩顾不上带月娥玩，不等严妈和杨志兴，也不等祭后野餐，非要自己先走。他是想顺路去趟清华园。虽说清华大学离北京城不远，郝炳臣又多次相邀，他还真没去过。正好今天去会会好友，也见识见识洋大学。杨志兴知道劝也没用，也不劝，只吩咐丫头相跟。

这儿距清华园不远，下山乘车不到半个时辰就到了。好友相见，高兴自不用讲，陪他园内一番走马观花，更让齐月轩感触多多。

齐月轩站在林阴道上，环视着校园叹道："哎呀，真是不来不知道，这清华大学可比京师大学堂还气派。"

郝炳臣笑笑："气派还在其次，清华的师资和设施在全国也是最好的。"

齐月轩不禁感慨："哎，要是多造些这样的学校多好，中国就有希望了。"

"谈何容易呀。"郝炳臣轻叹口气，"中国人的钱可以花在吃上、花在穿上、花在玩上，可以花在买枪买炮打内战上，可花不到这儿啊。就这所清华大学，还是靠美国人用朝廷庚子年的赔款建的呐。"

齐月轩一时无语，只苦笑着摇摇头。

"你最近忙什么？"郝炳臣问。

"嗨，有什么可忙？小学已上了正轨，有陈校长管着，用不着我了。这些天，我倒是一心在啃你送来的那些外国书。"

郝炳臣没吱声，但用目光探询。

齐月轩一笑："唉，不知是我笨，还是那些书太深，啃起来真是苦涩难咽呐。别的还好说，就那本《资本论》……"

"你小声点儿。"郝炳臣忙打断，扫了扫四周，才低声埋怨："我怎么嘱咐你来着？那可都是些犯禁的书。看归看，可要藏严紧，嘴也得严紧点儿，要不……"

"我知道。你放心吧,真有狗鼻子闻,也是奔你们大学的教授、学生。说我这号的读共产的书,有人信吗?"

"小心点好。"

"好,好,我小心,小心就是。"

郝炳臣轻叹一声,问:"怎么,你……读不懂?"

"嗨,反正难嚼,外国人说话忒绕脖子。"

郝炳臣也笑了:"慢慢看吧,我刚接触外国文化也是如此。看进去,才知道是苦口良药。"

"那中国五千年文化就找不着药,非要吃外国药?"齐月轩有些不服,"医国也如医人,外国有手术刀、抗生素,中国不也有针灸、中草药吗?"

"什么都不能包治百病,神农氏也是遍尝百草,凡事都有个探索的过程。我让你看这些书,就是让你去选择,而不是照搬效仿。"

齐月轩欲言又止,又一声苦笑。

郝炳臣瞥他一眼,又说:"你把自己关进书斋,恐怕一辈子也悟不出个子丑寅卯。倒是应了你府上养虫的老张那话:肚子撑得大大的,更懒得叫。偶尔叫两声,也好听不了。"

"好啊,你把我比蝈蝈?"齐月轩笑嗔。见郝炳臣忍俊不答,叹口气,"哎,细想,倒也真是这么回事。"

郝炳臣稍思,说:"月轩,我看你倒可以出来找个事做。不求生计,也求见世面,了解社会。生活不是在戏台上,不能老得端着那架子。"

齐月轩有些发急:"我……端什么了?真不是我放不下架子,只是觉得……自己往哪儿搁都不合适。哎,二十年寒窗,竟混成了个没用的人。"

"你可以和我一样,到大学教书嘛。"

"到洋大学?"

"是啊,"郝炳臣认真地说,"前几天,燕京大学的校董查理先生,曾让我帮他物色一个国语老师。我看你行。"

齐月轩嗑着牙花子,连连摇头:"得,得,别拿我开涮了。燕京是教会办的,我不在教,又不像你通洋文,能行?"

"嗨,大学不是教堂,你又是教中国人国语,是不是教徒,会不会外语有什么关系?"

"真……行?"

"我看行。"

齐月轩孩子般地笑得有些忘形而顽皮:"哈哈,好,这差事我应了。"

郝炳臣连忙说:"月轩,这事我可做不了主,只能代为引荐。至于是否录用,可还得经过面试的。"

"那……还是算了吧。"齐月轩面呈难色。

郝炳臣抿嘴一笑:"怎么,怕考不上?"

"胡扯!"齐月轩一梗脖子,"只要他不考洋文,不考教经,我怕什么?无论八股诗文,经史典籍,随他考。全国会试我都经过,翰林、学士出的题都没难倒我,我能怕个洋人考国语?笑话!"

郝炳臣笑出声:"好,那就一言为定,你等我回话吧。"

望田也上学了,不过没和成龙、月娥分在一个班。他爹原想给他也做套新衣服,可学费虽免了,买书本用具还是要花钱,左右盘算还是作罢。但对他来说,能上学已经很知足了。自己把衣服、鞋都找缝穷的大婶补过,洗刷得干干净净,倒也齐整许多。同学们见了他,大都不屑地发笑,有的还直呼他穷鬼。他从不反驳,憨笑一声也就算了。他不傻,又当惯了孩子头,挨骂受白眼心里能好受?不过他想:上学不易,笑几声、骂几句又不掉肉,大不了就学得脸皮厚点,忍呗。好在班上的同学一般都比他小,站在一起矮半头,也就跟他斗斗嘴,没人敢动手。望田本来就是个胡同串子,这点眼色还看不出?摸准了这些小孩儿的底,他竟不忍了。他从小让爹逼着练过拍打功,也没少挨爹打,早就皮糙肉实。谁再笑、谁再骂,他一不还嘴,二不打人。先拿眼一瞪,狠狠盯住,上下打量,这叫"犯照"。一般厌的让这一照,也就怕了。要还不灵,他就随手抄根木棍、树枝,往自己身上打。咔嚓一声断了,对方早吓得目瞪口呆。望田兜里还总揣着一兜榆钱儿,给这个尝尝,给那个嚼点儿,打一巴掌再给个甜枣。没多久,班里的同学都让他弄得服服帖帖。就一条让他挠头,那就是学习,特别是数学。恨不得把脚趾头都数上,也还是常常算错,挨老师的戒尺。每天放学后,拣完煤核儿,都得再缠着成龙帮他。

成龙读过私塾,底子比他强,脑子也比他灵活,自然成了学校里学习最拔尖的学生。让同学佩服,老师也喜欢。越这样,他却越怕一下子没了这些。同学们聚在一起时,总是相互攀比家境,他从不参与。问起来,他也从不提义父,也不愿让同学知道望田是他哥,下学都不敢和他一路走。望田虽有些不悦,但也体谅他的难处,在学校从不往一起凑,下学也是各走各的。可是回到家,还是亲亲热热的哥俩儿。

有一次,数学课教乘法,讲课的先生就是招生的尚老师。讲完试题,尚老师问大家:"哪个同学能说说,乘法和加法有什么不同?生活中什么地方用加法?什么地方用乘法?"

成龙刚要举手,见全班人都面面相觑,又把手缩了回来。不过,早被老师瞟见了。

"刘成龙,你来答。"

成龙只好站起来,顿了顿,朗声答:"回先生话,加法是一点点增,乘法是打着滚的翻。生活中攒钱用加法,可积少成多。赚钱要用乘法,有小钱作本儿一样能有千有万。"

他的话引得一阵哄堂大笑,连老师也忍不住笑了。

他身旁坐的胖子是个土杂店掌柜的儿子,虽很愚笨,但仗着家里有钱,又身高马大,在班里很是霸道。平时就对成龙眼红不忿,逮着机会,自然少不了戏弄嘲笑。他一撇嘴:"你小子穷疯了?甭瞎扯什么千,什么万?从兜里掏一毛钱给我看看。"

一阵哄笑中,成龙的脸涨得通红。

老师拿教鞭拍了两下桌子,课堂才静下来。他挥挥手让成龙坐下,才说:"你们笑什么?刘成龙说得很好嘛,有心胸,比喻也贴切。"说着又指指胖子,"你除了会讲个怪话,还会什么?连乘法口诀都背不会,还好意思笑别人?都给我记着,谁家有多少钱传下来,那只是个基数。将来还得看你们自己怎么加减乘除。"

这时,下课铃响了,尚老师刚出教室,屋里就热闹了起来。

胖子挨了老师几句训,心里并没服气,推了成龙一把,说:"仗着老师给你撑腰是不是?把兜翻出来让大家看看,要是一分都没有,那就是零。乘多少你也是穷光蛋。"

成龙瞥他一眼,没吭气。

胖子仍不依不饶:"掏啊,掏啊。"

成龙有些恼,刚要反驳,被前面的月娥拦住。她站起来说:"你们别老欺负人。"

胖子还没说话,后面坐的又高又瘦的孩子站起来说:"没你事,少搭茬。"他外号叫麻秆,常吹他爹在一家洋行当买办,实际也就是个杂役。他是胖子的跟屁虫,当然替他帮腔。他又转向成龙,"是啊,掏啊,"见他未理,竟自己伸手来掏。成龙冷不防,兜里的纸包被他抻了出去。麻秆打开,见里面竟是些榆钱儿。他笑出声,"哈,看看,他的钱可真多呀。"

在哄笑中,成龙猛地站起来,一把夺过纸包。但还是强压住火,没说什么,只扫了二人一眼,径自出了教室,一个人蹲在墙边运气。

月娥跟了出来,轻声说:"成龙,甭跟他们一般见识,到考试不及格,有他们苦的。"

成龙扭脸笑了。猛然想起什么似的问:"哎,月娥,你认得墨香斋那个彩屏吗?"

"当然认得。原先府上有门通墨香斋,她常跑过来找我玩。后来门堵了,才不常见。"

"那……你能帮我给她送点东西吗?"

"送什么?"

"她喜欢吃榆钱儿,我给她摘了点儿。"

月娥笑着哼了一声:"你摘的?也不怕闪了舌头,是望田哥摘的吧?"

成龙有些不好意思,只笑笑没解释,又问:"行……不?"

月娥本不想管,看成龙的样子又不忍心,勉强应道:"行,不过就这一次啊,我爹可不让我去墨香斋。"

"好,好,就一次。"成龙忙把纸包塞给月娥,脸上的笑有点灿烂。

突然背后一阵哄笑,胖子、麻秆和另几个孩子跳着脚地起着哄。成龙和月娥都涨红了脸,幸好上课铃摇响了。

第二十三章

燕京大学在北京城西北郊,过了海淀镇就不远了。最初这是个教会办的女子师范大学,后来才兼招男生,成为以文科为主的综合院校。到全国解放以后,在京师大学堂的基础上发展起来的北京大学,从东城的沙滩儿迁到此地,与之合并,校名沿用了北京大学。以至许多后来人只知北大,不知燕京。不过这是后话,当时,燕京大学也是国内高等学府中响当当的一个金字招牌。

郝炳臣办事总是雷厉风行,前几天应齐月轩的事,今儿就兑了现。下午,他引着齐月轩去应试。在校园中左一弯,又一拐,走了好久,才到了校董查理先生的办公室门前。

轻叩门,里面有人应。郝炳臣推门进去,一个中年的洋人迎了上来。

"查理先生。"

"密斯儿郝,你很准时。"

郝炳臣刚要把齐月轩介绍给查理,扭头才发现他还站在门外,连忙说:"月轩,快进来呀。"

齐月轩顿了顿才走进来,神情有些不自然。说他怵可能过,但忐忑却是难免的。

"查理先生,这就是我向您提起的齐月轩——齐先生。"

查理打量一下,不甚热情,稍示寒暄,请两人坐下。他审视着问:"我听郝先生讲,齐先生是名门贵族。不知这份工作对您是否可有可无?"

齐月轩微怔,想想说:"读书人乐在学而致用。我来谋您这份差,虽不在乎薪水,倒也在乎有用武之地。"

查理一笑:"据我的经验,不是迫切希望得到的,很难珍惜。"

齐月轩寻思着点点头,忽又不答反问:"查理先生,据我所知,您的姓氏也是出于英吉利贵族……"

"噢?……嗯,齐先生说得不错,我祖上也曾是勋爵。后来出于无奈才漂洋过海,到了美洲大陆。"

齐月轩笑了:"着啊,查理先生,您莫不是让我也先当难民,漂洋过海周一圈儿,再到您这儿登陆吧?"

查理让他说得一愣,神情略显局促,耸耸肩膀,又问:"齐先生可是教中兄弟?"

未等齐月轩答,郝炳臣接过话茬:"齐先生不是基督徒,但……"

齐月轩未等他说完就打断了:"查理先生,我不仅不在基督教,也不在回教、佛教、道教。我以为,世间宗教无非都是教人向善。我秉儒家仁爱之本,为国忧,为民愁,何以不与相通?若心中有善,毕生求善,应轻其言而重其行,何必非以教徒而标榜?更何况学堂非礼拜堂,何以只限一教乎?"

查理被噎住,连忙说:"不,不,我只是随口问问,您不必介意。"

齐月轩微微一笑,神情完全自如了:"查理先生,您的中国话说得很好嘛,我原还以为得靠郝兄做翻译呐。"

查理不无得意地抿嘴笑笑:"我在中国已经十几年了。先在烟台、天津,到北京也七八年了。我很喜欢中国文化,许多中国的古典名著我都看过。《诗经》我都读过……嗯,'关关雎鸠,在河之洲,窈窕淑女,君子好逑'……"

齐月轩忍不住笑了:"不错,不错,查理先生的国语水平可比上私塾三年的学童了。"

查理觉出讥讽,不禁沉下脸,干咳一声。

郝炳臣忙想打圆场,齐月轩却不睬他的眼色,继续说:"孔子编《诗经》三百篇,不过沧海一粟。雅、颂百不存一,古风更是仅剩残存而已。"

查理不服:"噢?闻所未闻。那……就烦请齐先生试举一例。"

齐月轩被他将得愣了愣,他刚才的话不过是抢白查理的信口之言。道理虽不谬,但举例却非信手拈来。寻思着,他突然眼前一亮,露出狡黠和顽皮。他一本正经地说:"例子举不胜举。如齐公碑有诗曰:山峰伟兮,莫与争高。江河浩兮,莫与其长。星月有光,同辉几许,溟溟浩然,自在胸际……"

查理琢磨着连连点头:"嗯,好,好……"

齐月轩兴致更起,又提高了些调儿:"又如,念母诗曰:慈怀至伟,莫过母兮。日陨月翳,莽莽无曦。抚温膝下,只余梦际。惊起呜呼,泪浸寒衣……"

"好诗!好诗!"查理叹道。其实他的赞许只三分于诗,大半是被齐月轩侃侃而谈的气势和投入的表情语气所感染。

齐月轩淡淡一笑,没再言语,脸上不由得露出些得意。

查理扫他一眼,又收敛了笑,说:"齐先生果然学识广博,可不知……您曾在哪所院校任过职?教过什么课?"

郝炳臣见齐月轩面呈难色,忙想代为解释。不料,齐月轩却突然呵呵笑起来,反问:"查理先生,您看过《三国演义》吗?"

"当然。"

"那'三顾茅庐'一定记得。"

"当然。"

"那您可记得刘备见孔明问了什么?"

"当然是请教策略。"

"非也。"

"非也?那……"

齐月轩煞有介事,学着查理发问的声调说:"刘备问:诸葛先生,不知您曾帮过哪路诸侯?"

"啊?有这话?那……"查理让他说得有点发蒙。

齐月轩用余光瞥瞥郝炳臣,继续说:"孔明闻听呵呵一笑,道:孔明不才,从未出山。可大才不可擅用,若我帮过他人,刘皇叔您今又何在?早回家……卖草鞋去了。"

说完放声大笑,逗得郝炳臣也忍俊不禁,笑出了声。查理笑了两声,才猛然醒过味儿,变得有些尴尬。郝炳臣看在眼里,忙偷拉齐月轩的衣摆。

齐月轩收住笑,看看查理,说:"查理先生,闲话不讲了。我今儿来是应试,您还是出题吧。是考诗文、经史,还是八股?"

查理没马上答,只端详着他。齐月轩身上的张狂,嘴巴的阴损使他有点恼,可他那机智、才气也让他佩服。他的率真、洒脱更让他耳目一新,平添几分喜欢、欣赏。他犹豫了半晌,终于露出了笑。

"考就不必了,以一斑观一豹嘛。我不敢比刘备礼贤下士,毛遂自荐我还能拒之?"见齐月轩又发笑,有点糊涂,忙问,"我……用词不当?"

"不,不。"齐月轩忙说,"您这洋人的肚子能装这么多中国水儿,我还真头一回见。咱俩要掉个个儿,让我到美国去,我就整个儿一个一句不会的婴儿了。"

应试的事竟如此顺利,让齐月轩意外,更令郝炳臣始料不及。出得校门还追问:"月轩,今儿你怎么一点儿不紧张?"

齐月轩哼一声:"谁说不紧张?后来我那是自觉没戏了,才豁出去折腾,倒弄了个歪打正着。"

"那……您念的两首古风是出自哪儿?别说查理,连我都……"

齐月轩实在忍不住,笑出了声,直笑得满眼是泪。好不容易才止住笑说:"我说郝兄啊,那哪里是什么古风,哪里是古人所作。头一首是我给我爹写的碑文,二一首是我给我娘写的祭文。"

"好啊,你整个儿一个蒙事行。"郝炳臣频摇着头,哭笑不得。

天江茶园的地界儿选得好,临着后门大街这个繁华闹市,又离什刹海不远。从早晨开门,到半夜才打烊,不过最热闹的还是一早一晚。早上,湖边上聚的闲人遛了鸟、练完拳、散过步、调罢嗓儿,就又转到这儿,一壶茶侃到近中午。要不晚上吃过饭,走走消消食,来这儿听曲儿解闷,喝茶等困。下午,茶园里的客人大都是忙人,来这儿仨俩人一坐,为的就是谈事。

董福兴正与一位在洋行做事的纪先生谈得热闹,话题没别的,买机器。

纪先生说得眉飞色舞:"董掌柜,我说的这套印刷设备可是地道的美国货,印照片儿那叫一个清楚。在中国只有上海的洋人厂里有,北京官办的厂都不趁。您要弄这么套机器,得有多少生意?钱得哗啦啦地往您那儿流,挡都挡不住。"

董福兴不动声色,只一笑:"您甭说那么热闹。我干印刷也不是一天两天了,国外的行市也蒙不了我。这种设备德国也有,人家可比你那报价低得多。"

"美国的机器好。"

"好不好不能凭您嘴说。"

"您可以到上海去一趟,实地看看。"

"我没那闲工夫,店里能脱得开?"

"那……"

"这么着吧。"董福兴稍思道,"我办事向来干脆,你就跟美国人说,这机器我要了。不过有三个条件:第一先把机器运来,给我装好了,印出的活和样品一样,我付百分之五十的款。一个月没毛病,我再付清。第二价格降两成,多一分不要。第三易损的件儿得给我备下,别到时候短个齿轮都让我抓瞎。"

"第三条没问题,第二条可以商量,只是这第一条恐怕办不到。"

"要紧的就是第一条,没这条别的免谈。"董福兴的口气毫无余地。

纪先生的汗都下来了,忙掏手帕擦擦。董福兴的精明他早有耳闻,今天一见才着实领教。

正这时,曾在承天府知府家做管事的索爷拎着画眉笼子走了进来。他一见董福兴,忙打招呼。两人依老礼彼此行安,又寒暄几句。

索爷这才问:"董掌柜,你们'墨香斋'这老字号挺响亮的,干吗改名啊?"

董福兴被问愣了:"改名?什么改名?"

索爷笑了:"嗨,这你瞒我干吗?我刚打店门口过,正换匾呐。不叫什么……'翰墨斋'了嘛。"

"这……真的?"董福兴瞪大了眼。

索爷看他吃惊的样子,疑惑地说:"您真不知道?掌柜的不知道,店愣能改了字号?怪了。"

董福兴顾不得多想,返身拿起礼帽,就要走。

纪先生忙追了两步："董掌柜,那机器……"

"以后再说吧。"董福兴不耐烦地随口回了一句,就急着出了门。

他一溜小跑回到店前一看,果然依索爷之言,门额上挂的是块新匾,上写"翰墨斋"。不由得他不火冒三丈:"来人!谁这么大胆子,我不在敢换匾?!"

几个伙计闻声出来,却张口结舌不敢言,气得董福兴直跳脚。

账房陈启分开众人,走到面前,微欠欠身,笑得也挺古怪:"董掌柜,您别发火。"

"我能不发火?!这……"

陈启竟打断他:"这匾是我吩咐换的。"

"你?……"

"不过话可是沈三爷发的,我也是听喝儿。他还让您回来就奔天庆饭庄,他在那儿候着您。"

董福兴呆愣住了,半晌没话,但心里早就打起了鼓。

天庆饭庄的包厢里,沈三爷和二师叔正坐在桌前。沈三爷殷勤地又把酒给二师叔斟满,脸上堆满笑。

"二师叔,您这招儿可真绝。您就改这一个字,哈哈,可称得上一字千金了。"

二师叔哼一声:"要不留着这手儿,能敢让你签那份暗约?"

沈三爷想起什么,又问:"咦?也怪了,一枝花听说这事,倒也没拦着啊。"

"怎么,较劲较上瘾了?这回人家挺给你面的。当我一人儿怎么都行,有人的时候嘴搂着点儿,别直呼名号,耍咧子。要传过去,没准又得翻脸。"

沈三爷不服,但没反驳,只冷笑着:"我看呐,他八成也是和齐家有仇。"

二师叔瞥他一眼:"哼,不见得,我看……倒像替齐家报仇。"

沈三爷一愣,正寻思,周四走进来:"三爷,董福兴来了。"

"让他进来。"

董福兴走了进来。他一撩长衫前摆,口称着:"师父,师叔祖,晚辈见礼了。"

刚要行大礼,被沈三爷拦住:"免了,免了。福兴,快坐,自己倒上酒。"

董福兴还是深躬了躬身,才自斟上酒坐下。想问,可犹豫着没出口。

沈三爷笑笑:"我给墨香斋那店名改了一个字,以后就叫翰墨斋了。你……看见新匾了吧?"

"看……见了。"

"怎么,改得不好?"

"好……挺好。"

"是提前没跟董掌柜请示,挑我眼啦?"

"没……绝没有。长辈的主意哪能让我拿?不就一名嘛,怎么改怎么好。"

沈三爷笑了:"好,算你识相。这买卖是帮中公产,这可不只是我一个人的主意。名儿是二师叔起的,小师叔也赞成。不过名儿改了,掌柜的还是你。"

董福兴忙端酒杯站起:"福兴这儿谢二位长辈栽培,我先干为敬。"说着,先一饮而尽。看沈三爷他俩也干了杯中酒,殷勤地又给二人满上。

沈三爷伸手示意让他坐下,顿了顿又道:"这店名改了,规矩嘛……可也得改改。"

董福兴微怔,屏住了呼吸,紧盯住他。

沈三爷像故意卖关子,抿口酒,才慢条斯理地说:"你每月的薪不变,股份提成可就没有了。"

董福兴惊愕地一下站起,声音都有些抖:"三爷,咱们可……可有约在先,白纸黑字写得清清楚楚。"

"嗯,是有约。"沈三爷点点头,但又扑哧一笑,"你倒说说,是怎么个白纸黑字?是怎么个清清楚楚?今儿师叔也在,你也好讨个理秤。"

董福兴似乎豁出去了,理直气壮地说:"三爷,咱们的契约里写得明白:无论何时,只要'墨香斋'在,就有董福兴六成利。"

沈三爷大笑,笑得董福兴摸不着头脑。突然他刹住笑,眯着眼盯住董福兴,手却碰碰身旁的二师叔:"师叔,您给他解释解释。"

二师叔淡淡一笑道:"这契约白纸黑字,谁也抹不了。福兴啊,上面写的是'墨香斋'在,可现在它不在了,不改'翰墨斋'了吗?在家里讲理,我一碗水端平,你可没占理上。"

董福兴像挨了当头一棒,这才明白是中了套。半晌呆愣无语,突然,他尖利地喊出声:"那没用,牌照还是'墨香斋'……"

沈三爷的大笑把他的话打断:"你可真成,匾我都换了,能不换照?你回去找陈启要照看看,是'墨香斋',还是'翰墨斋'?"

这回董福兴再说不上一句话,像个泄了气的皮球一般跌坐到椅子上,脸上毫无表情,只是肌肉在微微痉挛。

"得了,福兴,"沈三爷给他斟了杯酒:"喝着,往开里想。这墨香斋本来也不姓董,顶多不是扯个平。"

董福兴苦笑几声,带着哭腔:"这不……坑人吗?"

刹那间,沈三爷脸上的笑变得冰冷,眼睛里闪出狰狞:"坑人?呸,你这号儿的也配说这俩字?别给脸不兜着,那掌柜的你愿干就干,不愿干,明儿就滚蛋!"

董福兴没再说,只叹了一口长气,颤抖着手端起杯,一口咽下。不顾呛得直咳,又满上,竟一连干了四五杯才坐下,不住地喘着粗气。

"这就对了,喝!"沈三爷又得意地笑着,举起杯。

天黑了,墨香斋还没打烊。闻着楼上的菜香味儿,伙计们只能干咽着口水,忍着饿,苦熬最后这一会儿最难熬的时间。账房陈启先走了,伙计们仨俩聚着悄声低语,要么天南地北,要么怨爹骂娘。

方倩儿见丈夫没回,知他又有应酬,和彩屏已经吃完晚饭,连锅碗都已刷干净了。回到卧室,见彩屏倚着窗,边向外望着,边嘴里还嚼着什么,忙走上前。

"刚吃完,又吃什么呢?"

彩屏转过脸笑笑,咧开的小嘴里和牙上都是绿的。

"妈呀,"方倩儿叫出声,"想学牛吃草啊?"

"什么草,这是榆钱儿。"

"哪来的？"

"是……"彩屏犹豫了一下,嗫嚅地,"是成龙哥……"

方倩儿一愣："成龙？他……在哪？"

"他没来,这是他让月娥带给我的。"

"月娥？成龙现在在学士府？"

"没有。他打这儿走那晚,差点儿没冻死,多亏让掏粪的高叔救了。他现在叫高叔爹,当人家儿子了。"

方倩儿长舒口气,许多天悬着的心,今儿算是落了地。片刻她又问："你……没见过他？"

"没有。"

"放心,我不和你爹说。"

彩屏看了看娘,才说："见,见过。前些日子,他和他哥常在后门拣煤核儿,见过几次。好多天没见他了,他现在上洋学堂了,和月娥同班。"说着,她拉住娘的手晃着,"娘,让我也上学吧。"

方倩儿笑了,把她拉到怀里："你还小,明年就让你上。哎,成龙这孩子也算有福,赶上个好人家。你认识高家吗？"见彩屏摇头,又道,"嗨,赶明儿我带你去寻,鼻子下边有嘴,还怕问不着？娘这儿有私房钱,放心,不跟你爹说。"

彩屏偎在娘怀里开心地笑了,又掏出纸包,捏了一撮儿到嘴里紧嚼。

第 二 十 四 章

　　董福兴回到店里,已是半醉,晃晃悠悠,脚底下已有点儿绊蒜。他一进门,几个正闲聊的伙计吓得不轻,忙不迭地抄起家伙什儿。心想,今儿又倒霉,不扣工钱,也得挨顿臭骂。

　　没想到,董福兴竟笑出了声,只是说话有点大舌头:"哟,哥儿……几个还没走?哈哈哈,辛苦,辛苦。快……关板儿吧。"

　　"掌柜的,可还没到点儿。"

　　董福兴的脸说变就变,俩眼一瞪:"让你……关板儿,还磨蹭?你们……也想充老大?也想往我……头上骑?"

　　伙计们愣了愣,赶紧忙着收拾工具,上板儿关门。

　　董福兴却又笑了,从怀里掏出两块大洋扔过去。伙计没接住,落在地上,忙随叮当声弯腰去捡。

　　"拿去……喝,喝两盅。"

　　"哎哟,谢掌柜的。"伙计们忙笑着作揖,心里却都直纳闷。

　　董福兴说着,脸上的笑又变冷了:"笑……什么笑?笑什么……啊?"

　　"掌柜的,我们没,没笑啊。"手里捧钱的伙计一时哭笑不得。

　　好在董福兴的笑又变成苦味的,他叹口气:"嗨,笑就笑吧,我是他妈的挺可笑。走吧,都走,把门从外面锁上就得。"说完,就踉跄着走向楼梯。

　　"掌柜的,那明儿……"

　　"明儿……"董福兴扭脸苦笑着,"指不定还有明儿……没明儿呐……"

他上了楼,扔下伙计们面面相觑,喜着、惊着、猜疑着。

方倩儿听到声音,忙迎出来,一见董福兴的样子,知道他酒多了,搀他坐在堂屋的八仙桌旁,给他倒杯凉茶。

董福兴把茶一饮而尽,抹抹嘴,却一瞪眼:"不……不是酒?我要喝酒。"

"你自己照镜子看看,都啥德性了,还喝?"

"喝……我要喝!"董福兴红着眼吼起来。

方倩儿有些恼,欲言又止,扭身把酒坛捧过,重重撂在桌上:"喝,往死里喝。"

董福兴却一笑,笑得鼻子眼都错了位:"哼,说得对,不往死喝往哪儿喝?"说着,抱起酒坛就灌了一大口,呛得直咳,又几下干呕。

方倩儿见了忙上前,想帮他捶捶,却被他一把推开。索性不再理,闷坐一边。

董福兴又饮一口,笑问:"你……你说,我……算不算精?"

方倩儿哼一声,没好气地答了一句:"猴儿都没你精。"

董福兴大笑,笑声伴着酒噎儿,渐渐变得凄厉:"嘿嘿,我精?我再精也没精过人家。我精……精他娘个屁。"

"怎么啦?"

"嗨,墨香斋没……了。"

"到底怎么啦?"

董福兴定定神,才把自己中套的事讲了出来。虽舌头已经不利索,说话也是颠三倒四,含糊不清,但方倩儿还是明白了个大概。她没惊没怒,反倒觉得心中释然。

她轻舒口气说:"得了,丢了包袱也丢了累,寻了便宜倒揪心。想开点儿,去睡吧。"

"我能睡得着?"董福兴又甩开她的手,两只眼瞪得血红:"我……我得好好想想明儿……"

方倩儿忿忿地打断:"还用想吗?睡吧,明儿觉一醒,全当再活一回。重做人、重做事,别让我和孩子都看不上。"

董福兴愣了愣,嘴角抽动着,一下子却捣胸打脸,哭嚎起来。

方倩叹口气,瞥他一眼不再理他,径自回了里屋。

没人理,董福兴倒也止了哭嚎,又灌了一大口,闷坐了许久,才长长地呼出口气,自言自语道:"哎,想想……落了个老婆孩子都看不上。哎,也……该着啊。又他妈想起那缺德对联来了……槐荫挡路马登枝?嗨,还真让他给说着了。哈哈……我董福兴就该着是匹拉车的牲口?就不兴我真抖抖?!就不兴我称个爷,做个爷们?!嘿嘿……老天不帮我呀!……"

笑着,他抱起酒坛又饮了一大口,沮丧地瘫靠到椅子上,闭上了眼。待了好半天,突然,他睁开眼,狞笑在脸上痉挛着、扭曲着,牙咬得喀喀响,两只血红的眼闪着困兽般的凶光。他霍地站起,抱起酒坛子,竟摇晃着醉步,走向楼梯。刚迈台阶就一个屁蹲摔倒,滑下好几阶。酒洒些,坛没碎,爬起又往下走。跌跌撞撞来到楼下,扶着柱子稳稳劲,才把大半坛酒都洒到四周,又点燃了一团纸扔到地上。火腾地一下燃起,并很快蔓延开。

董福兴挺直腰板儿,发出几声畅快的大笑:"沈三儿啊,沈三儿……我得不着,你丫也落不着好!哈哈……我董福兴憋屈了半辈子,今儿也不愧是个带把儿的吧?!"

火燃着了楼下堆放的印油、煤油和纸垛子,也燃着了柜台、家具和门窗。火苗肆虐地蹿上楼梯,蹿上房顶。不多时,楼下已是一片火海。

董福兴这才猛然清醒,再没有刚才借着酒劲的豪气。他慌得不知所措,只尖叫着跺着燎着的鞋,拍着燃着的裤管、衣摆。半晌,他才找到门,猛地冲了过去,使劲推搡。可没用,外面反锁着,推不开,倒晃落下许多火屑。清醒了,他这回才彻底清醒了。顾不上迸溅到身上的火,顾不上烤的热、燎的疼,只是一边拼命地摇晃着大门,一边声嘶力竭地喊着:"来人呐!救命!救命呀!"

此时,他的眼里只有对生的挣扎和对死的恐惧。

楼上,方倩儿被烟呛醒,连忙披衣出屋查看。见楼梯燃成了火道,劈啪作响,火舌已顺着楼板夹着浓烟舔上楼来。她赶紧返身回屋,推醒孩子。

彩屏揉着眼爬起来,起初还老大不情愿。但一见顺门缝涌进的浓烟和屋外的火光,吓得哇地一声哭了起来。

情急之中,方倩儿眼中一亮。忙抻出床单,剪开口,扯成几条,结成一根,又拧了拧,绑在彩屏的腰上。拉她急至窗前,推开正面窗,见下面火势正旺,又转到侧面,猛地推开仅有的小窗。

窗外是条和隔壁门面相隔的夹道,一头邻街,一头是学士府的院墙,晚上是叫花子的栖身之所。顾不得多想,她把彩屏抱到窗台上,让她跨出窗外。

街坊四邻见墨香斋起火,纷纷拎桶捧盆赶来相救。可火借风势越烧越猛,杯水车薪,已无济于事。

刘成龙狂奔而来,见此情景,哭出了声。这火里可有舅妈,更有和他一起长大的彩屏啊。一幕幕往事飞快地在他脑海里闪着,催着他的泪、他的情、他的愤、他的惊……哪顾得想,他一头向火海发疯似的冲去。幸好被高贵庚、高望田父子追上,硬把他强拉到一边。

杨志兴带着府上的几个下人赶到,连齐月轩闻讯也坐不住,相跟而来。可也和大家一样,只能望火兴叹。

等消防队的水罐子车赶来,已过了半个小时。见无法救,只得把人赶远,水都浇在隔壁的房上,以防大火扩散。

不多时,轰隆一声巨响,墨香斋颓然倒下,腾起冲天的火和烟尘。

刘成龙哭叫着,泣不成声,许多人也陪着落泪。齐月轩长叹一声,无言,但也是满眶晶莹……

第二天,沈三爷才派人来清理废墟。整忙了半个多月,才算把这小山似的碎砖烂瓦破木头清干净。只寻见了两具尸首,让清街的送到德胜门外埋倒卧的大坟场子埋了。

两个月之后,就在原地儿,又起了一溜平房,开了个饭馆。沈三爷自己怕晦气,把铺面租给了个相熟的山西人。起初,都嫌这儿死过人,生意很淡。好在地界好,又加上中国人多,天天打打杀杀都见惯了,死个把人哪有那么大记性,日子不多也算混得过了。

五月端午,在北京一般也只包点儿粽子,加俩菜。远不像江南饮雄黄,赛龙舟,搭台唱戏,闹社火那么热闹。

齐月轩这天却挺忙。自从他到燕京大学任了教,平日只教两个班的国文。可端午是屈子的殉难之日,古来文人从不像一般百姓只热热闹闹过个节,总少不了聚在一起吟诗赋文,凭吊一番。齐月轩的课正讲到《楚辞》一章,上午听过课的学生都说讲得好。于是学生会专门来请,让他在下午的纪念大会上去讲。齐月轩推脱不过,只得午后赴会演讲一番。自己弄了个口干舌燥一身汗,倒也赢得同学们的一致好评。他最后讲道:"同学们,屈子之辞切莫只作诗读,此乃做人之楷模,立国之魂魄。若他无诗,也许吾等不会闻他的大名。然非修史,谁记楚中有几大夫?他不仅是诗人,而且是用生命去写诗的人。最后,更是用身躯做了自己诗的最后的惊叹号。这样的诗才能千古流传,这样的人才值得后人纪念。今日中国亦是昔之楚,国民正需要如此之诗,如此之人,如此之惊叹号!"

同学们报以经久不息的掌声。不过也有人偷笑摇头,被人称作章老夫子,也教国文的章先生更是拂袖而去。

有人问,他苦笑着说:"黻非帔,黻乃章佩之丝带,帔乃舞之帛具。虽同音却不同解。更甚者,战国初兴断句,谈什么惊叹号?文非政治,治学不严,却喜哗众取宠。如此弄潮之人,何以为教?"他说得有气,别人却听得糊涂。他摇着脑袋走了,听的也停在那儿直摇脑袋。

当然,这些齐月轩不知道,散了会,走到校门口仍兴致勃勃。门房见他,忙追上来,交给他一封信,说是上午有人送来的。

齐月轩忙拆开看,内无信,只一请柬。字工整,但却童拙,上写:"恭请齐大少爷下午四时,于天江茶园二楼雅间一叙。"落款无名,只具"故人"二字。齐月轩一笑,只当朋友戏弄。忙叫住一辆洋车,倒要去看看是谁作怪?可一看表,三点已过,急唤车夫快跑。

英才小学的下课铃响了,不久,孩子们三个一群,五个一伙拥出校门。高望田惦记着下午倒炉渣的点儿,怕去晚了煤核无份了,出了大门,就脱缰的小马似的跑去,转眼不见了踪影。

刘成龙和一个同学为伴走出大门。今天期中考试,全年级双科的第一都是他,自然高兴。和同学边走边聊,笑得开心。

"成龙,你真成!"那同学羡慕不已地竖起大拇哥。

"嗨,你也不错嘛。"

"我哪成,前二十名都没我。你得帮帮我,要期末考不好,准得挨我爹的板子。"

刘成龙一笑:"行,不会你就问。"

两人正说着,同班的胖子带着几个学生喊着追了上来。

刘成龙回头看看,没理。他知道胖子这回期考得了一个第一,一个第二,不过都是倒数。他当然眼红有气,追来肯定又是想找茬。果不其然,胖子追到身前,一把扯住刘成龙的衣服。

刘成龙瞥一眼,未吱声,甩开他的手,刚要走,又被他拉住。

"嗨,别走啊。"

"你要干什么?"

"不干什么,就是当着大伙儿问你句话。"

"什么?"

"你爹……到底是干吗的?"

刘成龙见他脸上满是讥笑,没答,转身又要走,却已被几个学生围住。

胖子笑出声:"不敢说,是吧?哈哈,我早弄清楚了,你爹什么狗屁管带呀?就是学士府胡同那掏大粪的!"

周围一阵哄笑,让刘成龙有点挂不住。他想反驳,却又把到嘴边的话咽了回去,只瞪了他一眼。

"我说我怎么考不好呢?"胖子仍不依不饶,"都是让你的臭味儿给熏的。"

周围几个学生也起哄架秧子,你一句他一句,叽叽喳喳像炸了窝。

这时,月娥从旁经过,忙上前说:"你们干吗总欺负人?明儿我告诉先生。"说着拉一把刘成龙,"走,甭理他们。"

刘成龙强压住火,跟着月娥分开人群往家走。

胖子和几个学生窃语几句,跟在他俩身后,又起着哄齐声喊:"屎壳郎,滚屎球,臭大粪,还挺牛。擦胭脂,抹香油,娶个臭大姐不发愁。"

一遍喊完,又喊一遍。刘成龙实在压抑不住,摘下书包塞给月娥,猛地冲向胖子。胖子没留神,已被他摔倒,成龙也被带倒,压在了他身上。

另几个孩子却一拥而上,围着成龙乱踢乱打,胖子乘机翻起来,反压住他。

月娥劝不住,拉不开,急得直跺脚。突然她见一辆洋车驶来,车上坐的是齐月轩,忙招手喊着搬救兵。

齐月轩见月娥,又见几个学生打架,忙招呼停下车,上前去拉。可他很少去学校,孩子们大都认不得他,又打得正兴起,任他喊哪里肯住手。

正这时,一个大汉跑过来,三下五除二就把几个孩子拉搡开。一揪胖子脖领拎了起来,扬手就想打。

齐月轩忙拦住:"别,别打,都是孩子。"

有孩子认出齐月轩,窃语几句,几个人都愣了。胖子更是怕,浑身直哆嗦。

那大汉放开手,齐月轩才认出他,是七子。

七子冲几个想溜的孩子一瞪眼:"别走!你们这么多人打一个,寒碜不寒碜?"

孩子们都不敢吱声,低下头。

刘成龙从地上爬起来,没顾得掸土,就给齐月轩和七子鞠了个躬,道了声谢。

齐月轩见他嘴上都出了血,问:"到底因为什么打架?"

刘成龙还没说,倒让月娥抢了先:"就因为他们嫌他爹是掏粪的,欺负人。"

齐月轩环视了一下,叹了口气,弯腰拣起根树枝,说:"都过来。"

孩子们怕挨打,战兢兢围过来。齐月轩没打,用树枝在地上写了个"粪"字,问:"这字念什么呀?"

"粪。"孩子们参差不齐地答。

"为什么念粪呀?"

孩子们面面相觑,谁也答不出。

齐月轩指着字说:"仓颉造字都有所意。人不能不食,米从何来?田也,此世之共识。有食就有屙,合'米田共',粪也,此乃人之本性。有粪若无人掏,那满街都似茅厕。孔子曰:'万般皆下品,唯有读书高'。并非讲身份高低,而是讲人品修为。欺辱同胞,恃强凌弱,是君子所为,英雄之举?实乃奴性也。就靠你等去求国强民富,自由、民主?……哎,令人失望啊。"

几个孩子大都没听懂,又是面面相觑。

七子见了,指着胖子问:"先生说的记住了没有?"

胖子张口结舌,半晌才支吾着:"记……住了,可没……怎么懂。"

七子笑了,他也没听懂几句。不过还是一板脸:"以后想打架,单练!别一群打一个。再让我看见,就抽你们小狗儿的!这,懂不懂?"

"懂,懂懂。"胖子的头点得像捣蒜,另几个孩子也忙点头应声。七子挥挥手,他们才敢撤身离去,规里规矩地走出没几步,就像惊弓的鸟散得快、逃得急。

齐月轩看着不禁摇着头,低声叹道:"不服教化,倒服淫威,哎……"

"齐先生,"七子凑过,"您今儿……不是有约吗?"

"是……你?"七子笑着摇头,向不远处茶园一指,二楼上隐约有人正凭窗而望。

是一枝花,她等得有点焦急。

她爹御刀刘让杨志兴给撅回来以后,起初她恨得咬牙根儿。恨杨志兴不开窍,从中作梗,连杀他的心都有。恨齐月轩当着少爷拿不起个儿,顾脸儿、顾面儿、顾身份,却无情无义。也恨自己是女人,拿得起、放不下,枉自多情。可过后再一细想,月娥的影儿在眼前一闪,刚垒起的恨又倒了。只叹出一口长气,心里道了一声"都不易"。矛盾了多日,她终于下了决心,私下约齐月轩见个面。只要他心里有自己,那就什么都不顾了,什么名分她都能不要。只要两人能在一起,能做回个女人,她就认了。

七子撩帘,引齐月轩进了屋,自己没进,只带上门守在门外。见了男装打扮的一枝花,齐月轩呆愣住了。

一枝花嫣然一笑:"犯什么呆?我……都认不出了?"

"秀兰?!……"齐月轩惊疑地一声,又无语,只呆呆地迎住她的目光。四目相对,腹中千言万语,却都不知从何说起。

齐月轩的鼻子一酸,叹一声:"十年呐……"

"十年……"

"十年桃花依旧,人面不再……"

一枝花噙着泪莞尔一笑:"酸,还是那么酸。"说着,她从怀中掏出一张发黄的信笺递过来。

齐月轩打开看,竟是十年前写给她的一首诗。那天于湖畔小亭,即兴题诗以赠。刚写两句,她凑过看,自己乘机将她揽在怀里。秀兰情急狠咬了他手上一口,竟一时鲜血直流,溅在了诗稿上几滴,宛若几点红梅。见他疼得惊叫,秀兰忙拿手帕帮他缠上。再搂,她不再矜持,含羞笑着偎进他的怀里……后来,就这张信笺,他写完这首诗:

　　秋风吹皱一湖水,
　　粼粼清波映玉盘。
　　心泉润笔渲浓墨,
　　血点为梅染几丹。
　　情到深时何必语,
　　曲至亢声却轻弹。
　　今生我与谁人伴?
　　嗔喜冤家是秀兰。

看看这首十年前的诗,想着十年前的事,齐月轩百感交集,泪已盈眶。

一枝花一扬眉,闪着晶莹的眸子,问:"我就问你一句,这诗还……作数吗?"

"当然,作……数,作数……"

没等他说完,一枝花已扑到他的怀里,止不住泣出了声。齐月轩也紧紧地用臂膀搂紧她的腰身,一时也泪如雨下。还用说什么呀,一生有多少个十年?什么话叙得清?什么话又说得明?感觉着对方的体温、喘息、心跳,最能表达的莫过这无声的抚和泪……

突然,门被猛地推开,七子闯了进来,弄得二人有些尴尬。

没等问,七子发急地说:"当家的,沈三儿带人来了。"

"他来干什么?"

"嗨,他早派眼线盯着,就想兜出你是女人,好逐你出山门呐。快躲躲……"

一枝花闻听猛一拍桌子,全没有了刚才的妩媚,吼一声:"呸!躲?我一枝花长这么大还没躲过谁。我倒要看看,他能把我怎样?"

她说着已大步闯出门去,七子也紧随跟出。齐月轩拦阻不及,暗暗叫苦。

楼下,沈三爷带着周四等几个手下冲上楼梯,刚及大半,正遇楼梯处昂然以待的一枝花。

沈三爷微怔,马上又拱拱手,行个"三老四少"的礼:"哟嗬,小师叔,晚辈惊扰了。"

一枝花冷眼一扫:"你……要干什么?"

沈三爷嘿嘿一笑:"我能干什么,就是……想看看师叔约的情人是叔儿,还是婶儿?"

一枝花大笑:"好,三儿你真够孝顺。去吧,上去看。要是个婶儿,我就大红花轿娶了她,让你磕头认干娘。要是个叔儿,咱爷仨一起下澡堂。我就此着女装,一准嫁给他。从家法,逐山门随你的便!"

沈三爷见她镇定自若,犹豫了一下,狠狠心道:"好,小辈儿放肆了。"言罢,抢上几步,冲到屋前,推门撩帘。

一枝花尾随其后,暗暗摩拳擦掌。

但见沈三爷一愣,屋内门后都没见有人。连一枝花也觉诧异,原想撕开脸大打一场,倒没了由头。

沈三爷又到窗前扫扫,脸上满是失望、尴尬。

一枝花却一笑:"怎么?找着叔儿,还是找着婶儿啦?"

"我……"沈三爷窘得脸通红,慌忙说,"得,小师叔,我给您赔个礼。"说着,欲行在家里的规矩礼。

一枝花一把架住,笑变得冷峻:"一堂之主的大礼,我当不起。"

"那……我走了。"沈三爷边说边往外溜。

"等等,"一枝花喊了一声,抢上一步,"礼我当不起,这个我当得。"话音未落,一记响亮的耳光扇得沈三爷打了个趔趄。

周四等人忙想上手,七子也起式相迎。

"行啦……"沈三爷没好气地一声,反手一巴掌倒打在周四的脸上。回头瞪了一眼,狠狠"哼"了一声,挪腿就走。

周四捂着脸没敢吱声,和那几个手下忙跟上,走得有几分仓惶、狼狈。

待他们下了楼,一枝花才松了口气。四下看看,不知齐月轩哪里去了？推开侧面的花窗才明白,窗那头是邻屋,邻屋侧面也有花窗。想是齐月轩情急翻窗而去,沿另一侧的楼梯溜了。

她正暗笑书生也有小机灵,七子把那张写着诗的信笺递上来。忙接过,却发现上面多了一行钢笔字。上写:"十年成陌路,泾渭不合流。"

一枝花明白这里的意思,一时愣住,眼圈又红了……

第 二 十 五 章

　　杨柳青是位于天津北的一个古镇,以木版年画而远近闻名。李凤姑一大清早就坐马车往杨柳青赶。她当然不是奔年画来的,是来找她学京韵大鼓的师傅魏爷学艺。

　　魏爷年近七十,身体倒还硬朗。家中只他孤独一人,平日以雕版印画为生。身世他从不讲,别人更无从知晓。只知他诗词歌赋,琴棋书画,无所不通。弹一手好弦子,写一手好鼓词。民国初,曾在天津给当时最红的大鼓艺人七彩云做琴师。也是靠魏爷这把三弦,靠他写词创腔,七彩云才红透半边天。可刚红没两年,七彩云给天津一个有钱有势的洋买办做了小,不唱了。魏爷也就此退隐到这小镇,再不登台。许多人来请,他也执意不肯再出山。闲暇时,还写些鼓词段子,但给多少钱也不卖。可若看你真是材料,分文不取却能白教。李凤姑经人介绍,拜魏爷为师改学京韵。就是靠魏爷传的整本的《大西厢》,才在北京大茶楼站稳脚。她几次想接魏爷到北京去住,他都不允。起初她还来得勤些,自打跟了沈三爷,学艺的精神头儿早已不再,一年也来不了两三趟。她这回带了许多钱和礼品上门,就是想从魏爷手里再淘换点儿新段子。

　　李凤姑乍进魏爷屋,一碰面儿,两人就都不觉地皱了皱眉。魏爷皱眉为的是不待见李凤姑那旗袍高开衩的打扮儿和呛鼻子的花露水味儿。而李凤姑皱眉是瞧着满屋都是东一摞、西一张地摆着年画、放着刻版、堆着颜料,嫌乱。

　　李凤姑笑么滋儿地把大包小包的礼品和一封银元放在桌上,讲明了来意。

魏爷只用眼扫了扫,捋着花白的胡子笑笑:"先别学新段子,你先把《大西厢》里头,莺莺和张生初次碰面儿那点儿给我唱唱。你可有日子没来了,看样子混得不赖。"说着他拿起三弦,稍对了对音说,"来,唱一段,看看你学过的玩意儿丢了没有?"

李凤姑虽不情愿,但啾啾嗓子,还是张嘴唱了起来:

人值残春蒲郡东,
门掩重关萧寺中。
花落水流红,
闲愁万种,
无语怨,无语怨东风……

没等她唱完,魏爷的弦子戛然而止。他轻摇着脑袋,叹了口气。

李凤姑也住了口,知道师傅不满,自忖半晌却不知哪错了:"哟,师傅,我……我哪儿……"

魏爷又叹口气说:"嗨,你心都没在这儿,真是越学越抽抽儿。我看你也不指着它吃饭,得了,学不学也不打紧。"

说得李凤姑有些不爽,一撇嘴嘟囔道:"就这段子都唱八百六十回了……哪错了?您……"

魏爷哼一声打断:"你呀,现在就剩这壳儿在这儿戳着啦。唱无心,能入境生情?本来我看你还是块材料,所以才传你这《大西厢》。得,算我又走眼了。"

"别介,师傅,您别生气。"李凤姑见他真生了气,连忙赔笑,"好,好好,您说我哪点儿尺寸没拿捏到,哪个腔儿没拐好,我改行吗?"

魏爷盯住她,郑重地说:"凤姑啊,你差的不是形,而是意,是心里头这股子劲儿。论形你够,长得够俊、身材够条儿、身段够俏、嗓子够冲。可心里差点儿意思,听着就差那点儿味儿。"

"什么味儿?"

"这大鼓是个俗玩意儿,俗玩意儿就得外俗内雅,形谐意正。心里头没有点雅心,没有点儿正气,唱出来、做出来,就没这韵味。要是里外都俗,那可就真成俗玩意儿喽。你要想只博看官一乐,你还真不如唱《小寡妇哭坟》。你……哎,唱哪门子《大西厢》呀?"

李凤姑"扑哧"一笑,小声叨念:"您以为唱曲儿的还是什么正宫娘娘?"

魏爷一听真动了肝火,一拍桌子:"对,你一上台,一张嘴就得心里端得住。这巴掌大的地界,就是你的天下。自己心里就矮人半头,唱出来它就是个俗媚之声。"

看他真动了气,李凤姑忙岔开话:"得,得,您别生气,您看我给您带来……"边说,她边指指桌上的礼品和银元。

魏爷看都没看,只冷笑一声:"都拿走。我无功不受禄,你以为我没见过钱?"

"那您……不教我点儿新的?"

魏爷一声长叹:"你呀,这么脚踩两条船,哪边儿也踏实不了。你要走七彩云的路就趁早吧。不过,做你一天师傅,也不能不劝你一句。人呐,还是求点儿传百年、传千年的真玩意。别求那些虚的、假的,撒手就飞、转眼就没的东西。那看起来实,实际最虚,最靠不住。回吧,回去慢慢品吧。什么时候你咂吧出滋味儿了,再来。"

"哎哟,您也不能让我白跑一趟呀。"

"就刚我说的那些话,你要听个一句半句,就算没白来。"

"那……"

"得了,不说了。"魏爷站起身,"你看,我手头儿一大堆活儿呐。你呀,饿,那边桌上有馒头;渴,那壶茶是刚沏的。菜可是剩的,吃了早点回吧。"说着,他走到炕边拿起笔,想给印好的年画儿润润色。

李凤姑叹口气,苦笑着:"师傅,我就不明白了,您弄这破年画,就是成天忙到黑,又能挣多少?有大钱不挣,非捡小钱……"

魏爷边染边说:"不卖点儿东西,能生活吗?"

"对呀,您不挺明白的吗?"

"是你不明白。"魏爷没回身,没停手,只是话顿了顿,"人呐可以卖汗,但不卖血。就卖血,也不能卖身。就卖身,也不能卖心。"

李凤姑的脸红了白、白了红,变了好几回。她杏眼一瞪:"……好,好,我走。您以为我非学这玩意儿?不唱我也能活得滋润。"

魏爷仍没回身,但停下笔,肩膀耸耸,只叹出一口长气。

李凤姑憋着气,转身刚要走。魏爷却开了腔:"把拿来的东西都拿走。今后你也甭叫我师傅,没教你什么,别担着虚名。"

李凤姑哼一声,返身拿起桌上的大包小包,气冲冲走向屋外。

正这时,一个着长衫,胖胖的中年人拉着一个小女孩走了进来,与正要出门的李凤姑险些撞个满怀。

小姑娘一见李凤姑,愣了愣,刚要说什么却被中年人拉开了。李凤姑没在意,没好气地扫一眼,就径自出了门。

魏爷闻声扭过身:"哟,纪掌柜,您怎么来了?这活儿不是月底才交吗?"

胖胖的纪掌柜擦着满头的汗说:"嗨,我不是来催活儿,是追这臭丫头,追到你这儿了。"

魏爷看了看被纪掌柜死死拉住,不断挣扎的小姑娘,问:"这小姑娘是……"

"嗨,是打'拍花子'的手里买的,说是个没了爹娘的。我是想养养,给我那傻小儿当媳妇。可这丫头片子忒倔,得空就跑。"又转向小姑娘吼道,"再跑,我给你加条拴狗的链子!"

魏爷站起来,走到近前,仔细端详着小姑娘。见她眉清目秀,生得十分可人,抚一下她的头,轻声问:"你叫什么名呀?"

小姑娘不再挣,看魏爷和蔼可亲,才嗫嚅地答:"叫……董彩屏。"

不错,这小姑娘正是董福兴的闺女,火中逃生的董彩屏。

魏爷见了董彩屏,心中甚是同情。眉头微颦,稍思片刻,又故意仔仔细细端详一番,却一言未发,只向纪掌柜苦笑一声,轻摇着头返回炕前,又拿起画笔坐下。

他这一笑可让纪掌柜有点发毛,连忙走过来问:"魏爷,是不是您……看出点什么?"

魏爷只淡淡一笑,未答。

纪掌柜忙凑过:"我可找人给他们排过八字,说啦,合着呐。"

魏爷边润着色边说:"我又不是江湖术士,可不敢妄言。您回吧,月底您来取活。"

纪掌柜越琢磨越不放心,哪里肯走?一把夺下他手中的笔,求道:"魏爷,我还不知道您的学问?您就给说说。"

魏爷捋须一笑,又扫了一眼董彩屏问:"这小丫头属什么?"

"属兔,八月的。"

"那你家傻小儿是……"

"属猪,腊月的,大这丫头三岁。"

魏爷掐指算算,点点头,故意欲言又止,笑笑说:"要我说可以,不过可千万别认真,当笑话听。"

"行,行,您说。"纪掌柜应着坐在炕上。

魏爷不慌不忙,不紧不慢地朗声道:"江湖术士,以此为生,求的是财,多是哄人高兴,求赏也痛快些。你看,这丫头剑眉凤眼,眉宇间有丈夫的英气,性必刚烈。岂是轻易服人之人?她鼻挺颧高,上唇撅而下庭尖,实属命极硬。她属兔,兔为木命。八月兔乃月中之兔,八月木乃船筏之木,非居家之女。你家傻小儿属猪,猪为水命。腊月猪乃窝圈之猪,腊月水为冻河之水。你家这窝圈之猪哪里镇得住这月里玉兔?一旦春暖冰消,还留得住这船筏吗?"

纪掌柜愣了半晌,才说:"那……我回去就拴上她。"

魏爷笑了:"那只是一时之计。她命硬镇不住,还不如不留。"

"那……那要镇不住,会……会咋样?"

魏爷又笑笑:"镇不住嘛,无非一个'克'字。此女已克父母双亡,落个无家无业。好在你家人丁兴旺,财运亨达。就克个把命,破些许财,倒也没什么。留,就留吧……"

纪掌柜越想越怕,嗫嚅地又问:"那……那就没人镇得住她?"

魏爷又道:"嗨,一物降一物,此女命硬,必须有比她命更硬的人。此人得克罢全家,孤独一人,万事皆空,不惧克也,可也。只是……难寻此等人啊。"

纪掌柜闻言,不禁小声自语:"哎哟,二十块大洋弄这么块烫手的山芋,真……"突然,他的目光停在魏爷的身上,眼中一亮。稍思,脸上又堆起了笑,"魏爷,要不……这丫头我给您留下?您这岁数又一个人,有个人照应,不也省得冷清?"

魏爷连连摆手摇头："别，免了，免了，我可不找这麻烦。"

"嗨，也就您这岁数……"纪掌柜觉得不妥，话说了半截，又改口道，"得，算我求您了，行不？"

"我一时哪拿得出二十块来？"

"嗨，钱好说。这么着，您拿活慢慢顶，行不行？"

魏爷笑了，这正是他想要的结局。不过，他没露声色说："既然纪掌柜把话都说到这份儿上了，老朽也只好勉为其难了。"

见他答应，纪掌柜连忙说："就这么着了，这丫头就留您这儿了。再丢了、跑了，可不碍我事。我走了。"

说着他匆匆出了屋。等他走远，魏爷才畅快地大笑出声，逗得董彩屏也噙着泪笑了。

魏爷把她轻轻拉过，问："孩子，你愿不愿跟爷爷就伴儿？"

"愿。"

魏爷点点头："那我给你改个名，以后就叫……魏莺吧。"

"哎。"董彩屏应着，眼中的泪已扑簌落下。

魏爷把她揽进怀里，轻抚着她，一时百感交集，长叹一声，自语道："世不相容！何不相容？何不相容啊？！……"

晚上八点了，北京城里的街灯早亮了，但隔老远才有一盏。胡同里更不用说，拢共也没几盏灯，一到晚上，到处都黑咕隆咚。好在那年月一般人家都睡得早，趁着肚里刚吃晚饭这点儿食还没消，就赶紧躺下。要不，时候一长，肚子再一咕咕叫，觉都难睡得着。

小胡同里闪出两个黑影，在一个宅门旁停住。这院子的大门还敞着半扇，门道的灯亮着。借灯光看得出，这两人都是孩子，一个是高望田，一个是刘成龙。

头天下午，高望田见刘成龙弄得满是伤，一身脏回了家，忙问情由。刘成龙一五一十讲了和几个同学打架的经过。高望田见弟弟受了欺负，想立马去找胖子算账，可被刘成龙拦住了。他说他们人多，家里又都护犊子，硬干打不过，告也告不得，于是他出了个阴招。高望田听了有些犹豫，架不住刘成龙三央两告，也就应了。

这宅门就是胖子的家。两人到他住的那间屋的后窗下,高望田喊了两声。

胖子还没睡,在里面扒着窗问:"谁呀?"

"快出来,连我的声都听不出。"

"……什么事呀?"

"川儿让我给你送只蝈蝈。"

一听这话,胖子忙跑了出来。刚一出大门,就让两人捂住嘴,强拉到胡同拐角。一个麻袋就套在他的头上。

刘成龙一顿猛捶,打得胖子嗷嗷乱叫。

"再叫,给你一刀子。"

"我……我不叫,不叫。"

刘成龙捅了一下高望田,他这才想起自己的词儿。他咳一声,憋粗着嗓子说:"告诉你,我们是道儿上的。今儿你带人欺负了我们的小兄弟,才来教训教训你!听明白没有?"

麻袋里的胖子早抖得像筛糠,带着哭腔说:"大哥,昨儿你们老大已经骂过我了。不敢了,绝对不敢了。"

高望田见他这样子,哼了一声,打算作罢,拉了成龙一把就走。没想到刘成龙还不解气,走出两步,又返回身,拣起块砖头,向胖子头上猛砸了一下。麻袋里惨叫一声,颓然倒地。等刘成龙和高望田跑出好远,后面才发出一阵声嘶力竭的哭叫声。两人不敢耽搁,兔子似的连蹿了好几条胡同,一直跑到后海边,才算歇住脚。

高望田好一顿埋怨,怪成龙手太黑。本来说好吓唬吓唬就得,可这下不知打得咋样?也不知会捅出多大的娄子?两人惹了祸,不敢回去,到了后半夜,才硬着头皮回了家。

一进院,看见屋里还亮着灯,就知道爹还没睡。正两人犹豫着的时候,屋里高贵庚喊了声:"还不滚进来?!"

没辙,只好进屋了。只见高贵庚铁青着脸坐在炕上,手里握着一根竹竿。

高望田忙拉了成龙一把,两人跪在了地上。

高贵庚瞪着两人,只喘着粗气,却久不吱声。望田和成龙都不敢正视,更不敢出声,只把头低垂着。

"你们还敢回来呀?"高贵庚终于吼出了声:"你们好大的胆子!挨人家打一下,骂两句,忍忍不就过去了嘛。还打到人家家门口,打破人家孩子脑袋?要是明来还好点儿,还玩阴的、损的,哼,真不要脸!"

刘成龙扬起头,甩开望田强按着的手,脱口而出:"爹,我也不想,可他们……不把人当人,这学我不上了。"

高贵庚气得猛站起,用止不住颤抖的手握着竹竿指着道:"不上了?你小子想上恐怕都难了。今儿人家大人能找到家里,明儿就能告到学校。不开除,还等什么?"说着他扬起了竹竿。

刘成龙闭住双眼,紧着身子,等着竹竿抽来。

高望田用双膝紧搓几下,拉住爹的胳膊,喊道:"爹,这事不怪成龙,全怪我。他挨了打回来,是我气不过,才带他去讨公道的。那阴招损招都是我出的,人也是我打的。成龙站在一边儿,根本没动手。您要打,您打我。谁要追究,您就把我推出去。到哪儿,我也一人做事一人当。要打、要罚、要杀、要剐,随他们吧。爹,真不碍成龙的事!"

这番话在高望田的心里,不知颠三倒四地琢磨多少遍了,犹豫多少回了。他知道自己能上学多不易,也知道爹心里会多伤心。可祸已惹下,逼到这份儿上了,总得有人往外站,总得有人扛啊。以后怎么样?不敢想,也容不得想,只有心一横,听天由命。

高贵庚闻得儿子的话,也不觉愣住了。知子莫于父,他早看出这里的原委,分得出他话中的水分。但此时,似乎也没有比这更好的选择了。他愣了片刻,眼中也有些湿润,声音颤抖低哑地说:"你……把上衣脱了。"

高望田脱去衣服,伏蜷在腿上,把赤裸的脊背拱起。

一竿子抽下,他"哎哟"一声,身体抽搐了一下,落下一条隆起的血印。

刘成龙起身扑上来,死死拉住高贵庚又扬起的胳膊,叫着:"爹,不是哥,是我,都是我……"

高贵庚狠狠地瞪他一眼:"哼,你给我老实跪在那儿。"

刘成龙只好把没说完的话又咽了回去,又在一边跪下。

高贵庚这才长出了口气,说:"成龙,不管怪他怪你,他比你大,今儿我就打他。明儿一早,我带他到学校负荆请罪,自个儿休学,兴许还能保住你的学业。往外摘还来不及,你别再自己往坑里跳。成龙,你要是个有心的孩子,今儿打在他身上,你就心里疼一疼,记住了。这,就算我今儿没白打,也算他今儿没白挨。"

说着,他又狠狠地一竿抽去,自己的眼中也涨满了泪。

又是一声"哎哟",又是一道血痕。竹竿一下一下抽打着高望田,他抽搐着,强忍着不哭喊,只不时止不住低声呻吟。

刘成龙的泪泉涌似涌了出来,他的身体,甚至脸上的肌肉都在抽打和呻吟声中不断地抽搐、痉挛……

第二十六章

那一晚，高望田这顿打可挨得不轻，趴着睡了半个多月的觉。学校念高贵庚绑子请罪，自罢学业，也知事出有因，没有再对刘成龙做什么处理。成龙的学业保住了，望田却就此失了学。

月娥气不忿，背着爹又去找少爷。可正赶上齐月轩泥菩萨过河，自身难保，哪里还顾得了别人？

自打和一枝花在天江茶园会面以后，齐月轩就像霜打了的茄子，塌了秧啦。整天提不起精神，给学生上课，也只照本宣科，全不似往日口若悬河、洒脱的风采。大家都看在眼里，却都不知内里是怎么回事。有人问，他只是一声苦笑伴着俩字："没事。"

杨志兴是个明眼人，早看出他的心思。不好问，可也怕他憋出个好歹来。于是借给少爷报报生意账的空儿，劝他没事出去转转。这话齐月轩倒听得入耳，可心里这点儿事，出去又能和谁说？别说和一班文友，就和改行开店的小月蓉都张不开嘴。思来想去，还是叫辆洋车奔了前门外的春意楼。

进了腊梅的屋，偏她又不在。老鸨说她正应客人约，给人弹琴唱曲去了。先让上了几样小菜一壶酒，让他喝着等。足等了一个钟点，一壶酒都让他自斟自饮，只剩了个底儿了，腊梅才算抱着古琴进了屋。

又要了一壶酒，接着喝。旁边有个人陪了，齐月轩却还是酒多话少。

腊梅见他喝得太急，忙拦住劝："别喝那么急，您这是找醉呀？"

"没事，醉了才好。寻的就是这麻木，不思不想，无欲无求。管他千般烦愁，一醉休……"

"得了,"腊梅笑了,"醉了您就不醒了?醒了更不痛快。我一进门就见您一脑门子官司,没个笑模样。我给您再倒上,可您一口菜不吃,也得拿话就酒。说说,说出来兴许就心里舒坦了。憋心里,能憋出毛病来。"

齐月轩欲言又止,沉默了片刻,叹了口长气,才说:"哎,我还是我,可她已不是她……十年总为相思苦,人到身前却不堪呐……"

腊梅又淡淡一笑:"嗨,我明白,不就是您那个什么兰嘛。十年了,谁能不变样?再过十年,没准头发都白了。您没变?我刚见您时,您脸上还光溜的,现在不也满脸褶子了嘛。"

"嗨,我不是说外貌长相……"

"啥也一样,咋变它也有个缘由。哎,风硬就皮糙,炎凉就心冷,近茅厕能不臭?您这么大学问,咋这点儿弯都转不开?"

齐月轩愣愣,正要又说什么,老鸨推门进来,神情有点慌。

"齐少爷,他可又来了。"

"谁呀?"

"就……就您那二叔。"

齐月轩火起,一拍桌子:"胡扯,谁二叔啊?不见,打发他走!"

老鸨犹豫着还未走,七子已经出现在门前。他铁青着脸,看来来者不善。

齐月轩愣了愣,叹口气,对他说了声:"进来,坐吧。"

七子气哼哼地走进来。没坐,隔桌站到了他的对面。

腊梅省事,没用吩咐就悄然与老鸨一起退出屋,关上了屋门。

齐月轩见他不坐,苦笑着问:"说吧,她又让你带什么话来了?"

七子出口长气,道:"实话说,今儿不是当家的让我来的。是我自己多事,有句话来问你。"

齐月轩有些意外:"你?!……好,有话你问。"

七子盯住他:"就一句,你到底还是不是底下长把儿的爷们儿?"

齐月轩闻言气得欲站起,但眼神和七子喷火似的目光碰撞了一下,又缩了回来。只不屑地哼了一声,说了俩字:"粗俗。"

七子冷笑:"我打小就有人生没人养,不粗不俗才怪呐。可我知道爷们儿得一口唾沫砸一个坑,不能说话像放屁。"

齐月轩按捺不住,猛站起:"我齐月轩不是言而无信的小人。她秀兰离府都十年了,我是娶过两房,闷了也到这地方来,可我心里一直有她,一天也没放下过。"

"那,那你为什么那么生撅她?你知道她心里多堵吗?"

"那我心里不堵?"齐月轩冲动地嚷道,"你知道我心里有多堵吗?……她现在身上还有原先的影子吗?整个一个面目全非。我心里想的是十年前那个秀兰,不是让人一口一个师叔叫着,晃着膀子耍横的混混儿。哼,多威风啊,多张扬啊,可我看不下去。我受不了、我不待见、我怕了、我躲了还不行?!"

七子被他说愣了,半天只张嘴,没吭声。

齐月轩长舒口气,语气变得和缓:"坐吧,喝着说。"说着坐下,给他斟满一杯酒。

七子看他一眼,坐在对面。端起酒杯一饮而尽,长长地哈了口酒气,道:"你……以为她愿这样?她巴不得早一天上岸。你就是她的岸,懂吗?她什么都可以不要,就是想做回个女人。你……"

他的话勾起了齐月轩心里的酸楚,眼有些发胀。他抿了口酒稳稳神,才说:"哎,我能体谅她的苦衷。一个女人不到万般无奈,也不会混到这一步啊。"

"嗯,这是句明白话。"

"这么多年,也难得她有这份惦记。我危难之时,也多亏她出手相救。"

七子的脸阴转多云,露出一丝笑:"是啊,您这么想就对了。"说着,他麻利地倒上两杯酒,"来,干了。"

齐月轩端杯未饮,话锋一转:"只是……我俩已成陌路之人,泾渭难合,言情之事还是就此罢了吧。"

七子口中满是酒,闻言想说,忙一口咽下,仓促中呛得直咳嗽:"你……你怎么话来回说呀?"

齐月轩苦笑着摇摇头:"这恩与情实非一回事。这儿女之情必两情相悦……哎,小兄弟,你大概还不懂。"

七子又火了,猛站起:"我是不懂你那弯弯绕儿。可我知道她是个好人,是个重情、重义的人,是个活得挺屈,可没服过软,让我能竖大拇哥的人。"

"可她不是个……"

七子大声打断:"她是,她是天底下最好的女人。"

齐月轩愣了,只默默地审视着。

七子眼中竟涨满了泪,顿了顿说:"我七子十二就跟了她,没有她呵着护着,我活不到今儿。她心里难受,不说我也看得出,可我看不下去。我只是想让她活得舒坦点儿、高兴点儿,才背着她来找你。得,算我今儿没来,什么话也没说。不过各走各路可以,从你嘴里别再甩那片儿汤话。再让我听见,天王老子我也不饶!"说着,他一用力,把手中的酒杯捏得粉碎,然后转身就走。

齐月轩回过神来,忙拉住他:"哎呀,你,你听我说……"

七子停住,直视着齐月轩的眼睛,等着他的话。

齐月轩憋了好半天,张了几次口,都没说出话来,只是长叹一声。

七子冷笑着:"得了,您还是听我说一句吧,您什么时候腰板儿挺得倍儿直,说话叮当乱响,才配寻她这样的女人。"说完,他头也不回,扬长而去。门外,愣着偷听的腊梅;门里,呆着百感交集,一时捋不清思绪的齐月轩。

回到大车店,七子径直进了后院。见一枝花屋里还亮着灯,他扫了一眼,正要回自己住的西屋,就听见北屋传出一枝花的说笑声,不知是和谁在喝酒。

"……喝,你喝呀。嗨,人生是怎么回事?不就是一个醉嘛……我可又干了啊。哼,你就一窝囊废!我活得不痛快,你敢说就痛快?你说你端什么端?你以为我就那么待见你?离了你不行?……"

七子听了片刻,始终只是一枝花一人在说,听声音似已半醉,舌头根儿都有点儿硬了。他不放心,到她门前敲了敲门,没人应。见门虚掩着,七子推门进去一看,竟意外地愣住了。

屋里根本没有别人,只有一枝花盘腿坐在炕上。炕桌对面立着一个大炕枕,上边还扣着一顶礼帽。七子看着不觉鼻子有些发酸,转身就要走。

一枝花问:"七子,你哪儿野去了,才回来?有……事?"

"没,没有。"他不由又向桌前的炕枕瞟了一眼,"我还以为……我走了。"

"别走。"一枝花这才有点不好意思地边把炕枕扔到一边,说,"嗨,我也是一人喝着闷,让它充个替死鬼。来,陪我喝几盅。"

七子忙应着坐到对面,自己倒上酒。

一枝花已经喝了不少,脸已涨得通红:"喝,七子……喝呀。"见七子有点迟疑,先端起杯,"嗨,江湖无男女,酒桌无大小。干了。"

七子只好随她干了杯中酒。

"倒上,倒上。"一枝花又嚷。

七子斟满,见她端杯又欲干,忙拦住:"当家的,您喝慢点儿。我看您今儿已经有点儿高了,别……"

一枝花一睖眼:"高了?没高。哈哈,今儿求求的就是个醉,可偏偏还就不醉……"

"那您别空肚,吃点菜,我陪您慢慢嘬。"

"好,听你的。"一枝花扯下一个鸡腿儿,狠咬了一口。

七子问:"老爷子呢?"

一枝花苦笑一声:"哼,别提了。这烟刚戒了,又天天下了赌场。哪天不输个精光,能见得着人影?这会儿他不回来,肯定是今儿手气不错,赢了钱,下白房子嫖姐儿去了……哎,让我说什么好?这……就是爹。"

七子瞟一眼,忙劝慰:"嗨,您钱上卡他点,也就算了。"

一枝花无奈地叹口气,抿了口酒,突然岔开话题问:"唉,七子,你跟我这么多年,还没见过我穿女装的样儿吧?"

七子愣愣,憨笑着摇摇头。

一枝花笑了,笑得眼中有些晶莹:"哎,年轻的时候,我那条大辫儿又黑又亮,能垂到大腿。旗袍一穿,往镜子前一站,自己都迷。要不……"她突然把话刹住,笑变得凄苦,"嗨,不提了,不提了,提那个憋屈。"

七子不知该说什么,只默默地随着她叹了口气。

一枝花又抿了口酒,笑得更苦:"不过……人家说得也对。十年成陌路,泾渭不合流……嗨,连我自己都认不出自个儿了,能怪人家吗?可……我生下来就这德性?……"她没说再说下去,也再说不下去,一时泪在眼里直打转。

七子一见,忙给她斟满酒,轻声地说:"当家的,别想那么多,喝吧,来,干……"

一枝花端起酒,却又放下,盯住七子,半晌才说:"七子,听我一句话,你跟我不一样。我是没奔头了,可你还年轻,趁早收山吧。"她解下串钥匙,撂在他面前:"打开柜子、箱子,要什么你自己拿。我不是酒多了说胡话,可是认真的。走吧,走得远远的,干个正经营生。寻个好人家的女,安生地过日子,生他十个八个崽儿,多美呀……"说着,她背过脸,泪已夺眶而出。

七子站起身,却呆呆地望着她,半晌没吭气。

"走吧,"一枝花没回头,只叹了口气,"我知道你舍不下,可这世上没有不散的席。走吧,我……是为你好。"

"不,我不走。"七子梗着脖子吼出声。

一枝花回过身,话还没出口,被七子连珠炮似的话打断了:"我不走。我的命是你给的,这辈子我七子就跟定你了,没别人。你打死我,我也不走。"

一枝花盯着他愣了愣,欲言又止。苦笑一声,端起酒壶就往嘴里灌。

七子一把夺下:"你别糟践自己,为那种小白脸儿不值,他不配!我……"他突然停住,咽回下面的话,灌下一大口酒,脸一下涨得通红,露出莫名的憨笑。两只眼火辣辣地闪着光,"我……我要是真走了,你可就连个说句话的人都没了。"

一枝花慢慢站起,一阵闷人的沉寂。突然,她伏到七子的肩头,毫无顾忌地哭出了声。七子手中的酒壶掉在了地上,没去管,只用双臂紧紧地搂住她,早含在眼中的泪也无声地淌下来,嘴里还语无伦次地叨着:"有我……有我在……"

一辆洋车在车马大店的门前停下。齐月轩从车上匆匆下来,看看门上的招牌,就迈步向里走。

"先生……"车夫忙唤。

齐月轩停步,诧异地望望,才猛然想起没付车钱。不好意思地笑笑,掏出一块大洋递上,说:"甭找。"

车夫笑了,见齐月轩又要往里走,多嘴道:"先生,这种店哪是您这样身份的人住的?又脏又臭,虱子能打团儿。老板是道儿上的,您可……"

齐月轩愣了愣,没吱声,只挥挥手。

车夫咽下底下的话,拉车走了。

齐月轩却停在门口,想进,却迈不开步,这敞开的大门像紧闭着,阻隔着他。刚被一股热气掩盖的矛盾的心绪,又升腾了起来,倒海翻江似的折腾着。两条腿像被藤条缠住,再迈不动了。

听着院里不时传出的行令和骂街的喧哗,闻着扑鼻而来的骆驼骡马的异味,他呼出一口气,叹得好长,也好无奈。不知站了多久,他终于没迈进大门,而是慢慢转过身来。

早已夜深人稀,一辆车都见不到,又是一声长叹,他径自走去。腿像注了铅,拖着长长的影子,一步步迈得十分沉重,渐渐溶进黑暗,莫测而无尽的黑暗……

第二十七章

一晃六年。这六年里,中原大地一天也没消停。各路军阀今儿我打你,明儿你打他。淌的是人血,死的是人命,可没见成一点儿人事。

民国十六年秋,直奉两家霸主又在京、津、冀、热河一带大战起来。京津之间的杨柳青也驻满了兵,架炮、挖沟、修工事。老百姓快成熟的庄稼也顾不上收,大都逃难去了,没走的也被征了民夫。往常最沉得住气的魏爷也沉不住了,连夜带着董彩屏逃到天津卫。刻版印画的家当啥也没带,只背了两把三弦。

天津距北京仅二百余里,历来是京城的门户,所以才俗称天津卫。虽说只隔着二百余里,市井风俗和北京大不相同。大清时,这儿没皇上,也没那么多贵族,所以显得比较平民化。清末以后,各国列强在中国都有常驻的军队,京城不让驻,就全扎在了这个邻京靠海的口岸城市。飘着不同国旗的洋租界,就把天津城占去了一半。您街上转转,满眼都是洋楼、洋货、洋买卖。民国初年,这儿的繁华不仅胜过北京,而且胜过上海。可普通百姓住的却比北京还不济,大多是棚屋、阁楼,挤得像鸽子笼。

到了天津卫,魏爷找了家邻日本租界的小旅馆住下。彩屏这些年就没离过杨柳青,一进城,看着哪儿都新鲜。可魏爷看得紧,连门都不让她出。好在带了几本书,虽说看了无数遍,可好歹也能打发些时光。

在小旅馆里,魏爷也没忘让彩屏练声学唱,只是怕打扰其他住客,把时间往后挪了许多。就这样,每逢开唱,他们屋外还是聚起一帮听众。不过没人怕吵嫌烦,都乐得听蹭。人家也不白听,不要钱也送个掌声,叫声好。

这天,魏爷给他编的鼓书《明宫传奇》又新写了个开篇,教了彩屏几遍,就让她正经八百来了一回。魏爷边弹着弦子听着她唱,边望着她出神。

眼前的孙女可不再是那个梳翘翘辫儿的黄毛丫头了,多白、多俊、多挺拔的一个大姑娘,多宽、多厚、多透亮的一条嗓子,多黑、多亮、多深沉的一对眸子啊……几年前,他一眼就看出彩屏天生是块唱曲儿的好材料。这些年在她身上可下了工夫,耗了心血。虽没让她登过台,但他心里有数。这么个好坯子,又经他多年传授打磨,不唱则矣,一唱准能红透半边天。不过他也怕她红得太早,若做人不会,修为太浅,一炮而红也红不几年。到头来,恐怕还是走原先那几个徒弟的老路。

总归是在旅馆,彩屏没有竭力放声,但身段、表情却一点儿没含糊。

秦砖汉瓦晋宫楼,唐车宋道元时身。

大明三百清风入,回首沧桑平添愁。

金山银谷能几久?权倾朝野一刻休。

唯有真情传悠远,俗词一曲唱千秋。

"好!"彩屏余音未落,魏爷罢手笑出声,"莺子,你能把爷爷刚写的这段开篇唱出味儿来,可真不容易。"

彩屏莞尔一笑:"爷爷,是您这词写得好。有情、有理,当然有味了。"

魏爷放下手中的三弦,道:"莺子,你大了,也该有个艺名了。"

"我可不要。"彩屏忙摇头,"我学曲儿就是因为您稀罕,我喜欢,关起门来图个热闹。要艺名干吗?"

"你……不想日后登台?"

"不想。"

"你……就不想唱红了?"

彩屏脸红了:"爷爷,您别拿我逗了。那么多角儿能轮我红?别说在台上唱,就是往台边儿站站,我都得哆嗦。"说着她刹住,盯住魏爷,"您……别是想撵我走吧?爷爷,我可哪儿也不去。"

魏爷见她紧张兮兮的样子,笑着把她拉过来:"傻孙女,你想哪去啦,爷爷能离得开你?可现在这兵荒马乱的,还不知啥时能回去。爷爷老了,说走就走,怎么也得让你有条谋生立世的路啊。再说你也是块材料,无论哪样你都不比你几个师姑差,不能耽误了你。有爷爷这把弦子傍着你,奔再红的角儿也就差一层窗户纸,一捅就破。"

彩屏欲言又止,心里犯着嘀咕。这些年,她自改名魏莺,就和老人相依为命。不止是嘴上叫着爷爷,心里早把他当作自己的亲爷爷了。他教自己读书识字,教自己印画学唱,没挨过一次打,没受过半点屈。爷爷这称呼的含意远不止是最亲的人,简直就是尊无所不知、无所不能,最敬重、最崇拜的神。只是她没动过登台的念头,乍一提起有些心里发毛。

魏爷见她还迟疑,又说:"莺子,人呐重的是人心、人品,不是干什么。给人家唱曲儿低吗? 只要自尊就不低,只要自重就不轻。哎,钱呐权呐都是障眼的物,就是个虚名虚衔,也能让人多几分臭架子。这是爷爷经过跌宕才悟出的理儿。当初爷爷人到中年,可还糊涂着呐……"

彩屏偷瞥了一眼,见魏爷的眼中又涌起惆怅。这些年,她总隐约感到爷爷心里藏着许多猜不透的故事。她问过,但爷爷总是苦笑一声,岔开话题。彩屏沉吟片刻,终于又问:"爷爷,您……过去是不是做过大官? 要不挣过大钱?"

魏爷一声苦笑,凝神看看彩屏,才慢慢道:"大官我没当过,大财我也没有过。虚衔嘛,倒是有过,还不小。"

"啥衔?"

"嗨,杨柳青还真没一个人知道我的身世……得,今儿高兴,就讲给你当故事听吧。你也大了,也该知道,等爷爷去了,还得让你给我立块板,复姓归宗呐。"魏爷停顿一下,轻咳一声,才又说:"爷爷本不姓魏,姓朱,叫朱为绪。你也在过北京,听说过大清的'延恩侯'吗?"

彩屏眨眨眼,摇摇头。

魏爷淡淡一笑:"哼,再过些日子,就更没人知道了。那……京北昌平的明代皇陵,知道不?"

"那知道,没去过。"

"那十三座皇陵就是我家嫡祖的墓。"

"那您不是……"彩屏瞪大了眼。

魏爷轻舒口气:"哎,当年闯王打下北京,崇祯爷吊死煤山。清兵以替大明复仇、讨贼为名入了关。后来自己坐了天下,封了我祖上一个一等侯爵的虚衔。传到我这辈儿,已是第十二代。十二代人就给祖宗守坟,工农商都不能干。就连在皇陵伐点儿树补点家用,都犯禁。我爷爷就因这事,让人报给西太后,差点充了军。"

"那怎么活呀?"

"嗨,大清国时还有些俸禄,一到民国就断了。其实什么延恩侯啊,无非花仨瓜俩枣的小钱买个仁义的名声。可怜大明的龙子龙孙,却留了十几代的辫子……嗨,不说了,不说了,再说我这张老脸就更没处搁了。咱们是哪儿说哪儿了,我还是个会弹点弦子,写点曲儿的画匠。"

言罢,他长长地舒了口气,一时神情变得凝重,眼睛也有些湿润。

彩屏虽好奇,但不愿再揭爷爷心里的伤疤,想抚慰几句,却又不知该说什么,猛然她眨眨眼,拉住魏爷:"爷爷,您不是要给我起个艺名吗?"

"噢,对,对对,要起,要起……"魏爷应着,寻思着,突然一拍大腿,"爷爷过去是超品,就封你个一品,叫'一品红'!"

"'一品红'?……好听。"

魏爷拉她到身边,语重心长地说:"莺子,爷爷可不是让你图什么虚名,端什么架子。记着,无论是皇子王孙,还是歌伎丐儿,贵贱不在表,而在心。就是干孙子的活,心里也得有爷的份儿。有这股子贵气,就不低、不贱。"

彩屏望着爷爷,仔细品着他的话,半晌,深深地点了点头。

北京虽说是京城,战壕没挖到四九城里,可识点儿字的就知道,这些日子的报纸上没别的,全是讲的打仗的事。不识字的也有眼睛、耳朵,还看不见街上的难民越来越多,听不见周围的哭声、骂声、议论声?不过只要炮弹没砸头上,很少有人当回事,还是店照开、工照做、戏照唱。有人常说中国人麻木,可不麻木又能怎样?若任人宰割,清醒的往往多几分疼。

这天一大早,有人就发现城里的军队换防了,成了一水儿背大刀片儿的西北军。联想到头晚零星的枪炮声,大约猜得出有事。不过城没封,街没禁,没什么大动静。

高望田照例到学士府掏粪。府上人多,前后院六七个厕所,三五天来一次就准够一满车。望田十九了,身板儿像他爹,高大壮实,光着的膀子淌着汗,满是疙瘩肉。眉毛眼也长开了,算不上俊,但粗眉大眼挺有些爷们儿样。他跟爹背道也有几年了,干活麻利。一会儿工夫来回几趟就满车齐活,还给收拾得干干净净。

望田拴好家伙什儿,推车刚要走,后面有人轻声唤。声小没听真,推着车又难回头,就又走出几步。等脊梁上挨了一石子,他才放下车把扭头看。呵,是月娥。

月娥也十七了,俨然是个大姑娘了。一条大辫五六年都没剪,直垂到了大腿弯儿。前年初小毕业,她爹就不让她再上学了。而且关小鸟似的轻易不让出门,专门让严妈教她做女红。许是大了,许是让他爹那老古板儿管的,连说话都慢声细语,透着稳重。还就是那双水汪汪的眼睛,时常还闪出点儿灵动和顽皮。望田虽然三天两头到学士府掏粪,可从不敢越规矩,浑身臭烘烘地进屋串门,招人不待见。就是偶尔在院里远远瞟见,也顶多点个头,赶紧欠身绕着走。两家几步路,可这两年,两人没说过几句话。

"你……装听不见?"月娥蚊子似的说着,只瞥他一眼,忙低下头。

望田吭哧着没答,只傻笑盯着她。

片刻沉默,还是月娥先开腔:"听说……成龙上初中了?"

"啊,都初二了。"提起别人,望田倒自在了些,"我爹说了,初中毕业就算文化人了,咋也得供他上完。"

月娥打心里佩服他高家的为人,但也为望田抱屈。她叹口气:"那……你呢?"

望田笑了,笑中带点苦头:"嗨,我……我也不是读书的材料。这不,又添了条粪道,这胡同全仗我呐。"他停了停,看看月娥,"你家又不愁钱,杨叔咋就不让你上呢?"

"哎,谁让我是女的……"

"女的咋了?大学堂都有女学生。"望田话出口,听月娥一声轻叹,连忙往回找,"嗨,不上也好,将来……"

垂着头的月娥却扑哧一笑,望田顺她目光看去,原来她盯住了自己的右脚。望田的脸红了,忙把露着俩脚趾头的破布鞋往后退了退。

"别动。"月娥说着突然蹲下身,用手贴着他的鞋边紧拃了两下。没等望田回过味来,她早直起腰,斜瞥着偷笑。

望田正要说什么,街上一阵嘈杂的人声。只见刚才还悠闲的行人都慌了神,纷纷奔走闪避。定神看,远处一队挎枪背刀的大兵正列队向这边跑来。

府上的老门房也忙跑出来喊道:"月娥,赶紧回家,我可要关大门了。"

"我进去了,你也赶紧避避。"月娥说罢,匆匆进了院。

望田目送她的背影,竟半天没动窝,心里怨道:"好容易有个说话的空儿,偏来搅和。讨厌!"话没出口,却一口痰吐在地上。

正要关门的门房瞭见,又叫:"望田,要不你也先躲进来?"

望田一梗脖子:"我一穷小子怕什么?"

"你小子别嘴硬,让人抓了丁、拉了夫,有你苦吃。"

望田一听这话倒笑出了声:"那敢情好,倒有了管饭的地方。"说罢,才大大咧咧地扭转身端起车把。还没挪步,一个军官骑着马已到了近前。

他大笑着道:"这兄弟说得好,这就叫光脚不怕穿鞋的。"

门房赶紧要关门,又被他叫住:"你们关门干吗?甭怕,该干啥干啥。"

门房正发愣,那军官却盯住他:"大叔,您不认识我了?"

"有点……面熟,您……"

那军官又道:"您不记得了?当年我可还陪我爷爷在您这高台阶上跪过呐。"

门房这才想起来,倒吸口凉气,腿有点软。

不错,这正是张志诚。他这几年一直跟在秦师长身边,现在已是警卫连的连长。这回直奉开战,他们师奉调京东古北口,没想到行到途中,接到冯玉祥冯长官密令。全师回京,乘夜控制了各城门和政府机关、火车站、电报局,连总统曹锟也让他们捉了。并在景山上架起大炮,让小皇上限时出宫,要不然就炮轰紫禁城。这些年,张志诚见了不少大战阵,可哪回都是胜也糊涂,败也糊涂。也就是今儿,才品出点儿革命的味道,有了点儿造反的快意。

见门房胆怯的样子,张志诚忙笑笑:"大叔,您甭怕,我没那么小肚鸡肠。我们这是革命,懂吗?要革也得奔皇上、奔大总统的命,碍不着老百姓的事。"

望田听着他的话,虽不很懂,但觉得亲切入耳,索性放下车把不走了,想听个新鲜。

只听张志诚问:"大叔,跟您问个人。"

"您问谁?"

"沈鹏,小名三儿。"

"他老早就……"

"我知道他早不是府上的人了,我就想问问他住哪儿?"

"听说……在北新桥杠子胡同住,门牌可不知道。你找他……"

张志诚冷笑一声,从牙缝挤出仨字:"我想他!"说着一拱手,道声谢,勒转坐骑要走。

"哎……"望田不禁叫了一声。

张志诚回身望望,望田的话却又咽了回去,只空张了张嘴。他笑了,喊了声:"小子,想当兵,到师部找我。"说完,就策马而去。

门房边关上大门,边叨唠着:"这回沈三儿可要倒霉。"

高望田呆望着远去的张志诚,心中竟有点儿热、有点痒。

齐月轩在燕京大学任教也已经六年了。这六年他可变化挺大,性格明显闷了许多。话少了、笑少了,加之嘴上留起了两撇小胡子,真见老。前年春,春意楼的腊梅得了伤寒,挺了半月还是死了,是他给发丧的。去年冬,郝炳臣回老家给母亲奔丧,从此未回,连封信都没有。从此齐月轩更蔫了,平时除了家和学校这两点一线,便很少出门。也就是站在讲台上,面对着学生,他才有过去的冲动、激情、风趣和笑声。家和买卖他还是交给杨叔管,轻易不问。杨叔尽心竭力,又恢复了布匹绸缎、山货等几个店,生意还都不错。生意好了,他每月零花的份儿却减了。这倒不是杨志兴卡他,是他自己的主意。他说薪水涨了几次,又有了些稿费,不少拿点份儿,还谈什么自食其力呀?再说也没地儿花。看少爷这样,杨志兴嘴上不说,倒愁在心里。老想给他张罗门婚事,可也总是热脸贴冷屁股。

这天,齐月轩就上午一节大课,下了课,乘包月的洋车回家不误午饭。可他还没走到学校门口,校董查理就唤住了他,让他帮学校新开的家政系代几堂国文课。

"家政系的国文不是章老夫子上吗?"齐月轩很诧异。

查理苦笑着耸耸肩膀:"对不起,他临时出了点变故。"

"怎么啦?病了?"

"没有,他……"查理看看四周无人,才悄声说,"冯玉祥的部队围了紫禁城,逼皇上出了宫,到醇王府了。"

"这碍他什么事呢?"

"章老先生为表对皇上的效忠,跳了校里的未名湖。"

"死……了?!"

"幸亏救得快,送医院了。这事可不要乱讲,就说失足落水吧。"

齐月轩愣了半晌,才苦笑着长叹了口气,心说:"皇上活得好好的,你一个前清秀才寻什么死呢?哎,可叹,可怜,更可悲呀……"

军队逼宫的事他已听说了,虽刚开始有点别扭,可细一想却觉得对。既然皇权不能救国,既然皇上已经退位,既然已经是共和民国,那哪住不是住啊?一年好几百万银元的供养,能买多少粮,救多少命啊?京城里留那么个小朝廷,就如同人屁股上留个小尾巴,一点用没有,倒显得不伦不类,没准以后又让谁当招牌,再演出回复辟。当然他得知后,也想抽空到醇王府去问个安,不过那只是念个旧情,如同故交,但心里却不免对冯某此举颇为赞同。此时的他早不是几年前那个一心保皇,把自己的抱负和国家命运都寄托于一人的齐月轩了。自由、平等、民主、大众这些新思想早已在他心里生了根、萌了芽,且渐渐长大。从章老夫子投湖一事,他似乎看到几年前自己的影子,怎能不感慨呢?

查理见他发呆,又问:"齐先生,到底行不行?"

"啊,什么?……"

"嗨,我是说下午家政系的课。"

齐月轩这才醒过味儿来,忙不迭地应着点点头。

燕京大学开办的家政系,不仅在北京,就在全中国也算个新专业。刚办三个月,才招了二十多个女学生,可引起的舆论争议却不小,褒的、贬的、捧的、骂的都有。不过燕京的男生私下里倒是很一致,都说要评校花非家政系莫属。

下午还没开课,家政系的教室里女孩子们叽叽喳喳说笑着,像鸟市一般热闹。只有周正英捧着一本书看得入神,完全不理会周围的嘈杂。

她今年二十一岁了,家境不像其他同学那么显赫富有,早年丧父,家中只有母亲和兄嫂。好在她哥哥周正节从京师大学堂毕业,事由不错,当过报社编辑、主笔,后又自己办了家《实报》,生活也算殷实。许是天分、许是熏陶,她从小酷爱文学,博学也有才气。拿他哥的话说,她是大家的坯子,只可惜投错了女胎。中学毕业,她本想报国文专业,可母亲和哥哥非让她上家政系,说女人学好不如嫁好。哭过、闹过、拗不过,只得如此。在家政系二十多个同学里,她算不上顶漂亮,可若论才貌双全,言谈气质的综合分,那她绝对是出类拔萃。

"密斯周,你还至于这么用功?"一个白胖的女同学凑过来。她爸爸是民国政府驻美国的商务参赞,平时总爱转几句洋浜,充几分洋相,人送绰号"波斯猫"。

周正英眼不离书,只敷衍着:"我看小说呐。"

"什么罗曼蒂克的小说?看完给我看。"

"《满树榆钱儿》。"

"波斯猫"笑出声:"这名也太老土了,值得你……"

"不,这书真写得好。你看这段……"周正英指着书页,轻声念道:"胡同里的老榆树又结荚了,一串串、一簇簇挂满枝头。每年都是风暖、雪化、河开、柳绿之后才有榆钱儿。但在我的记忆里,最早的春却总是从这里开始萌动。因为当年正是这时,伴着孩童时的欢笑,品着口中咀嚼着的淡淡的甜,她来了。她是从高高的榆树枝上跳到我的身前,一个趔趄,竟跌倒在我的怀里。没有话,只一笑,即转身跑去。连脸都没看清,只留给我个背影:头上两个小鬏,身上半旧的旗袍。问书童才知是府上剃头匠的女孩,叫小兰。可三年后,我从香山觉罗学毕业回家住,居然从一群下人中认出她。因为我记得那双灵秀,英气的眼睛……"

这时上课铃响了,把周正英的朗诵打断。她忙合上书,周围听得入神的几个同学好不扫兴,特别是波斯猫,坐到座位上还悄声问:"这小说的作者是谁?"

"叫茫然。"

"肯定是笔名。"

"嗯。"周正英点点头,"不过,这书的责编是我哥,真名我能问得到。"

屋外传来脚步声,波斯猫长叹口气:"哎,又得听老夫子传道喽。"

齐月轩走进教室,学生们齐刷刷起立。

"同学们好!"

"先生好!"

齐月轩环视了一下,发笑道:"是呵,家政系都是小姐,唯我一人是先生。"

下面一阵轻松的笑声,一句玩笑化解了生疏和尴尬。

齐月轩让大家坐下,教室里响起一阵低声的议论。齐月轩打开讲义,轻咳了一声,屋内才静下来:"今天章老先生身体不适,由我暂代国文课。鄙人齐月轩,一直在国文系任教。"

周正英听到此,眼中一亮,这不就是哥哥的好友齐大少爷嘛?小时,她常随哥哥到学士府玩,后来上寄宿中学,虽再没见过,但也常听哥哥提起。

"同学们,说来可笑,"齐月轩笑吟吟地说,"临时被抓来补缺,我不仅不知你们家政系的国文讲些什么、讲到哪里,而且孤陋寡闻,竟不知家政为何物……大家莫笑,我绝无虚言,新事物总是要有个由不知到知的过程嘛。哪位同学给我解释一二?"

同学们面面相觑,无人举手应答。

"好,我来点将。就近取材,就你说吧。"齐月轩指指身前的一个学生。

那学生只好站起,有些忸怩地说:"我……也说不大清楚,嗯……家政专业就是学家庭所需的礼节、审美、饮食营养、幼童教育、医学常识……还有音乐、舞蹈、西语、国文……"

"好了,好了。"齐月轩笑着打断,"我明白了,所谓家政系就是培养夫人、太太的。哈哈,难怪满堂之上都是小姐。"话一出口,就引起下面一阵骚动。

周正英举手,不等叫就站了起来:"齐先生,您的话太偏颇。美国是最早开办家政专业的,他们的毕业生就业很广,许多也做了教师、营养师,甚至作家、艺术家。"

她的话显然引起了共鸣,不少人跟着附和。

齐月轩却淡淡一笑:"这位同学,你说我的话偏颇,那么请问:你若想做教书匠,为何不上师范?想当艺术家,为何不考艺专?想做翻译,为何不专攻外语?你就是想爬格子为生,又为何不来我们国文系呢?"

周正英一时无言以对,有些尴尬地坐下。

齐月轩摆摆手:"各位同学不要误解,其实我并无贬义。过去皇上选秀,也要教以诗文四书,授以琴棋书画。民间也早有私塾女学,传以为人修养。中国古来就有相夫教子之说,女子总要为人妻,做人母嘛。若是在座的哪位,将来做了长孙皇后马娘娘,帮着成就一段太平盛世,就不仅是我们燕京的光荣,那可是全中国的幸事喽。"

同学们都被他逗乐了,好一阵笑声。

齐月轩收了收笑,轻敲敲讲台:"好了,笑话归笑话,理还是要讲。提倡女权,主张平等是当今时代潮流。诸位同学无论将来做专职太太,还是工作,眼中不能只有家,还要有社会。闲话几句,下面我给大家讲……"

"齐先生!"周正英又站起,打断他的话,"您刚才的话令我耳目一新,可否再容我问一句?"

齐月轩明白她是心中不服,但也喜欢这种倔强,只得答:"好,你问。"

"请问:什么是社会?您怎么看当今社会?"

"这个嘛……你不该问我这个国文老师。"

"可今天是您先讲到社会的。"

齐月轩知躲不过,稍思答道:"讲到社会,细讲三天三夜也讲不完。不过概括地说,无论过去还是当今,社会就是三个字。这话不是源于我口,是我家一个养鸟虫的老家人说的,我以为非常有道理。那就是——王八蛋!"

谁都没想到他竟蹦出这么一句粗话,个个惊得目瞪口呆。

齐月轩坦然一笑:"这话糙理不糙。这王嘛就是称王称霸,无非是个权。这'八'字与'发'字谐音,无非是讲钱。没权没钱,在夹缝中求生,不做个圆滑的蛋行吗?"

他话音刚落,就博得满堂会意的笑声。

周正英愣愣,却又追问:"齐先生,那您也甘于做个蛋?"

齐月轩微怔,扫视了一下,发现屋内静极了,大家的目光都盯住自己。他把额前的散发向后拢拢,说:"做不成王八,总是要做蛋的。不过,我可以做个实心的,能砸死人,能垒城墙,就不能补天,也不为天改的石头蛋。"

笑声中,周正英情不自禁地带头拍起了巴掌,教室里立刻一片掌声。

"好,言归正传。"齐月轩拿板擦当惊堂木拍了一下,才安静下来。"今天,我给大家讲宋代词人李清照的几首词。李清照就是个专职夫人,可她的词却满是忧国忧世,怜天悯人的情感。凄婉中亦有英气,缠绵中不乏豪放,这才是胜于母爱的人性。"

此时,屋内除了齐月轩的侃侃而谈,就只有记笔记的嚓嚓声。查理不放心,专程来看看。一见这情景,好不纳闷。往常让章老夫子叫苦不迭的家政系,今天为何如此乖?

第二十八章

时已入夜,火车已驶过京津之间的廊坊。卧铺一等包间坐着两个人。靠窗坐着的是律师刘玉,斜靠在对面床上的是一个二十多岁的小伙子。

刘玉凝视着窗外,神情显得凝重。

小伙子起身轻声叫了声:"松崎君……"底下的话还没说,就被刘玉狠狠地一瞥吓了回去。

"我的身份还不是公开的时候,这次进京,你我还都是中国人。"刘玉的声音低而坚决。

"是,是。"小伙子边应着,边捣蒜似的点头。

刘玉又把目光转向窗外。他的确不是中国人,而是日本军部在京津一带情报组织的中佐组长松崎原山。那个小伙子叫川岛秀三,刚从日本派到中国才半年。他们这次进京,是去协同日本使馆完成一项特殊任务,要劝说被赶出宫的末代皇上溥仪秘密前往天津。

"刘先生,"川岛耐不住,又凑过,"我不明白,宣统已经退了位,在政治上早已经没有了地位。我们此行……"

刘玉微微一笑:"他终归是皇上,只要他活着,就有利用的价值。现在西方各国都不愿接纳他,这个时候,我们日本若伸出援手,不正是雪中送炭吗?军部的意图我不清楚,但我能预感到,他会是我们大日本帝国介入中国事务的一个招牌、一面旗帜、一个重要的棋子。所以,此行务必谨慎。"

川岛点点头,顿了一下说:"刘先生,您的中国话讲得真地道,比我这个帝国学院中文专业的学生还好。不过,好像有点东北口音。"

"不错，"刘玉的脸松弛了些，"我父亲是庚子年前就来中国经商的，我就生在中国。我的母亲是中国人，我六岁时，她就病故了……"他没再说下去，眼中似乎有点湿润。

"对不起，我……"

"没什么，"刘玉打断川岛的抱歉，舒了口气，"哎，一边是父亲的国度，一边是母亲的故乡，一衣带水呀。"他苦笑了一声，神情又变得严峻，"也就是这一衣带水，却注定了中日两国必然的争斗和血腥，一山不能容二虎啊。大日本帝国是天神之国，传到日本的中国文化在神的指引下，已经得到充分的优化。骨子里透着懦弱，一盘散沙的中国完全不是对手。无论从生存还是从信仰的角度，日本只有把中国当跳板，才能走向世界。从感情上，我心里也矛盾，可优胜劣汰的法则是无法改变的。日本没有选择，你我也没有选择。"

说到这儿，刘玉长吁着又把头扭向窗外。川岛盯着他，猜度着，也没再吱声。

仅过了三天，北京的各报纸就都登出了末代皇帝出走天津，到日本租界避难的新闻。但这内里的来龙去脉，具体过程，当时谁也说不清楚。一时传言四起，怎么编的都有。后来经知情人透露，才大概知道个端倪。那天晚上，溥仪是称病请大夫，化装后上洋大夫的轿车去了西交民巷的德国医院。进去径直奔后院，进了一墙之隔的日本使馆。连夜就乘使馆的车，混在日本外交人员中，到前门火车站登的火车。到天津先是在日本驻屯军部住了几天，而后才被安排在日租界里的张园。他陆续从宫中偷运出来的无数珍玩文物，也在日本人帮助下运到天津。中国方面是接到日方接受避难的通告，才知道醇王府门前设的警卫都白设了。因不愿得罪日本人，也只好随他去，不了了之。这个天衣无缝的出逃计划，制定和实施者都是刘玉，或称松崎原山的杰作。

完成了这项任务，刘玉却没离京，他又接到新指令，让他驻京发展情报工作。建站设点得有个合适的地点。他在六国饭店住了几天，也乘车把北京城转了个遍。上峰提供的几处站址他都不满意，却对后门大街墨香斋原址那块地，产生了浓厚的兴趣。墨香斋被烧以后，原地又建了一溜平房,沈三爷把它租给个外乡人,开了个小饭馆。当年周正节曾托他为墨香斋的事打官司,内情他了解。当时,沈三爷和董福兴就只有楼权没地契,这里边大有文章可做。现在又赶上北京闹兵变,沈三爷不知和哪位军爷结了仇,家都让人给砸了。幸亏他人溜得快,这阵儿不知躲到哪儿去,不敢露面了。经过反复斟酌,刘玉觉得机会难得,他打算争过这块地,再按原样重建个楼,恢复原有的刻字、印刷。有合法买卖作掩护,便于长期潜伏,又可闹中取静,广结社会各层。主意打定,他一边报告上峰,一边着手找人探路。于是,他想到了周正节。

周正节是个颇有经营眼光和才干的人,几年前他创办的《实报》现已是京城数得着的大报。不过,自打墨香斋被烧,他没了可靠的印刷厂。再加上这几年局势动荡,总和踩钢丝似的,虽没倒闭,可也是勉强维持。

刘玉让手下把周正节约来,三杯酒下肚,才把自己的想法讲给他听。周正节也想靠他的印刷支撑,自然满口赞同。并给他出了个主意,新买卖还叫"墨香斋",来个新楼老字号。过去齐老爷题的老匾烧了,可以再请齐少爷题一个。这样不仅显得有传承,而且争这块地也更师出有名。刘玉也觉得这招儿好,爽快地答应给两千块大洋作润笔费。让周正节代为引荐,登门拜访,可周正节却给挡了驾。他说齐大少爷最好面儿,家里又有杨管家那么个阴阳脸,生人愣撞,若碰了钉子就再没回旋余地,还是由他全权代理为好。刘玉想想,觉得有道理,也就应允了。

周正节当晚就去了学士府。这么多年的朋友,他还摸不准齐月轩的脉?润笔费的事他只字未提,只投其所好,在古玩市场花一百块淘了一册宋朝蔡京的帖。

齐月轩见他送帖,忙展开细瞧。可端详了许久,才说:"这件东西有一眼,不过不是真迹。"

"何……以见得?"

齐月轩道:"这纸墨都对,只是印泥却不是宋时的蜜印。另外字写得虽好,也形似蔡体,可笔画间少了点流畅随意,缺了些华美雍容的韵味。"见周正节有些沮丧,又说:"虽然不是真品,但也算高仿。若不是深谙书法,就是古玩行混了多年,也背不住打眼。你……花多少钱买的?"

"一……一千！"

齐月轩笑了："若是真迹,就这价也算你拣了个大漏。仿的嘛,可就连一百也值不了。"

"你看这事弄的,本来想送你个稀罕,倒……嗨,那我拿回去得了,再找件好玩意儿送你。"周正节忙伸手卷画,却被齐月轩拦住。

"行了,留下吧,算你心到了,以后不懂别花那冤枉钱。"

周正节点头应承,连连夸齐月轩有眼力,有造诣,一通奉承话倒把齐月轩捧得比得个真迹还舒坦。

猛然,齐月轩觉得蹊跷,问:"唉,正节,你送这帖,是不是想讨点什么?"

"是有这意思。"

"要什么?"

"想求您写几个字。"

"嗨,举手之劳,还值得你这么破费?"齐月轩站起身,边铺上纸边问,"说,要写什么?"

"就大号斗笔写仨字——墨香斋。"

齐月轩一愣:"你写它干吗?"

周正节不紧不慢地说:"嗨,有个朋友想在原先墨香斋那块地上,按原样重建个买卖,还是搞刻字印刷,还想打墨香斋的老字号。"

"那块地不让沈三又盖了饭馆了吗? 他能争到手?"

"这朋友有路子,八成行。"

"是谁呀?"

"是天津来的一位大律师,叫刘玉。前几年府上想争回墨香斋,不还找过他嘛。"

"噢,我听杨叔提起过,不过……"齐月轩还是有些犹豫。

周正节正要说什么,杨志兴从厅屋跨进书房。他已在外边听了有一阵了,进门就说:"少爷,这是好事啊,重建的'墨香斋'虽不是府上的产业,但也是扬的祖上的字号。这块地归了谁,也比让沈三儿那小子霸着强。咱不争利,还不兴解解气吗?"

"嗯……倒是这么回事。"齐月轩想想,终于点点头。

不一会儿,"墨香斋"三个硕大的行书就写好了,不像老匾的字那么浑厚遒劲,却多了些飘逸潇洒。仨人都乐了,当然最乐的是周正节。

俗话说:逢安有钱杆儿硬,逢乱有钱心虚,这话一点不假。北京一兵变,前街开酱园的岳老太爷就坐不稳了,整天提心吊胆,吵着要回老家。晚上睡觉,把钱箱子、首饰匣子都得放被窝里抱着,一有个风吹草动,就一惊一乍。七十多岁个老头儿哪架得住这么折腾?几天下来,就瘦得像大眼灯似的。做掌柜的儿子实在拗不过,也只好找人送父亲和小妈回乡。随车带那么多细软,又兵荒马乱,哪能放心?为保险,他找到原来在学士府当护院的老李头。

老李头自学士府裁人就回了家,没什么正经营生。也就仗着街面上认识点人,又有些功夫,替人出个头、了个事地混饭。送岳家老太爷回乡这活儿,给钱不少,他当然一口应下。可跑这么远路,一人不行。找个天桥的假把式,还不如不找,可上镖局求,又要价太高。猛然,他想起了高贵庚,论本事、论胆量那都没的说。而且人家以掏粪为生,偶尔应回镖是搂草打兔子,不指着。心里有了准儿,他兴冲冲直奔高家。

高家门虚掩着,老李头推门进院,却见院里屋里都没人。约摸着是还没收工,就掏出烟袋,蹲在屋前等。

一袋烟工夫,门响了,正是高贵庚推着粪车进了院。见老李头,他忙把车靠在墙根,迎上前:"哟,老李头,稀客。我听说你找我,活儿没完就赶紧回了。走,快进屋。"

"不进了,就这说吧,没两句话。"

"好,啥事?你说。"

老李头卖着关子,故意拉着长音问:"你……想挣大钱吗?"

高贵庚干脆地:"不想。"

"不想?!跟钱有仇?"

高贵庚笑笑:"天底下没有挣钱不掏本儿的,挣大钱得有大本儿。我没大本儿,还能指望挣大钱?"

老李头也笑了:"嗨,挣这钱不要本儿,是前街的岳老太爷要回山西代县,找两人保个镖。我算一个,你算一个,人家给三十块大洋,咱俩二一

259

添作五。定我都收了,怎么样?"

高贵庚想想,说:"钱是给的不少。可眼下这兵荒马乱的,岳家回乡又少不了财物,能好走?这买卖不要本儿?咱的命就是本儿。接了人家的定,这命就是人家的啦。遇见刀山火海,就也得闯啦,去不得呀。"

老李头被噎住,眨眨眼,抢白道:"说得也对。不过,老高哥,干啥没风险?成天吃饱了睡,还保不齐噎死睡过去呐。你这胆儿是越来越小,命可是越来越金贵了。"

高贵庚苦笑着摇摇头:"我这胆儿从来也没小过,命也从来是条贱命。只是有这俩儿子累着,我豁不出去啦。"

老李头没辙,只好叹口气:"那……好,算我没说。"

高贵庚倒有些不过意,忙说:"要不,你到虎威镖局去……"

"哼,那就都让人家挣了。"老李头没好气地打断,"得了,你忙吧,我再去踅摸个人。"

高贵庚见他要走,忙拉住:"老李头,没把握就推了,可千万别硬撑。你没单挑过沉重,得找个路熟、场面熟的搭伴。走代县别图近,走小路,再奔南。小路上的小毛贼好对付,走大道,遇见乱兵就麻烦了。"

老李头哪里听得进,敷衍地点着头向外走,高贵庚也忙往外送。

这时,一个小伙子急匆匆闯进门,险些和老李头撞个满怀。不是别人,正是刘成龙。

他也十七了,正长个的时候,身板儿不如望田魁梧。可脸庞棱角分明,剑眉大眼,文静中更显出硬朗。不知为什么,见面只冷着脸子叫了声"叔",呼了声"爹",就径直奔进了屋,又赌气重重地撞上门。

老李头好久没见成龙,到嘴边的话都没容说,脸上有些挂不住。没说什么,只瞥了一眼高贵庚。

高贵庚火了,冲屋里吼了一声:"成龙,给我出来!"

成龙从屋里走出,低着头,一言不发。

高贵庚气更大了,两眼瞪得溜圆,走上前去,却被老李头拦下。

"怎么啦?傻小子。"老李头问。

成龙没吱声,半响才扬起头,憋出几个字:"爹,这学我不上了。"说完,就转身又想进屋。

"站住!"高贵庚喝道,"上炕还得有钟点儿呐,这学说不上就不上?当着你李叔,你小子给我讲清楚,到底为啥?"

成龙梗着脖子,就是默不作声。老李头知道高贵庚的雷公脾气,忙好言劝:"成龙,你上这学,你爹你哥可都不易。有什么赶紧说,别让大人急。"

成龙这才低声说:"校长今儿在全校大会上点了我的名,说我穿得像叫花子。学校规定了,以后统一作长衫,不穿不准进校。还说要涨学费,缴不上的就除名。"

高贵庚一愣:"那……得要多少钱?"

"长衫加鞋,还有学费,一共十一块……"成龙说到这儿,眼中闪着泪,迎住义父的目光:"爹,咱家上不起了,不上了吧。"

高贵庚像被人抽了一鞭子,脸上的肌肉痉挛似的抖了一下,长叹道:"哎,孔夫子的庙门都这么势利,这天下还有干净的地界儿吗?"

一时爷俩都无话,都避闪着对方的目光,半晌闷人的沉寂。

老李头看着这爷俩,想劝也找不出句合适的话。在当时,上中学在普通百姓家,简直就是奢侈。他知道老高这份心,可也觉得不值。地老鼠的崽儿非硬撑着让他学飞,到头来要飞不了,连洞都不会打。这话他说过,可让高贵庚给撅回来了。猛然,他瞥见挂在屋里的那把剑,眼中一亮,拍拍成龙的肩膀说:"嗨,不上就不上,哭啥?程咬金大字不识一个,还当了三天半皇上呐。去,把你的剑拿出来,给叔儿练练,我看看你有没有长进。"

成龙转身进屋,取出剑来,到院中行气亮式,就舞将起来。他发泄着心中的闷气,一招一式比往日更多了些杀气。小时爹教过他一套剑术,那时年纪小只悟个皮毛。还是进高家后,义父逼着他每天晚上练功,把拳、刀、棍法都传给了他。招招式式都是实用的,没有一点儿花架子。对望田,高贵庚却只让他天天站桩、走趟、碰树、撞墙,练了好几年的排打。后来磨不过,才教了他一套后发制人,反擒拿的招数——"十八缠"。

老李头看着剑光中成龙矫健的身影,不禁赞道:"好,老高哥,你把你高家刀揉进了刘家的剑法里,既有剑的灵气,又有刀的厚重。除了你这儿,还真没见过。"

高贵庚没吱声,只淡淡一笑。

片刻舞毕,成龙背剑收式。不待他走过,老李头迎上去,拍着他肩说:"好小子,凭你现在的身手还愁挣不到饭?老高哥,要不这次我带成龙走这趟镖?"

成龙不等义父回答,忙问:"李叔,到哪儿?"

"山西。"

"我去。"

"屁话!"高贵庚脸又沉了下来,"这刀口上的饭好吃?有我活一天,就轮不到你。"

"反正学也不上了,您就……"

"谁说学不上了?咋也不能半途而废。"

"那么多钱……"

"嗨,不还有我这把老骨头嘛。"高贵庚说着向老李头伸出手,"拿来。"

"什么?"

"定钱呀。"

老李头这才明白,忙掏出钱递上,笑出声。

高贵庚捧着这摞大洋,也咧了咧嘴,却没笑出来。

天擦黑,望田才收工回来,一进院就闻见蒸窝头的香味,好不奇怪。往常都是爹回的最晚,成龙下学得忙作业,就算有空他也不会,做饭都是望田的事。

进屋却见爹正掀开笼,往外拣着窝头。

"哟,爹,您怎么这么早?"

"嗨,今儿早收了点儿。"

"成龙还没回?"

"我让他去割点儿肉,打壶酒。"

望田眨眨眼:"今儿……是啥日子呀?"

高贵庚把盛着窝头的盆递给他,说:"明儿一早,爹要出趟远门。快了十天,慢了半个月就回来,粪道可就全交给你了。"

"您上哪儿?"

高贵庚一五一十讲了缘由,望田心里有些放心不下。

"爹,要不我替你去?"

"就你会那两下子,真遇个事,能镇得住?"

爹一句话撅得望田不再吱声,心里却不由得怨起爹来。自己是笨点儿,可若爹肯教,也不至于啥也不会呀。成龙这几年,无论刀剑拳棍都习得纯熟。自己也算练了几年武,可就落个肉硬皮糙浑身茧子。虽然也偷着学了些,可也只知套路,拆不了式子。心里怨,脸色就不免有些难看。

高贵庚看出他的心思,猛然伸手抄起门后的棍抡了过去。望田来不及躲,只得扬胳膊迎,"咔嚓"一声,棍子断成两截。

望田还发着愣,以为是爹发了怒。没想到,爹扔下半截棍,笑出声。

"你小子心里怪爹,是不?看见没有?这几年你也没白练。"

望田仍不解:"可……可您为什么总教成龙打人的招,我就老学那挨打的?"

高贵庚笑笑,叹了口气:"你呀,不懂做爹的心呀。成龙将来得谋个出身,替全家报仇。你不同,爹是不愿你招事。啥是平安呐?不会的最平安。好好练你的内功排打,让人轻易伤不了就得。爹不是还教了你一套'十八缠'嘛。好好练,别看没一招是先手,可你要练成了,就十个八个也擒不住你。"他见望田将信将疑,向他伸出胳膊,"来,你来试吧试吧。"

望田放下盆,一手拧住爹的腕子,一手猛压他的上臂。

高贵庚轻巧地一拧身,上步回肘就把望田的手夹在身臂之间。稍用了点力,他就疼得叫出声。

高贵庚笑了,仍没放:"看见么?我要再转胯寸劲猛一抖,铁打的腕子也得咔嚓一声。"他这才松劲收了式,话却未停。"这招不就是第十三式'回头望月'嘛。这'十八缠'虽都是后手,可讲究的是柔中寸劲。虽不是上阵杀敌的本事,防身足够了。太极推手、少林擒拿、红拳软盘的范儿这里都有,这可是我自己琢磨出来的。"

望田这才边揉着还隐隐作痛的腕子,边咧嘴笑了。

不一会儿,成龙回来了。一斤肥膘肉杂着粉条白菜,满满炖了一大锅。一壶二锅头爹喝了大半,乘酒兴,也赏了小哥俩一人一杯。爷仨天南地北聊得开心,过年都没这么热闹。

第二天,天还没亮,望田突然被一声大叫惊醒。睁开眼,只见身旁的爹坐了起来。他忙点着油灯,才发现爹紧锁着眉,一头冷汗。

"爹,咋啦?"

高贵庚愣了一下,使劲眨眨眼,苦笑着:"嗨,做了一噩梦。"

"梦啥了?"

高贵庚欲言又止,长出了口气,定了定神,才说:"我……我梦见成龙他爹了。还有……嗨,反正一会儿是八里桥跟洋鬼子拼命,一会儿又是往山西的路上遇了匪,一会儿又是杀人的刑场……好吗,一场一场真真的。满地都淌血,满地滚人头……最后让一没头的死尸掐住我脖子,挣也挣不脱,喊也喊不出,就给憋醒了。嗨,咋做一这梦?不……不吉利。"

"嗨,做梦您认什么真?"望田忙劝,"天还早,再睡会儿吧。"

"不睡了,我起了,早点去,出远门样样都马虎不得。"说着,他穿衣下了地。

"我送您。"

"不用,睡你的吧。"

望田不听,还是一骨碌爬起。

高贵庚没再说什么,默默地把布包斜挎起,又抄起倚在炕边的一柄刀,默默地走出屋。望田忙提提鞋,也追了出去。

胡同里静极了,高贵庚放慢着脚步,但仍沉默着。望田偷瞟了他一眼,却和爹的目光碰在了一起,他眼中好像没了平时的刚猛,却是那么茫然、惆怅。

高贵庚突然停住,一把搂住望田的肩头,搂得很紧。一声长叹,他的眼里分明闪着泪花。

"望田啊,这些年我可没少让你受屈呀。"

"不,我不屈。"

高贵庚的目光,久久端详着儿子,似乎刚发现他已长大,已是个汉子一般。半响,他轻舒口气,才缓缓向前挪步,手还揽在望田的肩上。

"望田啊,成龙进了咱家,就是你亲兄弟。屈也好,苦也罢,你都让着、尽着他。将来娶媳妇,我也得先给他娶呀。爹亏你的,欠你的,这辈子要还不上,你……"

望田鼻子一酸,忙打断:"爹,扯这干什么?"

"嗨,不知今儿怎么啦,我心里有点乱,老闪梦里那影。万一我……"

望田一把拉住他的胳膊:"爹,你还是别去了。"

见儿子发急的样子,高贵庚却笑了:"不去?定钱都收了,还敢撂挑子?嗨,没事,都是那梦闹得心里硌硬。甭担心,别送了,回吧。"

说完,高贵庚甩开大步走去。

"爹,多留神!"

听着身后望田的喊声,高贵庚没应,也没回头。

第二十九章

家政系下午后两节是自习,周正英夹本书偷偷溜了出来,沿湖沿,跑到后楼的国文系。看还没下课,在廊上找个僻静地儿,坐下翻开书看。这书不是课本,还是那本小说《满树榆钱儿》。

这本书她很喜欢,已反复看了几遍。男女主人公惊世骇俗的爱情故事让她感动、震撼,而那没有结局的结尾也让她惋惜、遐想。头几天问过哥哥,才知道这书的作者茫然,竟是齐月轩的笔名。她没有惊讶,倒有几分庆幸或自许,因为她早觉得书中第一人称的主人公有齐月轩的影子。

自打在课堂上与齐月轩的一番争论,这位另类的齐老师就让正英钦佩不已。他幽默睿智的言谈,自然洒脱的气质,甚至他的尖刻、他的张狂,乃至一颦一笑都在她心里留下深深的印迹。这以后,最厌的国文课竟成了她的最想、最盼。可好景不长,半个多月后,章老夫子又上班了,齐月轩自然不必再代课,一切又都依旧。章老夫子依旧脑后拖着花白的小辫儿,依旧板着脸,摇头晃脑甩着尖细的长腔,同学们又依旧看小说、传纸条、睡大觉……唯一不能依旧的是:周正英心里那潭原本沉寂的死水,荡起了不散的涟漪。

下课铃响了,齐月轩走出教室,沿廊子走去。

周正英在后面跟了一段才上前:"齐老师!"

齐月轩回身见是她,笑笑停住。对这个俊俏、倔强、爱较真的女学生,他还是有些好感:"噢,周正英,有事?"

"您……就不教我们家政系了?"

"章老先生病好了,还用得着我代课?"

周正英哼了一声:"同学们都希望您兼我们的国文,大家联名向校方写了封信……"

"胡闹!"齐月轩闻言有些急,"你们这样做,置我于何地? 又置章老先生于何地? 我非让你们害死不可。"

周正英一撇嘴:"有那么严重吗? 同学们这是……"

"嗨,我明白同学们的好意。"齐月轩把口气放和缓,"可这样会砸人饭碗的,不也等于把我放在火上烤吗? 章老先生古文诗词的造诣可以做我的老师,只是满腹经纶倒不出,不像我半瓶子醋,却偏偏是个大口瓶。听我的,赶紧把你们的信收回,算帮我,行不?"

"可他整个一个封建遗老,哪像您……"

"打住! 这话可过了。"齐月轩忙打断,脸色凝重地叹口气,"哎,谁不是从封建过来的? 过去文人往往只求功名,死读诗书,不通社会时政,不谙国是民生。我也是如此呀,你是不知道,我当初可比他陷得深、偏得远。可莫把人看死呀。"

周正英点点头,见齐月轩的脸多云转晴,才举着手中的书问:"齐老师,这本小说是您写的?"

齐月轩有些意外:"唉? 这本书刚发行就给禁了,一共也就卖了一百多本,你哪来的? 又怎么知道我是作者呢?"

周正英一笑:"我是周正节的妹妹,前几年我还和我哥去过府上。"

"噢……想起来了,你小名叫小英。哈哈,女大十八变,不说还真认不出。"齐月轩顿了顿,又说,"这书你看也就看了,千万别说是我写的哟。"

"为什么?"

"嗨,人言可畏。"

"这书里的故事都是真的吗?"周正英还想刨根问底,"那小兰后来怎么样了?"

齐月轩没答,只苦笑一声。

正这时,后面有人叫。齐月轩扭头看,竟是郝炳臣,又惊又喜。

"那……我先去了,有空再向您讨教。"周正英见人来,匆匆告辞。

此时,齐月轩已顾不上她,迎上去,和郝炳臣抱作一团。

他俩一年多没见了。前年春,郝炳臣请假回老家给老母奔丧,从此连封信也没见。到清华校方打听,也不知消息。几个月前,却听个到南方办货的朋友讲,在广州见过郝炳臣。说他一身军装,还大小是个官。可这一晃,怎么又回来了,胸前又别上了燕京大学的校徽?

郝炳臣打着哈哈:"哎呀,月轩兄,我还当见不着你了呢。"

"什么……意思?"

"我听说燕京有个中文教授投了湖,以为……"

"呸!乌鸦嘴。那是……"

"哈哈,我知道。"

"可恨!你怎么连封信都没有?"齐月轩猛捶了他一拳。

郝炳臣却不答,只一笑,向两旁扫了一下,才说:"走,找地方喝两盅,慢慢聊。"

这些日子北京虽太平了些,可军队的执法队还经常背着大刀在街上转悠。所以两人没去饭庄,径直回了学士府,加了几个菜,算是给郝炳臣接风。

听郝炳臣讲,他在老家料理完母亲的丧事,就随表弟到了广州,在国民党新建的军校里做了技术工作。他说,孙文的国民党已经和共产党形成了合作,并提出联苏、联共、扶助农工的三大主张。改组了国民党,并在广东建立了新的政权、新的军队。现在北方直系的军阀冯玉祥已经联合段祺瑞和张作霖,请孙文北上组织新的国民政府。这回中国有望彻底结束内战,彻底铲除封建,实现真正的共和民主了。

他讲的这些事,齐月轩倒也听说过,只是不敢信。今天听郝炳臣讲他的亲历所见,自然可信得多。久已寂寞的心被他的话煽得有点激动,脸上也洋溢着兴奋,不住称好。

郝炳臣忽然刹住话头,笑问:"月轩,现在这种历史关头,你不打算投身到这潮流之中吗?"

齐月轩欲言又止,稍思才说:"投身不敢,助威则矣,拼杀不能,呐喊罢了。我一个文人,只有眼、有嘴和一支秃笔。扭转不了乾坤,充其量是当历史屁股上的一只牛蝇。"

"那你就不想加入什么组织？合众人之力……"

没等他说完，齐月轩就苦笑着打断："免了，免了。"

"为什么？"

"我自由惯了，不愿受约束。再说……"齐月轩顿了顿，轻叹一声。

"你心里……莫不是还惦记着皇上呢吧？"

"屁话！"齐月轩有些急，"你怎么总翻老皇历？我现在连这点好歹都分不清？我是当蛐蛐儿当怕了。书我看了不少，时下流行的新思想我都琢磨。哪个主义说得不好？可到今儿为止，我还没见什么真章。让我信谁？都讲救国救民，可民国十几年了，倒只见大夫医生在窝里斗，往死里踟，直搅得国更弱、民更穷。别的我也不敢指望，只要别再内战，我就知足。"

郝炳臣听着也嗯了一声，点了点头："月轩，不止是你，老百姓都让假共和、假民主给蒙怕了。可这回中国是真的有希望了，孙中山先生已经接受邀请，很快就会来北京谈判。"

齐月轩有些惊喜："他……真能来？"

"绝对不假。"

"这倒是利国利民的好事，幸事。他能不惜个人安危北上谈判，算得上是诚意真章。不过……"齐月轩忽又顿住，叹出口气："哎，来了也不一定就谈得成呀。段祺瑞、张作霖都不是省油的灯。就是中国人自己谈得成，恐怕还得看洋人干不干吧？"

"你就不兴乐观点儿？"

"乐观？……好，好，乐观。"齐月轩苦笑一声，猛想起个中蹊跷，忙审视着问，"唉，郝兄，今儿你说这么热闹，可还没自报家门，你现在是在了什么党？"

郝炳臣一笑："我……也是哪个党都没入。"

"不会吧，说这么热闹，你能是个白丁？"

"我只是个搞技术的嘛。"

"那……你搞的是什么技术？"

郝炳臣又一笑："嗨，我说你也不懂。"

"那你一个劲儿说广州是革命中心，可你在那儿的军校当了官，干吗又回北京,到燕大呢?"

郝炳臣还是一笑:"我是……想你了呗。"

齐月轩当然不信,但知道问不出,也没再追问,只没好气地哼了一声。

郝炳臣见他不悦,岔开话题:"唉,今儿我见你和一姑娘在一起,是……"

"嗨,那是正节的妹妹正英。"

"噢,我还以为……"

齐月轩正为郝炳臣吞吞吐吐的样子心里窝火,瞪了他一眼,干了杯中酒,硬邦邦地说了句:"睡觉。"

严妈是个利索人,家务活儿没有拿不起来的。府上裁人之后,厨房只留了一个大厨,下手活儿全是她的,还得兼采买。每天开过饭,大厨炒勺一撂,品小酒去了。她全得紧忙,把一切收拾干净才吃饭。这不怪别人,人家大厨本来不落忍,又看着杨管家的面儿,常想搭把手,可她偏不让。她有话:什么身份干什么活,别乱了规矩。我就是个辛苦命,闲着倒难受。您这一干,知道的是您热心,不知道的得笑老杨娶了个懒婆娘。

午后,一切收拾停当,她才回了西跨院。进屋先沏壶茶,还没顾得坐,月娥兴冲冲地走进来。

"严妈,您帮我看看,这鞋底子纳得行吗?"

严妈接过鞋底,看了看,撅了撅,笑出声:"这就是你折腾两天纳的活?软巴拉唧跟鞋垫似的。瞧你这针脚,松的松,紧的紧,横看扭,竖看歪的。你抬脚看看,我给你做的鞋是啥样?"

月娥有些不好意思,嗫嚅地:"人家……不头一次嘛。您那么大本事,不兴教教我?"

严妈坐下,斜瞟了她一眼:"就临时抱佛脚,你也得烧香不是?倒茶!"

月娥笑了,忙欲端茶壶,却被严妈拦住:"别倒了,这茶是给你爹备的。他你还不知道?哪天出门回来不跟饮驴似的,伸脖就一壶。先焖好,进门一对,味也出来了,冷热正好。"

"我爹上哪儿了?"

"今儿不初三嘛,到门市上结款对账,还得捎带敛房租,哪次不得过午?不过,这阵儿差不多该着回来了。"

"那您赶紧教教我,我爹要见了准又叨唠。"

严妈又捏了捏手里的鞋底:"学纳底子,你得从打袼褙儿学。学打袼褙,你先得学熬糨糊。"

"打糨糊谁不会呀。"

"你会?捏着都疙里疙瘩,穿上能舒服?"她把鞋底递还给月娥,"去,赶紧再找点布头儿,弄点面,待会儿到你屋,我把手教你。"

月娥高兴地应着转身就走,严妈却又叫住她。

严妈抿嘴笑着,审视着:"唉?有点怪。往常让你学点针线,跟求爷爷告奶奶似的,今儿怎么啦?是不是这鞋已经有主儿了?"

"我,我给我爹纳的。"

"哈哈,还嘴硬,你爹有那么大脚?"

月娥的脸一下子臊得通红,一跺脚,笑嗔地:"您胡说什么呀,尽瞎猜。"

说着,回身就跑,刚出门下了台阶,杨志兴就进了院。月娥慌忙的样子,引得他板起脸,训道:"女孩子家别总是风风火火,咋咋唬唬的,走路都没个稳重样。"

代县属晋中,在五台山西。按高贵庚的主意是走正西的路,顺门头沟,过西合营,到山西广灵再奔西南。可岳家老爷子回家心切,非要走房山,奔涞源,进平型关这条大路。争了半天没用,只得依了主家的意。高贵庚和老李头骑马,护着两挂车上了路。早行晚宿,第四天上午,就进了涞源县境。

到了个岔路口,前面打头的高贵庚忽然放慢了速度。

老李头从车后催马赶上,打着哈哈问:"老高哥,你磨叽什么?走快点儿,麻利儿的,今儿晚上就能歇在山西了。"

高贵庚哼一声:"你呀,就是三分道行七分胆,越是这种两省交界的地方,越得加小心。"

老李头看看远处,路上见不到一车一马,路两边的棒子已都收了,空旷的地里见不着一个人影。他笑了:"连个人毛也瞅不见,这么清静还不快颠儿?"

高贵庚却勒住马,干脆停了下来,手搭天棚,四外远眺。

"你怎么回事?走呀。"

高贵庚仍不答,又望了片刻,才说:"你看,今儿这么好的天,怎么就没人下地呢?收了这茬儿棒子,正是抢节气,种麦子的时候呀。"

"你走你的路,碍种地什么事?"

高贵庚苦笑一声:"你没真见过大战阵,怕就怕这静啊。响枪鸣炮,心里倒有底,越静越瘆人,心里越扑腾。"

"那……就这么耗着?"

"车先停这儿歇歇,探探路再说。"

"好,我去。"

"还是我去吧。"高贵庚说着一抖缰绳,坐下马已蹿了出去。没回头,但喊了一声,"机灵点儿,见风就先闪。"

高贵庚纵马向前跑了好一阵,没见什么动静。远远见路边有一小村落,想进村问问。可他刚到村口,就看见几个执枪的大兵。他回马欲走,可已被发现了。

"站住!"几个大兵边喊着,边跑了过来。

高贵庚哪里敢停,猛打马,顺原路飞奔。很快,后面响起一阵马嘶,回头看,有十几个大兵骑马追了上来。

这伙大兵是直系二十八混成骑兵旅的,本是奉调到热河承德西,防备奉军。可这个旅大半是绥远人,不愿离乡背土。有个祁营长带头,结伙向团长请愿。几句话说蹭了,团长一怒之下,要把祁营长送军法处砍头。这祁营长原来就是杆子出身,手下许多人都是过去的老弟兄,哪儿能伸脖子等死呀?一场火并,打死了团长,拉出百十号人;正想进山干回老本行。祁营长在道儿上混过,见高贵庚只身单骑,就猜到八成是探路的,后面准有大头。于是带着十几个人追上来,想吞下落草的第一口荤。

一个大兵举枪要打,祁营长忙连声喊:"别开枪!别吓飞了食。"

高贵庚就算没听见他的喊声,没听见打枪,也能猜出他们的用意。可没办法,只得使出浑身解数,催马狂奔。好在座下这匹白马脚力不弱,跑了一阵,渐渐把追兵拉得远了些。

不一会儿,已远远看得见岔路口上停的车马。高贵庚边大声喊着边冲了过去。

坐在路边的老李听见喊,知有事发,起身正想上马,高贵庚已到近前。猛一勒缰,白马急停打了个前挺。

"有乱兵!"他边喊边跳下马,踉跄着扑向打头的骡车,一跃而上,把车棚里的包袱、箱子往下扔。

"你这是要干吗?"老李头不明白。

高贵庚没停手:"你赶紧带人到林子里避避,我把他们引开。"

老李头愣了愣,见他站在辕上,已抓起了缰绳,一把拉住,低声说:"老高哥,为那俩钱不值得。咱先闪?"

"呸!这话你也说得出?"高贵庚挺身站稳,猛抖车缰,几声吃喝,骡车拐出岔口,折向正南。

老李头不敢怠慢,忙让车夫把另一辆车赶下路,躲进了路边的杨树林。

岳老爷子让人架着、跑着,嘴还不识闲儿:"老李头,你,你拿了钱,就得保,保我。"

"保你个屁!"老李头一瞪眼,"再嚷我掐死你。"吓得他翻翻白眼,不再做声。

他们伏在树丛里,看不见,但听得见一阵人声马嘶掠过,又渐渐远去。过了不到一袋烟的工夫,一阵枪响传来,尔后再无声息。

望田自打他爹上路,就数着手指头熬日子,也难怪,长这么大还没离过爹。特别是和爹分别的那一幕,总在他眼前闪。一闭眼,就是爹那双凝重、湿润的眼睛。好在爹走后,两条粪道他一人背,白天有活儿掺和着。躺下想,架不住累,每天都是想着想着就睡着了。

这天下午,他又去学士府。正背着粪桶出后院,月娥等在廊里边上,叫住他,递过一个小布包。他还没回过味儿,月娥缩回手,又把布包藏在了背后。原来是门房捂着肚子跑来,看那样子,甭问,准是内急。

月娥忙说了声:"今儿早点儿回,我去你家。"说完转身就走了,只留下还犯着愣的望田。

吃过晚饭,月娥约摸着时间差不离了才偷偷溜出屋,溜出府门。到高家没多远,拐弯进小胡同就到。院门虚掩着,她推门进去,见屋里亮着灯,忙敲敲门。有人应着拉开门,是成龙。

"月娥?!"成龙见月娥,有些意外,也有些兴奋。小学时他俩是同学,可这两年多没见,眼前的月娥显得比原先又俊俏了些。他忙招呼着:"快,快里面请。"

月娥见望田没在,有点失落,但还是进了屋。

"哈哈,我可有日子没见你了。"成龙边说边扯过凳子,用袖子抹抹,"学士府门槛高,我不好去,你也不来我家玩儿?"

"哪有大姑娘总串门子的。"

"是,是。坐,你坐呀。"

月娥坐到凳子上,无意间,见桌上摊着一张彩纸,是一张"嘉奖状",上面写着:"初二(三)班刘成龙同学获期考总分年级第一名。特此嘉奖。"下面还盖有学校的印。

"你可真行!"月娥不禁赞了一句。

"嗨,这不算什么。"成龙嘴上谦逊,脸上却满是得意,"学校说了,毕业时我要还能考前三名,就保送我到市立一中上高中。这学校每年都有送美国留学的名额,国家出钱。"

"那可太好了。"

"其实你原先功课也不错嘛,要上中学也错不了。"

月娥叹口气,没吱声。抬起头,被成龙的眼神烫了一下,忙避开,搓弄着手中的布包:"你哥……没回?"

"他回早呢。我爹这一走,他一人背两条粪道,哪天回都早不了。"成龙随口答着,从炕上拿过书包,"哎,我拿我的那篇作文给你看,这可是市里都给了奖的……"

月娥却没理会,站起身:"那……那我就先走了。"

成龙的话刚开了头儿,就给憋回去,心里有些沮丧,也有些恼。自己和月娥做了好几年同班同学,交往远比望田多,全班同学里也数她对自己好。可自打望田顶罪辍了学,她就话里话外透着埋怨,后来虽不是没好脸,可总是不冷不热。对此,他一直想不明白。

"甭送,你忙作业吧。"月娥说着往外走。

"要不,让他回来去你家?"

"别,可别,我抽空再来。"

成龙这才注意她手上的布包,忙问:"你给他送啥好东西?给我看看。"

月娥没来得及躲,手中的布包已被成龙猴子似的抓了过去。打开了,里面包着一双青布面,千层底做的鞋。

"你做的?"

月娥没答,窘着点点头。

"给……给我哥做的?"

月娥红着脸,想点头又没点,慌忙:"嗨,也……不是,是我……学着练手,我爹穿大。谁……"

成龙倒快,已把鞋穿到自己脚上。虽大出半指,他却笑着说:"合适,我穿正好!"

月娥哭笑不得,心里暗暗叫苦。自己可是做了三天,返工七次,手指头扎了俩眼,磨了一个大血泡啊。可嘴上又没法儿明说,只得挤出点笑,抽身欲走。

成龙边嘻笑着称谢,边替她拉开门。可两人都吓了一跳,门口竟直挺挺站着个人。定睛看,是老李头。

"李叔?!"成龙忙向外看,后面没人,"我爹呢?"

老李头没答,步履沉重地走进来,从肩上背的褡裢中掏出一封银元和一个小陶罐儿,放在桌上。

"都……都在这儿了。"他只憋出一句话,已是泪盈满眶。

成龙被惊呆了,直挺挺地立着,直勾勾地望着那小陶罐儿。

"这……咋回事呀?"月娥问了几声,老李头却不吱声,蹲在地上,边呜咽着,边扇着自己的脸。

成龙这才醒过闷儿来:"爹!……"他扑到桌前,抱起那陶罐儿,哭嚎了起来。

哭声惊动了老街坊们。一会儿,院里院外就挤满了人。杨志兴听了月娥报信,也赶了来。院里一片叹息,一片抽泣。

这时,望田才回。他发疯似的奔跑过来,分开人群,冲到屋里。脸红着、筋暴着,却久久没有一句话,也一声哭不出……

第二天,老街坊们就陪着望田哥俩,把那骨灰坛子葬在了德外的坟岗子里。怕人死了没肉身不上路、不托生,只能做孤魂野鬼,还请了几个和尚,念了一夜经。

送葬回来,杨志兴却悄悄把老李头叫到自己屋里,说有话要问。

头天晚上,老李头已讲了高贵庚死的经过。那天高贵庚引开乱兵,不久就听见枪响。等他赶去,高贵庚已中弹身亡。不忍把他葬在异乡,又不能拉着尸体走镖,只得火化了,带回骨灰。望田、成龙都没疑惑、没埋怨,倒是杨志兴看出些蹊跷。不过他当时没吭气。

没等杨志兴问,老李头自己就说了实话:"杨管家,我知道瞒得了别人,瞒不过您这双眼。实话说了吧,那不是老高哥的骨灰。是……嗨,是点子草木灰。"

"那老高的尸首呢?"

"哎,我就没见着尸首。等我赶去,大兵也没见,也没见老高哥。"

"没见尸,你凭什么回来报死讯?"杨志兴有些恼,却也有些惊喜。

"杨管家,我没见着尸,可见着地上那一大摊子血。"老李头长叹一声,"您想想,老高哥再好的功夫,让十几条枪撑上,能有活的望?我回来时也一路打听,只听说那伙乱兵早进山落草了。我约摸着,尸首准是人给草草埋了。我回来,原也想照实说。可我细一琢磨,那样俩孩子能放得下吗?要让他们生生惦记、钝刀总捅心窝子,还真不如我缺回德、扯个谎,断了他们的念想。"

杨志兴听罢,寻思着久久不语,半晌才出了口长气,点了点头。老李头见了,刚松口气,杨志兴却又盯住了他:"你可给我记着,这实情任谁也别再露,就此烂在心里。"

"是,那是。"老李头抹着满脸的汗,连连点头。

第 三 十 章

　　一个热闹的新春在鞭炮声中来了,也果然迎来了共和的元勋孙中山。他是从水路到天津,再改乘火车进京。当他出现在前门火车站,北京沸腾了。夹道欢迎的人群一直从车站排到铁狮子胡同,鲜花、彩旗沸腾着欢呼的声浪。听着他慷慨激昂的演讲,别说一般百姓,就是齐月轩也被深深感染了。这一刻,一切的担忧和疑虑都融化了,似乎一个和平富强的新中国就在眼前……

　　可是历史又来了一次残酷的恶作剧。谈判破裂,孙中山突然病逝,一切美好的希冀竟又在瞬间化为乌有,让人们从欢悦的巅峰跌至谷底。而后冯玉祥和段祺瑞翻了脸,自己部队也起了内哄,不得不撤出北京。张作霖的直系军队也卷了进来,老百姓只知道又打起来了,却弄不清谁打谁？为什么打？打到哪天算是头儿？一个新春就这样轰轰烈烈地来,又悄悄地走了。只给北京碧云寺留下一口空的水晶棺,给北京人留下对那梦的记忆、惋惜和惆怅。

　　郝炳臣在孙中山来京前后可是个忙人。学校整天找不到他,倒常和人出入政府机关、军营和外国领事馆。初时虽没和齐月轩交底,后来倒也透露了一些。他回京就是为孙总理打前站,沟通各方,作筹备工作。局势骤变之后,他没再回广东,留在了燕京大学。不过不再教书,只帮查理处理些杂七杂八的琐事。齐月轩当然少不了问,可他只说:"现在我和你一样,梦醒了,心也死了。"信也好,不信也罢,问出大天去,人家也是这句话。

　　这年的夏天热得早,还没数伏,北京城就成了个大蒸笼。

上午,杨志兴出外办事,回来汗浸得大褂儿能拧出水,差点没虚脱了。饭也没吃,只冲了澡,又凉快地眯了一小觉,才算缓过劲来。走出屋,就见严妈正往窗外窥望偷笑。

"看什么西洋景呐?"

"哎,小声点。"

杨志兴也向窗外看去。只见月娥坐在阴凉地儿里,端个绷子正聚精会神地绣着活儿。

"这有什么新鲜的?姑娘家不做女工,还成天练把式去?"杨志兴说着走到桌前,饮了口茶,抄起个馒头就咬了一口。

严妈给他盛碗绿豆粥,坐到对面:"当爹的就是心粗,你……没觉着月娥有心事了?"

杨志兴没吱声。

"按说也该着了,她属虎的,过年就十八了。"

"你……听到啥了?"

"哎,孩子跟我这后妈再好,也隔着一层。你也上上心,抽空探探她的心思?"

杨志兴只"嗯"了一声。

严妈又道:"我看别图人家家业,图个人好比什么都强。"

"嗯。"杨志兴点点头。

严妈寻思着笑了:"我看呐,老高家那俩小子都不赖。是穷点儿,身份低点儿,可成龙他爹原先不也做过管带嘛。这孩子人长得俊又文气,透着机灵。要紧的是月娥对眼,他和月娥不是同学嘛,月娥偷着做的那双鞋,不也穿在他脚上?"

"嗯?……"杨志兴愣了愣,想问,但没出口。

严妈未理会,仍不停嘴:"要说那望田是最仁义、厚道,为人处世像他爹。他爹死后,一个人挑家供弟弟上学,不易。要月娥寻这么个人倒是踏实,一辈子没亏吃。就是……嗨,我这瞎着的哪门子急?你别老顾着吃,倒是说句话呀。"

"嗯?!……"杨志兴正想着什么,思路被她打断,回过味儿来,想说什么,却又咽回去,又"嗯"了一声。

严妈又好气又好笑:"今儿你吃苍蝇了,怎么就知道嗯?"

杨志兴也忍不住笑了,刚要开口,桂枝却匆匆跑进来:"杨管家,您快去看看,家祠里可有耗子洞。"

杨志兴忙撂下碗:"啊?那可不得了。别让耗子啃了先人的像和牌位。走,去看看。"说完,随桂枝就出了门,严妈也忙跟了出去。

家祠又叫家庙,按大清祖制,除皇族外,大小官员都把祭祖的家祠设在宅子里。按品位高低,大小也有规矩。齐家的家祠在府里的东跨院后边,是一溜五间北房,里面供着齐家历代先祖的画像和牌位。明儿是七月十五,是祭祖宗的日子,所以杨志兴一早儿就交代桂枝打扫。没想到还没收拾完,就见正面供案上有落下的墙皮。撩着祖宗像,拿手一摸,发现有洞。别的屋若见有老鼠洞,随手堵上也就是了。可这是祠堂,除了金銮殿、衙门口,就属这儿大。怕犯禁忌,她才赶紧来通报。

杨志兴来到案前,先向墙上的齐家祖宗像磕了仨头,才站起伸手卷画像。卷不几下,墙上果然出现了一个拳头大小的洞。仔细一瞧,这洞周围的墙皮和别处明显不同,像是后补上的。伸手往洞里一探,里面有东西。他忙把洞又扒大了些,从里面掏出个用黄缎子裹着,方方正正的一个小包袱。打开看,里面有个锦盒,盒上放着一个信折。正想展开看,从折中掉出张纸,打开草草一扫,他竟笑出声。

"什么呀?"严妈和桂枝都围上看。

"哈哈,这不是墨香斋的老地契吗?藏在这儿……哎,也难怪这么多年我死活找不到。"

严妈不以为然:"嗨,你找到又能咋样?人家在那块地上不又起楼了嘛。"

"哼,我有地契,跟谁都有的一争。"

严妈没明白,也顾不得问,忙指着信折:"快看看,这写的啥?"

杨志兴打开折子,看得出上面是老爷的字迹,上写:"国临危难,无主而不兴。民至水火,临圣而救。吾等同心共约,力保大阿哥登大宝,继先帝位。令皇权正属,罢后宫视政。身家以赴,生死与共,血盟于此,天地昭昭。"下面的血字签名,除老爷外,还有少爷的岳父明端和另十几个大臣。

"写的什么?"

杨志兴没答,忙打开锦盒,撩开黄缎,里面竟是一颗龙纽玉印。他吓得脸煞白,慌忙盖上盒盖,哆嗦着手系上包布。严妈和桂枝没看清,见杨志兴的样子,也只愣着没敢问。

杨志兴扫一下两人,严峻地盯住桂枝:"今儿的事千万别再告诉任何人,跟少爷也别露。不是吓唬你,这可是够满门抄斩的事。听见没有?"

"听……听见了。"桂枝吓得连连点头。

杨志兴这才把小布袱揣进怀里,亲自去和了些泥,把墙洞堵好。让桂枝和严妈收拾干净,才一起关门落锁离开。

半夜,严妈憋不住问他:"那吓人的玩意你给藏哪儿了?"

杨志兴翻了个身,只说:"你不知道好,知道是祸害。"

成龙初中毕业了。他也争气,真考了个年级第一。学校本想保送他去市国立一中,可成龙一问学费,竟比初中时贵出好几倍。家的境况他清楚,就勉强凑上一期的学费,也实在难以为继。没辙,只好不再上,白白高兴一场。望田也替他惋惜,可又有什么办法?只得好言相劝,帮他宽心:"嗨,就是不上高中,你这个初中状元也算个文化人了。咋也能混个好事由不是?"

成龙憋闷了两天,倒也想开了。成天找报纸,在招工的广告栏里寻。一则通告吸引了他,是市政府正招抄录,他觉得这体面,也能胜任。

第二天上午,他捯饬得新姑爷似的去应试,望田也歇了工,去给他助阵。考场里人可真不少,里三层外三层挤了有百十号人。

一张桌前坐着个中山装的中年人。他喊了一声:"这不是庙会,都静静!我念到谁的名字,谁到前面来。常福寿!"

一个小伙子应声走上前。

中年人瞥他一眼,笑了:"就您那鼻子眼儿,长得和包子褶儿似的,也敢来这儿现眼?快回去吧。"

一阵哄笑,那人低着头,忙溜了。

"宋有才!"有人又应着走上前。

"你叫宋有才呀?"

"是。"

"人长得嘛,还算顺溜,可您这字怎么和狗爬似的?一张表,写了好几个白字。您不叫有才嘛,才在哪儿呢?"

"先生,我一定好好学。"

"得,回吧,学好了再来。"

又一阵笑。而后又上去几个人,也都是得考官一句回,大伙儿一阵笑。

"刘成龙!"

成龙一声"有",走上前。

中年人上下打量他一番,笑中已有几分赏识。又看看登记表,说:"嗯,模样个头儿都好,字也写得漂亮。初中毕业?"

"是。"

"家里是干什么的?"

成龙犹豫了一下:"我爹是大清时的管带,我义父当过校尉,都死了。"

"那你家还有什么人?"

"有我哥。"

"你哥干什么的?"

"他……他做点小生意。"

望田一听,愧不该跟来,忙往外挤。旁边有人早认出来了,喊道:"这就是他哥,什么生意呀?就一掏粪的。"

一阵哄笑,让成龙臊红了脸。

那中年人也皱了皱眉,想了想,向成龙勾勾手。待他走近,低声问:"你……知道孝敬吗?"

成龙误解了他的意思,朗声说:"我懂,爹不在了,我孝敬哥。"

那中年人气得把登记表扔在地上:"回吧,回去孝敬你那掏大粪的哥吧。"

成龙也被他激火了,猛地瞪起了眼睛。幸好望田冲上前,才把他拉了出去,总算没闯大祸。

自从高贵庚死,老李头总觉得心里有亏欠,可做出的事如泼出的水,悔也没用。也就常过来看看,虽帮不上大忙,也多点儿人气。

这天,熟人给了他大半块窖冰,他砸了一半,用破棉袄包着就奔了高家。还没进门,嚷嚷的声儿先进去了:"快看看,我给你们带啥来了?"

往常他这一叫板,准是捕哥俩一阵笑。可今儿气氛不对,望田只咧咧嘴,接过冰盛进盆。成龙靠在炕上虎着脸,只抬了抬眼,点点头。一问才知道,哥俩是为给成龙找事由的事怄气。

从到市政府应考未成,这一个月来,成龙又应聘了好多家,有学校、有公司,也有店铺。可高不成,低不就,路没少跑,气没少生,还是没着落。成龙本来心高气傲,又不谙世事,哪受得了?一赌气,今儿一天不出门,不下地,连饭都不吃。

老李头听了只嘿嘿一笑:"嗨,不就找个工嘛,又不是当皇上,不难,不难。"

"李叔,你有路子?"望田忙问。

"我没那道行,可学士府有啊。你不会去求杨管家?原先你们上的小学不就是府上的嘛,买卖虽关了一些,可也还有几家。只要他答应,哪儿不能安插个人呀?"

望田"嗯"着点点头,但仍寻思着,没说话。其实守这么近,他能想不到?几次去掏粪,他都想说,可就是没好意思开口。他信爹常说的一句话:人越穷越不能伸手,欠了情还不起,比穷难受。

成龙一听倒有了精神,一骨碌爬起:"对呀,要能到小学就好了,数学、语文我都能行。"

老李头知道望田心思,拍着胸脯说:"得,这事包我身上,我去找杨管家。成呢讨你杯酒,不成可也别怪我。"听他这话,望田还能说什么,成龙更是高兴,立马下了炕,嚷着饿了。

事情办得还真顺,杨志兴一听就满口答应。去问过学校校长,校长也应下,让成龙先代体育课,然后再安排。不过,咋也得等到过年才能腾出缺。虽然一时上不了班,可哥俩儿都像是吃了定心丸。忙带礼过府,再三谢过,自不必说。

冯玉祥的部队刚撤走,沈三爷就又在北京露面了。去年秋,一帮大兵去抓他,幸亏周四报信,也亏他机灵,跳墙跑了,躲到了郊外。好在人家只找他一人算账,没殃及他人,帮里这伙人还没散,生意也还勉强支撑着。他没想到是张志诚找他寻仇,还一直纳着闷:素来帮会和军伍是井水不犯河水,自己又没得罪过哪位军爷,怎么就惹上这麻烦呢?心里糊涂,他嘴上可不糊涂。回京后有人问起这事,他总是一拍胸脯说:"嗨,冯玉祥用那么多兵,就为撵走两人。一个是宣统,一个就是我。看见没有?皇上在天津没敢回吧?我这土皇上倒回来了。"

不过,还是有件事让沈三爷十分憋气,那就是墨香斋那块地让姓刘的给占了,还打着"墨香斋"的招牌,动工盖楼。费尽心机弄到手的一块肥肉,让董福兴一把火烧成了油渣。这回可好,连点油渣儿都落不下了,他哪能甘心?可要和那姓刘的公开较劲不行。人家是大律师,而且有东洋使馆做后台,手里有法院的文书,还有齐大少爷重题的匾。思来想去,只有一招可试,就是争取学士府站到自己这一边。

吃完午饭,他乘着酒兴,带着俩手下就直奔学士府。到门前刚上台阶,就被老门房给拦下了。

"哟,这不是三儿……"老门房说到这,知道说顺了嘴,忙补上"爷嘛"俩字。

沈三爷没搭理他,仍要向里走。

"您这是……"

"我找少爷。"

门房伸手拦着,不软不硬地笑着说:"您也是府上出去的,也知道规矩,您容我去通禀一声。"

沈三爷冷笑一声:"现如今皇上都跑天津去了,你这儿还……还他妈哪门子规矩?!呸!"说着,他拨开门房的手,带人硬闯进大门。老门房后面赶上,拉住不放。两人正僵持不下,正院台阶上传来一声喊:"放肆!"

沈三爷扭头看,是齐月轩。他忙松开手,欠了欠身:"少爷。"

门房走过来:"少爷,沈三儿他……"

齐月轩扬扬手,没让他往下说,直盯着沈三爷,冷笑一声:"三儿,我管不了中国叫大清国还是叫民国,也没想分什么主子、奴才。在大街上,只要不怕车撞着,随便你顺着走,还是横着爬。我管不着!不过你要是进了我的家门儿,就得给我夹着点尾巴。不愿意,你就给我出去!"

沈三爷的脸有点挂不住,但他还是压住火,挤出了一点笑:"少爷,我……真有急事。"

"什么事?查户口?你不是早不吃那碗饭了嘛。"

"我是为墨香斋的事……"

齐月轩没容他说完,便打断:"哼,那楼都让你们给烧了,还提什么墨香斋?"顿了一下,又调侃地说,"怎么,你是想把那买卖还回来?还是又惦记上哪溜房,哪块地了?"

"我听说……您把墨香斋的老字号卖给姓刘的了?"

齐月轩一笑:"买卖归谁,我不问了,可这字号,这招牌我没卖给过你吧?那老匾是我爹起的名,题的匾。现在人家花钱请我重题,还非经你点头?笑话!"

沈三爷的调门也高了些:"可姓刘的就凭着这招牌,到法院弄了个传承有序。愣把我的饭馆给封了、拆了。"

"这,我管不着。"

沈三爷瞪起眼,冷笑着:"少爷,您可别把事做绝,别把我逼急了!"

"哼,逼急了,你又想怎么着?"齐月轩扫了他一眼,"敢跟我耍三青子?呸,你别把我给逼急了!你不是不知道,我在西山觉罗学的时候,也天天练跤、打拳、拉弓、举石锁。那会儿你不是常和我过招嘛,哪天不打你个鼻青脸肿?"

听了他的话,沈三爷的笑直喷了出来,好容易才忍住:"哎哟,您真不怕闪了舌头,您以为还真有两下子呐?啊呸!那会儿有奴才敢真跟主子练的吗?现在你试把试把,老子一拳让你满地找牙!"

齐月轩刚才的话就是壮着胆子说的,见不仅没压住沈三儿的气焰,倒让自己骑虎难下,一时有点不知所措。忽然,他眼睛一亮,拉开夹着的皮包,把手伸了进去。

"不许动!"随着一声大喊,皮包掉在了地上,齐月轩双手上出现了一个报纸包。虽然让报纸遮着,还是看得出手枪的形状。

沈三爷身后两个手下吓得忙举起了手。沈三爷也有些慌,连忙说:

"少爷,您……您可稳住喽,别,别走了火。闹着玩,别玩真的……"

齐月轩笑笑,撩开了报纸。里面哪有枪?就是他伸着手指的右手。他一阵大笑,笑得眼泪都出来了。

"三儿,你怎么不长记性?本少爷小时候不常跟你玩这招?"

沈三爷好不尴尬,一时哭笑不得。

身后又有人笑,是杨志兴。他走到沈三面前,数落道:"行了,三儿,你现在大小也是个爷了,别露脸不找找现眼。这墨香斋的事你比谁不清楚?还好意思在老主子家大呼小叫的?"

沈三爷翻翻眼,没吱声。

齐月轩也见好就收,拣起皮包,边掸着土边说:"三儿,我今儿出门还有事,有什么话你跟杨叔说就得。"他向外走了两步,又回身,"有话屋里去,茶沏上慢慢说,别让街坊听见吵,太寒碜。"

说完他走了,杨志兴把沈三爷和手下让到西跨院,让座沏茶挺热情。他不止是敷衍,其实他也想探探沈三的底,更想从沈三的口中掂量一下刘玉的分量。他现在手里有了那块地的老契,心里自然也重新燃起了重振墨香斋的念头。

沈三不知他的用意,把事情原委和他打听到的刘玉的情况兜了个底儿掉。说到兴起,一拍胸脯说:"杨管家,我沈三儿过去是对不住府上。如果这回学士府能站我这边,我宁可给少爷磕头赔罪。"

杨志兴没露声色,只叹口气:"嗨,丢就丢了吧,别争了,争也争不过。反正原先也不是你的,少爷都想得开,你想不开?"

沈三爷被激得站起来:"我不是舍不得、输不起,是实在咽不下这口气。要是这么着就让他霸了去,我沈三在北京城就没法儿混了。这么着行不?只要府上能和我摽膀儿,那买卖要争回来,随府上赏多少,我让!"

"这话当真?"

"你要不信,我立字据。"

"好,好,我信。"杨志兴笑了,"这么着吧,我得先听听少爷的意思,你先回去等话?"

"好,那您可抓点紧。"

送走沈三爷,杨志兴又沉吟了许久,打定了主意。

第三十一章

　　成龙的工作有了着落,心情自然好了许多,平日和望田有说有笑。备课之余,也觉得哥一人挑家太辛苦,想分担点。可去粪道吧,又怕将来教了书,让学生笑先生是个掏粪的。干脆和哥分了工,哥主外,他主内,把做饭、洗衣一应家务都揽了下来。虽然起初闹了些笑话,哥俩儿吃了不少次碱小得发酸,或碱大得发涩的窝头。但望田心里还是舒坦,到底这弟弟知道心疼人了。

　　可世事也真难料,入冬后,教育局就下了个公文,要把英才小学和另两家私立小学合并,经赎买改成公立学校。齐月轩虽不情愿,可细一想,甭管私还是公,学校不还在?孩子有学上,倒也不违初衷,也就应了。改公立,教师和学生自然也都乐得,只苦了刘成龙。先前应了的差事又泡了汤,白白欢喜一场。

　　望田看成龙又像掉了魂,心里比他还急,自己不好去问,又搬来老李头去探探杨叔的口风。结果老李头回来说,杨管家不知忙什么,整天不着家,好容易找见,匆忙中只让他带回两句话:"让成龙别着急,我应了自会上心。也好,先让他帮帮望田,知道知道生活不易。"

　　望田还没吱声,成龙却哼了一声,说:"哥,你真多事,还去问什么?再问也是没味儿的话。"

　　"别瞎说。"望田忙阻止。

　　老李头也劝道:"成龙,啥事也得沉得住点气。杨管家这人我托底,既这么说了,他一准儿办。"

　　成龙苦笑一声,没好气:"一准儿办?让我掏粪,还用他办?"

老李头被他激得火了:"成龙,你怎么越大越不通人事了呢?肚子里灌了那点儿墨水儿,就不知道你是谁了?求人不知哈腰,也别觉着应当应分。瞧你一撇嘴那样,掏粪怎么啦?没你爹你哥掏粪,别说上学,你早饿成干儿了。小子,要让人瞧得起,就别指着别人,打明儿就自己挣饭。"说着,气冲冲地向外走。望田忙拦住:"李叔,您别生气,他就这两天憋屈,您别跟他一般见识。"边说,边向成龙递着眼色。

成龙犹豫了一下,还是走了过来,支吾着:"李叔,我……说话没……经脑子,您要气不过,就……给我两下。"

看他这样,老李头气也就消了大半,瞟他一眼说:"小子,你也不想想,杨管家干吗不给你马上安排个活?随便哪个店让你当个伙计,难吗?决不是不想帮你,冲着你爹他也不能够。他虽没明说,不过我约摸他准是有什么要紧的差事给你,可又怕你得的太容易,不懂得珍惜。让你先帮你哥掏粪,就是那句老话,劳……劳什么来着?"

"劳其筋骨,饿其体肤。"

"对,就这意思。当初杨管家接他爹班之前,不也给发到祖地,当了几年苦力嘛。这世上三百六十行,没有比粪行、力行、杠行、车行再低的了。你要是连粪行都干过,还有什么不能忍?以后再干什么都是香饽饽。懂了没有?"

成龙忙点了点头,其实心里还是半信半疑。

成龙这儿是没钱上不起高中,可也有人有钱上大学却不愿念。整个燕京大学属家政系富家的孩子多,也属她们系最拿功课不当回事。凑一起,就是个比,比吃、比穿、比靓、比派、比爹妈。这些日子,又添新鲜的,在宿舍里又比上情人了。按说北京是全国最老派的地界儿,老夫老妻一辈子,也没多少敢在大庭广众之中拉回手。在家黑夜到床上,管老婆叫亲妈都行,可到人前还得一口一个"贱内"、"孩儿他娘"、"屋里的"、"那口子"。敢在街上挎膀子的也有,不是留洋回来的,也是玩洋派的票儿,再不就是花街巷里的姐儿。像姑娘家这么大声呵气地谈情人,还真少见。不怕臊,不怕打,不还怕嫁不出去嘛。可人家波斯猫就不忤,憋着赶紧毕业奔美国,中国这老礼儿能当回事?

"嗨,你们就是缺乏情调。"她拢拢头上的波浪发说,"我那算什么呀?知道什么叫女权主义吗?就兴男人三妻六妾,就不兴女人有情人?人家外国专门有情人节,有几支玫瑰是送老婆的?在国外,一个女人要没个情人,那就说明她没魅力。这是上流社会的时尚。懂吗?"

"那你那未婚夫君也不吃醋?"有人问。

"嗨,他不管我,我也不管他,平等。"

"哎哟,那不成……"一个同学想说什么,又咽回去,自己脸先红了。

波斯猫毫不介意,倒提高了声调:"这就是解放!中国要进步,性解放就是进步的象征。"

有同学碰碰躺在床上看书的周正英:"正英,我们说不过她,你来评评。"

"好,就让正英评。你说,我说的对不对?"波斯猫也叫着。

周正英放下书,一笑:"你说的不能说没有道理,中国的封建是该破。"

波斯猫有些得意。

"不过,"周正英话锋一转,"你就有一百个情人,能救得了中国吗?恐怕又多了点儿内战。"

屋里一阵哄笑,波斯猫哼了一声:"我管不了中国。我爹地说了,毕业就让我去美国。"

"美国也一样,哪个民族也不是靠解放身体而解放的。就是性解放,也主要是解放思想,提倡真爱,不是解裤带。"

哄笑中,波斯猫有些窘,翻了个白眼,无心恋战。

一个同学不饶:"波斯猫,你要解放到美国去,不会带着你的一百个大鼻子情人来打中国吧?"

又一阵哄笑。

"行了,别疯了。"周正英止住大家,却轻叹口气,"其实啊,一个人,无论男女,要找到真爱,别说一百,就多一个也容不下。"

众人听着都纷纷点头,她却径自走出了屋。

波斯猫又来了劲:"哈哈,你们还没听出密斯周的话音?人家是找到真爱了。"

"谁呀?"

波斯猫向她床上努努嘴,大家齐刷刷望去,还是那本《满树榆钱儿》。

嗨,刚鼓起的好奇又泄了,都和小说的作者名一样——茫然。

已是晚上九点了,白天喧闹的校园此时已归于宁静。天上没有几颗星,只一勾新月寂寞地悬在天边。在初冬的风中,湖边的小树、灌木都摇摆着,连道边的灯也晃着。周正英站在湖沿上,有点冷。但她不愿回,只把胸前的手臂更抱紧了些,仍出神地望着眼前幽幽的湖水。竟想起今天在上课时偷写的几句诗:

没有黑暗,哪有光明?

没有孤寂,哪有憧憬?

你黑色的眼中有梦的七彩,

我孤独的心里有火的升腾。

你注定是只追觅光源的飞虫,

我生来是个梦里飘游的精灵。

你为何不伸过你的手?

我会伴你同行。

你为何不定住你的眼,

我会捧出我的心……

她心中默念着,连自己也笑了:"酸,真有点酸。"

这时,有人声传来。回头一瞥,见两个男人聊着天走来,在不远的路灯下停住。定睛看,竟是查理和齐月轩。

周正英悄悄溜了过去,躲在他们身旁的树丛后面。

今天是查理的生日,约了齐月轩、郝炳臣等十几个人在他家一聚。说是家,其实就是他的办公室。他夫人和子女都在美国,在这儿也是孤家寡人,只有个黑仆照顾他,吃住、办公都在这一明两暗的三间房里。吃过饭,又热闹一阵,大家都告辞归去。查理执意把齐月轩送出很远,一路闲谈,没扯到什么正题。

齐月轩停住,笑道:"查理先生,我明白,您今儿一定是有什么事。没关系,说吧。"

查理斟酌了片刻,才说:"我一向认为齐先生才气过人,讲课也极受学生好评。不过,同行之中也颇有些非议。说你把课堂当作了说书场,有时离题千里,有哗众取宠之嫌。言语过于张扬低俗,恐误人子弟……"

"您打住。查理先生,"齐月轩笑着打断,"我知道教授联名上书的事,不是章老夫子发起的吗?嗨,您要觉得他们有道理,尽可将我清退。您要为难,我自己请辞。"

查理连忙道:"齐先生不要误会,我绝对没这个意思。我只是希望你以后,能稍许收敛些,谨慎些。"

"哎,查理先生。"齐月轩苦笑一声,"您在中国待得可真有点儿中国化了,可化得不是地方。你们美国的文化最让我动心的就是自由,中国人缺的也就是这个。我这儿紧收着,还没敢直起腰来,就张扬啦?当老师就得端着架子,拿着台上那范儿?这是虚伪。做学生就得笔管条直,不会摇头只会点头?这是奴化。我是深受其害,不能再害一代人呐。"

"可……这里不是美国。"

"好,就说中国。孔子的《论语》是老夫子自己写的吗?不是。是出自他和门人弟子的探讨、交流,甚至是争论之中,由后人结集而成。不问、不答、不争、不辩,何来《论语》?孔门盛时弟子三千,席地而坐。静而可闻针落,动则人声鼎沸。若说书场,那才是中国最早、最大的书场。"

查理沉吟着,虽不情愿,还是点点头:"有道理。不过,你讲的是国文,总不好太出边。"

齐月轩的话跟得很紧:"文学本来就是包罗万象,不只是在四书五经、诗词歌赋之中。衣食住行,市井百态都有文化的蕴含。中国人见面第一句,就是吃了吗您?民以食为天,这是最基本的文化呀。讲国文不讲人文历史,不讲世俗风情,不讲社会民生行吗?大学这点儿知识就算是最浓的墨,没有文化的水润着、和着,能研得开,化得了吗?"

"可……文化总有高低雅俗之分吧。"

齐月轩笑了:"何为俗?何为雅?雅中无意也为俗,俗中有物即为雅。雅到尽头真是俗,大俗之中出大雅。"

查理一时揣摩不透,摇摇头,耸耸肩。

齐月轩想想,又道:"这么说吧,整个中国文学史,其实没有几页是纯雅的。"

"那《诗经》……"

"《诗经》以古风为主,那就是古人的山歌小调。"齐月轩见查理还在寻思,忙说,"您别想了,骚体本来就是唱的,赋后来大都只用于八股和碑文祭祀,宋词是按谱填的,元曲杂剧更是可演,明清小说是说书人给说起来的……"

"还有唐诗嘛。"查理打断。

这其实是齐月轩故意卖的关子,他淡淡一笑:"可就诗仙李白,不也不拘格律,常写'床前明月光,疑是地上霜'一类的打油嘛。过去我也看不透这一层,现今算多少悟出了点儿。诗文都是给人看的,有人看才有流传。能深入浅出,用通俗的话说透深刻哲理的才是高人。可挺简单的意思非绕着脖子,让您转到美国再回来愣不明白,那绝对是蠢才。"

齐月轩的话让查理耳目一新,但一时哪悟得透,只嗫嚅地说:"也算……一家之言吧。"

"那以后我的课……"

查理笑了:"我说你你都不在乎,还在乎他们怎么说?……好,很晚了,你赶快回吧,我就不送了。"

齐月轩应着,等查理走出好远,才哼着锣鼓点,慢慢转身挪步。压在心里的憋闷,今天全倒了出来,痛快!

这时,周正英从树丛后露出身子,叫了声:"齐先生。"

齐月轩冷不防,让黑影里的一声叫吓了一跳,走近两步才看清,松口气:"哎呀,是你呀,我还以为……"

"以为什么?"

"……嗨,不说了。"齐月轩只诡异一笑,"天冷,赶紧回去吧。我也该……"

周正英忙打断:"我可是还想听。"

"听什么?"

"听您对文学、对教育的高论呐。"

"什么?……噢,你说是刚才……嗨,什么高论,随口胡诌,发发牢骚。莫信,莫传。"

周正英笑笑,认真地说:"不,您讲得真妙,雄辩、幽默、透彻。我看应该登校刊上……"

"别,可别,别拿我架火上烤了。"齐月轩忙摆摆手,"嗨,要论学问,我比不得那几位老先生,也就是个杂货铺的掌柜。"

"杂货铺怎么啦?罗贯中、施耐庵、曹雪芹哪个不是开杂货铺的?"

齐月轩没再搭茬儿,周正英的话却让他心里舒坦,也为她小小年纪,能有如此见识而刮目相看。

周正英却话锋一转:"您刚才那番话挺有胆气,可您写的小说却……"

"写得……不好?"

"不,非常好,只是缺点您刚才的豪气,有点……"说到这,她停了停,"要不,我送送您,沿湖边近些,边走边谈?"

齐月轩有些迟疑:"还是……改日吧。"

周正英笑出声。

"你笑什么?"

周正英一瞥,透着顽皮:"您刚才一见我,'以为'两字后面怕是个'鬼'字吧。《聊斋志异》里有一狂生曾曰:若男鬼怒而逐之,女鬼笑而纳之。齐先生看来难当这个'狂'字。"

"哎,鬼有何惧?人言可畏。"

"哼,心里无鬼,人言惧乎?"

齐月轩被她问愣了,也被她激起了倔强,稍顿笑道:"好,走吧。"

沿着湖沿,两人慢慢向前踱着,可许久谁也没吱声。这些日子,周正英常跑到国文系去找齐月轩,就文学、社会问题去讨教、议论,只是这种谈法还是第一次。

周正英在寒风中打了个哆嗦。齐月轩一见,忙脱下罩在长衫外的皮坎儿,递给她。

周正英穿上,觉得肥旷,使劲挽了挽,笑道:"要有根儿草绳一系,像个讨饭的吧?"

"啊？穿着上好的银狐坎儿讨饭？饭没讨来,倒得挨抢。"

两人都笑了,气氛又活跃起来。

"哎,你不要给我做书评吗？说呀。"

"我哪敢给您做书评吗,"周正英道,"我只是觉得您的小说太压抑、太悲凉、太无望,和现实中您的气质不太一样。"

齐月轩没答,只一声长叹,脸色变得有些凝重。

周正英偷瞥了一眼,放轻声:"我……说得不对？"

"不,不不,对,说得对。"齐月轩顿了顿,把目光转向远处,"哎,人呐都是多面的,特别是文化人。轻狂是我,倔强是我,懦弱也是我。清醒是我,率真是我,茫然、虚伪又何尝不是我？生活在矛盾之中,怎能不是矛盾的我呀。平日的我就像摸黑走夜路,呐喊里、笑骂中其实有几分虚张声势。清楚的就是脚底下,勇敢那是心里打鼓,表面演戏。还是文中的我,诗中的我更真些。虽然这小说是几年前的作品,可如今我的心不依然是在压抑、悲凉、无望中挣扎嘛。"

"那……您书中的小兰一定是真的了？"她见齐月轩愣愣,没吱声,又问,"她在哪儿？还活着吗？"

齐月轩忙搪塞:"嗨,小说别当新闻。"见她不信的样子,又笑道,"思想、情绪肯定是真的。要不,我的笔名怎么叫'茫然'呐。"

周正英没再开口,但目光仍在探问。

齐月轩又叹口气:"哎,民国都十几年了,可中国还是那个中国,民生还是如此民生,还是打来打去,没有一点消停。好容易有点儿盼,风一吹又散了。我自知补天不能,又麻木不得,哎,也只能茫然兴叹……"

"我理解你,其实我也是。"

齐月轩被她突然深沉、郑重的样子逗乐了:"小小年纪谈什么理解？你理解我？连我都理解不了自己。你们年青人还是单纯点儿,理想点儿的好。别学我这样,心高手短,外强内荏,自己折磨自己。要学,学我这张嘴。虽话多点儿,损点儿,可总有个出气的口儿,憋不死。"

他笑了,周正英却未笑:"我都二十多了,还小小年纪？您也不是七老八十,只是留起胡子充老头罢了。"

"好,好,我今晚就刮,再抹点儿大白腻腻缝儿,充回小伙子。"

周正英再也绷不住,乐得前仰后合,好容易忍住笑:"不说了,谈点真格的。"

"谈什么?"

"谈谈……爱……"

"打住。"齐月轩打断,"这于我已晚,于你太早。让你哥知道,我吃罪不起。我是国文教授,可不教唆这个。"

周正英却盯住他,问:"那……我要真爱上一个人了呢?"

"啊?!"齐月轩一愣,发急道,"这字就那么容易出口?你呀,哪像个大家闺秀?我结了两次婚,活了半辈子,都没说过这个字。这……你哥知道吗?"

周正英只摇摇头。

"这学校可禁止,能断赶紧断了。"

"断不了啦,他在我心里已刻骨铭心。"

"那……"齐月轩嗫着牙花子,寻思着,"要是……合适,又两情相悦,倒也没什么……不过可得收着点儿,来往谨慎点儿,可千万别出大格儿。暂作个秘密革命党吧,我就当什么也不知道。"

周正英忍不住笑了。

"还笑!"齐月轩瞪她一眼,"他……是燕京的?"

"嗯。"

"哪个系的?"

"国文系。"

"我们系的……谁呀?"

周正英莞尔一笑,一字一顿地:"齐——月——轩。"

齐月轩惊得愣了愣,马上发了急:"这……可开不得玩笑。"

"不是玩笑,是千真万确。"周正英声又高了些,答得非常坚决。

齐月轩一下蒙了,这完全出乎他的想象。不错,她聪慧、美丽、有追求、有文采,自己对她有好感,甚至心也有过莫名的躁动。可她是学生,是好友的妹妹,是比自己小二十岁的姑娘,自己根本就没敢往那层想啊。脑子里原本清晰的线条,被这突如其来的一下搅成了一团乱麻。他哪还说得出话,只空张着嘴呆愣着。

周正英却轻轻靠近,倚倒了过来,齐月轩下意识地伸出胳膊,竟抱个正着。他慌乱地撑开她的身体,抽身就跑。不料周正英陶醉地闭着眼,又靠将过来。哪知他已躲开,倚了个空,扑通一声竟跌到了湖里。

齐月轩一见,忙伸手拉,两下没拉着。情急之下啥也顾不得了,纵身就往水里跳,可没拉着正英,自己倒沉了底。喝了几口水,他才想起自己是只旱鸭子,于是胡乱地一阵瞎扑腾。

周正英其实会水,在中学时还拿过游泳冠军。不过,冷不防掉水里,也难免一时慌乱。等她定下神,没几下就扒到岸边,爬了上去。四下扫扫,不见齐月轩,正纳闷,见齐月轩乱挥着两手,挣扎着冒出头。"救命啊!"刚喊了一声,就又沉了下去。周正英忙又跳进湖里,没费多大事,就把他拖到岸边,拉上了岸。

齐月轩连呕了几口水,才捯过气来:"哎呀……妈呀,差点殉……了国。"

"你敢情不会水呀!"

"不会。"

"那你……"一时周正英心里又好气,又好笑,又好暖。

没等两人爬起,有人声渐近,一群人边嚷着:"有人落水!"边向湖边跑来。

"哎哟,你可把我害苦了。"齐月轩爬起就想跑,突然又蹲下身,说,"就……就说我不小心掉湖里,被你救了。快,快搂起我来。"

周正英笑了:"我救你?明儿更得成笑话,还是你救我吧。"说着,她一下倒到齐月轩怀里。见他愣着,连忙,"快,快抱起我来呀!"

齐月轩只好把她抱起,苦笑着迎向奔来的人们。周正英却紧紧偎在他的怀里,闭着眼,享受着、品味着这一刻,惬意地偷笑。

295

第 三 十 二 章

天快近晌午的时候御刀刘才坐着洋车回到大车店门口,他又是一晚上没着家。进了大门,他贴着墙根摸进院,正想偷偷溜进自己屋,早被一枝花看见了。

她顾不得下炕,撩起窗户就给了句:"老帮子,您今儿回得可够早的。"

御刀刘厚着脸笑了笑,没吱声。推开门,前脚刚迈进去,一个伙计端着托盘走来。他眼瞎,可听得出声,闻得出味儿。忙又转回身,也往北屋凑。边还叨唠着:"啊,开饭了,我这儿早就前心贴后心啦。"

一枝花撂下窗要下炕,鞋还没蹬上,御刀刘已跟着伙计进了屋,边往桌边坐,边问:"没……弄点儿酒?"

伙计还没答,一枝花捧起酒坛子重重地撂在桌上,没好气地:"喝!有种你就把这一坛都招呼了。醉个十天半月,让我也清静清静。"

御刀刘哼一声,摸过碗,边倒酒边说:"那你还不如给下点儿药,一劳永逸。"

一枝花气得伸手要夺他的酒碗,他哪肯放,两下一抢,酒洒了一桌。

御刀刘急得跳脚,却顾不得争,只把脸贴近桌子,舌头伸老长,一个劲儿舔桌面上的酒。

一枝花见了也忍不住笑了,叹口气,把碗又放他面前。给他斟满,又递过个馒头说:"饿了先吃点。要不,就你那大烟底子,不给你下药,你也经不起。"

御刀刘也笑了,咬了口馒头紧嚼。

一枝花在对面坐下,又道:"老帮子,这两年大烟你不沾了,可那赌瘾、花瘾就算不戒,不也得搂着点儿。你这身子骨还经得起这么折腾?给你多少花多少,整个一无底洞。"

"我能花多少?我要唧唧缩缩的,攥纸币都出油,你脸上光彩?我能花,才显着你能挣,你有份。"

"我用不着你去显摆。"

"瞧瞧,一提钱你就翻脸。"御刀刘撇撇嘴,抿了酒又说:"你呀,也就会卡我的脖儿,那七子伸手你打过磕儿吗?"

"你别扯是拉非的,我给七子,是人家应得的。给他,他还不接,大数不都搁我这儿存着呐?"

"嘿,人家那是有心计,这点钱人家不在乎,惦记着全包圆儿……"

"别胡说!"一枝花打断,却欲言又止,站起身想走开。

御刀刘仍不住嘴,把牙花子嗢得吱吱响:"怎么,戳肋叉子了吧?哼,说我你不欢着呢吗?哼,我是瞎,可心里明镜似的……"

一枝花忙又打断:"行了,吃着、喝着还堵不住你这张嘴?"说着,她走向门口。

"等等!"御刀刘又叫住她。

"干吗?"

御刀刘没说话,只伸出手。

一枝花愤愤地长出口气,没说话,掏出两块大洋,拍到桌上,转身又要走。

御刀刘在身后边收着钱,边又嘟囔着:"老脸就是不如小脸儿,哼,见过浪的,没见倒贴的。"

一枝花这回可真压不住火了,返回身,猛拍了下桌子:"老帮子,别给脸不兜着,你说话还是放屁?"

御刀刘也不示弱,嗓门儿也高了:"我说错了吗?啊,你们这明不明,暗不暗的,算论的哪门子亲?我是放屁,没脸说话!"

一枝花抱起酒坛子就要摔,可突然感觉岔了气。"哎哟"一声忙撂下坛子,坐在椅子上,捂住肚子。

御刀刘听见,也不再吱声,半晌才问:"咋……啦?"

"没事……寸劲,闪了一下。"

御刀刘笑着哼了哼:"让你跟你爹发狠,报应。"

一枝花望着他,不由也笑了笑,笑眼中却分明闪着泪。

几年前,她和七子有了那第一晚,酒醒过后,又悔得不行。想打发七子走,他不走。给他说了好几次亲,就是嫩得滴水,连正眼看都不看。让他住到护国寺边上看场,他也常偷着回来。每次她都想死活不开门,可最后还是开了。每次天不亮,撵他走,又再合不上眼。每次天一亮,就心里骂自己贱,可一到夜晚,竟又小爪挠心。她自己都弄不明白自己,却还是七子懂她的心。他曾说:"姐,我也弄不明白自己,可我能懂你。我知道我色儿太浅,盖不住你心里过去的影儿。可有我这么个大活人在你身边,总多点儿热乎气儿,少做点儿梦。咋都行,我认头。"

就这么着,一晃几年过去,两人虽瞒不了御刀刘,在外却没露什么破绽。只是这个月,一枝花感觉身上有点不对劲。她生过孩子,已猜到八成是有了。虽跟谁也没讲,暗暗早打好了主意:这孩子舍不得,那就得显怀之前退出江湖,和七子带着爹奔口外。再大的钱不挣了,再好的梦不做了。正经八百成家,做个女人,实实在在地活。

这时,七子风是风火是火地闯了进来,大冷天却满头的汗。

自从沈三爷又回了京,为找回损失,又打上了三庙三市的主意。他常让手下来找碴儿,双方小的磨擦打斗不断。一枝花不愿再惹事,决定自己让一步。今儿是让七子替她去请茶,主动让出两成的份来,以求相安。一看七子这样,一枝花心里就觉得不妙。

果然,七子气呼呼地说:"当家的,准备着玩儿命吧。"

"怎么回事?慢慢说。"

"沈三儿这小子就是见了尿人压不住火,欠揍!"

"有你这么请茶的?不兴压点火?"

"嗨,今儿我好言好语,一口一个三爷叫着,把您的话也带到了,够给他面儿啦。您猜,他怎么说?"

"怎么说?"

"他说:难得小师叔有让人的时候,干脆大大方方,来个二一添作五得了。"

一枝花还没说话,御刀刘却骂了起来:"这他妈小子,是欠揍。七子,养你们干吗?练他……"

"行了!别跟着添乱。"一枝花没好气地打断,又把目光转向七子,"他这狮子口是开得太大,容我琢磨琢磨。"

七子哼了一声:"还容你琢磨?战书都下了。"说着,从怀里掏出张帖子递上,"您要么应他的条件,要么应了生死场子,腊月初八,德外土地庙。"

一枝花听罢,看罢,一时也怒火中烧。可她又压住火,寻思着没吱声。

所谓生死场子,是北京帮会门里了断过节儿的规矩。帮里大辈之间,有实在摆不平,化不了的事才用。双方不是混战,而是各出几人,或跤、或拳、或器械让客方划道。三局两胜,打倒不算输,服输才算完。也有玩狠的邪的,自己个儿身上割肉捅眼儿。能跟上再比,跟不上为输,生死各由天命,败方得摆席请酒谢罪。北京是京城,还算收敛。当时别说到南方上江的重庆,下江的上海,中间的汉口,就离不远的天津,摆场子就常是上刀山、滚钉板、下油锅了。

见她不说话,七子又急了:"嗨,这帖子不能不应。不是再让点儿成的事,这回要让他骑脖子拉屎,以后就别想再抬头了。您放心,咱们这儿用不着抽签,我、瘸子、罗汉赵仨人齐活。"

一枝花长舒口气:"哎,我现在是真不想再动真格的了,谁不是一条命啊……"

七子愣愣还想再言,可话到嘴边又咽了回去。御刀刘也傻呆着,但也只等着听,没敢再插言。

一枝花又沉吟半晌,终于站起身,冷笑一声:"得了,豁不出去也不行,干完这票,就金盆洗手。"

齐月轩那天晚上做了回落汤鸡,换上别人的干衣服,才回的家。杨志兴待他进了屋,一拧那包湿衣服,还淌一地水。听说他这旱鸭子能救人,也觉得新鲜。愣问他,那水是不是个小水池子?让齐月轩挺扫兴。听他连说带比划,知道是个没人深的湖,倒让杨志兴更想不通。一转念,又乐了,甭管真假,莫论深浅,这大冬天敢下水就不软,没出事就万幸。

虽没出大事,当晚齐月轩就着凉发了烧。打了三两针,吃了一捧药,又歇了四五天,才算见好。

这天上午,门房来报:"少爷,周正节周先生带他妹妹来看您。"

"快请,快请。"齐月轩忙坐了起来。刚穿上衣服要下床,周氏兄妹已进了屋。

齐月轩的眼神一下就和周正英的目光碰了个正着,他忙闪开,显得有些不自在。

"哎呀,快别起了,还是床上靠着吧。"周正节没理会,边说边把齐月轩按在床上,又盖上被。这才对周正英说,"来,赶紧着。"

周正英忙上前边一个深躬,边说:"谢先生。"

齐月轩余光一瞥,见她趁鞠躬还在偷笑,有点窘,连忙说:"别……别那么客气,快坐。"

周正节落了座,周正英站在他身边。

"好些了吧?累月轩兄大病一场,真不好意思。"

"没……大碍,已经差不多好了。"

寒暄几句,周正节从衣袋里掏出个请柬递上,说:"我今儿来除了探病致谢,还另有差事。小月蓉的'月蓉居'改成大酒楼了,礼拜天开张,中午请您光临。本来他是要亲自来请,今儿实在脱不开身,才由我……"

齐月轩笑着打断:"嗨,我哪儿那么小气,月蓉邀我哪能不去?我也有日子没和他一块儿聚聚了,一定去。"

"那我先告辞了。今儿,我是让月蓉给抓了差,这还有好几份请柬没送呐。"

周正英忙碰碰他:"哥,我不还得给齐先生煎药吗?"

"好,那我先走一步。"

齐月轩忙拦:"煎什么药呀?医院开的还有一大包呐。"

周正节站起身:"这是我家乡带来的草药,大病初愈服正好。这药讲究火候,就让正英煎给您,也好尽点报答之心。那……我就先走了。"临出门,又叮嘱正英,"记着,煎好趁热服。"

他撩帘出屋,脚步声渐远,周正英才笑出声。

见她笑,齐月轩压低声发急地:"你……你怎么还敢来?"

周正英走到床前:"我要不来倒让人多心。"

齐月轩看看她,叹了口气:"哎,你……饶了我好不好?别再来捅我心里的痛处,那儿的伤口还没结痂。"

"那我能把它抚平。"

"你说你……何必呢?"

周正英提高了嗓门:"就因为我……"

"小声点儿,"齐月轩忙打断,"不怕人听见?"

"怕什么?你没婚我没嫁,有什么见不得人?大不了是不上这个学。"

"哎,天底下好男人多了……"

"可只有你属于我。"

"我比你大快二十岁。"

"可你的心还年轻。"

齐月轩的声也大了起来:"你不要一时冲动,好不好?"

周正英毫不退让:"连冲动都没有,糊里糊涂嫁,然后像老母猪似的生,这才是爱情?这才是婚姻?你别瞪眼睛,我就是要说这'爱'字。什么叫一时?我图的是一生一世。"

"可,可我……"齐月轩的目光又避开。

周正英却紧盯住他:"你的心里就没我?敢说?我相信我的感觉。你在压抑,在逃避,在自欺欺人……"

齐月轩有些气馁,但还嘴硬:"我……不缺女人。"

周正英被他激怒,圆睁的眼中满是湿润,又满是火:"是,你可以去烟花柳巷,拿钱去买女人的身,买廉价的笑。可买来的是奉迎,是虚伪,是堕落,是更加孤独。钱买不来真情,买不来心。这可是你小说里的原话,要连这也是假话,我马上就走。"

齐月轩的心被她震动、被她融化,呆望了片刻,长叹一声,说:"我何尝不知知音难寻,只是因此让你辍学,我……"

周正英笑了,眼中含着的泪滚下来:"嗨,你放心,我那是气话。你舍不得讲台,我还舍不得学业呐。就听你的,我俩先做秘密革命党。行吧?拉钩!"说着她伸出小拇指,一双眼睛格外亮、格外美。

齐月轩终于笑了,似乎眼中也显出朝气。他伸出手,两人的手指紧勾着,摇晃着……

成龙开始和望田一起背道了,心里的憋屈可想而知。从读私塾到初小、高小、初中,也算十年寒窗苦。甭说像古书说的披红游街,就是个像样儿的事由都混不上。这粪行的营生虽说比力行、杠行、车行收入多些,也稳定些。可你自己能忍那臭味儿,别人谁不嫌?背着粪桶,推着粪车在胡同里、街上一溜达,您就是生得潘安再世,也没人正眼看一眼。旁边要有小孩子不听话、不上进,大人还常指着说:"看见没有?小时候不好好念书,长大就干这个。"不憋屈才怪。

能把背道这点活糊弄下来,可也不那么简单。别的不说,百八十斤的粪桶自己得能上肩,还得走得四平八稳。独轮小车,多颠的路也不能乱晃、翻车,还得走得快。这不仅得有把子劲儿,而且得会用巧劲。

成龙刚干,望田不敢放手,只让他干点下手活。回到家,还让他用桶用车盛上水练。从成龙进刘家,望田虽是哥,可无论文的武的,从来是成龙做先生。这回倒过来了,成龙嘴上答应,心里哪服?寻思着不就是卖苦力,能有那么大深浅?一天,趁望田不注意,抄起刚掏满的粪桶就上了肩。晃晃悠悠走了没几步,脚下一绊就摔了个大趴虎。粪洒一地,也弄了一身一脸,自己龌龊认倒霉,也逃不过主家一顿臭骂。幸亏是望田好话说尽,又给人家收拾干净,才算了事。打这儿,成龙才学乖了些,不再逞强。啥事就怕用心,俩仨月下来,一应活计他虽干得慢点,倒也都能干了。这样望田才把条小粪道让他单独背,自己背户多活重的学士府胡同。可每天还总是望田先完活,返回头帮成龙。

原先一个人能干的活两人干,自然轻松了些。望田就又每天去货场扛几个钟点儿的大包,每天早了八九点,晚了十点都不回。看他这样,常有人问:"你小子怎么干活这么玩命呢?"他总是答仨字:"急用钱。"粪场的,货场的同行都起哄架秧子,说他想娶媳妇想疯了。他也就一笑,不吭不哈。

这天收了工,成龙照例回家做饭。自己填饱了肚子,哥没回,也没地儿去,一人坐在炕上发呆。所有烦心的事,就都一股脑地涌了上来。

好几个月了，自己粪也背了，眼也现了，可没见杨叔那边有一点儿信儿。原先在学校，成绩比自己差得多的同学，却一个个不是上了高中，就是谋了体面的差。早知如此，干吗非要读书？干吗非要用功上进争第一呢？他脱了棉袄想早点睡，一低头，看见身上这件破汗褟儿上印的"恒业面粉"几个字，就气更不打一处来。

义父死后，就是哥当家。他觉得哥自把了钱，有点变人性。钱的事从不让自己过问，连搁在哪儿都不知道。天天吃饭见不到什么油星，蒸窝头得掺干榆钱、麸皮，煤得掺着矸石、黄泥烧。自己想买件汗衫儿，他都舍不得，愣找个洋面袋，让街上缝穷的给他缝了一个。自己没毕业时这样，倒也罢了，现在自己也干活，却仍是一分钱也见不着。望田跟粪场都讲好了，成龙送的粪只记账，钱却只能由他结。这些天，哥又打了一份工，也没见生活好过。也不知他拼命挣钱，又捂着钱不花为啥？大概还真像同行起哄说的，他要攒钱娶媳妇。他是哥，先娶倒也在理。可现在就这样，娶回个嫂子来，还能有给自己娶媳妇的份儿吗？……

越想越气，他挥起拳头照墙就猛擂了一下。没想到这一拳下去，竟发现报纸贴的墙围子下，砖是活的。他忙扯下报纸，见墙上有个小洞，虚码的两块砖挡着洞口。把砖拿开，他从里面掏出个闷葫芦罐儿。一摇里面叮当作响，甭问准是钱，起码也有百八十块。

成龙想砸不敢，想放回去又不甘，于是倒过来连晃带抠，弄出了一块银元。刚放回去，码上砖，街门就响了。他连忙吐口唾沫，凑合贴上报纸，望田就进了屋。

成龙这才想起炕上的钱，忙抻抻被子，把它盖住。

"今儿你怎么这么早就睡了？"望田问。

"我……我也没睡，炕上暖和。唉，哥，今儿你咋回来这么早？"

望田笑笑："今儿有点事儿，吃过饭我还得到李叔家。"

"是不是为我工作的事？"成龙有些喜。

"不是。"

"那啥事？"

望田没马上回答，抄起窝头、咸菜嚼着，才说："嗨，你甭打听了，成了再告诉你。"

成龙更好奇,还想追问,没想到刚贴上的报纸掉了下来。

望田一见,本来还带点笑模样的脸一下子板了起来。忙走上前,拿开砖,见里面的小罐儿还在,才松了口气。

"你没动过吧?"望田扫过一眼。

"没……没有。哥,这里有多少钱?"

"还说没动过,你咋知道是钱?"

成龙愣了愣,但马上说:"闷葫芦罐儿不装钱,装什么?"

望田没再问,也没把小罐再放回去,只码好砖,抱着罐子,又坐下吃了起来。半晌才又说:"你既然看见了,也就不瞒你了,这里头一共有一百零五块八毛。"见成龙瞪大着眼,哼了一声,"你甭惦记,这钱我已经派上用场了。"

"买啥?"

望田抿嘴一笑:"你看咱屋里缺啥?"

成龙往屋内扫了一眼,想问又咽了回去。

望田把剩下的窝头塞进嘴,又拿个窝头揣兜里,说:"我去了,再晚去人家不合适。"说着,就抱着罐子往外走。

"你把它也抱着?"成龙喊了一声。

望田没答,只回眸一笑,径自出了屋。

成龙心里明白了几分,愣了好一会儿,赌气地哼了一声。抓起那块银元,披上棉袄,下炕,吹灯出了门。

第三十三章

  劝业场二楼的小剧场是整个天津最大的曲艺园子。早先也是个茶馆，为揽生意才找些艺人来唱曲、说相声。客人听唱不花钱，只收茶钱。艺人们也不拿包银，只在茶钱中提点儿份儿。后来见客人大都是为听唱找乐来的，才把茶馆的招牌改成"杂艺剧场"。进场得买票，喝不喝茶随意，不过茶房到跟前，一般也不好意思回绝。得，这一来，里外里两头儿的钱都挣，而且票钱远超过了茶钱的收入。那阵儿，北京比较守旧，就有"落子馆"也都在前三门外。还是天津人脑筋活泛，曲艺园子在市中心就有十几家，最大的还属这"杂艺剧场"。为争生意，老板们到处挖角儿，竞相抬价，以至各地的艺人都往天津跑。这儿就成了北方曲艺最早、最全、最大、最红火的码头，也让天津人成了最迷、最瘾、最懂、最难伺候的观众。所以后来人才说："不到天津卫，吹牛不上税。站过劝业场，走哪都叫响。"

  魏爷思前想后，终于下决心让彩屏登台。别的地方还都不找，奔的就是天津最火的园子——"杂艺剧场"。十几年前，他徒弟七彩云就是在这儿唱红的，也是在这唱的最后一场。阔别多年，台上的面孔已没一个认得，但老板还没换，竟还认得他，也认这两把比魏爷还老的三弦。虽然听说一品红是个没登过台的雏儿，可看她天生丽质，也看魏爷的老面儿，答应让她试唱一场。叫下好来，签约拿份儿；砸上壶来，立马走人。

  后台历来是个是非窝。这晚，魏爷和彩屏刚进去候场，四面的同行就悄声议论开了。

  一个说相声的用肩膀拱了拱身旁唱鼓书的女艺人，操着天津话说：

"嘿,大姐,瞧见没?抢行的主儿可来了。"

女艺人一撇嘴,没说话,只瞥了一眼,"切"了一声。

"您老还别不服气,人家啥不抹,小脸跟嫩豆腐似的。您老粉造半盒,咳都掉渣儿,也挡不住褶子。哎,甭唱了。别人嫌,我捡着,嫁我吧……"

"去去,"女艺人打了他一巴掌,"说相声的就是嘴贫。你以为这是看花选美呀?人家听的就是老娘这口唱。凭脸蛋能在天津卫站住场子?姥姥!头一出甭说要好,不让哄下来就不错……"

彩屏心里本来就紧张,听身后这么一叨唠,更有些怕。手中的帕子紧擦,还是满脸汗淋淋的。

坐在一旁定着弦的魏爷见了,停下手,笑笑说:"甭怵,平时咋练的咋唱就行,我心里有数。要不怕耽误你这点灵性,我能返回头,在人前露我这脸榆树皮?其实啊,雏儿离角儿没多远,就层窗户纸,一捅就破。"

正说着,叫场的喊了:"一品红该上了啊。"

魏爷执琴,彩屏端鼓,两人忙来到上场门。隔着帘,听见外面稀稀拉拉几声掌,倒杂着一片哄笑和倒好。

刚唱完一段儿单弦的艺人,灰溜溜地撩帘进。魏爷见彩屏还站台口发呆,忙叫:"走啊。"

"爷爷,还是别唱了吧……"彩屏的声都有些抖。

魏爷急却没发火,拉住她说:"莺儿,别忘了你叫'一品红'。上去就拿底下都当白菜,你就是最好的。上!让他们都开开眼。"

彩屏舒了口长气,才随魏爷上了台。

刚才逗闷子的女艺人笑了:"瞧瞧,腿都软了,准砸台上……"

这时,台前传来彩屏登台第一口唱。

"秦砖汉瓦晋宫楼,唐车宋道元时舟……"几句开篇一出口,魏爷心里就吃了定心丸。喧闹的台下很快静了下来,后台的人们也都停了嘴,忙竖着耳朵听。

这两天,周四可是像霜打的茄子,有点蔫。也难怪,沈三爷接到一枝花应战的回话时,一样有些心里打鼓。其实他也没真想死磕,只不过是虚张声势,想讨价还价时占个上风。这一下,倒让自己骑虎难下。可说出的话,泼出的水,还能收得回?也只能英雄逞到底。他只好摆下香堂,召集来手下,让众人抽签。这不,周四是挑三拣四,还是撞上了支死签。周四心里明白,自己论打没本事,硬挨又不经揍,耍狠有心没胆。下了场子还不是立着进,躺着出?越想越怕,越想越愁,撇下帮里赌场的生意不管,一拉晚就奔了山西酒坊,只想今朝有酒今朝醉。

山西酒坊卖的是自家现酿的酒,喝酒用瓢,酒桶当桌,倒也痛快。周四没喝几口,就见门口又进个蔫头搭拉脑的。他起初没在意,等那人在旁边酒桶边刚坐下,他猛然眼中一亮,有了精神。

"哎哟,这不是成龙嘛。"周四一拍他肩膀,脸堆满了笑。

刘成龙认得周四,他住后门大街东边的锣鼓巷,和成龙的同学是一个院的街坊。知道他是道上的,在这一带有点儿小名气,虽没深交,也一块侃过几次山。前两年,他还拉成龙跟他干,让高贵庚知道了,把成龙好一顿训。打那以后,就再没往一块凑,偶尔碰面,只是点个头,寒暄两句。

"噢,周爷。"成龙也忙欠欠身。

"嗨,啥爷呀,叫周哥。来,来,坐过来。我这正愁没个伴儿呐,今儿咱哥俩儿得喝好聊好。小二,再加盘酱牛肉,俩猪蹄!放心,我请……"

周四的热情让成龙觉得有些过,可不好驳人家的面儿,也就坐了过来。几口酒下肚,啥也就不想了。

"怎么,听说你跟你哥背道了?"

成龙只"嗯"了一声。

"哎,真可惜了你这份人才。我们同院的三顺儿比你差多了,还弄了个电灯公司的差呐,你……"他见成龙只叹气不语,又话锋一转,"成龙,我第一次见你,就觉得你将来是干大事的。鹰不怕落,龙不怕潜,英雄不怕潦倒。文的不说,就你那身功夫能窝得住你?你放心,你的事儿就是我的事儿,明儿我就去找电灯公司,他要不给你安排个好活儿,一晚上我就让半拉城的灯泡都碎了。"

"别,可别……"

周四笑了:"嗨,成龙,别看大哥没你那本事,可市面上这点事比你这学生哥儿看得透。人不怕恶,就怕尿。撑死胆大的,饿死胆小的。老天爷都是欺软怕硬……喝,喝呀。"

成龙又喝了一大口,接过周四递过的猪蹄,嚼着、想着。渐渐地话伴着酒劲儿,让他浑身发了热。乍听有点刺耳的话,也越听越顺溜,越想越合情在理……

半夜,他才晃晃悠悠回了家。这一路摔了好几个跟头,让冷风一吹,吐了一通,才清醒了些。这一晚喝了多少? 记不得了。只记得,后来又随周四到个小院里去玩了一会儿押大小。起初赢,赢了多少记不得了,只记得又都输了。后来周四掏钱让他翻本,还是输。输了多少记不得了,只记得人家周大哥挺仗义。说那点儿钱别当回事,有就给没就算,还又拉他回酒坊喝了一通。又喝了多少记不得了,只记得全是人家结的账,自己输的那一块钱本儿,他也又给了自己。自己好像应了他点儿事,什么事记不得了,只记得周大哥伸着大拇哥,夸自己够意思、有胆气。

在家门口,正碰上往外走的高望田。望田回来不见成龙,以为他到哪儿串门去了,也没在意,就先睡了。一觉醒来,发现他还没回,这才着了急。正想出去找找,在门口撞上了。见他这样,顾不得问,忙搀着他进屋,让他坐在炕上。

"跑哪儿喝去了? 喝成这德性。"望田没好气地问。

成龙眨眨眼,还真想不起那店的牌号,只一指:"就,就那边儿……"

"和谁呀?"

"你……不认得,同……学。"

"呸,还同学?! 奔酒馆去学什么? 想学'六六六'、'五魁首',你还上哪门子初中?"

成龙没回嘴,只哼了一声,就往炕上躺。

望田一把将他揪起:"瞧你这身脏的,还往炕上偎? 赶紧脱了好好睡。"

成龙仍不吱声,瞥他一眼,脱起衣服。

"你……是不是拿了一块钱?"望田又问。

成龙没抬头,只"嗯"了一声。

"都花了?"望田见他不答,更气了,"你说你啊,可真能糟害,钱藏耗子洞里,你都能翻得出。你以为钱那么好挣?……"

成龙的脸也沉了,但仍憋着不语,把兜里的那块银元掏出,狠狠摔在炕上。

望田看看他,轻舒口气,伸手捡起钱。想说什么,又咽了回去,只一笑,说:"睡吧。"

成龙却一梗脖子站了起来:"我不困,我……"

"你不困,我还困呐。"

"我……有话要问你。"

望田见他瞪着眼,红着脸的样子,忍不住发笑:"好,你问,你问吧。"

成龙喘了两口粗气,才问:"哥,我到底算……不算高家人?"

"当然算,从你进门磕头那天就算。"

"那我现在是……不是靠你养着,白……吃饭?"

"嗨,你不也干活嘛,快睡吧……"

"不!"成龙甩开望田拉的手,"那我凭……凭什么见不着钱?你……你拿面口袋儿给我做……做汗褟儿,自己把……钱藏着,你这算啥……哥?!"

望田愣了愣,可见他酒气熏天,说话都不利索了,只笑着:"得了,别借酒撒疯了,别吵着街坊。"

成龙的声却更大了:"你……别糊弄我。我知道你抠钱为……啥,不就是给……你自己讨媳妇吗?等你成婚那……天,多冷我也光膀子穿这……面口袋。让……人都瞧瞧……"

"你胡说什么?"望田发急地打断,"我那是想给你娶媳妇。给你!"

"给我?蒙谁……呀?"成龙一撇嘴。

望田更急了,掏出一张纸拍在炕上:"你看看,这是谁的生辰八字?这是前几天我让老李叔给女家送去的,就是烟袋斜街'火烧陈'家的闺女。我今儿就是去老李叔家约日子下聘。"

成龙拿着那字条,见上面的确是自己的八字,一时愣住了。

望田叹了口气:"可女家说你的八字不合,又拿回来了。不过老李叔又给你想到一个人……"

"谁?"

望田欲言又止,想想才说:"你呀就先别打听了,不成也是瞎惦记,白高兴。"说着,他看看成龙通红的脸,愤愤地哼了一声,"我说成龙啊,你是读过书,有文化的,怎么就不懂人情道理呢?爹临走那天还念叨,要娶媳妇先尽你,不能绝了你刘家的后。我抠钱、攒钱,拼命挣钱错吗?这是为你,也是怕咱爹和你爹合不上眼。你……你怎么能往歪处想我?!……"

成龙有些窘,干张了几下嘴,却没声。

望田长叹口气:"高家是穷,身份是贱,你去应试说不出口,在外我不怪你,可在家不行!爹没给咱留下什么,可他留下一句话:人字就一撇一捺,可不能写得歪着、倒着。成龙,你骂我别的,臭苦力、穷光蛋、笨脑壳,任啥我都不在乎。可你不能说我连个人字都不会写,连个人都不会做。要那样,甭你说,我自个儿就扎后海了。成龙,我……我这心让你扎得疼啊……"他说不下去了,眼泪竟夺眶而出。

成龙呆愣了半晌,突然哭出声:"哥,我……错了……"

上午一起床,齐月轩就把留了几年的胡子刮了,这是正英下的令,不遵不行。刮完在镜子前一照,自己也觉得一下子又年轻了起码十岁,一点没有病后的委颓,俨然多了些轩昂的朝气。他乐了,对着镜中的自己,甩出一句韵白:"正所谓,人逢喜事精神爽,不似昭关愁白须啊,哈哈哈……"

旁边的丫头桂枝想笑没敢,端着脸盆出了里间,才偷笑出声。没出厅屋门却正碰上杨志兴撩帘进来,一低头忙溜了出去。

杨志兴刚才在屋外,也听见少爷的念白和笑声。可他对京戏是一窍不通,也一点儿不感冒。刚才少爷那几声戏台上的笑,在他听就像鸭子叫。戏台上的戏他不懂,可现时中的戏他门清儿。他知道少爷高兴,为什么高兴?他也从少爷和周家小姐的眼神里看出点名堂。少爷高兴,当然他也高兴,巴不得能早点了去这块心病。

"少爷。"他叫了一声。

齐月轩闻声从里屋出来:"噢,杨叔,我可正要过去找你呐。"

"您有什么事?"

"嗨,小不起眼的,还是先听您的,有什么大事?"

杨志兴笑笑:"少爷,我把墨香斋的老契找着了。"

齐月轩只"嗯"了一声,并没惊,也不甚喜。

杨志兴继续说:"这样,我们可就有希望把墨香斋争回来。咱有地契就有地权,甭管是谁,就盖上八层楼,也是盖在咱们的地界上。当初就是没找着地契,要不然老楼还在的时候就和他打官司了。"

"可是……那刘玉新盖了楼,马上就要开张,能白花这钱?"齐月轩有些迟疑。

"那咱们可以把楼买回来呀。"

"那人家就不会买咱的地?"

"地咱不卖。"

"那楼人家也可以不卖呀。"

杨志兴诡异地一笑:"那就官司慢慢打,跟他耗。再说沈三儿已经答应,和府上站一头儿。正招儿不灵,还有邪招儿嘛,咱们……"

"打住,"齐月轩忙打断,"我可不愿扯上青洪帮,我丢不起那人。再说那刘先生是经正节介绍,经过我的,连匾都是我题的,哪好意思说变就变?"

杨志兴叹口气:"少爷,您呀就是忒顾面儿。"见齐月轩还欲说,忙继续道:"少爷,刘玉这回能争下这块地,主要可是靠着日本使馆做后台。这沈三儿说过,我也托人打听过,这事儿不虚。青红帮您不愿沾,就愿沾东洋人?"

齐月轩一愣:"他是日本人?"

"那不好说,反正是和日本人有关系,而且关系不一般。"

齐月轩沉吟半晌,才说:"这事还是先搁搁。今儿中午小月蓉的大饭庄开业,正节也去,我从他那儿探探再说吧。"

杨志兴也只好点点头:"好,问问也好,不过咱有了老契的事可先别漏。您可别没探了人家的底,自己兜个底儿掉。"

齐月轩应了一声,见杨志兴转身要走,忙叫住:"别走,我还有事呐。"

"什么事?"

齐月轩笑了,笑得有点扭捏:"今儿我得去吃开张酒,太少了拿不出手,你那儿……先支我点儿?"

"行。"杨志兴应得挺痛快,"我知道您最近有好事,钱肯定不够花。

您说要多少？"

"给……一百。"

"一百？多大的事，多大的面儿，您张嘴就给一百？我看今儿这应酬，您还是别去了，他十桌的花销也不够一百呀。就……二十吧。"

"也太少了……"

"这还少？就这么多了。要，我回去取，不要……"

"别，别。"齐月轩无奈地叹口气，刚要应，又止住，笑着磨叨，"这皇上发话还有商量呐，你就一口价？嗯，加点儿，八十。"

"三十。"

"六十。"

"四十。"杨志兴忍住笑，"您再加，我真走了。"

"好，好好，就四十。"齐月轩说着，自己也觉好笑，"哎，咱俩这唱的是哪一出儿？还带讨价还价的。"

杨志兴也憋不住劲，和少爷一起笑了起来。

第三十四章

  新改建的月蓉居还在原先那个二荤铺的地点，可简陋的平房变成了装修得像模像样的二层楼。虽没有同一条街的天庆饭庄大，可却玲珑精致，素洁典雅，大有些江南建筑的味道。在这条后门大街上独树一帜，在一片金碧辉煌中尤为抢眼。这，又是小月蓉妻子的主意。他妻子是扬州人，也在南京办过饭馆儿。虽没亲自干过，但耳濡目染，对勤行还拎得清。小月蓉嗓子坏了，办二荤铺是她的主意。把许多淮扬菜按北京人的口味儿改良，揉进鲁菜系里，是她的主意。把这些年的积蓄全拿出来，把小饭馆儿改饭庄，还是她的主意。难怪小月蓉自己也常说：他干这行，外有齐少爷写的招牌，内有老婆给拿着主意。不过女人主意大了，自然脾气也就大点，小月蓉怕点老婆，倒也顺理成章。

  路不远，齐月轩自己溜达着就来了。在大门口迎客的小月蓉见了，忙迎上：“哎哟，齐大少爷，您这压大轴的可来了。快请，快请。”

  齐月轩随他上了二楼，进了包间。一进屋，就见桌前已坐满了人。有周正节，小月蓉的大师兄、四师弟，有相邻门面的掌柜，大都认识。见他进来，众人都站起，一阵寒暄，才又落座。齐月轩和周正节一左一右挨着小月蓉，他的左手边挨着个面生的中年人。

  小月蓉见大家坐定，吩咐伙计：“上吧，人齐了。”

  “且慢，”齐月轩叫了一声，笑笑，问，“月蓉，原先你开二荤铺时，我给你写过一副楹联，还记得吗？”

  “嗨，那哪能忘，这副联挂了八九年，可给我带了不少福气。”他顿了顿，想了想，又道，“上联是：唱念做打锣鼓响罢绕梁十年有余韵；下联是：

蒸炒烹炸锅铲声停入肚二荤也美食。"

众人听了,纷纷赞许。

齐月轩站起来:"今天你这是大饭庄了,这联不合适了。我又给你写了一副。"说着,从怀里掏出副对联,递上:"其实也就改了几个字,总贴切些。"

小月蓉忙展开,念:"唱念做打锣鼓响罢绕梁十年余雅韵;蒸炒烹炸锅铲声停品味千珍叹美食。好!您改得好!谢了,谢了。"

屋内自然又是一阵赞誉之声。

周正节打着哈哈道:"月蓉,大少赠的这副联,你恐怕还没琢磨透内里的含意。"

"噢?……那你说说。"

"这上联写的,是你在台上的光彩,这下联写的,是你干勤行的辉煌。这上下联别分开,您要把这意思合一起用,这生意还得火。"

齐月轩见众人都看着自己,连忙:"我可没想到这一层。正节,你说吧。"

周正节故意卖着关子,不慌不忙地说:"我看呐……咱们不如以'月蓉居'为点儿,办个京戏票房。有您这些师兄弟帮着,有月轩兄这样的票友捧着,有吃、有喝、有唱。一进门让人满眼都是行头、脸谱和您的大剧照,满耳都是丝竹之声,雁啸莺鸣。您这儿得镇了半拉北京城,不火才怪!"

"嘿,好!您这主意还真绝。"小月蓉叫道。

众人都纷纷附和,齐月轩也"嗯"着点了点头。

小月蓉兴致勃勃,忙说:"要建票房先得起个好名。我看……就用齐少爷一个'轩'字,用我一'蓉'字,叫'轩蓉社',行不?"

没等别人说,齐月轩抢了先:"月蓉,你和我的名里都有个月字,要叫'映月社',岂不更好?"

周正节拍起巴掌:"好,好一个水中映月。"

众人个个称好,一片笑声。伙计们鱼贯而入,转眼间一桌菜已上齐。大家纷纷举杯,自然又是一阵寒暄。

靠着齐月轩的中年人,半转过身,举杯笑道:"齐少爷,久闻您文采出众,早有结交之心。今天借花献佛,请兄满饮此杯。"

齐月轩忙端起杯,问:"这位仁兄是……"

周正节接过话茬:"嗨,忘了给二位介绍,这位就是新'墨香斋'的老板,刘玉刘律师啊。"

"噢,久仰。"齐月轩点点头,不甚热情。

刘玉一见,笑着道:"齐少爷,墨香斋本是府上的产业,这次我重建此店,全靠您鼎力支持。本想开张时再去拜谢,却先在这儿见到您。幸会,幸会,我先干为敬。"

齐月轩见他先干了杯中酒,也就寒暄两声,一口饮下。

刘玉殷勤地又给他斟上,说:"齐少爷,我一向喜欢中国古典文化,喜欢中国文人的儒雅之气,特别对中国的对联情有独钟,有机会……"

齐月轩没等他说完,就打断了:"刘老板,听您的话音儿,怎么好像自己不是中国人似的?"

刘玉微怔,又一笑:"鄙人在日本留学多年,有时说话常别不过嘴来,请仁兄见谅。来,喝。"

齐月轩点点头,刚端起杯,却又撂下:"听说……这块地儿能到您手上,有日本使馆给撑腰?您可好大的面子呀。"

"哪里,哪里,"刘玉连忙摆摆手,"只不过有几个日本朋友而已。"

齐月轩笑了:"哈哈,还是日本朋友值钱,哪回也介绍我认识几个?"

刘玉也笑笑:"齐少爷,您也不要对日本国有偏见。且不说中日文化相通,就是长相不都是黄种黑发?总比金发碧眼的欧美人亲近吧。"

周正节站起打圆场:"是啊,中日乃相邻之邦,人同种,文同源……"

"只可惜呀,落个煮豆燃萁。"齐月轩哼一声打断,又转向刘玉,"不知刘先生怎么看?"

"鄙人一向主张日中亲善,友好邦交。"

"哼,什么日中亲善?"齐月轩脸上的笑变得更冷,"那是唐朝的事。从明朝至今就只见兵戎相见,倭寇横行了。远的不说,一个《马关条约》就让朝鲜没了、台湾没了、澎湖列岛也没了,两万万两白银还得给人家。这,是我们这岁数都赶上的吧?"

刘玉愣了愣,又马上堆起笑:"其实……日本国对中国并无恶意,只是想借助中国共御欧美列强。还是周先生说得好,人同种,文同源嘛。"

齐月轩用手指敲了两下桌:"那日本……能把台湾还回中国吗?"

刘玉没答,却冷冷一笑:"齐少爷,您不会不懂优胜劣汰的道理吧?世间万物,弱肉强食,适者生存……"

他的话没说完,就被齐月轩的笑打断了:"哎,还谈什么中国文化?还说什么文同源?我看呐,别说是日本人,就您这在日本留过洋的,说话都变了味儿。把中国文化用一半,扔一半。"

"这正是去其糟粕,取其精华。"

"我看倒是未取精华,仅学皮毛。"

"何以见得?"

齐月轩想想,问:"刘玉先生,您名中的玉可是金玉之'玉'字?"

"正是。"

"好,那我就以玉为例。"齐月轩轻咳一声,朗声道,"玉能碎者,玉之皆可。若只求其硬,只求刚烈之性,只可得玉中下品。玉之上品乃老坑之物,得有好色泽、好质地、好水头,有细腻纯正、柔和温润之性也。民族也一样,若只求凶悍、强蛮,而不求包容、仁爱,那岂不也是下品?"

"那……依先生所言,现今日本之强,中国之弱又作何解释?"

齐月轩坦然一笑:"古人云:仁者无敌。中国几千年有此大国,赖之此理。中国百难而不亡,也赖之此理。仁者之弱,只弱一时,无仁者也只逞一时之强,非长久之势。不知刘先生所指强弱,是指千年,还是一时?"

刘玉被噎住,张了张嘴,却没出声。席间众人却都一下子笑出声,纷纷附和叫好。

小月蓉见刘玉尴尬,忙站起来:"诸位,酒桌上咱们不谈国事。来,来,喝酒,吃菜。"

"好,好好,喝!"齐月轩一扬脖,把酒干了。

刘玉也干了杯中酒,笑笑自语:"是啊,饿先想吃,何必空谈千年梦?"

齐月轩瞟他一眼,知他出了个上联,想都没想就脱口而出:"非也,穷则思变,当然苦求一日兴!"

刘玉夹起一只蚌,放在碟中,又笑道:"蚌乃大,除去硬壳皆嫩肉,"

齐月轩也舀起一勺汤,抿着、品着、笑着说:"汤虽稀,滗去浮油尽精华。"

说着,眉一扬,眼往旁边一扫,正和刘玉有些窘的目光碰撞在一起。两人对视了片刻,才一起笑出声。

晚上吃过饭,老李头就带着高望田奔了学士府。

头几天,他在街上碰到杨志兴,问起给成龙找差事的事。杨志兴只一笑,说:"甭急,让他再掏几天粪吧,磨磨他的性子。"而后,又不明不白地问了一句:"听说……你给成龙说了门亲?"

老李头忙说:"哎哟,您也听说了。"

杨志兴点点头,问:"这讨媳妇怎么倒着来,先从小的呀?"

"嗨,望田说这是他爹的意思。"

杨志兴叹口气:"他爹千般好,就这欠思索。太惯,倒怕惯成毛病。"他顿了顿,见老李头没搭茬,又问,"那亲成了?"

"嗨,人家嫌八字不合。我看未必,八成是嫌高家门坎儿太低。"

杨志兴笑了:"他烧饼陈家就门坎儿高?嗨,啥高低呀?伺候人吃,就比伺候拉的高?人那俩口儿离那么近,高能高多少?想不开呀……"

老李子摇摇头:"您就会说便宜话,赶上您,您也得替女儿掂量。您家月娥还没许呐,怎么不……"

"哼,我用不着你将我,我还真不稀罕趁千趁万的主儿。就高家这为人,还真让佩服。"杨志兴顿了顿,诧异一笑,"我们月娥只要能看上眼,我还真不论高家还是低家。可我不没见着望田来嘛,有女家上赶着的?"

说着,他走了,让老李头站着那儿,琢磨了半晌。

那晚,望田去他家,他就把杨志兴的话给学舌一番。他认为,杨管家虽然是句玩笑,这话里话外透着点儿意思。月娥和成龙是同学,到一起聊天,话比和望田多。成龙脚上那双鞋就是月娥给做的,兴许月娥还真有意。再说,给成龙找差事这事儿,怎么想,杨志兴也像是表面冷落,内里倒像是给他想好了出路。那笑话要不当笑话听,就没准是专门让他给递的话。

望田让他说得也有些信,两人商量出个主意。就带上礼,登门求亲,当面锣,对面鼓敲在明处。成最好,不成也就不惦记。

他俩一进西跨院正屋,把点心匣子、果筐和红纸包的礼金往桌上一摆,杨志兴就满脸是笑,连声让坐,叫严妈上茶。

"月娥没在?"老李头问。

"到少爷屋练字去了。你们今儿这是……"

"直截了当,今是望田求我来提亲。老高不在了,我就算他长辈,顶这面儿。"

杨志兴扫了一眼望田,笑问:"生辰八字拿来没有?"

"有,有。"望田应着忙递上。

杨志兴看了看,见是成龙的八字,一愣,半晌没吱声。对成龙,他不能说不喜欢,这孩子长得俊,又透着聪明,初中毕业也算文化不低。可总觉得他有点儿心高气浮,所以才没马上给他安排差事,让他跟望田先背道。他想等把墨香斋争回来,再扶他做个账房或管事。他也知道月娥做的鞋穿在成龙脚上,也的确动了随女儿意的念头,可他心里还是更喜欢望田。从小看着他长大,喜欢他耿直、厚道。要让他做主,他倒更希望把女儿嫁望田,笨点儿、怕点儿,可踏实。所以,才有意让老李头透话。今儿他们一进门,他还真以为是给望田说亲呐。没想到,他们听明白了九十九,最紧要的给听拧了。现在帖子、彩礼摆在眼前,一时还真不知如何回话。

"杨管家,您看……"

杨志兴仍没吭气,让严妈偷拱了一下,才省过味儿来,忙笑笑:"喝茶,喝茶。"见二人都没动,只紧盯着他,才轻叹一声,"这啥事也得讲规矩。高家望田为大,他还光棍呐,倒先娶弟媳?有带小叔子过的,有跟大伯子过的吗?我看还是等望田……"

"杨叔,"望田忙把话接过,"按说是这理,可我家不一样。我爹嘱咐过我,咋也得尽着成龙先娶了,让他刘姓有了后,才算了了这份儿心。您要成全这门亲,月娥一进门,我立马搬外边住,绝不能让人挑了眼。"

杨志兴又苦笑着摇摇头:"望田呀,你和月娥算是青梅竹马,刚才我还以为是给你提亲呐。"

望田愣了一下,马上憨笑着说:"杨叔,我哪有那福分呀,这我可不敢想。从小我就把月娥当亲妹子待,月娥也当我是哥。成龙和月娥同学了好几年,他们聊的我都插不上嘴。成龙到底是将军的后,上过初中,我爹那点儿本事也都传他了,文的武的都拿得起来。您将来能扶他一把,肯定有大出息。不像我天生个笨脑壳,就有把子蛮力气。"

杨志兴看着他,又叹了口气,沉吟着不语。严妈看不过,又拱了他一下,他理都没理。

老李头也让望田偷拉了一下,这才轻咳一声,说:"杨管家,高家身份是低点儿,可……"

"可别这么说。"杨志兴忙打断,"我杨志兴也是包衣出身,成龙他亲爹也做过将军,没啥高低。"

老李头又笑笑:"成龙这孩子可不赖,这些日子踏实多了。这孩子机灵,您将来好好调教调教,兴许几年就能挑大梁。"

杨志兴"嗯"了一声,说:"老李头,不怕驳你面儿,今儿我可给不了你们准话。"

"嗨,杨管家,都不是外人,有什么话您尽管说。我们今儿来了,成与不成,不都得兜着?"

"别误会,只是……孩子一辈子的大事,草率不得。虽说是媒妁之言,父母之命,也得容我和月娥知会一声吧。"

"那是,那是。"老李头点头应着,见望田还欲说,忙递了个眼色。

正这时,月娥拿着个纸卷,进了屋。一见老李头和高望田,又扫见桌上的礼,脸一下红了。低着头,打了个招呼,转身就要走。

严妈却一把拉住,笑着调侃:"月娥,人家可是来提亲的……"

杨志兴见她多事,忙站起:"嗨,让闺女去吧。"

严妈早对他今天的态度不满,理都没理,继续说:"都熟人熟面的,有啥磨不开的?嫁到老高家去,行不?摇头不算点头算。"

月娥情不自禁地点点头,马上又觉不妥,忙说了声:"还是听爹的吧。"就跑了出去。

老李头乐了:"杨管家,闺女都应了,您还慎着什么?"

"是啊,就不兴给句痛快话?"严妈又添油加醋。

杨志兴瞪她一眼,稍思才说:"老李头,你也是府上的老人儿,从学士府嫁闺女,就算出了籍,也得让少爷点个头吧。这么着吧,明天下午四点,你们把成龙带到天江茶园,不见不散,我一定给你们个准话。行么?"

老李头和望田不好再说什么,只得应着,告辞而去。

第三十五章

　　董彩屏头一次登台,就连返了三次场,从此一炮而红,在"杂艺剧场"算站稳了脚。别的艺人的约都是一次最多签三个月,可老板却大笔一挥,给她一下签了十个月。不少人私下倒醋缸,怪老板偏心。其实老板算账多精呀,新人是新人价,要俩仨月人家红透天津卫,三倍的价也不见得能签得下来。

　　签了约,得了定,祖孙俩本来拮据的日子也好过了。离了小旅馆,搬进老板给包的公寓,还用老板支的服装费添了几件旗袍,台上台下都光鲜了许多。

　　这天,彩屏随魏爷刚进后台,就听几个人在议论。

　　"哎,没看见吗?前边可来财神爷了。"

　　"嘛财神爷?"

　　"奉军的施军长,就好听这口儿唱。我赶上过,那出手真叫大方,听高兴了,撸下戒指就往台上扔。"

　　"那今儿我得铆上点儿。"

　　"哎,您可别光听好的,这主儿可是杆子出身,您要把他老人家惹翻了,那茶壶可说砸就砸。这还是轻的,听说有一次,愣开枪把灯泡都甏了。"

　　"妈呀,我腿都软了。"

　　"嗨,人家哪回都是因为漂亮妞,今儿准是奔一品红,不会理你这过了景儿的。"

　　"去你的。"

他们那儿逗着闷子,彩屏听着却一阵发慌。

魏爷看在眼里,边对着弦边说:"听蝲蝲蛄叫,还不种庄稼了?该咋唱咋唱,没事。"

到了台上,彩屏往台下一扫,果然前排正中的桌子前,坐着个黑粗猛大的军官,旁边站着马弁,大门口都站了岗。一慌,弦子响半天,愣没出声。急得魏爷使劲咳了一声,她才恍过味儿来,不顾弦子,张嘴就唱。幸好魏爷老道,紧追慢找,才没荒板荒腔。一句唱下来,心就宁了些,好歹把这段儿唱完,算没撒汤没漏水,曲毕一鞠躬,就跑下了台。

前边观众不干,还一个劲叫:"再来一个!"

没想到,把那施军长惹翻了,一拍桌子吼道:"嚷他妈什么嚷?好好一小妞,让你们都给吓毛了。你们有一个算一个,要接着听,就闭上嘴,整点文明的,伸出手,拍巴掌!"

一阵掌声过后,彩屏只得又出台唱了一段《大西厢》里的"初遇"。台底下那施军长像当了拉拉队指挥,一抬手一片掌声,一挥手鸦雀无声。也别说,他还真懂大鼓,每次掌鼓得都恰到好处。彩屏唱罢,撂槌一躬,正扫见他乐滋滋地抬着手,光头上满是汗,比灯泡还亮。忍不住"扑哧"一笑,忙端着鼓下了场。

魏爷见她笑场,下来少不了埋怨。彩屏也不解释,只忙着把鼓和架子装进布袋。两人刚要走,老板引着个大兵进了后台。艺人们不知又出了什么事,都吓得大气不敢出。

那大兵到彩屏面前,一个立正,向她行了个军礼,把一个请柬交到她手上。打开,里面有一枚半两多的金戒指。

魏爷拿眼一扫,见请柬上写着明天的日子,下午五时,二马路施公馆。

大兵说了声:"敬请小姐光临。"转身走了。后台里炸了窝似的一阵议论,说什么的都有。魏爷忙把戒指和请柬揣进怀里,拉起彩屏要走,却又让老板给叫住。

"我说魏爷,这面儿你怎么着也得让一品红给圆上。您二位要明儿不去,别说你们,连我都没好果子吃。"

"您放心,明儿一准去,一准去。"魏爷连声应着和彩屏出了后台。

第二天下午,魏爷带彩屏出了公寓,手里还是那两把三弦一张鼓,只是多了个小布包。出门就叫了辆洋车,上去就放下了帘儿。

"去哪儿您?"

"二马路,施公馆。"

"得了您!"车夫应着,跑了起来,把车拉得飞快。

"爷爷,我……怕,咱还是……"彩屏嗫嚅地说。

魏爷握住她冰凉的手,淡淡一笑:"甭怕,不有爷爷呐嘛。来,把今儿教你那段儿再哼哼,别忘了。"

彩屏只好轻声哼了起来:

月照残红香阶冷,

竹扬纤枝舞夜风。

他那堪思不断,

我这里意已通。

却未待言曲终了,

只落得泪珠点点叹梦中……

哼着这凄美、委婉的曲儿,彩屏的鼻子一酸,泪竟真滚了下来。只听魏爷一声叫:"您前边胡同左拐,到口右拐。"

"您不是到二马路吗?"

"不去了,奔火车站,赶4点45的火车。我加钱,您给加点儿紧。"

"行了,误不了。"

这时,彩屏才知道爷爷的心思,抹抹泪问:"爷爷,咱奔哪儿呀?"

"嗨,走哪儿算哪儿吧。"

"要走,咋啥也不带?"

"要啥都拿,还走得了?哎,爷爷啥都舍得,就是舍不得你呀。"

彩屏的泪又涌了出来,笑着把头靠在魏爷的肩上。忽然想起什么,失声连连叫:"坏了,坏了……"

魏爷笑了,从布包里抻出了小纸包,问:"是找它吧?"

彩屏接过还不放心,打开包看,见到里面那些干黄的榆钱儿,才笑了。

魏爷看着她,叹了口气:"从你来就带着这包榆钱儿,我知道你稀罕它,它是你的念想。哎,念想我也有过呀……"

半晌,祖孙俩都没出声,只默默地依偎着……

也是这天,也是这钟点儿,齐月轩随杨志兴来到天江茶园。一进门,就在大厅找了个临窗的桌坐下。

齐月轩坐下还叨唠:"嗨,杨叔,你嫁闺女,让我点的哪门子头?前儿个我借一百,你抠了半天才给了四十,你能听我的?太阳都得打西边出了。今儿还是我先听你的吧,我这头是摇好,还是点好?"

杨志兴笑了:"少爷,今儿我真是诚心诚意让您给把把关。您是先生,就当您今儿考回学生。您那么喜欢月娥,就不怕她嫁错了?"

"哼,您还有看不准的时候?"

"别说,这回还真掂量不清,这俩孩子各有千秋,各有短长。待会儿您也用不着当面点头,还是摇头。看过,您去忙您的,私下给我个几句就得。"

"好,好好。不过,我应给月娥的两百块礼钱,你可不能再从我的月份儿里扣。我这儿也……"

"相上人了,是吧?"杨志兴笑着接过话茬。见他有点窘,忙又说,"我知道是谁,人不错。干脆您抓点紧,和月娥前后脚办了得了。"

"嗨,早呐,她毕业还得三年。"

"啊?那……"杨志兴正要再问,老李头带着望田、成龙哥俩进了茶馆,走了过来。

"少爷吉祥。"老李头还是老礼儿,请了个武式安,望田、成龙也跟着鞠了个深躬。

齐月轩忙摆摆手:"坐吧,都坐吧,没那么多规矩。"

几个人都坐下,杨志兴、老李头一边一个,那哥俩并排坐在对面。望田还是平素那身破棉袄,刚收工脸都没顾得洗。倒是成龙罩上了件长衫,新理的个寸头,显得格外精神。

齐月轩笑笑:"这俩孩子可都有日子没见了,特别是成龙,打你上初中就没再见。好,真出落得一表人材了嘛。"

成龙只一笑,没吱声。

齐月轩看大家都没话,一时也想不出说什么。偷瞟一下杨志兴,他不理,只用脚在桌下踢了一下。

齐月轩只好想想,轻咳一声,说:"年青人嘛,都要有理想抱负,是吧。来,你们哥俩都跟我说句实话,想这辈子混成个什么样?"

望田和成龙对视了一下,谁也没吭气。

"望田是哥,你先说。"

望田吭哧半天,才说:"我能……混个啥样呀?不怕您笑话,我就想一辈子不挨饿,也……看不见别人挨饿,就……知足。"

齐月轩笑了:"你这心还小啊?自己不挨饿好办,要天底下看不见挨饿的,那可难喽。"

"我就是有时候瞎想、乱讲、乱讲。"望田憨笑着拍了自己脑袋一下,逗得大家都笑了。

"成龙,你呢?"

"我……"成龙欲言又止。

"没事,就和你哥一样,瞎想乱讲,没关系。"

成龙支吾着:"那……哪儿有个边儿啊……"

"哈哈,你好大的口气,还没边儿?"

成龙一扬眉:"本来就没边儿嘛。古人云:'王侯将相,宁有种乎?'又诗曰:'书中自有颜如玉,书中自有黄金屋'。有对联也道:'小为虫遇大则虎,潜做蛇能飞是龙'。"

"嗯?这副对联也是古人的?"

成龙笑笑:"这是……我自己瞎写的。"

"你呀,在少爷面前你还敢转?"望田有点发急。

齐月轩却笑着摆摆手,望着成龙说:"看来你的书没白读,还是有些心胸,也看过些书。好,好!不过,夫子曰:'弟子入则孝,出则悌,行有余力,则以为学。'还是讲做人第一,学问其次。"

成龙点点头,没再吱声。

"屈原的《离骚》,你读过吗?"

"读过。"

"好,做人习文,莫过于此啊。"

"不见得。"成龙脱口而出。话刚出口,自己也觉唐突,忙低下头。

齐月轩也一愣,见老李头和望田发急地想训他,忙拦住:"让他说。成龙,你倒说说这其中的道理。"

成龙鼓了鼓气,抬起头:"我……我就觉得屈原死的不值。反正也憋着一死,还不如抱着个仇人一块儿跳呐。"

齐月轩让他说得愣在这儿,一时无言。

老李头忙站起给少爷的旧茶泼了,又倒上杯热的:"少爷,喝茶。"

齐月轩却笑笑站起:"我还有应酬,你们坐,我先走一步。"说着,转身就走。

杨志兴忙跟了上去,到大门口才问:"少爷,您看……"

齐月轩嘬着牙花子,一脸苦笑:"哎,还真不好说。成龙这孩子不可小瞧,偶尔一句话,一眼神儿就露出点儿霸气,没准儿将来还真混出个护法的金刚。可要混不好,也保不齐多出一恶煞。哎,年青人有心胸,求强好胜总是好事,当老家儿的谁不想孩子有出息呀?不过得把善根栽瓷实了,还得你调教好。"

"那望田呢?"

"这孩子没读过什么书,倒能悟出些大善来,不易。不过,就现在这世道,光凭个好人,能有啥出息?再说,提的又不是他。我看呐,找女婿可也别照着你自己的模子刻。真像你,这辈子能脱得了憋屈?……嗨,我这也是瞎说,大主意还得你自己拿。"

他走了,杨志兴品着他的话,半天才转过身来。可却没回桌,直奔楼梯上了二楼。

望田看见,忙问老李头:"李叔,您看,杨叔可上二楼了。"

老李头却不慌不忙,抿着茶说:"嗨,他上天碍你啥?你看人家成龙都没急,老实地等吧。喝茶。"

望田笑笑不再吱声,这才觉得嗓子像冒了烟似的,忙一口气连喝了几杯。正想叫人续水,茶房已来到身边。

他俯下身,小声说:"这位先生,借一步说话。"

望田跟他走出几步,问:"什么事?"

"有人在门口等您。"

"等我?谁呀?"

"嗨,您出去看看,不就知道了嘛。"

望田忙走出大门,左右张望,却没见人。正疑惑,身后有人轻声叫。扭头看,是月娥躲在大门后。

"哟,月娥,你怎么来了?"

月娥一听发了急,却干张了张嘴,说不出话,直把小脸憋得通红。片刻,她长舒了口气,才说:"你……去我家提亲,提的是成龙?"

"是……是啊。"

"你……你真是的。"月娥狠狠瞪了他一眼。

望田见她这样子,也觉出了点儿什么,心也一下扑腾起来,说话也不利索了:"我……琢磨你俩挺……般配,我爹又……"

"那你咋不问问我,愿意不?"

"你?!……你和成龙是同学,平时又聊得来……对,前些日子,你不还给他做了双鞋?我寻思……"

"你真傻,他穿上合适吗?那是量你的脚,给你做的。"

"那他说……"

"他说,他说,你咋就不问问我,听我说。"

"我……"望田愣了。他也看见成龙曾往那鞋里塞棉花,自己也乘他睡觉偷着试过脚,不紧不松正合适,可咋就……他真恨自己。

"望田哥,"月娥望着他,眼里闪着晶莹,"你……心里真没我?"

望田的鼻子也酸了:"我……我心里哪能没你,可我这心太小,不敢让你待,怕你憋屈。"

"我不怕屈。"

"那……那你和你爹说了?"

月娥发急地:"我……我哪说得出口,这话得你说呀。"

"对,我说。"望田转身要走,却又停住,"可……泼出去的水可咋收啊?"

月娥的泪一下子涌了出来:"你……看着办吧。"说完,她转身跑了,高望田却望着她的背影发着呆。

这时,茶园里,杨志兴已经从二楼下来,乐呵呵地回到桌前。

刚才他上楼不为别的。昨晚他专程去约一枝花,就是让她也相相姑爷。从包厢里唤她出来,凭栏倚柱,指给她看。

一枝花端详半响,舒口气,脸上满是笑:"这孩子不错,又文气又硬朗,又是将军的后,配月娥我看行。"

"我就觉得他心忒大,摸不着底。"

"嗨,爷们儿嘛,就得这样。我看这小子将来能有点儿出息,月娥还是有点儿眼光。"

"真行?"

一枝花又一笑,笑中有点儿苦涩:"嗨,老杨哥,月娥这么多年我也没管过,全是你给拉扯大。少爷和我说了都不算,咋也得你拿主意。"

杨志兴点点头,觉得心里踏实了些,这才别了一枝花,匆匆回到桌前。

老李头早耐不住,刚要问,杨志兴捋着胡子笑出了声。

"让你们等急了吧?得,给你们一句痛快的,这门亲我应了!"

成龙原以为这事八成要黄,就等个"不"字就走人。杨志兴的话让他像冻了半宿,又猛一烤火,又麻又痒,又不知怎么挠。

"成龙,你犯什么愣呀?还不赶紧给老泰山磕头?"

成龙这才醒过昧儿,扑通跪下,三个头磕得结结实实。

刚进门的望田见了这一幕,一惊,边跑过来边喊了声:"别,别介呀……"

杨志兴一愣:"怎么啦,望田?"

"我……我是说……"望田憋得两眼泪汪汪,却话到嘴边儿,怎么也吐不出。

"你嫌磕头早了?废话!亲都应了能不磕?"老李头狠捶了他一下。

杨志兴大笑:"哈哈哈……光磕头可不行,今儿就把日子订了,你们好去订轿子。就两步路,我也不饶你,咋也得让闺女绕北京兜一圈。轿子要八抬的,鼓乐也得齐。你那院太小,也除不净味儿,干脆就胡同里搭喜棚,热闹又豁亮。"他那儿一通说,望田却仍愣在哪儿,一句也没入耳。

老李头急了:"看你这点儿起子,人家讨媳妇,你犯哪门子傻?赶紧回你杨叔话,行不行?"

"不行……也得……行啊!"望田挤出了点笑,含在眼里的泪珠却不住往下掉。谁都以为他是喜极而泣,只招来一阵笑声。

第 三 十 六 章

　　成龙的亲事算是定下来了,而且订下了腊月十八的日子。女婿是杨志兴最后拍的板,可日子却是在天江茶园门口儿摆卦摊,也经常在茶园里揽生意的算命先生"老狐仙"给定的。此人姓胡,从十几岁就跟师傅在这门前混,也算个老江湖了。算命、看相、起卦、测字都精通,行里说叫"斤"、"瞟"、"爻"、"测"混不挡。据他说,袁世凯登基前,曾找他排过八字。他多了没说,只说了两句:"蟒换龙鳞,梦圆日月。"袁世凯大喜,当面赏了他十两金子,可而后又派人灭口。幸他早有先知,下了关东。后来人问他:"你不是说袁大头要当皇上,而且好梦可圆,日月同辉吗?他怎么登基八十三天就死了?不准!"他说了:"我可说他是条蟒,就是换上龙鳞,不也是蒙事的嘛?梦圆不错,人家还过了回皇上瘾呐。要说日月同辉也不错,偶尔能看见这景儿,不都在傍晚黄昏,转眼就黑天吗?您说我这八个字,哪儿不准?"这事是真是假,谁也没去查过。信的就传他是半仙体,代仙言,说的、写的无不灵验。不信的也说他是囫囵话儿,几边儿听,里外里,颠倒个,正着、反着都占着。

　　杨志兴先前问过他,两人八字合不合?花一块钱买了他八个字:"不合则合,合则不合。"这回又花一块钱让他选日子,他掐指一算,说了四个字:"腊月十八"。问为什么?又说四个字:"大喜冲凶。"就他这贱价处理的十六个字,后来还真让有的人琢磨一辈子,也让不少人又盛传他的灵验。

　　日子订了,接下来事多了,花轿彩衣、鼓乐仪仗、粉房搭棚、支锅垒灶、桌椅板凳、碟碗盆勺……哪样不得去跑?幸好有老李头,带着成龙忙了七八天,才把该买的都买了,该订的都订了。只等头三天起了喜棚,就剩成婚当天的事儿了。望田没再插手,一是粪道得有人背,二是想管也不懂,这三嘛就是他也不愿、不想管。一见红颜色就冒酸水儿,一想成龙大婚那天就剜心似的疼。白天闷头干活还好过点儿,晚上回来,心里憋屈还得挤出点笑,那才叫难受。学士府的活他又背了两次,每分钟都和做贼一样,提心吊胆。生怕人问成龙的婚事,更怕遇见月娥。

这些天,他烦只是自个儿心里闹腾,月娥可是在家里公开闹腾起来。一阵大雨倾盆过后,是连绵小雨不断,三夜没合眼,两天没吃饭。杨志兴和严妈紧盘问,才弄清事情原委。可礼已收、亲已订、日子又临近,也是个骑虎难下。杨志兴左掂右想,也只好将错就错把月娥关在屋里,让严妈整天看着,反反复复,掰开揉碎了地劝。对外还得一点儿不漏风,问起只说月娥病了。哎,那阵儿,老礼儿可真是害人。要是今天,就不见面,不也就打个电话,发个短信,上网聊聊的事儿嘛。哪至于两人都闷葫芦装药,猜不透是哪一味呀。

这天是腊月初八。成龙随老李头为租桌椅板凳和一应家伙什儿,又跑了一上午,快到中午才回来。两人胡同口分了手,约好下午一起在院里垒灶。

成龙一进院,就见屋门口蹲个人,定神看是周四。

"哎哟,我的新郎官儿,你可回来了。"没等他打招呼,周四先叫了起来。

"周大哥,你也知道我要成亲?得,那今儿就算我话到了。十八那天,你来喝喜酒。"

周四苦笑着:"十八?!我还想那么长远?今儿初八,没你帮,我就过不去。"

"怎么?"

"嘿,装傻是吧?"

"什么……意思?"

"怎么,你把那天晚上应我的事都给忘了?"

"嗨,那天晚上喝多了,我好像……是应您什么事来着,可……记不清了。"

"记不清了?!好,好,我给你提个醒。你那天可应了,今儿下午替我下场子,顶死签。"

"顶死签?!……"刘成龙惊得张开的嘴,半天没合上。

周四哼了一声:"哼,幸亏那天让你签个约。"说着他掏出一张纸,亮在成龙眼前,"这上边有你签的字吧?这红手印是你按的吧?我给你念念:今有周四因抽中帮中死签,因家有八旬老母无人奉养送终,刘成龙愿仗义顶替。刘所欠周四账款肆拾伍元整,一笔勾销,生死伤残也与周四无关。听明白了?"

刘成龙一下脑袋都大了,只嗫嚅地说:"那……我有什么办法?我反正……不去。"

周四撸起袖子,露出两条干瘦的胳膊:"哼,你小子以为我周四是软柿子?今儿你去也得去,不去也得去。"

说着,他上前就拉,刘成龙一甩胳膊,让他倒退了好几步。

刘成龙也火了,一梗脖子:"今儿我还就不去了。你设套让我钻,凭什么我替你去卖命?我不去,你又能怎么着?"

周四让他给噎得直翻白眼,却说不出话来。半晌,才叹口气:"得,得,你横!我不求你了,我自己去。生也好,死也罢,我认了。我周四是条汉子,不像你说话像放屁,嘴和屁眼儿倒长着。真让你下场子,你有那种吗?让你这种尿货去,还不够现眼呐!"

刘成龙被气急了,握紧拳,从牙齿缝里挤出几个字:"你……再说一句!"

"我还不说了。"周四冷笑着,伸出手,"得,把钱给我,我立马走,咱俩算两清。"

"我……我一时没有。"

"嘿,要钱没有,应了的又耍赖,你到哪儿讲得出理去?你不是没有吗?我还不找你要了,我找你哥。不成,我奔学士府找你岳父大人去。怎么着,也不能让你里外里全占了。"说着,他挪腿就走。

"等等!"后面成龙叫了一声。

"等什么?"周四停下,在他脸上扫了一眼,"是等钱?还是等人呐?"

刘成龙眉头紧锁,沉吟片刻,终于吐出一口长气:"好……我跟你去!"

"哎,这就对喽,去拿家伙呀。"

刘成龙转身进屋,取出了那把剑,盯住周四说:"走,先到山西酒坊喝两口,然后再跟你下场子。"

"好,走着。"此时,周四的脸笑得简直像个烂柿子。

离德胜门外黄寺东南不远,有座土地庙。这儿早就断了香火,院墙、耳房、侧室早已荡然无存,就三间正殿还在,可也破败不堪。庙后有个砖窑取土留下的大坑,汪着一片颜色幽深,泛着臭味的死水,庙前和左右都是乱坟岗子,这是北城专埋无主倒卧的地方。所谓"倒卧"就是指无家可归,死在街头的人,男女老少都有。特别是冬天,哪天不得从城里拉几排子车来呀。管收尸的拢共那仨半人,哪还顾得深埋,也就猫盖屎似的几锹土。所以,这儿平时很少见活人,倒总是拥着成群的野狗。

沈三爷带着几十个手下,早早就候在土地庙前的空场上。他二师叔死后,帮里除一枝花,再没了理字辈的,只好请出个大字辈的师兄掌理秤。见时辰快到,对方还没见来,他心中窃喜。按规矩,逾时不到就算输,他忙让掌秤的燃香计时。眼看一炷香快要燃尽,白捡的便宜都到了手边,一枝花、七子一行人却来了。

掌秤的向双方拱拱手:"二位,都是家里人,各让一步,今儿就不必结梁子、摆场子。不知,还有没有退身步儿?"

沈三爷睖睖眼,没出声;一枝花冷笑一声,也不答。

掌秤一见,又道:"既然双方都没退意,我只好按规矩掌这秤了。三局两胜,请小师叔划道儿。"

一枝花摆摆手:"别价,三儿虽然是堂主,可是小辈。道儿由他划,省得将来有人说我以大欺小。"

沈三爷笑了:"好,早听说小师叔跤摆得好,可只听过虚的,没见过实的。今儿,要是请您露两手,讨教几招,不会不赏脸吧?"

七子火了,刚要骂出口,却被一枝花拦住。

她淡淡一笑,道:"好啊,我今儿就让你见识见识,老子当年凭什么劫库丁、抢库银!"说着,脱去长袍、上衣,露出里边的褡裢,健步下了场子。

沈三爷一招手,一个大个儿把棉袄扔在地上,也蹿进场内。双手一拱:"长辈,小辈放肆了。"

一枝花抱着双臂,扫了沈三爷一眼:"怎么嗷那么凶,找个小辈儿顶缸?哼,也罢,我就再让你一步。今儿我和小辈儿过招,就使一招'别子',用旁的招儿,胜了也算我输。"说完,舒臂拧腰活动着,向那大个儿笑笑,"小子,明告诉了你了,好好防着。"

那大个儿见一枝花瘦小,个头刚到自己肩头,哪把她的话当真。左右跳跃几下,猛然大叫一声,扑了上来。右手刚抓住她的褡裢,一枝花左臂一夹,左腿一撤,就让他腕子生疼,忙顺劲拧身。哪想一枝花早已变招顺胯,右腿把他别个正着,一声吼,猛力突发。那大个儿立刻腾空后仰,跌出好远,摔了个结结实实。

沈三爷气得一拍大腿,喊:"快起来呀,再来!"

大个儿爬了起来,左手一晃,改用右手上。上边往右猛带,下边右腿狠撩,这招叫"跛"。一枝花闪开,顺势上左步。腿一别,身一抖,肩一靠,那大个"腾腾"倒退好几步,又坐了个屁蹲儿。

"这个不算'别子'!"大个儿捶着地叫。

一枝花一笑:"这不是老'别子',是我师父从'红拳靠摔'引过来的新'别子'。还来不来?不来就下去。"

那大个儿咬咬牙,又爬了起来,饿虎扑食般扑了上来。前两次,左右上都吃了亏,这回来了个双手齐抓。一枝花没容他上手,边近身上步,边撩臂插掌,把他两只胳膊都挟在了腋下。说时迟,那时快,那大个正想较劲抽手,一枝花早上面猛挟双臂,下面拧腰闪胯,好俊的一个大别子呀!只见那大个"哎哟"一声,横着摔出,打夯似的平砸在地上,半天没爬起来。

一枝花见他又挣命似的撑起身子,忙俯下身子,轻声说:"小子,趴着吧,我可不愿要你这条命。"那大个儿一听泄了气,又软瘫在地上。

掌秤的这才扬起手,喊:"第一场,客方胜。"

沈三爷有些沮丧,忙叫道:"第二场咱们比拳。"

一枝花到场边,边穿着衣服,边答:"行,我接着。"

"我来!"七子身旁的瘸子李挺身出,紧紧腰带,一拐一拐地下了场。别看他走路不利索,可论拳脚功夫,没人敢小看。内家拳学过"八卦"、"行意",外家拳练过"炮捶"、"弹腿",最擅长的是刚柔相济的七十二路红拳。

沈三爷一见有点含糊,忙把正要下场的手下叫住,低声耳语了几句。

掌秤的叫了开,双方立刻拳来腿往打得热闹。沈三的手下也不弱,但比瘸子李还是嫩了些,不一会,就落了下风。他发了狠,虚晃一招"双锋贯耳",待瘸子李扬臂来搪,露出前胸,猛一个"李陵碰碑"一头撞去。哪知瘸子李早有防备,侧身一闪,紧跟着使出一招"石柱臼米",一肘击在他的背上。那人本来就撞了个空,又遭一击,哪里还收得住,冲出几步,摔了个嘴啃泥。好容易爬起来,却半跪在地上,一手捂胸,一手抚背,叫疼不止。

瘸子李见了,也觉下手太狠,忙走过想问问伤势。刚到近前,那人却突然却一个扫堂腿,踢将过来。瘸子李一个"旱地拔葱"勉强躲过,刚着地,那人拳锋已至,闪已不及,只好迎臂硬搪。拳肘相碰间,瘸子李只觉小臂剧痛。手一摸,衣袖已划破,眼一扫,见破处鲜血直流。瘸子李知他使了暗器,可骂声还未出口,那人又连番攻来。三搪两挡,又多了一道伤口。他这一恍惚分神,下盘也被猛踹一脚,倒退一步,跌倒在地。那人还不罢手,又腾空跃起用双膝砸去。这招叫"雷公炮",要挨上,不来个内脏出血,也得断几根肋骨。此时,瘸子李已来不及护,只下意识地闭上了眼。只听扑通一声,待他睁开眼,只见那人却也倒在地上。

原来是一枝花早看出其中蹊跷,忙递个眼神给七子,七子会意,一个箭步蹿入场中。正遇那人腾空欲落,横身用肩膀一撞,他横着飞出,跌出好远。

沈三爷跳着脚,喊了起来:"你这算什么?一对一,你插什么手?"

七子理都不理,只把瘸子李扶到场下。

"这场主方胜。"随着掌秤的一声喊,沈三爷那边一阵欢呼。

"当家的,他们使暗器。"

七子听了瘸子李的话,又看看他臂上的伤,早按捺不住,眼一瞪就要冲过去,却被一枝花拉住。

"行了,不说了,你没见掌秤的端不平?说也没用。"

"哼,玩野的我也奉陪。"说着他抄起钢刀,铛啷出鞘。

"别胡来,没到那伤人夺命的份儿。待会儿你上,赢了第三场,不就得了。"

七子点点头,止不住摩拳擦掌。

那边沈三爷正找不着周四,着急得直骂:"这小子敢溜号儿?看我回去不剥了他的皮!"

正这撂着场,为着难,一辆洋车停到路边。周四带着刘成龙下了车,匆匆跑来。边跑还边叫:"等等,别收场子!"

跑到近前,周四忙推着刘成龙到了场边,嘴里还嘱咐着:"听我的,豁出去。不行,就玩狠的。"

刘成龙没吱声,只喷了口酒气,红着脸,执着剑,下了场子。

沈三爷一愣:"你敢找人顶缸?……"

"三爷,我可不是怕死,是怕自己没能耐,坏了您的大事。"

"他……行?"

"您放心,武艺一顶一。"

沈三爷想想,点点头,忙喊道:"这场,咱们抄家伙!"

一枝花没应声,她一见刘成龙,就觉得面熟,想了想,却一时没想起他是谁。可看他的举止做派,不像门里人。

"我说三儿,"一枝花开了腔,"今儿可是家里的场子,你怎么找来个'空子'?"

沈三爷笑笑:"这是我昨儿才收的弟子,虽还不懂规矩,也算进了'门坎儿'。"

"当家的,甭跟他废话。"七子说着,拎着把钢刀就进了场。

两人话未搭,礼未行,一刀一剑就战到了一起。场内顿时寒光闪闪,钢铁的碰撞中,杂着声声呐喊。刘成龙的剑法既有剑的轻灵,又有刀的雄浑,挑撩抹搪劈砍刺,舞得滴水不漏。七子的刀法既有套路的章法,又有江湖中的野招儿,劲凶硬猛狠损刁,使得虎虎生风。场外的人们没几个见过如此的真刀真枪,真打真练,又棋逢对手的厮杀。一会儿屏住呼吸,不错眼珠地盯着;一会儿又狂呼乱叫,庆幸或惋惜。有时竟忘了自己是哪头儿的,也忘了场上这两人谁是谁。

一枝花看着也不禁暗暗赞叹,暗暗称奇。突然,她眼中一亮,心里猛惊:"哎呀不好,这小伙子不是在茶馆见过的女婿嘛,难怪见他面熟。这两边儿都是亲人,万一有个闪失……"她不敢再往下想,一声大喊脱口而出:"住手!"可许是两人打红了眼,也许是喧哗声盖住了她的声音,刘成龙和七子依旧斗在一起,一点没停手收势的意思。一枝花情急之下,顾不得别的,冲入场内跑到两人近前,又大喊一声。七子搪开剑,忙收了式。刘成龙斗性被酒劲儿激着,哪里肯停?冷不防跃起一剑刺来。一枝花左手一拉七子,右手以臂代刀,斜搪剑身。好险!剑尖擦着她肩膀滑过,可刘成龙哪里收得住?和一枝花撞个正着。两人都倒退一步,才算稳住身子。

"这又是哪出儿啊?"沈三爷又大叫起来。

此时,一枝花腹内一阵疼痛,疼得她不由"哎哟"一声,弯下身子。七子一见忙搀住。她咬咬牙,手撑住肚子,又直了直腰,扬起煞白的脸,笑笑说:"这俩弟兄半斤八两,难分高下。今儿算个平手吧,以后再约。"

掌秤的望向沈三爷:"三爷,您看……"

沈三爷仍不依不饶,一撇嘴:"哼,既赌就得有输赢!"

双方正相持不下,周四跑到刘成龙身边,递上一小酒壶,低声说:"按我刚才说的,干脆往狠了玩。"

刘成龙犹豫了一下,扬脖喝干了壶中酒,大喊一声:"看着!"他一扬左手扔了酒壶,伸出食指,一咬牙一闭眼,挥剑就砍。一枝花欲拦已不及,他惨叫一声,剑也随着半截手指掉落在地上。他捂住左手,腿一软,半跪到地上,泉涌似的鲜血从手指缝中淌出。

七子一见,也欲伸手自残,握刀的手却被一枝花死死拉住:"别裹乱了,我认输!"七子只得罢手,怏怏地低下头。

一枝花这才走到刘成龙面前,蹲下身,从怀里掏出个药瓶。把药粉倒在手帕上,敷到他的伤处,又替他缠好。解下腰间的布带,撕下一截,勒紧他的胳膊。又用剩下的从脖子绕过,吊起他的伤臂。这才叹道:"你……何苦呐?"

刘成龙看着她,不知说什么好,只满眼茫然。

一枝花想站,却站不起来了。又一阵疼痛,她忙捂住肚子,叫七子过来。待七子到了近前,她才附耳低语:"快,快抱起我走,别……别让我现在这儿。"

第 三 十 七 章

　　这回，沈三爷可乐坏了，坐着洋车往回走，觉得小胡同都比往日的大街宽。也难怪，和一枝花较劲这么多年，他就从没胜过，哪次都是龇着牙出去，窝着脖儿回来。这次总算大胜而归，不仅争回了利，也争回了面儿，憋在心中的恶气，一下出了大半。他觉得往常总败，就败在手下没点儿像样的人，今天冒出的刘成龙倒让他眼前一亮，喜出望外。他功夫够好，胆子够大，下手够狠，倒是个可栽培的材料……

　　车到岔路，他叫车夫停下，跟在后面，拉着刘成龙的车也停了下来。他下了车，走到后面车旁。见刘成龙靠在椅背上，闭着双眼，惨白的脸上还渗着汗珠。他叹口气，从怀里掏出个钱袋，掂了掂，放在他身旁，笑道："小子，今儿你给三爷我挣足了面子。以后就跟着我干吧，保你以后吃香的喝辣的。这点钱算不得赏，就算我给你大喜的封包吧。我就不去了，我也是学士府出来的，我怕你岳父跟我翻车。甭急，等你养好伤，再去找我，补个拜师礼。"

　　刘成龙听着他的话，睁开了眼睛。他今儿匆匆赶去，又匆匆下场，只听着别人一口一个三爷地叫，还真没看清他什么样。定神一看，突然一惊，不觉瞪大了眼睛……这哪是什么三爷，不就是害死爹，又被张老先生一块儿死的沈鸿沈二爷吗？大白天的闹鬼？还是做梦？……他定定神，挺了挺身，一阵钻心的疼痛，让他清醒了，明白了。不是闹鬼，也不是梦，眼前这个人一定是沈鸿在北京的孪生弟弟沈鹏沈三爷。他不只是害死自己全家的仇人，也是害死舅一家的元凶啊！仇人见面，分外眼红。他想挥拳打去，可刚一用劲，一阵剧烈的疼痛又让他不禁"哎哟"一声，捂住受伤的手。

沈三爷对他的神情倒没在意，又笑笑说："好，我就从这儿拐了，让周四送你回家。"说着，他转身走了，上了洋车，扬长而去。

刘成龙望着他的背影，从牙齿缝里挤出几个字："他……住哪儿？"

"嗨，现在你打听什么？过后我带你去。"周四扫一眼车上的钱袋，满是醋味地叹口气，"哎，你是真有福啊，我跟他那么多年，也没见……"

刘成龙的火又让他激起，没等他说完，就大声吩咐车夫："到学士府胡同，跑……快点！"

车夫忙端起车把，跑了起来。

"让我上去，我送你呀。"周四在后面喊。

刘成龙不再吱声，手上的痛连着心里的痛一起袭来，让他一阵昏眩。

天已经渐渐黑了，高家还没亮灯，刚粉好的白墙和上面的大红喜字都隐在夜色里，化成了黑乎乎的一片。刘成龙躺在炕上，高望田和老李头在炕边对坐。没人说话，本来不大的小屋让黑暗和沉闷充满着、压抑着，让人透不过气。

老李头下午来高家垒灶，却不见成龙，等了好半天也仍没见人影。找邻院的街坊一打听，才知道他是和周四走了，走时手里还拎着剑。上哪儿去不知道，只听见他们俩曾吵得挺大声。吵什么不明白，只听见欠账，顶死签呀什么的。老李头虽不是门里人，可身边三教九流的朋友都有，江湖上的事也有些耳闻。他知道周四是沈三的手下，也知道沈三和一枝花撂场子的事。把事串在一起，他知道坏了，成龙八成是卷到这场江湖纷争里了。他赶紧去找望田，可找了好几条街也没找到，只好自己去了土地庙。赶到那儿，场子都散了，只地上留着一摊血。急忙又往回赶，半路才遇上送粪回来的高望田。两人赶到家，成龙已回来，歪靠在炕上。起初他啥也不说，经再三询问，他才道出事情原委，来龙去脉。没多久，他就忽冷忽热，发起了高烧。请来大夫看过，服了药，他才算睡着。不过，睡也没踏实，时不时地还说着胡话。

老李头点上了油灯，看看呆坐的望田，劝道："望田，事已出了，别气了，气也没用。大夫不说了嘛，他年青，体格好，挺挺就过去了。"

望田一声长叹,只苦笑着摇摇头。

老李头见了,也叹了口气:"哎,我明白,这会儿你这当哥的心里比他还难受。也难怪,我这半拉江湖都从不敢蹚门里的混水。他一学生哥愣敢下场子、玩死命,连剁指头都敢,让人听着都瘆。要真是替他爹报仇,也值。闹半天,糊里糊涂替仇人卖了回命……哎,别说你,连我都想不透,我看……"

望田突然忙向老李头打个手势,没让他再说。原来是成龙好像在说话,返身看看,他没醒,又是梦话。望田摸摸他脑门,才回过身,压低着声说:"烧好像是退了点儿,咱说话小点声。"他顿了顿,见老李头没吱声,又说,"李叔,我也气,可一看他这样,我又气不起来了。哎,担心的倒不是他手上那伤,是这回伤到他心里了。您刚才不是说嘛,替仇人卖了回命,这伤可够狠。你没看他那眼神?没听他那话?是真憋着跟沈三拼命啊。我真怕劝不住他呀……"

"嗨,兴许也就说说。"

"成龙的秉性,您有我清楚?只要他心里发了狠,就早晚的事……哎,到日子给他成了亲,许能稳住他,算命先生不说大喜冲凶嘛。"

老李头哼了一声:"你呀,真跟你爹一模子刻的。哎,依我看呐,这门亲悬。"

"杨叔知道了?"

"嗨,好事不出门,坏事扬千里。今儿他不知道,能保明儿?你不说、我不说,能堵了街坊四邻的嘴?本来就是下嫁上赶的事儿,一旦知道能成得了?别说嫁闺女,就差事也甭惦记了。"

"那……"

老李头又叹口气,扫了一眼成龙,才更放低声说:"依我看,听天由命吧。你爹和你的心都尽到了,想开了,爱咋着咋着吧。你爹在时,我也劝过他。狗养虎崽,只能当狗崽养,要惯着它那虎性,他能恋这狗窝?找不着林子,寻不着活食,它能不闹腾?你爹要听我的,兴许就没有今儿这出。我跟你也就掏这一回心窝子,不听,我决不再说第二回。"

望田听着、想着,点着头,说:"李叔,你说的有道理。我爹可能也明白,可就是硬不下心做,拗不过自己的性子。我……也是呀。"

老李头没再说,只看着他又长舒了口气。

这时,外面大门响,望田打开屋门,见有人进院。走近才看清,是学士府的老门房。

"哟,叔,您怎么……"

"嗨,杨管家让我找你和老李头去,说有话说。"

望田应着,忙看了看老李头。

老李头的头摇得像拨浪鼓,脚也直往后退:"别,别,望田你自己去吧,我在这儿替你看着成龙。你记着我刚才的话就得。"

望田知道他的意思,也不好勉强,只好一个人跟门房出了院。

进了学士府,拐进西跨院,望田就见偌大的院子幽黑一片。门灯没开,两厢房都没亮儿,只有北屋亮着盏台灯,窗上映出个托着腮的人影。

到门口,望田没敢迈门槛,犹豫着、寻思着停在了门前。

"进来吧。"是杨志兴的声。

望田应着进了屋,见杨叔坐在右侧的写字台前,脸阴沉着,根本没看他。严妈侧身坐在正面的八仙桌旁,看不清脸,只听见一声长嘘。

"杨叔,您找我有话说?"望田小心地问。

杨志兴抬抬眼:"话就一句。把你家的彩礼抱回去。"

"杨叔,您先听我说……"

"我不听。"

"您不听,我……咋往回拿?"

"你不拿?我现在就给你扔出去!"说着,杨志兴一拍桌子,起身走过来。望田长这么大,还从没见他如此动怒,一时不知所措。

严妈忙站起:"你先忍忍,容人家孩子把话说完,成不成也用不着伤和气呀。"

杨志兴吐口长气:"好,你说吧,我倒听听你还有啥说头。"

望田寻思着,半晌没吱声,突然一咬牙,扑通一声跪在了地上。

"你这是干吗?起来!男儿膝下有黄金。"

"我能给我爹跪,就能给您跪。不寒碜!"

"我……用不着。"

"您接不接着我不管,这亲事成不成另说。错在我家,我爹死了,当哥的该赔罪,这没错。"

"你不起是吧?好,我走。"说着,他转身要出屋。

"您不听,我就跪死在这儿也不起。"

杨志兴盯着他片刻,苦笑着叹口气:"哎,你……何苦呢?"

望田愣了愣,刹那间他也有些犹豫,他想起了老李头的话,可也和自己说的一样,肯綮上硬不下心,拗不过自个儿。他扬起头:"杨叔,成龙不是个坏孩子,他是让人骗了,灌多了马尿才乱了性,办了糊涂事。现在他知错了、悔了,您就不能饶他一次?"

"不能。"

"喜棚、花轿、酒席都订好了。"

"我赔。"

"帖子都发了,泼出的水咋收?"

"我认栽这面儿。"

"杨叔。"望田的声音颤抖了,"成龙他没了爹,没了娘,进了我高家。我爹又不在了,就剩我这么个没用的哥。他不全靠着那点儿出头的心气儿和报仇的心撑着?初中熬到毕业,找不着事由,这次又糊里糊涂给仇人当了枪,他的心比手疼。这时候,您要是退了亲,他心里可就没什么撑着了。他不跟沈三拼命,也得扎了筒子河……杨叔,我知道您有气,我爹不在了,高家我为大。今儿您打也得,骂也得,我都替成龙接着。您就冲着我爹,饶他一次,救他一回吧……"他说着,热泪夺眶而出,淌满了面颊。

严妈叹口气,跟着抹起了泪。

杨志兴的脸仍板着,但眼角也有些红热。他的目光在望田的脸上盯了片刻,问:"你……心里就不屈?"

"……屈。"

"那你还……"

"杨叔,我……我认。"

"可月娥不认!"

望田一愣,又忙闪避开他的目光,低垂下头。

杨志兴正要说什么,话还未出口,月娥闯了进来。

"谁说我不认?"她拢拢蓬乱的头发,一声冷笑,"我认,我认命!"

严妈发急地说:"月娥,你别赌气。"

"我不是赌气,我是看清楚了,想明白了。嫁给个砍自己手指头的,比嫁捅别人心窝子的强得多!"

"月娥……"望田叫着要起身。

"哎哎,别起来呀。"月娥又一笑,眼神却像小刀子似的扎人:"你不是替成龙谢罪吗?我接着。甭价,磕一个算完。"

望田呆愣了片刻,空张了几下嘴,憋得满眶热泪,也没出声,却猛地俯下身。

月娥笑着转身出了屋,走出好远,还听得见她的笑声,只是尾音变得凄厉。

杨志兴也一声长叹,苦笑着,眼也已被泪遮得矇眬。

转眼就腊月二十八了。一阵鞭炮声中,迎亲的仪仗吹吹打打地来了,花轿停在了学士府的大门口。

新姑爷刘成龙里外三新,着长袍,披彩带,帽上插红。手上的伤已好了许多,大喜的日子怕丧气,除去了吊带,戴个手套,长袖一遮倒也看不出啥。望田和老李头这几天就没断劝,也算没白劝,他心里总算转过点弯儿,脸上也有了笑模样。

月娥蒙着盖头上了轿。这仪仗就出学士府胡同西口,沿后门大街,到地安门往西,沿后海边兜个大圈,这才又进了胡同东口,拐进小巷,到了高家门口。三箭射了,火盆迈了,搀进院里。在当院拜了天地,才算礼成,进了洞房。

高望田这才松了口气,原先脸上单摆浮搁的笑,变得自然了些。可他瞥了一眼坐在炕上的月娥,竟发现她嫁衣的前襟湿了一片,刚敞亮点儿的心又堵上了块大石头。

喜棚搭在胡同里,街坊四邻,同行好友坐了个满满当当。中午这拨儿还没散完,下午这拨儿又等上了。按老李头安排,把娘家人和一些有身份的客都搁到了下午,省得天上飞的和地下跑的弄一起,两边不自在。

齐月轩也来了,没久待,坐了一会儿,演讲几句,三杯酒下肚,就告辞了。杨志兴和严妈一直陪着冲他面儿来的朋友们,喝到天黑。点上汽灯,送走了朋友,他才把成龙叫到身边。

"成龙,今儿挺圆满,我也先回了。什么我也不说了,和月娥好好过吧。你成了家,也惦记着点儿你哥的婚事,他可不易呀。你千不幸,万不幸,可你赶上进了高家的门,有这么个爹、这么个哥,这就是别人比不了的大幸啊。"

成龙忙应着,点了点头,

见杨志兴和严妈要走,望田赶紧从邻桌跑过:"哟,您要走?成龙你别送了,赶紧给师傅们去敬杯酒,人家忙一天了。我送就得。"

望田送他俩拐过胡同口,杨志兴才开了腔:"听说你要到老李头家住?"

"啊,我这大伯子不是不方便嘛。"

"嗨,我那不就是句气话……要不,你搬到府上西院来?和我……"

"别,别别,心领了,这更不合规矩。"

严妈搭上茬:"嗨,这有啥……"

"行了。"杨志兴却板起脸打断,"你小子以为我真待见你?一句客气,还当真?我……见你就烦!"

望田愣了:"为……啥?"

杨志兴不再理,径自走了。走了两步,才边叹边说了句:"哎,我是烦我自己,你小子活脱是面镜子。"

望田琢磨了好一会儿,才懂了他的话,心里顿时又五味俱全。

回到桌前,成龙已陪老李头和大师傅们干了好几轮,红头涨脸已是半醉。望田忙夺过他的酒杯,替他应酬了几杯。

望田刚才已喝了不少,这几杯连着一灌,也有些醉。酒劲一拱,心里的憋屈也往上涌。他抄起酒坛子,又灌了好几大口,眼红得怕人,还举着坛子喊:"喝!各位……哥们儿、爷们儿。"

"你多了,别喝了。"老李头想拦。

"没事,不……多,我高兴!"说着,他又扬脖着实地灌下一大口。呛得直咳,满眼涨泪,还傻笑着问,"哎,你们知道……吗?这天底下第一厌人,是……谁?"

大伙给他问愣了,面面相觑,没人答。

望田哈哈一笑:"这都,都不知……道?就是……我呀!"

老李头正要夺他的酒坛子,刚安静坐会儿的成龙又凑过来,也端起个酒坛子,嚷道:"你……不是第一夙,第一是我!"

望田笑着:"那……咱俩夙人干……一个?"

成龙应着,抢先灌下一大口,望田也不示弱,也举起坛子。两人一个劲紧灌,到后来喝的没有酒的多,弄得脖领、前襟都被酒浸湿了。

老李头几个人费了半天劲,才把两人的酒坛夺过来。成龙腿一软,倒在了地上。望田倒还清醒点儿,可也是晃晃悠悠,伸手想拉成龙,自己也差点摔倒。还是大伙帮着,才把成龙扶进新房。

月娥已自己掀了盖头,见他喝得这样,忙扶他上炕躺下,脱了鞋,盖上被。大伙都出去收拾,望田还靠在门口发呆。

月娥瞪了他一眼:"你……还不出去?"

望田这才回过味儿来,傻笑着,晃着身出了屋。

时候不早了,大伙儿草草把东西归到院里,想第二天再来细收拾。此时,老李头才发现望田不见了。以为他先回了,倒也没在意,送走大伙儿,自己也回了家。

其实望田没走远,他酒劲上来一阵兴奋,顺着胡同上了大街。一路笑一路喊,绕了一圈,又绕了回来。此时他真醉了,手舞足蹈,半疯似的样子已完全不像平日的他。

胡同里,迎面走来两个行人,见到他忙往边上躲。

望田却晃着醉步凑上前,叫道:"躲什么躲?我是……夙人,天底下最夙……的是我!来,打呀!"

那两人吓得撒腿就跑。望田大笑起来:"怕什么?夙人都……不敢打?打呀……"

说着他摇晃着就追,没跑两步,后面有人拉他。他猛一甩手,只听后面的人"腾腾"倒退了好几步。

"行了,别现眼了!"那人叫了一声。

望田这才看清是月娥。他顿时一动不动,像泥胎似的呆立着,连眼珠也不眨地紧盯住她,渐渐只觉得鼻子发酸,眼睛发胀。月娥也不动,也没话,只是眼中含着泪和怨恨。

突然月娥一下扑了上来,使劲地捶着他的前胸。望田不动,也不吱声,只任凭她打,也任凭泪尽情地流。月娥却突然自己停下,一下伏到他的胸前,呜咽起来。

望田也不禁环起双臂,紧紧地搂住她颤抖着的腰身。这一瞬中,啥也没了,只有她……

这时,月娥又像猛地从梦中惊醒一般,挣脱了他的胳膊,向后退了两步。

"月娥……"

月娥抹抹泪,只长叹一声:"你……早干什么来着?晚了,晚了……"

望田周身一震,又呆呆凝视了半响,突然,孩子似的哭出了声。

第三十八章

月娥把望田搀回院,搀到平时堆杂物的小屋前。回屋想拿床被,让他在这屋凑合一宿。刚进屋就又跑了出来,晃着望田叫:"你醒醒,成龙没了!"

望田一激灵,连忙起身和月娥去找。院里院外,房前屋后都没见他的影,回到新房,又发现那把剑没了。这下,望田只觉得一股冷气从脖子后边直蹿,头发根儿都爹起来了,叫了声:"不好!"挪腿就往外跑。月娥虽没弄清楚,可也觉出点儿沉重,跟着追了出去。

望田想得没错,成龙的确是找沈三爷拼命去了。刚才他一觉醒了,发现新娘没在,晃晃悠悠出来找。到小巷口,正撞见望田和月娥那一出。顿时,他觉得无地自容。酒劲儿又翻腾起来,把心里的愤懑全顶了上来,让他怒不可遏。他咬破了嘴唇也没吱声,扭头回屋抄起剑就冲了出去。此时,他心里没有了一丝怕,也没有一点留恋,只有仇恨燃起的火。

他不知道沈三爷住哪儿,见了人就问,可哪儿问得出啊?沈三又不是总统,谁都晓得,就晓得也不都知道住哪儿。就知道,见他醉得那样,两眼血红,粗声吼气,又拎着把剑,谁敢告诉他呀?问不出他也不回,没头苍蝇似的在街上乱撞。拔出剑挥着、砍着,嘴里还不停地扯着脖子叫骂:"沈三儿,你他妈有种就给老子站出来!咱俩单挑!"

叫着、闹着,他到了天江茶园旁边的胡同口,见茶园里人多,晃着膀子就奔大门走。正这时,后面蹿来一个人,抬手就向他颈后猛击了一掌。他眼一眯、腿一软,就啥也不知道了。

等他被一碗凉水泼醒,他才发现自己坐在茶园的单间里。面前站的正是和自己在场子里恶斗的壮汉,对面坐的是那个沈三儿称作小师叔的人。不错,这正是七子和一枝花。

一枝花在那天场子里,替七子挡了刘成龙一剑。震了胎气,回到家就小产了。七子这才知道她怀孕的事,百般悔恨自不必说。好在一枝花身体底子好,养息几日就无大碍。本来坐小月子就怕着风受凉,可她知道今儿是月娥大喜的日子,非要人到礼到不可。白天去人多不方便,只得晚上去。没想到洋车行到半道,就撞上成龙绕街撒酒疯,这才把他"请"到了这儿。

成龙一见是他们,一惊,酒已醒了大半:"是你们?!要……干什么?"

七子笑笑:"不干什么,就让你醒醒酒。"

"哼,玩阴的,你算什么本事?"

"你小子别不知好歹,要不是当家的吩咐,我才不管呐。"

一枝花扬扬手,没让七子再讲。她笑笑问:"今儿不是你的大喜日子嘛,怎么折腾到街上来了?"

刘成龙吭哧半天也没说出口,只恨恨地叹了一声。

"你不是沈三儿的人嘛,怎么没几天就翻脸了?"一枝花又问。

刘成龙仍没吭气,他忘了手上有伤,猛搋了一下大腿,一阵钻心的疼让他"哎哟"一声,抚住了左手。

一枝花笑笑:"伤筋动骨一百天,这刚几天,你就敢又耍把式?今儿你这是怎么啦?我看不只是光喝多了吧?你小子倒是条汉子,可惜跟了沈三这种小人。咱们也算不打不成交,你跟他有什么过节儿?心里有什么委曲?和我说说,兴许能帮帮你。"

刘成龙端详了她一下,又想起她给自己敷药包扎的事,觉得她不像阴狠歹毒之人,对自己也好像没什么恶意。心里掂量了片刻,这才开了口。话从头讲起,讲了他爹如何被沈家害死,他娘如何病死路中。他舅如何不敢收留,却也被沈三儿逼得烧了墨香斋,一家三口葬身火海。又讲到周四如何设套,骗他顶的死签……他说得捶胸顿足,痛哭流涕,一枝花也不禁陪他落了泪,连七子的眼圈也红了。

"当家的,这是五条人命加一手指头的仇,您说我该不该找他沈三儿报?!"刘成龙言罢,脸上肌肉还不住痉挛似的跳。

一枝花长舒口气："孩子，没想到你和沈家有这样的深仇大恨。这仇得报，不报将来到阴间没脸见亲人。可君子报仇，十年不晚。不找准了机会，能报得了吗？你今儿这样，你杀得了沈三儿？你是有家有老婆的了，你小命能白给，死了不知疼，可你得给亲人留下多少疼啊？你老婆月娥管我叫个叔，我可不愿她刚进门就守寡。听我的，从长计议，我会帮你。"

刘成龙听了她这番话心里豁亮了些，深深地点了点头，说："叔，要不今儿您收了我，我跟您干。"

"不行，不行，你不懂门里规矩。你拜了沈三儿，我再收你，叫'倒灶'。又差了辈儿，就是'乱伦'了。"

"那……我也不能替他卖命。我……忍不下。"

一枝花想想，又道："我看，你既有报仇的心，倒不如留在他身边。要混得他放个屁你都知道，还愁抓不着他的辫子？得忍，不能忍能报了仇？别跟狗似的只会'汪汪'，得跟狼似的，不吭不响，逮着要害一口下去就不撒嘴。哎，我混了半辈子，牙口不算软，可到肯綮儿上老心软。不知你小子行不行？"

刘成龙没答，但咬着牙"嗯"了一声。

"行了。"一枝花笑笑，"今儿是大喜的日子，别折腾了，赶紧回家。"

一提家，刘成龙的脸又沉了下来。一枝花正要问，门口有人声。七子刚拉开屋门，望田和月娥闯了进来。两人一见成龙，别人顾不得理，径直到了他面前。

望田笑着怨道："你可真是的，喜日子还黑更半夜往外跑？快回家吧。"

"不回。那不是我家。"

望田一愣："不是你家？什么意思？不说好我到李叔家住……"

"不用。"

"那……不为给你俩腾地方？"

"哼，还是我搬外边，给你们腾地方吧。"

望田一时语塞。

月娥有点明白了，脸一下红了，但她自觉心里没愧，马上又坦然了。她上前拉住成龙，说："成龙，拜了天地，我就是你老婆。你不是不回家吗？行,你说奔哪儿,我随你去。"

成龙瞟了她一眼,没再吱声。

望田也明白了,叹口气道:"成龙,你我哥俩这么多年,我让人背后戳过一手指头吗？你和月娥同学这么多年,也应该知道她是啥人。这里是有瞒你的事,可没什么见不得人的,都是为你好。你顾面儿,回家我慢慢讲给你听。你要不回,跟我到楼下,我把说书的撵下去,当着大伙给你讲……"

"行了,我……回。"成龙站起了身。

在一旁冷落了半天的一枝花笑出了声:"这就对了,有什么话回家说去。"

月娥这才注意到她,觉得面熟,想了一下才认出:"叔,是您？怎么……"

一枝花端详着月娥,笑了:"嗨,这不给你贺喜去,正赶上他沿街撒疯嘛。"

说着,她掏出两封银元。想交给月娥,又停住。把成龙叫过来,递到他手上,说:"这是我一点心意。别乱糟践,想法儿做个生意,办个粪场什么的都行。道儿上的钱别指着,不要本,要命。我就是盼你们安稳呐,你要欺负月娥,我可头一个找你算账。男子汉光硬不行,宽了才是剑、是刀,忒窄了可就成针、成刺了。明白吗？"

刘成龙这才点点头,和月娥一起给她深鞠了三个躬。

三人别了一枝花和七子,回到家。哥俩炕沿上对坐,月娥靠在炕上犄角,好半天,谁也没话。都是坛子里装螃蟹:里面挠的邪乎,就出不了口。

还是望田咬咬牙,先开了腔。起初还红着脸,低着头,一句三吭哧。话出几声,倒也豁出去了,索性竹筒倒豆子,把事情原原本本都讲了。讲完,他的心里像掀开了块大石头,倒觉得敞亮,痛快了许多。

成龙还是没说话,但阴着的脸似乎见了点儿晴。月娥偷瞟了他一眼,又低下头。

还是望田叹口气,说:"成龙啊,事就这么个事,信不信由你。要不是今儿咱俩都喝多了,这话埋我心里,一辈子也不会露。我该说的都说了,你也别总闷着。究竟咋办？你也给个痛快话。好容易给你搭的这小日子,你总不能不过吧?"

成龙抬抬眼,长吐口气:"我要是真……不过了呢?"

没等望田开口,月娥"腾"地直起身子,随手拆开个烟盒,拍在炕上:"行,甭光嘴说,写!立马写个休书……你甭睐睐眼,放心,我出了高家就不会再踏进半步。明儿奔尼姑庵,我认了。我杨月娥不是腌菜坛子、骡子、马,我是人!凭什么让你们这哥俩儿推来推去?写!写完我马上走。"

望田忙欲抢那纸,却立刻让月娥狠瞪了一眼,挨了她一巴掌。无奈,只好暗暗踢了成龙一下。

成龙望望哥,又看看月娥,半晌才憋出几个字:"我……不写,我过。"

月娥闻言,欲言又止,顿时眼泪夺眶而出,捂住脸,伏在被上。屋里又一阵沉默,只有月娥的抽泣声。

许久,望田一声长叹:"哎,咋成咋过,都认命吧……成龙啊,日后这院你住,我外边找地单过,只是家伙什儿还得搁这儿。爹留下两条粪道,大的给你,小的归我,以后账你自己结。原先攒的钱,给你成亲都花了。拉下那点饥荒,不用你管,我会慢慢还。收的喜礼份子都在这儿。数可不少,你别把着,都交给月娥,将来派大用场。我该尽的心都尽了,爹交待的我也做了,你心里咋想,我也不想再问。今后你还愿叫哥,我应。不愿再叫,我也不嗔着,有难处我也一样帮你撑。只是好好待月娥……"

"哥!"刘成龙叫了一声,盯着望田,一时泪盈满眶。这哥多年对他的好,被刚才的话挑起,一下子涌了上来,一时把心里的疑和怨盖了个严实。让他觉得有些悔,有些愧,有些动情,有些不忍……他躲开望田的目光,嗫嚅地说:"我……酒多了,一时……嗨,你别往心里去。家还是先别分了,等你娶了嫂子再……"

望田笑了,笑得眼中全是泪,拍一下成龙的肩膀:"不啦,有你这句话就行……"

这时,邻家的鸡叫了,一抬头,天都蒙蒙亮了。

350

上午,齐月轩只有一堂联班大课,下了课已是十一点多,急匆匆就往外走。他今儿下午两点有约会,周正英约他去北海滑冰。这时候进城,吃过饭去将赶趟。不料刚走出廊子,就让郝炳臣叫住了。

自打郝炳臣到了燕京大学,两人见面的机会还不如他在清华时多。原先逢节假他总去学士府,现在很少去,在学校里碰到也常是点个头,稍事寒暄。齐月轩觉得他越发变得神秘兮兮,也越来越没实话。起初还好奇,总想问个究竟。可软钉子碰多了,他也就再懒得费口舌。头些日子,郝炳臣告了半个月假,说到外地相亲。齐月轩听说,也只一笑。

"哟,相亲回来了?怎么样,女家鼻子眼都全吗?"齐月轩故意调侃。

"嗨,顾不得和你开玩笑,我找你有正事谈。"

"什么正事?正事你能和我谈?"

"我今儿刚上班,查理就找我,让我和你谈一谈。"

"他干吗不直接找我?"

"哼,也不知您什么时候把他给说怕了,他说你铁嘴钢牙,这不才……"

齐月轩笑了:"那……你这次是奉诏问罪,还是传旨晋升啊?"

郝炳臣苦笑着瞟他一眼,默默走出十几步,才说:"你……是不是对上象了?"

"嘿,不是你相亲去了嘛,怎么倒打一耙?再说,就是又如何?三妻四妾的有的是,许放火,不许点灯?"

"你在外边找十个,学校也管不着。可找学生不行,这违反校规。再说又是正节的妹妹,弄出丑来,你怎么再见朋友?"

齐月轩愣了愣:"查理……怎么知道这事?"

"哎,没不透风的墙,这事早有传言。有人又憋着逮你的拐子,那还不捅到校方?"

"嗨,不就是传言嘛,"齐月轩口气又硬了起来,"这事儿……你也信?"

"我信。"

"哼,你信?你……爱信不信。有证据吗?没有啊,哪儿凉快哪儿歇会儿去。这是高等学府,不是茶馆。要嚼舌根子,您奔那儿。"

郝炳臣气得噎住,又忍不住笑了:"你呀,真属鸭子的,肉烂嘴都不软。其实查理的意思,只是让你注意影响。我还能有恶意?"他见齐月轩笑笑没再吱声,眨眨眼又道,"私事我不问了,我……给你透点风?"

"什么风?"

郝炳臣放低声:"这次国民革命军的北伐,可能很快就要席卷全国了。你……"

"嗨,这算什么新闻?不刚打到湖南嘛,离北京远着呐。"

郝炳臣扫了一下两边,声又低了些:"撤到绥远的冯玉祥也马上就要举义响应北伐,山西的阎老西也可能往这边靠。你想想,这南北夹攻,离胜还远?"

齐月轩有些兴奋,但又抬眼一瞟:"他要起兵,你怎么知道?"

"我这次就是到绥远……"郝炳臣说着又刹住,停了一下才又蹦出俩字:"相亲。"

齐月轩笑了,心里明白,却没再问。

郝炳臣审视着:"那你就不打算……"

"打住。我说过,什么党我也不入,什么组织我也不参加。我现在还分不出好歹,只能凭自己的眼,由自己的性儿,写几篇文、讲几句话。"

"哼,你就写文说话,能没个政治倾向。"

"倾向当然有,不过……"齐月轩拉着长音,盯住郝炳臣,"你和我隔心隔肺,凭什么让我掏心窝子?休想!"

郝炳臣笑了:"好,好,不问了,心照不宣,心照不宣。"

齐月轩一瞥:"哼,是心照不宣,还是秘不可宣呀?你有话明说,是……想拉我入伙,还是让我帮忙?"

郝炳臣只笑不答,支吾半晌才又问:"哎,你是不是……和张大帅的公子张学良挺熟?"

"是,他也好唱两口儿,倒是一块票过几回。"

"听说过年你们还有聚会?"

"是,初二,就在月蓉居。"

"那……你帮我引荐引荐?"

"怎么,又奔那儿相亲去?呸!猪八戒摆手,不伺猴(候)。"

他急,郝炳臣却不恼,打着哈哈道:"别,别,这忙非你帮不可。"

"凭什么?"

"当然凭你我之间的了解。具体嘛……我真一时无法向你兜底,可我……"

"行了。"齐月轩笑嗔地打断。

郝炳臣不再吱声,只默默盯住他。

齐月轩苦笑一声:"得了,我不问了,不难为你啦,大不了我再当回糊涂神。不过,可说好,我就给他介绍一票友,别的话别当着我说。"

"好,就这么着。"

"你别光应好,抓紧练练。到时候荒腔走板不搭调,可没准儿把你撵出去。"

"行,你放心。"

齐月轩一看表,却发了急:"不行,来不及了,这回饭都吃不上了……"说着,转身要跑。

"什么事那么急?"

"嗨,不和正英约好去滑冰嘛。"齐月轩脱口而出。

郝炳臣笑出声:"哈哈,这回你不打自招。"

齐月轩有些尴尬,但还是笑着,边跑边说:"学您一句:我什么也没说。"

第 三 十 九 章

按老规矩,嫁出的闺女,三天得带姑爷回门,老丈人不留住,也得留顿饭。这天早早的,杨志兴就安排大师傅准备好了,也请了少爷。齐月轩没课,自然答应了。

过十点,月娥才和成龙进了门。一路散糖递烟,作揖寒暄,才进了西跨院的正屋。

那阵儿闺女回门,就是嫁的千般如意万般好,心里再喜都不能挂在脸上。装也得装出点儿悲悲切切,不情愿的样儿来。要不,外人见了准说:这丫头没良心,进了婆家就乐得屁颠屁颠的,还能念爹娘的好?这倒好,本来真是别别扭扭,甭装就正好。

席间齐月轩问:"成龙啊,你这也成了家了,对以后有什么打算?"

成龙想了想,说:"少爷,我现在手里倒有点小本钱。一时还没想好做点啥生意,反正不能像原先那样光靠背道。那样够吃没问题,可要想发家就没戏了。我琢磨着,还得凭脑筋挣钱,不能只凭力气。以后用钱的地方多了,不说将来添人进口,怎么也得给我哥娶个嫂子。"

"挺在理。"齐月轩笑了。

月娥却小声抢白:"哼,做出了再说,别先拿话甜乎人。"

成龙脸红了红,想反驳却没敢说。

杨志兴忙接过话茬:"嗨,有这心、有这话,就比没有强,尽量做就是了。"

成龙点点头,"嗯"了一声,月娥也没再吭气。

齐月轩突然想起,问:"杨叔,你干吗不在府上的店铺里,给成龙安个差事？怕……我不高兴？嗨，我信得过你，还信不过孩子？"

"不是，不是。"杨志兴连连摇头，"不是怕您不放心，是我自己放不下心。原先我只是想磨磨他的性子，没想到磨掉了半截手指……嗨，今儿这日子口儿，不说了。"

齐月轩不知道成龙下场子的事，糊里糊涂搭上话："孩子背道都伤成那样，你还不管？你这老丈人可有点儿……"

"嗨，少爷您不知道这里的事。"杨志兴把他的话打断，又看看浑身不自在的刘成龙，叹口气，问："成龙，今儿也没外人，你给我句话。打这以后，你别再跟沈三蹚混水，行不？"

刘成龙想了想，只摇了摇头。

"为什么？掉手指头掉上瘾了？"杨志兴有些压抑不住。

刘成龙一梗脖子："不是上瘾，是不能白掉。"

"什么意思？"

"我……想让沈三偿命！"这句话声不大，却是一个字一个字地从牙齿缝里挤出来的。

杨志兴和齐月轩都愣了。他们都知道沈家和刘家的仇有多深，一时不知说什么好。

倒是刘成龙又说："您二位放心，我想了，时候不到我决不会再莽撞。没把握、没退身步，我不会干。您问到这儿，我说了也好，省得您误会。"

齐月轩沉吟片刻，叹口气，语气平缓而凝重地说："成龙啊，家仇不报，是为不孝。可家仇大得过国恨吗？这世间人们杀来打去，打了多少罗圈架，结了多少隔代仇？不止是你呀，谁家没仇没恨？我家，他老杨家没有？为什么？根儿在世道上。世道不改，仇报得完？就报了旧仇，恐又结了新恨呀。"

"是啊，"杨志兴接过话茬，"成龙，听少爷的，别钻死胡同。"

刘成龙虽没吭气，却轻哼了一声。

杨志兴有些火起："嘿，你这孩子，怎么不知好歹呀？"

齐月轩忙拦住他，笑着道："成龙是个聪明孩子，道理得容他慢慢去悟。成龙啊，道理说大了，你听着远，咱们往小里说。这世上你除了仇人，不还有怜你、疼你、爱你的人吗？你养父去了，还有你哥，这又有了月娥、有了你岳父岳母,将来还要有儿女。爱人比恨人重要,报恩比报仇要紧。人心不能只在仇恨的火上烤,更得让亲情和爱的水润着呀。"

刘成龙不禁点了点头,可少顷,又锁住眉,抬起眼:"少爷,不管是恩、是仇,该报我都一定要报。我不会再耍三青子,入沈三门里,我就是学越王勾践卧薪尝胆。"

齐月轩笑出声,只是笑中满是苦涩:"哎,你还是没听进劝呐。卧薪尝胆?!嗨,要说中国有伪历史、假英雄、颠倒的文化,这是头一份。"

不仅是刘成龙,屋里的所有人都让他说愣了,投过询问的目光。

齐月轩长叹一声,才说:"勾践身为一国之君,不能卫国保民,若一死以谢罪天下,还可算个节烈。可他却行徒千里,为奴十余载。向夫差叩首称卑,牵马拭靴也就算了,竟能替人家垫脚尝便。这,还不到忍无可忍?竟还能赔得出笑,拍得了马?靠奴颜婢膝,靠施美人计,收买贿赂才得以放归苟活,有什么值得称道、值得效仿?"

刘成龙嗫嚅地说:"可……他毕竟报了仇,复了国。"

齐月轩冷冷一笑:"哼,受如此奇耻大辱,有如此血海深仇,还要天天睡柴薪,舔苦胆才不能忘?这不是做戏给人看?他是报了仇,可只是乘偶然之机才成功。若没有这偶然,没有这一笔辉煌,他是什么?懦夫、小人、国贼!他是复了国,也只是靠不择手段赢了这一阵。而后杀功臣、虐百姓、骄奢跋扈,不又很快葬送了越国?靠阴暗实在成就不了光明。两千年来,有哪一个像勾践那样获得成功,而人格不扭曲、不变态?又有哪一个得意之后,不转瞬堕落,原形毕露?两千年来,'卧薪尝胆'这词倒成了叛贼、汉奸的遮羞布。这是中国最丑的文化,学不得。"

他话音未落,杨志兴就一拍大腿:"是,是这理。成龙啊,回去慢慢悟悟。"

刘成龙空张了张嘴,却没出一点儿声。

这时,门房匆匆进来,说:"少爷,沈三儿来了。要见您和杨管家。"

"他又来干吗?"

"不知道。今儿挺规矩,大门口候着呐。"

"好,那……先让他到我屋坐吧,我这就去。"

"得嘞。"门房应着出去。

齐月轩站起来:"杨叔,你就别去了,我去看看。"

"还是我陪您去吧,他来八成又是为墨香斋。"杨志兴说着站起,见刘成龙也站了起来,连忙摆摆手,"你可别去添乱。老婆子,你张罗一下,我们一会儿就回。"

杨志兴想得不错,沈三爷此行正是为墨香斋的事。

刚坐稳,没待茶到,他就急着说:"少爷,这墨香斋您还真得赶紧下决心往回争。"

"为什么?"

"嗨,我可托人打听出来了,那刘玉根本就不是中国人,是日本人。"

"噢?不会吧,他中国话说得那么溜,还会对对子,能是日本人?"

"他是二转子,日本爹,中国娘,叫松崎……原山,没错,是这名。您别不信,这是天津的老大,袁文会袁二爷从日本领事馆套出的消息,绝没错。"

齐月轩嚯起牙花子:"怨不得那天,他总替小日本说话,原来……"

"而且,他可还不是个一般的日本人,有点儿背景。"

齐月轩点点头:"嗯,是得争。我爹是日本兵给逼死的,这买卖决不能落日本人手上。杨叔,那块地的老契不找着了嘛,你说……"

杨志兴寻思着还未搭话,沈三爷一拍大腿笑了:"怎么,手上有老契?嗨,这您还想什么呀?这就把儿攥的事了。您放心,我还上次那话,府上争买卖,我就争个面儿。"

杨志兴笑笑:"事若成,也少不了赏你。我是琢磨这事,还得先礼后兵。明儿,咱们就去会会那松崎。"

齐月轩更急:"嗨,还什么明儿啊,吃过饭,咱们就去。"

"对,这事越快越好。要不行,我有的是馊招儿。"沈三爷说着站起来,"那我就先告辞,等您的信儿。"

这时,桂枝才端茶进来。

"你看茶都没喝……"

沈三爷笑着边走边说:"哈哈,您那老契比茶解渴。"

午饭后,齐月轩就和杨志兴直奔墨香斋。这座楼修得还真不赖,完全依原楼的样式格局,刚开张没几天,里外都是崭新透亮。

刘玉一听是齐少爷上门,挺意外。前些天店铺开张,给他送过帖子,可他没来,这时登门不知所为何事?疑归疑,礼还是得到,忙亲自迎进,少不得赔笑寒暄。

进到账房,主客坐定。待送上茶之后,刘玉才问:"今天齐少爷、杨管家是有事,还是闲坐?"

齐月轩淡淡一笑:"那今儿……是称呼您刘先生呢?还是称您松崎君呢?"

刘玉微怔,但马上笑笑说:"齐少爷好灵通,竟知道我的日本名。我并非有意隐瞒,只是在中国做生意,随母用中国名方便些。"

"那好,就还称您刘先生。"齐月轩顿了顿,又道,"刘先生,今儿我来是想和您商量商量墨香斋的事。"

"噢?愿听其详。"

"我想告之您一声,这块地的地契我找到了。您……不看看?"说着,向杨志兴示意一下。

杨志兴掏出老契递过。刘玉见了一愣,忙接过,仔细看了半晌,才递还,笑着说:"好说,既然贵府有房基地的地契,那就算地主了。我可以付租,按月、按季,还是按年?就是签五年、十年的租约也是可以的。"

"我不想租。"

"那可否将这块地卖给我?"

"我不卖。"

"那您想怎样?"

"我想把这买卖收回去。"

"笑话。地即便属你,可楼是我盖的,照是我起的,设备是我置的。"

"我可以买你这楼、照和设备嘛。"

刘玉一声冷笑:"我怕您买不起。"

杨志兴接过话茬:"虽然现在学士府不比当初,但买个楼的钱还拿得出。您出个价?"

"五万大洋,少了不卖。"

杨志兴哼了一声："您可真是狮子大开口。就现在市价,起这楼撑死花个五千块,连设备给您一万,您就有赚头。"

刘玉也哼了一声："楼是死的,价是活的,我少一分不卖。"

齐月轩把盖杯猛地撂在桌上,说："先有地,还是先有楼?地没归你,你凭什么盖楼?你们日本人霸台湾,不还得有人卖国,跟你们签个条约吗?没约、没契、没租、没买,你这楼就没权立在这儿。"

刘玉毫不示弱："齐少爷,您这理对,可我也有我的理呀。当初你们是拿不出契,我才按无主地盖的楼。我没契,可有北京法院的判决书。我也不是不想买,是您不卖呀。"他见齐月轩一时话没跟上,把口气缓了缓,说,"齐少爷,您上次在月蓉居,不是讲人之上品得仁厚、宽容嘛,今儿这事我可好有一比。"

"怎么个比法?"

"不容容身地,好个宽容,宽乃虚也。"他说着得意地一瞥。

齐月轩闻听,扬眉冷冷一笑："先严严训子,正是尊严,严是谬乎?"

刘玉见没讨到便宜,自我解嘲："好,好捷思。不过牙好咬,气难咽,买卖总得有进有退。这楼已既成事实,还是你把地卖给我吧,价格好商量。"

齐月轩哼一声："我也怕您买不起。"

"一块地能值多少?出高价我认,您开个价。"

"好,那你听好了,我也少一分也不卖。"齐月轩站起身,一字一顿,"和《马关条约》一个价:两万万两白银!"

刘玉被噎住,气得干张了几下嘴,就没出声。

齐月轩也不再理,向杨志兴招招手："走吧,杨叔,没的谈了。走!"

刘玉这才恍过昧儿来,又冷冷一笑："打官司,我奉陪。"

齐月轩走出门,扭回头,笑笑说："嗨,还用得着上衙门?本少爷从小就贪玩,咱俩慢慢玩。"

当晚,刚吃过饭,齐月轩让人去约的沈三爷还没到,周正节却带着正英不约自来。

一进门,周正节就板着个脸,身旁的正英也显得极不自在。齐月轩心里打着鼓,脸上却比往日多了些笑,让座传茶,格外殷勤。

"正节兄,来,尝尝,这是上好的普洱茶。"

周正节没端杯,只哼了一声:"我看,叫掩耳茶合适。"

"什么……意思?"

"掩耳盗铃啊。哼,你别揣着明白装糊涂,咱俩是朋友不是?"

"是……"

"是朋友?你和正英的事,愣把我和我妈都瞒个死死的?告诉您吧,我们不知情,已经把正英许人了。"

"啊?……谁家?"

"这您甭打听,反正比您强。"

"未必!"齐月轩被他激得有点发急,"正节,是哪家你告诉我,这亲得退,你不去我去。现在正提倡男女平等,恋爱自由,你这文化人还……还这么封建?"

"嘿,这倒成我的错了?!"

齐月轩咽口气:"得,是我错。其实也不是瞒你和伯母,只是想定下来再言明。你现在不知道了嘛,冲着这么多年朋友,你也得向着我呀。再说,我和正英是……"

周正节"扑哧"一笑,接过话茬:"郎才女貌,灵犀相通,志同道合,非她不可……还有吗?这正英都说了。哎,您以为您刚十八呀?奔四十的人了,说话不嫌牙碜?"

齐月轩有点挂不住,红了又白,笑比哭都难看。周正英偷偷眨眼,摆手,他才勉强按捺下。

周正节扫一眼两人,"呵呵"笑出了声:"行了,我没你那么不仗义,这宝贝妹妹要寻死觅活,我也受不了。这事我帮你们,赶紧登我家门,真格真令下定礼去。"

"那……那门亲呢?"

"嗨,提亲的多了,我哪儿应了?"

"敢情……你拿我开涮?"

一阵笑声,让屋里的气氛顿时活跃起来。

周正节饮了口茶,抿嘴笑笑:"月轩兄,我可帮了你的忙,你也得帮我个忙。"

"你说,我一定尽力。"

"听说……你找着墨香斋房基地的老契了?"

"是啊。"

"你惦记争回这买卖?"

"是啊。"

"我看呐,你不如把地卖给他。人家让我递个价,八千。不少啦,够买两块地了。"

齐月轩脸上的笑没了:"正节,今儿你是当说客来了? 别的事我都应,就这事不成。这买卖落日本人手里,我爹闭不上眼,我心里也安生不了。"

"哥,"周正英也忍不住插话,"这事你跟着掺和什么?"

"嗨,现在我这《实报》不景气,刘玉那儿我可以赊工、赊料,有这我活泛得多。"

齐月轩苦笑着:"他能办的,我收回墨香斋就给你办不了? 你那报社搬我后院去都行,把封上的小门一打开,多近便呐?"

"那当然好。不过……他是律师,又是日本人,能争得过?"

"嗨,没争呐就心里打鼓,那还争什么? 我就不信,在中国的地界儿,全是洋人的理。哼,怎么着,我也让他消停不了。"

"这官司你打算……"

齐月轩欲言又止,却止不住笑:"嗨,杨叔早有锦囊妙计,过两天你就等着看好戏吧。"

果然,第三天头儿上,这场好戏开演了。

午夜时分,墨香斋店外一阵喧哗,黑压压一下聚起了好大一群人。这些人大都是衣衫褴褛的叫花子,也有些是棚匠、木匠、泥瓦匠。内里也有些是在家里的弟子,刘成龙和周四也在其中。他们有的扛着镐,有的抱着锹,有的抬着檩条竹竿,也有的搭着芦席柳笆。

刘成龙站到台阶上,一声喊:"大伙抓紧干,按地上白点栽桩,按白线起围子。千万别糊弄,这可是你们过冬的窝。干吧!"

人群中有人问:"哎,兄弟,是还管饭吗?"

"没错,每天舍两次粥,学士府派人往这儿送。"

361

一阵笑声之后,就响起一片刨地和挖土的杂乱声响。

墨香斋楼下的窗子打开一扇,露出山口的脸。他大叫着:"嘿,你们干什么?"

刘成龙答:"学士府齐大少爷要在这儿办善事,搭一溜席棚,给无家可归的老老少少住。"

"那……那也不能挡门面呐,我们怎么做生意?"

"中间给你们留了一尺半的道,瘦点儿的都能过。"

"不行!你们凭什么?不赶快滚蛋,我叫警察了。"

"叫吧,敞开叫!警察来了,他也得问问这是谁家的地。府上老契写得清楚:学士府东墙外,宽八丈二尺五,长十八丈七尺七,我量的分毫不差。以那白线为界,外边儿是官道,里边儿是私地。你们日本买卖白占了地不说,还管得着主家搭棚?明告诉你们,要不滚蛋,等开春砌墙垒圈,挖沟放水,更够你们受的。"他的话一落地,立刻激起了一片哄笑、叫好声。

山口气极了,向里面喊了声:"都给我抄家伙,把他们撵走!"话音未落,屋里一阵杂乱声响。

刘成龙一笑,更放大声:"有种就往外出,这儿不是日本。一人一口唾沫,就得淹死你!"

人群中又迸出一阵哄笑和叫骂。

随着屋里刘玉的一声喊:"都去睡觉,不要理他们。"门板里边立刻静了下来,以后也再没什么大动静。

第二天一大早,周围的商家住户,过往的行人过客就发现了稀罕景:一溜搭的整整齐齐,结结实实的苇席棚,把墨香斋的门脸遮了个严实。中间只有一条侧身才能过的夹道。席棚前脸挂一横幅,上写:"行善积德,避难救生"八个字。席棚中垫着木板,铺着席子,摊着挺厚的麦秸棒子杆。几十个男男女女,老老少少的叫花子,坐的坐、躺的躺,乐得开心。

几声吆喝:"粥来喽,排好队!"从墨香斋房山南边的夹道里,推出个坐着大锅的小车,叫花子们拿碗捧盆蜂拥而上。人们这才发现,原先的死夹道儿,一夜间开了一个小门,打开门,就和学士府后院相通。人们围着、看着、笑着、议论着,直热闹了半条街。

管这片儿的巡警来了,也没管,倒给打粥的队伍维持起秩序来。听见墨香斋里有人告状,他答得好:"我看过契了,白线以内属人家的地,我管不着。嫌挤好办,让你们主家回日本去干呀。"

看着外边的情景,听着震耳的哄笑和叫骂,刘玉本来就长的脸显得更长了。

一转眼就过年了。大年初一的日头一露脸儿,一切的苦难,一切的欢乐,一切的未知,一切的期冀,一切悲的、喜的,没演完的戏,一切的一切,除了回忆,就都托付给了这新的一年。今年咋样?往后咋样?谁又能说得清……

第四十章

齐月轩初战告捷,搅得墨香斋的门面根本没法营业。头几天还开门,后来干脆连门板都不摘,把刻字的买卖停了业。二楼印刷的业务没停,量也减了一半,只靠几家长期订户维持,散活一单也接不着。本想松崎原山坚持不了多久,没想到却一拖就近两年。

过年没多久,齐月轩就接到法院传票,松崎原山正式以日侨身份起诉了。清明刚过,双方对簿公堂,舌枪唇剑各不相让。俩月后,北京法院作出判决:确定齐月轩所示基地老契有效,确认此基地为齐月轩所有。但日侨松崎原山是在法院原判为无主土地后使用该地,地上建筑完成并营业,已属既成事实。判松崎原山继续租借使用该地二十年,每年向地权方交租金一千元。租借期满,地上建筑归地权方所有。租借期内,地权方无权解除其使用权。限三日内拆除所有临时建筑,不得妨碍正常营业。

一心想收回墨香斋的齐月轩对这个判决哪里能服?又上告到最高法院。但一压就如石沉大海,一年多不理不问。齐月轩明白松崎有日本使馆撑腰,可自己也舍下脸,舍下钱托了不少关系,连张学良都给司法部打过电话。官司打得如此窝囊,不仅他想不通,连杨志兴也始料未及。齐月轩知道郝炳臣经他介绍,和张学良见过一面后,就来往甚密,关系远超过他这个引荐人。所以他找到郝炳臣,让他帮拿个主意。郝炳臣的一番话,才把他点透。

他说:"月轩啊,人情能拗得过政治吗?就现在的政治局势,你能得到的已经是最好的结果了。松崎不是个一般的日本人,日本使馆的态度早超出了对一般侨民的保护。奉系是靠日本人支持起的家,张作霖现在不想当日本人的傀儡,可也不愿归附南方的新政权。他那儿走着钢丝,能为这点小事破坏这个平衡吗？哎,要在平时,本不难解决,可你刚好碰上这么个最动荡,最敏感的政治关头。我看这事儿能拖着就好,若时势有大变,你这儿也就有戏了。"

郝炳臣说的一点不错,民国十六年的确是最动荡的一年。这一年的政局变幻,简直让人看得眼花缭乱。这年春,南方蒋介石的国民革命军已经占武汉、下上海,占了半壁江山。北方的冯玉祥、阎锡山所部也起兵响应,出绥远、山西猛攻河南。就这时,蒋介石、汪精卫却突然相继在上海、武汉倒转枪口,对共产党人下了手。当时共产党没有独立的武装,在国民革命军中又大都是公开身份,所以猝不及防。几十万党员和群众就这样,死在这场屠杀中。

直到民国十七年春,自觉清共大局已定的蒋介石才又摆出北伐的姿态。南北方的国民革命军统一指挥,从晋、豫、鲁三省四路夹击关内的奉军。奉军连连败阵,而日本人又乘机要挟,以参战军援为饵,想全面控制奉军。张作霖不干,又怕东北的日本驻屯军闹出事端,把前线的指挥权交给儿子张学良,就连夜乘火车回沈阳。谁料日本人见张作霖不听驱使,决定杀张换将。在皇姑屯车站埋下炸药,炸毁了专车,炸死了张作霖。张学良年青受命,除掉亲日将领,继父职成为奉军少帅。随后即与南军停战谈判,于当年冬正式归附国民政府,把北洋政府的三色旗换成"青天白日满地红"。张学良也被委任为国民军副总司令,统管黑、吉、辽、热、察、绥、冀、晋八省军务。这在历史上叫"东北易帜"。

政局的变化很快就使墨香斋的官司有了变化。民国十七年十二月,最高法院撤消了原判决,改判日侨松崎原山将墨香斋的建筑、设备转让给地权所有方。按市值定价共八千六百四十六元,折扣两年地租两千元,实际交付六千六百四十六元。原墨香斋后院平房继续由松崎原山租用居住,每年房租五百五十元。这场拖了两年的官司这才算画了个句号。

重新开业那天,好不热闹,各界名流聚了个齐。当天的各大报都登了开业通告,《实报》更是来了个整版套红。晚上又在月蓉居摆下了席,以示庆贺。

齐月轩当然兴奋,可想起这两年政局的动荡,官司的曲折,心里就不免感慨万分,五味杂陈。席间,他三杯酒下肚,竟吟出一个上联:"随风一叶,扬沉起落凭天力。"

"哈哈,好个上句,我来,我先来。"周正节笑着抢先站起。

齐月轩一瞥,强忍着才没笑出声。他明白,这个未来大舅哥今天的兴致奇好,主要不是因为自己争回了墨香斋,也不是因为他把《实报》搬到学士府后花园,有了落脚地。而是因为他最近攀上了个在南京当国民党中央执委的远房叔。经他引荐,入了国民党,并当上了北平市党部"报业督导委员会"的委员。就这么个不入品的虚职,竟让他今天特意穿上了一身崭新的中山装,别着国民党党徽和"报业督导"长条章的胸脯总有意腆着。一天春风拂脸,嘴不抬闲儿,那精神劲儿就像打了吗啡,上了发条。齐月轩碍着正英的面儿,才没让到嘴边的损话溜出去。

只听周正节应了个下联:"我对:临雨双荷,进出浊清令月钦。"

齐月轩摇摇头:"我这上联是写自个儿。"

周正节一笑,瞟一眼身旁的妹妹正英:"我这下联是写你们俩呀。"

大家刚想笑,还没笑出声,就听一直无话的郝炳臣一声长叹,沙哑着嗓子自语道:"染血千山,晨暮阴晴不晓中。"

齐月轩愣了愣,寻思着没吱声。

周正节一瞥:"炳臣兄,你把日辉红霞比作染血,太悲怆。而且阴晴不晓尚可,要连晨暮都不分,那不成傻子了?"

郝炳臣却苦笑一声:"哎,我分不出,你也未必。天下恐怕没有多少人分得出是早上,还是黄昏。新生和末日都是血淋淋呀!哎……"说完,他干了杯中酒,又一个劲地夹菜,把嘴塞得满满的。

周正节不解,低声笑骂了一声:"神经!"

齐月轩看出他心中有事,当着众人不便问,只给他倒满了酒。

郝炳臣抬抬眼,只淡淡一笑,可眼中分明是红热的。此时,没有人知道他在想什么,了解他心事的只有他自己。

自从那年回乡奔丧,见到他多年未见的表弟,他就踏上了一条不归路,开始了完全不同的人生轨迹。

他表弟来树仁,十五岁留学日本。学业未成,却由黄兴介绍参加了同盟会,也参加过辛亥武昌首义。后一直追随孙中山,十几年未离左右。民国十三年,孙中山重组国民党后,他在军事委员会任外联处处长。他那次是秘密去上海公干,返回途中折回老家探望。不想正逢姨妈去世,也正遇表哥郝炳臣,两人一夜长谈。第二天,郝炳臣就随他去了广东。经他引荐,进了军事委员会装备处,协同苏联的技术人员,研制电台的监听和反监听设备。任务完成后,郝炳臣又被派回北京,为孙中山赴京打前站。之后他又归属到复兴社特务处,去绥远联络冯玉祥部响应北伐。在奉军归附国民政府,改弦易辙中他也做了不少工作。

前几天,新派来一个上司,这人曾是表弟来树仁的手下,他的一番话却给了他当头一棒。他说:"来树仁是共党,去年就被处决了,以后可千万别再提。组织上对你也作过秘密考察,没查出什么,再加上我力保,你才没沾上包。今后你可得谨慎从事。别的好说,要真扯上共党,我也保不了你。"

郝炳臣表面千恩万谢,回到家才痛哭一场。他不相信表弟是共产党,深知他只是个孙文三民主义的忠实信徒。和他相比,自己心中的主张倒更激进,更有点共产味儿。他不明白,这一切为什么?为什么国共能合作打天下,却不能合作坐天下?为什么政见不同,就非要兵戎相见,血腥杀戮?为什么一腔报国的热血却招来无情的刀和无端的猜疑?他所追求的自由、平等之中国就是这样的吗?……他的心有些寒,甚至闪出就此不干了的念头。可是可能吗?这条路就是条踏上就没法下的路。甭说重归无望,就是找个人诉诉苦都不能。此时,他真有在地狱中挣扎的感觉。所以,今天齐月轩的一个上联才触动了他的痛处,他对出的那个下联,也就露出些心里的惆怅、愤懑和无奈。

饭后,走出月蓉居,齐月轩拉住他,悄声说:"炳臣兄,要不今儿你别回了。咱们……聊聊?"

郝炳臣握着他的手,在他的手背上轻拍了一下,没说话,只苦笑着摇摇头,转身走了。也没叫车,沿着马路牙子,晃着醉步缓缓踱去。

齐月轩正想追上去,后襟被人扯了扯,回头看,是周正英。

"郝先生怎么啦?"周正英看着他背影问。

"嗨,九成九是心里有事,又倒不出啊。"

"什么事?"她见齐月轩不答,又说,"月轩,我总觉得他这人挺难琢磨的,你……"

"嗨,时逢乱世,谁没苦衷?朋友信其良心、人品足矣,别瞎打听、乱猜疑。"没等周正英再讲,他已岔开话题,"唉?你怎么没跟你哥回呀?"

"明天学生会在北海有活动,有些宣传材料要印。今儿我和哥说了,就不回了。"

"那恐怕……不好。咱俩的事虽说定了,可……"

"去你的,尽往歪处想。"周正英嗔笑着,打了他一下,"我住我哥的办公室,不行?"

齐月轩也笑笑,没再说什么,两人并肩往回走。周正英挽住他的胳膊,他忙边抻手,边说:"别、别,家门口都熟人熟面儿,不好意思。"

周正英没吱声,只一哼一笑,倒挽得更紧了些。直到了墨香斋门口,才放开。两人穿过店面,走后边小门,进了学士府后花园。

空旷的院里黑乎乎、静悄悄,院内只通前院的拐角处亮着盏灯,也只有夜风吹拂竹叶的嚓嚓声。

黑倒让齐月轩放开了胆,一把就把周正英搂在了怀里,好长好热的一个吻。周正英透不过气,又挣不脱,只好在他肋下挠肢了几下,才让他放了手,松了口。

"你这就不怕家门口不好意思了?整个一伪君子。"周正英嗔笑着,"行了,我还得去交代师傅排版,你回去让桂枝给我送床被就得。"

刚把气喘匀的齐月轩见她要走,叹了口气:"哎,还有一年你才能毕业,怎么熬哇?"一伸手,又把她揽到怀里。

周正英被他大孩子似的样子逗乐了:"哪还有一年,还有……七个月零八天三个小时。"说着,她泥鳅似的滑出齐月轩的臂弯,边把一串钥匙塞到他手上,边在他的脸上亲了一下,返身就走。

"哎,"齐月轩又叫了一声,"这后院没火,你怎么睡?待会儿还是上前院,跟……桂枝,在那屋将就吧。"

"看着办吧。"周正英停住步,回眸一笑,"你……可得等我啊!"

其实哪还用她说?有她在这院,心里小爪挠心似的痒,加上酒精催的兴奋劲儿,齐月轩哪还睡得着?

回到正院,桂枝早沏好了茶,见他回来,忙打来热水让他洗脸、烫脚。

齐月轩却鬼使神差似的没提正英的事，一个劲儿催她回屋早点儿睡。眼看着西屋黑了灯，这才又披上衣服，奔了后院。在小门旁等了好久，竟不觉瘆，也不觉冷。好容易听见门响，他就迫不及待地迎了上去。

周正英让他吓了一跳，"啊"的尖叫一声，引得屋里一声问："周小姐，怎么啦？"

周正英见是齐月轩，才定下神，忙应道："没事，陈师傅，是个大老鼠。"

等屋里人上了楼，两人捂着嘴，笑出了声。

"好啊，你敢把我比老鼠？"

"谁让你鬼鬼祟祟，吓人一跳。"

"好，那我就来个明目张胆。"齐月轩说着，竟一哈腰把她抱了起来，大步走向前院。周正英只挣了两下，就不动了，任他紧紧抱着，走进垂花门，穿过廊子，进了正房……

此时，高家的小院里也还亮着灯。刘成龙还没回家，月娥边缝着棉衣，边等着他回来。昨天她刚做好两件，一件已经穿在了成龙的身上，一件给了望田，手上缝的是件婴儿穿的小花棉袄。

这两年，望田一直借住在老李头家，上午背自己分的小粪道，下午就去西直门货场扛大个儿。分给成龙的粪道，他一天也没背，包给了别人。他自己早出晚归，也不知忙什么。月娥问了多少次，他也不说。其实不问，她心里也明白，他还是不听劝，踏进帮里就拔不出脚。不过他倒是还顾家，钱不少往家拿，可每次接着他交回的钱，却都多一份儿担心。爹和严妈不放心，常过来看看，她从来报喜不报忧。这是好面儿，也是不忍让老人操心。好在两年没出啥事，过的还算平稳。嫁过来也两年了，时间把月娥心里的棱角也渐渐磨得圆滑了，把过去的念想也渐渐遮盖了起来。特别是三个月前，她发现身上有了。掰着手指算，也顶多四个来月，可肚子却气吹似的一般大了起来。别人怀孕，七八个月一样不碍干活。她不行，现在已经感到有些沉重了。身上一重，啥也就想开了，认命了。

屋外街门一响，没等她到屋门口，成龙就推门进来了。

月娥忙想拿盆给他倒水洗脸，可弯了两下腰，也没摸到盆边儿。

成龙一见笑了,忙自己从地上拿起盆,说:"行了,你歇着吧,别闪着孩子。"说着,自己倒上了水。

月娥坐回炕上,说:"今儿我爹来找你,你没在,他让你明儿过府上。"

成龙边擦着脸边问:"有事?"

"墨香斋不收回来了嘛,他想给你在门面安排点儿事做。"

"不去。"刘成龙一甩手,把手巾飞了出去,正搭在墙角的绳上。

"你怎么不识好呀?"月娥有些急,"到那儿干点啥,不比你现在没头苍蝇似的乱撞强?不图个发展,也图个踏实呀。"

成龙笑了:"嗨,要两年前,我得乐得跳脚,现在不同喽,我想开了,再好的事由也是替别人干,挣那点死钱。我呀憋着给自己干,还得让别人给我干。不这么着,一辈子也发不起来,当不了爷。"

"哼,就会嘴说。"

"我心里没谱儿,能敢说?"

"你有什么谱儿?"

"告诉你吧,朋友帮忙在德外找了块地。有五亩多呐,花两百八十块就能盘下来。我琢磨着建个粪场。再盖几间房,雇几个帮工,咱们搬过去住。这院留给哥住,不挺好?"

"那得多少钱呐?"

"我算过,咱那点家底足够。要万一周转不过来,凭我现在的面儿,跟哪儿拆兑百八十块的也没问题。"

"那……不留出钱给你哥娶媳妇了?"

"嗨,建了粪场,就让我哥当管事。生意做起来,还能亏了他?你怎么总拿我当小人呢?"

月娥的脸上这才露出笑模样:"行,只要你踏实干点事,我也就放心了。以后就少和帮里那些人鬼混,我爹也就说不出啥来。"

成龙一腆胸脯:"哼,女人就是胆小眼光短,这回要不是沈三儿那小子替我出面,能这么便宜谈下那块地?以后生意想站住脚,也得借帮里这点儿威。我这半截手指头没白掉,让我琢磨出一个理。现在这世道,善不得烟抽,软就得让人挤兑,不恶不硬还真不行。"

月娥的心又咯噔一声,绷得紧了,把手里的小棉袄失手掉在地上。

成龙忙弯腰捡起,说:"嗨,你放心,现在我不比从前,不会再干傻事。马上就做爹了,啥都不顾,能不顾孩子?"说着他想起什么,猛然笑出声。

"你笑什么?"

"嗨,想起就可笑,今儿我碰见哥,他说给咱孩子起了个名。"

"这有啥好笑?你爹不在了,就该他这个哥起嘛。说来听听,起个啥名?"

刘成龙又忍不住笑了:"他说要生男就叫'心良',要生女就叫'良心'。这不一颠倒个儿吗?"

"刘心良……刘良心……"月娥念叨着,也笑了,"我看这俩名都不赖,意思好,也挺响亮。"

刘成龙念叨着,细细琢磨了一番,竟也点了点头:"嗯,细品也是不错。行,就它!"

一阵笑声。好久没有听到这屋里有这么开心的笑了。

第四十一章

天还没亮,堂屋里传来几声清脆的鸟叫,这是当年大阿哥赏给老师的西洋座钟在报时。卧室床上,周正英听见,忙把头从齐月轩的胸脯上抬起,问:"哟,这是几点了?"

"刚四点,还早呐。"齐月轩不情愿地睁开眼,应了声,又把她搂紧了些。

周正英却一下爬起来:"哎呀,还早?我还得去校小样,再印好,七点就得赶到北海。"说着,她忙不迭地穿起衣服。

齐月轩轻叹一声,还没出声,心里却叫了声"良宵苦短"。也难怪,这两年自从他和周正英有了这份儿师生恋,他这个风流种倒真是收了心。虽然他俩也时不时去看看电影,逛逛公园。可终归是"地下革命党",不敢太出格,生生做了两年和尚。今天逮着机会,借着酒劲,才顺势越了雷池。心气儿就像刚打开闸门的水,哪能说收就收?心里不爽,脸色就不好看,出声也就带刺儿:"哼,学生不好好上学,瞎搞什么活动?"

"嗨,这不政府要求的嘛,让上街宣传'新生活运动'。"

齐月轩一听更来了气:"哼,什么新生活?整个一天桥把式。礼义廉耻讲两千年了,新在哪儿?谁饿着肚子听你们这些吃饱了撑的学生扯淡?什么别随地吐痰,擤鼻涕……你们让别人衣冠齐整?是给人家买衣服钱,还是送布料呀?你看我前两天写的那篇杂文了吗?中国要紧的是老百姓的肚子,不是脸面,更不是嘴皮子。"

周正英笑了:"你这些日子写的杂文随笔,我都看了,写得好,挺犀利的。你就怎么换笔名,我也一眼就能看出是你的文笔。"

"我不反对学生关心社会,关心政治。关心就是要多看、多学,别自己还弄不清,白作传声筒,捧人臭脚。哼,那种靠强权罩着,枪杆撑着,狗鼻子闻着的政治还是少沾好,不如做点实事。就帮我们善会酬点款、募点捐,给无家可归的人舍点粥,都远胜这样的表面文章。"

周正英嘴一撇:"你以为我那么幼稚?我们也就是借官方活动的牌子,私下好开展自己的活动。"

齐月轩一愣:"怎么?你们私下还有活动?你……别是参加了什么组织吧?"

"没有。"周正英把声放低了些,"就是学生自己搞的读书会,交流探讨。参加的不光是燕京的,哪个学校的都有。"

"探讨什么?"

"当然是中国的出路和前途了。"周正英停了停,握住他的手说,"其实,你也可以去参加。"

"嗨,我这半大老头跟你们这些小年轻儿扯什么?"

周正英嘴一撇,鼻一耸:"我看你呀倒不是老了,是政治麻木,是缺乏信仰。也就是由性骂几句,发发牢骚而已。"

"你以为只有敲锣打鼓带吆喝才叫有信仰?不言明就是没有?"齐月轩顿顿,又笑着指着自己的肚子说,"这里……可都是主义。"

"什么主义?"

"这么说吧,上至诸子百家,古印度、希腊、罗马;下至现当代的中外各种颜色儿,在朝在野的主义思潮,应有尽有……"

"吹吧?"

"笑话!读书人读书还用吹?"

"那……对的错的都往里装?"

"哎,天底下没有一种政论完全没道理,可也没有什么主义完全是道理。"

"政治不是文学,能开杂货铺?"

"当然。杂食不忌倒易博采众长,不局一党一派一个主义,倒更能有自由、独立的思考。治大病能只用一味药吗?办大席能一个厨子一道菜?中国汉后虽尊崇儒学,墨、道、释、法诸子百家,两千年不也没断了香火?

封建尚可如此,当今却反而不能?"

"那……信仰不要专一,立场不应鲜明?"

齐月轩见她还不解,轻摇起头:"哎,你的思维呀,太简单……"

"哼,是我简单,还是你太复杂?"

"我是思维复杂,可结论简单。说穿就一个'中'字组俩词——中国、中和。"

周正英寻思着笑了:"这就是您的高见? 中国的和事佬?"

"嗨,你是只求字解,不能意会。我这……"

"得,得得,有时间我再听你讲,今天可不赶趟了。"周正英说着,径自走向脸盆架。

齐月轩只好把让她勾起的话又憋回去,苦笑着叹口气。

周正英边擦着脸,边又问:"哎,你……还去吗?"

"去……哪儿?"

"读书会呀。"她见齐月轩有些犹豫,放下手巾走过来:"你去了就知道了,真的不乏高论。也有老师参加,上次北大的楚老师讲得就棒极了。你就不说,听听也好嘛。"

"那……好吧,到时通知我。"

周正英见他应,高兴极了:"好,今天就有。上午我们先做点儿官样文章,十一点就到后山承露台集中,边吃午餐边讨论。你到时直接奔后山就成。"

齐月轩点点头,也起身要穿衣。

周正英拦住,打趣地说:"你还是睡个回笼觉吧,别到时候打瞌睡,我的半大老头儿。"说着她要起身,却又被齐月轩一把拉住,搂进怀里,又是一个长热的吻。半响,周正英才挣脱他的臂膀,嗔笑着出了屋。

承露台位于北海琼岛后山的半山上,是个平时游人很少光顾的僻静处。周围都是嶙峋的怪石,只有一条石径从山顶蜿蜒而下。这就是个十几平米的汉白玉石石台,中间有根盘龙石柱,柱顶上跪一石人,托着个接露水的大铜盘。据说慈禧太后在世时,煎药、沏茶就用这种无根天水。

齐月轩按时从山下走下来,周正英已等在小径旁。随她再往下走,就见承露台上已聚了十几个年青人,他们或坐或蹲,把个小石台挤得满满当当。一见齐月轩这个陌生人,都停了说笑,投来审视的目光。

周正英忙先上前,向一个三十出头,老师模样的人低声说:"楚先生,这就是我说的齐先生。"

楚先生只笑着向齐月轩点点头,没有寒暄。

周正英拿出张报纸一撕两半,铺在台阶上,与齐月轩挨着坐下。

"好,咱们开始吧。还继续那天的话题,用唯物辩证法的哲学思想来分析中国现状与前途。谁先说?"

话音刚落,有个女学生就发了言,没想到整话没说几句,就磕磕绊绊地卡了壳,引起一阵笑声。

齐月轩碰了一下周正英,压低嗓门说:"你们学的可是共产党的看家理论,这……可是犯禁的。"

周正英瞪他一眼:"进步的都犯禁。你怕,你走。"

齐月轩被噎得没再吱声,只轻咳了一声,向四周望望,又说:"你们在这儿学吧,我去给你们看着点儿。"

周正英笑了:"我们有值班哨,放心,好好听着吧。"

齐月轩这才松了口气,心静了些。

众人面面相觑,无人发言,楚先生向一男学生瞟了一眼。

那男学生会意,但未露声色,说:"我以为,中国的老百姓就像一盘散沙,中国政界军界也是诸侯割据,各行其是。我以为现在不是强调斗争,而是强调统一、凝聚国民意志的时候。当今世界上最流行的两大政治思想潮流,是法西斯主义和共产主义,我倒是倾向前者。中国需要一个最铁腕的政府,需要一个最众望所归的领袖,需要最高度的集中和独裁。"

周正英忍不住问:"你所说的是什么政府?你所说的领袖是谁?"

"政府当然是国民政府,领袖当然是蒋中正。"

周正英哼了一声:"哼,可现在这个蒋介石和国民政府都干了些什么?北伐还没有成功,就先翻过手杀盟友。死在他刀下的革命者,比战场上还要多。这就是你所指的铁腕吗?"

男学生半蹲起来:"对,我是先接受三民主义,才接触到共产主义的,自然倾向正统。能够对作乱的政党敢于铲除,这才是真正领袖的气质。"

"你说的,怎么像复兴社那帮锦衣卫的腔调?"周正英有些火,众人也一阵议论。

楚先生接过话茬:"不错,他说的正是这种谬论。法西斯主义强调独裁、铁腕,就是化公权为私权。这种思潮正被蒋介石鼓吹、效仿,这不仅不会使中国进步,连辛亥革命可怜的成果都会丧失,这就是不称帝的皇权!"

"说得好!"齐月轩也不禁赞了一句。

楚先生听到,笑着向他一瞥,刚要继续说,又被那男学生打断:"这不是皇权,法西斯主义也不是不讲社会均衡。鼓励强者的垄断,才能刺激经济发展,才能让更多人获得就业。国家通过税收,就可以让富者有仁,实现社会平均。"

"这是大资产阶级虚伪的骗局!"楚先生又反驳:"同学们,我们争论的关键所在是社会财富是谁创造的。是地主、资本家吗?不是!是劳动者,是劳苦大众。但他们没有土地、没有工厂、没有资本,就不能不低价出卖劳力,而忍受剥削。而那些靠剥削而富的人,即便拿出点小钱来,那也是施舍。为什么劳动者本应理直气壮得到的,非要像叫花子一样伸手要呢?国家靠税收实现社会均衡,有个前提,那就是这是个为公的政府,清廉的政府。如果是一人之党、一党之政府,能让税收不流进个人腰包?穷人能落多少?"他的话引起一片赞同之声。

齐月轩也"嗯"了一声,但扫了一眼周正英,没说话。

那个男学生却一点没尴尬,倒笑了:"同学们,其实我刚才的发言并不是我的真正观点,这全是从国民党右派演讲中抄来的。目的就是让大家从正反辩证中,分清是非。咱们还是听楚先生讲吧。他曾经在苏联莫斯科大学留过学。"

大家都笑了,气氛一下轻松起来。

楚先生笑笑道:"同学们,事实证明议会斗争,走和资产阶级联合的路在中国行不通。拿笔杆子、嘴皮子对付不了老军阀、新军阀的枪炮。只有走俄国人的路,必须有属于工人阶级自己的武装,开展真正布尔什维克的革命。我们要消灭的是一切剥削制度,要建立的是俄国式的苏维埃政权,而不是农民式的起义。大城市是工人最集中的地方,必定成为革命的中心。现今中国斗争的营垒已经分明,一边是无产阶级领导的工农联盟,一边是资产者和新老军阀。打个比方,可以说就是赤脚的和穿皮鞋的斗争,饿肚子的和脑满肠肥的斗争。现在是青年人选择的时候了,不革命,就是反革命,没有中间道路。"

齐月轩忍不住直起身:"可是……"

周正英在旁偷拉了他一下,他虽把话咽了回去,可大家都已把目光投过。

楚先生淡淡一笑:"这位先生,有什么见教?"

齐月轩迟疑一下:"啊……小小不解,下面再向您讨教吧。"

"没关系,本来就是讨论嘛,但说无妨。"

齐月轩这才轻咳一声,说:"我有一点不解,法西斯主义和共产主义之间,还有孙中山的三民主义,还有欧美的民主思想,何以没有中间之路呢?"

"事实证明,中间路行不通!"楚先生答得干脆。

齐月轩想想又道:"可……医国与医人一样,未见明效不一定药理不对,错往往是错在'度'和'时'上。实现民族复兴、民主政治、地权平均、民生富裕正是当今中国之急需,也为大多数人所盼。不能因国共反目,就放弃正确的主张呀。我也听说共产党的朱、毛在江西、湖南搞打土豪、分田地,就弄得很得人心嘛。"

楚先生不屑地一笑:"齐先生,你说的是朱德、毛泽东那种农民式的武装割据,这并不能真正代表中国共产党人的主张,连共产国际对此也是持批评态度的。"

"不太……理解。"

楚先生向后甩了甩额前散发,样子挺帅,语气也越发坚定:"只有真正的布尔什维克才能理解纯正的革命意义。消灭一切剥削制度、消灭私有制、消灭阶级,真正实现生产资料的公有制,彻底解放生产力,这才是共产主义。"

齐月轩咂吧了一下嘴,欲言又止。

楚先生一瞥,问:"怎么?齐先生还有话说?"

"嗯……还是私底下再向您请教吧……"

"不必。您的想法也代表了一部分人的思想,说透了让大家评,不正好?"楚先生平缓的语气中透着冷淡。

齐月轩犹豫少顷,才说:"我以为……中国是个弱国,发展工商似乎应是必经之路。资本主义在中国似乎不是太多,而是太少。没有资本主义哪来工人?没有工人又哪来无产阶级的革命?……"他见楚先生有些不悦,赶紧刹住。

"完了?"楚先生冷冷地问,似乎只听一声"是",就要打开反驳的话匣。

齐月轩倒被激起了性子,干脆竹筒倒豆子:"还有……中国既是农民占绝大多数,那革命何以以大城市为中心?不论德国的'经'还是俄国的'经',生搬过来,洋味儿倒正,只恐消化不良。倒不如孙文的新三民和朱毛的'农民式'符合国情……"

"这是鼠目寸光!"楚先生打断,"在中国,民主革命充其量也只是无产阶级革命的序幕,只是第一步……"

"不把第一步踏瓷实了,哪有第二、第三?"齐月轩也没容他说完,直插就问。

楚先生愣了愣,一时卡了壳。

周正英急了,埋怨他:"快别说了,你想改共产党的主张?"

齐月轩一梗脖子:"我又不是共产党,敢替人家改主张?我刚才说的也是我听过、看过的一些共产党人的观点,我品着有中国味儿。"

周正英话未出口,楚先生冷笑一声:"哼,中国味儿?马列主义是世界通用的真理,我倒想让大家听听,你的中国味儿到底是什么味儿?"

齐月轩也跟得紧:"中国味儿就是中华民族区别于其他民族的特质,最富中国味儿的是中和。"

"什么中和?不就是调和?!革命是一个阶级推翻另一个阶级的暴烈行动。是对垒!是斗争!是消灭!这就是革命的哲学,这就是两点论的辩证法。懂吗?辩证法!"

"辩证并不新鲜,两千多年前,中国就有。"齐月轩也兴起,哪顾周正英的眼色,声也高了些。"中医讲辩证,没有西方思维那么极端。中医讲阴阳、虚实、寒热、补泄,但秉的是中和,求的是平衡。"

"你不要扯远。"

"一点儿也不远。世间万物都是一分而无数,绝不是仅两点、两分可以概括。切金断玉都有屑,别说您掰块儿枣子糕啦。若为计算方便,两分法也不若三分更科学。"

"奇谈怪论!"

齐月轩话没停:"老子曰:'一生二,二生三,三生天下',就是此理。有两端必有其中,人分左中右,世有天地人。无中哪有南北?哪有上下?哪有前后?哪有对错?革命就像撬石头,要得力得有支撑。从一端较劲儿,不如移移中点。革命也好,改良也罢,归根到底是进化。是进化就不可能有什么消灭。物质不灭,精神也不灭,不管怎么斗,结果只能是中和。黑白相争出的是灰,黑胜深灰,白胜浅灰,哪有纯黑纯白?冷和热相争出的是温,冷胜近冷,热胜近热……哎,极端思维算不得科学的辩证法。"

他的话引得周围众人一阵窃窃私语。

楚先生也愣了:你……这些歪理是哪本书上的观点?

齐月轩一笑:"书……我还没写。"

"哼,那就没有依据。"

"依据当然有。"齐月轩又道:"中国有几千年文化和历史,什么依据没有?世界上所有的主义,在中国找不到枝叶,也找得到根。书本儿的依据不算,事实更有依据。您刚才不是讲光脚还是穿皮鞋,饿肚子还是脑满肠肥吗?这两种人在中国都不是多数。中国还是能穿上鞋,又穿不起皮鞋的多。能凑合饱,又吃不好的多。中间大,两头小,怎么能没有中间路呢?"说着,他低头向周围环视,引得大家都随着看。一双双穿着布鞋和球鞋的脚中,只有楚先生和齐月轩穿着皮鞋。

齐月轩笑了,不少人也会意地发笑。

周正英使劲掐了一下齐月轩的腿,让他"哎哟"了一声。

楚先生的脸涨红着,激动地说:"不对!你这是阶级调和论,是腐朽的中庸之道!无产阶级革命是要彻底砸碎一切剥削制度的革命,革命的目的不是实现资本主义。俄国人在列宁、斯大林的领导下已经做到了,一个无产阶级的国家——苏维埃社会主义联盟已经诞生。我们就是要走俄国人的路,在中国创建共产主义。懂吗?共产主义!这决不容置疑!你去过俄国吗？你根本不懂真正的苏维埃是怎么回事。"

"我没去过俄国，但我是中国人，了解中国。不顾自己的国情民意、自己民族的文化，不是崇洋媚外，也得南橘北枳。"

"别谈已经腐朽到顶点的中国文化了，它给中国带来的是什么？是屈辱和落后。"

"树有枯荣，山有峰谷，中国历史上强盛几千年，百年的落后就能把几千年的历史文化都抹煞？哎……"齐月轩叹口气，忽又一扬眉，"中医两千年前就讲辩证，春秋时孔子就讲'普天下皆兄弟'，战国孟子就讲'民为本'，晚唐黄巢就讲'均天下'，后晋陶渊明就梦'桃花源'，明初的中国政治制度影响了欧洲，才有西方的文化复兴和近现代文明。大家可以细想想历史，中国靠什么使文化几千年不割裂？靠什么亡而又兴？靠强悍吗？不是。靠的是包容、中和、消融、求同的力量……"

楚先生更火了："够了。你根本不是个共产主义的信徒，充其量是狭隘的民族主义！"

齐月轩也有些急："要连自己民族都不爱，能谈爱全人类？日本人把蹄子都踏到了东北，中国人该先顾什么？在我眼里什么阶级，什么党派，什么主义也大不过国家存亡。"

楚先生被他的话刺痛，完全震怒了："你……你以为我不知道你？！学士府的大少爷，封建官僚、地主兼资本家！你的阶级立场决定你的言行，寄生虫当然不可能理解无产者的革命。你也不配！走，赶紧离开！"

一片迎合的议论和嘘声，周正英尴尬至极，抓住齐月轩的胳膊就往外拉。

齐月轩却猛地甩开她，斗鸡似的瞪着眼，挺了挺身，可突然又笑了，笑得大家都莫名其妙。

楚先生也愣了："你……笑什么？"

齐月轩这才收住笑，环视了一下说："我想起马克思、恩格斯、陈独秀、李大钊……不知他们哪个的出身算穷人？你们在座的，谁家又是赤贫？"

大家面面相觑，竟一时都无话。

正这时，不远处的山石上传来念诗声"春眠不觉晓，处处闻啼鸟……"

楚先生一听使个眼色,大家都紧张了起来,忙各自坐好。周正英也拉拉齐月轩,可他仍挺挺地站着。

这时,两个穿长衫、戴礼帽的男人沿小径走来,停在不远处,鬼鬼祟祟偷窥。

齐月轩却呵呵笑了起来,大声说:"我知道大家都累了,别都愁眉苦脸。我讲个笑话给你们听吧。从前,有个小和尚跟老和尚学念经……"众人的目光都被他吸引过去,紧张的气氛让他的话冲淡了许多。

"小和尚一字一句学得认真,三年出了师。小和尚独当一面给人做法事,听了的人却都说,他和老和尚念的不一个味儿。小和尚好不纳闷,回庙里就问老和尚:师傅,你是不是没传我真经呀?你们猜老和尚怎么说?"

"不知道,你说。"

齐月轩诡异一笑:"老和尚说:徒儿啊,经是真经,为师也是倾心教你,你也学得认真。要怪嘛,嗨,只是怪你的嘴长得太歪,再好的经让你念也得变味儿。"

一片笑声中,楚先生脸色很难看,但又不好发作。笑声刚落,又传来读诗声:"少小离家老大归,乡音未改鬓毛衰……"

周正英轻语一声:"走了。"

大家都松了口气。周正英一扭身,才发现齐月轩不见了。忙抬头看,齐月轩已经沿小径扬长而去。

第四十二章

　　从北海回到家,齐月轩仍铁青着脸。虽然他和楚先生的辩论并未落下风,当时也还谈笑风生、妙语连珠,可过后还是越想越憋气。特别是"封建官僚地主兼资本家"、"剥削者"、"寄生虫"这几顶帽子让他脖梗子有些发软。心里久久难消被刺的痛楚,左思右想也想不通。原先自以为进步,自以为是块香饽饽,可今天才知道自己在年青人眼中是个啥。别说没资格做个进步者、革命者,就连在旁摇摇旗,敲敲边鼓的份儿都没有,倒落了个革命对象。他又想起,昨晚自己出的上联和郝炳臣出的下联,"随风一叶,扬沉起落凭天力;染血千山,晨暮阴晴不晓中。"此时,他更觉得自己的无奈,似乎也理解了郝炳臣字词中的悲怆和茫然。

　　天快擦黑,周正英进了屋。桂枝进过茶,刚出门就听两个人竟吵了起来。

　　只听周正英说:"你还有气?今儿你可算露脸了。话说得多绝,真比你那杂文还犀利。"

　　"嗯?你……损我?"

　　"哼,就许你犯损?"

　　"怎么?我说得都不对?他就……"

　　"不是你对他对的问题。人家是头系在裤带上投身革命,你只是观潮,有资格去品头论足吗?"

　　"哼,你也这么说?我的话都是他逼出来的。话虽损了点儿,可没恶意。"

　　"既是善意,就应该好好说,不便会上谈,可以私下交流。这下好,你嘴痛快了,伤了人家的威信。你一走了之,人家怎么工作?"

"那你就没听见他说的?封建官僚地主兼资本家……还,还寄生虫?……"

"不对吗?你是不是受过皇封,做过三品官?你家祖地有几千亩地,不算地主?你几进院住着,几个院租着,几个买卖开着,不是资本家?"

"那……那官我就当了几天,产业都是祖上留下的,我现在有薪水,我教书不算劳动?"

"那够你花吗?你不在杨叔那儿月月领月份儿?"

"我……我可以从此不领。我就不信我勒不住……不过,跟你哥说,不能总给他白写不给我稿费。你也别想跟我老下馆子,上戏园子……"

"你以为我稀罕?哼,说你几句,就和我算小账?好啊,这手表也是你买的,还你!"手表被周正英拍到桌上,却紧接着又被齐月轩摔到地上。清脆的一响后,好好一只劳力士摔碎了表蒙子。

桂枝在门外偷听了好久,没听明白几句,连为什么吵也没弄清。不过,这摔表声倒听得真切,她吓得忙跑出了院。

这当口,屋里周正英哭出了声,扭身就要走。齐月轩一见住了口,只死拉住不放。

周正英挣了几下,挣不脱,回身却见齐月轩也是泪盈满眶,身上顿时没了劲儿,心也软了。

"哼,半大老头儿还哭?"周正英笑了,仍掉着泪。

齐月轩长嘘一声:"哎,白活半世,谁能知我呀?!毛毛虫都能破蛹化蝶,我……就不能飞?"之后再无话,只有泪珠扑簌滚落。

半晌的沉寂、半晌的对视,周正英也叹了一声,把齐月轩的头揽进自己的怀里,用手指轻抚着他孩子般委屈的脸,拭去他眼角的泪。

这时,杨志兴随桂枝赶来,撩帘就进。没想到前脚还没落地,竟看见这一幕,他慌忙收回腿,退了出去。

桂枝不知所以,还要问,被杨志兴一把抓住,拉着就走。

"杨叔,有事?"屋里传来齐月轩的声。

"没,没事。您……忙吧。"

"你没事,我有事。从下月开始,我的月份儿不要了,吃饭另交你伙食费。"

"为……什么呀？"

"我自食其力！"

杨志兴糊涂着听，也糊涂着应，到了也没弄明白，屋里唱的是哪一出。

不过，齐月轩这次没食言，还真从此断了月份。洋车也不包了，跟周正英学了半个月，就买了辆单车代步。他没再去参加什么学习，对周正英去不去却不置可否。两人见面都尽量闪避着敏感的话题。

第二年三月，周正英的母亲病重，挺了半个月就过了世。按老规矩，父母过世儿子得守孝三年，闺女也一年内不得婚嫁。原来齐月轩和她商定的毕业就完婚的计划只能变了，大婚又改到了来年五月。哎，真是好事多磨。

刚过了年，刘成龙就正式盘下德外的那块地，打算马上建粪场，抢下春夏两个旺季。没想到干啥都是起步难，样样生意都欺生。德外本来就有十几家老粪场，平日里少不了一个"争"字。争了上家争下家，争了客户争人手。冷不丁地冒出个生虎子，倒让这十几家老板摞起了膀，合起伙来对付他。起初这半个多月，不是当地保甲来找麻烦，就是工地里丢工具，后来竟然深更半夜闹鬼，乱坟岗子的零碎尸首愣躺在了院里。吓得工人们大都溜了号儿，还把巡警招来，仔细盘查了一番。

刘成龙明白这都是别人下的套，可决不甘心就这么灰溜溜地缩回去。他又求沈三爷出面，在天和楼摆了两桌，请这些老板喝酒。这些人大都来了，只有最大的一家老板于胖子和他的几个亲戚没到。他仗着他小舅子在奉军里当团长，不买沈三爷的账。可第二天早上，这个三百多斤的大胖子，竟和自己的小老婆一起赤条条地给吊在了自家的房梁上。两人没死，也没什么伤，都只是脖子上多了一道刀痕，连血都没流，只留下道浅浅的红印。大家解下他，一瓢凉水泼醒，忙问咋回事？他俩除了冻得哆嗦，想起来后怕之外，竟也不知是怎么回事。这事是越想越怕，越传越神，于胖子缓过劲来，第一件事就是到沈三爷家赔罪。沈三爷也是丈二和尚摸不着头脑，虽然扬了他的名，可他却是实实在在不知道谁干的。这漂亮的手艺可不是他手下这些混混儿所为，倒像是专干绑票的绺子活儿。

问刘成龙,他嘴上也说不知道,可心里却美极了。这一出戏正是七子主唱,他帮腔,一束迷香,两根麻绳,就两人干的。除了一枝花,再没有别人知道。

于胖子被吓蔫儿了,就再没人敢捣乱了。刘成龙的粪场顺顺当当开了工,一个月不到,围墙起了,场院碾了,池子挖了,房子盖了,就等着寻个黄道吉日,放炮开张了。他请望田来当管事,望田应了,而且还帮成龙拉了些相熟的帮工过来。

粪场要开张,月娥的肚子也快挺到了头,听接生婆讲也就这三两天。严妈和杨志兴商量,想把她接回娘家。可杨志兴虽心疼闺女,也不愿破老礼儿,只让严妈整日去守着。

这天,望田发现粪场晾场上有些地方没夯实,又找人返工。成龙听说不放心,也赶了去。活儿刚干了大半,就有人跑来找,说月娥要生了。

刘成龙一溜小跑赶回了家,还没进院就听见月娥的喊叫声。他冲进院就要往屋里闯,却被杨志兴一把拉住。

"你大爷们儿进去干吗?老实地在外边等着,别添乱。"

"爹,她……咋喊得这么邪乎?"

"别急,老娘们儿生孩子,哪个不这样?"

屋里月娥又叫了起来,简直就是声嘶力竭。

刘成龙慌了神:"爹,怕不对呀,不成,赶紧上洋医院吧。"

杨志兴让他说得也有些沉不住气了,忙走到门前喊了一声:"他严妈,怎么样啊?"

严妈隔着门说:"接生婆说了八成是难产。她再试试,不成还真得去洋医院破肚子。你先备好车吧。"

"我去。"刘成龙转身就往外跑。

杨志兴又一把拉住:"车我早备好了,就停门口呐。别急,沉得住点儿气,月娥身上有我从回龙观求的符,没事,一定没事……"

刘成龙看得出杨志兴虽竭力装出镇定,可嘴角也在不由自主地哆嗦着。他虽没再吱声,可头上身上也直冒冷汗。又一声惨叫,撕扯着他的神经。他实在忍不下了,脱口喊出声:"别耽搁了,赶紧吧!"

"是啊,赶紧吧。"高望田不知什么时候进了院,也催道。

杨志兴狠狠心刚要发话,屋里传来一声婴儿的啼哭。三个人一时都愣住了,只呆呆地听着这哭声从断续变得连贯,从咽塞变得透亮。

屋里严妈在喊:"生了!生了个丫头。"

刘成龙这才兴奋地冲到门前:"让我看看。"

"别急,还有一个。"

"还有?……双棒?!"几个人都瞪大了眼。

月娥一声喊叫,又让刘成龙揪起了心。

"爹,还是上医院吧。"

"没事,"杨志兴显然镇定了许多:"第一个生了,后来的就顺当了。"

谁也没再说话,都屏住呼吸等待着,心里默默祈祷着。此时的时间就像半死的蜗牛一般,不是慢,干脆是一动不动。

屋里又传来月娥的喊叫。那声音较之先前更刺耳、更凄惨,她像拼着全身的气力在挣扎……喊叫声还未落,终于又响起了一阵婴儿的啼哭,这哭声从第一声就是那样有力、响亮。

严妈隔窗向外喊了起来,看不见她的脸,但听得见她的笑:"成龙,快给菩萨磕头吧,又生了个带把的。哈哈,母子平安!"

望田也拉了成龙一把:"你还犯什么呆呀?这回良心、心良都有了,多大的福啊。赶紧磕呀!"

刘成龙这才恍过昧儿来,忙跪下向南磕了三个响头。

顿时,屋里屋外就再没别的了,只是一片笑声。

从少帅张学良易帜,政务、军务归属了定都在南京的国民政府,北京就不再是都城,更名为北平。这名起的还真不赖,从民国十七年到民国十九年,北平周边还真太平了两年多。虽然报纸上也时常见到"国军"在湘、赣、鄂一带剿"赤匪"的消息,可一般老百姓虽分不清好歹,也知道远近。常听有人悄悄议论:"您看,不做都有不做都的好处,南京倒做了都,隔不远儿就闹'赤匪'了吧?北京摘了个京字,倒落了个消停。得,北平就北平吧,平就好。"其实,这话也只能当笑话听,北方也不消停。

民国十八年春,北平往西几百里的渭华县就闹了场不小的兵变。而且闹兵变的正是当年占北京、捉曹锟,赶小皇上出紫禁城的那支部队。这是冯玉祥西北军的老底子,新近才由南京政府统编,刚改番号的国民军三十一军。张志诚此时就是这个军所属一二一师师部警卫连长。他们师部和军部都驻扎在渭华县城内,所辖的三个团也驻扎在县城周边。

这天正是五月端午晚上,秦师长让张志诚换上便衣,到城外接个客人。是谁没说,只告诉他在城西三里有个小酒馆,让老板找文先生就行。接了客人直接送到军部,跟谁也别提这档子事。

张志诚套上辆车赶到小酒馆,没费事就接到了客人,立马请他上车,往回赶。一路上,他就瞅着这位年青的文先生有些面熟,可怎么也想不起在哪儿见过。到了军部,陈军长和秦师长就把客人迎进里屋。两个多小时之后,才又让他送文先生回去。

第二天晚上,驻在离县城三十多里的八十七师的两个团就发生了哗变。秦师长当晚亲自带部队去增援,到那儿,哗变的部队早撤了,一共拉走了一千多人。之后又追了十几里,没见人影,对天打了一通枪,就班师了事。事后才知道是共党分子所为。南京军事委员会专门派人来查,折腾了半个月,不了了之。

直到六月的一个晚上,秦师长让小灶炒了几个菜,端出一坛酒,把贴身警卫都撵到门外,只留下张志诚:"来,来,志诚坐下,陪我喝两盅。"

张志诚笑笑,站着没动:"师长,您有事尽管吩咐。酒就免了,半夜我还得查哨。"

秦师长端详着他,长叹了口气:"我已让焦同路接替你当警卫连长了。今儿晚上你就歇了吧,就陪我喝酒,以后还不知道什么时候能聚。"

"您是让我……"

"嗨,坐下说。"

张志诚这才坐下,两眼直勾勾盯着秦师长。虽然他不知道要把自己派到哪儿去,但和师长要分别,已是毫无疑问。一时,竟觉得鼻子发酸。

秦师长给他倒上酒,和他干了半碗,才说:"中央军事委员会已经下了命令,调陈军长去南京到参谋部任高参。这是老蒋明升暗降,夺他的军权。嗨,其实还是因为八十七师哗变的事吃了瓜落儿。哗变的头一天，我让你接过个文先生，记得吗？"

他见张志诚点点头，又问："你知道他是谁呀？"

"看着面熟，想不起在哪儿见过。"

秦师长一笑："他不就是过去咱第四路军总部政治处的刘主任嘛。"

张志诚这才恍然大悟，这刘主任叫刘子丹，是黄埔四期毕业，二十三岁就被派到冯玉祥第四路军做政治处主任。北伐时，他和陈军长、秦师长都很要好，张志诚见过他，也听过他讲课。后来部队清共，他才不知去向。

秦师长见他疑惑，声音放低了些说："我和军长知道他是共产党，连冯总指挥都知道。清共的时候，要不是他网开一面，刘主任也得掉脑袋。这次他来找我和军长，就是想拉我俩一起把队伍拉出去，组织一支反帝同盟军。说实在话，他说得有道理，老蒋就是卸磨杀驴的主儿。我是想干，可陈军长顾虑太多，水大漫不过天，我也只好作罢。八十七师那两团本来就是共产党组织的民团，编到咱们军没几天。所以陈军长答应，只要不动他的老底子，就随他去，睁一只眼、闭一只眼。"

"师长，您让我干什么？明说，豁出命我也去。"张志诚腾地站了起来。

秦师长又拉他坐下，笑笑说："没那么严重。陈军长不想去南京，打算解甲归田，回三河老家。可他也怕走后南京方面拆了咱这点儿家底。所以求冯总指挥出面，让我代理军长。我是担心陈军长的安全，想来想去，也只有让你随他一起回乡，陪在他身边，我才放心。你脱了军装，我的话就不算命令，不知你能不能替我去尽一点儿情义？"

张志诚忙站起应道："是！您放心，我一定保护好军长。不过您……"后面的话噎在他的嗓子眼，一时竟再说不出一个字，他瞪大着眼，才没让满眶的泪流下。

秦师长的眼里也有些湿润，他又倒满一碗酒，端到张志诚面前："来，啥也不说了，咱俩再干一个，话都在酒里。"

俩酒碗一撞，两碗酒进了肚。往常喝下去顺顺溜溜的山西老窖，今天却有些辣嗓、烧心、呛人的泪。

第四十三章

北京改名北平,可老百姓盼的这个平字带来的平安,却很快就先被内战,后让外战给搅了。内战是冯玉祥、阎锡山、李宗仁等在中原腹地冀、豫、鲁、鄂等省和蒋介石部队的大战。外战是"九一八"事变爆发。

九一八事变之后,在老百姓眼里,张学良一下子就从"易帜"功臣变成了"不抵抗"将军,国内外舆论也骂声四起。若干年后才有史料证实,当时张学良也是执行了南京政府不抵抗的命令,据说他手上还有蒋介石的电报原稿。虽然至今谁也没见过,可当时蒋介石和南京政府除了向"国联"申诉、向日方抗议、让国民冷静之外,连一句言战的话都没有,这却是不争的事实。

日本人占了东三省之后,并没有就此罢手。南京政府的"不抵抗"政策,更纵容了他们的野心。第二年春,他们又把战火燃到关内热、冀、察三省,危及京津,危及华北。

北平城里虽还没听见炮声枪声,可每天从关外蜂拥而至的难民,已经把战争的残酷、血腥、悲惨、屈辱都带了来。北京有亲戚朋友的还好些,无亲无友的就只能露宿街头。政府除安置了些公务人员和有头有脸的,根本顾不上普通百姓。倒是社会各界的同乡会、同学会、慈善会等民间组织给难民解决了食住,做了些实事。

这天晚上,齐月轩帮学校安置东北各大学的流亡学生,到快九点才骑车回到家。刚到大门口,就见台阶上、门洞里挤满了避风的难民。地上铺满了席子、毯子和破被子,连个过人落脚的地儿都没有。男女老少横躺竖卧的,最少也有二三十口子。个个蓬头垢面,衣服都脏得分不出色儿,隔老远就是一股呛鼻子的馊臭味。

齐月轩望着这些人,不禁紧锁起眉头,手搬了下车铃。

老门房听见忙打开门,边喊边往外挪:"哎,哎,靠边点儿。让让,让让,我家主子回来了。"

他刚帮着把车搬进门,杨志兴抱着几床旧棉被走来。见齐月轩脸色不好,他忙说:"少爷,是我让他们睡这儿的,今儿忒冷,我怕……"

齐月轩哼了一声:"这地儿能睡?让人堵着大门,你不怕丢人,我还怕呐。"

杨志兴愣了愣:"少爷,说好了就晚上,一早儿准走。"

"那也不像话!"

杨志兴脸上的笑全没了:"那……能撵人家走?!"

"嗨,家都让日本人占了,往哪撵呀?"齐月轩瞥他一眼,"我说杨叔啊,你怎么老把我往小人那儿琢磨呀?"

"那……您什么意思?"

齐月轩苦笑着摇摇头:"我是说睡这儿又冷又碍事,不如你好人做到底。东跨院反正空着,收拾收拾让他们进来住,不就得了?"

"好。"杨志兴笑出声。

齐月轩走了两步,又回过身问:"杨叔,咱库里粮还多吗?"

"您放心,祖地刚又送两车麦子来,够吃到年根儿。"

"嗨,别顾那么远了,我看你豁出一车麦子,多换点粗粮,从明儿开始,每天舍回粥,别让人饿死在咱们家里。也烧点水让他们擦擦洗洗,有穿不着的衣服都找出来,凑合换换。快开春了,别再弄出传染病来。你看……"

"行,我看行,我马上办。"杨志兴应得干脆。

老门房听着直摇头:"少爷,不是我多嘴,这事该政府管,一家一户能管得过来?"

齐月轩白他一眼:"别跟我谈什么政府,提起我就有气。他要真是负责的政府,何至于天天窝里斗?何至于四个月丢仨省?何至于让老百姓千里迢迢,到我这儿睡门洞啊?我也知道管不过来,可眼见着又不能不管呐,能管一点儿算一点儿吧。"说着,他仰天长叹了声,边走边说,"我现在是真想啊……"

杨志兴忙问："您想干吗？"

"想当官！当大官！当个能管事的官！最好当总统！"齐月轩没回头，只气哼哼喊得大声。

杨志兴明白他的意思，忍不住笑了，不过再咧嘴，也是苦腥味。

第二天一大早，齐月轩还没起就有人来访。让他意外的是，来人不是别人，却是松崎原山。自从墨香斋的官司他败了诉，就又开了个商行，专营关外的山货土产。门面库房在西四北，人还是住在学士府隔壁的小院里。这两年按时交租，没再闹腾。偶尔在街上碰到，也客客气气点头赔笑，心里的劲看不出，表面上也还相安无事。不知他来干什么？莫不是，想乘乱又来争那买卖？

齐月轩忙穿衣下床，草草擦了把脸，就进了厅屋。松崎早已坐在旁侧等候，见他出来忙起身："齐少爷，扰了您的觉，我实在是有急事，又怕您出门碰不着，才如此冒昧。对不起，对不起。"

齐月轩淡淡一笑，没吱声，只伸伸手请他坐下，自己也坐在正面的太师椅上，这才唤了声："上茶。"

桂枝奉了茶，退了出去。松崎刚要张嘴，齐月轩端起盖碗示意了一下，自己转转碗盖先抿了一口。松崎只好把话又咽回去，也端起茶碗沾了沾唇。

"松崎君，何事啊？"

松崎放下盖碗，笑笑："我刚才进府时，见您把东院辟成难民所，实在可敬。我仓促而来，身上只有这点钱，也表表我的心意，容后再补。"说着，他把一叠纸币放在桌上。

齐月轩笑笑："好，我替他们谢了，要不要……扬扬您的大名？"

松崎忙摆摆手："别，不用，不用。"

"您……就是送这点儿钱来？"

"不，不，另有要事。"

"什么事？"

"有人托我给您带封信。"

"谁?"

松崎故意停了一下,笑眯着眼拱拱手,低声说:"皇上。"

"日本天皇?"

"不,不不,是大清的'宣统'皇上。"说着,他从怀里掏出封信,双手递上。

齐月轩接过信,半信半疑地自语着:"哎,民国了,就不跪接了。"

只见上面写着:"月轩爱卿:虽复国功亏一篑,汝勇气可嘉,忠心知矣。朕也思为平民,不与世争,然乱世无主,民心思定,又逢盟邦援手,乃天赐之机也。见谕速赴津,以共计复国大略。"下面没签名,但盖有一枚刻有"乾清御赏"四个字的私章。

齐月轩看了很久,才确认这笔迹是皇上亲笔。那枚章不是国事所用,但也是皇上常盖在赐物和书籍上的用印。民国后,传国玉玺和几枚政印都上交民国政府了,这几枚闲章已是皇室最高的礼遇了。

"齐少爷,"松崎见他沉吟不语,问,"不知您什么时候动身?"

齐月轩又想想,反问:"皇上怎么请您……"

"这您不必问,您若恐路上不安全,我找人送您去。"

齐月轩冷冷地扫了他一眼:"您如何见得我一定去呢?"

松崎愣了愣:"难道……您不奉诏?"

齐月轩盯住他:"这,恐怕不止是皇上的意思吧?"

松崎也笑笑:"内里的意思,还得您自己品嘛。"

"月轩愚钝,还请明示。"

"'上谕'上不写得清楚?'盟邦援手,乃天赐之机'……"

齐月轩哼了一声:"哼,怨不得这字里行间,有东洋胰子的味儿呐。"

松崎微怔,但又堆起些笑:"齐少爷,您不要曲解圣意,更不要曲解日本国的友善。我们在东北的所为,实在是为满洲人呐。如日满能够携起手来,不仅能光复满洲的龙兴之地,而且还能徐图中原,尽扫欧美和苏俄势力。这是东亚共荣之伟业,也是您个人一逞才华的机遇呀。"

齐月轩淡淡一笑:"想得很好。不过,看来你实在没把中国历史参透。"

"这……怎么讲?"

齐月轩坐端些,朗声道:"从炎黄至今,洋洋五千年,有多少民族曾深入中原?匈奴、突厥、鲜卑、北魏、西夏、党项、辽、金、蒙古,乃至大清。可有一时之逞,但到后来却完全被淹没、被消溶。中国幅员广阔,人口众多;中国文化博大精深,兼容并蓄,实乃大海也。以小河而汇大海,以小丘而填大壑,能堪自保吗?莫说是满洲,就是日本国倾国而来,占中国半壁乃至全部,只要民心未服,文化尚在,百年后中国在,而日本恐不复存矣。"

松崎大笑:"天方夜谭!东北三省不言不大,人口不言不多,仅四个月即可下。哈哈,大而鱼腩,小而锋刃,如此说来……"

"谬也!"齐月轩打断,"东北三省是有人拱手相让,若力战,何至如此?你们日本国中,其实也有明智者,视中国为泥沼,侵华必深陷而不能自拔。可惜狂妄战胜了理智,才有你日本当今之国策。中日为邻,和则两利,战则无胜。还是我上次所言:仁者可弱,而只弱一时,不仁者可逞一时之强,绝无长久之势。刀可切金断玉,绝不能截流断水。日本以中国文化为源,末流何以灭得源头?"

"齐少爷,"松崎压抑着恼怒,仍平缓地说,"你的话有道理,不过只是画饼充饥的空谈。我也有中国的血统,可感情和空谈都扭转不了优胜劣汰、弱肉强食的规律。"

齐月轩沉默了片刻,额头的青筋都暴出来。他长舒口气,道:"不错,所谓弱肉强食,那是自然界的法则。不过,人区别于兽,除了直立、劳作、语言之外,还有一个最根本的区别,那就是人性。若人只讲什么弱肉强食,不仁、不义、不礼、不耻、不平等、不同情、不爱他人、不珍惜生命,那和兽有什么区别?那对内就是暴政,对外就是侵略,就是人吃人!可怜呐可叹,你们还自诩什么文明,什么进步?说好听点儿,这是学童上大学,空缺的文化。说不好听点儿,这叫还没学会做人。"

松崎忍不住,露出了怒容,他冷笑着:"哼,我听说在东北十几个日本军人,十几条枪就能让几千中国人伏伏帖帖。这,就是您的克刚之柔?这就是您追求的文化?"

齐月轩却坦然一笑:"人都是血肉之躯,自然硬不过钢铁,凶不过虎狼。但是世上最硬的金刚钻儿,却是最松散、最不堪一击的木炭经万年重压而成。英雄哪儿来?都是让逼出来的。逼到忍无可忍,庶人也就有了英雄气。什么叫凝聚？压到那份儿上，最软的最能凝聚。中国人现在一盘散沙，可正需要这么一逼。你们日本人要欺人太甚，倒保不齐真把中国人逼出了团结，压成了金刚钻。要真这样，我得先道声谢了。"

松崎被噎住，一时无言，只眯起眼审视着，半晌他才出口长气，说："我不和您争嘴，成败靠的是实力。现在我只想知道，齐少爷去不去天津？"

"不去！"

"那……我如何回复？"

齐月轩扬起头，朝天拱手道："您就说我齐家世代为大清之臣，不敢有忘皇恩。然孟子曰：民为重，社稷次之，君为轻。齐某不敢负皇上，更不敢因一人而负天下。洋人无论东西，从无一国善待过中国。欲借东洋之力，只能引狼入室，让人玩于掌股。若皇上不忘庚子、甲午之耻，当罢却此心。一家与四亿，一时与千年，孰轻孰重，切切三思！"

松崎的脸红了又白，但他仍竭力压抑着，不过脸上的冷笑已变得有些狰狞。

刘成龙的粪场已开业快一年了，头三脚踢出，后边儿也就顺当多了。行里的深浅他知道的不多，又有帮会的事缠身，就了听月娥的劝，干脆做个甩手掌柜，把业务全托给了望田。月娥也带着俩孩子搬来住，看孩子、做饭两不耽误。

高望田自打辍学就和爹背道，虽没自己经营过粪场，可耳听眼见多了，自然是里外门儿清。他知道粪场是一肩挑两头的生意，一边是"进"，一边是"出"，中间得有个硬肩膀。所以"进"这头儿，他不拖不欠，价格上也按质给价，求个公道，引得出好粪的道都往这儿聚。"出"那头儿他却做得活泛，菜农说声要，地头他也送。一时没现钱，可以先赊着，卖了菜再给。中间这块儿，他也就一句话，拿帮工的当人。别的粪场的伙计饭都是以稀的为主，一天吃不上仨俩窝头。用人讲究铁打营盘流水兵，试工一个月没工钱，等到月底，找点茬儿辞了就算白赚。就他这儿一天三顿，两干一稀，帮工干一天算一天，工钱虽分几等但从不欠一分。他这么干了一年，虽也有周转不灵，自己掏腰包往里垫的时候，也有些一时收不回的账。

但还是人心换人心,厚道换实诚。结算时用算盘珠子一打,竟赚了好几百,头一年就收回了本钱,还有富余。生意稳了,他又拿闲钱,添了几条粪道,自己雇人背。起初还有点儿揪心的刘成龙也踏实了,背后常笑称,他这哥傻有傻福。

不过,他心里并不佩服望田,越在道上混,越觉得生意赚钱太慢。他总跟着沈三爷左右,沈三爷那些敛钱的点子真让他开了眼。过去的烟馆、赌场不说,东北沦陷后,北京难民一多,他就派人满街踅摸大姑娘、小媳妇和不懂事的小小子。人到没吃那步,就想个活命,他花个十块八块就能买下。然后一转手,女的送窑子,小的卖给没后的家。弄好了,转手就能赚几十,乘的就是这缺德的空,发的就是这国难的财。刘成龙虽没直接经手,但看在眼里,听到耳里,初时的恶心和气恨中渐渐也杂进了些技痒和眼红。沈三爷对他格外看重,这等小事从不劳他做,各处买卖有摆不平的时候,才让他出马。虽然人家吃肉他喝汤,细算下来,也远比粪场辛苦一年挣的多。不过这钱是强忍才能得的食,他得天天跟仇人称师傅,点头哈腰赔笑脸。好在他已惯了,早不像最初那么痛苦,他似乎已找到一种快慰。那就是笑眯着眼,去发现、积累仇人的罪恶和弱点,心里暗暗嘲笑他的轻信和大意,盘算着他如何倒台、如何死。有时,他甚至觉得这些都不解气了。如果有一天,自己能取代他,重新把他打回原形,让他在自己手下做只狗,任自己呼三喝四,那才叫痛快!成龙的确记住了一枝花的话,像只小狼似的寻着、嗅着、等着。

高望田每天还是回自家小院住,不管多晚从不在粪场过夜,有时收工都半夜了,一样往回返。别人问为啥?他总是说自己睡觉毛病大,一挪窝就睡不着。月娥心里明白,他这是避嫌疑,怕成龙又多心。

一天晚上,成龙和月娥闲聊,无意中把沈三爷买卖人口、发国难财的事漏了几句,让月娥好一顿埋怨。成龙再三解释自己没掺和,一通指天赌地地拍胸脯,才算把这事遮过去。没想到,都吹灯进了被窝,月娥又提起来了。

她突然问:"哎,你说的那些东北女人里,有没有模样好点儿的姑娘?"

"嗨,再好能好过你去?"成龙嘻笑着伸过胳膊,"你放心,我有你、有孩子,我还能……"

月娥使劲掐了他一下:"去你的,我可没工夫吃这份干醋。正经问你事,好好说。"

"实话,能比你的一个也没有。"

月娥笑了:"别老拿我比。有年轻点儿,看着本分,拿得出手的没有?"

"那倒有……有的看着黢黑,洗把脸就变个人……唉?你问这干吗?"

"你这孩子都有了,就不惦记你哥?"

成龙这才明白,笑着连连点头,片刻又迟疑地说:"我哥能干?"

"这有啥?咋得让他看着对眼儿。再说对女家也好啊,咱这是图正经过日子,不比卖到火坑强?"

"嗯,这倒是。行,我踅摸着。"

别说,这事成龙还真费了心思,没几天,就带回一个来。高挑个,大眼睛,除了黑点儿,挑不出啥毛病。可望田一听说,借口上厕所,溜出门就不见了人影。倒让隔壁的纪掌柜看上了,领回去做了小。等人走了,望田才回来,问他为啥连人都不见,他支吾半天,才说:"我……不想寻个东北人。"

又过了半个月,成龙又带回个小姑娘。才十五,姓连,不是东三省人,是河北乐亭的。她爹曾在奉军里当兵,撤到关内时开小差回了老家,带着老婆和三个孩子跑北京来了。衣食无着,才想卖了大的活小的。

这回成龙没让望田再溜,硬把他推进了屋。看着进去好久没出来,扒门缝看,两人还有问有答,小姑娘落泪,望田也跟着伤心。他琢磨着,这次肯定成。一会儿,望田带着小姑娘出了屋,立马在附近的大杂院租了间房,让他全家住了进去。第二天,又让他爹来粪场做了帮工,可男婚女嫁的事却不再提。问他,他只说:"嗨,我压根儿也没动过那心思,就是见不得可怜。我的事以后你别管了,我没那心气儿。"

成龙也只好随他去,不再张罗,月娥听说,也没当面去问。不问,其实她心里也明白为啥。

第四十四章

一枝花自从败了场子又流产之后,就很少到街面上走动。如今连帮里开香堂,过年团拜都托病,让七子代她去应付。她在江湖上折腾了二十多年,信了佛,整天在屋里调息打坐,念经吃斋。对七子她依然相信、倚重,却再不让七子碰她的身,倒又给七子张罗起婚事。七子不解,问她为啥?她也不说。最后被逼的没法儿,她才道出实情。

她小产后,他爹曾到与雍和宫毗邻的柏林寺去,向个法号"通悟"的老和尚求了个签。他瞎眼看不见,求老和尚念念。

通悟和尚呵呵一笑说:"施主,此签乃下下签,不过若依小僧看,却是上上签。此签曰:天生丹,蘗生墨,水火生烟,金木生伐,土定生安。颠倒颠倒,空了空了。"

御刀刘哪听得懂?忙追问其意。

通悟和尚又道:"丹乃红,主血光之凶;墨为黑,有苟且之蘗。水火、金木相克,非静不能悟。本为颠倒,颠倒则正。了需空之,空者了之。佛视难为渡,视劫为赎。求签者有佛缘,若入佛门,岂不上上签?"

御刀刘虽只听的似懂非懂,但越琢磨越对,又问:"您的意思是她非出家不可?"

"可剃度,也可带发,可为尼僧,也可为居士。心中有佛,佛则无处不在,不必拘形矣。"

御刀刘回到家,添油加醋地向一枝花讲了一番。引得她病体刚愈,就随爹去了柏林寺,见过通悟老僧,又听他一番说教。本来一枝花遭此劫之后,心早有些灰,当然越听越信,越想越对,当即拜了通悟为师,带发修行,得命法号"慧雨。"

七子听了一枝花讲出真情,却不以为然地笑了。

"姐,您真信那玩意?!"

"我信。"

七子哼了一声:"哼,我看呐,这种囫囵话是越琢磨越对,越信越准,全是凭自个儿往上靠。没准儿呀,还是您爹和老和尚串好蒙你的……"

"罪过,罪过,可不敢乱讲。"一枝花忙合掌,小声叨念几句,才又说,"七子,师傅说了,我和齐少爷、和你都是前世孽缘,这些年打打杀杀又是今生罪过……"

"啥叫孽?啥叫罪?"七子打断,"您这辈子连个女人都做不成,怪你吗?不打打杀杀有你我活头吗?老和尚不说颠倒颠倒吗?这世道本来颠倒着个儿呐,原先反着来,对着干就是正。您这儿一颠倒,倒颠倒了。"

"别再瞎说,你哪能懂得佛理?"

七子更笑出声:"嗨,要说敬佛我比您先,我小时就当过三年小喇嘛。和尚纯粹都瞎讲乱讲,孽缘也是缘,是缘就得圆。忌男女的事,那是小喇嘛、高僧才练密宗功呐。您到喇嘛庙里看看,不都有欢喜佛吗?喇嘛教不忌杀生,杀也可为善,佛前的金刚都是凶煞。要信佛,您也得信喇嘛教,这才是正宗。"

一枝花一时还真让他给说蒙了,红着脸,愣呆呆,不知该信哪边的理。

七子嘻笑着从后面把她抱个正着,却让一枝花一把推了个趔趄。见她有些发急,没敢再往前凑,只苦笑一声,心说:"石头真能软成发面团?哎,老天真是作弄人。"

正这时,门外伙计喊:"当家的,来客了。"

一枝花慌忙整整衣襟:"谁呀?"

"没见过,像是来拜码头的。"

"好,往里请。"

伙计推开门,引进一个着长衫的高大汉子。待伙计退出屋,他才摘下礼帽,单膝跪地,把帽底朝天放在膝上,打出个三老四少的手势,叫一声:"晚辈见过师叔祖。"

一枝花一扬手,让他站起,问:"兄弟报了坎儿,不知哪座宝山?"

那人欠身道:"晚辈张志诚,家师陈玉龙,乃安徽巢州人氏。师祖上张下单名一个海字,直隶栾州府乐亭人氏。太师祖上张下明升,直隶冀州府望都人氏。刚单独进的门坎儿,报不出九代。"

"兄弟过水、暂靠还是驻脚?"

"无事不登三宝殿,晚辈是陈将军手下的一二一师警卫连长。特奉家师命,来拜师叔祖。"

一枝花点点头,伸手让座。

张志诚连忙说:"长辈面前,没晚辈的座。"

"嗨,军务在身,别讲那么多规矩。坐吧。"

听一枝花这么说,张志诚才坐到桌前。

"玉龙一向可好?"

"回师叔祖,南京政府排斥异己,免了师傅军长的职务,给了他个参议的虚职。他没去赴任,带小辈回了滦县赋闲。"

"也好,戎马半生,难得清闲。你看,"一枝花笑着一指案上的佛阁,"我这不都信佛了嘛。哎,少念红尘事,修个好来生吧。"

张志诚叹口气:"可国难当头,哪闲得下去?"

"嗯,那你今儿来,是……"

"日本人占了东北,又想惦记华北。南京不让打,要先安内后攘外。家师和冯玉祥、吉鸿昌等几位将军商议,打算重整旧部,自行组织一支抗日同盟军,先清察绥、再图热河。"

"好,这他娘的才像个军人。"七子不禁叫道,让一枝花瞪了一眼,才住了口。

张志诚继续说:"可各位长官都在中原战败后被免了军权。指望南京政府解决装备给养不可能,只能自筹。所以家师让我来拜师叔祖,希望在家里的弟兄们以国家为重,也筹措一些,以解燃眉之急。家师有亲笔在此,请您过目。"

一枝花接过信,看了好几遍,沉吟许久,默不作声。

七子有点急,望望张志诚,又想插言。

一枝花瞥他一眼:"急什么?急事不急才能办。"

"我是怕你……"七子嗫嚅地没往下说。

一枝花哼了一声,把信拍到桌上,猛地挺胸扬眉:"好,蒙玉龙高看,咱也不能自己掉价,这事我应了,咋也不能让人骑脖拉屎。明儿我就召集帮中弟子,商议此事。其他各界,我也一定想法联络。不过,建军筹款都不是一时半会儿能办的事,燃眉之急也得从长计议,你先放宽心住下。"

"此事关系重大,得务必保密。"

"你放心,跟什么人说什么话,多一点儿都漏不了。"

"好,那晚辈谢过。"

"谢什么,都是自己的事。"一枝花站起身,"要谢,我倒要谢谢你们的抬举,谢谢你们给我找了点儿奔头。"说着,她郑重地向张志诚抱拳一礼,惊得张志诚忙站起还礼不迭。

七子眯着眼笑了,此时他觉得眼前晃眼地一亮,一枝花那久违了的魂儿,那股劲儿又回来了。

张志诚进京之时,陈玉龙将军也派人去联络了调防到热河省的秦军长。可他并没答应参加抗日同盟军,并捎信请几位将军暂缓行事,慎思再三。其实,这也是情有可原。

在蒋冯阎中原大战时,秦军长也曾率部反蒋。联军兵败,约定停战以后,冯玉祥就失去了军权,只落个军事委员会的空头副主席,西北军也被拆了个稀巴烂。陈玉龙将军留下的这些残部经整编改番号为二十九军,除秦军长原来当师长的一八七师之外,另三个师都是从他部拼凑的。名义上他还是军长,不过实际上控制不了全军。南京政府又专门委派了个副军长,叫秦德纯。说是协助,内里就是监视。除这个原因之外,时局的变化是主要原因。

民国二十年冬,日本人把溥仪和一干死党走水路从天津偷送到辽宁旅顺。在日本人的策划下,第二年三月一日正式在沈阳成立了满洲国,定国号"大同"。溥仪这个退位的大清皇帝又成了满洲国的皇上,和他上一代的光绪皇上一样,成了傀儡。不同的是,光绪背后牵线的是西太后,姨妈也是妈呀。而溥仪背后牵线的是日本人,这咋也不是个爹呀。

满洲国成立后,日本占领东北就有了个好招牌。南京政府抗议,国联不予承认都没用,日本人干脆退出了国联。美、英、苏等大国为各自利益,谁也不愿因帮中国,而与日本结仇。所以日本人更为嚣张,开始伸手华北。

此时全国一片抗战呼声,背了不抗战骂名的张学良也力主保卫华北。蒋介石的南京政府一来迫于压力,二来也想试探日本人的企图,也就同意调兵设防。不过一再重申:避免冲突,维持现状,不先动武,守而不攻的原则。张学良立刻调了十几个军,约二十万部队,以长城为屏障,设防于热河和冀东境内。古话讲,将在外,君命有所不受,秦军长正是这样想。当兵的也是百姓出身,也是中国人,也早憋足了火。要日本人再得寸进尺,那就是点了火药库,炸到什么份儿上,谁能做得了主?事实证明,秦军长的预见是对的,不过也只对了一半。

一个月后,也就是民国二十二年一月,日本人在长城东端榆关又挑起事端,并以此为借口,分别向冀东和热河大举进攻。中国军队依据崇山雄关,在长城的山海关、马兰关、榆关、铁门关、古北口、界岭口、冷口、喜登口等处抗击日寇。这就是当时振奋全国,后人津津乐道的"长城抗战"。

秦军长的二十九军负责热河省西南部的防卫,战事一开,他的正面阵地喜登口先遭到日军板垣师团混成十四旅的进攻。这是支日本的精锐部队,并配有两个重炮团。而秦将军的部队却武器极差,士兵手上大都是汉阳造和大刀片。双方先是争夺两翼的山头,几经易手,战斗惨烈。秦将军见山头阵地在日军重炮轰击下,伤亡太重,就将部队全部撤至长城一线,凭险据守。

日军攻击五天五夜,没越长城一步,并在长城以北收缩集结,以待援军。这正让秦将军抓住战机,他调上作为预备队的两个旅,乘夜从东西两侧向敌背后迂回,抄敌人的后路。官兵都臂扎白毛巾,挥着大刀片冲入敌阵,顿时长城之下,山谷之中,火光冲天,杀声一片。混战至黎明,只这一夜就毙伤小日本一千余人,并缴获重炮十余门。日军残兵后撤三十余里,一盘点,仅五天加一夜,这支日本王牌军却已伤亡六千余众。伤亡过半,无力再攻,只得暂作修整,等待援军。

后来,日军又增援两个联队,没敢再攻喜登口,而重点进攻侧翼的罗文峪、山楂峪、老婆山、孩儿岭。又是激战几昼夜,日本人招来飞机,使上重炮,依然没越过二十九军的阵地。

一月后,日军在冷口突破友军二十三军防线,向喜登口侧后攻。秦军长怕腹背受敌,才撤离喜登口,转向罗家裕至兴城镇设防。

除了二十九军激战喜登口,四十一、五十三、五十五、五十七等军也在长城一线的各关口,与日军展开激烈战斗。虽部队伤亡惨重,可也重创了日军,使敌不能深入。

日军于四月无功而返,退回关东。中国军队尾随追击收复热河、冀东被占县镇。

但到五月初形势大变,日本关东军主力分两路攻来,一路攻冀东,一路突进察哈尔省。中国军队却奉命节节撤退,直撤至京津一带。而日军却北占了察哈尔的多伦等地,东占了冀东秦皇岛、遵化、三河、香河等县,并攻占京东的怀柔、密云,形成对北京的夹击之态。秦军长正杀得兴起,哪里肯撤?打电话据理力争。无奈张少帅被免了职,前线总指挥已换了南京刚派来的何应钦。说也没用,人家就一句话;不撤,以危害民国罪军法从事。两翼的三十一、四十二军都撤了,眼看日军合围上来,他也只得撤到怀柔西南部防御。没两天,就听副军长秦德纯说,何长官已派人去和日本人求和了。

中国军队用几万人的生命,却换来了如此的结果,这就是秦军长未想到的另一半。听到这个消息,他不禁热泪盈眶,仰天叹道:"我不是没血性的孬种呀,实在是秦桧误国!"

在一旁的秦德纯副军长忙劝:"嗨,您也别太死心眼了,就是当年秦相求和,不也得听君命吗?你我可都姓这个秦。"

秦军长两眼圆睁,大声斥道:"呸,你要姓秦桧的秦别拉我,我他娘和这秦就尿不到一壶。老子是山东秦琼那个秦!"

噎得秦德纯半天没话,半响才苦笑着说:"你别不听劝,我看没等你姓了秦琼的秦,倒得姓了擒拿那个擒。"

秦军长哼了一声,没再吱声。

没过多久,这几句对话就被人传得全军上下无人不晓。后来这个秦德纯副军长还真步了秦桧的后尘,当了汉奸,一个秦姓还真分出了忠奸、清浊。

长城抗战轰动了全国,也震惊了世界。几个月中北京城就像个沸腾的大锅,上下翻着花,腾腾地直冒热气。各大报纸一时就没别的,全是前线的消息和打气叫好。甭管到哪儿,是大街胡同,还是书斋茶馆,往常见了就躲的军人都成了香饽饽。您要是再挂根儿拐,缠点儿绷带,那老头、老太太的脸准比见着新姑爷笑得还亲。也甭管是什么人,是富是穷、是老是少,往常见面头一句:"吃了吗您?"这阵儿不说了。连乞丐要饭的头一句都是:"看报了吗您?"坐胡同里听人侃就更没边儿了,甚至有人传大刀队的刀法是义和拳传的,贴上符能飞起来,连日本的飞机翅膀都给削了。这一点儿也不奇怪,从民国到如今,中国的官兵自己窝里斗都狠着呐。可一碰上洋人,甭管西洋东洋,马上就尿。老百姓憋了多少年,这回总算是听到点儿声儿,闻到点儿味儿,伸了点儿腰,出了点儿气。那滋味还用讲?不就一个爽?!

几年前,魏爷带着董彩屏离了天津,近处不敢唱,一绷子①就奔了关外。几年下来,东三省的码头都闯了个遍。拿东北人的话说:在东北那圪垯,谁要不知道一品红,那准是拿鼓当尿盆的"二儿"。

九一八以后,他们也随着难民潮跑回了关内。魏爷舍不下脸,不愿回北京。好在冀东本是落子的发源地,连农民也会哼几句,县城镇上只要有茶馆,就有说书唱曲儿的饭。所以,他们就在乐亭、三河、香河一带唱了些日子。到日本人进攻华北,和中国军队交了火,都听得见炮响、看得见火光,他们才只得逃到了北京。起初,在隆福寺唱庙场,后来遇到个认识魏爷的先生,才把他俩介绍到鼓楼前的天江茶园去唱。没想到,在这儿竟碰上和李凤姑同台。

李凤姑虽然跟沈三爷这么多年,可肚子不争气,就是生不下一儿半女。所以,她从黄花姑娘混成了半老徐娘,也没混上个明媒正娶。沈三爷最近风光了,对她倒越来越冷落,经常是几天不回家。好在她早看淡了、皮厚了,也好在她一直没丢会的那点玩意儿,多唱少唱,还没让老客把她忘了。她见一品红夺了她的彩,虽心里直犯醋,可毕竟自己跟魏爷学过,论起来也算一品红的师姑,所以明面上也没显山露水。

---

① 一口气。

这天,魏爷和彩屏刚下场,介绍他们来的那位先生迎了上来。这先生不是别人,正是郝炳臣。

"魏爷。"

"哟,郝先生,您怎么……"

"魏爷,今儿我是有事相求。"

"您说,只要我能办。"

"大后天,几所大学的师生和文化界人士,要在天和楼组织抗日义演和募捐。我算个召集人,打算连演七天。义演没有戏份儿,您看能不能和一品红……"

"没的说。"魏爷没等他说完,就应得干脆,"抗日的事咱能不去?别说我们现在饿不着,就是饿肚子也得去呀。"

董彩屏也跟着点了点头。

郝炳臣笑笑:"您别急,我这还有两个请求。"

"您说。应了您去,还有什么不能应的?"

"我是想让您打出大明后裔的身份来,这对……"

"别,这我应不了。"魏爷忙打断,"哎,大明亡国后,我家当了鞑子十三代的延恩候,留了十三辈的辫子,想起来就丢人。别再提,这跟骂我汉奸一样。要不行,我只能让一品红一人去,您给另找个弦子。"

"那哪成啊?"彩屏发了急。

"好,好,我不提。"郝炳臣忙赔笑,"不过,这第二个请求,您可得答应。"

"又……是什么?"

"抗日义演唱软绵绵言情的曲儿不合适,您看能不能编段儿结合时势的新段子,让一品红唱?"

魏爷想想:"嗯,是得来点儿提气的,我写、创腔都没问题,就怕……"

董彩屏忙接过话茬:"爷爷,您放心,您边写我边练,两天不睡也不会台上卡壳儿。"

"好,那就算我应了。"魏爷笑出声。

第四十五章

　　第二天天刚亮,墨香斋已经把当天的《实报》印完了。忙了半宿的周正英没顾得休息就挎上相机直奔白塔寺。白塔寺往南一点儿,就是张学良的少帅府,新成立的,由何应钦任主任的北京行辕也设在这儿。这儿大清时是顺承王府,建于清初,最早是礼亲王代善之子的郡王府。今天,在这儿何应钦要召开一个中外记者招待会,周正英正是要去会场采访。

　　刚到白塔寺的十字路口,就见街上设了岗。过了三道卡子,查了三遍证件,这才进了会场。会场里更是戒备森严,虽没有军警,四周的过道上却站满了穿中山装的便衣。招待会八点半开始,八点就可进场,周正英提前来就是想在前排占个位。

　　八点半,随着一身戎装的何应钦在张学良陪同下出现在台上,会议正式开始。先是何应钦向记者们宣布了一条新闻:中日双方已于昨日停战,不日将在塘沽进行正式交涉。而后作了一番演讲,内容无非是蒋介石多次讲话的翻版。说中日军事力量悬殊,又赤匪内乱未平,实无与日本进行全面战争的能力。战则必败,关乎存亡,只有戒躁忍耐,尽量避免冲突升级,维持和平状态。"攘外必先安内",并等待国际干预。全体人民应以国家大局为重,拥护领袖意志,保持冷静秩序。

　　他演讲完后,台下立刻像炸开了锅,中外记者们纷纷要求提问。他按拟好的名单,点了"美联社"、"伦敦时报"和国民党办的"中央新闻社"、"复兴报"的等几家记者。问的答的都是避重就轻,不疼不痒。草草过场,就要宣布散会。

　　周正英实在忍不住了,没等允许,就站起大声喊道:"何主任,为什么只允许官办的记者提问？我要求新闻平等！"她话音未落,就引起全场一片应和之声。两个穿中山装的人立刻向她走来,台上何应钦一声话,才让他们停住。

"没有不平等嘛,你是什么报的？"

"我是《实报》记者周正英。"

何应钦向身旁的张学良低声问了问,才说:"好,你有什么问题？提吧。"

"请问'攘外必先安内这句话是蒋委员长的首创,还是引用？"

"这……"何应钦一时被问住,旁边一个秘书模样的人忙走过去,附耳几句。他点点头才道:"这是蒋委员长借鉴历史经验,提出的英明方针。这句话的最早出处本人没有考证,但在明代崇祯皇帝的诏书中有过这句话。"

周正英一笑:"可执行这策略的结果如何？明朝灭了,大顺也灭了,倒让外族得了逞,建了大清。"

"胡说！"何应钦的脸色变了,"今天不是明朝,是民国。现今共党赤匪乃心腹大患,不除之,何以抗日？"

"据上海、香港等地及外电报道,中共自九一八之后多次发出抗日宣言,号召停止内战,成立抗日统一战线,共赴国难。如果政府能坚持抗日,岂不不剿自安？"

"这是共党的煽动宣传,不可信。"

"那用什么让中国百姓相信政府的抗日决心呢？"

"这……哼,小姐,国家间的冲突可以谈判,甚至可以妥协。但对共党不行,因为日本要的是中国一隅,而共产争的是整个天下。"

"何主任,您的话让我明白了,大家恐怕也都明白了。"

"嗯,明白就好。"何应钦笑笑。

周正英却突然话锋一转:"我们明白了,民国这二十年,为什么中国不敢外战,却总是内战！"她话音未落,就激起一阵哄堂大笑。

何应钦脸上的笑一下凝固了,片刻,气哼哼地站起来,拂袖而去,场内更是一片喧哗。

张学良站起想说什么,却欲言又止,只说了声:"散会。"随即也匆匆离场。

而周正英却成了主角,十几个中外记者把她围了起来,问这问那。一直到出了门,还有几个人伴在她的左右,把她送过路口。

周正英刚要告辞,一个不知国籍的外国记者,操着生硬的中国话说:"密斯周,你很勇敢,是个真正的记者。你要注意安全,我们还是多送送你吧。"

一个记者附耳低语道:"走胡同。"说着,几个人拥着周正英,穿过十字路口,拐进路东的一条胡同。

周正英这才感觉有些紧张,心止不住怦怦直跳。她们拐了几个弯,确信无人跟踪,才各自散去。前面已是厂桥,再穿过几条胡同,就到后海边了,周正英这才松了口气。

此时,张志诚正和郝炳臣对坐在一个小酒馆里。

几年前,郝炳臣到绥远联络冯系军队,就是通过陈玉龙和秦军长的关系,同行的还有黄埔毕业的刘子丹等人。后来其他人都留在了冯系部队里,只有郝炳臣又回了北京。在这期间,正是张志诚负责警卫、护送。虽相处只有十数天,但谈论很深,相交甚得。

郝炳臣看过陈玉龙将军的信,又听张志诚讲了一些情况,脸上的神情很复杂。他沉吟半晌,才说:"我打心里感激你们对我的信任,可也真替你们担心。此事可是非同小可,对几位将军,南京方面不会没有防范。而且你们这样凭老关系联络,很难不走漏风声。时过境迁,保不齐人心有变。就说我吧,你们就那么肯定我能帮忙?就不会去告密?没准儿正撞在枪口上啊。"

张志诚愣了愣,扫视了他一下,才笑笑道:"郝先生,我相信家师识人不错,也相信自己的眼。要说风险嘛,哪能没有?就是聚了义,也没准儿会败。我们只不过想让国人知道,天下还有有血性、敢打日本的中国人。要能这样,败何惜?死何惜?"

郝炳臣点点头:"好,有此心就好。此举若成,不仅能鼓舞国人,倒也可逼逼政府。募捐之事我应尽我之力。不过,切记一点,只言抗日,只讲救济难民,不要提买枪建军。"

"是,家师也是此意。"

"来,"郝炳臣端起杯,"事在对错,不在成败,凡大成都有人垫底。干一个,我愿陪诸位也垫一回底。"

两人一饮而尽,张志诚忙又斟酒。郝炳臣无意间看到街上,愣住了。张志诚见了,顺他眼光看去,见一个穿旗袍的俊俏姑娘正走过门前。他笑了:"怎么,郝先生也……"

"胡说,这是好友齐月轩的未婚妻,她哥也是我的朋友。"

"噢,你说的可是学士府的齐少爷?"

"是啊,你认识?"

"没见过,不过算起来,也有些渊源。"

"募捐之事,倒可以请他这样的人出头……"说到这儿,郝炳臣突然刹住话,两眼紧盯住门外。

"怎么?"

"不好!……"郝炳臣说着匆匆起身,走出门外。

张志诚一见,也忙跟了出去。

此时,周正英又紧张了起来。她发现一个戴礼帽,穿长衫的男人,总不紧不慢地跟在她后面。她忙拐进个小胡同,闪身进了个大杂院的门。躲在门后,眼看那人从门前过去,才出门向反方向一阵紧跑。又拐了两个弯,才歇住脚,倚着电线杆喘着粗气。

突然身后有人笑,她扭头一看,正是刚才盯她梢的男人。

那人狞笑着:"跑呀,怎么不跑了?"

"你要干什么?"

"不干什么,瞧你俊,稀罕!"

周正英转身刚要再跑,后面一声:"站住!"那人掏出了手枪,"老子懒得再追了,老老实实跟我走吧。"

"光天化日你还敢打劫?"周正英向后退了一步,"我可喊了啊。"

"喊呐,大声点儿。"那人笑了,"老子怕你喊?告诉你,老子是……"

他的话还没说完,后面又闪出一个人,没等他回过头来,一块大石头就砸在了他的头上,他只闷闷地哼了一声,就直挺挺地倒在了地上。

周正英这才看清,竟是郝炳臣。他砸倒了那人,自己却还抱着石头发愣。

"郝先生?!"周正英一声轻唤,才让他如梦初醒,忙又举起石头,砸向那人的脑袋,顿时血溅了他一身。

这时,张志诚也赶来,捡起了地上的手枪。

郝炳臣从那人怀里摸出了一个证件,看看一愣:"是中统的人……"

"那还不快跑?"张志诚催着,"奔后海沿儿。"

郝炳臣应着,拉起还发着愣的周正英,沿胡同就跑。

张志诚把那人身上的怀表、钱包都掏了个干净,连个纸片也没剩。这才起身,飞奔而去。

惹了这么大的事,郝炳臣哪敢让周正英回去,只能先找个地方避避风头,可一时又想不出个合适的地方。还多亏张志诚提了个醒,三个人这才坐上洋车,奔了一枝花的大车店。

郝炳臣与三教九流的人都有些往来,和一枝花也有过一面之交。凭他看,此人虽有些女气,但骨子里还有股子令人敬佩的侠义,加之张志诚也借住在那儿,倒也放心。只有周正英心中没底,甚是忐忑。

一枝花听郝炳臣、张志诚讲述了事情的经过,又听周正英讲了事情的起因,不仅没紧张,倒笑了。

"哈哈,真没想到,你们文化人也有这样的胆气。行,可交。"

郝炳臣更有了底,说:"我倒没什么,不过,这位周小姐能不能在您这儿暂避一时?"

一枝花应得干脆:"那有什么不行?敞开住。你们还真会选地儿,再查,也不会到这种臭烘烘的地界儿查文化人。好,我还真希望有个人就个伴儿,说说话。"说着,她用目光向周正英扫了扫。

周正英脸红了红,向郝炳臣偷瞥了一眼。

郝炳臣明白她的心思,忙说:"当家的,这可是我好友未过门的媳妇,您多照应。"说着,掏出些钱和那把手枪撂在桌上,"这您收着。"

一枝花笑了:"嗨,什么大不了的事?弄这么客套。钱拿走,这小枪我留下。"

她把枪拿到手上,看了看,正要往怀里揣,却被七子一把夺了去:"得,归我得了。"

"给你?一急眼再惹出事来。"

"不会,我保证不惹事。好多年连枪毛都没摸过了,看着都眼馋。"说着,他捧着枪躲到一边,熟练地鼓捣着,像孩子见糖瓜般兴奋,把大家都逗乐了。

当天下午,学士府后院的《实报》编辑部就遭到搜查,寻不见周正英,有几个人就奔了前院。

齐月轩正在书房写东西,听到外边喧闹,忙走出来看,见几个人已闯进厅屋。

"你们是干什么的?不言声就闯,还有没有点儿规矩?"齐月轩大声问。

领头的一见他那架势,没敢太放肆,皮笑肉不笑地拱了拱手:"这位就是齐少爷吧。"

"正是。"

"兄弟是中统的。"

齐月轩笑出声:"我是老北京了,还真不知道中统是什么?是中国总统,还是中式马桶?"

那人气得脸都变了色,可还是压住火,一伸手亮出了证件:"看见吗?全称是'中国国民党中央统计调查处'。"

"哼,我这儿有什么劳各位统计的?"

"我们找周正英。"

齐月轩一愣:"你们找她干吗?"

那人冷笑一声:"今儿她在记者招待会上发了些高论,上峰让兄弟来请她。"

齐月轩明白了,准是正英有什么言论犯了禁,心里暗暗叫苦。不过一转念他又踏实了。特务来搜,证明她现在还安全。想着,他冷冷一瞥问:"你们找她,到我这儿来干吗?"

"她不是您的未婚妻?"

"不错,是。不过没过门呐,有住婆家的吗?"

"那……我们也得看看。"那领头的说着,一招手,几个人就要往里屋进。

"站住!"门外大喝一声,杨志兴走了进来。

"嘿,你又是谁?"那领头的撇着嘴问。

"我是这儿的管家,学士府可不是你们想搜就搜的地方。少爷,还不给少帅打个电话,问问他,他的手下怎么这么胡来?"

那领头的一愣,虽然他们不归军队管,但身份悬殊,还不由他不怵。他立刻又挤出些笑:"怎么,您跟少帅……"

齐月轩还没答,杨志兴抢着说道:"那是我们少爷的结拜兄弟,少帅可和蒋委员长也拜过把子。你掂量掂量,我们少爷和蒋委员长又怎么论?少爷,打电话呀。"

几个特务都听傻了,面面相觑,没一个人吱声。

齐月轩忍不住笑了,想不到杨叔也敢顺嘴开火车。自己和张学良虽算朋友,可哪拜过把子呀?而且九一八以后,自己还在报上公开写诗骂过他,说他:"唯贪美酒虞姬舞,不见霸王刎江东。"从那儿就再没见过面,更跟蒋介石扯不上边。他怕牛皮吹过了,忙说:"嗨,算了,大神管不着小鬼,县官不如现管。杨叔,你就带他们各屋看看吧,要不,总得惦记。"说着,又转向那领头的,"看就看,只用眼,可别动手。"

那领头的却连连摆手:"算了,算了,齐少爷,甭看了。您给脸,咱还能不兜着?您歇着,告辞。"说着,他就带着人走了。

不一会儿,周正节就来了。听他说,他家也被搜查。两人都不知周正英的下落,急得像热锅上的蚂蚁。

直到天将黑,郝炳臣才来送信儿。没说打死人那一节,也没说周正英的具体藏身地。只说她没有危险,也不会受苦,让他们放心。周正英要些衣物书籍,让他们准备好,他明天来取。

齐月轩悬着的心这才算放了下来,但心中不断窜腾的愤怒却怎么也按不下、埋不住。

吃过晚饭不久,周正英坐在炕边,就脑袋发沉,上下眼皮直打架。也难怪,头天没睡多少觉,今天又文又武地折腾一天,也真够她呛。

一枝花见了,忙把御刀刘和七子打发走,然后倒了盆热水,放在炕前。说:"得,妹子,乘热赶快洗,洗了早点儿睡。"

周正英一激灵,一下倒没了困意,没动,只两眼紧盯住一枝花。

一枝花没在意,爬到炕上,打开被垛,并排铺了俩被窝。

"叔,我……睡哪儿啊?"周正英嗫嚅地问。

一枝花笑笑:"这么大炕还不够你睡?咱俩脸挨脸,还好躺下说点儿体己话。"

周正英慌忙站起:"那……那我还是走吧。"说着,就往外走。

一枝花一把拉住:"这么晚了,你往哪儿走?"

周正英挣了一下,没挣开,急得眼泪在眼里直打转:"叔……您放手。要不,我喊了……"

"你这是?……"一枝花愣了愣,才猛然省悟,笑出声,"嗨,你以为我真是个爷们呐?"她见周正英还犯愣,忙扯下束胸的布,硬抓住她的手,贴到自己的胸脯上,"你摸摸,和你的一样不?"

周正英抽回手,仍半信半疑:"那……他们怎么都不管您叫婶儿?"

一枝花苦笑着:"嗨,这一句两句给你讲不清,等躺下,我给你慢慢讲。"说完她脱鞋,上炕,脱去外衣,露出里面的肚兜。她见周正英还直勾勾地看着,忍不住笑了,撩起肚兜,"看,看见没有?不是塞的馒头。"

周正英也被她逗乐了,笑得泪直往下掉。

夜已深了,一枝花和周正英头朝外,并排躺在炕上,各自想着心事,都没睡着。

一枝花见周正英又翻了个身,忍不住问:"妹子,睡不着?"

"嗯,"周正英轻叹一声,"没躺下时犯困,可闭上眼,眼前却总过电影……嗨,越来越精神。我吵着您了吧?"

一枝花笑笑:"恐怕是我吵着你了。我这人算落下毛病了,常是瞪眼到天光。哎……"她长叹一声,没再说下去。

周正英想问什么,可到嘴边,又咽了回去。一阵无言,只有两人的喘息声。

还是一枝花打破沉默:"哎,妹子,你许人了?"

"嗯,还没成亲。"

"老家儿给定的?"

"不,我们是自由恋爱。"

一枝花笑出声:"还是你们文化人新派,瞧这词整的,又恋又爱,还自由,在外面也敢说出口?"

"这有什么?中国就是太封建。其实无论男女,就不敢做、不敢说,谁心里不这么想?"

"嗯,是这么回事。"一枝花停了一下,叹了口气,"哎,说实在的,年青的时候,我也自由过一回……"说到这,她却刹住了。

周正英推了一把:"说呀。"

"嗨,都混成这样了,男不男,女不女,还说什么呀?"

"那您……"

"不说了,睡觉。"一枝花背转过身,片刻才叹道,"哎,天底下的男人要多点儿真爷们,能出我这样的女人?"

"反正您也睡不着,给我讲讲您自己的事。"

"嗨,都陈芝麻烂谷子,抖那馊干吗?"

"不,我直觉得您挺像一部小说里的女主角,挺传奇的。"

周正英的话引得一枝花来了情绪,她哼了一声:"别说,我那点儿事还真够说书的白话儿天。"

"那您就讲啊。"

一枝花刚要开口,又把话咽了回去:"嗨,睡吧,以后再说吧。"

"讲吧……"周正英晃着她,"算我求您了,婶儿……不,叔!"

一枝花笑了,扭过身来:"你也不是门里人,甭随他们,关起门,就叫我个姐吧。"

"哎,姐!"

一枝花长长地舒了口气,才说:"妹子,你别看我现在老眉喀哧眼的,年青的时候,旗袍一穿,大辫一甩,能迷倒一街人……"

周正英虽看不清她的脸,但想得出这个姐脸上的兴奋。没有再插话,只静静地听着,让她把自己带进那段新鲜又似曾相识的故事中。

第四十六章

原先墨香斋的后院，还是松崎原山在住。这院最早是学士府的车马院，房不多，只有三间北房，可院挺大。后来被董福兴占去作了车间，才拆了两侧的牲口棚，又新盖了三间东房，三间西房。松崎原山搬到这院住以后，把通墨香斋楼里的门堵死了，把过道又改建成一间耳房。现在三间北房是松崎一个人住，山口和其他七八个伙计分住东西屋。他的山货买卖雇着二十多伙计，中国伙计都住在门面。住这儿的伙计都是日本人，个个都是中国通，大都是在中国待了多年。名义是山货店的业务员，而实际上都是松崎原山招募的谍报员。他们天天出入各种交际场所，结交三教九流，目的就是为了收集政治、军事和经济情报。那间新建的耳房，从外看是堆杂物的储藏室，可从松崎卧室衣橱里的机关门钻进，却有个两三平米的暗室。这是松崎谍报组的机要室，放置电台和机密文件。

长城抗战开始以后，松崎和他的手下都深居简出，院门整天紧闭着。这几天一停战，他们就又还了阳，出入又频繁了。甚至在院门边挂上了"大日本国侨民松崎寓"的牌子，好像生怕别人不知道这院住的是日本人一般。连山口也觉得过于招摇，当晚他就问了松崎原山。

松崎原山听了他的疑虑，却笑了："山口君，现在公开侨民身份倒比半遮半掩更安全。这不仅是保护伞，而且是个温度计，必要时甚至可能成为导火索。"

山口虽应声点点头，其实并没完全理解他的话。不过，他到松崎原山的手下已经好几年了，他深信这位上司的谋略和胆量，深信他决策的正确。

"山口君,明天你去联系一下,我想和北隅堂的老大沈三见个面。就说我想尽弃前嫌,结交他这样的朋友。"

山口又不解,问:"先生,咱们为什么要和这种下九流的帮会联络?"

"我们不联络,可有人在联络,想让它成为反日的工具。你可不要小看帮会,北方的帮会虽不像南方那么公开,但暗里的网络却也大得惊人。上至官场军界,中到商贾平民,下结贱业土匪。为谁所用,作用都不可估量。我们要争取抓住这些人,特别是各帮的龙头长辈。这些人贪财好利,倒好交往,只要肯吃饵,就不怕不上钩。"

"是。我可以先通过周四试探一下。"山口停停,又说,"最近,北平各界募捐搞得很凶,有明显的反日倾向。明天,他们还要在天和楼组织大型募捐义演,我们是不是可以组织些人……"

"不,中国政府会做的。他们既要求和,就不能不约束民众。短期内,除非我们想打,不会有政府间的战事。我们的眼睛还是要多注意潜在的威胁。"

"是。昨天03号得到情报,说南京方面拟把刚从前线撤下的三十一军等三个军,休整补充之后调往南方。"

"这情报是可靠的。"松崎点点头,"南方的共党武装被剿了两次,却越剿越多,这才让蒋介石失眠呐。平津和华北是我们的囊中之物,占领只是时间问题。山口君,好好干吧,我已经向陆军部申报了,晋升你为少佐。"

"感谢先生栽培。"山口深深一躬,受宠若惊。

中午,刘成龙到关厢烟馆旁的小典当铺结了账,直接就送到了沈三爷的家。进屋正赶上饭口,沈三爷和李凤姑都坐在饭桌前,酒菜已摆上桌,就差端杯动筷子了。

"三爷,"刘成龙忙躬着身把个布袋奉上,"货单子也在里头,您当面对对。今儿可有两件好玩意儿,一个大罗马三针金表,外加一条足金的链。一个翠戒指,是油绿色儿、玻璃地儿的,还都是死当。"

李凤姑一听,忙抢布袋,寻到那枚戒指,再看看当票,顿时眉开眼笑:"哎哟,这么好的东西,三十块钱就到手了,当东西的不识货?"

没等刘成龙答,沈三爷先笑着开了腔:"嗨,他自己的物件还能不识货?哼,这全是成龙的主意好,烟馆旁边开小典当。当东西的都是抽急了眼的,别说个戒指了,瘾上来,亲娘老子都敢卖。"

"那两家的账我下午去结。您吃着,我走了。"刘成龙转身要走。

沈三爷忙叫住:"别走啊,赶上了还不坐下?你跟我也有日子了,还真没一块喝过。坐呀。"

刘成龙这才硬着头皮坐下。沈三爷说的没错,可他不知道为什么。刘成龙心里明白,他怕自己喝高了,把持不住自己浸着仇恨的心。沈三爷的眼都让大洋给晃花了,哪还看得出这一层。

"来,咱爷俩干一个。"沈三爷端起杯。

刘成龙只得举杯相陪,脸上笑着,嘴上应酬着,心里却没忘告诫自己。

酒过三巡,李凤姑忽然想起,问:"成龙,听说你老婆生个双棒儿?"

"是,一男一女。"

"好,龙凤胎?稀罕物!俩孩子长得特像吧?"

刘成龙想想:"好像……不怎么像。"

"不像?那就怪了。"李凤姑直嘬牙花子。

"那……是不是双棒儿都像啊?"

"反正我见过的、听说的,还真没一对不像的。不过,也没准小时候看不出,长大就像了。"

"那要……长大还不像呢?"

李凤姑诡异地一笑:"这我就不好说了,那就得问你老婆了。"

刘成龙的脸一下红了,愣着有些尴尬。

沈三爷见了,瞪了李凤姑一眼:"你这张乌鸦嘴,逮哪儿哪呱呱。成龙,甭听她的。她自己是块盐碱地,看别人打粮,她就有气。"

"去你的,"李凤姑火了,"我就一闲嗑,又没让他回家审老婆,你跟我较什么劲?"

"得,甭理她,咱们喝酒。"沈三爷忙岔开话。

又一杯干下,刘成龙嘴上没说什么,可心里却拧起个大疙瘩。

这时周四来了,像是有急事,见刘成龙也在,犹豫了一下,还是没出口。

沈三爷有点不耐烦:"有话快说,有屁快放。"

"您到里屋,我慢慢和您讲。"

刘成龙识相,赶紧站起:"沈三爷,您二位说,我先走了。"

"别走,酒哪儿有喝半截的呀?"沈三爷摆摆手,"周四,成龙也不是外人,说吧,不要紧的。"

周四还不情愿,让李凤姑偷着踢了一下,才说:"嗨,今儿我见着松崎原山的管事,他说他们老板想请您吃顿饭,时间、地方由您订。"

沈三爷一睬眼:"这小日本又找我干吗?准没憋好屁。我又不是饿极了找饭辙。告诉他,我没工夫,让他省点钱,留着再打官司吧。"

周四想想又说:"听那意思,他们是想跟您服个软儿,借您的威望,合作点儿生意。我看……倒有诚意。"

"嗯,"沈三爷扫一眼刘成龙,"你说呢?"

刘成龙想了想:"我看您应下好,这倒显着您大度。饭照吃、酒照喝,事应不应,不还在您嘛?就探探他的底也好。"

"有道理。"沈三爷笑了,"你就约今儿晚上吧,天庆饭庄。成龙,你也跟我去。"

周四有点为难:"今儿晚上是不是急了点,也不知人家……"

沈三爷不耐烦了:"没空就算了,老子还正好推脱。"

周四连连应着,没敢再说个不字。

下午,郝炳臣挟个包袱进了大车店,他给周正英带来些衣物和几本书。几个人坐在炕上,又聊起为抗日同盟军筹款的事。

郝炳臣说:"给你们透个消息,中日双方在塘沽的谈判可已经有眉目了,这一半天,可能就要正式公布于众。"

"什么内容?"周正英忙问。

郝炳臣叹了口气,"哎,又是个丧权辱国的条约。"

"怎么回事?"几个人几乎问得异口同声。

"嗨,听说政府已同意把热河省划归满洲国,而且同意冀东脱离中央政府,自主自治。而且要禁止反日组织和反日活动。"

"这是什么事呀?"张志诚恨恨地砸了一下炕沿,"战场上日本人也没占多大便宜,怎么一谈判,倒落个完败?"

周正英接下话茬:"哼,还不是南京政府'攘外必先安内'的政策给闹的。"

一枝花苦笑着摇着头:"妹子,你说那名词咱不懂,反正真够窝囊的。志诚,政府不打,咱们更得加点紧,能募多少算多少,得趁早兴兵。我就不信,就抡条扁担,砸不碎几个鬼子头?"

张志诚刚要答话,被郝炳臣抢了先:"当家的,打仗可不是打群架,可不光是逞强斗狠。募捐的事可千万急不得,不谨慎,没等你起事,就让人连锅端了。据我所知,南京方面已经有所察觉,而且已经让军统的人调查此事。大家都记着,不是十分可靠,千万别露同盟军的事,募捐就以救济难民为名就行。正英,你可在中统挂了号,最近千万别出门。我正托人给你疏通,什么时候能回去,你听我的信儿。"

周正英却审视着郝炳臣,问:"郝先生,这么多机密事,您是怎么知道的?"

她的话虽声不大,语调也很平和,却让郝炳臣一愣。一枝花、张志诚、七子等人也都盯住他。

郝炳臣忙笑笑:"嗨,谁还没有个三朋四友,我也是听说。不过,大家还是在意些好。"

周正英想了想,拉了拉一枝花:"哎,您陪我上趟厕所,我怕有狗。"

一枝花笑了:"哪有狗?瞎说。"

"真的,上午我就撞上过,去吧。"周正英说着,不由分说,把一枝花拉出了门。

不一会儿,两人回来了。

一枝花没往里走,在门前招呼:"志诚,七子,快跟我来。"

"干吗?"

"逮狗。打死,剥皮吃肉。"

"真有狗?"七子嘟囔着,跟一枝花、张志诚出了门。

屋里就只剩下周正英和郝炳臣。

周正英轻声问:"郝先生,刚才您说的都是真的吗?"

"消息可靠,你相信我。"郝炳臣一脸郑重。

周正英却冷笑一声:"可……我凭什么相信您?就凭您打死一特务?"

"你这是……"郝炳臣一愣。

周正英沉下脸:"你到底是什么人?您让我很好奇,您这个大学职员的神通也太大了吧?"

郝炳臣微低下头,默默无言,半晌才长叹口气说:"我和你说实话吧,我是个大学职员,可也是'军委统计调查处'的。也就是常说的'军统'。"

"特务?!"

"不错,而且还有点儿职务。"

"那你应该让我回学校,或到街上招摇过市,这才能起到诱饵作用。大概你是把我们都当了饵,想钓抗日同盟军这条大鱼吧!"

"我没有。"郝炳臣提高了嗓门,"我根本没有这样做,连想都没想过。"

"凭什么?"

"凭我是中国人!"说罢,郝炳臣强压抑着冲动,道,"你听我把话说完,好吗?"

"好,你说。"

郝炳臣长舒口气:"我过去在美国留学,学的是舰船通讯。大革命时,我曾在国民党中央军事委员会装备处工作过一年多。后来才被派回北京,负责联络和技术工作。再以后才归属了复兴社,后又改为军统。当初我也是一腔热血,认为是报国的机会,可这行一旦进去,就根本不容你有什么个人意志。可我没做过伤天害理的事,没做过对不住国家民族的事。"

"那调查筹款,建同盟军的事不算伤天害理?"

"这是我自己要求的,可我不做,会有别人做。我不知道别人会怎么做,但我起码还相信自己的良知。我知道这事该做不该做,该怎么做,又该怎么交差。"

"那你凭什么让我们相信?"

郝炳臣没马上答,扭头扫了扫窗户纸上新捅出的几个小洞,才坦然一笑,说:"就凭我被枪瞄着,心不虚,腿不软。要是我真是你们所想的那种人,能容你们这么轻易得手？信不信由你们吧,我听天由命。"

周正英呆呆地望着他,一时不知如何是好。

这时,门开了,一枝花、张志诚和七子走了进来。

一枝花像没事人似的哈哈笑着,抱起桌上的酒坛走过来。边走边说："哪有狗啊？看走眼了。来,郝先生,喝酒,啥也不说了,话都在酒里。"

郝炳臣轻叹了口气,也忍不住笑了。

此时,天庆饭庄的一个单间里,松崎原山请沈三爷的饭局,也已上齐了菜。主方这边只有山口一人作陪,客方有李凤姑、刘成龙和周四随同。

松崎原山端起杯："沈三爷,来,感谢今天您给我这个面子。过去多有得罪,干了这杯酒,就算您不计前嫌。你我重新交朋友,可好？"

沈三爷也端起杯,却一龇牙花子："哎哟,我是称您刘先生,还是松崎先生啊？"

"随意,随意。"

沈三爷笑出声："那您可比我强,我沈三别的活泛着呐,就这点儿变通不了。就我到日本待五十年,也还得姓这个沈。"

松崎听出他话中转着圈儿的损,心中不悦,但没吱声。只淡淡一笑,干下杯中酒。

沈三爷也干了,又笑笑,说："松崎先生,您可别介意,我这人直来直去。您跟我交朋友,算走了眼,我这辈子可就认钱,别的啥也不认。"

松崎也笑笑："沈三爷说笑了,谁不知北隅堂是侠义聚会的地方。远的不说,就最近,你们搞募捐,救济难民,就可称得善举呀。"

他的话把沈三爷说愣了。帮里帮众募捐的事,是一枝花私下发起的,压根没和他露过。也难怪他丈二和尚摸不着头脑,支吾半天没搭上茬,只干笑了两声。

半晌,沈三爷岔开话题："买卖人赚钱才是本分。松崎先生,以后有什么好生意言语一声,搭我一票,让我也沾点儿光？"

松崎抿嘴一笑,向山口示意了一下。山口拎出一个小皮箱,放在桌上,打开,里面竟都是银元。

松崎这才说："沈三爷,我们交朋友,从今天开始。这是我的一点见面礼,请笑纳。"

李凤姑笑眯了眼,边伸手边说:"哟哟,可让您破费……"没想到她的手还没沾到箱子边儿,就挨了沈三爷一筷子。

沈三爷冷冷一笑:"这……怎么说的,您要跟我做什么生意还没说,倒先捧出钱来了?不收吧,心里痒痒。收吧,又怕您拿这点儿钱要买的,我卖不了。"

"这只是一点儿敬意,以后……"

"我这人没以后,只认眼前。"沈三爷打断他的话,想想,又道,"这么着吧,这钱您先给我存着。什么时候您想好要买什么,当面锣,对面鼓,咱们现钱现事。我沈三没有不敢干的事,可从不干没底的事。"

松崎苦笑一声:"这……您可有点……"

沈三爷瞥他一眼,咂吧了几下嘴,才说:"也是啊,不收,还真有点儿驳人面儿。"说着,他用俩手指夹起了一块大洋,"松崎先生,这一块钱我收着,礼轻仁义重。"

李凤姑好不失望,周四也苦笑着摇摇头。刘成龙更是出乎意料,盯着沈三爷,像从未见过一般。对面的山口也是满脸怒容,只有松崎原山没露声色,和沈三爷对视着。脸上都挂着笑,可眼神却绞在一起,较着劲。

第四十七章

北平各界的抗日义演如期举行。离开幕还有半个小时,观众已开始陆续进场,一个军官却带着十几个当兵的闯了进来。一看头上的钢盔,脚下的皮靴和手里的德造冲锋枪,就知道不是一般的军人。别人不晓得,郝炳臣知道,这准是何应钦从南京带来的宪兵三团的。这支部队的团长叫蒋孝先,是蒋介石的嫡系,名义是个团长,实际上却比个军长还威风。调他们来不是增援前线,而是督军,并负责平津两市的治安。

郝炳臣忙迎了上去:"哟,兄弟们早班,请前边坐。"

那军官没理,冷冷扫了一眼台上的横幅,说:"赶紧把这横幅换了,抗日俩字不能有。"

"为什么?"

"上边刚下的命令,兄弟我也是奉命行事。"

"那……怎么改?"

"那是你们的事,我管不着。就是别提日本人,抗日、防日、反日、驱日都不行。这么说吧,禁止一切反日的言论。你们唱的演的,也不能有这词。"

"那现改哪来得及?"

"真来不及,您我就都省事了,把人请出去,我封门。"

"别,别,"郝炳臣忙赔着笑,掏出烟递上,"兄弟,你不是宪兵三团的嘛,我在广东军委的时候,和你们团长蒋孝先就熟。不信,您打个电话,我叫郝炳臣。"一听这话,那军官的脸上带了一点笑,"郝先生,可真不是为难您,我们团长也做不了主。"说着,他凑到近前,附耳低语了几句。

"得,那兄弟就先走了,留几个人给您这儿维持秩序。要改您就赶紧,别让我不好交差。"那军官敬个礼,转身走了,十几个宪兵也都跟了出去。

郝炳臣这才恍过昧儿来,忙吩咐落横幅,又匆匆进了后台。一进门,就问齐少爷在哪儿?

齐月轩刚化好戏装,和扎着靠的小月蓉,勾着脸的周正节聊得正热闹。他们映月社今儿要演出新排的京戏《抗金兵》,本子是齐月轩写的,创腔、导演是小月蓉。齐月轩在戏里还要出演韩士忠,这是个二路老生的活,唱没几句,虽扎靠开打也是招招架架。主角梁红玉唱念做打都重,自然是小月蓉饰。周正节饰的是金兀术,就是个摔打花脸。

"月轩,叫你怎不吱声?"

齐月轩见是郝炳臣,说:"哎,你给评评,这有威武没有?他们愣说我缺钢劲。"

郝炳臣哪顾得和他扯闲篇,向前一把拉住:"那事待会儿再说,你赶紧给我再写几个字。"

"写什么?"

"嗯,就写'济难民'仨字,大小跟横幅上的一样就得。"

齐月轩见他急得那样,也没深问,找来笔纸,一挥而就。郝炳臣等不及干,就吩咐人拿走去别,墨汁淌下几道,像流下的泪。

"干吗这是?"齐月轩问。

郝炳臣叹了口气,放低声,把刚才宪兵来查的事讲了一遍,把中日签订《塘沽协定》的事,也讲给了他。

齐月轩听了半晌都没说出话来,只恨恨地长叹了口气。

郝炳臣苦笑一声:"今儿演节目也得注意,你们这戏里没提日本人吧?"

"废话!"齐月轩没好气地说,"北宋那会儿,小日本还茹痂饮血呐。不让骂日本人?我骂金兀术、骂秦桧,他管得着?他敢捡这骂?"

"得,得,小声点,我得去魏爷那儿关照一声。"说着,他忙向坐在角落的祖孙俩走去。

义演总算按时开了幕,不过横幅上的"抗日救国"改成了"救济难民"。郝炳臣本来写好的开幕致词也没念,只说了几句,就宣布演出开始。前两个节目不温不火,不疼不痒,底下观众的反应也不甚热烈。到京戏《抗金兵》开了场,锣鼓一敲,唢呐一响,才算让大家提起了点儿精神。到小月蓉上场,几句白,一段唱,弯翎子翻身一亮相,这才有了掌声。

齐月轩也戴上了盔头,站在幕后面。候场的这工夫,他又想起刚才郝炳臣讲的《塘沽协定》的事。脑子一走神,光顾气了,耳边的锣鼓愣当枪炮听,把上场都忘了。

"哎,您还不上啊?"有人后面喊了一声,推他一把,才让他恍过神来。

仓促间,齐月轩哪还顾得锣鼓点呀,提枪就上了场,一亮相就亮在了腰子上。下面一阵哄笑,他更慌了。台步没走几步,身子一晃,厚底一崴,啪嚓一声就结结实实地摔了个大马趴。这下台底下像开了锅似的一片哄笑和倒好,连台上的几个饰兵卒的龙套也都笑得前仰后合。

这一笑一哄倒让齐月轩镇定下来了。他想了想才爬起来,来了句:"哎呀,且住!"

武场一听,忙给了个"锵才锵,"观众也静了下来。

齐月轩一捋髯口,韵白念道:"想我韩士忠,日夜征战,只杀得人困马乏,血染征袍。不知与金兵鏖战,还要几时?适才一时失神,跌落马下,竟招致尔等众人耻笑,想想实是不公!有人不抵不抗,四月失却三省。有人战即求和,无耻丧权辱国。众人不骂如此汉奸贼子,倒笑我拼死征战之人。这,这这……人情何在?天理何公?!"

这段词原剧本里根本没有,全是齐月轩即兴编的,没明提当今,但话里话外全是犀利嘲骂。台下的观众哪能听不出,顿时场内响起热烈的叫好和掌声。

齐月轩得意地笑了,只是髯口挡嘴看不出。锣鼓又响起,他才又抖擞精神,继续接着演了下去。以后的戏顺顺当当,没再出什么错。

小月蓉多少年没真格真令地唱过出戏,嗓子倒缓起来了,比年青的时候还透亮、宽厚。武功搁日子久了,自然不比当年,可终归是练过童子功,饰的梁红玉又是刀马旦的戏份儿,所以一招一式还看不出纰漏。特别是"击鼓"那场,俩系着红绸的鼓槌上下翻飞,鼓声时缓时急,伴着高亢的曲牌,更显得激越、雄壮。戏收场,大幕一落,掌声雷鸣。

不过到后台,才知道还是出了点小错。周正节刚下台,就一手捂着脖子,一手拉住齐月轩直撇扯。

"哎,我说你台上玩什么命?刚才你就虚晃一枪,转身就走的事,还真扎呀?你看看,蹭出一血印来,真是吃多了!"

齐月轩笑了:"得,得,怪我失手。不过不是吃多了,是气饱了,拿你这金兀术当日本人了。"说得周正节哭笑不得。

齐月轩正擦着脸上的油彩,郝炳臣见旁边没人,凑了过来。

齐月轩见是他,笑问:"怎么样?今儿我在台上还行吧?"

"嗨,你今儿也就是歪打正着,摔个跟头倒摔出彩来了。"郝炳臣停了一下,低声问:"哎,我前几天和你说的那事……"

"啊?……噢,就给抗日同盟军筹款那事?"

"是啊,你考虑得怎么样?"

"容我再想想……"

"还想?上次你还寄希望于政府,这回又一个多省没了。哎,这时候该往出站了。"

齐月轩欲言又止,沉思片刻才说:"我不是不出面,更不是舍不得钱,只是……嗨,我真不愿和道上的人共事,更不想会那位一枝花。"

"你们有过节儿?"

"哎,几句话说不清。容我琢磨个法儿,行不?"

郝炳臣还要说什么,魏爷带着董彩屏朝台口走,经过身边。他一见忙站起:"哟,魏爷,一品红的唱词改了吗?"

魏爷笑笑:"改了,把明着骂的都改了,日本这两字让我都消灭干净了。不过词改意没变,刚才让她哼一遍,比原先不差。"

"那就好,"郝炳臣说着,见齐月轩扭过身,连忙,"月轩,我给你介绍个贵人,这位就是……"

魏爷没待他说完,边欠欠身边接下话茬:"鄙人贱姓魏,弹曲儿混饭。这个丫头是我孙女,艺名一品红。"

齐月轩也拱手寒暄:"我姓齐,齐月轩。老先生挺硬朗,您这孙女艺名响亮,生得也可人,将来可错不了。"

"久仰学士府齐少爷的大名,我们初到北京,少不了仰仗。"

"哪里,哪里。"

齐月轩正这儿客气,监场的喊了起来:"下一个一品红的京韵大鼓,准备了。"

魏爷这才告辞,和董彩屏奔了上场口。

不一会儿,台前传来弹三弦的声音。魏爷今儿也是铆足了劲,那弦子拨得忽而如潺潺流水,忽而似珠落玉盘,突而又戛然无声,顿了少顷,又爆发出疾风暴雨般的一阵和弦。一品红还没出声,这把三弦就搏了个满堂彩。

齐月轩也暗暗称奇,顾不得洗脸,就和郝炳臣一起跑到了侧幕条后。只见董彩屏跟着过门,摇板击鼓,头一句一出口,就让下面鸦雀无声。

去岁秋风分外凉,
今春未暖还冬霜。
飘泊千里沿街榻,
只在梦里回家乡。
关东沃土平川广,
白山黑水红高粱。
寒冬破冰鱼满网,
金秋赶山寻参忙。
盛夏沿江把木放,
阳春挥锄垦边荒。
血汗浇洒种希望,
辛苦豁出耕时光。
梦醒才觉身上冷,
哪里还有我故乡?
强盗东来乡园破,
孤鸿西去家国殇。
炮火连天血流淌,
屈死我的爹和娘。
泪眼悲声大声问,
国恨家仇何日偿?

都说天地有公道，

为何让良善蒙难恶人狂？

一段间奏，低沉凄婉，董彩屏早已泪流满面。台下没有掌声，却是一片唏嘘抽泣。她手中的鼓槌那样沉，一下、一下，缓缓地敲着，似敲打着所有人的心。

"写得好，唱得好！其情可叹，其志可嘉！"齐月轩的眼里也闪着泪花。

"你知道，那魏爷是谁？"

"谁？"

"他就是大明天子的嫡后，大清的末代延恩侯朱为绪。他家什么都没了，只靠孙女卖唱为生。可这次他还认捐了一百块。"

"噢！？……"齐月轩眉头微颦，默默沉思。

这时，三弦声和敲鼓声又变成万马狂奔般激烈。董彩屏唱出一声高亢的长音，激越、高亢。

风萧萧，易水淌，

不信中华无儿郎？

仇铸剑，泪擦枪，

中国人，柔中刚。

天之将倾谁还忍？

国难当头怎彷徨？

散沙紧聚成石障，

垒就长城万里长。

奋力弯弓向天啸，

匹夫也敢射太阳！

音收曲罢，台下的人们沉寂了一下，突然不约而同地站了起来，暴发一阵雷鸣般的掌声。不知谁带头喊了一声："不当亡国奴！"

"不当亡国奴！"全场的人都跟着喊了起来。

"救我中国，匹夫有责！"

"救我中国，匹夫有责！"

门口的宪兵，听到喊声，忙跑了进来。

旁边有人说:"放心,没人提它小日本,哪句都没犯禁。"

几个宪兵听着喊声,面面相觑,相跟着又退了出去。

台上侧幕边上,齐月轩也跟着喊着口号,也像小伙子般生猛、激情。突然,他想起什么,向郝炳臣说:"刚才你说那事,我……应了!"

"那好啊,明天下午我就带他们去府上。"

第二天下午,郝炳臣就引着张志诚、一枝花和七子来到学士府。齐月轩早就恭候多时了,一见他们来,忙迎出屋外。

一枝花与齐月轩一照面,两人的目光撞在了一起,顿时百感交集。本来过去早已过去,都以为早看淡了,想开了。一见面竟还是这么心里抓挠儿,绷不住脸儿。他俩都只点点头,就忙躲闪开对方的目光,生挤出些笑,硬充出些坦然。好在郝炳臣、张志诚并不知内里,一番介绍,几声寒暄,才让两人没过于尴尬。

张志诚先讲了当前政府的不抵抗政策,讲了几位将军自己卖田当产,一心报国的决心,讲了他们的设想和计划,也讲了来北平后各界的信任和支持。

齐月轩听得十分认真,虽不插话,但从他的眼中却不时闪出异常兴奋的光。

杨志兴刚从墨香斋门面回来,他还是就近走的后门。自从这买卖争回来,生意倒真是蒸蒸日上。除了《实报》之外,又有几家报纸杂志成了长期客户,连政府各机关也常有活儿来印。

自打周正英毕业帮她哥办报,就常碰面,也常聊上几句。这位没过门的少奶奶,有文化又没架子,有热情又不浮躁,有算计又不絮叨。杨志兴对她十分满意,觉得她倒真是个能把住家业的人。所以,他还真动了让位的念头。准备等她进府之后,先把墨香斋交到她手上,以后慢慢地再让她接管其他的买卖和总账。可没想到,眼看大婚就到,却又出事了,弄得家都没法回,在哪儿都不知道。这一有空,他就想去找少爷,看有没有少奶奶的消息。

刚走到屋门口,听见里面说话,隔窗一看,一眼就看见了一枝花。他愣了,没敢马上进去,停在了门外。

只听齐月轩大声道:"张义士,我齐月轩虽只是一介书生,无官无职,但早有报国之心。你等义举,我深感敬佩。我家虽不比当初,但还小有产业。我愿倾家以助。众人同心,玉成大事。"

杨志兴一听发了急,抬腿就要往里走。看见有人站起阻拦,他就又止住步。

是张志诚:"齐先生,我今日拜访,主要是想借先生的声名,我可不愿牵累先生倾家荡产。"

齐月轩也站了起来:"为国家而呼,义不容辞。古人云:己所不欲,勿施于人。我自己若是惜财薄义,有何脸面向别人道一句、劝一声?"

郝炳臣也劝:"月轩,你还是和杨叔商量一下为好。"

"嗨,他是个明白人,哪能不同意。"

一枝花忍不住插了一句:"我看玄,你能住得了他的主?"

齐月轩看她一眼,话还未出口,杨志兴闯了进来,气哼哼地指着一枝花说:"你别火上加油,挑唆少爷。进了这院,就没你说话的份儿!"

郝炳臣和张志诚不明底细,一时不知该说什么。七子火了,上前一步正要开口,被一枝花拉住。她没理杨志兴,倒转过身拱拱手:"得,诸位,你们聊,我先走一步。"

"别……"齐月轩脱口而出,"杨叔,你,你这是干什么?今儿大伙在这儿,不是为扯是拉非,是打日本的大事。当着客人你甩什么脸子?耍什么横?"

杨志兴见少爷真犯了急,叹口气:"哎,少爷,我也是中国人,我没说打日本不对。可我也不能对不住老爷、老夫人的托付呀。"

齐月轩苦笑一声,语气也和缓下来:"来,杨叔,您坐下,我慢慢和你说。"他看杨志兴坐到了一旁,才又道,"我知道这产业是祖上留下的福祉,也是你们杨家几辈儿的辛苦。要没您操持着、抠唆着,二十年前就得让我全败了。不过今儿我得问问您,您说,是一大,还是万大?是家大,还是国大?是钱大,还是道义大?"

杨志兴愣了愣,欲言又止。

"杨叔,"齐月轩声音高了些,"这打仗本来是政府的事,可他不打呀,

429

交捐交税那都是白扔了。我爹是死在日本人手上,是为国捐躯。正英无非多说了两句抗日,就弄得家都回不了。张义士他们不是拿钱去吃喝玩乐,而是拿钱买枪买炮,和日本人去拼命。人家能舍命,咱要连财都舍不得,这才是对不住先人,丢祖宗的脸!"

"少爷,这道理我懂。那……哎,您给个数,要……捐多少?"

齐月轩想想,向张志诚问:"一挺机枪得多少钱?"

"大概得二百二十块大洋。"

"那步枪呢?"

"得三十五块左右。"

"一个连多少人?"

"满员一百二十人。"

齐月轩又扭过脸:"杨叔,咱们就捐两个连的装备吧。二百四十条步枪,十挺机枪,外加子弹,您算算……"

"还用算?怎么也得一万。"杨志兴的头摇得像拨浪鼓:"不行,太多,账上没那么多钱。"

"不就关个买卖……要不,卖点儿祖地。"

杨志兴又发了急:"那绝对不行。"

"那你说,怎么叫行?"齐月轩比他更急。

郝炳臣忙上前打圆场:"月轩,张义士不也说了嘛,这么着谁也不落忍。再说,抗日不是十天半月的事,关买卖不等于杀鸡取卵吗?杨叔,月轩这也是正事,他铁了心,您也拦不住。我看砍一半,一个连,行不?"

杨志兴想想,只好点了点头:"哎……就五千吧。少爷,我这账上只有三千多,还得动预备给您结婚的两千。"

齐月轩突然眼睛一亮:"别,千万别动那钱,日子早定了,我可不改。"

杨志兴发笑:"那少奶奶都不知道在哪儿,您一人能办?"

"对。我可以托人去问问正英,她要同意,我还就一人办。启示、喜帖都是她周正英的名,没人问便罢,有人问我还就照直说,这是让人逼的。表明我除她不娶,她除我不嫁。丢人的不是我,是那些自己不抗日,还不准别人抗日,生堵人嘴,拆人家的人。"

郝炳臣笑了:"别说,你这么蛾子还有点意思,炒大了,对政府也有压力。"

杨志兴又问:"那……喜宴也办?"

"办,还得大办。"

"那钱就更不够了。"

齐月轩笑得开心:"我说杨叔,你怎么只算出,不算进呢?我大办,就是为多发点儿帖子,收的礼金好歹也得再凑一个连。这日子口儿聚人募捐,不比开会强?"

大家都被他逗笑了,不过,只有一枝花脸上的笑是单摆浮搁着。

第四十八章

半个月后,齐月轩的结婚酒宴还真在月蓉居举行了。之前,北京各大报就都登了启示,特别是《实报》,连续三天整版套红。

正日子那天,可真是热闹,北京的各界名流荟萃一堂,文人、商人、艺人,杂着些穿制服的官人,穿马靴的军人,还有查理这样高鼻子凹眼的洋人。月蓉居楼上楼下全包了,流水席从中午一直折腾到半夜。月蓉居的厨子忙不过来,杨志兴就把原先在学士府干过的老人儿都招了来,还是忙了个不亦乐乎。

一进大门,喜牌子旁边竖着个一人多高的告示,上写:"敬告来宾:齐月轩先生与周正英女士之婚典,结二人小巢,不敢忘国难当头。故将所收礼品喜金全部捐献慈善机构,以用于救济难民。所有馈赠无论多少,都既尽私人友情,又全慷慨大义。所有馈赠勿交私人,请在登录处登记在册。日后登于报端,一并答谢。谢亲情友情,更彰博爱大爱。凡礼金一百元以上者,还可回赠周正英女士西洋油画一张。凡礼金二百元以上者,回赠齐月轩先生书法作品一幅。非常时期,非常之举,新人恭谢,诚望体谅。"

字虽是齐月轩所书,可这词却是周正英写的。她听郝炳臣等人转达了齐月轩的意思,十分感动,哪有不支持的?她带话给他哥,把自己的绘画习作都拿了来,还起草了启示,并出了不少的主意。虽然她人不能到现场,可心却早飞去了。

中午开席之前,人已到得差不多,司仪一声:"新人入场,"齐月轩一个人披红插花走到台前。大家都奇怪,不知这是什么讲究?说旧式的吧,得两人牵着红彩拜天地。说新潮的吧,得两人承诺换戒指。甭管依什么规矩,也没有让新郎一人要单儿的呀?

齐月轩向大家深鞠一躬,说道:"今天是我与周正英女士新婚大喜之日,承蒙各位亲朋好友大驾光临,本该我夫妻二人一同致谢,并让大家共同见证婚礼。但十分抱歉,今天我妻周正英无法出席。非有悔、非疾病,更非有意慢待,实在是她至今失踪,下落不明。"

他的话像滚油入水,一下子翻起了花,全场顿时一片哗然。

齐月轩又道:"各位来宾,我妻在半月前作为记者参加了行辕官邸举行的记者招待会。在会上她只是向官方提了几个问题,散会后就失踪,至今杳无音讯,生死不知,下落不明。我和我妻都无党无派,从不介入政治之争。我除担任民间善会会长外,无官无职。我妻也只是个普通记者,只是爱自己的国家,不忍让强房践踏,直言几句就遇不测,世间哪里还有平等之人格,自由之言论?今天我不改新婚之日,一人而行婚典,就是让各位中外来宾知道周正英生为我妻,死亦为我妻。娶此等热血青年,刚烈女子,是我齐家之大幸。"

台下有人高声叫着好,顷刻间一片附和的掌声。

齐月轩朗声又道:"实不相瞒,事后《实报》社、我妻娘家和我的居所都曾遭人盘查。来人是执中央统计调查处的证件。今天,来宾除亲朋好友,也有各报记者,生疏的面孔中,可能也有他们的人。本人已做好准备,生死安危置之度外,如日后我也失踪,定是这些人所为……"

这时,有一军官拍案而起:"奶奶的,看他妈谁敢?"说着,他向人群环视了一下又道,"识相就赶快滚!让我揪出来就没好了!"许多人认得,这军官是东北军的高副军长,曾任过北平警备司令,是张学良最亲信的部下。张学良从报上得知齐月轩结婚的消息,并没记齐月轩写诗骂他的仇,特让高副军长代表他前来祝贺。随着高副军长的话,全场人都齐刷刷地用目光向外搜寻。直到齐月轩又开了腔,人们才又都转过头来。

"诸位,中国乃全民之国家,非一党一人之国家。国难当头,于世于人都是试金之石。主义可天花乱坠,但让人信必观其行。我齐月轩只是个文人,位卑不敢忘忧国。今日非常之举实出无奈,以表我与妻之真爱,以济同胞之急难,也是向强权之抗议。政治上我是个糊涂人,但我知匹夫有责,爱国无罪。"

场内又一阵热烈的掌声。

齐月轩拱拱手,眼中分明闪着泪花:"谢各位的赏光,也谢各位捐赠。我已把话讲明,望各位自己定夺。若觉不便,可退席,也可退礼……"

查理站了起来,高声打断:"NO！NO！齐先生,你无论作为丈夫,还是作为中国人都没有错。我们无论出于友情,还是出于正义都支持你!"

"对,我再捐五百!"

"我再捐一千!"

"我们山东商会一定联名请愿,给齐夫人讨个清白!"

"齐先生,我们报业公会一定支持,发动募捐请愿!"

"天主教会一定主持正义。上帝会保佑你,保佑中国!"

喊声此起彼伏,一时群情激昂。场内没有一个人退席,倒是门口的两个鬼鬼祟祟的陌生人吓得溜了。

齐月轩实在压抑不住心中的激动,早噙在眼里的泪扑簌落下。虽然今天这场戏经过精心的准备,可得到如此之反响,却是始料未及。

张志诚和七子也参加了齐月轩的婚宴,喝到下午才回来,还拎回了一个大提盒。

一枝花、周正英还都没说话,御刀刘闻见味儿,先笑出声:"哈哈,还带回菜了。今儿怎么这么知道惦记？快,快端桌上,让我品品大少爷这回够不够谱儿?"

一枝花的脸上本来还有点儿笑,让他一搅全没了,没好气地说:"得,去你自己屋等着,到那边儿哂吧滋味儿去,别惹我烦。"

御刀刘听声知趣,苦笑一声出了屋。

一枝花又吩咐七子:"给老帮子都拎过去。"

张志诚忙说:"这可是齐少爷专门吩咐给周小姐和您单炒的。"

"我不稀罕,我自己备有酒菜。"

"那……"张志诚见她不悦,心里不解,还想说什么,却被七子拉了一把,只好和他退了出去。

周正英早就盼着婚礼现场的消息,见他二人回来,本是满心欢喜,有一肚子话要问。可一枝花的态度却给她兜头泼了瓢凉水,一时愣坐在炕上,不知所措。她已经在这儿住了半个多月了,每天和一枝花朝夕相处,也听她讲过自己的故事。除了感到她的传奇、侠义、豪爽和热情,也越来越感到她像齐月轩小说中的小兰。特别是一提起有关学士府或齐月轩的事,她那复杂的目光和神态更让周正英犯疑。可她越疑越想,越想却越不愿信,她似乎宁愿把这一切归于巧合,也不愿相信这是真的。

这时,一枝花却把几盘菜端到了炕桌上,又抱了一坛酒,边给周正英倒着酒,边说:"来,今儿哥陪不了你,姐陪你。"她见周正英仍愣着没动,笑了,"大喜的日子,还哭丧着脸?来,笑一个。"

周正英让她逗得脸红了红,莞尔一笑。

一枝花笑眯着眼,端详着她,说:"哎,多可人的个小模样儿呀,又一肚子墨水儿,这齐大少还真有眼光……"

周正英淡淡一笑:"大姐,我看您也俊呢。"

一枝花苦笑着摇摇头:"得了,别拣好听的说了,倒退二十年还差不多。你瞅我照过镜子吗?……哎,难怪能把他吓跑了,连我自己都怕见现在自己这份德性……"

周正英想了想,鼓了鼓劲,才问:"姐,您是不是……"可话没说完,又让她咽了回去。

一枝花看看她,轻叹口气:"嗨,你枕头底下那本书,我也翻了翻。我知道瞒不住你,其实也没瞒你,就是凑不着机会捅破这层窗户纸。这齐大少可忒有点儿向着臭男人说话了,我就那么上赶着?他怎么不写我还有杀他的心呢?……"说到这儿,她见周正英发笑,也忍不住笑了,"嗨,编书嘛,倒也免不了添油加醋。他还算有点儿良心,没特别糟改我,大体上还没胡诌。"

"那您现在……"周正英又是个半截话。

一枝花哼了一声:"放心,我没想跟你争,能争过你?哎,啥也讲个缘分。我早想开了,要想不开也活不到今儿。这天底下有几个能由着性儿活?想了的不一定说得出,说得出不一定做得到,做得到也不一定就能结好果子。人得让别人管,让世道管,还得让命管着……哎,说想得开,有时却也想不开呀。想得开就是个空,空了活还有啥滋味儿?为来世?那来世再空,又求什么?哎……"她长长地叹了口气,眼角有些湿润。

周正英一时也鼻子发酸,不知该说什么,只伸出手抚在她冰凉的手背上。

一枝花却笑了:"看我,这日子口儿说这没味儿的话。妹子,说句实在话,齐大少是个挺好,挺厚道的人。这回能豁出面儿,办这一人单崩儿的婚礼,可见他对你的情分。来,咱俩干了,祝你们好好过,活个七老八十,生个九龙一凤!"说着,她先干了。笑着,泪却在眼眶中直打转。

周正英啜嚅地:"姐……我,我不会喝酒。"

"今儿这喜酒你咋也得喝。再说,有酒遮脸,我还得求你个事。"

周正英只好硬着头皮,喝下这杯酒,呛得她直咧嘴,连泪都流了出来。一枝花又给她捧上一杯,哪容她不喝?不过,这杯下肚比第一杯顺溜得多,只是觉着热流直往上撞,脸上也发了烧。

一枝花又给她斟上,没再劝酒,郑重地说:"妹子,姐求你个事。"

"你……说。"

"月娥你见过吗?"

"见过,不就杨管家那闺女吗?"

"是,我就是她亲娘。"

"啊?!……"

"杨志兴倒不是她亲爹。"

"那她亲爹……"

"她亲爹是齐月轩。"

周正英一愣,但只张了张嘴,没出声。

一枝花又道:"这是老夫人的主意,我是怀了月娥,绑着硬嫁到杨家,这连少爷都不知道。可月娥是他的骨肉,就算我俩造孽,也不该让孩子承担。姐今儿只求你,有朝一日,月娥要认祖归宗,你这个当家的少奶奶,别从中作梗。就是你有了亲生的儿女,也别不待见她。我这亲娘对她亏欠太多,你这后娘别再亏欠。你要能答应,就干了这杯。要能做到,姐下辈子也忘不了你的恩。"说完,她先干了杯中酒,两眼直勾勾地盯住周正英。

周正英也凝视着她,像见她头一面似的。片刻,她猛地端起杯,一饮而尽,泪珠也不断地静静滚落。

一枝花松了口气,脸上的笑也实在了许多,她边往周正英碗里搛着菜,边说:"得,快吃点儿菜,压压酒。算我没看错人,今儿咱姐俩好好喝个一醉方休……哎,等你离了这儿,奔回你那窝,咱俩就难再见了。"

"姐,不会,你就不愿去,我也会常来看你。我……"

"别!"一枝花突然打断。

周正英有些不解,看着她又愣了神。

一枝花指着自己心口,说:"妹子,其实我就是一硬壳,我这儿也是肉长的,也知道疼。我也是女人,心也死性……"她没再往下说,只一扬脖,干下杯中酒,眼中久含的泪,终于涌出,顺着两颊淌下,溅在桌面上。

此时,她身上的草莽气、爷们味儿全没了,眼神中只有女人的柔弱。她的话、她的泪,像一壶浓烈的老酒让周正英心里也腾起难以抑制的热浪,分不清是同情、是内疚、是感动、是共鸣……也许都不是,也许都是,但顾不得想、顾不得分。

齐月轩成婚也给月娥和成龙送了喜帖,月娥有俩孩子累手,成龙又不愿去。他知道沈三爷没接到帖子,帮里搞募捐,又全是一枝花私下操办,也没跟沈三爷透风,所以他气不过。自己是沈三爷门下的弟子,若让他知道背着他去,难免生疑。弄不好让自己一番苦心,几多忍耐都白费了,实在划不来。再说他也打心眼里怕凑这种热闹,和满堂坐的肩膀不一般齐,仰头看人,就再好的酒喝着也不是味儿。可不去吧?也不合适,就算齐少爷不计较,老岳父这关也难过。想来想去,还是人不去礼到,让望田跑一趟,也就是了。

这种场合,高望田是更怵头。到了月蓉居,交了礼金就想溜。却让杨志兴看见了,哪还容他走?他硬着头皮入了席,一见周围都是贵人,只傻呆呆地坐着,不敢插言。新人一出场,把人们的目光都聚了去,他才觉得坦然了些。听了齐月轩一通独白,又见了场内群情激昂的场面,他也就不知不觉地融入了进去,跟着拍起巴掌,喊了起来。贫富高低在这一刻,似乎被人忘了,"中国人"这个词似乎一下子把人拉平了。

张志诚正好坐在他的身边,两人渐渐攀谈起来。高望田越看他越面熟,猛然才想起,他就是几年前在学士府门口碰到的那个军官。别看只见过他一面,可印象非常深,望田也还真动过找他当兵吃饷的念头。可和他爹一说,却挨了顿骂,水大漫不过船,也只好作罢。张志诚听他一提,也马上想了起来。于是两人越聊越近,聊到抗日打鬼子,更是心贴了心。声音也由低变高,又渐渐低下去,成了窃窃私语。张志诚向他透露了些组织抗日同盟军的事,像根火柴哧啦一下就把望田心里的激情点燃了。大道理他虽说不出,别人说的他有许多也听不懂,可见过东北难民的惨状,听过日本人烧杀掠抢的兽行,也想象得到做亡国奴的滋味,这就足够了,足够激起一个普通中国人的血性了。几杯酒下肚,酒劲儿和着愤怒更一个劲往上撞,他一把抓住张志诚的手。

"张哥,你能不能给我个空额?我也想去!"

"你可想好,扛上枪可就是个拼命,上了阵就打不得退堂鼓。这支队伍弄不好可连饷都发不出……"

高望田有点发急:"你别小瞧人。打鬼子还能怕死?死都不怕还能在乎钱?"

"你去,你老婆孩子咋办?"

"嗨,我现在还是一人饱了,全家不饿。"

张志诚抿嘴一笑,这才点点头:"好,我应了。"

高望田笑出了声,一扬脖干了杯中酒。

刘成龙今儿回的早,才到后晌就进了门。这些年,他几乎天天顶着星星才进门,能在前半夜回,就算个早。偶尔早回也都是憋着气,板着脸。像今儿这样早早回家,还带着笑,真是少见,倒让月娥心里有点儿打鼓。本来正玩得高兴的俩孩子,一见他进门,也变得蔫了。

"哟,你今儿怎么这么早啊?"月娥忙问。

"下午没事,今儿晚饭在家吃。"

"没……啥事?"

成龙笑了:"能有啥事?看你神经的。"

月娥也忍不住笑了,没再吱声。

刘成龙指着一对儿女问:"你们咋不叫爹?"

"爹……"俩孩子这才怵呆呆地叫了一声。

刘成龙先抱起女儿良心,刚要抱儿子,心良却扭身躲到月娥身边。没等成龙说什么,月娥先笑道:"哼,看你这爹当的,连儿子见你都不亲。以后你就不能……"

"行,以后尽量早回。"刘成龙忙应着,从怀里掏出两个用红绳系的小纸卷,给良心戴上一个,又向心良招招手:"过来,戴上它。"

"这是啥呀?"月娥问。

"这是今儿我到白云观求的平安符,"刘成龙说着拉过心良给他戴上。孩子手捏捏纸卷,刚想拆开看,被刘成龙拦住,"这可拆不得,拆了就不灵了。"

心良缩回手,忙想走开,却也被抱了起来,和良心一起放在炕上。刘成龙从兜里掏出一大把包着漂亮纸的糖块分给他俩,两个孩子的脸上才有了笑。

月娥忙走过,给孩子脱了鞋,他俩立刻小猴子般爬到炕里,嘻笑着、追闹着。月娥扫了一眼成龙,见他紧盯着孩子,满脸堆着笑,这竟让她心里暖暖的。

"哎,你去打盆水来。"刘成龙碰碰她说。

"洗脸?"

"不,跟孩子玩个小把戏。"

月娥没再问,到水缸前勺了盆水,端了过来。刘成龙接过,竟放在了炕上。

"哎,别在炕上玩水呀。"

刘成龙诡异一笑:"没事,洒不了。"说着,他从怀里掏出根竹签,又向俩孩子招呼道:"来,来,爹跟你俩玩个好玩的。乖,听话,玩完爹还给糖。"

俩孩子这才聚了过来,刘成龙把竹签直竖到水里。不插到底,一手扶竹签头,一手伸出食指顶住中间,说:"来,你俩男左女右,一边一个,学爹这样,也伸一个手指头顶住竹签。"

良心乖乖地做了,心良却不是伸错手指头,就是用劲太大,做了几次也没做好,还是刘成龙把着他手,才顶好。

"对,就这样,别使劲。"刘成龙边说边也用食指抵住,并慢慢放开抓竹签头的手。"好,听你妈数一二三,咱们一起撒手指头,懂吗?"

439

月娥忍不住笑:"这是干吗呐?"

"嗨,以后再告诉你,快数一二三。"

月娥只好开始数数,数到三,爷仨一块收回了手指头,那根竹签立刻沉了底,在盒底上敲出"当"的一声,又倒下浮了起来。

刘成龙有些沮丧,喃喃自语:"哎,还真竖不起来?!"

"你这是瞎折腾什么?"月娥又好气又好笑。

刘成龙抬起头,可欲言又止。一见俩孩子觉得没意思,想走开,忙说:"来,再来一次。"

良心和心良不情愿,不敢说,只一个劲向后挪。

月娥见刘成龙有点发急,发笑道:"嗨,孩子不愿玩,就算了吧,别死乞白赖的了。再说,这签子能在水里竖起来?"说着,她伸手要端水盆。

"别,"刘成龙忙拦住:"白云观的李天师说了,能竖起来。"

"竖起来咋的?竖不起又咋的?"

"竖起来就是血脉相同,亲生亲养。竖不起……"刘成龙刹住口,只说了个半截话。

原来今天正逢白云观庙会,李凤姑要去摸石猴、打金钟,求老君赏子。刘成龙也跟着去了。自打李凤姑那次戏言之后,越看这对子女越不像,越想心里就越别扭。今儿听李凤姑说,观里有个李天师法术了得,就去拜过,想讨个求解的招。那道士掐指一算,嘿嘿一笑,不说所以,只给他三道平安符,一支神签。让他回家戴上符,于水盆立签。若血脉相通,自能立住,若不能立,不言自喻。而且还当场和他儿子做给刘成龙看,一根签竟真悬在水中不倒。这让刘成龙不得不信,所以,才乘兴回家一试。

刘成龙虽然只说了半截话,月娥也明白了。这些日子总见他猜疑的目光,也常听到他话中有话。今儿又搬出这么一招,能不明白?气得月娥秀眉立竖,杏眼圆睁。

"刘成龙,你还算男人吗?有什么话你明说,甭拐弯抹角,装神弄鬼的。"

刘成龙挤出点笑,却挤不出一句话来。

月娥更气,眼泪直在眼圈里转,她一把端起水盆。刘成龙一激灵,以为要挨水泼,忙下意识地要躲。可月娥却收了劲儿,只狠狠瞪了他一眼,腾腾几步,走到门前,拉开门就泼。一盆水泼出去,她也哭出了声。

刘成龙忙走过来,未等他到身前,月娥却突然破涕为笑。他定神一看,也忍不住笑了。

门外,高望田正犯着愣,抹着满脸的水。他一离月蓉居,就想回来报个信儿,没想到却被浇了个落汤鸡。

第四十九章

　　这一年的夏天是让人觉得最闷热、最难耐的一个夏天。春时，郊外正东、东南、东北方向隐约传来的炮声息了，像干打了一通雷，没见着雨点。正南的塘沽也没刮来海风，那一纸《塘沽协定》，倒像个大锅盖把人们的心捂了个严实。无数面太阳旗在不远处飘着，像燃着的火苗，烤得人们身上的血热了、气鼓了，却没个出口。闷呐、憋呀，这就是全北平老百姓的真实感受。不过血热了，就得咕嘟。气鼓了，就得蹦腾。入夏三个月，整个北平也一直没消停。

　　齐月轩的婚礼引起了社会各界的反响，第二天，北京各大报都以显著位置给予了报道，一时声援、请愿之声荡及四九城。齐月轩的婚礼虽动静不小，但中统方面也没敢把他怎么样，反而不久就上门致歉，并由市党部在官方报上发了声明。说他们与周正英记者失踪无关，并且从无冒犯之意。还说望周女士见报速归，烦知情者转告，保证其正常工作生活及人身安全。按齐月轩分析，这原因无非有三：一是周正英是共党没证据。二是顾及齐月轩在北平的声望、地位和关系。三是因各界人士施加的压力。其实还有一条他不知道，那就是国民党的两大特务组织争权夺势，相互拆台。郝炳臣借军统和中统的矛盾，向上峰告中统鲁莽争功，激起民变，造成被动局面。而且还由军统北京站报到南京，经戴笠添油加醋向蒋介石告了御状，让中统头目陈立夫都挨了一通骂。

　　当然，这只是北平这口大锅冒的一个小泡儿。几天后，北平才真正沸腾起来。又是学生打头，十几个高校的学生把北京行辕围了个水泄不通。跪着高举血写的抗日请愿书，从大门的台阶下，一直排出了一里多地。何应钦没敢露面,倒把已卸任的张学良推出来,接了请愿书。承诺代交总裁,并好言安抚,才算解了围。而后,各界人士纷纷组织请愿。连续几天,各种团体的请愿就没断过,连教堂的修士修女,庙庵的和尚尼姑都没落下。人们久等不见回音,大学中学的学生们就纷纷罢了课,并组织了赴南京请愿团。长辛店机务段、政府印钞厂、纱厂、货场的工人也罢了工,许多商家店铺也罢了市。前门外、西单、东四、西四等几处日本人开的专卖东洋货的店铺也挨了砸,松崎原山的铺面也未能幸免。

这当口已是九月中旬,张学良已奉蒋介石之命,率三个军沿京汉线南下,到鄂、湘一带"剿匪",京、津及整个华北的防务治安就全落在何应钦一人手中。根据南京政府"不惜代价,强化治安,谨防共党蛊惑,维持北线和平,宁弃河北,确保江南"的密令,他下令禁止游行集会,必要时不惜使用武力。一时,北京街头到处是宪兵、军队和警察。

九月十八日这天上午,北京各高校学生会准备在天安门前联合组织集会。纪念九一八事变两周年,号召民众不忘国耻,奋起抗日。燕京、清华等几所大学的学生队伍行到西四牌楼,受到大批军警拦截。对手无寸铁的学生,他们不仅动用了高压水枪、警棍、大刀片,而且还开枪射击。当场打死了学生三名,重伤十余人,并有上百名学生教师被抓。北平的老百姓还没见过一滴日本人的血,竟先见识了自己同胞的血。而且是年青的热血!

这天,齐月轩也在游行的队伍里,也亲历了这一切。当面对着众多枪口的时候,他起初有些怕,甚至停住了步,心里打过退堂鼓。但他不相信中国自己的军队能向自己的同胞子弟开枪。当炒豆似的枪声响起,队伍乱作了一团,身边的人大都四散奔逃的时候,他却一下子完全忘了怕,红着眼竟冲了上去。胸口几乎抵住了枪口,发了疯似的喊着:"别打!住手!你们不是中国人吗?!有种去杀鬼子,这算什么?!你们就不怕遭报应吗?!……"

他面前的几个士兵竟一时被他说愣了,眼神软了,枪口也有些向下垂。可这时,他脑后却突然被什么重重打了一下,嗡的一声,就什么也不知道了。

等他再睁开眼,眼前一片昏暗。头裂开了似的疼,这才让他清醒了些。隐约看清昏黄的小灯,黑的屋顶、墙壁、铁门、风窗和围在他身边的几张脸。他明白,这是在不知什么衙门口的号里。

"齐先生,您可醒了。"耳旁有人说。

齐月轩这才觉出自己是枕在别人的腿上。他扭扭脸,见那人穿着燕京大学的学生制服。他想往起坐,可一较劲,头又是一下剧痛。

"齐先生,别动,就这么躺着吧。"对面的一个学生说,"我是医学院的。我给您检查了,头骨没事,就是脑震荡。您别动,静躺为好。"

"齐先生,"另一个学生说,"您可真命大,您头上可是挨了一刀。"

"啊?那……"齐月轩惊得瞪大了眼。

那学生又笑笑:"不过不是砍,是拿刀面拍的。"

齐月轩苦笑一声:"想不到差点儿落了鬼子的待遇,哎……"他没再说,只长长地叹了口气,也引得周围的人一阵长吁短叹,一阵愤愤的议论。

"那些当兵的真不是人!"

"嗨,当兵的也得听喝儿,该骂的是那些当官的。"

"当官的就不听喝儿了?这是政府的腐败。"

"政府也得听一人的,独夫误国!该杀!"

"哼,杀一独夫,再上来一个就不独了?"

燕京那个学生一直没插言,见齐月轩盯着铁窗外,轻声问:"齐先生,您说呢?"

齐月轩没答,只默默地望着,顺着他的目光看去。只见一轮圆月挂在半空,好像被小小的窗框禁锢着,被一根根铁条割裂着、被一团云遮挡着,但它却努力用加倍的明亮,用缓缓、执著的升腾向上挣着……

不知什么时候,大家都围坐到了齐月轩身旁,没人再说什么,只静静地望着。

张志诚要走了,行期定在明天晚上。头天他接到陈将军派人送来的信,说鉴于华北危机在即,决定提前举义。各路弟兄已向张家口集结,命他速去会合。这几个月,张志诚在众人的帮助下,在北平的筹款非常顺利。共筹集了捐款十五万余元,粮食二十余万斤,以及布匹、棉花、药品等大量物资,并已陆续运往了张家口。只齐月轩一人就筹了三万余元,还从祖地运去了八车粮。他的老上司,二十九军的秦军长虽没公开参加,但许诺战事一开,一定在东线策应,牵制日军;还虚报消耗,拨给了他一批枪支弹药。随着押送钱粮的车,他还陆续送走了上百名愿意抗日的青年,只留下高望田等几个人和他善后。

晚上他睡不着觉,借着油灯,反反复复擦着他的那两把净面匣子枪。

七子凑过来说:"张哥,你也是老军伍了,打仗还不跟过年听响似的,至于这会儿就熬油灯?"

张志诚一瞥一笑,手没停:"打仗和打仗不同。战阵倒见了不少,可都是打的糊涂仗。这回是打鬼子,还真是大姑娘出嫁头一回。想想小日本那嚣张,想想咱中国这窝囊,想想这几个月经我手送出去的那些血汗钱,这回算明明白白地上战场,死了知道为谁。这回这仗,我怎么也得奔前边去,不打出个样儿来,没脸在世上立着。"

"哎,这回能给你个什么官?"

"怎么也得给我一个营吧。"

七子一拍胸脯:"那……我给你当个连长,怎么样?"

张志诚笑了:"你以为这是拉杆子呐,我做大当家,就能给你把交椅?"

七子也笑了:"嗨,不给官也没关系,老子凭军功自己挣。杀一鬼子交你一耳朵,凑一个排,让我当排长,凑一个连,让我当连长。怎么样?"

"说的倒热闹。"张志诚又一瞥一笑。

七子有些急,掏出那把撸子①拍在桌上:"你不信?我可是玩枪玩大的……"

张志诚忙接过:"我信,我信,行了吧。"

七子哼了一声,脸又见了晴,用胳膊肘拱了他一下:"哎,你可别当笑话听,明儿我可真跟你走。"

张志诚愣了愣:"那……当家的准了?"

"我……没和她说,好几次想说,都张不开嘴。哎,她也忒不易了,我在还能替她扛点儿事,就个伴儿。我要走了……"七子没说下去,只叹了

---

① 中国旧时北方方言对弹匣位于握把内的小手枪的称呼。

口气。

张志诚早听七子讲过一枝花的遭遇,也知道他俩的关系。听了七子的话,也跟着叹了一声,说:"哎,算了吧,打仗不缺你一人儿,还是……"

"不!"七子打断,"这机会我不能错过,我一定得去。"

"那……"

"嗨,干脆不跟她说了,明儿我就借送你们一程,不回就是了。"

"不行,这样干太伤人心。"

"我知道,可我估计她也应不了。我……"七子的话还没说完,门外突然啪嚓一声,像是什么摔碎的声音。七子忙拉开门,见一枝花正呆愣在门前,身后跟着周正英。一个酒坛摔破在地上,酒洒了一地,一股扑鼻的酒香。七子也愣了,有些不知所措。

张志诚一见忙走过来,周正英也蹲下身想收拾地上的残片。

一枝花先省过味儿来,赶紧挤出笑遮掩着尴尬:"……哈哈,手一滑砸了,得,碎碎平安……正英,别捡了,回屋再拿一坛来,去呀。"

周正英迟疑了一下,还是去了。

张志诚忙把一枝花让进屋,却也一时找不着话茬儿。七子更是闪避着她的目光,腿也往后直退。

一枝花也没话,抄起桌上那把撸子,看了看,掂了掂,叹了口气。屋里是一片闷人的沉默。

七子耐不住,走上前喏喏地说:"姐,我……"

一枝花抬抬手,止住他的话。紧走几步奔了炕边,伸手从炕洞里掏出个布包,扔给了七子。

七子接到手,心里就明白了是啥。打开看,果然是久违多年的那两把驳壳枪,抹去黄油,烧蓝还是崭新瓦亮。他兴奋得刚咧开嘴想笑,却又撞上一枝花的目光,不禁怯生生地闭上了嘴。

这时,周正英进了屋,她觉出气氛不对,把酒坛轻放在桌上,也没吱声。

一枝花倒笑出声:"七子,行了,别跟做贼似的,我都听见了。这是你们爷们儿该干的事,想去就大大方方地去,我不拦你。那两把枪你都带着吧,这把撸子上阵用不上,算给我留个念想……"

七子的鼻子酸了,在他眼里,姐虽然笑着,可分明眼中闪着晶莹。虽然话很平和,却似乎如小刀子般锐利。他的心又乱了,软了:"姐,我要去了,你……"

一枝花又笑笑:"嗨,开弓哪有回头箭?去吧,机灵着点儿,全须全尾地给我回来。我,你放心,啥事没经过?我……"说到这儿,她竟卡了壳儿,忙背过脸,"我……乐儿多着呐。"

只有周正英面对着她,借着灯光,看得见泪珠从她脸上滚落。

周正英刚要说什么,门外传来急促的脚步声。张志诚拉门一看,是郝炳臣。

"郝先生?"

郝炳臣匆匆进了屋,也没顾得寒暄,就向周正英说:"正英,月轩出事了。"

"怎么啦?"

"今儿他参加九一八纪念活动,给抓起来了。"

"关在哪儿?"

"还不知道,这事我不好出面查。"

张志诚插问:"那怎么办?"

"是不是中统的人干的?"一枝花也忙问。

"嗨,不管是不是中统干的,就找他们要人。"郝炳臣见大家不解,笑笑,"正英,我和查理说好了,明天一早来车接你。你以妻子身份,他代表校方,另外教会、商会、慈善总会、报业联合会也有人去。不见人,就跟他泡,不怕闹大。"

一枝花有点儿含糊:"那正英……"

"放心,我不摸准底,不会让她去冒险。这事八成不是中统所为,可你们就咬着他不放,要脱干系他们自会去查、去捞人。这比你们瞎撞强得多,也管用得多。"郝炳臣一席话说得大家都点头称妙。

第二天上午,周正英和查理等人找到国民党北平市党部,接见他们的秘书长一听就矢口否认,说和他们没有任何关联。其实这不是推脱,齐月轩和学生们被抓的确不是中统所为。抓人的是宪兵三团和警察局的人,人都关在警察局北城分局的拘留所里。可不管那秘书长如何解释,他们就是不信,一口咬定是他们耍的阴谋。因为有过中统追捕周正英,搜查报社和住宅的事,他们嘬过瘪子①,这回可不愿再惹一身骚。所以正如郝炳臣所料,他们马上派人查询,并以市党部的名义把齐月轩保了出来,前后不过两小时。而后几天,迫于社会舆论的压力,其他被捕的学生也陆续被释放。北平各界人士还联合举行了三名死难学生的葬礼,送葬的队伍直排出好几里。齐月轩写的一幅挽联挑在队伍的前面,被许多报刊登为头版标题。这对联是:"洒血鸣冤愤问青天民何在?抛头雪耻梦醒白日国乃兴"!许多人传他是有意把"青天白日"和"民国"嵌在联中,可问到他,他只笑而不答。不过,这都是后话。

当晚,张志诚、高望田、七子等十几个人,按约定在德胜门外的土地庙聚了齐,准备上路。他们三匹马,两套车,装作贩货的生意人,预备向西北走延庆出关。郝炳臣不便出面,只有一枝花带着几个亲信来送行。原以为齐月轩刚出狱,又有伤,不会来了。没想到,临出发,他还是乘车赶来了。身旁的周正英捧着一摞大碗,身后的杨志兴抱着一个大酒坛。

此刻,没有寒暄,齐月轩擎起酒碗,说:"今日为诸位饯行,我本想吟诗一首以壮行色,可我搜遍天下词句,竟难以表达。只有你们能,因为这是一首只有用血才能写的史诗。我……先干为敬。"说着,他一饮而尽,并深深地向众人鞠了一躬。

张志诚一见猛然单膝跪地,双手把酒碗举过头顶,道:"粗人不会说,誓在酒里。干!"

众人也都跟着他半跪下,诚挚地擎擎酒碗,然后一饮而尽,并把空碗摔得粉碎。泪淌过每个人的面颊,和着溢出的酒溅湿了衣襟。

大家刚要上路,一辆卡车驶过来。响了三声喇叭,从车上跳下一个人,朝众人走来。借着车灯大家都看出,不是别人,竟是沈三爷。

七子一见是他,忙把手伸向腰间,枪被藏在大车上,只摸出一把匕首。

一枝花拦住他,先迎上去,冷冷问:"你……来干什么?"

沈三爷笑笑:"哼,这么大的事,就不兴我掺和掺和?"

---

① 受人斥责、怠慢,处于窘迫难堪的境地。

"甭跟他废话……"七子挺上一步。

沈三爷忙摆摆手,说:"慢,今儿我可不是来找茬儿的。咱们家里的事什么时候再了都行,我闻腥儿似的奔来,就是不愿落这个空。来,你们谁收着?"说着,他往车上一指:"车上有一千大洋,两千斤白面,三大桶汽油,连汽车带司机,算打鬼子的一点儿意思。算帮里的也好,算我自己的也罢,来,谁收着?"

张志诚这才上前,抱拳拱手,行了个"三老四少"见面礼:"小辈儿谢了。"

沈三爷向一枝花一瞥,笑道:"你别老翻着白眼珠儿,我沈三除了犯混,就不能办回漂亮事?"

一枝花绷不住笑出声:"好,算你小子这回没混蛋!"

第 五 十 章

在募捐义演上，董彩屏一曲惊人。《实报》上陆续登出了齐月轩等人的评论文章和她的几张照片，这更让她在北平站稳了脚。内城里的几个大茶馆都争相请她串场，天江茶园更是打出一人高的戏告，把一品红的大名俨然列在了头牌。连刚兴的广播电台也请她去录了音，不仅录了她几个小段，《大西厢》、《明宫恩仇》等大书也录了些片断。一打开话匣子，就常能听到这样的介绍："……如泣如诉，委婉凄美，如诗如赋，词雅情深，下面请曲坛新角儿一品红为大家奉上一曲……"她俨然和一些曲坛名家，甚至京昆的角儿列在一道，这在北平可真是不易。许多在外江码头唱曲儿早唱红了的，到北平也只能在前门外混天桥。像她这样一下杀进内城，还一炮能响的，不说绝无仅有，也是凤毛麟角。一靠她本人的确有唱红的本钱，二也靠魏爷这把弦子傍着，更靠他写的段子雅俗共赏，合了京城人的口味。可说了归齐这第三才是关键的一条，那就是应了人们那股子心气，赶上了抗日这个浪头。这话可不假，当时您要敢奔通州，揪上一个小鬼子，二话甭说，啪啪俩大嘴巴，然后再饶一句："你大爷的！"谁敢说这不是最好的戏，最妙的诗？！

有人喜，自然就有人气，眼瞅着一品红蹿红，李凤姑心里早就绷不住劲了。起初碍着魏爷的面儿，还只是撇个冷眼、甩个脸子，到后来片汤儿话也顺嘴就往外溜。这天，她乘着在后台候场的工夫，干脆和魏爷明摆着摊了牌："魏爷，您认不认我这徒弟我不知道，反正我这儿，可一直把您当师傅。"

魏爷一瞥："不提那个，别总念秧子，有什么话你干脆直说。"

李凤姑冷笑道："您教我是赏我饭,我念您的恩。可您干吗非让人到我的饭碗里扒拉食儿?您还让我活吗?"

　　"嗨,凤姑啊,你也不怕闪着舌头?"魏爷淡淡一笑,"吃开口饭,就是大锅里捞食,大家的码头咋就成你的饭碗了?能吃多少,凭自己的本事。有气那空,不如山后练鞭,好好下下功夫。你和一品红唱的也不是一个路子,各唱各的碍不着。再说,你若还认我是师傅,她论起来,得管你叫声姑。你不提携也罢了,还好意思总板着个脸,扯是拉非?"

　　李凤姑哼了一声:"甭扯那冠冕堂皇的,我要是她姑,她名在我头里,份儿比我还多?"

　　"这话你得和老板说去。怎么排,给多少,那是我说了算?"

　　"这您说了不算,可唱不唱,您说了算吧?"

　　"什么意思?"

　　"您……就不兴挪挪地方?"

　　"凭什么?!"

　　李凤姑见魏爷瞪起了眼,口气软了:"哎哟,您别生气,我但凡有辙,我就让了,这不没辙嘛。一品红正当红,到哪儿不一样挣好儿?可我不行,全靠着这老地儿老客。就算您心疼回徒弟,甭在天江茶园这争,行不?北平场子多了,又不是没人请,干吗不往宽了走非往窄了凑,弄得亲的己的不和呢?就算我求您。"

　　魏爷没吱声,沉吟半晌。

　　"行不?"李凤姑又问。

　　"怎么……也得把这期约给人唱满了吧,要不……"

　　"嗨,您放心,"李凤姑见他松了口,忙不迭地接过话茬,"要违约金我付,不能亏您二位。"

　　魏爷看她猴急的样子,苦笑着叹口气:"就算我应你,也得莺儿应才行。她大了,主意得她自己拿。"

　　李凤姑还想说什么,话还没出口,董彩屏却凑了过来。她刚才在一边背着词,早都听见他俩的对话。她笑笑说:"姑,这事我应您。您放心,我今儿散场就找老板说去。"

　　李凤姑都没想到她应得这么脆,立马脸上堆满了笑,魏爷却忙轻咳一声,递了个眼色。

董彩屏见了,只一笑:"爷爷,其实我早惦记个去处,这回倒能去了。"

"去哪?"

"奔张家口。"

"去哪儿?"

"嗨,您忘了,前几天不还是您说的嘛,报上登了抗日同盟军在那儿誓师了,您不也想去劳军、鼓劲儿吗?"

魏爷"嗯"了一声,沉吟着点点头,他还没吱声,李凤姑却笑出声:"得了,你们要真到那大风口去喝西北风,人家还不骂我太挤对人?可别,可别……"

魏爷瞪她一眼:"哼,挤对?!凤姑,你凭什么挤对?你挤对得了吗?我天生还就不怕人挤对。莺儿那是宽宏厚道,让你是情分,不是本分。就是去张家口喝西北风,那也是自个儿乐意,跟你扯得上吗?别得便宜卖乖。吃你拣大的啃,话别老拣大的说。"

"哎哟,我说什么了……"李凤姑正不知怎么说,监场的走了过来:"凤姑,该您了。"

"哎,得了,"李凤姑应着,向魏爷赔了一笑,"我先上场,回头再慢慢聊。"说着,她匆匆奔了上场门。

董彩屏见魏爷气还未消,忙劝道:"爷爷,师姑刚才的话也没别的意思,甭往心里去。她也不易,再说,我也真是……"

"真是什么?"魏爷苦笑一声,"哎,你呀,真是个傻丫头。"

这时,前台传来李凤姑的吟唱,魏爷静听了两句,不禁蹙起眉,像发问又像自语:"唉,这……是唱的哪段儿呀?"

董彩屏也听了听,只摇摇头。监场的一边插话:"老爷子,这您听不出来了?这不就是您传她的那《大西厢》嘛。"

"不是。"魏爷的头摇得像拨浪鼓。

监场的笑了:"嗨,人家嫌不讨巧,找人给改了。满添了些撩人的、打趣的,不叫《大西厢》了,叫《西厢风月》……"

魏爷没听完就腾的一下站起,奔了台口,董彩屏也忙跟了过去。

只见李凤姑在台上正挤眉弄眼,唱得兴起。

> ……莺莺一见张郎的面儿,
>
> 身子马上就软了半边儿。
>
> 那高身条,好身板儿,
>
> 秀挺的鼻子,会说话的眼儿。
>
> 别说我跟他终身伴,
>
> 就一夜鸳鸯我也喜欢。
>
> 两人的双眼像牵着根线儿,
>
> 紧盯着,不眨眼儿,
>
> 让张生他那底下撑起了天棚,打起个伞……

"这算什么玩意儿?"魏爷气得脸煞白,浑身直哆嗦,"这,这还是《西厢记》? 还是崔莺莺和张生? 狗屁! 整个一嫖客逛窑子……"

"爷爷,您别生气。"

"她把我传她的段子糟改成这样,我,我能不生气?! 俗玩意可以通俗,不能低俗、庸俗、贱俗、媚俗……"一阵剧烈的咳嗽,让魏爷躬下了腰。

董彩屏忙扶魏爷往里走了几步,寻个椅子坐下,帮他抚着前胸,捶着背。屋里候场的艺人们也都纷纷围拢过来,七嘴八舌地或安慰、或议论着。

魏爷好容易止住了咳,接过监场的递上的小茶壶抿了一口,才算把气捯匀了。他冲着大家一拱手,挤出点儿笑,苦苦的、酸酸的。

前台传来李凤姑一个花腔,音一落,立刻一阵哄笑,杂着几声怪叫。

"好,再飞一个!"

"哈哈,干脆让老子啃一口吧!"

听着这刺耳的淫声秽语,魏爷的火又给拱了起来:"这,这算什么? 要只为了讨这样的好,学猴光着上去,不省事? 还死乞白赖唱什么?!"说着,他拍案而起:"走,莺子,咱们赶紧走。"

"还有咱们的唱呐……"

"不唱了。跟这号的同台,咱们丢不起那人!"说着,他抄起三弦就往外走。可没走两步,又一阵咳,让他身子晃了晃,撑在化妆台上才稳住了劲儿。

董彩屏忙上前搀扶,刚到近前,只见魏爷猛然喉咙一噎,身子一挺,一大口鲜血从嘴里喷了出来,化妆台的镜子上一下子成了血色的瀑布。

"爷爷!爷爷!……"董彩屏惊叫着,竭力撑着魏爷颓然倒下的身躯,哭出了声。

"察绥民众抗日同盟军"在张家口正式誓师建军,并通电全国,立刻引起朝野一片哗然。南京中央政府和北平军政府马上慌了爪儿,当天就发布公告,声明此举是苏俄及中共煽动,假冒抗日,实为分裂,政府对非法武装不予承认,勒令解散。告诫各界民众勿支持参与,并向苏联政府施压,向日方解释道歉。老百姓听说这事,却像过年似的高兴,人们纷纷从各地拥向张家口,形成了募捐、投军的热潮。各地的地方武装、民团和东北、热河的民众抗日队伍也都纷纷开来,加入同盟军的序列。半月间,这支只有几千人的武装就气吹的一般,扩充成了十几万人的队伍。军装灰的、黄的、绿的,什么色的都有,不少人还是老百姓的打扮。武器也是参差不齐,苏式马枪、德国机枪、汉阳造、老套筒、土枪、火铳、大刀、长矛、棍棒、扁担啥都有。就这样一支东拼西凑成的队伍,就这样一个汇集着汉、满、蒙、回各民族的人流,却又惊人的一致:都是中国人,都要保家守土,都嗷嗷叫地要和小鬼子一拼。

张志诚被委任为北路军骑二师特务营营长,七子和高望田也到了他的手下。马匪出身的七子能骑善射,被派作了教官,并兼作尖兵排副排长。高望田和他可比不了,从来就没摸过枪,没骑过马。虽然现上轿现扎耳朵眼,一路上苦练骑马,到张家口也缠着七子学使枪,可冰冻三尺哪是一日之寒,半个来月也就落个骑马能走不敢快,知道怎么把枪子打出去,不知道打到哪儿的水平。张志诚只好先让他当了马夫,每天喂马、饮马、遛马。枪不够发,只给他一柄大刀片。

高望田见人家都匣子炮、小马枪背着,眼馋、眼红又眼气。不过,他倒也有主意,愣拿小刀抠了个木头的小枪,涂上锅灰,还真挺唬人。他又不知哪儿弄块马皮,照样缝了个枪套,上完颜色,斜着一挎,腰带一扎,更是以假乱真。他到外面遛马,经常被人误认为是长官,见他又立正又敬礼。可风光没两天,就让师部的人撞上了,挨了顿臭骂不说,回营还罚了一天禁闭,饿了两顿饭。不过这木头小枪他没舍得扔,挎外边不敢,就揣在怀里。任大家怎么说,怎么笑,他也不在意。其实他的心思也合理,讨不上老婆生不了娃,盯着美人照片看几眼,不也是个念想?

当时,日军在华北的部队主要集结在北平正东的冀东和东北热河一线。在察哈尔省虽然也攻占了多伦、沽源、宝昌等几个县城,但怕战线太长,很快又龟缩回赤城一线。张北的几个县城的防务,大都交给了新收降改编的伪军。只在沽源有一个步兵大队,宝昌有一个骑兵中队留守。这些伪军主要是原察哈尔省的地方武装和原来隶属蒙古王公的旗兵。日本人打来时,他们没作什么抵抗就都投降了,做了汉奸、蒙奸。原驻察哈尔的国民党正规部队有一个军,军长就是偷掘清东陵盗走大批宝物的孙殿英。日本人也曾招降他,并许他日后任察哈尔省省主席。起初他也动了降的念头,可细一想又降不得。自己连慈禧的坟都挖了,溥仪曾登报发誓,今生定报此仇,与他不共戴天。若归了满洲国,还不是往井里跳吗?就这个原因,才使他一生什么坏事都干过,就是没当汉奸。可不降,他也不愿豁老本儿和日本人拼。不降不打,就只剩下个跑了,一蹦子跑出好几百里,撤到察、绥、晋三省交界的河套一带坐山观虎斗。

抗日同盟军在张家口誓师之后,日军为防其北上,一面向各伪军部队增派军事顾问,命令各部伪军放弃乡镇,集结在多伦依城固守。一面从热河抽调部队驰援沽源、宝昌、张北。可没等他们的援兵到,抗日同盟军的北路军已经兵分两路,一路杀向沽源、宝昌,一路攻张北,徐图多伦。张志诚等人所在的骑二师也开往沽源、宝昌方向,但他们却被部署在沽源东北十几公里的小王爷坟一线,准备阻击敌人的援军。

这小王爷坟是个百十户人家的村子。据说,忽必烈率蒙古大军攻打金朝的南京时路过这里。这个南京可不是江苏的南京。当时金朝有两个都,管现在内蒙古赤峰附近的黄龙府叫北京。南京是幽州,也就是后来的北京城。忽必烈大军行到此地,当时还没有这村,只是荒山野岭。他的一个心爱的幼子得了重病,军务紧急不敢有歇,只好让皇妃留下看护,他率大军继续东进。等他打下金都,派人来迎皇妃皇子,才知道皇子早已病死,就葬于此处。后来,留下守坟的人的几顶帐篷就慢慢发展成了村落,也就有了小王爷坟这个地名。其实这也就是个传说,究竟是真是假没人托底,连小王爷的坟究竟在哪儿也没人知道。

特务营是骑二师的精锐,被布防在距村二里地的独山。这山叫山,其实不过是几个相连的大沙土包。山上没大树,都是低矮的棘枣、红柳棵,山下就是赤城通宝昌的商道。道不宽,却蒙着挺厚的一层浮土,脚一踩能没脚面,风一刮就暴土扬尘。这路一边邻着山坡,一边是条两三丈宽的小河沟。夏季水还算深,也就将到膝盖,浅的地方刚没脚脖子。河对面就是大片的沙化地,方圆好几里,光秃秃一马平川。

黄昏,张志诚率部到了这里,一看地形,他心里就有了盘算。敌人若打这儿走,这制高点不守不行。不过,打阻击不是骑兵的特长,倒是那片开阔地最能施展骑兵的冲击。于是他把一个连部署在山上,把全营仅有的三挺机枪和所有的手榴弹全拨给了他们,而把另两个连全隐蔽在开阔地尽头的红柳林里,刀不归鞘,马不卸鞍。又让尖兵排三骑一组,派出几拨探马,侦察敌军动向。

高望田最窝火,没让他上阵,只和几个马夫留在山后的凹地,照看守山将士的马匹。命令虽不敢违,可心里直骂张营长不够意思。

晚上八点整,宝昌方向传来炮声,遥遥望去,夜色中隐约可见火光。甫问,准是兄弟部队发起攻城了。

可敌人的援军却一直未见踪影,整个夜晚就这样在紧张的等待中过去了。直到天蒙蒙亮,熬了一宿的人们有些打盹了,前方的探马才来报,敌人的援军来了,距此只有五六里。

天刚亮,敌人终于露了面。张志诚凭高拿望远镜看去,前面有百十骑马队,看装束像是伪军。中间是十几辆载着日本步兵的卡车,殿后的是几十骑日本骑兵。

让过前面的伪军,等卡车到了眼皮子底下,一声号令,几十颗手榴弹就飞了出去。随着一声声爆炸,几辆卡车就腾起了火光,整个车队都卡死在路上。机枪步枪一阵猛打,敌人乱成了一锅粥。

日本兵还是训练有素。暂短的慌乱后,他们迅速组织起有效的抵抗。十几挺机枪和几门小钢炮很快压制住山上的火力,并向山上发起冲击。这时,随着一声军号,河对面的庄稼地里拥出我方的骑兵,他们呼啸着,风驰电掣地冲了过来。山上的战士们也都跃出掩体,呐喊着向山下冲去。接下来,是一场短兵相接的肉搏战。

这些高望田都没看见,听着爆炸声、枪声、喊杀声,心里猫抓似的难熬。拎着大刀就想往山前跑,幸好被一个老马夫死死拉住,才算没违了军令。他长叹一声,只好作罢,赌气又把木头小枪掏出,挎在了身上。正这时,一颗炮弹飞来,落在马群边上爆炸,虽只炸伤了一匹,却让马群炸了窝。急拉死扯,还是有十几匹马顺山根跑了。高望田急了,上马就想追,这匹黑马不用他催,立刻发了疯似的往前奔,勒都勒不住。他哪骑过这么快的马呀?顿时蒙了。眼发花,头发昏,开始还吱哇乱叫,后来叫都顾不得了,干脆闭上眼死死地抱住马脖子。

不知跑了有多远,只觉得时候不短,黑马的速度慢了些,耳畔的马蹄声却变得众多而杂乱。睁开眼一看,座下的黑马正跟在十几匹马背后。这可不是自己跑丢的那些马,马上可还骑着人呐,看装束都像是伪军!高望田一激灵,一股热气往上一撞,哪还有什么怕呀?一伸手抽出了背后的大刀片,一声大喝脱口而出:"都给我站住!缴枪不杀!"

这十几个人,正是刚才张志诚放过去的那批伪军。一见后面开了火,大部分人都顾不得回头再看,早就四散奔逃。高望田这一声喊,就像晴天霹雳,让他们个个心头一惊,齐刷刷地勒马停了下来。可一见高望田就一个人,又没拿枪,胆子又壮了起来,一个小头目抬起匣子枪指向高望田,其他人也都端起了枪。

高望田扫了一眼,见他们惊慌的样子,倒完全镇定下来,冷冷一笑:"你们找死?前后左右都是我们的人。谁敢开枪,保准给你们打成筛子。"说着,煞有介事地扬起手,眼向两边庄稼地一扫,大声喊,"都听着,没有我的命令,不准开枪!违令军法从事!"

伪军们见他佩着小枪,摆着长官的气派,高大威猛,神情自若,一下被震住了,枪口竟都垂了下来。

"你们也都是中国人,穿这身皮不觉得丢人?"高望田心里有了底,说话底气更足了。

一个伪军忙说:"长官,我们原先是赤城警卫队的,上头降了,我们也没辙,就为混饭。"

"混饭也得有命吃。当汉奸太遭恨,你老婆没准儿都半夜捅你一刀子,能活得长远?"

457

"是，是……"

"那还等什么，把武器都扔地上。马我不要，骑着快滚！"

高望田话音一落，就有几个伪军扔下了枪，其他的一见也忙像他们的样儿。正这时，那个伪军小头目突然一夹坐骑，蹿到高望田的身边。高望田举起大刀，刀还没落，腰间已被他的短枪顶住。

"别动……"那头目的话刚出口，不料高望田向下的刀锋并没有停，劈砍声、惨叫声和一声闷闷的枪响，几乎是同时响起。那头目的脑袋先像颗西瓜似的飞了出去，身子才栽到马下。鲜血喷得高望田一身一脸，他也晃了晃，弯下了身子。但马上又直起了腰，朝着惊愕的伪军们吼道："交枪！快滚！"

望着眼前这个咆哮的血人，这些伪军哪里还敢怠慢，慌忙把枪和子弹带、手榴弹、马刀都扔在地上，然后回马便跑，头都没敢再回。

高望田望着满地的枪枝弹药，笑出了声。可这口气一松，才觉得肚子和后背都刀绞似的疼。他想下马，可身子已不听使唤，一下滚落马下。

"望田！望田！"恍惚中好像有人喊，他睁开眼，见老马夫正抱着他。

"快……老哥，把武器都敛上，可别落下，给……给我留支好的。"高望田忍着疼，说得挺吃力。

"嗨，少说两句吧。"老马夫边用布条卷给他堵着前后贯通的伤口，边说："你小子真命大，一个枪子打两眼，内里还没伤着。"

高望田疼得直咧嘴，却还没忘嘟囔："妈的，小日本没打着……倒，倒让狗咬一口，哎哟……"

第五十一章

魏爷被送到教会医院，抢救了好几个小时，才算暂时脱离了危险。大夫说他本来就有肝硬化，由于情绪过于激动，动脉血管破裂，虽然动了手术，可不敢说前景如何，还需住院观察。俗话说："没什么别没钱，有什么别有病。"这还真不假，魏爷这一进医院，钱就花得流水一般。抢救费、手术费、输血费、住院费、针费、药费，得了大病哪有不费的？这几年攒下的钱，就给倒腾了个干净。可董彩屏顾不上心疼钱，此时啥也比不了爷爷的命。她不敢想没有爷爷的日子，该怎么熬？

第二天早上魏爷才醒过来。看着趴在床边的董彩屏，想说什么，却说不出声，只用手指在她的手上点了点。

"爷爷，别说话，大夫交代过。"董彩屏抹去眼角的泪，笑了。

魏爷舒了口气，手指却分着轻重缓急地点起板眼。

董彩屏明白了："我明白您的意思，该吊嗓儿了是吧？这是医院，可不敢大声，我轻声哼几句，您哑吧哑吧味儿得了。"

魏爷眨眨眼，微微一笑，苍白的脸显得红润了些。

董彩屏直起身，定了一下神，才轻声唱起：

秦砖汉瓦晋宫楼，
唐车宋道元时舟。
大明三百清风入，
回首沧桑平添愁。
金山银谷能几久？
权倾满朝顷刻休。

唯有真情传悠远，

俗词一曲唱千秋……

她深情地唱着，随着这深沉、委婉的曲儿，魏爷的手指也一点一顿地在彩屏的手心里打着板眼，他的双眼也变得有神，变得晶莹。

这时，门开了，李凤姑拎着个果筐走了进来，嘴里还叨念着："哎哟，这怎么话儿说的，师傅，您怎么这么大气性？我……"

魏爷一见她，情绪又变得激动了起来，伸手指着她，挣扎着想往起坐。董彩屏边连声劝着，边扶他睡好，又连忙把李凤姑推到屋外，自己也跟了出去，带上了屋门。

"莺子，你说，不就一曲儿嘛，至于气成这样？"

"爷爷都这样了，您少叨唠两句行不？"见董彩屏发了急，李凤姑才住了口，苦笑一声，叹了口气。

董彩屏冷冷一瞥，又说："姑，不是做小辈儿的说您，您这事做的是不对。您说，爷爷一辈子落下啥了？啥也没有，不就剩下用心血写的这几段唱了吗？这就跟他的儿女一样。您倒好，挖他儿子的眼，割他女儿的鼻子，他能不和您玩命？"

李凤姑被她说得哑口无言，干张了几下嘴，只叹了一口气。半晌，才说："是，我有不是，可……可我也是女人，我就那么贱？有唱那荤段儿的瘾？哎，还不是有人好这口儿，为生活才豁出脸嘛。我要是你这岁数……"

"得了，姑，咱不说了。"董彩屏忙打断，"您先回吧，我还得进去侍候爷爷。"说着，返身要进屋。

"等等，"李凤姑又叫住她，问，"莺子，你那儿钱够吗？"

董彩屏叹口气，嗫嚅地："还有……十几块钱。"

"嗨，这点儿钱够干吗呀？手边不备着，别说万一，就再住几天，你就得抓瞎。"

"是，今儿我就去找老板，看能不能先支点份儿。"

"哼，你歇歇吧，你就磕响头，也不见得能求个仨瓜俩枣。"

"那……"

"嗨，不还有你姑我嘛。"李凤姑笑笑，从怀里掏出一沓钞票递上，"这点钱你们吃用,他想吃啥就买,别抠唆。你放心,医院的费用我会结。"

董彩屏犹豫着,没敢接。

李凤姑硬把钱塞到她手上:"拿着,咱们谁跟谁呀?要不落忍,算借我的。"

"那将来……我拿什么还您呀?"

李凤姑笑了:"嗨,凭你那两口唱,这点儿钱还还不上?得了,救人要紧,花多少我兜着,以后你慢慢拿唱顶。行不?"

董彩屏想了想,才"嗯"着点点头。

钱没少花,可魏爷还是没挺过去,半月之后,他还是去了。一口薄棺葬在昌平靠明皇陵边的小山上,陪他去的只有那两把三弦。坟前立了块碑,让他还了宗,上面刻着"祖父朱公为绪之墓。"

发丧一完,回到住所,李凤姑就拿出了一大沓单据。算盘一拨,说连治病带丧事一共花了三百六十四块。

董彩屏惊呆了,她万没想到花了这么多。心里犯疑,嘴上可又说不出,只好把屈囵囵咽下,认头。她说:"姑,您放心,这钱我一定还。明儿我就上台,除了吃住,都堵这窟窿。行不?"

李凤姑笑了:"莺儿,不是我信不过你,借钱没个抵押,谁也不踏实。你没家没业,又是大活人,身子下有腿。万一你哪天不高兴,挪腿颠儿了,天大地大,我哪找你去呀?"

"那……您说怎么办?"

李凤姑没答,只拿出一张写好的典契,铺在桌上。

董彩屏忙拿起看,只见上写着:"今有魏莺,为祖父治病发丧,欠李凤姑三百六十四元整。无力归还,愿将自身典与李凤姑,典期六年,其间所有收入归李凤姑所有,吃用生活所需由李凤姑供给。典期内不得私自外出他就。若有生老病死,自安天命,与李凤姑无关。"

董彩屏明白了,这一切都是个安排好的套,可已经钻进来,实在又想不出脱套的法儿。她垂首想了许久,终于叹了口气:"好,我应你。"

李凤姑闻听喜出望外:"好,好,那咱们现在就签字画押。打今儿起……"

"等等。"董彩屏猛然道。

李凤姑正在兴头上,被她这一打断,有点发急:"还……还等什么?莺儿,你爷爷从治病到送终,可都是靠我吧?就凭你那一句话,我扔出去好几百,天底下就没有我这么善的人。你……"

董彩屏凄然一笑:"姑,您甭说了,我明白您的心思。您帮我为爷爷尽了孝,我自当谢您,应了您的,我决不反悔。可是得在契上补上一句,我典给你,只卖唱不卖身,哪儿唱由您定,唱什么由我。您要应,我马上签字按手印。您要不应,我死也不干。"

李凤姑愣了愣,想反驳,但见她态度坚决,也只好点点头:"好,好好,我应你行了吧?"

典契签了,一按上那鲜红的手印,董彩屏以后的六年就不再属于她自己了。

天近晌午,察哈尔通京北的山路上扬起一阵烟尘,两匹马飞奔而来。到一块石碑前,马才被勒住,一声长嘶,停了下来。正是张志诚和七子。

七子指着石碑,打着哈哈:"大营长,这就是省界了。再往前就是京北的昌平,直奔东穿过昌平,就是怀柔。"

张志诚只嗯了一声,一夹马腹,又往前奔。

七子追上来,发着牢骚:"从天不亮都跑到快晌午了,还不歇歇?你不累,那马也受不了啊。"

张志诚瞥他一眼,不觉一笑,勒勒缰绳,放慢了些速度,问:"饿了?"

"多新鲜呀。"七子撇撇嘴。

张志诚把身上的水壶摘下来递给他:"先喝俩口垫垫底,到地方我请你,宰口猪都行。"

七子喝了一口,见是酒,笑了:"哈哈,还是当官好,这时候还有小酒喝。"说着,扬起脖来就是一通猛灌。

张志诚急了:"给我留点儿!"喊着就伸手来夺。

七子躲闪着又紧灌了几口,才松了手,水壶里的酒只剩了一个壶底。

张志诚笑骂了一句,赶紧把酒一饮而尽,又底朝天地一个劲地空,一滴也不想糟践。

七子忍不住笑出声,让张志诚狠狠地瞪了一眼,才止住了声,可脸上还满是得意的笑容。他策马靠近了些,低声问:"唉,大营长,咱这是上怀柔干吗去呀?"

"不是跟你说了嘛,送信。"

"哼,报个信的事还至于让你我跑一趟?哎,透透底儿,什么要紧的信呐?"

"军机大事,你少打听。"

"得,得,算我多嘴,"七子哼一声,甩起咧子,"哼,不知道才好,别遇着日本人,遇着了,我扭头就跑。一封破信,不值得我玩命。"

张志诚扫他一眼,只笑笑没吱声。他不是信不过七子,实在是事关重大,可心里的焦虑和愤懑却都让他勾了起来,想说又不能,一时憋得难受。

自打"察绥民众抗日同盟军"兴兵以来,仗打得十分顺利。北路军拿下了沽源、宝昌之后,又折兵西北,和拿下张北的友邻部队会师,一举攻下重镇多伦。这样,半月之间,号称长城东口的张家口以北的四个县全部收复。这是中日交战以来,从没有过的胜绩。捷报传出,大快人心,全国报纸连篇累牍,争相报道,各界人士祝捷的信电铺天盖地飞向张家口。而与此同时,国民党政府却完全是另一番嘴脸。公开宣布抗日同盟军是叛军武装,并从冀、晋、察等省抽调十万大军,分两路合围张家口,并截断后方运输通道。而日军也紧急抽调两万精锐部队,向张北逼近。察绥抗日同盟军刚初战告捷,就陷入了腹背受敌,两面夹击的境地,形势十分危急。前敌总指挥陈玉龙这才派张志诚带亲笔书信,向驻防怀柔的二十九军秦军长求援。让他乘热河日军驰援西进,兵力空虚,率部兴兵,让日军首尾难顾。张志诚虽然跟秦军长十几年,深信他的为人,也深知冯长官、陈将军与秦军长的渊源交情,但这非常时期的非常请求,他能不能应却还是心中没底。

张志诚想着心事,默默不语。七子也不再问,二人只顾催马疾行。

突然,七子猛地勒住马,一声惊呼:"山下有鬼子!"他边喊,边抽出枪来。

张志诚也看到顺山坡向上爬着的几个日本兵。他刚拔出枪,鬼子的枪就先响了,子弹不断呼啸着掠过,打在背后的山岩上。

"他奶奶的。"七子边骂边端着双枪,几个点射,先撂倒了两个最近的鬼子。

张志诚右手一搂扳机,一梭子子弹扫了出去。左手早掏出个日本造的手雷,拧开保险盖,在马鞍上一磕,甩了出去。边猛夹马腹,喊了声:"快走!"

七子随他冲出老远,背后响起爆炸声和尖利的惨叫。可敌人的射击并没有停,反而更加猛烈。山路右侧的山坡上出现了更多的鬼子,脚下、前后都有,边向上爬,边打着枪。他们不敢恋战,边还击,边策马飞奔。

突然,张志诚座下的小黄马向前一个趔趄,扑倒在地,把张志诚甩出好远。他就地打了两个滚,爬起来,还想拉马起来,可到近前才发现,小黄马已经身中数枪,再也站不起来了。他只好倚在马的尸体上,向冲近的敌人还击。

"快上来!"七子又回马奔到近前。

张志诚没理他,起身却猛拍了一下马屁股,这匹白马立刻又撒着欢地向前跑去。张志诚这才紧赶几步,一跃而起,蹿到马背上。枪声响得更密了,子弹在他们身边掠过,二人紧伏在马背上,也不停地奋力还击。座下的白马似乎也理解眼前的危险,驮着两个人,一点没减速,反而打着响鼻,发了疯似的向前冲去。

这时,前方十几步远,有几个鬼子已经从坡下爬了上来,拦在了路上。七子手疾眼快,抬枪就打,两个鬼子应声倒地。剩下的敌人忙仓惶射击。可白马已风驰电掣般冲了过去,一个鬼子来不及闪,被撞出老远,顺着陡坡滚下了山。张志诚回身又是几枪,撂倒了剩余的鬼子。

冲出老远,张志诚才觉得肩膀上有些疼,瞥一眼,见左肩衣服已开了花,鲜血直流。动动膀子无大碍,也就顾不得理会。这时,他才发现前面的七子有些不对劲,他伏倒在马脖子上,执枪的手也无力地垂着。

"七子!"张志诚使劲地晃了晃他,七子挺了挺身,又伏下,前胸和后背一片血肉模糊。他竭力侧了侧身,说:"把我撂下,快……走!"

"不行!"张志诚边向后射击,边把他搂紧了些:"挺着点儿,挺住!"

前方又有几个鬼子爬到路上,张志诚连忙边举枪射击,边夹马冲将过去。

突然,七子猛地挺起身,挣脱了他的手臂,奋力一跃,翻了下去。落地顺势一溜滚,把两支枪中的子弹全都倾泻了出去。当马冲到近前,迎面的几个鬼子已全被他扫倒。

等张志诚回身再看,敌人密集的火力网已经把七子团团罩住,扬起的烟尘已看不到他的身影。泪模糊了张志诚的眼睛,但他没有勒马,也再没有回身,只是声嘶力竭的一声长吼。白马狂奔着,消失在山路的弯处。

十几个鬼子端着枪围拢了过来。七子侧卧在地上一动不动,头上、腿上、腹部又添了十几处伤口,身下早是一片血泊。鬼子们又踢了几脚,捣了几枪托,一个军曹才弯身拣地上的枪。可他的手还没触到枪,却一下被惊呆了。

七子血糊的眼又睁开了一条缝,闪着诡异、顽皮,甚至得意的笑。紧攥的手松开了,一颗手雷正滋滋地冒着青烟……

第五十二章

秦军长的军部和直属部队驻扎在北平北怀柔县的桃园镇,打《塘沽协定》签订后,他就奉命后撤到这一线。几月前曾拼死坚守的长城一线,让给了日本人,两军之间还设了五公里的非军事区。可日本人并不守约,经常有小股日军到非军事区的村庄烧杀抢掠,祸害百姓。不少村庄举村逃难,大片地方都成了田地荒芜,不见炊烟的无人区。

这天下午,北平行辕的廖秘书长突然乘车赶来,一进门就和秦军长关起门密谈,一个多小时没见出屋。眼看天近黄昏,副官不知军长是否留客就餐,不敢擅自安排,所以硬着头皮在门外喊了声:"报告!"

"进来。"秦军长应了一声。

副官一进屋犯了愣。秦军长叉腰站着,脸沉得怕人。廖秘书长坐在桌边,也是神情严峻。

"什么事?"秦军长问。

副官小心翼翼地:"军长,时候不早了,是不是安排晚饭?"

"狗屁,就知道吃?"秦军长眼一瞪:"老子气都气饱了,不吃!"

"那客人……"

"出去。"秦军长不耐烦地摆摆手,见副官还没动,竟一声大吼:"滚呐!"

副官吓得没敢再吱声,慌忙退了出去,又带上了门。

廖秘书长抬抬眼,透过瓶子底似的眼镜瞟了秦军长一眼,想说什么,却又咽了回去。

他今天是无事不登三宝殿。今日凌晨,中央国民政府已经下令,不惜武力取缔察绥抗日同盟军,十万余国军部队已于上午七时开始采取军事行动。冯玉祥迫于压力已经宣布辞去总司令的职务,解散同盟军。只有北路军的陈玉龙、吉鸿昌等人通电全国,要率部继续抗日。为防止同盟军余部向热河或北平方向转移,主持北方军务的何应钦命令二十九军,抽调与日军正面对峙的两个师,配合友军在京北参与防范围剿。他知道二十九军是陈玉龙将军的老底子,知道秦军长和陈将军的交情,更知道秦军长是个铁杆的主战派。怕他不从,特委任秦军长为京津卫戍司令兼北平市代理市长,并让和他交好的廖秘书长亲自来宣布委任,传达命令。可秦军长一听就火冒三丈,任凭廖秘书长费尽口舌,也还是既不受任,也不从命。

廖秘书长想了半晌,才又开了腔:"秦老弟,你既然把话说死了,我回去如实禀报就是,公务不谈了。"

"那好,不送。"

廖秘书长笑了:"公事完了,就不容我这当哥的说几句兄弟间的贴己话?"

"……好,你说。"

"那……你坐下好不好?"

秦军长舒了口长气,才坐回桌前。

廖秘书长也叹了一声,道:"其实我心里十分钦佩你的骨气和义气。我何尝不想抗日?我老家辽宁抚顺都让日本人占了,我能不盼着有一天打回去?可你我都掌不了纲。全国要是盘棋,你我顶多是个士相,连个炮马就算不上。单蹦跶能有用吗?冯玉祥、陈玉龙不比你我强?整个同盟军,呼拉起来十几万人,一个月没到,不就散了……"

秦将军哼一声打断:"要是老蒋不扯后腿,也够日本人喝一壶的。"

"不错,"廖秘书长点点头,"老蒋的心全在南边共党那儿牵着呐。内乱不平,他不会让抗日,这是板上钉钉。而日本人想惦记华北,就和狼吃肉似的,也是板上钉钉。夹在中间你怎么办?三条路,一是干脆降了日本人,当汉奸得了……"

"狗屁!你把我当何等人?"

"哈哈,我知道你走不了这条路。这二呢,就是干脆反了,跟共党联合,你干吗?"

秦军长愣了愣,哼了一声:"哼,不是不敢,是没逼到那份儿上。哎,国内再添乱,我也不想便宜了日本人。"

"对,那你只剩下一条路了,服从命令,接受任命。"

"我做不到……"

"你不这样做,倒是可以全自己的虚名,却帮了日本人,害了老百姓。求名不成反为罪呀。"

"胡扯!你说清楚。"秦军长瞪起了眼。

廖秘书长一笑:"别急呀,听我给你慢慢讲。老弟呀,今年长城抗战,你的二十九军打出了威风,小鬼子也怵你三分。你要是当了卫戍司令和代理市长,横着枪和日本人较着劲,日本人轻易还不敢下嘴狠咬。你全权负责了军政事务,二十九军编制不变,可你可以私下扩充超员,一个军可顶他仨军。再加上京津地方武装,两年手里有十万人,不在话下。这就是有朝一日和小鬼子干的本钱。可你要不当,也有人当,不弄个真汉奸,也弄个稀松软蛋。要这样,北京、天津还有吗?华北还有吗?老弟,一边是国土百姓,一边是个人荣辱,究竟孰轻孰重?"

秦军长倒吸了一口凉气,沉吟半晌,但还是摇了摇头:"不行,让我和鬼子对峙,当仁不让。可要和抗日同盟军,和老长官刀枪相向,我……不干!"

"嗨,还是那话,你不干,也有人干。你这儿不干,也得给你发到南边剿共去。可你接下差使,就可以想法变通,万一躲不开,不可以学小孤山张辽劝关羽,要不华容道云长释曹公吗?据可靠消息,何应钦很快就要调回南京,不再搞北方八省军务统辖。那时你在北平身边没了婆婆,只要不翻天,不舍地,不由着你?"

廖秘书长的话显然打动了秦军长。他没再争辩,只默默地沉吟了许久,终于点了点头。

"哈哈,秦老弟,"廖秘书长笑起来,"赶紧吩咐弄饭吧,还真让我空肚子来,空肚子走?"

秦军长也笑了,刚要招呼副官,就听见院里一阵吵闹声。

"我要马上见军长。"

"不和你说了?军长有客,吩咐了谁也不见。等等再……"

"我等不了。"

"哎,站住!你老人儿怎么的?还敢硬闯?"

"喝,敢拿枪对老子?哼,好,不让进,我不进,军长!军长!……"

"别喊呐。"

秦军长推开门,大步走到屋外。只见一个着破烂军装,满脸满身都是血污的汉子正在院门口,和副官、护兵纠缠在一起,定神看,竟是张志诚。他忙喊了声:"让他进来!"

几个人这才松了手,张志诚紧跑几步,在台阶下站定,向秦军长行了个军礼,朗声道:"报告,察绥抗日同盟军北路军二师直属特务营营长张志诚,奉陈总指挥之命,给秦军长送来亲笔书信一封。"他说着,从怀中掏出信递上,信封已经让汗水浸得皱皱巴巴,还沾着斑斑血迹。

秦军长接过,拆开看,两道眉渐渐拧起了疙瘩,神情变得十分凝重。看完信,他半晌无语,只长长地叹了口气。

"军长,"张志诚忍不住发急,"前线十万火急,延庆方向也有了鬼子西进。我们在路上就遇到了,若不是同来的弟兄舍命掩护,这信都送不到啊。您可得快呀,要不……"

秦军长却打断了他的话:"志诚啊,我知道了,你先去看看伤,休息一下。副官,让小灶给志诚加俩菜。"

副官应着要走,张志诚却一梗脖子,瞪起了满是血丝的眼:"军长,我顾不上。您给句痛快话,我还得连夜往回返。"

秦军长欲言又止,一时不知如何作答。

他身后的廖秘书长走上前来,道:"这位弟兄,你不要再难为秦军长了,你也不必再返回察哈尔了。今天上午,政府军已经开始对叛军采取了军事行动,中午冯玉祥就已宣布'察绥民众抗日同盟军'解散了。"

"不可能!"张志诚又用目光向秦军长探询。

秦军长闪避开他的眼神,长舒口气:"是真的,我……无力回天呐。"

张志诚的眼一下涨满了泪水,额上的青筋腾腾直蹦,这突如其来的残酷现实,让他完全忘了自己是在长官面前,冲动得有些疯狂:"这……这叫什么事?!叛军?!我们叛谁了?我们杀的是小鬼子,是汉奸!我们没吃政府一分饷,人没少死,血没少流,可从日本人手里我们夺回了四个县。政府军白吃着老百姓,自己不敢打小日本,倒向自己人背后捅刀子。还有天理吗？军长,我跟你这么多年,你不是这性子。你在长城上和鬼子拼大刀片的血性哪去了？你能眼瞅着弟兄们的血白流？！……"说到此,他泪如雨下,泣不成声。院内所有的人都沉默着。

秦军长的眼中也是红热的,脸色沉得铁青,但他还是强按住冲动,说："志诚,来日方长,你先留我身边,再作打算。去吧。"

张志诚抬起泪眼,没动。副官上前拉他,却让他一下甩开,一声笑,笑得好苦："军长,谢了。可我实在没脸再穿这身皮！"

他说着,猛地脱下上衣和衬衫,扔在了地上,已经凝固的伤口又被他撕裂,血顺着赤裸的前胸流下。他猛地转过身,大步向院外走去。

"胡闹！你给我站住,站住！"秦军长大喊一声,拔出了手枪。

张志诚停了停,只回身扫了一眼,竟又转身继续向前走。枪响了,子弹掠过他的耳边,打在院门上,激起一缕烟尘。但他却没停步,也没回头。

秦将军的枪口垂了下来。副官和几个护兵正要上前,被他一摆手拦住恨恨地一声怒喝："让他滚吧,让他滚！"

两个月后,已是初秋。

天近正午,周正英接到一个电话,寥寥几句就挂了机,而后她向管事交代几句,就匆匆出了店门。

自打她过了门,杨管家就把墨香斋都交给了她打点,不再过问。齐月轩除了每星期到燕京上几堂课,还忙于写作和善会的事情,夫妻俩各忙各事,互不相扰。

周正英要了辆洋车,没多久就来到西四牌楼东的红楼电影院。刚下车,早在大门旁等候的楚先生立刻迎了上来。两人如一对情侣般,挎着膀子进了影院的大门。

里面的电影已经开始放了,是部美国的有声喜剧片。那时有声电影刚传到中国,正是新鲜火爆的时候,虽说是白天场,也上了七八成的座。屋里黢黑,满眼都是晃动的人头,杂乱的笑声、议论声,真比茶馆还热闹。帮找座的伙计引他们找到了位子,正在影院中间。

周正英向四周望望,凑近问："老楚,干吗找这么个地方？"

楚先生笑笑："越这样的地方越安全。"

"今儿你直接找我,是不是有什么重要事儿?"

"是。"楚先生向她靠了靠,压低声说:"先告诉你一个好消息,组织上已经批准了你的入党申请,从今天起你就是中国共产党党员了。"

周正英没说话,只紧紧地握住楚先生伸过的手。

"组织上对你最近的工作很满意,你们印的宣传党的抗日统一战线的文件、传单,在宣传工作中起了重要作用。今后一定要严格遵守工作纪律,注意安全。"

"嗯,你放心,我在墨香斋已经发展了几个可靠的外围,他们的情况和安全措施我已经向老陈汇报过。"

"好。"楚先生点点头,刚岔开话题,又被周正英打断。

"我还向组织请示过,想发展齐月轩参加工作,一直没答复。"

楚先生顿了顿,说:"正英,你是齐月轩的妻子,可你更是个党员。要有原则,不能感情用事。他的政治背景、社会关系、思想信仰很复杂,要长期慎重考察。你慢慢引导可以,但不能暴露身份。没有组织决定,不能让他参与工作。"

"老楚,我觉得他……"

"好了,"楚先生有些不耐烦,"他的问题我说了也不算,内部有争议,等上级组织决定吧。"

周正英还想说,但见楚先生的样子,没敢再讲,只轻叹了一声。

两人沉默了片刻,楚先生才放缓了口气说:"今天我直接找你,是为营救抗日同盟军的事,这支部队里有不少我党的同志。"

周正英心咯噔一下。

今天天刚亮,她和齐月轩还未起床,刚上任的京津卫戍区秦司令突然派副官来访。齐月轩与秦将军并无私交,但也久慕他在长城抗战中的威名,连忙起身迎客。周正英虽没出屋,但隔帘屏息,也把二人的谈话听得一清二楚。

原来陈玉龙和吉鸿昌等将军拒不解散改编,率"察绥民众抗日同盟军"北路军一万余人东进。两个月来在日军和政府军的夹击堵截下,一路转战,却始终不能突出重围。无奈转而北进,进入京北,经怀柔,折向昌平。在打下昌平大小汤山后,被晋军商震部两个整师团团围住,已坚守两日,弹尽粮绝,万余众只剩一千多人。秦司令不忍,向何应钦力主和平解决,争得三天停战期限。可陈、吉等将军对秦将军误会已深,派员谈判毫无结果。无奈才来请北平善会会长齐月轩出面,作为中间方进行调停。可齐月轩只答应为同盟军马上筹措药品、粮食等慈善资助,坚决不愿参与谈判。后来周正英问起缘由,他只叹一声道:"卖土不惩,抗战有罪,外战如鼠,内战如虎,哪有法理可言?让我去逼人签城下之盟,和劝降有何区别?我可不愿做这种损人名节的说客。"齐月轩早饭都没顾得吃,就去找人筹集物资、车辆,准备下午四时送往大小汤山。周正英知道此事重大,马上打电话向组织做了汇报,没想到上级的反应竟这么快。

"老楚,让我做什么?"周正英问。

"第一,你要尽量说服齐月轩,以善会名义进行调停,尽量争取有利的结果。第二,你要争取同行,找机会向我党同志传达组织精神,以大局为重,避免无谓牺牲,保存革命火种,必要时可以接受政府军改编。第三,尽可能安排各报记者,以善会人员、医务人员名义混进去,了解真实情况,广泛报道,争取各界声援和同情,对国民党政府形成舆论压力。"说着他把一封信塞给周正英。

"好,"周正英应着把信揣起,马上又疑惑,"可你不是讲不能让齐月轩参与工作吗?怎么……"

楚先生有些不自在,轻咳一声,才说:"这任务是市委直接下达的。我……好了,只要你不暴露身份,可以争取他做些抗日工作。其他嘛……"

"老楚,建立抗日统一战线,已是我党当前的中心任务。除了抗日、反内战,还有多少其他?"

楚先生沉默了,其实他有无数的话想说,想反驳。以他掌握的革命理论和苏联的革命经验,他甚至觉得中共中央的精神错了,违背了共产国际的路线,把无产阶级政党变成了农民党,用民族主义代替了共产主义。可他还是把到嘴边的话又咽了回去。几分钟后,两人就出了电影院,各奔东西。

周正英匆匆回到家,齐月轩已经吃过午饭,正打算出门。周正英顾不得吃饭,就做起他的工作。响鼓哪用重棰敲,齐月轩听了,心中一掂量,利弊一权衡,也觉顿悟。马上给秦司令打了电话,应下了这份责任。

当天下午,他就携周正英和善会中的各界代表,及医护人员,随运物资的几辆卡车奔了大小汤山,几个记者也混在了其中。

经过一天一夜,反复斡旋,也在各界人士和舆论的压力下,双方才达成和平协议。陈玉龙、吉鸿昌等将军离开部队,部队由平津卫戍区收编,并入二十九军和晋军商震部。并葬亡、治伤、恤残,无论官兵一概不究其责。

这虽然与几位将军抗日的抱负和民心所望相去甚远,但在当时当地,也算是争取了最好的结果。

第 五 十 三 章

　　天近晌午,刘记粪场的帮工还没收工,十几个人光着膀子,顶着日头在场上翻着粪干儿。

　　高望田坐在院中的树荫下,正绑着断了的粪桶把儿。

　　他回京已经一个多月了。攻宝昌打援那一仗,他负了伤,虽没伤着肠子肚儿,可也实打实地穿了个贯通伤。缴了那么多枪,没轮上使,就让人给送回了张家口。在野战医院养了半个多月,本惦记着再回前线,不料同盟军又宣布解散,张家口的部队都让政府军收编了。伤兵一人给了两块大洋,就再没人管,许多重伤号没死在战场上,却成了他乡路边的倒卧。幸好他当时拄着根棍儿能勉强走动,搭上京绥线刚恢复通车的客车,好歹回到了北平。当时脸上胡子拉碴,身上破衣拉撒,捂着肚子,拱着腰,拄着根棍儿。成龙和月娥猛一见,还以为是个要饭的老头呐。

　　见他伤还未愈,成龙、月娥哪肯让他回城里老屋,就在粪场里安置他住下。有药敷着,有人照顾,嘴上又不亏,很快身上的伤就明显见好。虽不敢着大力,悠着劲儿活动一下已无大碍。可身上的伤好愈,心里却老有个不结痂,总流血的伤口。这几个月的经历,让他见了太多的血,太多的残酷和不公,也积下了太多的遗憾和愤懑。一想起这些,就堵得透不过气,心里隐隐作痛。所以,他从不愿谈战场上的事。甭管谁问,也总是苦笑一声,一句:"嗨,说那干吗?"就搪塞过去。

　　高望田走这些日子,成龙自己打点粪场。嫌望田内里太惯帮工,外边争活又太尿,所以把原先他经营时的规矩、路数全改了。望田回来后,私下没少听同行、帮工和客户对成龙的抱怨,说他太霸道,忒算计。望田拐着弯问过、劝过,成龙嘴上应着,过后还是外甥打灯笼——照舅(旧)。既然已不当管事,就不好多干预,也就只好随他去。闲得难受,自己干点修修补补的活儿打发寂寞。

门口有人尖着嗓门喊了起来:"军民人等,速速回避,圣驾回宫了!"随着喊声,一个精瘦的小伙子推着一车粪,跑进大门,引得众人一阵哄笑。

"你小子推车大粪,还敢称圣驾?"

"嘿嘿,皇帝老儿也有人不躲,就我这粪车来,还真没人不躲!"

高望田没抬头也知道是活宝回来了。这小子是辽宁人,是从粪场开业干到今儿的老人儿。干活麻利,为人爽快,就是这张嘴从早到晚不拾闲儿,耍花犯损逗闷子。所以他的大号没人叫,活宝倒成了他的官称。

活宝把粪车推到粪池前,边卸着粪,边和望田打着招呼:"哟嗬,大掌柜,忙着呐。好好绑,弄结实点,下回再上阵打鬼子,就背着他去。小日本哪儿见过这个呀?准以为是毒气炮呐。"

逗得高望田也忍不住笑了:"别尽顾贫,看着点儿,别洒外边。"

"哎,开饭了!"月娥拎着个水桶,走出厨房。

她一声喊,让早就肚子咕咕叫的帮工们一阵欢叫,立马丢了家伙什,一窝蜂似的拥了来。

"洗洗再吃。"月娥又喊道,"粥在柴锅里,咸菜在小盆里。"

帮工们有的草草在水桶里洗洗手,有的把手在身上蹭蹭,就抢着往厨房里跑。出来的手端着粥碗,各自找个背阴的地方,一阵狼吞虎咽。

被月娥锁在屋里的良心和心良也掀起了窗户,一个劲地叫:"娘,我也饿了。""快开门呀!"

"忍会儿,给你们蒸的馍还没下屉呐,老实地坐炕上等。"

俩孩子倒也乖,不再喊叫。刚要放下窗子,活宝走到窗根儿,向心良扬扬手中的粥碗,逗道:"哎,小少爷,别饿着,你先吃我的,待会儿我吃你的两样面馍,怎么样?"

心良伸手还真要接,让月娥喊住,随手朝活宝打了一巴掌,嗔笑着:"没个正形,跟孩子争嘴?你要是肯当我儿子,你也吃馍。"引得大家一阵哄笑。

活宝却毫不在意,用筷子敲着碗,唱起数来宝来:

哎,哎,老板娘可真会算,
只有稀的没有干。
撒一泡尿肚子扁,
推上粪车我腿发软。
真会算,是赚大钱,
老板娘是买房买地买花园。

帮工们又是一阵哄笑。月娥脸红了红,不敢再惹活宝这张嘴,低声嘟囔着走开了。

高望田从厨房拿个窝头走了出来,正和月娥打个照面:"月娥,我看筐箩里有不少窝头呐,咋不让大伙……"

"嗨,那是后晌的。"

高望田犹豫了一下,说:"咱这儿干的是出大力的活儿,光喝粥哪行?你乐意听他们念秧子?"

月娥叹口气:"老早就这样了,成龙说粪行有惯例,吃三顿的是两稀一干,吃两顿的是半稀半干,咱这儿粥稠,已经够意思了……"

高望田有点火:"啥叫够意思?"

"这……"月娥被问得有些尴尬。

"哎,我知道不是你的主意,"高望田放缓了口气,"月娥,生意不能这么个做法,再抠别抠人嘴上的食儿。啥章程都能改,人的肚子改不了,饿得咕咕叫能有心思、有力气干活?"

"嗯,是这理儿。"

"甭管别人咋地,咱们自己心不亏就得。打今儿起,给他们改成两顿干一顿稀,好歹多经些时候。成龙要跟你翻车,你往我身上推。"

"行。"月娥应着,转向帮工们,"哎,听着,打今儿起,多给你们加一顿干的。窝头在筐箩里,拿去吧。"

帮工们愣了愣,才欢叫着拥进厨房。

活宝从厨房出来,捧着窝头,向着月娥又数起板儿来:

哎,哎,捧着窝头我泪汪汪,
天底下数您好心肠。

只要天天能不饿,

去掉老板我只叫娘。

厨房内外顿时一阵哄笑,活宝的头上早狠狠地挨了月娥一巴掌。

"吃都堵不住你这张臭嘴?"月娥笑骂了一声,倒让院里的笑声更响了。

高望田也笑得开心,坐到个石碌碡上,啃起窝头。

月娥见了,忙走过说:"望田哥,馍马上就得,我再炖点儿豆腐,摊俩鸡蛋,你别……"

"不用,这挺好,以后我还是跟着吃大灶吧。"

"嗨,咋也不缺你这一口,身上有伤,亏嘴哪行?"月娥说着就伸手夺。

高望田扬手躲开,笑道:"不用,伤好得也差不多了,我约摸着再有十天半月,就能干点着力的活儿了。"

"别价,你可得悠着点儿。"

"你还是赶紧弄菜去吧,那俩小嘴儿可等着吃呐。"

月娥看着他,轻叹了口气:"你呀,就不知道心疼自个儿,哎,还是赶紧着吧。"

"干吗?"

"真傻假傻?赶紧成个家,也有人知个冷暖。"

高望田避开月娥的目光,没吱声,笑笑,却笑得有些勉强、苦涩。

月娥心里还不明白?也再无言,背转身才叹了口气,进了厨房。

过了一会儿,大门口来了个蓬头垢面的汉子。身上露着肉的衣服脏得都分不出个色儿,脚下的鞋也裂着口,露脚趾头。他看看门边挂的刘记粪场的木牌,走进院来。

一个四十上下的老帮工已填饱肚子,跟高望田那儿蹭了点儿烟叶,刚卷好吸着,就看见有人进来,晃着膀子迎了过去。

这个帮工姓连,在东北军当过兵,九一八以后开了小差,带一家人到了北平。刘成龙曾把他闺女玉香领来,想给哥当媳妇,没想高望田没答应,倒让他爹来了粪场。这老连在军伍中混过几年,一官半职没混上,倒混上一身兵痞的毛病,大伙拿他开心,都叫他连长。

"哎,哎,站住!"连长伸手把那汉子拦住,"这是粪场,要饭你也不挑个地方?"

那汉子笑笑:"我就找刘记粪场。"

"干吗?"

"我找你们老板。"

"老板没在,有什么话跟我说。"连长撇撇嘴,扫他一眼,"不……就是想找份工吗?进点贡,我给你引荐。"

"您是……"

"我,二掌柜。"

那汉子还没答,活宝走过来,插了话:"兄弟,甭理他,他狗屁都不是。"

连长的脸有些挂不住:"嘿,你敢这么糟践我?想当初我当连长的时候,匣子炮一挎,想崩谁就崩谁……"

"你不怕闪着舌头?"活宝讥笑着,"当了几年伙头军,你沾过枪毛吗?"

"嘿,你小子想找打是怎么着?"连长急赤白脸地卷起了袖子。

活宝一见也不示弱,刚要上前,那个汉子忙上前把两个人拉开。

这时,高望田也闻声走了过来。一见那汉子,竟惊喜地叫出声:"张营长?!"

不错,这汉子正是张志诚。他自从离开怀柔军部,就返回寻找部队,可部队已开拔。马累死了,徒步寻找两个多月,才得知部队余部在大小汤山被政府军改编了,无奈只得进京。见了望田,他当然喜出望外,两人一下抱在了一起,热泪盈眶。

高望田赶紧把他让进屋,打来水让他洗过,换上衣服,两人才各自谈起别后的经历,又是满腔怒火,一阵心酸,两行热泪。

这当口,刘成龙回来了。他一进院,见帮工手里捧的窝头,脸色就阴了下来。四下拿眼冷冷一扫,热闹得像茶馆的院子,竟一下变得鸦雀无声。连活宝那张话匣子似的嘴,也猛然断了电。吃完的赶紧散了,没吃完的埋起头紧嚼猛咽。

"怎么着?今儿过年了?!"刘成龙一声问。

没人答,一片沉寂,连咀嚼声都停了。

月娥闻声,忙走出来:"成龙,你先进屋歇会儿,饭马上就得。今儿这事待会儿我屋里跟你说。"

刘成龙哼了一声:"不用,这儿说挺好,让大家也都听听。"

"嗨,不就是加了顿干的,几个窝头的事,你至于吗?"月娥也有点火。

"不在事大事小,门口的牌子是刘记,还轮不到老娘们儿说了算。"

"你……"月娥气得一时语塞,脸涨得通红。

这时,高望田从屋里出来,插了话:"成龙,这是我的主意,不碍月娥的事。走,屋里去,听我给你摆扯摆扯,别当着大伙急赤白脸的,好看?"

刘成龙苦笑一声:"得,好人都让你们做了,我就是个玻璃耗子、琉璃猫?"

"成龙……"

"甭说了哥,粪行不是咱一家,要敞开了吃,行啊,您得有个由头吧?今儿我把话搁这儿,我不怕大肚汉,不过能吃得能干。"

刘成龙说着,向周围踅摸了一下,走到石碌碡跟前。蹲了马步,抠住两边,稍运了运气,一声喊,挺腰甩臂,两百来斤的碌碡已被他稳稳地举过头顶。一撒手,石碌碡嘭的一声落下,把地生生砸了坑。

"看见没有?"刘成龙稍平了平喘息,冷笑着环视了一下,"你们有一个算一个,谁能举起来,以后一天三顿,我都有干的。要没那牙口啃窝头,对不起,就还是老黄历。该喝粥,给我老实喝粥,别再夵翅儿!谁……来呀?"

众帮工都面面相觑,没人上前,甚至没人出声。

刘成龙正得意地笑,高望田却上前几步。

"成龙,你可有点太出格了,你那点功夫就是为了干这个?我来,行不?"

刘成龙一愣,虽不悦,但连忙拦住:"别,别,哥,你有伤……"

月娥也上前拉:"望田哥,使不得。"

高望田的拧劲儿上来,哪里肯罢,双方正在拉扯,张志诚在后面喊了一声:"望田,值不得!"

刘成龙转头一看,见迎面走来的汉子很面熟,一时却想不起是谁。

张志诚走到近前,脚蹬在石碌碡上晃了两下,说:"望田,这就是个玩笑,别当真。这么个糊弄孩子的小玩意儿,举起来又算什么?成龙,是不是?"

刘成龙听出他的话中刺,眼一翻:"你……谁呀?"

"这是张营长。"高望田忙道。

刘成龙没省过味来:"张营长?!……"

张志诚笑笑,漫不经心地蹬了一下。没觉得他怎么用力,可石碌碡却一下滚出了老远。

大伙儿都看呆了,一阵惊呼,但没明白是怎么回事。刘成龙是内行,自然看得出门道。此人看似随意,实际早暗运内功发力。只这一蹬,足见他的武功了得,远在自己之上。又尴尬,又惊叹,忙凝神细看。

"成龙,真认不出我了?"张志诚大笑了起来,"我可也是沈刘庄的呀。"

刘成龙这才恍然大悟:"哎呀,你是……志诚哥!"

"哈哈,是我。"张志诚说着,揽住他的肩头,仔细端详,"可十几年没见你了,嘿,你长的可真像师傅年轻时。望田提起过有个异姓的弟,还真没想到是你。"

"志诚哥,我也没想到啊,你可变多了,你不提,我还真认不出了。"

"哈哈,你现在是大老板了,眼高气粗的,还认得我?"

张志诚半真半假的调侃,让刘成龙很不好意思,脸上的笑都变得有些僵。

这时,高望田才道:"月娥,赶紧再弄俩菜,我们哥仨喝点儿。"

刘成龙这才找到台阶下,也连忙说:"对,对,志诚哥快屋里坐。"

等他们进了屋,活宝才一伸舌头,出了个怪相,又引来一阵哄笑。

第五十四章

北平内城正中从南到北有三洼水,大小也顶多算个湖,可却偏叫海,这就是中南海、北海、后海。后海边有个什刹寺,所以又称什刹海。之所以叫海,这不是汉族习惯,和胡同一样,是蒙古人建元大都时留下的称谓。蒙古人是内陆以游牧为生的民族,早年只听说海,没见过。所以管水塘、水洼叫泡子,稍大点的湖就称海子。元朝只兴了八十来年,可这称谓八百年也没改。据说,有个外地的举子进京赴试,酒后就较过这个真儿。他说:"潘阳、洞庭那么大,不也就叫个湖?梁山八百里水面,连湖都没敢叫,只称个泊。滇池大不大?只唤作池,这窑坑大的水,凭什么叫海呀?"就因为这几句醉话,后来丢了功名,还入了两年狱。审案的御史说了:"山不在高,有仙则灵。水不在深,有龙则名。皇上是真龙天子,龙游的水不叫海,叫什么呀?再小,比团城上盛酒的玉海,比你们家海碗大不大?你小子这不找死吗?"哎,这虽只是个笑话传闻,但细一琢磨,其中也有几分苦涩、几分讥讽、几分哲理。

得,扯远了,还是回到后海边儿吧。

下午,周四找到沈三爷,说松崎又想和他见个面,谈笔大生意。沈三爷虽不愿和日本人太近,可大生意这仨字,还是让他动心。再加上周四这张嘴能淌油,三说两劝,也就应了。地点就约在后海东岸,邻水的凉亭上,时间定到当天晚上八点。

等沈三爷带着周四和刘成龙到了凉亭,松崎、山口、还有个陌生人,已经坐在那儿等候。见他们来,忙站起来。

"松崎先生,让您久等了。"

"哪里,沈三爷客气。"

沈三爷打量一下那陌生人:"这位是……"

松崎忙介绍:"这位是京津卫戍区军需处的顾处长。"

几句寒暄,双方对面坐下。

沈三爷故意扯起闲篇:"松崎先生,怎么样?我选这地方挺僻静吧。"

"是,很幽雅。"

"哼,敢情,这是当年孝庄皇后和多尔衮幽会的地界。要不是民国了,咱们敢在这儿坐着?那边那岛……"

松崎忙打断:"沈三爷,有时间再听您讲古,今儿有笔生意要跟您谈。"

沈三爷笑笑:"我带耳朵来了,愿听其详。"

顾处长道:"兄弟有批药品。"

"怎么……没下家?"

松崎接过话茬:"这批货,我可以照单全收。"

沈三爷眼一翻:"我糊涂了,你卖他买,不结了嘛,没我什么呀?"

"是这样,沈三爷,"顾处长笑笑,"为这桩买卖,军方参与的可不是兄弟一个,把药品直接卖给日本人,恐怕不好交代。所以……"

松崎接着说:"请沈三爷出面,从他手里买下,再转给我,这样可以免去许多麻烦。"

"有多少钱的货呀?"

"总价在十万左右。"

沈三爷摇摇头:"不灵,我可拿不出那么多钱。"

"不用您出钱,"松崎一笑,"货款我早准备好了。货都不用您过手,只需履行个手续就行。"

沈三爷寻思着,道:"哼,没本的买卖,可……这有多大风险呐?"

顾处长连忙说:"嗨,买卖哪能没风险。不过,您两眼一眨巴,钱可就来了。实话跟您讲,现在秦司令刚上任,正交接的时候,要过了这村,还就没这店了。"

沈三爷沉思半晌,没吱声。

周四凑过来想说什么,话还没出口,却让沈三爷狠狠瞪了一眼。

松崎眯着眼,也不催问,只静静地注视着沈三爷。

此时,刘成龙的心跳也一下子加速了许多,但他见周四碰了一鼻子灰,没敢吱声,只是抑制着兴奋,盯着、等着。猛然,他见沈三爷向自己一瞥,投来询问的眼神,刘成龙这才会意地点点头。

沈三爷笑了起来,一拍大腿:"好,我豁出去了。说吧,给几成佣?"

顾处长伸出一个手指。

沈三爷把他的手指又掰起一个:"没这数,不干。"

顾处长一撇嘴:"您这空手套白狼,一成就不少了。"

沈三爷笑笑:"话不能这么说,别光看拿钱。这事的沉重可在我肩膀上扛着呐,弄不好连脑袋都得搬家。"

"嗨,有啥事我兜着。"

"哼,没事你耍嘴行,真要万一事发了,你能兜得住?我这人干脆,两成。少一分不干!"

顾处长和松崎对了个眼色,长舒口气:"好吧,两成就两成吧。不过,今儿就得签约,我跟弟兄也有个交代。"说着递过个写好的约,"您看看,填上数,签个字齐活。"

"那……什么时候货款两清?"沈三爷又问。

松崎忙答:"五天之内。"

沈三爷这才狠狠心,应了声:"好。"

从后海回来,沈三爷打发走周四,却把刘成龙单独留下了。他让人弄了点酒菜,连李凤姑都没让上桌,还把门关了个严实。

刘成龙见他诡秘的样子,心里直嘀咕,不知他又要搞什么名堂?

沈三爷给刘成龙斟上酒,笑了:"来,喝着聊。"

杯酒下肚,他才又道:"成龙,今儿这事我明白,这钱不是那么好拿的,天上掉馅饼的事儿没有。这事要发呢,姓顾的顶多落个监守自盗,通日本人的罪名可就得栽我头上。就是不发,我也算咬了那松崎的钩。有把柄攥他手里,以后再有事,不干都不灵。我早看出来了,那松崎绝不是个普通商人,拉上我不是为了钱。"

刘成龙没想到他心里竟这么清楚,愣了愣,说:"三爷,我可没看这么深,可……您既然看透了,干吗还……"

沈三爷又笑了:"那白花花的钱不可人疼?我还是真舍不得。"

"那……"

"我是想……嘿嘿,只吃饵,不上钩。这,可就得仰仗你了……"

刘成龙微怔,但马上又扬起眉:"您说,让我干什么?您尽管吩咐。"

沈三爷没急着答,笑着又给他斟上酒,看他饮下,才道:"成龙啊,你虽出道不久,跟我没几年,可你是我最看重的人,也只有你能替我了这件事。我想让你在交货的时候,连货带款一块儿卷,来个窝里反……哈哈,你甭犯愣,事后我亏不了你。你先闪到外边,避两年,等风头过了,再回来。"

"那您……"

"我怕什么?这戏我会演。你干的事我不知道,一推六二五,他们能怎么着我?我就不信,他们敢把事闹大。到头来……哼,也只有吃哑巴亏的份儿。就不知……你敢不敢应?"

刘成龙听到这儿,才完全明白了沈三爷的用意,倒也暗自佩服这个老江湖。不过,他也暗自庆幸,暗自得意,心说:"哼,你千算计,万算计,就是没算计到我能算计你,没算计到我的算计能致你死地!老小子,你小爷等的这天,终于来了!"

刘成龙想到此,牙一咬、心一横,回答得斩钉截铁:"三爷,您放心,这事我一定办得漂亮!"

这两天,周正英常感觉有些不适。厌食、恶心、乏力,还有时头晕,想吐也吐不出,只是干呕。齐月轩本来就不是个细心人,加上白天忙学校和善会的事,晚上写稿又常到半夜,根本没在意。周正英也以为是伤风着凉,就抽空到教会医院,想找相熟的大夫开点药。没想到,大夫却让她化验检查。

结果一出,大夫笑了:"少夫人,您没病,是有喜了。"

周正英又惊又喜,顿时觉得肚子里似乎有了动静,手摸着肚子,叫起来:"大夫,您这一说,我还真觉出他动了。"

大夫更笑得欢了:"哎哟,少夫人您别逗了,您这才一个多月,能觉得出来？您这家政系算白念了。"

"那怎么……"

"嗨，纯属心理作用。您也不用开药，加强营养，注意休息就得。赶紧回去报信儿吧，齐少爷准得乐得跳脚儿。"

周正英满怀欢喜回到家，没进正院，倒先碰见了杨志兴。一见着他，却猛然想起什么，心情也变得矛盾了起来，没敢张扬怀孕的事，草草寒暄两句，就回了屋，一人闷坐。

她想起了月娥，想起了一枝花，想起了在大车店向一枝花许下的让月娥归宗的诺。自打进了学士府，成了名正言顺的少夫人，她一直想促成此事，也转着弯儿探过齐月轩的口风。这才确信他一直是被蒙在鼓里，压根儿不知道月娥是自己的骨肉。想要告诉他实情，他信不信不知道，更不知道杨志兴的态度。所以几次想挑破，却又没出口。这回自己也怀了孕，将来无论男女，齐月轩也算膝下有人了，再要让月娥归宗，恐怕更难。在大车店患难之时，她结识了一枝花，过去的刘秀兰，小说中的兰儿。她深深为这个大姐的善良、热情、豪爽和大义所感动。都是女人，她不忍让她失望，真想为她做点儿事。都是女人，她也能敏感到，齐月轩在小说的字里行间对兰儿寄托的情感，一枝花隐含在一颦一笑中对过去的怀念。哎，人呐，女人呐，就是这样矛盾。何去何从，一时她还真下不了决心。

八点都过了，齐月轩才回到家，一进门就连声喊饿。菜又热过才端上，他也不像平时那么细嚼慢咽，咂吧滋味儿了，上来就是饿虎扑食的架势。逗得周正英忍俊不禁，笑出了声，连刚上完菜的桂枝，也是捂着嘴出的门。

"慢点，别噎着。"周正英忙给他盛了碗鸡汤。

齐月轩喝口汤，把嘴里的饭顺下，才笑笑说："哎，太饿了，中午就垫了几块点心。这回算领教了，什么最难受？饿！什么是好主义？不饿！"

周正英笑笑，问："什么事忙得你中午都顾不上吃饭？"

齐月轩压低了嗓门："今儿，我奔了趟天津。"

"到天津干吗？"

"嗨，陈玉龙和吉鸿昌两位将军想离开北京，秦市长也觉得这样安全。今儿又让善会出面送两位到天津，给安排住到法租界了。我是劝他们二位出国,在国内哪儿也不安全。哎,谁知道下边还有没有'风波亭'这一折呀……"

齐月轩煞住了话,没再继续说,又闷头扒起了饭,把嘴填得满满的。

周正英明白他的心情,没再问,只又给他加了勺热汤。

半响,齐月轩才问:"唉,你怎么不吃?"

"刚喝了碗鸡汤。这两天没胃口。"

"八成是凉着了,不好,明儿就去看看。"

"今儿我去过了,就是……"周正英见他抬眼关切的一瞥,不禁顿了一下,才把"感冒"俩字挤了出来。

齐月轩倒没察觉什么,"噢"了一声,又埋头吃饭。

周正英看着他,心里却暗暗思忖着,其实她已经打定主意,准备先瞒下自己怀孕的事。今天就挑明月娥的身份,等齐月轩认下月娥,再告诉他。她此时想的是怎么开口。

好容易等齐月轩吃完,桂枝把碗盘撤下,掩门出去。周正英把沏好的茶递给他,刚要开口,不料齐月轩只饮了一口,就端着茶碗进了书房。他拿出稿纸,小楷行云流水,可劲儿地写了起来。

周正英走了过去,趁他停下笔刚要开口,却又被他摆手止住。他眉头微蹙,思索少倾,又是一阵疾笔如飞。

不多时,一页纸已被潦草、狂放的墨迹写满,他掀开放到一边,又继续写。

周正英没打断他,只拿起他的文稿,标题是《动物趣话》,是篇杂文,都是借动物之口的讥讽之言。上写着:

　　牛说:若大家都学我,吃的是草,产的是奶,奶给谁吃?
　　鸡说:我只和同类争斗,因为这才是同等量级的较量。
　　马说:人以我为友,理由有三,一我能跑,二我无言,三总他骑我。
　　猪说:明知肥了要挨宰,不如绝食,让他啃骨头。
　　兔说:谁说我胆小,我要有狼牙,熊掌,一样有豹子胆。
　　蛇说:骂我不会还嘴,可我不容践踏。
　　狗说:狗有义犬,当为犬人。人有贱类,视同为狗。
　　猴说:人说自己是猴变的,为什么拴猴、打猴、还耍猴?……

看到这儿,这篇没完的杂文,已让周正英笑得前仰后合。

齐月轩停了笔,有些得意:"这是我回京路上打的腹稿,怎么样?"

"好,真好,有嚼头,借物讽世,入木三分。"

齐月轩又扬扬手中的纸:"这还有……狼说:我不愿做羊的敌人,愿当羊的领袖。鼠说:小偷挨打,大盗不究,我也得穿制服,别徽章。……"

周正英笑着打断:"那……你自比什么动物?"

"你看,龟说:在屈辱中忍,在骂声中活,只等笑到最后。"

周正英摇摇头:"拿龟自比,太消极。不如这条,象说:想拿我的牙去刻?那你先得不被我的牙所刻。"

齐月轩苦笑着摇摇头:"哎,那是年青时的梦了。象有群,龟独行;象只生于大地,而龟却不得不两栖。哎,龟更似我呀……"

周正英理解他话中的苦涩,也理解他心中的无奈和迷茫。她曾很多次想真正敞开心和他交流,想争取他成为同志,一起融入革命的洪流。她坚信自己深爱的人能这样做,但组织纪律,却让她不能不多少次把到嘴边儿的话又咽了回去。尽管她也有疑问和困惑,可她必须服从。一时无语,神情有些凝重。

齐月轩见了,以为她误解,忙笑着说:"哈哈,我还是比龟强,不有你嘛。"说着他伸手把她拉过,揽在怀里。

周正英坐在他的腿上,轻舒了口气,紧贴着他胸脯的脸也有了一丝笑。

齐月轩又道,声音很轻很缓:"幸亏有你呀,哎,要是……再有个孩子就更好了。哈哈,钻进小楼成一统,管他冬夏与春秋。"

"月轩,我……"周正英脱口而出,却又猛然刹住。

"怎么啦?说呀。"

周正英又犹豫了片刻,才坐直身子,郑重地说:"月轩,你有孩子呀,真的。"

齐月轩愣了愣,却扑哧一笑:"那……你就赶快抓紧生一个。"

"不是,我说的是月娥。"

"月娥?!嗨,她是……"

"不,她其实是你亲生女儿!"

齐月轩呆愣了好一阵,才问:"是……秀兰说的?"

"是。月轩,你这么多年就没觉得她像秀兰姐,也像你?"

齐月轩眼睛有些湿润了,其实他心里早有过疑惑。蒙胧中,对月娥也早有特殊的情感。可这一切变得清晰,他却还是一时不敢相信。他沉吟半晌,才深深点点头。

"那,还不赶快认了她?"周正英晃晃他的胳膊。

"那你……"

"我要是容不下,还能出面挑明?我当面应过秀兰姐,我也会把月娥当亲人。"

齐月轩听了很是感动,一把将她的手攥得紧紧的。想说什么,竟又摇了摇头。

周正英有些发急:"你……还等什么?"

"不是我不想认呐,哎……"齐月轩叹了一声,"算起来也二十多年了,杨叔把她带大不容易。生恩小,养恩大,怎么我也不能迈过他去呀。"

"那你打算……"

"这扣儿该怎么解?还真得好好想想……"

第五十五章

　　自从《塘沽协定》签订以后,北平的日本商人明显多了起来,日侨由原来的四五百一下就过了千。这还是公开的,打着满洲人、朝鲜人招牌的更不知有多少。这些人有规规矩矩做生意的,但不少是暗地给日本军方提供物资,或是仗着日本人眼下的强势捞偏行的。北平新开的几家白面儿馆,就一水儿都是日本人开的。由于北平是西贵东富,所以都开在了东城。白面儿这玩意是真害人,比大烟邪乎得多。沾上就上瘾,上了瘾就是败光了算,抽死了算。殷实人家能几个月就穷得上无片瓦,挺壮的汉子几个月就能瘦成杆儿,见风倒。您家要挨着个白面儿馆,那您就等于挨着鬼门关。上瘾没钱的能整宿地鬼哭狼嚎,早上经常能见到倒卧,有的愣光着身子,只围着报纸,套着洋灰袋。收尸的要收,烟馆还不干。这买卖没招牌,还全仗门口的倒卧勾人呐。过去北平虽也有烟馆,可也是夹着尾巴做,像这么明目张胆的还真少见。老百姓是又气、又恨、又没辙。

　　御刀刘本来已经把大烟戒了,图新鲜抽了两回免费的白面儿,就一发不可收拾,把原先的瘾又勾起来了,还加了个更字。人家跟钓鱼似的,见你上了瘾,哪还有白抽的呀?价码还是随风涨。起初还瞒着闺女,不多久人就掉了形。家里又三天两头丢东西,哪还能瞒得住啊?一枝花气得又把他绑了起来。可这回,白面儿瘾不比大烟,一天下来,水米不沾,倒像羊角风似的抽了好几回,差点就断了气。一枝花心也软了,最后只好让了步,答应只要不抽白面,她给买大烟膏,每天定量给。御刀刘当然指天赌地,满口应承,可过后那话就和屁一样。你就加十把锁,锁得住钱,可锁不住他的嘴,要有一阵不闹不骂,那就烧高香了。

这天，太阳刚上三竿，屋里又吵起来，声儿还越来越大。

"老帮子，我的金壳怀表哪去了？"

"你身上挂的玩意，我哪知道？快，麻利儿地给我个烟泡。"

"呸！不是你偷才怪。哼，怨不得你昨晚上出去，回来也没要烟，准是把表当了，又抽白面儿去了。"

"没……没有的事。"

"我告诉你老帮子，你要真把我逼得没辙，你爱怎么着就怎么着，我可真就不管了……"

"别，别别，我……我也是一时瘾来了绷不住，得，算我错。快，快给我烟泡啊。"

"你把当票给我。"

"嗨，是……死当。"

"你……你真可恨！值钱不值钱不说，那是个念想。"

"不就是七子孝敬你的吗？他是你什么人？还……念想？"

"哼，老帮子，你甭拿这堵我。我念了、想了，怎么着？明摆着告诉你，等七子回来，我还就一准儿吹着喇叭，坐着轿嫁给他！说得出，我就做得出。"

"丢人呐……"

"丢人？是你丢人还是我丢人？让闺女活得不男不女，你就有脸？七子怎么啦？人家是堂堂正正的汉子。中国人要都是你这号的，甭打就得亡国。"

"亡不亡国的我管不了，天塌还有大个儿顶着呐。你赶紧着，给……给我拿烟泡。"

"不给！今儿我就让你瘾着。"

"哎哟，你这不要我老命吗？"

屋里父女俩正吵得不可开交，刘成龙匆匆走到后院。听见里面的吵闹声，站在门前，半天没敢敲门。正犹豫间，门倒被拉开了，御刀刘捧着烟泡，咧着大嘴从屋里出来，兴冲冲碎步紧捯奔了他的屋，真比个明眼人还利索。

"成龙？"一枝花见了他，忙把满脸的怒气收起，勉强挤出些笑，"快，快进屋。"

刘成龙进了屋,带上门,道了声:"见过师叔祖,"拱身就要拜。

一枝花忙摆摆手:"嗨,家里甭那么多规矩,坐吧。"

待刘成龙坐下,一枝花本想问问月娥和孩子,可见刘成龙脸上的焦急和凝重,知道有什么大事,且把家常里短的话咽了回去。

"你今儿来,大概有什么大事吧?"

刘成龙闻声又站起,扑通一声跪倒在地:"请师叔祖做主。"

一枝花但见他已是悲愤难抑,满目晶莹,连忙把他扶起:"来,坐下,有什么话慢慢说。"

刘成龙长舒口气,这才把沈三爷要和日本人倒卖军需药品的事,一口气抖了出来,只是瞒了沈三爷让他来个黑吃黑的那一节。讲完,他咬着牙说:"师叔祖,我听您的话,忍了这么些年,就为这天。您一定得帮我,帮我报仇!"

"你说这事是真的?"

"千真万确,我亲耳所听,亲眼所见。"

一枝花沉吟着,猛一扬眉,冷笑一声:"哼,这回沈三算做到头了。好,我不会食言,一定帮你。说吧,想怎么干?要多少人?我手底下的弟兄随叫随到。"

刘成龙连忙:"师叔祖,这事我想……还得借官道。"

"借官道?"一枝花直摇头,"不行。门里的事门里办,得依规矩家法,报官可不好交代。"

刘成龙有些发急:"师叔祖,现在是国难时期,他勾结日本人,就是汉奸。为民除害的事,有什么不好交代?沈三手下人多势众,这事又牵着军方和日本人,我是怕整治不了他,倒让他反口咬了。"

一枝花寻思片刻,才点点头:"嗯,你说的有道理。可沈三在官场有根儿,报官也得找对门儿。现在京津卫戍区秦司令倒曾是我师侄玉龙的部下,和我也有过一面之交。不过多年不见,不知……"

刘成龙忙接过:"师叔祖,巧了,我有个师哥,他也是沈三的仇家苦主。他在秦司令身边十几年,也答应一起干。今儿他和我一起来的,他跟您也熟。"

"谁呀？叫什么？"

"张志诚。"

一枝花一下子站起："他也来了？怎么不让他进来？"

"半道儿他去取点东西，说话就到。"

"他……就一个人回来的？"

"是。"

"他……没提七子？"

刘成龙欲言又止，只摇摇头。

一枝花顿时无言，但脸上已显出几分焦躁。

这时，有叩门声。

一枝花忙应着打开门，竟一下子呆立在门前，一动不动。

张志诚的两眼涨满着泪，双手微微颤抖着，捧着一块木头牌位。上写："弟七子英灵之位"。

一枝花的身子晃了晃，倚在了门框上。两眼只是红热，但无泪，只紧紧地、呆呆地看着那个灵牌。

"当家的，"张志诚的泪先淌了下来，"我……没把七子老弟活着带回来，连他的尸首都没收。我愧对您，只好……不过，七子死得冤，但没白死。他杀了十几个鬼子汉奸，他死得像个汉子……"他再也说不下去，竟呜咽着哭出声。

一枝花倒长舒了口气，直起了身，向张志诚慢慢伸出双手。

张志诚没把灵牌捧给她，迟疑地轻声说："当家的，我就是带他让您见见，还是供在我那儿吧，我怕……"

"狗屁！"一枝花一把夺过牌位，贴在胸前："这儿就是七子的家，我不守着它，谁守？谁敢嚼舌头，让七子不安宁，我拧下他的脑袋！"说着，她腾腾几步到了案前，把灵牌摆在正中，跪倒在地。压抑已久的泪这才泉水般流淌下来，在地上溅下点点湿迹。

张志诚和刘成龙也忙在她身后跪下，默默三叩。

这时，才听一枝花哭出声，她边哭边吼道："七子，放心，我饶不过天杀的小鬼子！"

隔天晚上，已是十一点多。一般人家早关门闭户睡下了，街上也是黑乎乎、冷清清的，见不着几个人，偶尔才有洋车驶过。

廊房二条东边有条小胡同，一溜灯笼高挑着，明晃晃地亮着。挑灯的几个门前，都还有趴活儿的洋车停在一边，不时还有嘻笑声、唱曲声从里边传出来。这几家都是堂子，寻欢买笑的地方，靠最里的是春意楼。这一片儿数它生意最红火，当然也数它最闹腾。

随着一阵说笑，一个姐儿把两个军人送了出来。和姐儿挎着膀子的正是军需处的顾处长，后边跟着，挎着枪的是个勤务兵。

"哟，顾处长，"姐儿发着嗲，"哪次来您都得黑灯走，我这儿还想陪您……"那姐儿说着，贴着他脸又嘀咕了几句。逗得顾处长一阵淫笑，手在姐儿腰上掐了一把，又让她噗笑着打了一巴掌。

顾处长苦笑一声："哎，穿着这身皮，就得天天点卯。我也烦了，等我发了财，才他妈不受这个制。"

两个车夫见他们出来，早把车拉过，停在门口。

顾处长一摆手："要一辆就得，让他后面跑着。"说着上了头车。

勤务兵心里骂着，偷偷撇撇嘴，刚要动步，后车的车夫却道："军爷，您也上来吧，我哥俩儿一起回家，算顺路捎您，不要钱了。"

顾处长没等勤务兵问，先笑了："哈哈，那你就上去吧。老子打过日本人，你们也该孝敬。"

等勤务兵上了后边车，两个车夫拉着车，相跟着跑去。

顾处长酒多了，上了车就上下眼皮直打架，没一会儿，就眯瞪着了。不知道过了多久，车猛地颠了一下，他的头碰了一下才醒来，只觉得这车左右晃得厉害，上下颠得难受。

"哎，你他妈这是拉的什么车？"

顾处长骂着掀开车帘，探出头。话刚出口，他就犯了愣，四下黑乎乎，见不着一点儿亮，连间房都看不着，只有些树木和大片的庄稼地。他的酒一下子全给吓醒了，手忙伸向腰间，想掏枪。可枪还没拔出来，前面车夫急刹步，猛地撂下车把，他哪收得住劲，一个前扑，就跌了个结结实实。没等他爬起来，早已被几个人拧住下了枪，又蒙眼堵嘴，五花大绑捆将起来。

几人夹着他向前走，走了不多时，好像进到了个屋里，这才给他摘去眼布嘴封,松了绑。他定了定神,看清这是在座破庙堂里。正中案上摆着盏马灯,案前坐着个高大汉子,两旁身后还站着几个人。他暗暗叫苦,心想:八成是撞上截道的了。

其实,这哪是遇了匪呀,正中坐的正是张志诚。四周站的几个人,是活宝、连长等几个刘记粪场的帮工。原来前天在一枝花家已经计划好了,先从顾处长这儿下手。有了证据,再由张志诚去报告秦将军,争取在他们交货时,抓个人赃俱获。怕走漏风声,没敢用帮里的兄弟伙计,让几个帮工来客串一把。

顾处长壮起胆子,拱手抱拳,问:"敢问好汉,哪个绺子的?"

张志诚盯着他,却只笑不答。

顾处长停停,把声降了几个调,又问:"不知我哪点儿得罪老大?今儿诸位是为命?还是为财?"

张志诚仍然不答,但冷冷的目光却让他打了个寒战。

"钱我出,您……您说个数?我……"

张志诚几声冷笑,把他的话打断:"哼,兄弟,今儿我不为钱,也没想要你的命,只想问你点事。可要是你没实话,那就是你自己找死。"

"有什么话您问,您问,我尽我所知。"

"你和北隅堂的沈三儿私通日本人,倒卖军需药品。有没有这回事?"

"没,没有。"

"你敢说没有?!"张志诚一拍案子,厉声问,"初七那天晚上,你到哪儿去了?"

顾处长一时张口结舌,吓呆了。

张志诚笑笑:"我给你提个醒,在什刹海边上的凉亭里,除了你,还有沈三儿和两个手下,日本人松崎原山和一个随从。不错吧?哼,倒卖十万的货可不是个小数,私通日本可更是大罪。本来想给你个赎罪的机会,可给你脸你不兜着,那可就怪不得我公事公办了……"

"别,别,"顾处长立刻慌了爪儿,扑通一声跪到地上,"大哥,我明白了,您是,是……军统的?……我,我认罪,是有这回事。不过,只签了合同,货还没交。求您高抬贵手,饶兄弟一次吧。"

"哼,你还知道怕呀?起来吧。"张志诚放缓了口气,"明告诉你吧,我们不想为难你,只想整沈三儿和日本人。你要肯听我的话,照我的法儿做,就算你将功折罪。我会向上峰和秦将军如实禀报,保你没大事,其他人也不会有牵连。"

"您说,我听……我听您的。"

"就两句话:第一,得把签的合同给我。第二,回去当没事一样,按你们约定的时间、地点照常交货。"

顾处长愣了愣,有些迟疑:"大哥,这头一条好办,合同就在我身上,我立马给您都行。这第二条我可不敢,这不罪上加罪吗?"

张志诚笑了:"你是真傻,还是吓蒙了?交货才能人赃俱在,才能把你自己择清楚,才能把日本人和汉奸一网收了。现在军费紧,你要真能钓上日本人十万的款子,弄好了,没准还得奖你呐。你仔细琢磨琢磨,是不是这么回事?"

顾处长寻思了片刻,才笑着点点头,从怀里掏出那份合同,双手递上,口中不断千恩万谢。

第 五 十 六 章

三天后,西直门外高粱桥边的小树林里,早早等候的沈三爷已经有点儿耐不住性子。他叨唠着:"妈的,啥时候了?他们两边儿还不露?老子倒成了上赶着。"

身旁的周四连忙说:"三爷,时间还没到呐,您别着急。"

沈三爷没再吭声,只向不远处,靠在树上的刘成龙一瞥,使了个眼色。刘成龙会意地眨眨眼,两人相视一笑。

"哎,来了。"周四轻叫一声。

沈三爷忙扭头看,见山口和一个手下正拨开灌木丛往这边走。

山口来到近前,深鞠一躬,道了声早。

"怎么,松崎君没来?"

"对不起,先生另有急事,让我代劳。"

沈三爷见他两手空空,有些火:"可说好一手钱,一手货的,你空着手来,算什么意思?"

山口一笑:"您放心,钱我带来了。货款和您的佣各办了一张支票,只要收到货,我马上付款。您拿支票到英国银行,可以当场提取现金。"

"哼,我还真信不过那小纸片。"沈三爷又一睖眼,"你们要拿个空头的条子唬我呢?"

"嗨,您若不放心,交完货,我陪您去银行。"

"哼,要账上没钱,我就是零碎了你,能变出钱来?"

周四在一旁忙劝:"三爷,不至于,他们在城里有买卖,跑了和尚也跑不了庙。他们还想在北平混,能敢放军方和您的鸽子?"

沈三爷想想,倒也是这么回事,"嗯"了一声不再争。

这时,一辆卡车驶来,停在树林外的公路边。三声喇叭响过,顾处长从车楼里钻了出来,招了招手。

树林里的人们见了,都往外走。山口和手下急着验货,走在前面,周四紧随他俩身后。沈三爷又向刘成龙递个眼色,两人故意放慢脚步,落在后边。

沈三爷低声问:"你安排的人怎么……"

"您放心,等验完货就动手。"

"夺财可别要命,绑结实就得。闪了以后,你得赶紧派人奔银行,走了风一个电话就玩完。"

"好。"

沈三爷见刘成龙胸有成竹的样子,心里踏实了许多,脸上也浮起了一丝得意的笑。

山口的手下已经爬到车上,照单对了箱数,又打开两个箱,抽验了里面的药品,见量、货都相符,向山口点了点头。

山口见了,这才掏出两张支票,递给了顾处长和沈三爷。

就这当口,路对面的坟圈子里突然跃起了一群军人,端着枪冲将过来。山口转身要跑,不料树林里也有军人冲出,用枪逼住。

"不许动!"一阵呐喊中,车前的几个人只好束手就擒。

此后不一会儿,代理市长秦将军就接到了电话,得知人赃俱获,心中好不痛快。连忙命人去银行提款,把一干人犯尽数关押,等候审讯。

放下电话,秦将军一阵大笑。坐在一边的张志诚忙站起,凑了过来。

秦将军一拍他的肩膀:"行,你小子真行!算给我出了口恶气。"

张志诚笑笑,没吱声。

"你想让我怎么赏你呀?"秦将军问。

张志诚忙摇头摆手,连声说"不"。

秦将军笑了:"要,我也不给。上回你跺脚就走,我没毙你,这回算日本人给你赎命,算两清。"

张志诚抿嘴乐着,想问什么,却又咽了回去。掂量了半晌,才说:"军长,您……能给我个实底吗?"

"什么实底?"

"这儿就咱两人,您给我句实话,您到底还有没有打日本的心?"

张志诚的话让秦将军愣了愣,笑消失了,脸又板了起来,长舒了口气:"你小子是哪壶不开,专提哪壶?我也是使唤丫头拿钥匙,当家做不了主啊。要凭心讲,我他娘的,做梦都想这一出。可有用吗?中央不下令,就算我豁得出去,孤军作战,再来个腹背受敌,能成了气候?你也不是没经过,行得通吗?"

"那……哼。"张志诚没再说,却不服气地憋得脸通红。

秦将军一见火起,猛拍了一下桌子,盯住张志诚,眼睛竟红红的:"你跟我这么多年,就不知秦某是啥人?明告诉你,这回日本人的十万块,不会进我的腰包。我要用它买枪、买炮,咱们不能老上阵耍大刀。我就等着日本人狮子大开口呐,你小子敢拿我当小人?瞎了你的眼!哪个师长、旅长有你这狗胆?"

张志诚还要说:"军长,您听我……"

秦将军扭过头,摆摆手打断:"我不听。"说着长叹一声,"滚,快滚吧。别让老子后悔,一枪崩了你。"

张志诚站着没动,这时,秘书急匆匆走进来:"秦市长,日本领事馆一秘三木求见。"

"我不见,你去应付吧。"

秘书有些为难:"他今天一定要见您本人,说见不到绝不走。"

秦将军的火又起来了:"屁话!你就告诉他,我是堂堂中国的京津卫戍司令兼北平市长,他那级别不够我见。等到猴年马月,也没戏。要闹,让人把他叉出去!"

"是。"秘书应着转身去了。

秦将军这才气顺了些,笑骂道:"妈的,狗鼻子还真灵,我前脚抓人,他后脚就到。"

这时,张志诚却突然一个立正,喊了声:"报告军长!"

秦将军瞥他一眼:"你又玩什么幺蛾子?"

"报告军长,我要求归队,要打要罚我都认了。"

"哈,嘴上服了,心里还骂我是秦桧?"

"没有,张志诚口心如一。"

秦将军忍不住笑了:"哼,有你这句话就行,回来就免了。你现在回也没仗打,倒不如在民间帮帮我。"

"好,您说怎么帮?"

秦将军拍拍他的肩膀:"哈哈,你这回一笔就送我十万军费,不是帮?有这便宜尽管往我这儿送,越多越好。老子是后娘养的地方军,要饭不嫌馊。"

张志诚也笑了,两人一阵大笑,直笑得眼泪汪汪,回肠荡气。

夜已深了,周正英一觉醒来,发现身边还是空的。书房还亮着灯,想必是齐月轩还在写稿。披衣想去劝他睡,可又怕打扰他的文思。再想想他的拗脾气,知道劝也没用,叹口气,只好作罢。看看表,已是凌晨两点多了,三点半就要去墨香斋盯着印刷。怕睡过,不敢再合眼,起又还早,就靠在床上想起了心事。

昨天,组织上又让联系人送来一些党的最新文件和宣传材料,让她尽快赶印。她已经排好版,校对完,就等印早报前付印,然后和早报一起送到联络点。这些文件和材料让她兴奋不已,上面说:中央红军一、二方面军已经冲破了蒋介石的围追堵截,到达了陕北,和陕北红军及四方面军会师,建立拓展了陕甘根据地。党中央号召全中国各党派,各阶层组成最广泛的抗日统一战线,并已经组成东进抗日先遣队进军山西。一年多来,传来的都是让人揪心的消息,这回一连串的喜讯实在是令人鼓舞。她真想到大街上去大声喊一通,让所有的人都知道。可不行啊,连告诉丈夫,让他分享点快乐也不行,尽管她相信齐月轩也会和自己一样兴奋。组织上对是否发展齐月轩参加革命工作,一直没作答复,现在不得不对最爱的人隔心、保密,真憋得难受,甚至有些愧疚。

摸摸自己的肚子,似乎真感觉到小生命的蠕动。她猜想着,这是个儿子还是女儿?会不会像月娥似的生个双棒儿?想想真是兴奋、真是幸福,而兴奋和幸福后边又带了个愧疚的小尾巴。为了月娥,她已经瞒了半个多月了,可自打那次和齐月轩挑明月娥的身世,他一直也没让月娥归宗。

问起来,齐月轩总是说慢慢来,怕急了伤了杨志兴,也伤了孩子的心。这话有道理,可得拖到几时?自己的肚子又能瞒得几时?想着,周正英想定了主意,明天自己去找杨志兴谈。成不成没把握,可无论成不成,明天也得把自己也有了的事告诉月轩。

突然,书房里传来齐月轩的笑声,笑过又是边伸懒腰、边打哈欠的声音。周正英闻声一笑,她知道齐月轩准是写完了,而且肯定是写得满意。别看他几十岁的人,一拿起笔,一进到他自己的天地,就越发像个无拘无束的孩子。她连忙起身穿衣,想端些点心给他作夜宵。

待她端着点心碟走进书房,齐月轩还捧着自己刚写完的那篇长诗,念着、激动着,沉浸在诗的意境中。周正英把小碟放在书案,他竟然毫无察觉。

周正英扫了一眼他手中的诗稿,题目是《中国人》。她没有打断齐月轩低声但激情的朗诵,只站在他身后静静地听。

....

腰弯着,
但不是天生的驼背,
肩上有几千年的沉重。
头低着,
但不是直不起的软骨,
眼前是向上行的山路。
沉默,不是哑巴,
没到迸发的时候。
蜷曲,不是懦弱,
是在孕育着奋击。
英雄是什么?
是逼急了的庶人。
脊梁在哪里?
长在厚重的屁股上。

....

周正英忍不住笑出声,赞了一声:"好!"

齐月轩见是她,笑问:"我吵着你了吧?"

"没有,我也该起了,还得去车间盯着印早报。"周正英拎起暖壶,给他对上茶:"你垫块点心,早点儿睡吧。"

齐月轩拿起块点心,咬了一口,嚼着问:"这首诗……"

"好,你刚念的那段儿就挺精彩,平实又深刻。"周正英又拿起桌上的诗稿,看着说:"要是韵脚再推敲一下,就更好了。"

齐月轩笑笑:"我看不必,何为诗?气也。愤而诗、感而诗、真而诗,发则已,不求全。琢则工、则匠、则假,反而画蛇添足。"

"嗯,有道理。"周正英寻思着点点头,忽又问:"咦?我好久没见你写诗了,今儿是……"

"嗨,全是让查理给招出来的。"

"查理?"

齐月轩哼了一声:"今儿他给美国报纸写了篇文章叫《懦弱的羊群》。说中国人骨子里有懦弱、卑膝、麻木的民族劣根,是个极度松散,不可能真正团结的民族。说中国是一群羊,在日本这群狼面前,只有被宰割。他呼吁美国政府干预中日局势,以上帝的名义拯救这个无助的民族。"

"他……大概不是出于恶意。"

"这我知道,但他的字里行间有美国人的傲慢,有对中国人的鄙视。我和他争了半个多小时。我问他,若中国人骨子里只有懦弱,能有几千年的强盛?能经历无数次外侵而不亡吗?恰恰是你认为极度松散,不可能团结的民族创造了两千年的统一,有着未被割裂、未被中断的文化。你美国、英国、法国、俄国、印度有吗?这是世界的唯一!你对此如何解释?"

"他怎么说?"

齐月轩抿嘴一笑:"他没话答,吭哧半天才憋出一句:历史不能代替现实。让我一句话就又给他噎回去了。我说你说的对,但是历史是借鉴,历史是证明,历史是传承。只有你们美国人才忽略历史,因为你们没有历史。"

周正英也笑了:"你这么说,他还不急了?"

"能不急?急得跳脚,给我抱出一摞书来,全是中国人写的。他说:

我的观点也是你们中国的文化精英的观点。我说：提起这些精英我更来气，学着洋人的歧视的眼光，秉着洋人的极端的思维，讲着洋人的傲慢腔调，挖自己民族文化的根。跟外国学点好的我不反对，文化革新、革命我也拥护，但只能是修枝嫁接，不能连根刨，不能砸烂重来。中国文化要都是'吃人'二字，能繁衍出四万万中国人这个最大的种群？中国人若只有懦弱、奴性，哪有无数屈子、岳武穆、文天祥？中国这个民族如果丑陋，那世界上还有不丑陋的民族吗？"

周正英沉吟着点点头，却又马上摇摇头："可你也不能拿历史代替现实呀？"

齐月轩眉一扬："有历史才有现实。现实是凭空来的？没有什么现实逃得脱历史的必然。老虎也有打盹儿之时，壮汉也有弱病之时。中国历史上走在世界前列几千年，就不能有折、有难、有低谷？山没谷，能有峰？当今世界所有走在前面的强国，在历史上的贫弱、低谷都远比中国长。为什么他们能从弱到强，而中国不能重新振作？中国要振作，就要有民族的自信，自信民族文化和民族精神。若只崇洋媚外，无视中国文化，那不做家奴，倒成了洋奴。"

周正英听得心头一震，想随声附和，却又咽了回去，犹豫了一下，才道："可中国民众的愚昧、麻木不是事实？哎，他们也是'哀其不幸，怒其不争'啊。"

齐月轩冷笑道："哼，你怎么也是这味儿？过去我也是这样想，读了点子书就觉得高人几等。现在我最讨厌这句话，一股子居高临下的劲儿，何等精英也没资格这么说。穷得上不起学，能不愚昧？肚子咕咕叫，能不麻木？民主是吃饱了才能打出的嗝儿。你们吃饱了尽可以打那嗝儿，要求饿着肚子的跟你们一样，行吗？民族问题单说。没上过学的也知道爱国，三岁孩子也知道秦桧不是好东西。饿着肚子的也不愿让小日本占了中国。哀还凑合，怒什么？中国不强，怪屁股蛋儿太软？呸！用屁股打人要拳脚干吗？要军队干吗？中国厌，怪百姓？哼，也说得出口？这些年我算看清楚了，中国还就是老百姓最作劲。东北政府跑了、军队跑了，老百姓自己愣跟小鬼子干了好几年。'察绥民众抗日同盟军'不也是如此？中国厌是厌在上面，厌在脊梁骨上。学西洋也好，学东洋也罢，用外来的钢棍能支起腰来？还得有根流着自己的文化血脉，在自己民族屁股上能生得牢、长得壮、挺得直的脊梁。"

周正英听着齐月轩的抢白，脸红了红，却一点儿没急，只深深点了点头。想想，忽又脱口而出："我看中国有真正的脊梁。"

"有？在哪儿？"

"你不也赞同共产党提出的抗日统一战线的主张吗？"

齐月轩沉吟着点点头："哎，我是很敬重共产党的。纵观中国各种势力，也只有他能与老蒋的独裁一争。抗日统一战线的主张提得好。国难当头，先求民族，再求民主，我拥护。不过……哎，近年其势渐衰，南方的地盘都让老蒋占了。最近只偶尔听到点消息，忽而川，忽而贵，也不知确切与否。老蒋豁出跟小日本服软，集百万众围追堵截……哎，势单力薄，恐怕凶多吉少呀……"

周正英笑了，脱口而出："告诉你，红军现在已经胜利突围，到陕甘建了根据地，还派出抗日先遣军东进抗日了。"

齐月轩的眼中闪起兴奋的光，但很快又蹙起眉头："你……是怎么知道的？"

"我……嗨，你别忘了我可是记者出身，官方不报，小道就不能传些消息？"

齐月轩嗯了一声，忙问："这消息准吗？"

"我看靠谱。"

"那……你再细说说。"

周正英看看表，笑道："现在我可得去车间了，明儿再说，你也早点儿睡吧。"说着，她匆匆出了门，在廊子里竟又听见齐月轩诵起诗来，语气似乎更加了几分亢奋、铿锵。

………

　　中国是似水的民族，

　　似水，就不及火热，

　　不及刀利，

　　不及石刚。

　　可这水不是小溪，

而是大河大江，浩瀚大洋。
恰是宽容使他汇集，
恰是忍耐使他无形，
恰是宏大使他不屑张扬。
用不着求热、求利、求刚，
只要到中国人忍无可忍，
凝聚的柔就是最强劲的力量！
…………

第五十七章

周正英上了墨香斋二楼，穿过车间，撩帘进了校对间。

校对老申正在拣字排版，见她进来，停下手。这老申是墨香斋的老伙计，也是周正英发展的几个外围之一。

周正英走到他身边，低声说："老申，上边要的货还是上二号机，加在《实报》中间印。打好包，你亲自送到老地方。"

"行，"老申应了声，停停又问，"今儿小李没来？"

"不是，今儿的货太重要，我怕小李毛躁，你去最把牢。"

老申笑着点点头，凑近了些："正英，我的入党申请，咋还没给个回话？"

"这才几天呐，别着急，你可得作组织长期考验的准备哟。"

"是，不过这回知道红军到了陕甘，还真有点儿耐不住性子。唉，跟组织提提，让我扛枪去行不？"

周正英笑了："哼，我还想去呐，可都去了那边，白区工作谁干？现在咱们做的工作挺要紧呢。"

老申憨笑一声，没再吭气。

"行了，赶紧上版开机。"周正英拍拍他的肩膀。

老申应着，忙抱起铅版出了门。不一会儿，外面就响起机器的嘈杂声。

过了半个小时左右，电话铃突然响了，周正英忙拿起话筒。

"喂，墨香斋，您找哪位？"

电话那边是个中年男子，声音压得很低："你是正英吗？"

"是,您是……"

"我是郝炳臣。"他的话很急促,"你仔细听好,你们内部出了叛徒,你和墨香斋的印刷点儿已经暴露。中统方面马上会去抓你,最多你还有二十分钟时间。赶快走!别走前门,从后院出去,别在城里躲,赶快出城。千万别再犹豫,相信我!"

电话被挂断,这突如其来的变故让周正英愣了少顷,但马上镇定了下来。她撂下电话,马上找到老申,把他拉到一边。

"老申,我们这儿暴露了,敌人马上要来抓我。你们不会有事,别慌,问起就把事都往我身上推。你和小李赶快关机毁版,把印好的材料全烧了,然后继续印《实报》,快去吧。"

老申听了匆匆奔向机器。周正英转身直奔校对间,抱起排好的几块铅版,把铅字倒了一地。然后又跑回车间,见老申已经在角落的汽油筒边烧着材料,忽又想起什么,跑到废品箱旁,找出了几张废页,拿着跑过去,扔进火里。

老申边往火里扔着材料,边问:"正英,你还不快走?"

周正英没吱声,只是不断把纸扔进火里。

老申急了,不由分说,强把她推到楼梯口:"快走吧,再晚来不及了。"

周正英道了声"保重",这才匆忙下了楼,跑进了学士府的后院。书房的后窗还透出着灯光,她看着,犹豫了一下,还是转身跑向北墙根,蹬着假山石,攀上了墙头。从这儿她远远望见窗内齐月轩的身影,她凝视着,眼有些湿润。这时,墨香斋方向已传来砸门和叫喊声,她才一横心,跳出了墙外。

当晚,中统特务在墨香斋没抓到周正英,也没查到什么证据,但还是把当班的工人抓走了几个。而后,又到了学士府,要挨屋搜查。

齐月轩火冒三丈,哪里肯依,自然据理力争。可这次不比上次,中统那边确认周正英是共党分子,又哪肯善罢甘休?多亏杨志兴生拉硬拽,才没让齐月轩吃了眼前亏。好在中统的人领教过齐月轩在京城的影响,对他不敢擅动。各屋转了转,搜了搜,不见周正英,也没搜出什么,就收队撤了。

第二天早上,周正节才知道消息。他几个月前,刚被北平国民党市党部委任为报业审查委员会委员。近来西服换了中山装,别着青天白日的党徽和审委的方条章,走路都舰着胸脯,生怕人看不着。这回可好,大水竟冲了龙王庙,听说也是气不打一处来。立马跑到市党部,想讨个说法。没想到人家几句话,就让他打了蔫儿。人家说了:"你妹妹周正英是共党正式成员,参与重要宣传活动,是共党内部的人供出的,证据确凿。你这当哥的没沾边儿,就算烧高香了。你还不依不饶?怎么,是想让人撸了你这委员,封了你的报,再替你妹进去蹲几年?"

周正节在市党部碰了一鼻子灰,回到学士府又让齐月轩数落一番。

"哼,你不是能吗?还不赶紧把身上戴的那啤酒瓶盖儿给摘了,省得丢人现眼。中国政治又成了东厂、西厂、密折、血滴子……狗鼻子治国,还谈什么青天白日?"

周正节满脸苦笑:"哎,有辙吗?其实也怪你。"

"怪我?"

"正英嫁给你,老夫少妻,差这么多,你就管不住她?上次逃过一劫,还不学乖点儿?这回好,共党分子板上钉了钉。哼,你说你不知情,我还就不信,枕头边儿能不透风?"

齐月轩让他抢白得好不委屈,一时心里好怨。倒没怨别的,只怨正英连自己都瞒,连自己都不相信。一声长叹,眼中竟有些红热,突然他一拍桌子,把心里的怨全倾向周正节:"周正节,我看你倒是个当特务的好料。有种你去告,我齐月轩就是共党的大头儿,正英是我的手下。共党怎么啦?是卖了东三省?还是卖了热河、冀东?有你这话我还豁出去了,明儿我就站鼓楼上扯着脖子喊一通,喊完闭眼一跳,摔个柿饼我认了……"

周正节哭笑不得,忙打断:"得了,你小声点儿,嗨,都别说气话了,想辙吧。正英一时半会儿是甭想回了,买卖别老让他们总封着呀,我的《实报》可都停两天了。"

"哼,你这别着牌儿的同志、委员都没辙,我有什么辙?"

周正节想想,却突然眼中一亮:"唉,新上任的那位秦市长不是和你有点儿交情吗?上次大小汤山停火,你没少帮他呀。"

齐月轩"嗯"了一声,刚想点头,却又摇了摇:"嗨,他这市长、司令也是使唤丫头拿钥匙。"

"不，不不，他甭管怎么说，也算个封疆大吏。虽然管不了中统、军统，可要真能替你做主，怎么也得给他个面儿。"

"能成？"

"我看成。嗨，成不成，我也陪你去撞一回。"

齐月轩想了想，终于点了点头，没说话，倒铺开一张宣纸，拿起了支斗笔。

周正节不解："去不去？你说句话。啥时候了，还有这闲心？"

齐月轩没理他，饱墨挥毫，写下"梦回沙场剑犹鸣"七个大字。边落着款，边笑着说："上次他向我求幅字，我还没写，正好，这回去不空手。"

当天下午，齐月轩和周正节就到北平市政府求见。可连去了三天，也没见着人。每次都说市长去处理紧急军务，不在市内，去哪儿不知道，什么时候回也不知道。齐月轩只好把字儿和一封信留下，回去等消息，其实心里早不抱什么希望。没想到几天过后，还真接到秘书的电话，通知秦市长下午三时约见。

下午，齐月轩与周正节来到市政府，被让到秦将军的办公室。一进门，却见秦将军拿着电话，正扯着嗓门吼着："不见！什么记者我也不见。怎么说，还用我教你？我要能干这酸文滥转的事，要你们干吗？早让你们回家抱孩子去了。"说着，他气冲冲地挂了电话。转身见了齐月轩，倒有些不好意思，忙笑着迎上寒暄、让座。

三人坐下，没待齐月轩发问，秦将军就笑道："齐先生，慢待了，这两天我实在太忙。全是小鬼子又他娘的找麻烦，在好几处以演习为名，越界骚扰，动静闹得还挺大，足折腾了我好几天。"

齐月轩的眼有些发亮："秦将军，莫不是要打？"

秦将军没答，只苦笑一声，岔开话题："还是说你家的事吧，你的信我看了，也托行辕廖秘书长出面去过问了。你夫人的事实在帮不上忙，不过查封的店铺和抓去的伙计问题不大。我说了，墨香斋是我京津警备区的专用印刷厂，不能停。估计一半天，也就解决了。要他们实在不给我秦某人面儿，你就大着胆子扯封开工，我派一个班给你去警戒，有娄子我兜着。"一听这话，齐月轩和周正节的心算踏实了，忙不迭地连声道谢。

秦将军指着墙上的条幅,说:"嗨,齐先生,我还没谢你这幅字呐。'梦回沙场剑犹鸣',好,字好,词也好,你算拿准了我的心思。哈哈,好,我是个粗人,可也敬重像你这样有骨气的文人。"

齐月轩笑笑还未答,秦将军盯住他,话锋陡转:"唉,齐先生,你……想当官吗?"

齐月轩毫不犹豫:"想!做梦都想!"

秦将军笑了:"好,快人快语。那你来帮帮我吧。"

"让我……干什么?"

"帮我当个参议如何?你也知道,我这市长、司令也是在走钢丝,受夹板气,真是需要有个能出出主意,又能应付场面的人。"

齐月轩沉吟着没吱声,让周正节暗暗碰了一下,才定下神,说:"秦将军,你若让我任个有实权,说了算的差,我敢说一定能干好。做人幕僚,可不敢妄称,因为古往今来,善谋者众,而能纳谏的又有几个?"

秦将军想着点点头:"嗯,齐先生不妨就当前形势先说个一二,我这人虽执拗,但服理。有理我就听,就办。"

齐月轩淡淡一笑道:"秦将军,大势不可违,当今大势即民族危亡。南京政府不能顺大势,所以才致将军于两难。日本又绝不会因我方忍让,打消亡我之心,而中国民众也绝不会因苟安而失抗日之志,所以中日的全面战争是躲不过的。就南京而言,伤一指可忍,若夺其命,也不能不战。知其必战,就得备战。积蓄民心,保护民心,不可丧民心。仅维持华北暂短和平,也不能过于强忍,有打的架势,才能让狼轻易不敢扑。比如,刚才您讲日方搞军事演习,无非炫耀武力,也是试探。我军为何不能也搞军演,发动民众配合,显示我方有备,万众一心呢?不怕打,才可能暂时不打。"

秦将军一拍大腿:"好,说得好,这招儿我听你的。"

一阵快意的笑,让气氛更融洽了些。周正节见他二人谈得投机,心中不禁醋,也有些技痒。正想乘机说几句,话未出口,就被匆匆走进的秘书打断了。

"秦市长,各报记者和社团代表都不走,非要见您不可。"

"就说我不在。"

"嗨,他们哪信,全拥到楼门口了。"秦将军气哼哼地瞪了他一眼,起身就朝外走。

齐月轩不禁脱口而出:"秦将军,千万戒怒,好言安抚,民气不可失呀。"

秦将军停住步,回眸苦笑着:"哎,就这么个挨骂的差事,你呀还是赶紧上任吧。"说完,一声叹,他出了屋,让齐月轩和周正节都唏嘘不已。很快楼下一阵喧闹之声,二人忙凭窗下望。几十个记者、代表拥在楼门口,挤着、喊着,乱成一团。

"秦市长,日方违背条约,造成我方百姓伤亡损失,您将采取什么措施?"

"总说忍耐,到底要忍到何时?"

"秦将军,二十九军也曾在长城上英勇抗日,为什么现在不能挺身而出?是愚忠?还是胆怯?"

面对激愤的人群,听着犀利的提问,站在台阶上的秦将军脸阴沉得怕人。没有什么语言能形容此时他复杂的表情。他的眼分明是圆睁着、红热的,可嘴里却只不断重复着四个字——"无可奉告"。

齐月轩不忍再看,叹口气,抽身要走。

周正节不解,忙拉住他:"月轩,你那差事……"

齐月轩甩开他的手,边走边说:"哼,这狗屁差事能干?"

周正节追了两步:"你不干,举荐举荐我呀……"

齐月轩头也没回,只冷冰冰,硬邦邦地甩了一句:"想找骂?自己说去。"

那天,周四跟着沈三爷吃了瓜落,一起让大兵抓去了。过堂时,一进刑讯室,他的腿就软了。没等人家问,就来了个竹筒倒豆子,一五一十交待得清清楚楚。又一把鼻涕一把泪,把自己择了个干净。说自己只是捧人家饭碗,听喝没主意,出力不落好,上有八十老母,下有三岁幼子,只求开恩放他一马。堂上倒是没挨打,可关到看守所的号里,却是没少受罪。一进号,他先跟人家论辈盘道。偏赶上十几个人都是空子,倒让人家结结实实打了一顿,守着马桶边睡了好几晚。

到第七天头上,牢头才把他提出,说有人来保他出去。等出了大门,没想到是刘成龙叫了辆洋车,在门口等他。几天的委屈,让他鼻子一酸,竟一时眼泪汪汪。

刘成龙没送他回家,洋车在清华园澡堂门口停下,说让他好好泡个澡,去去身上的晦气。里外三新的衣服都给他备下了,还让伙计去对面饭馆端几个菜,买一坛酒给他接风。也真算想得周到。

等周四在大池子里泡得舒舒服服,满头是汗地回了单间,叫的酒菜已经摆到了小桌上。

两人三杯下肚,刘成龙才问:"周哥,你知道这回沈三儿够什么罪吗?"

周四听他的话音愣了愣:"不……不知道。"

"哼,不死,也得够蹲个十年以上。"

"不至于吧……"

"不至于?倒卖军需、私通日本,就这一条他能脱得过?"

"可……三爷终归是帮主,又是京城的老地头儿,总有人出面活动吧?"

刘成龙扑哧一笑:"嗨,这几天你在号里蹲着,哪知道啊。师叔祖一枝花已经开了香堂,帮里可没人愿跟沈三儿沾这个边儿。师叔祖先代理一段家里事,公产买卖,交三个长辈共管。只等下个月,十一月初十再公推新帮主。怎么,你还想等着抱沈三儿这根粗腿?"

周四有些窘:"我……嗨,他是我师傅,我……"

刘成龙笑出声,盯住他问:"周哥,你知道这回沈三儿……是栽在谁手上吗?"

周四张张嘴,没出声,摇了摇头。

"我!"

"你?!……"

"没错,是我。"刘成龙的脸上浮起一丝冷笑,"你是不是觉得他待我不薄,我下手太黑?狗屁!他这是罪有应得!他沈家欠我家五条人命,外加我一根手指。我就为这一天,才强忍着跟在他身边几年。周哥,按说我还得谢谢你,要不是你引荐,我也报不了这仇。"

周四听得心里一哆嗦,浑身的热汗一下发了凉,慌不迭地说:"成龙,我,我可……"

刘成龙笑着给他斟上酒:"周哥,这有你什么事?今儿个,我可还有事相求……"

"别说求,什么事?你说。"

"一个月后,帮里公推帮主,我……"刘成龙故意没说下去,只一笑。

周四愣了愣,才嗫嚅地说:"这恐怕……难。你虽文才武功都强人一头,可……辈分儿低。"

"可要是师叔祖收了我,我就和沈三儿同是大字辈,是你的小师叔。这辈儿不低了吧?"

"可你拜过沈三儿,哪能乱伦再迈门坎儿呀?"

刘成龙哼了一声:"凭什么说我是沈三儿的门下弟子?开过香堂吗?谁是引荐师、点传师?我递过拜师帖子,交过小钱粮吗?我当时是空子,让你哄着去顶的死签。这,你不清楚?"

"嗯,这倒也是。"周四想着点点头,又不解地,"那……我又能帮你什么?"

"周哥,你好歹是帮中老人儿,又跟了沈三儿这么多年,上下的门道关系比我通,不指着你帮我去联络通融,聚拢人气,我指谁呀?"

周四还有些迟疑:"成龙,我是沈三儿的弟子,要一下大掉个儿,恐怕……"

刘成龙的脸沉了下来,拉着长音问:"周哥,你是念师傅的情,还是……念师娘的情啊?!"

周四的脸白了又红:"什么……意思?"

"哼,什么意思?等开香堂时,自有人说。周哥,别以为你跟那唱落子的有一腿,谁也不知道。"

"没,没有的事……"

"哼,别敢做不敢当,不就是私通师母,奸淫乱伦,倒栽个荷花嘛。也值。能在花下死,做鬼也风流呀……"说着,刘成龙笑出声。

"别,别别,"周四的声带了哭腔,"成龙,咱们可是哥们儿,你,你容我好好想想……"

刘成龙又冷冷一笑:"好,啥也不说了,咱哥俩儿高高兴兴喝完这酒,我再把您送回号里。那儿清静,您慢慢想。"

周四立刻慌得欠起身:"我说想想,是想怎么帮你……嗨,也多余,我还想个屁呀?你说,我听就得。"

刘成龙这才笑着拍拍他的肩膀:"周哥,我可不是沈三儿那号人,咱哥们儿镖着膀闯天下,也有你一份。活动的钱我给你早备好了,敞开花。来,再干一个。"

周四忙端起杯,一杯酒下肚,没觉得热乎,倒打了个冷战。

满树榆钱儿

第五十八章

已是过立冬了,乔木又光秃秃的没了遮盖,风也一天比一天冷,像把钝刀渐渐磨出了刃。

粪行冬天是个淡季,除了供应少许花房、暖室,也就是菜农沤底肥用些。一边没啥收入,一边还得大把花钱收着粪。所以,每一过冬,粪行就得折腾一回。挺不住的就只能停收歇业,等来年也缓不起人气。有的干脆倒闭关张,低价转让。粪场如此,背道的也是一样。不过,要是底儿厚的主儿,入冬倒是个拣便宜,并场买道,扩大生意的好时候。刘成龙的刘记粪场虽是后起,可钱能跟得上,自然气势不同。成龙这些日子都忙着帮里的事,也搭着心情好,买卖经营也就又依了他哥望田的主意。淡季也不辞工、不裁人,打草、拉土、堆粪、沤肥,愣把淡季当旺季做,还又用余钱置了不少粪道。帮工们过冬有活干,不少挣,自然高兴。可让粪行的同行们都看着眼晕,又醋得心酸。

高望田的伤算是好利索了,没落下什么根儿,也真是万幸。不过伤好了,他却又回了老屋去住。粪场的事也不愿再出头,倒推张志诚做了管事,自己只出主意,不拿纲,整天只是推着车下街背道。刘成龙琢磨不透他的心思,问他好几回,劝他好几次,他都是一句话:"嗨,这么着我踏实、舒坦。"刘成龙也只好随他去,不过心里还是笑他:"有福不会享,稀泥不上墙。"

这天,天近晌午,高望田推着粪车一进大门,就闻见一股肉香。十多个帮工,都挤在厨房门口,眼巴巴地望着、议论着。

活宝一见他,迎了上来,边帮他把车推到粪池前,边说:"望田哥,今儿吃炖肉,就俏点白菜、粉条,油都汪着,炖了满满一大锅。老板娘还让连长打酒去了,说今儿吃喝管够。您可真够意思!"

高望田让他说得愣了愣,忙道:"这和我可没关系。志诚哥呢?"

"他早和老板出去了。唉?算算今儿是十一月初十,这……是啥个日子呀?"

"我哪知道呀。"高望田笑笑,"嗨,甭琢磨了,有肉吃,就是好日子。"

"哈哈,这倒是,您甭管了,赶紧洗洗去吧。"

活宝说着帮他卸粪,高望田没再推辞,边走向厨房,边心里犯着嘀咕。对江湖的事,他从不打听,成龙也很少提。不过,沈三爷挨抓吃官司、张志诚和粪场的好几个人都出了力,他哪能不知道。兄弟替爹娘报了仇,他何尝不解气,不欣慰?但他更希望成龙就此退出江湖,踏踏实实做生意,过日子。可成龙哪听得进劝,收得住性,刹得住车?一想起成龙那两眼放光,踌躇满志的劲儿,心里就不踏实。

这时,杨月娥在厨房门口嚷着:"别围着看了,也不怕眼珠子掉锅里?赶紧上北屋把俩桌并一块儿,拿筷子碗,端菜盆。端菜可给我闭上嘴,别把哈喇子流里头。"

帮工们一阵哄笑,一阵忙活。

月娥瞟见高望田,忙摆摆手:"望田哥,甭管了,全好了,上屋等着吧。"

"这是你的主意?"高望田问。

月娥一笑:"嗨,我敢替龙王打喷嚏?这是成龙特意盼咐的,说今儿要讨个好彩头。"

"啥彩头?"

"不知道,反正是好事呗。"

身后传来连长的叫声:"哎,酒来了!"又在院里引起一阵笑声。

转眼,饭菜上了桌,大家也都落了座。除了良心和心良两个孩子,不管不顾先开了吃,人们都没敢动筷子。在上房,和老板家同桌吃饭,这还是头一回。大伙儿眼里透着兴奋,也犯着疑,眼睛都盯着高望田,等个说法。

高望田让杨月娥偷拱了一下,才说:"嗨,今儿这顿,也没啥特别的,就是……就是替我家成龙谢谢大伙。一条船上讨生活,还得靠大伙帮忙,就这话。今儿大伙敞开喝。来,干一个!"

屋里的气氛一下活跃起来,十几个大碗一起举了起来,笑着、吆喝着好不热闹。

杨月娥让活宝缠得没辙,也只好端起酒碗:"我可不会喝,也抿一口,算我和成龙谢大伙吧。"一口酒就呛得月娥眼泪汪汪,逗得一阵哄堂大笑。

酒过三巡,活宝又耍起了宝,拿筷子敲着碗边,数起板来:

哎,哎,老板娘嘴真甜,
哄得我悠悠地上了天。
吃饱了更把媳妇想,
哎,当个光棍好可怜。
老板娘,再行行善,
替小的快把红线牵。

杨月娥嗔笑着敲了他一筷子:"贫,就知道贫,肉都堵不上你这张嘴?"大伙儿又是一阵哄笑。

高望田猛然想起,低声向连长问:"唉,连长,你家那玉香有十七了吧?"

"可不,"连长应着,小眼一眨,"怎么,大掌柜,惦记我那闺女啦?头两年你嫌她太小,现在可不小了。你要愿意,明儿我就把她送过去。"

"你瞎扯什么?"高望田瞪了他一眼,"我是觉得活宝……"

连长忙打断:"得,打住。我那闺女能给他?屁嘛不趁,就趁张破嘴,以后喝西北风?"

高望田还想劝,话还没出口,活宝听见一耳朵,先甩开了咧子:"嗨,人家连长指着闺女发财呐。唉,前庄倒有个八十多岁的老财主,那钱、那地老了去啦。呼哧带喘,也没几天活头儿了,惦记不?"笑声中,连长的脸有点儿挂不住。高望田忙给他倒酒,扯着闲篇岔开。

连长叹了口气,咽了一大口酒,才念叨着:"哎,站着的都不嫌腰疼,其实呀,想啥也别想媳妇。成了家就算上了套,不拉到死不算完。任你再英雄,十几只眼瞪着你等吃,浑身的骨节都他妈酸。哎……"

听他念秧,活宝和周围几个人都忍不住想笑,连长家大小六张嘴不假,可他挣那俩钱,还不够他喝酒呐。靠着老婆开暗门子支撑着生活,在这儿还大言不惭,也真让人听不下去。对这号人谁都想给他几句,可高望田坐在旁边,看他的面儿,才都只一笑,没人搭茬。

正这时,门外有人连声喊"爹"。月娥拉开门,见是连长的大闺女玉香正怯生生地站在门前,月娥忙把她拉了进来。

连长见了闺女,却一睒眼:"你找这儿来干吗?就不兴……让我舒坦地喝两口儿?"

玉香向饭桌上瞟了一眼,嗫嚅地:"家里没……没吃的了,弟妹都饿得直哭。"

"你妈呢?"

"我妈抱着小儿,一早就出去了,到这会儿也没回……"

"这他妈臭娘们儿,欠抽……"连长骂着,站起身,干了碗里的酒,才悻悻地出了屋。

玉香刚要跟着往外走,让月娥拉住。

月娥把个菜盆塞到她手上,高望田也忙拿起块屉布,包了几个窝头,递给她。

月娥安慰道:"甭着急,过午,你妈也就回了。"

玉香早噙着的泪这才像断了线的珠子,扑簌滚落在菜盆里:"婶,我妈不会回了,她……她是跟个关外赶车的走了。"

全屋的人都愣了,一阵死寂。等玉香深鞠一躬,跑了出去,屋内才响起一片长吁短叹。

此时,刘成龙正和一枝花、张志诚等人在月蓉居门口,候着来宾。今儿正是北隅堂公议堂主的日子,楼上两层全让他们包了,大大方方摆了十桌酒席。

刘成龙已经正式经香堂,拜了一枝花,成了她的关门弟子,这样就和为数不多的几个大字辈的老头儿平起平坐了。清帮推堂主,按规矩是论辈排序,小老大一枝花公开言明不出山,倒推举了刘成龙。沈三爷是树倒獬豸散,原先的手下经周四游说、买通,也大都投了他。其他几个长辈有的年纪太大,不愿再争位。有的自忖实力不济,不敢出头。只有沈三爷的四师弟,开镖行的李满堂不忿,今儿要有热闹,恐怕也是他这一支发难。

刘成龙见客人来的已经不少,但大辈儿没见一个。忙悄声向一枝花问:"师傅,这时候了,怎么我的师兄弟没见一个?"

一枝花笑笑:"傻小子,大辈儿逢请,没有提前到的。不过也晚不了,到时一炷香,不到不候,那倒省事了。"刘成龙点点头,没再吱声,心里不免还是有些打鼓。

一枝花又道:"甭慌,议堂主就是炒包子。兵来将挡,水来土屯。待会儿你少说话,上边有我镇着,下头有周四一帮人给你助威,闹不出圈去。"

话间,小月蓉走了过来,问:"刘爷,热菜是不是先炒着?"

"行,准时开席。底下让人盯着点儿,今儿是门里议事,别让外人上来。"

"得,您放心,就是个苍蝇,不是道上的,我也不能放他上来。"

刘成龙觉出这话里有刺,可等他回过味,小月蓉早进了店。又听见一枝花向张志诚低声问着,忙又凑到近前。

"志诚,你说沈三儿在里头,一直没认罪、招供?"

"倒卖军需他认,那明摆着的事,不认也没用。他就不认私通日本,说只想来个黑吃黑。还……扯上了成龙……"

刘成龙忙接过话茬:"师傅,疯狗死到临头,能不乱咬?"

一枝花盯住他:"他……真没让你劫这批货和钱?"

"根本没影的事。师傅,您信他,还是信我?"刘成龙应得坚决。

一枝花苦笑着:"哎,这些年,沈三儿这小子没少造孽,我俩斗了十几年。可真到肯綮儿上,我还真有点儿下不去嘴。"

刘成龙有些急:"师傅,这时候可撒不得嘴。您不是说过,让我学狼,别学狗吗?"

"是啊。"张志诚也随声附和。

一枝花这才叹了口气,点了点头。

这时,像约好一般,几位帮中大辈接踵而至。一阵寒暄,一行人进了月蓉居。

二楼厅内,已坐满了人。待一枝花和几个长辈走进、坐定,周四一声:"持礼!"帮众们齐刷刷向着主桌,打出三老四少的手势,抱拳三躬。一枝花摆摆手,大家才坐下。

一枝花向身旁一位老者示意了一下,那老者会意,站了起来。这位是大字辈里最年长的一位,姓潘,曾拉过洋车,也开过车行,今年已七十五六。虽生意早垮了,倒也闲不住,无论是江湖还是市井,有摆不平,衙门又不管的事常找他了圪、和事、掌秤。

潘爷咳一声,道:"各位三老四少,今儿小师叔抬举,让我做个主持,我就托回大。现在北隅堂群龙无首,今儿就是要推举个新堂主。小师叔不愿出山,帮中头顶二十,脚踏二十二的也就在坐的老几位。上月小师叔收了个关门弟子刘成龙,这才又多了一号。不过先言明,别把我和二师弟算在内,老了不愿再折腾。今儿在家里了家里事,大家尽可明言。"

他说完刚坐下,周四就站起一抱拳:"诸位长辈、兄弟,重立北隅堂的时候,就该师叔祖当这堂主,可他老人家让给了沈三儿。沈三儿虽是我师傅,可在家里是向理不向亲。这些年,沈三儿没少坏规矩,这大家都心中有数。师叔祖的为人也不用我说,他又是理字辈儿的独一份,堂主之位本来非他莫属,可这回他还是不愿担纲。不过,他新收的这位小师叔刘成龙,有胆有识,能文能武,理应让他登堂主之位。"

他的话音未了,四周就都有人大声附和。

潘爷也看看刘成龙,笑道:"哈哈,你倒跟小师叔一样,萝卜长背(辈)儿上了。不过,小倒不糠,嚼起来'嘎嘣脆'。行,我看行!"

刘成龙和一枝花都只笑笑没吱声,主桌上其他几个长辈却大都点头称是,随声赞同。

突然当啷一声,大字辈排行老四的李满堂把手中的盖碗撂在桌上。他哼一声说:"我可不愿跟风使舵,几位师兄、师弟的意思,我不敢苟同。讲成龙挺有种,只听说,功夫不弱,没过过。小师叔收了他,和老哥儿几个算平起平坐了,可终归道行太浅,这么大一个北隅堂交他掌?我不放心。"

他这几句话一出口,就像捣了马蜂窝,整个厅里都是嗡嗡的议论声。

这时,张志诚站了起来:"诸位,我是军伍粗人,可知道上阵凭本事、凭胆识,凭不得资历。古来名将都出自少年,有几个七老八十才出头?大清十几个皇帝,哪个又是长子?论根儿刘成龙是将军后,养父也是响当当的汉子,又是学士府管家的快婿。年纪虽轻,可经过的坎儿,比谁都不少。论文,人家读过初中,考过状元。论武我久经沙场,也不敢说强过他。"

周四也站起来:"不错,他凭义气,替我顶过死签,砍个手指头,眉头都没皱。哪个能敢干?"

四下一阵附和、赞同之声,让李满堂的脸色白了红、红了白,十分难看。他手下的弟子见了,气势汹汹站起好几个。

一个人向着刘成龙,抱拳高声道:"小辈不才,愿替师傅向小师叔讨教几招。"

没等刘成龙吱声,张志诚呵呵笑着走上前去:"别没大没小,你先过了我这关,再向长辈讨教。"

那汉子见他不备猛出一拳,张志诚上步,让过拳锋,一个小擒拿叨腕翻肘,早让他失去重心,向外跌去。好在张志诚只使出三分劲道,边伸出条腿把他担住,按回座位,边笑笑说:"兄弟,镖局学的花架子,上不了战阵。过后,我教你点儿见血夺命的招儿。"

那汉子揉着腕子,涨红着脸不再吱声,旁边的几个也都灰溜溜地坐下。厅里响起一阵笑声和叫好声。

楼上演着文武带开打,楼下的客人都有些发毛。一个老头儿刚塞嘴里一个干炸丸子,楼上一闹腾,正卡在嗓子眼,噎得差点儿背过气去。他儿子紧捶慢胡噜,才算咳出来。

老头儿喘着粗气,说:"儿啊,快走吧,这饭不吃了。别为解馋把命丢了!"

儿子忙劝:"爹,您甭怕。隔着层楼呐,您怕什么?踏实吃。"

小月蓉也走了过来:"老爷子,您放心,没事。道上的人要打,就不吵了,要吵,一准打不起来。您呐,全当不花钱看耍猴儿,越热闹越有乐儿。"

老头苦笑一声:"猴儿有这么闹腾?你听听,这脚跺的,他就打不下来,我还怕他把楼板跺一窟窿,漏下来呐。"这话让小月蓉哭笑不得,倒把邻桌的客人都逗乐了。

这时,一个乞丐模样的人闯进店来。

伙计一见忙拦住:"嘿,要饭也不看时辰,刚上座你进来干吗?出去!"

没想到,那乞丐比他的气粗得多,一拢头上擀了毡的长发,伸出根炭条似的指头,骂道:"他娘的,你敢撵老子?活腻啦?!"

伙计火了,往外就推,可手刚挨到他身,脸上却结结实实让他扇了一巴掌,腾腾倒退两步,摔了个屁蹲儿。

小月蓉一见,忙赶了过去。定神一看,嗨,不是乞丐,这不是沈三爷嘛。不敢怠慢,忙赔上笑脸:"哎哟,三爷,您今儿怎么这打扮儿?也难怪他眼拙……"

沈三爷没搭他的话,瞪起眼,咬着牙问:"门里头那些人呢?"

"都,都在楼上。"

沈三爷一听,没再吭声,大步就奔了楼梯口。

一看这架势,小月蓉暗暗叫苦。就发愣的这点儿工夫,楼下的客人早就溜了一多半。

这阵儿,楼上还没吵出个结果,正等着一枝花表态。一枝花刚站起,话还未出口,沈三爷已冲上楼来,一阵狂笑。

一见他,大伙都一愣。张志诚、刘成龙等人刚欲上前,沈三爷大喝一声:"都给我别动!"说着,他敞开衣襟,露出绑在腰间的四颗手榴弹,一只手紧攥着连在一起的导火索。

一枝花定下神,道:"三儿,今儿是帮中议事,你要是懂规矩,就把那玩意儿拆了,老实地坐那儿听。"

沈三爷一梗脖子:"老子没工夫!哼,这回我是栽了,我知道帮里有人惦记让我死,有人还花钱想要我这条命。可我沈三倾家荡产,还是回来了!有种的就别暗箭伤人,站出来,让我看看!"他见张志诚等人悄悄往前挪步,忙又喊,"都别动!再往前就别怪我!我手指头一动,谁也别想活!"厅里一片死寂,连呼吸声似乎都停了。

沈三爷扫了一眼："怎么，没人往出站？怎么敢做就不敢当？！"

这时，沉吟着的刘成龙突然笑笑，朗声道："沈三爷，有什么话，你冲我刘成龙一个人说，碍不着大伙儿。"

"是……你小子？！"沈三爷愣了，眼中满是疑惑。

刘成龙淡淡笑着，走到近前："不错，沈三爷，就是我刘成龙存心整你，也是我刘成龙想要你的命！"

沈三爷瞪大着眼："刘成龙，我对你不薄。我是你师傅，你为什么害我？"

"呸！沈三儿，当着三老四少，今儿我把话挑明。这是为我爹、为我娘，也为我舅、舅妈、表妹，一共五条人命！还……不该这么对你？！"

刘成龙的话音还没落地，厅里就一片哗然。

面对着刘成龙小刀子似的目光，沈三爷嚯着牙花子，也倒吸一口凉气："五条人命？你爹是……"

"我爹叫刘坤柱，我舅是董福兴。"

这话又引起厅内一阵议论之声，沈三爷这才恍然大悟，一时竟愣在那里。

刘成龙又道："这是私仇，还有公恨。"

"什么……公恨？"

"你这些年仗着堂主势力，欺男霸女，侵吞公产，任意欺压帮中弟兄。办赌场、开烟馆、贩人口。这回又勾结日本人，倒卖军需。你干的这些事，哪样儿合在家里的规矩？哪样儿不是伤天害理的缺德事？你得势的时候，大伙儿怕你，所以捧着你、拍着你，可心里早恨你入骨。你要是死……哼，大伙儿得喝酒、放炮，大快人心！"

刘成龙一口气说完这段话，让有些人都忘了危险，脱口叫起好来。

沈三爷也被噎住了，半响才狞笑着："好，就算你小子讲的在理儿，今儿我来就没准备回去。死，我也得拉上你垫背！"

刘成龙却大笑起来，笑得沈三爷愣着直眨眼。他止住笑，道："三爷，那我真得谢谢您的抬举。我今儿死在这儿，谁也得说我是为报家仇、公恨，舍生取义，够英雄、够汉子！您呢？势没了、财没了，又招恨没人待见，活着又有什么意思？和我一道死？哈哈，更得落下骂名！让人骂你狗急跳墙，玩这下三滥的玩意儿，死都不找个光彩的死法……"说到这儿，他猛然顿住,从后腰摸出一把撸子,枪把朝前递向沈三爷:"要死,用这个。咱俩的事别伤着别人,我先让你一枪。"

"成龙!"一枝花和张志诚不约而同叫了一声。

刘成龙没分神,只淡淡一笑。

沈三爷迟疑了一下,才警觉地用空着的一只手接过枪。等把枪口指向刘成龙,另一只手才松开导火索。

刘成龙眼中一亮,心中踏实了许多,但仍冷冷笑着,未露声色。

沈三爷哼了一声,狞笑着:"你想死?那也得当着众人的面儿把话说清楚。"

"你那点丑事,还有什么不清楚?"

"我是应了日本人这笔买卖,可……可我让你连钱带货一块儿卷。你……敢说没有?"他的话又立刻引得众人一片哗然,但刘成龙一阵大笑,又让厅内静了下来。

刘成龙向众人拱拱手,道:"诸位,扯谎也得扯得圆,谁也不是三岁的孩子。三爷,你说让我来个黑吃黑,可你凭什么就这么信得我?就不怕我带着钱远走高飞?在座的谁不知道你的人性?这是你的为人吗?"

沈三爷还想辩驳,但空张张嘴,竟没憋出声来。

刘成龙更跨上一步,身体几乎挨到了枪口:"哼,要我命,你尽管拿去。可这汉奸的罪名,你逃不了!"

众人纷纷附和,满耳都是责骂之声。

沈三爷的手渐渐有些抖,枪口也垂了下来,笑着,却笑得凄惨:"好,刘成龙,算你有种……我是跳黄河也洗不清啦……可到阎王殿,我也跟你没完!各位同门,我不求别的,只求哪位兄弟给我挖个坑埋了,别让我暴尸街头……"

说到这儿,他猛抬枪口,抵住自己的太阳穴……枪响了,血喷溅了下来,在一片死寂之中,他的身躯立了片刻,才直挺挺地倒下。

又愣了少顷,厅里才迸发出一片喊声。分不清是惊叫还是欢呼,也不知是对刘成龙的敬佩,是为沈三爷的惋惜,还是脱离险境的庆幸?此时,刘成龙才觉得腿有些软,倚着张志诚的臂弯,才稳住了身子。

第五十九章

　　天桥是老北京最具特色的一景。和四九城里的皇家宫殿、官宦府宅相比，这儿是个土得掉渣儿的地界儿，可这儿却汇集着老北京最丰厚的市井风情和民俗文化。过去这儿还真有座桥，南北跨着龙须沟，打明代就叫"天桥"。清朝中叶才拆了桥修路，水道改成了暗管。后来才把正阳门外大街以西，先农坛以南，方圆几公里的地界儿，都叫天桥了。

　　这一片儿是一个挨一个的商铺、饭馆、茶园、书场，讲究的大门脸几乎没有，大都是小买卖。路也都是土路，刮风一片灰，下雨两脚泥。清朝中叶后，先农坛南墙外三不管的荒地、坟岗子就渐渐形成了市场，而且越扩越大。挑担的、摆摊的、搭棚的、撂场的见缝插针，排了里三层、外三层。后来帮会势力、地痞混混才在这块地上划分各自的地盘，固定摊点，坐地收钱。这儿才渐渐成了老北京最大、最全、最聚人气的市场。

　　论吃，满汉全席、南北大菜这儿没有，可这儿各色小吃是最全。汉人的灌肠、豆汁、硬面饽饽、驴肉火烧；回民的各种油腥、炸货、年糕；蒙古的奶茶、奶酪、奶皮子；满族的包饭、茶汤、麻豆腐……您就空着肚子来，一样尝一口，撑得走不动道儿也吃不全。用的日常百货都有，价格比大店面就是便宜。您要还嫌贵，有专卖旧货的店和摊儿。不过，在那儿买东西，得特别长眼。不留神，也保不齐就买了纸糊的牛皮鞋，芦花絮的丝绵袄。用的东西这儿不济，玩的小玩意这儿可最全。放的风筝、抖的空竹、踢的毽子、抽的陀螺、戴的凤冠、遮的鬼脸、耍的关公刀、秦琼铜……要什么没有？听您吩咐吹个糖人、捏个面塑也是立等就得。怨不得孩子们都愿上天桥呐。

大多数人奔这儿,吃点儿、买点儿那只是顺便,主要还是来找乐儿的。这儿是北方曲艺、杂技最大的码头。相声、评书、大鼓、单弦、坠子、琴书,皮影、洋片、木偶戏……说的、唱的,只要是开口活儿,没有没有的。后来的许多曲艺名家,都是天桥这块宝地给养出来的。曲艺是嘴上功夫,杂技可就是身上的玩意儿,这儿平日搭棚撂场的,怎么也有几十大小班子。杂耍、柔术、顶技、蹬技、爬杆、皮条、中幡、戏法、硬气功……个个都靠着绝活儿勾人。有时也有海派,甚至洋人的马戏团来演出,人们图个新鲜,更是挤个人山人海。在这儿最出名的艺人,人称"天桥八怪"。三十年代一提天桥,准先得说"云里飞"的相声,"沈三"的跤,"拐子"的铁头,"赛活驴"的跷……人们甭管有多大的家仇国恨,一到天桥,也都是笑得合不拢嘴。以致有的文人和外国记者常写文章,以天桥见闻,骂中国老百姓麻木不仁,国难当头还寻欢作乐。其实这是只见皮毛的屁话!苦难越深的人们才越懂幽默,有笑才能排解,才有坚忍。总皱着眉、苦着脸的,其实不是没吃过大苦的雏儿,就是自觉独醒,高人一等的酸人。

自打沈三爷进了大牢,李凤姑就慌了爪儿。怕仇家太多跟着吃瓜落儿,不敢再住在北城,把家搬到了前门外的煤市街。城里的茶楼、园子也不敢再混,只好带着董彩屏到天桥去唱。书场茶馆,没人引荐还挤不进去,只得搭别人的场,撂了地儿。

算起来,董彩屏签典契已经快一年了。在城里唱时,一天赶三场,李凤姑可算逮着个摇钱树。可再好的玩意儿,一到天桥撂了地儿,也掉了行市。从早上到下午唱十几段,收的钱还不抵原先一场的包银。为这,没少挨李凤姑的骂。

唱完一段,董彩屏鞠躬下了场。看她累得那样,琴师都有些心疼,忙让她坐下,把自己的小茶壶递上,让她润润嗓儿。

董彩屏忙接过,扬脖就喝。她嗓子早冒烟了,此时这壶粗茶,比上好的"碧螺春"还爽口。饮了几口,她才想起道了声谢。

"闺女,慢点儿喝,"琴师笑道,"刚唱完,热嗓子别死乞白赖地灌,一点点儿饮。把嗓子憋回去,可就麻烦了。"

董彩屏笑笑,又抿了口茶,没再吱声。琴师还在絮叨着,可她却没听进几句,人坐在那儿,心早不在了。

来北平这两年,她一直想找到失散多年的表哥成龙,特别是爷爷故去后,这心就更加迫切。头几个月,她打听出点儿消息,可李凤姑像管犯人似的,根本不容她外出。好不容易逮空偷偷出去寻,可找到了高家老屋,却早已没人住了,只听街坊说他在德外开粪场。还没再寻着机会去找,就又跟李凤姑搬出了四九城。李凤姑好像也看出点儿苗头,眼盯得更紧。可管得住身,能管得住念想?一闲空、一闭眼,脑子就像放电影,全是小时和成龙哥一起的那一幕幕……

"你这又犯什么呆?"李凤姑一声呵斥,才让她恍过神来。李凤姑敛着小笸箩里的零钱,又没好气地道:"有工夫多琢磨琢磨,怎么能要下好,要下钱来?别老做大头梦。你看看,一场下来才这俩小钱,是够你吃?是够你穿?"

董彩屏早听惯了她的数落,只低下眼没吭气。

李凤姑还没完,又哼一声,说:"不想辙不灵。就你那两口唱,城里大园子有人捧,那不是撂地的活儿。今儿回去,我教你一段十八摸,这儿就这色的、荤的能要钱。"

董彩屏忍不住瞟她一眼,小声回了句:"要钱?还要脸不?"这下可捅了马蜂窝,李凤姑指着鼻子骂道:"呸!就他妈你要脸?有钱有脸,没钱还顾得脸?我饿你三天,看你还端不端?"

"反正我不唱那种下三滥的玩意儿。咱俩有言在先,份儿归你,唱什么随我。"

"你要反呐?你典给我,我就说了算!"

"要唱你唱,我不干。"

"不干?你信不?把我惹急了,给你卖窑子里去。那会儿,你想唱都没地儿唱了,哼哼去吧你!"

"哼,那我就死给你看。"

"你死!现在就死!"李凤姑恼羞成怒,撒着泼地冲过去,抬手就打。

琴师在一旁实在看不过,忙拦住她:"凤姑,有话好说,别砸了自家的场子呀。"

李凤姑这才收了手:"哎,这倒霉孩子,不整个一犟驴嘛。您说……"

琴师叹口气,接过话茬儿:"嗨,要我说呀,一品红可是一顶一的人材,在这儿撂地是实在太屈。"

"哎,这不没辙找辙嘛。"

琴师想想:"您看,这么着好不好?您要出面不方便,我带一品红去转书茶馆,份儿三七,我拿三。要行,您保证多挣,我也算跟她得点儿济。"

李凤姑动了心,寻思半晌,点了点头:"嗯,这倒是条路……不过,您可得给我看住了,要放了飞,我可找你要人。"

琴师没敢马上应,扫了董彩屏一眼。

董彩屏乐得如此,淡淡一笑:"我没那么小人,要真想飞,现在往人群里一扎,你也不见得追得上。"琴师被她逗得笑出声。李凤姑虽尴尬,但有钱勾着,脸上也露了笑模样。

转眼又过年了,月娥和成龙照例初三回府拜年。可只见着杨志兴和严妈,没见着少爷。问起才知道齐月轩又当官了,带着各界代表上郊区劳军去了。

那天在市政府,虽然齐月轩偷偷溜了,可秦将军却没有因此生气,反而又专程到学士府拜访。盛情难却,齐月轩只好应了这个市政府参议的差。不过说好只出主意不出面,平日不去点卯,也不领一分薪水。不管怎么说,总是又做了官。报纸一登消息,来道贺的电话和人一时还真不少,也不能不多了许多应酬。

晚上十点都过了,齐月轩才回来。刚坐定,接过桂枝递上的毛巾要擦把脸,杨志兴就进了正屋:"少爷,回来了。"

"哟,杨叔,还没睡?"他见杨志兴把个点心匣子和俩纸包放在桌上,瞟了一眼:"这是……"

"嗨,今儿月娥两口子回门,没赶上给您拜年。这是月娥给您买的,说是仿膳的肉末烧饼、云豆卷和全素斋的素什锦。"

"这孩子还真有心,知道我喜欢这口儿。"齐月轩笑着,忙打开纸包,拿一块儿放嘴里慢慢嚼着、品着:"嗯,不愧是老店的,我可也有日子没吃了。唉,你坐,坐呀。"

等杨志兴坐下,齐月轩像想起了什么,刚想说又止住,沉吟片刻才道:

"杨叔,我看……让月娥他们回来住吧,也给咱们添点儿热闹。这偌大的院子也真是太冷清了,哎……"

一声叹,他没再说下去,脸上的笑也变得有些苦涩。这些日子,一直也没有周正英的消息,他的心里很矛盾。既盼着音讯,却也怕传来的不是平安信,可这么不上不下悬着心,又实在难熬。此时,若能天天有月娥和俩孩子给他就个伴,天天能见着,也是一种依靠和安慰,起码有欢笑,不孤单。将来能不能让她归宗?怎么把话挑明?以后慢慢再做打算。

杨志兴不知道少爷已清楚月娥的身世,也理解他的烦闷,不禁也点了点头,可马上头又摇了起来:"这……可不行。"

"怎么不行?"

"少爷,月娥是您看着长大的,可这房一砖一瓦也不是我杨家的。她回来住,可实在不合规矩。"

"嗨,哪那么多规矩呀?"齐月轩嗔笑着,又说,"你不是讲规矩嘛,好,今儿我就和你摆扯摆扯。规矩谁定的?主子定的。咱俩谁是主子?是我吧。我改规矩行不行?这房既不是你杨家的,我爱给谁住就给谁住。我乐意、我舒坦,你管着吗?"

杨志兴也笑了:"哼,您乐意给,不还得乐意接呀。月娥是个闺女,出了嫁就是人家的人了。让她回来住,成龙不成倒插门儿了?那小子又极好面儿,我看他不见得领情。"

齐月轩愣了愣,想了想,说:"那也好办,让成龙把房买下来,好歹收俩钱,不就结了。这人家住自己的房,不算栽面儿了吧。"

"那……可便宜这小子了。"

"嗨,我冲着月娥,行不?"

杨志兴又琢磨了片刻,才点了点头。

齐月轩有些开心,又笑笑,道:"不过,要他们搬来,称呼得改改。"

"怎么改?"

"心良,良心得叫我姥爷。"

"那不乱辈儿了?不行,不行。"

齐月轩哼了哼:"敢说不行?我这少爷可当半辈子了,现在大小也算有个衔儿,又没让你们改口,小辈儿叫声姥爷,不行?"

"叫老小的'老'行,女字旁那'姥'不行。"

齐月轩笑出声:"甭管是哪个字,还不一个音?叫老爷就行。"

杨志兴也笑笑,没再吱声,见齐月轩又拆开点心匣子,才忍不住问:"怎么,在外头光喝了,没吃什么?"

"不是没吃,是人一高兴就觉着饿。"齐月轩抓起个肉末烧饼,狠咬了一口,边嚼着,边道:"来,你也尝一个,还真地道。"

杨志兴哭笑不得,不过不愿扫他的兴,只感慨地舒了口长气。

这阵儿,月娥早哄着俩孩子睡下了,可刘成龙还跟张志诚、高望田在外间屋喝着酒。

刘成龙坐上了北隅堂的老头子的位子,正是春风得意,没想到张志诚今儿提出想走。他听说热河一带就有打日本的抗联,就又想去投奔。这让刘成龙心里很是别扭,非拉着这两个哥哥喝顿酒,说说话。

酒过三巡,成龙才一拍胸脯道:"志诚哥,我刘成龙没别的亲的己的,除了老婆孩子,就你们这两位哥哥了。我这刚闯出点儿名堂,望田哥是老想着分了粪道单干,您呐,又想拍拍屁股走人。您二位怎么就不给我留点儿面儿?知道的是你们生分,不知道的还不骂我忘恩负义,连俩哥都容不得?再说我现在还指着哥哥帮我呐,你们就舍得让我单打独斗?"

高望田没吱声,张志诚笑道:"成龙,别想歪了。我想走,跟咱们情分没关系。眼瞅着有日本人那膏药旗在那儿飘,我就啥心都没有。我和你是哥们儿,可还有许许多多像七子一样过过命的哥们儿,战死在疆场,连尸都收不回呀……哎,我这条命早不是我自己的了。"

刘成龙眨眨眼,苦笑一声:"得,我这鸡笼小,养不住鹰。不过,您要飞,先不得找准了落脚的地儿?热河现在可让日本人占着,您知道抗联在哪个山沟里猫着呢?您这愣闯,不让日本人逮着,也没准让抗联当了奸细呐。您还是塌下心,边帮我,边探听着。有准信儿了,您再扇翅膀,行吧?"

张志诚想想,"嗯"了一声,点点头。

刘成龙笑了,忙端起酒杯,却又停住,瞟一眼高望田,问:"望田哥,志诚哥可都点头了,你……"

高望田叹口气,接下话道:"成龙,我可更没别的意思。我没你那心气儿,更没志诚哥那胸怀,我现在是厾人厾活法,图个踏实。"

"噢,在我这儿就不踏实?你还是信不过这弟呀?"

"不,不不……嗨,明说了吧。"高望田缓了口气,才又道,"我就是吃着别人、占着别人的一点儿,心里都不自在、不舒服。爹在世的时候,为啥不让你改姓?也是想尽了该尽的心就得,不图什么报不报的。你这回报了你爹娘的仇,又出息了,别说我,你亲爹和咱爹也都合眼了。甭管你混江湖,还是做生意,输赢、好坏,我不嗔着。只要学你这俩爹的为人,走得直、行得正就行了,这就算圆满。"

刘成龙嗔笑着:"这你放心,今儿这话我应。我刘成龙决不能让人背后戳手指头,你也别跟我再说单干的话。你挑一好日子,我拿钱,把咱爹的坟好好修修。再给我亲爹娘也修座坟,立个碑,办得风光点儿。没尸骨,就葬了那把剑,也算我尽了孝。"

高望田刚要说什么,话还没出口,有人敲门。刘成龙应了一声,有人推门进来,是周四:"小师叔,公厕的事可能要黄。"周四没顾得满头的汗,进门就说。

原来,最近市政府市政处要把新建和改建的一百五十座公厕向粪行公开发包。为扩充势力,这是必争的地盘,所以才让周四去想法儿打探标底,了解行情。

听了他这话,刘成龙一愣:"怎么回事?还没发包,怎么就能黄了?"

周四道:"嗨,底下早许好主了,发包就是走走形式。底价我也摸了,惦记的人一多,也水涨船高。"

刘成龙寻思一下,猛抬头:"不行,这买卖还非争不可。"

"现在可已是卡脖子的价了,再要抬,要下来也没啥油水。"周四直嘬牙花子。

刘成龙摇摇头:"油水是以后的事,先争下来再说。现在我已经有百十条粪道,这单公厕要能拿下一半,我可就是粪行头份了。占住了头份,油水就不愁。"

高望田在一旁插话:"有道理,不过,到不了手也没辙呀。"

刘成龙哼了一声:"要手拿把攥,还叫争吗?我看得恶人恶治!"他说完,环视了一下,见几个人都没明白他的意思,这才淡淡一笑,款款道来。

第 六 十 章

第二天中午,刘成龙借吃饭的当口儿把粪场的帮工都拢到一起。有许多平时包粪道,不在粪场吃饭的也都来了,足有五六十人。

刘成龙一指院里盛满窝头的几个大笸箩和冒着热气、香味儿的几个大桶,道:"今儿窝头、杂碎汤管够,敞开了吃。大伙边吃边听,我还有好事告诉大家。"

大伙刚要一哄而上,活宝发了话:"老板,您还是先说有啥事吧,先知道了,往下咽食顺溜儿。"

见有不少人附和,刘成龙笑笑:"好,我先说,也没几句。现在市政处要把一批公厕招包,我原想着争下这单生意,再包给大家。可没等咱们下嘴,私下就便宜了别人。"

"这哪是好事呀?"有人说,引得人群一阵议论。

"听我说!"刘成龙喊了一声,等静下来才又说,"他市政处不给咱,咱就让别人也要不成。打明儿开始,大家都歇工,工钱照付,伙食照旧。"

活宝笑道:"哈,光吃不干?这倒是好事。可……那还不臭了街呀?"

"哼,我就是让他臭,"刘成龙提高了声,"让他满大街淌粪汤才好。我已经知会了粪业各家同行,有不少随着的。肯定有不随的,可我不干,就得让他们想干也干不成。咱们自己的粪场,给我看紧点儿,闲着没事的,都给我到公厕边上盯着去。谁要来,好说他听也就算,不听,哥儿几个就敞开了招呼!"

连长在人堆儿里插了一句:"那还不惹娄子呀?"

没等有人再说,刘成龙忙接过话茬:"有娄子我兜着。北隅堂的弟兄们也不是吃素的,就是要把事闹大,才好收拾。我有话在先,谁霸住的地儿,将来我就包给谁。舍不得孩子,就套不住狼,谁愿干谁得利,不愿的我不勉强。"他话音刚落,连长就举着手挤出人群:"我算一个,我干!"

而后,又有不少人跟着喊起来。

刘成龙这才挥挥手:"得,就他,开饭。"

院里顿时一阵笑声,喧闹声。

连玉香是连长的大闺女,今年按周岁十六多点。长的随她妈,别看穿的破,吃的不济,可这两年长开了,越发透着水灵、秀气。她妈跟人跑的时候带走个小儿,她下面还有一个十二,一个十岁俩妹和一个五岁的弟弟。

过去连长一出门,她妈就上街,时不时地带男人回来。一见有客,玉香就得带着弟妹出去,有时大冬天,冻俩仨钟点也不敢回。弟妹小不懂,她这年纪早已啥都知道了,觉得丑,见人都抬不起头。可这钱虽脏,却靠它撑着家里的生活。这回她妈一走,天一下子就塌了大半。连长一回家,就是抱着个酒瓶子,没菜,嘴里嘬着个铁钉子,也断不了喝。她妈在的时候,两口子没一天不开打的。他妈走之后,打找不着伴儿了,酒一多,孩子就成了他的撒气筒。骂完了,吼累了,乘着酒劲往炕上一偎,一会儿就鼾声如雷。家里明天还有没有粮?有没有煤?他没问过一句。玉香向他要买粮钱,还得看眼色,怯生生地和讨饭一样。

玉香被逼得没辙,就常把俩小的锁在屋里,带着大点儿的妹妹上饭馆拣人家的剩菜剩饭。赶得好,帮人家刷刷碗、扫扫地,哄得老板圆眼成了扁眼,也能赏半盆合落菜。要赶不好,连店还没进,就能让人撵出来。店里的人还好说,顶多骂两句,推一把。要赶上结帮的乞丐,抢了你的饭菜不说,还少不了挨打。这也难怪,讨饭的也有地盘,她们这种业余的随便来捡吃,不是断人家的活路吗?有时实在捡不够吃,她就偷偷跑粪场去。赶上老板娘月娥和高叔在,不用说话,就准能塞给她几个窝头。不过得躲着点儿爹,要让他看见,准得嫌她给他丢人,回家少不了一顿臭骂。玉香常晚上偷着落泪,哭着睡着了,又常梦见自己有个像样的家,有吃、有穿,有会笑的爹妈。可这爹妈却没长着自己爹妈的脸,倒像是高叔和月娥婶子。有时梦醒了,连她自己也噙着泪发笑。

她还记得,刚来北平时,爹差点儿把她嫁给高叔。那时她还小,哪懂成亲是咋回事呀?可现在她朦朦胧胧懂了,也有时梦见那张脸、那双眼、那逗人的笑。这可不是高叔,他在梦里不是爹,是哥,那人就是活宝哥。

玉香和他没说过几句话,可每次碰见他,只要偷着看他一眼,准能和他火辣辣、直勾勾的目光碰个正着。特别是有一次,月娥婶跟她半开玩笑地提过几句,虽然把她羞跑了,后来又听爹说他没答应,咋嫁也不能嫁穷鬼,可这事还真埋到了她心里。特别是她妈走以后,活宝哥常有时中午跑来。虽也没啥话,连屋都不进,摆下几斤棒子面儿就走,可她明白他好,也稀罕自己。以后能咋样?她不敢想,可这酸酸的、柔柔的、暖暖的感觉,还是让她觉得心里有点儿亮色,活得有点儿奔头。

这天,从来天不黑不回家的连长却头中午就回了家,还带着两个中年男女。那个男的玉香见过,就住在前街,是个天天泡茶馆、干牙行、跑合的。妈在时,他也常来,有时一个人,也有时送个男人进屋就走。那女的没见过,不过穿得挺阔、挺花哨,还抹得脸挺白、嘴唇挺红。

连长引着这两人进了屋,忙拉过板凳让坐,脸上堆满笑,透着格外的殷勤。

那女人理都没理,只皱皱眉、撇撇嘴,倒盯住了玉香,不住地上下打量。让玉香好不自在,红着脸、欠欠身忙低下头。

"李老板,不是她,是这俩。"那中年男人指着坐在炕上的俩小闺女说。

连长忙到炕前,招呼着:"快下地,叫婶儿呀。"

俩女孩站在了炕前,吭吭叽叽叫了声"婶儿",就往玉香身边躲。

"连长"有点急:"怎么这么没规矩?过来!"

"行了,"那女人却摆摆手,向那人瞟了一眼,"我看清楚了。怎么?外边找个地方谈谈?"

那男人应着:"好,胡同口有个小酒馆。"

那女人扭身就出了屋。那男人刚要跟出去,见连长还拉扯着俩女儿,忙说:"嗨,带孩子干吗?没上屉就想揭锅?快走吧,端着点儿才能抬点儿价,懂吗?"

连长这才应承着,和那男人出了屋。

虽然,爹和那两人都没明说,可玉香的心里已经全明白了。撒酒疯时,爹常把个卖字挂在嘴边,可没想到他真这么狠心。俩妹妹虽小,似乎也隐约感觉到恐惧,四只小手都紧紧地抓住玉香的衣襟。连五岁的弟弟在炕上也不再玩,瞪着眼呆呆地望着。

玉香愣了愣神,突然眼中一亮,对大妹说:"你赶紧到粪场去,找高叔和月娥婶子,只有他们能镇得住咱爹。快去吧!"

大妹有些怵:"姐,还是你去吧,我不会说。"

玉香急得拧了她一把:"知道疼不?知道疼就不会喊?就说求他们救你们俩。叔婶都是明白人,知道咋办。我还得先去酒馆去搅和,要是爹签了契、收了钱就完了。"

大妹这才点点头,跑了出去。

"三儿,你好好看着四儿,别出屋。"玉香又叮嘱了小妹,才匆匆出屋。

此时,连长早和那两个男女在小酒馆里落了座,桌上已摆上了几样凉菜。

那女人说:"老连呀,那俩小丫头模样还行,不过忒小了。"

连长道:"嗨,这位太太,谁领孩子不图个小啊?大了就不好养了。小您待她好,她对您不也像亲妈一样?"

那女人笑出声,向那男人问:"怎么……你没跟老连讲清楚?"

"没……没顾得说。"那男人答的支支吾吾。

那女人见连长拿眼偷瞟,笑笑:"老连,我这人办事历来嘎嘣脆,没什么藏着掖着的。明跟你说,前门外那赏花苑知道不?那是我开的。"

连长一愣:"噢,敢情是……窑子?!"

那女人倒笑了:"你瞪那么大牛眼干吗?没错,是那买卖。可孩子到我那儿,总比跟你挨饿强吧……"

"我不卖了。"连长说着想起身,却被那男人拦住。

那女人板起了脸:"不卖?哼,我还真不想要呐,就这豆芽菜似的,得白养她多少年呀?"

那男人忙打起圆场:"嗨,都别上火,生意嘛慢慢商量。老连,你听我一句,面儿是钱堆的,没钱图什么面儿啊?好歹先给孩子找个活路。凭你这身子板儿,还能挤出几滴油啊?你填得饱这几个小肚子吗?"

连长没吱声,只长出了口气。

那男人又说:"老连,我可不是哪壶不开拎哪壶,我是说这事。我就不明白,你能让老婆偷着挣那钱,怎么闺女就……"

连长发急地:"嗨,你不是说……"话说半截,他又咽了回去,底下却踢了那男人一下。

那男人这才恍悟,笑了起来:"好,啥也不说了,李老板,您大买卖不在乎多养几个,全当行好。您……出个价?"

这时,玉香进了酒馆,寻见了他们,走了过来。这三人正一门心思讨着价,根本没留意。

只见那女人想了想,伸出四个指头。

连长还没表态,那男人就劝:"老连不少了,一东北大娘们儿都值不了这么多。"

"我这可是俩的价啊。"那女人又找补了一句。

连长急了:"俩……才给四十? 不行,没六十不灵。"

"我再加五块,四十五俩。"

"我给您减五块,俩五十五。"

"得,得,我给两边端个平,您再加几块,你再让一马,俩五十,行不?"

玉香实在听不下去了,一把拉住连长:"爹,你咋这么狠心呢? 那是人,是您闺女,不是牲口。您这吆三喝五的,也张得开口?"

连长愣了愣,一甩胳膊:"你说得轻巧,不卖你养活?"

"我养咋的? 就讨饭也认了,明儿我就带着她们走。"

"你想得美,那么多年我白养活? 姥姥!"连长骂着抬手就一巴掌。

玉香让他打了一个趔趄,脸上打出几道红手印。可她没捂也没躲,直起了身,盯住连长,两眼满是泪,也满是愤:"爹,打,别歇,您接着打呀!"

连长倒呆住了。这么多年,这玉香可是从来都是低眉顺眼,头一回见她这样。刚想抬起的胳膊像灌了铅,心也虚得有些抖,他一屁股竟跌坐在椅子上,半天没话,倒扬起酒壶灌了好几口。

那女人一笑:"哎,怎么着呀? 成不成给个准话儿。"

没等连长吱声,玉香倒抢到头里:"俩妹妹不卖。您看,我行吗?"

连长发了急:"玉香,别……"

玉香哼了一声:"爹,您不就要钱吗?您甭吱声,价儿我谈,谈好你拿钱,我走人。"

那女人笑了起来:"我还一眼就瞅上这丫头了。好,你要肯跟我,我保半年就红。甭说了,我出六十。"

"八十,没价还!"

"好,冲你这爽劲儿,八十就八十。"

那男人一见,忙笑着起身:"痛快!我拿纸笔去。"说着就奔了柜台。

此时,连长的脸皱巴着,像笑又像哭,不知是啥表情。

正这时,二闺女领着杨月娥和活宝闯了进来。

玉香一见,泪一下子就淌了下来,扑向月娥哭出声。

连长忙站起,挤出点儿笑,却一句话也没挤出来。

月娥气得指着连长的鼻子说:"你这样的还像个爹吗?你也配有儿女?!"

"我……我这不,不也是没辙嘛……"

月娥抚着玉香,说:"别哭了,打明儿你到粪场帮我,也挣一份儿工钱。"说着又瞪了连长一眼,"我不是可怜你,我是心疼孩子。你要再打孩子的主意,别怪我对你不客气。今儿也就是我来了,甭说成龙,就是望田哥来,也得抽你!"

连长听了忙点头作揖,玉香也破涕为笑。

那女人一见势头不对,忙悄悄往外溜,正碰上那男人捧着纸砚回来。

"哎,您怎么走啊?他……不卖了?"

活宝一拍那男人的肩膀,把他拉到了一边,坏笑着低声说:"呵,就您这一身排骨,还卖呐?不过今儿算您赶着了,我这人喜欢吃下水……得,一副我给您十块钱。"说着向后喊了一声,"老板,拿把快刀来!"吓得那男人撒腿就跑。没结账呐,老板哪肯放,也跟着追了出去,逗得满屋子人一阵哄笑。

那边儿先悲后喜的一场文戏刚散,刘记粪场里一出热闹、火爆的武戏却刚开了锣。十几个警察端着枪,拿着棒,一下子冲了进来。领头的一声喊:"都别动!老实地跟我走!"

院里的帮工们正吃着饭,都吓傻了。有的挪腿想跑,没跑几步,让警察一警棒就给打倒了。几个警察抡起枪托、警棍还要打,让管片儿的宋巡警给拦了下来。

宋巡警问:"你们老板呢?"

"没在。"

"那你们谁是管事的呀?"

"没在。"

"不能一个头儿都没有吧?"

帮工们面面相觑,谁也不敢出头。正这时,高望田从外边回来了,一见这架势,忙跑了过来。

他认得宋巡警,忙赔着笑问:"哎哟,宋头儿,这是怎么啦?"

宋警官一撇嘴:"怎么啦不知道? 望田,你是老实人呀,也跟我装傻?"

"嗨,不就……歇几天工嘛。"望田嘟囔着。

"哼,你说得轻巧,你们这些天弄得满街都臭烘烘,全北平都嚷嚷动了。自己不干,还吓得别家也不敢干,你家成龙刚当上北隅堂堂主,这头一炮就够响的呀。"

"他……不懂事,您给担待点!"

"我可担待不了这么大娄子。小小不言的事,我还能抹抹,可这事儿是市政府、市警局下的令,只能委屈一下诸位了。"

"他们都是帮工,没他们什么事。我跟您去还不得?"

"你得去,他们也得都跟着。我可明告诉你们,老老实实没大罪受,要半道儿跑,可跑不过枪子儿。"

高望田见对方一点儿活泛都没有,也只好嘱咐了众帮工几句,排成一溜,让警察押着出了大门。

这时,后边响起孩子的哭叫声,甭问准是良心和心良。

他们刚被抓走没多会儿,杨月娥和活宝一行就回来了。虽然孩子学舌学不全,可人都抓走了,还不清楚咋回事? 本来满心的欢喜,一下就浇了个透心凉。好在不多时,成龙和张志诚、周四等人也闻讯赶了回来。

张志诚想想,说:"成龙,我看算了吧,别争了。"

刘成龙哼了一声："既上了独木桥,就没法回头啦,只能豁出去!"

张志诚叹口气："你豁得出去,大家都拖家带口,能豁得出去?再说现在正国难当头,城外有小日本,城里再闹大发了,那……"

"那才好!"刘成龙倒笑了,"这事还就得往大闹。你刚才不说国难当头吗?这倒给我提了醒。咱们干吗小里小气地奔这几个公厕呀?干吗跟做贼似的呀?咱们不会拉上要求抗日的旗号?干吗不理直气壮,公开罢工请愿呐?有这面旗谁不给咱作劲呢?现在是沾火就着的时候,我们豁得出去,政府倒不见敢豁。"

张志诚"嗯"着也点点头,稍思又说："要不,我先找秦市长通融通融再说?"

"别,"刘成龙忙接过话茬,"明儿,你去通融你的,我呐就拉人上街,堵他市政府大门。咱哥俩文武一起哄,双管齐下。再往各界撒点儿帖子,约点儿记者,这热闹就好看了。"

"嗯,你这小子脑子还真够使。"张志诚也不禁笑了。

杨月娥在一旁有些急："那……你今儿就不去捞望田哥他们了?"

刘成龙笑笑："今儿可捞不得,明儿我还得拿这事作由头呐。让他们委屈一两宿吧,出来就算抗日志士了。"

"什么……意思?"杨月娥愣在那儿没明白。

第六十一章

第二天上午，北平又添了一道风景。上百辆粪车，在街上排成了一个半里多的长队，还有几百号人背着粪桶，扛着家伙什儿相跟着。队伍前拉着横幅，车上贴着标语，写着"抗日救国，匹夫有责"，"释放抗日工人"，"粪业罢工，抗日请愿"一类的口号。从德胜门进城，一路走、一路喊，直奔了市政府。招得满街的人都出来看，有跟着走的，有随着喊的，有忍着笑的，不过大都捂着鼻子。也难怪，敢情他们是荷枪实弹，粪车里还盛着粪呐。有个老头呛得直咳嗽，半天才缓过劲儿，却笑道："哎哟，你说你们还奔市政府干吗呀？直接奔通州、上热河，准把小鬼子给熏跑喽！"引得大家是一阵哄笑。

队伍到了市政府门前。把门儿的军警们也没见过这阵势啊，忙不迭地一边拦着、挡着，一边把大铁门赶紧关上。好在这些人也不往里闯，只把一辆辆大粪车停在大门口，围了个里三层，外三层。再加上围观的、过路的、照相采访的，一时间，把挺宽的街也堵了个水泄不通。

一个军警的小头目挥着手中的枪，喊道："你们这是要造反呐？赶紧把这臭烘烘的车都给拉走！"

刘成龙走出人群，笑道："哈哈，您嫌臭啊？嗨，熏不死人。我们天天干这跟屁、闻味儿的活儿，不也都活着呐嘛。大伙说，是不是呀？"

人群中齐声应和，一阵响亮的喊声和笑声。

"你们……到底要干什么？"

"求见政府管事的。"

"那……你们人车都先散了。"

"不可能。"

小头目闻听沉下脸,一挥手,警卫们都上了顶膛火。

他拿枪比划着,吼道:"都他妈的给我散了!要不然,开枪了!"

人群一下子静了许多,有的人已经悄悄往后挪。

刘成龙挺上一步,问:"军爷,您手里那是真家伙吗?"

"废话!"

刘成龙笑出声:"敢情咱们的军队拿的也不是烧火棍呀,可日本兵在北平边儿上这么闹腾,你们干吗连响屁都放不出?你们的枪就是为对着老百姓的?兄弟,有种您就打!拉上机枪突突,那日本人得给你发勋章。"他话音未落,人群中就又迸发出雷鸣似的喊声笑声,几盏镁光灯也对着他不停地闪。

军警们的枪都垂了下来,那小头目更是无言答对,很是尴尬。

这时,有人顺铁门缝儿向外说:"问问他,叫什么名字?"

刘成龙听得一清二楚,没等问,就一拍胸脯,大声道:"告诉里头,行不更名,我叫刘成龙。"

里面顿了顿,才说了声:"让他一人进来。"

刘成龙听了,向大伙招招手:"兄弟们,大伙在外边帮我站着脚、助着威,我去听听说法,咱们不见不散!"

随着一阵应和,大铁门上的小门开了,刘成龙刚进去,门又被关上。

刚才在里边说话的,正是市政处的龚处长,发包公厕,报警抓人都是他干的。外边一闹,他就让秦市长在电话里臭骂了一通,他心里也明白,这场风波要再闹大,自己也是吃不了兜着走。到了办公室,虽然心里发虚,可表面还是端着架子,气势逼人。他上下打量着刘成龙,冷笑一声:"你……就是刘成龙?"

"没错。"

"正抓你呐,你倒自己送上门了。"

"您关我?不能够。"

"嘿,我凭什么不能?"

刘成龙没马上答,倒扫了一眼站在门口的两个警察。

龚处长挥挥手,让两人都退了出去,这才道:"说吧,我倒想听听你有什么高的。"

刘成龙淡淡一笑："龚处长，您以为让警方介入，就能解决问题？"

龚处长一拍桌子："哼，我还可以封你的粪场、收你的粪道，让你再成个穷光蛋！"

"好啊，那事就越闹越大，您调警察、军队去掏粪背道？"刘成龙反问。

"怎么你不干，就没人干？"

"有人想干，倒少有人敢干。"

龚处长一听，脸都气得变了色，从牙缝里挤出一句："那你今儿就更别想从这儿出去。"

刘成龙没动声色，又笑道："那您可想好以什么罪名？我自己的买卖，歇几天犯哪条王法？今儿游街上门，是你给逼的。您没瞅见外边的标语？我不跟您争公厕，我们是要抗日。现在老百姓都喷着政府不抗日，那可是沾火就着。今儿粪业歇了，明儿保不齐扫街的也跟着停了，汽车电车也不开了，再停了水、停了电，商店再关上门。学生能落了后？不蹽着蹦儿上街哄？您担待得起这热闹吗？"

龚处长被他说愣了，半天没说出话来，可刘成龙脸上的坏笑，却又激起了他的火，他猛地抓起了电话。

刘成龙更笑出了声，眼中闪出狡黠、蛮横和阴损："龚处长，您要叫警察局？那就连我老婆和俩孩子一块儿捎上。不过您那一大家子，最好也一块儿跟着去。我进去，就管不了手下的兄弟了，号里比您棠花胡同29号那小宅门安全得多。您上有父母，大房、二房生了四男四女。最大的二十三，最小的才三岁……我说的没错吧？要是儿子少俩耳朵，讨媳妇就难了。闺女要没了鼻子，怎么嫁呀？"

龚处长气急败坏，可噎住了嗓子，只憋出一个字："你……"

刘成龙拿下他手中的话筒，边撂回机子上，边又道："您心里肯定得骂：这他妈刁民，下三滥！可您别忘了，光脚的能怕穿鞋的吗？您是金子，跟我们这沙子掺和什么？您是玉，跟我们这烂石头较什么劲？我今儿是想了事，可您要真想玩，非往大了赌，我陪您！"

龚处长呆愣住，沉吟犹豫了半晌，才长舒口气，问："那……你想怎么办？"

"我听您的，"刘成龙掏出一张支票，拍到桌上，说："要么您把这收起来，公厕全包给我，以后每月还有您的份儿，同行抱怨我去平。要么，咱们就继续玩。何去何从？大主意您拿。"

　　龚处长看看桌上的支票，又向刘成龙扫了一眼，才"嗯"了一声，刚要说话，有人推门进来，他忙拉过叠文件，遮住支票。

　　来人竟是秦将军，身后还跟着张志诚。龚处长慌忙站起，迎上叫了声"市长"，可他理都没理，只用冷峻的目光盯住刘成龙。

　　"你……就是刘成龙？"

　　刘成龙应了声"是"，和他的目光碰撞了一下，忙闪避开。刚才他在龚处长这种迂腐的官僚面前毫无惧色，面对秦将军这样久经沙场的老军伍，心里还真有些没底。

　　秦将军厉声道："我可是军人，当市长那是客串，你怎么知道老子就不抗日？你就不怕我军法从事，赏你颗黑枣?!"

　　刘成龙微怔，但瞟见张志诚递来的眼色，马上又镇定下来，迎着秦将军的目光道："秦将军，您要毙我，还不如给我绑上炸药，让我把日本兵营一块儿端了。死也值！"

　　秦将军默默盯了他几秒钟，却忽然大笑了起来："好，有点意思，看来这沈三儿栽得不冤。怎么，你小子打算熏我多久？"

　　"马上就散。"刘成龙忙答。

　　秦将军笑笑，转向龚处长："你这现管……打算怎么了这事啊？"

　　龚处长已揣摸到长官的心思，忙说："抓的人马上放。公厕嘛，我看包给多家，倒不如就一家。您看他……"

　　秦将军点点头："好，就包给这小子吧。"他见刘成龙面呈喜色，又板起脸："我告诉你，一天之内把所有的厕所都给我清干净。要不然，我可前账后账一块儿跟你算。"

　　刘成龙忙笑着连连点头。

　　秦将军脸上又浮起了笑："好了，以后别再给我添乱，回去给你师傅带个好。今儿你们可亮出了抗日的牌号，我也顺水给了你们个人情，不过以后要真用着你们，可别给我临阵尿裤子。"

　　"那哪能，您尽管吩咐。"张志诚和刘成龙忙连连应承。

秦将军哼了一声,说:"不跟你们扯淡了,老子还得去开会。"他边向门外喊了声:"副官,备车!"边径自出了门。

等他走远,屋里才响起了一阵笑声。

秦将军说开会可不是搪塞,紧急防务军事会议就定于今日十点在京津卫戍司令部召开。所属各师旅以上的长官陆续都到了,早把个会议室塞了个满满当当,大家说着、笑着、议论着,比茶馆都热闹。可等副官一声喊,秦将军和廖秘书长进了门,众人都齐刷刷站起来,屋里立刻鸦雀无声。

秦将军示意让大家坐下,环视了一下说:"诸位,最近日本人又不消停,违约越境,到处滋扰,激起华北百姓愤慨,各界纷纷抗议请战。今天,掏粪的大粪车愣堵了我的衙门口,熏得我现在脑仁都疼……"

下面一片哄笑。

"笑什么?还笑得出?!"秦将军板起了脸,吼了一声,见会场又静了下来,又道,"咱们是军人,军人是干什么吃的?不是受夹板气的小媳妇,更不是撒气筒。今儿把各位都召集来,就是想听听大家的看法,问问大家怎么办?"

会场一阵骚动。

廖秘书长也一愣,忙低声向秦将军问:"老弟,你今儿是到底要干吗?怎么连我都不透个底?"

秦将军笑笑:"我要知道,还让大家说什么?"说着,他用手指敲敲桌子,"别在底下瞎吵吵,站起来说。"

一八七师的一个旅长站了起来:"军长,这回我们旅四、五两个团的防区最撮火,小鬼子两个大队外加两个中队炮兵,一个汽车运输队,深入我防区二十多公里。东西从核桃峪到陈家庄,南北从红山口到河岔子都圈作了演习区,成天在老乡庄稼地里冲来杀去,鸣枪打炮。您上次去视察,撤了几天,前儿下午又过来了。我五团团长带几个弟兄去交涉,竟挨了几发炮弹。当场阵亡一名,伤三名,后来日方通报说是误伤……"

"那你们误伤他们没有?"秦将军打断。

"没有,没命令我们一枪未还。可……"

秦将军恨恨地哼了一声,又打断:"哼,一个走火的都没有?让我表你的功?"

那旅长给他说得一时反应不过来,竟站那儿犯了愣。

秦将军苦笑一声:"行了,你们想怎么办?"

"我们……"那旅长欲言又止,犹豫着猛然一个立正:"听长官命令。"

"妈的,今儿我是想听你们说!"秦将军有些火。

"军长,我说几句。"对面站起了三十八师赵师长,他扯着沙哑的嗓子道:"我看,不能再忍了。我们固安方面也屡受日军袭扰,老百姓都叫苦连天,戳我们的后脊梁。弟兄们都嗷嗷叫,再不打,就憋死、屈死了。"

他的话音未落,三十八师的参谋长也站了起来:"军长,日军借演习占据军事要地、有利地形。要真大打起来,我们师腹背受敌,非吃大亏呀。刀都架脖子上了,不能忍了,忍不了啦!"

会场顿时群情激愤,喊声鼎沸。

"对,不能再忍了!"

"军长,打吧!"

"打吧!"

听着这喊声,秦将军脸色变得好看了许多。他刚要发话,见左侧坐的副军长秦德纯想往起站,忙伸手示意,让他先讲。

秦德纯推辞了一下,还是站了起来,说:"诸位,说个打容易,可你们哪个敢说能打胜?不是和日本人打过吗,凭什么打?人家什么火力?相当我们五倍以上,又有飞机、坦克。长城一仗,日军死伤五千余,我方伤亡两万多,大伤元气呀。再打,就算把老本儿都打光,也难守得住京津、华北。中央要是不调兵来,凭我们独立支撑,不忍?还有别的法?"

赵师长又站了起来,说:"天下没有必胜的仗,不抱成仁之心,谈什么成功?气丢了,还谈什么胜?中国军人何止百万,中国疆土何止京津?要都能豁得出去,就有得打。日本人也是娘胎里生的血肉之躯,大刀砍上一样掉脑袋。就算我死五个,他死一个,日本人就耗得起?军长,只要你发令,三十八师打剩一个团,我当团长,打剩一个班,我当班长,连我都剩不下,全师一起乱坟岗子聚齐,我认!"赵师长扯着沙哑的嗓子,但句句掷地有声。他的话又激起了众人的愤慨,一时又是一片震耳的吼声。

副军长秦德纯见这阵势,没再吭气,只苦笑着叹了口气。

秦将军不露声色,瞟了身旁如坐针毡的廖秘书长一眼,一边向大家挥挥手一边说:"静静,听廖秘书长说说。"

廖秘书长迟疑着站起来,道:"诸位,我何尝不想一战呀?昨天我刚与何部长通过电话,南京的意思还是暂且忍耐。不过,现在委座已经飞抵西安督战。东北军、西北军几十万人对付两万赤匪残部,定可一战胜之。那时,再挥军东进……"

秦将军冷笑一声打断:"老兄,别再吹一战而胜了,听了小十年了,耳朵都起茧子了。您就没问个准谱儿?还忍几年?华北和京津要丢,还忍不忍?你能通天,比我问方便,两句话:第一,我们是后娘养的吗?让我守着华北,就得给枪给炮。第二,要个准信儿,忍到哪一天?到时候多一天我也不忍!"他的话刚出口,会场里又是一阵喧腾。

"诸位,诸位,"廖秘书长喊了两声,见镇不住场,转向秦将军,声音都带了点哭腔,"老弟,你就不要为难鄙人了。"

秦将军这才站起来挥挥手,待会场静了下来,他才道:"今天,大家都说了,该听我说了。秦副军长,日本方面不是邀请我方派团访日参观吗?你替我去吧,后天启程去天津登船。"

秦德纯应了一声,还想说什么,被秦将军亮起嗓子打断:

"诸位,下面我宣布命令。此命令我没请示、没商量,有娄子我一个人顶。鉴于日军在固安、红山口一带违约越境,屡屡侵扰,不拿出点儿中国军人的样儿来,他们会更加得寸进尺。我命令:明日凌晨四时,一三二师于广渠门外集结,全师挺进固安县城一带,三十八师调动三个团向东北迂回,和一三二师形成南北夹击之势。一八七师北线两个旅立即向红山口两侧包抄,军部直属炮团暂归你们指挥。"

"是!"几位师长应得响亮。

廖秘书长慌了神:"秦将军,你……你真要战?!"

秦将军大笑起来:"哈哈……只许他日本人搞军事演习,就不许中国军队在自己地盘上搞演习?"

廖秘书长这才松了口气,擦了擦额头的汗。

"都给我听着,"秦将军又提高了嗓门,"演习是演习,不过是对抗性演习,真枪实弹给我招呼。明天我会照会日方,他要不撤,你们就占据有利地形,挺枪扬炮,给我对峙。要他们敢向我方开火,那别客气,先把过境的都给我包了圆儿!听明白没有?!"

全场齐声应:"明——白!"

第六十二章

　　太原是山西的首府,是个千年古城,也曾是北方最发达的商城之一。过去有句老话:"山东人穷,闯关东,山西人糗,走西口。山东人发家不回家,山西人肥水往回流。"这一点不错,山东人百年来闯关东的不下百万,以至近一半的东北人一刨根儿都是山东的。发家的有不少,可没多少又回故乡的。山西人不同,恋家守业,不管是在哪儿发了财,也不忘回乡买房置地。就是滚成了大买卖、大票号,到处都有分号,总店也还是不离故土。清末时晋商最多,太原的繁华不亚京城。民国后,财风渐往南转,商业已不比从前。但这儿是山西军阀阎锡山盘踞了二十多年的老窝,内接南北中三晋,外通绥、察、冀、豫、陕五省,无论政治、经济,都不失为重镇。

　　周正英此时也在太原,在西门内大街的晋军兵营里。

　　这事还得回叙几句。那天她接到郝炳臣的电话匆匆离家,一时没有个躲藏之地,猛然想起在小汤山营救抗日同盟军之时,曾与个叫左井溪的同志接过头儿。他是个团副,后来身份没暴露,被晋军商震部改编,在京郊整训一个月,调往了山西太原。临行时,他因与原组织断了联系,还找到周正英,请她通过北平党组织,帮他接上关系。虽不知他的具体驻防地点,但知道部队番号,于是周正英想到他那儿暂避。连夜上了京绥线的火车,先到大同,再辗转到了太原。没费多大劲,就找到了左井溪的部队。他现在官降一级,在军直教导队里当了个营职训导员。

　　左井溪是个三十多岁,个子不高但很强健的汉子,眉眼端正,只是脸上满是些麻子。听她讲了来龙去脉,左井溪答应找个地方让她暂避。不过也直言不讳说,还得通过组织审查,让她勿急莫躁,耐心等待。周正英知道这是组织纪律,当然不介意。好歹有了个同志在身边,也有了个栖身之所。

左井溪这才想起问:"唉,周小姐,要是有人问你和我什么关系,你打算怎么说?"

周正英一时愣了:"表妹行不行?"

"恐怕不行。嗨,我的情况你不知道,有血缘的亲戚一概不行。"

"那……"

"要不这样吧,"左井溪迟疑了一下,才说,"还是说未婚妻靠点谱。"

周正英有些尴尬:"这……为什么不能叫你表哥?堂哥?"

左井溪犹豫了片刻,才说了句:"我不是中国人,是日本人。"

周正英惊呆了,这个说话带冀西南味儿的汉子,怎能是日本人?

小井溪川淡淡一笑,又道:"我真是日本人。我叫小井溪川,我父亲小井雄野曾是保定陆军学校的教官,我八岁随母亲来到中国。军校毕业后,就成了陈玉龙将军的部下,改名左井溪。我大革命时先是参加了国民党,后来到苏联伏龙芝军事学院学习两年,在那儿参加了中国共产党。我父母已经回国多年了。我是日本人,虽然下面人不清楚,可上边的头头儿还是知道。商震也是我父亲的学生,只不过碍于中日现在的关系,不挑破而已。你要说是我表妹、堂妹,那你不也成日本人了?"

周正英这才明白怎么回事,不禁为他的身世经历称奇。

左井溪笑笑,又说:"我会安排你单住。"

话说到这份儿上了,周正英也不能再固执,只好按他编的故事走——化名周琴,祖籍浙江,家在张家口,父亲是商人。订婚已好几年,可因她一直上大学没完婚,等她毕业,家里要悔婚,她才离家私奔找到这儿。

周正英就这样在太原住了下来,虽然也不得不随左井溪出席了几次酒席应酬,但平日连屋门都很少出,除了洗洗涮涮,就是看看书。随军的太太们常叫她打麻将,不是三缺一急得跳脚,她从不去。同事们都说左教官有福气,找个夫人漂亮、文气又安分。都问啥时办事?左井溪自然早想好了若干理由,大到国事时势,小至家事亲情,一、二、三道理一摆,还真让人没的说。

周正英整日盼星星盼月亮,盼组织上的消息,也盼能早日回家。可一个多月过去了,还是没有任何音讯,倒是肚子渐大,腰围渐宽。再有一两月,再巧的嘴恐怕也难遮得过了。

这天晚上,左井溪回的很晚。

"饭都凉了,我给你去热热,今儿怎么晚?"周正英刚想端盘子,就被他拦住。

左井溪压低嗓门,但抑不住满脸的兴奋:"正英,今儿可有好事。"

周正英的心也怦然一动:"是北平有消息了?"

左井溪笑着点点头,慢条斯理地:"这,只是其一,今天有三件好事。"

"哎呀,你别卖关子了,快说吧。"

左井溪仍不急,笑笑:"我不饿,可渴死了。倒茶!"

他连喝了两杯,才道:"今天组织上让我通知你,你的情况,组织上已经查实。从今天起,正式确认你中共党员的身份。"

"那我能回北平了?"周正英有些迫不及待。

"不行。"左井溪顿了顿,又说,"由于内部出了叛徒,对北平党组织的破坏非常大。北平方面认为你暂不能回去工作。"

周正英有些失望,但还是忙问:"那……叛徒是谁?"

"是北平市委的宣委,姓楚,听说还是个留过苏的教授。"

"啊?没……弄错吧?!"周正英不敢相信自己的耳朵,她怎么也没想到叛徒竟是自己曾崇拜的楚先生。

左井溪见她这样,淡淡一笑:"错不了。不过他也落不着好果子,北平党组织已准备除掉他。"

周正英没吭声,只长长地出了口气。

左井溪又说:"北平党委同意你暂留在山西,参加省军运委的工作。这是第二件好事吧?"

"那第三件呢?"

"自从中央红军到陕北以后,党中央和省委就一直在做阎锡山的抗日统战工作。这回他同意在晋南建立一支新军,叫'山西抗日救国决死队'。指派商震将军去坐镇,我被派去做军训处长,这和省军运委的计划对上点了。组织上打算安排你一起去,我可以给你在新军中谋个文职差使做公开身份。"

549

周正英听了有些兴奋,对新工作、新挑战的期待,把心里隐隐的失落一扫而光。"太好了!"她叫出了声。可猛一站起,腹中的不适让她竟"哎哟"一声,捂住了肚子。

"怎么啦?"左井溪忙扶她。

"没事,起得猛了,我……给你热菜去。"周正英忙遮掩过去,可以后怎么办她自己也想不出,只得走一步看一步,瞒一时是一时吧。

下午,齐月轩有课,讲的是屈原的《离骚》,课讲到最后,他一段结束语十分精彩:"同学们,这首诗篇之所以伟大,之所以越两千年而传颂至今,之所以今日吟起仍热血澎湃,全在这字里行间满含的忧国、爱民之情。中国几千年的文化和历史正因有这种浩然之气,而得以发展、传承。屈子当年并没有想过让人们记住他,他只是背负着苍凉、沉重悄悄而去,把自己消逝在滚滚江水之中。但他用他最后挺起的身躯,给他的诗、给历史写下的惊叹号,却震撼了一代又一代的人。今日之中国,正如当年之楚,我齐月轩不敢比屈子之高洁,但也知被践踏之耻辱。同学们,你们尽可以忘记我齐月轩讲的课、说的话,甚至可以忘记《离骚》中的诗句。但只要你们记住一个字——'耻',今天的课就算没有白讲。"

齐月轩刚走出教室,却被查理拉住了。

"查理先生,您有事?"

查理显得有些局促,停了停才道:"齐先生,我决定收回《无助的羔羊》那篇文章……"

齐月轩有些奇怪,为这篇文章他和查理曾几次吵得面红耳赤,虽然查理讲不过他,可不同的文化背景、不同的视角,使他口心不服。

见他疑惑,查理又说:"刚才,我一直站在门外听你的课,讲得太好了。你的课使我了解了另一个中国,另一种文化……"

齐月轩笑着打断:"中国还是这个中国,文化也还是这个文化。只不过是另一面。"

"对,对,"查理点着头,又道,"是你把我点透了,也许中国文化中的宽容、善良和仁爱,就和虔诚的教徒一样显得软弱。但是一旦主召唤他们,羔羊也会勇猛得可怕,这是善的力量。对不对?"

"有道理。查理先生,不是我点透你,倒是你启发我呀。"

"不、不,我越来越感觉中国的文化太深,未知太多、太多,也许未知才会使人恐惧。"

齐月轩笑出声,看着查理认真严肃的样子,竟有些由衷地喜欢上了这个蓝眼鹰鼻的洋人。

正这时,不远处一声喊:"月轩,还去不去?"扭头看,是郝炳臣。

齐月轩这才想起,因为北平的驻军搞对抗演习,真枪实弹,还真让过境的日军吓得全都撤回去了。撤退时还踩了几颗地雷,死伤了十几个,吃了个哑巴亏。为声援中国军队,各界又准备去劳军,他们映月社也要去慰问演出。今儿约好去月蓉居排练,尽顾说话,差点儿给忘了。

"去,当然去,马上走。"齐月轩忙应着往外走。

查理追上几步问:"你们干什么去?"

"排练京戏,准备劳军演出。"

"那……我也去,坐我的车一块去。好吗?"

"好啊。您要有空,叫上教会的唱诗班一起去前线更好。"

"没有问题。"

月蓉居的二楼大厅成了临时的排练场,厅里一堂乐队正在跟着小月蓉的鼓点儿奏着、敲着,甭问,练的准是小月蓉的拿手好戏——《抗金兵》。文武场都有不少是纯粹的票友,认真却总不合拍、不对点儿,让小月蓉着实急出了一身汗。

"这哪行啊?再来一遍!"小月蓉哭笑不得,苦笑一声,"各位,带耳朵的得注意听,带脑袋的得多琢磨。一遍不如一遍,累不累呀?咱们先沉沉,都好好想想,待会儿一遍过。"

在一旁练了很久的齐月轩趁空凑了过来:"哎,月蓉你给看看,我身上有没有点长进?"说着,背枪起霸,捋须整冠,真格真令地演了一番。

小月蓉勉强笑笑:"得,凑合吧。到台上您能这样顺下来,就不赖。"

齐月轩有些失落,边比划着边走到一边,嘴里还直叨唠。

查理看了不解:"齐先生,我看挺好嘛,怎么还不行?"

齐月轩被他逗乐了:"嗨,要是观众都像你们洋人一样好糊弄,就好喽。"

查理弄不明白,没再吱声,只耸了耸肩膀。

郝炳臣在一旁问:"月轩,正节怎么还不来?"

齐月轩边琢磨着身段边说:"我哪知道啊?他说一准儿来。"

说曹操,曹操到。他话音未落,周正节气喘吁吁地跑上楼来。他没等齐月轩发问,先把他和郝炳臣拉到一边,神情有些慌张,也有些诡秘。

"哎,知道吗?出大事了!"

"天塌了,还是地陷了?"齐月轩笑笑,不以为然。

"差不多,"周正节压低了声音:"我刚得到消息,张学良和杨虎城在西安把老蒋给抓了。刚通电全国,说是兵谏,要逼蒋抗日。"

齐月轩愣了愣,先笑出声:"好事呀,没准儿倒真逼出个全国抗日来。"

郝炳臣却叹口气:"可……也没准儿逼出个全面内战来呀。"

"这……倒也是。"齐月轩寻思着点点头,还想说什么,一个伙计匆匆跑上来。他凑到小月蓉耳边嘀咕几句,小月蓉涨红着脸,快步走下楼去。还没等大家回过味来,楼下传来小月蓉夫人京腔夹着江浙音的叫骂声。

"不要做了好不啦?侬系开菜馆还是演戏?钞票不挣,就你是爱国的?你说什么?老娘和你拼了!不做了!散伙!"

随着喊声渐烈,小月蓉抱着头跑上楼来,脸上已多了几道抓痕。

齐月轩火了,一拍大腿:"什么事呀?你怎么连个女人都管不了?都是你惯的,这种河东狮就欠教训。"

说着,他不顾大家阻拦,气势汹汹地下了楼。可屁大的工夫,齐月轩也狼狈地跑上楼来,几个盘子尾随着他飞了过来。幸好闪得快,没让开了瓢。

小月蓉好不落忍,好不尴尬,忙问:"哎哟,砸着没有?"

齐月轩摸摸头,自己也觉得好笑,叹口气,自语道:"哎,都啥时候了,还……还窝里反?"逗得大家都陪着一阵苦笑。

两天后,齐月轩以市政府参议名义率各界劳军慰问团赴了前线。除了各界代表、还有学生的演出队、教会的唱诗班和映月社。三天转了七个点,从北京正北的昌平、延庆一线,转到京正东的顺义、京东北的怀柔。每到一地,除了送上暖人的笑、鼓劲的话、热闹的戏,还有大坛的酒、成筐的果、整扇的肉。

最后一站是一八七师五团的驻地"核桃峪"。怀柔的最北端,离长城仅几公里,是此行距军事停战分界线最近的一站。他们下午到达,傍晚就在村里场院召开慰问大会。前面代表发言、长官训话一完,就点起一圈汽灯,开始聚餐、演出。第三个节目大合唱还没完,忽然正北方向传来一阵枪声,零星还杂着几声爆炸。演出骤然停了,台下也是一片躁动。

齐月轩这时正在后台,已抹完脸、描好眉、扎了头、穿上靠,只差戴头盔、插靠旗、蹬厚底儿了。听见枪声和杂乱的人声,也一惊,忙边喊着:"别乱,都别乱!"边分开拥下的人流,挤到了前台。

只见五团肖团长已经跳到了台上,挥着胳膊喊着:"各单位注意,马上实行灯火管制。各部长官带本部顺序退场,迅速各就各位,集结待命。警卫连留下,负责疏散保护慰问团。执行命令!"

到底是训练有素的军队,随着一声响亮的"是",所有的汽灯都被布罩遮住。黑暗中只有长官的口令和跑步的嚓嚓声。

齐月轩凑到肖团长面前问:"肖团长,什么情况?"

黑暗中肖团长没好气地甩了句:"打仗不是唱戏,赶紧跟着疏散。"

齐月轩让他撅得火起,可没等他发作,跟来的郝炳臣忙道:"肖团长,这是齐参议。"

肖团长闻声立刻变了声调,连声道歉。齐月轩倒也想起自己这身行头扮相,别说黑灯瞎火,就是大灯晃着,不是熟人恐也难认得出,不禁也笑了。

"齐参议,估计又是鬼子越界骚扰,具体情况不明。您还是随大队撤到村南吧,我得马上回山上的前沿指挥所。少陪。"

说着,他转身就走,却又被齐月轩拉住。"我也跟你去吧。"他见肖团长迟疑,又加重了些语气,"您别小看我这个文人,你们这次演习可都是我给秦司令支的招儿。秦司令是肩挑华北军政,我这参议自然也是文武都参呐。"

肖团长不好再拒绝,只好让他和郝炳臣二人相跟。只是齐月轩身上

553

这身靠太碍事,走得磕磕绊绊,若没有郝炳臣和几个参谋、护兵搀护,跟头肯定少摔不了。

到了指挥所,已经先到的参谋长立即报告:"团长,是日本人又越界抢粮,抢了长城南的十户屯。据跑过来的老乡说,他们死伤了十几个。不过鬼子也让老百姓用大抬杆撂倒几个。"

"鬼子有多少人?"

"大约一个中队,百多号人。"

"马上……请示旅部。"

"是!"参谋长抄起电话。

齐月轩有些按捺不住,不顾郝炳臣阻拦,问道:"肖团长,这还请示什么?"

"哎,我一个小团长可担不了这么大沉重。"

"哼,照你们这么一级一级报上去,再传下来,鬼子早溜了。秦司令在搞演习之前明说过,鬼子要打就奉陪。这不是命令?"

肖团长又一声叹:"哎,齐参议,那是演习的命令,现在演习已经结束。再说,日本人也没向我方部队开火。"

"屁话!"齐月轩恨恨地盯住他:"不守土,不保民,要你们军人干吗?你们的枪炮就是为保你自己?"

肖团长苦笑一声:"您呀也是站着说话不嫌腰疼,军人就得服从命令。现在西安那边闹事,捉了老蒋,秦司令发的通电,既不随何应钦讨逆,也没随张杨反蒋。国内正乱,他对日如何,您能吃得准?"

"我当然吃得准。"齐月轩真火了,描得浓黑的剑眉直竖了起来:"这你都不懂?咱们面前就是占了咱东三省和热河的日本人。他挑衅,你不反击,他更会见屎人压不住火,进而把爪子伸向京津、华北。外有亡国之忧,谁再窝里斗,就将是民族的罪人。你怕什么?这当口和日本人来点热闹,倒有利于凝聚民心,平息内战。秦司令表面是对西安问题态度不明朗,为什么?他眼睛全盯着日本人呐。我是秦司令的参议,他抗日的心,我比你清楚。"

肖团长噎住,沉吟着点了点头。未待答话,参谋长匆匆走过。肖团长忙问:"旅长怎么说?"

"就四个字,相机行事。"

"这……这他娘也叫话?"

"那……我再直接请示师里?"

肖团长话还未出口,拿望远镜一直观察的一个参谋喊道:"团长,鬼子已经出村了,要往回撤。"

肖团长闻声忙到近前观看,齐月轩也拿起个望远镜凑过去。果不其然,借着月色,可见一队黑影正缓缓北移。

"别再犹豫了,赶紧打!"齐月轩见他还不吭声,语调变得斩钉截铁:"肖团长,没上峰命令,你不敢打,上峰让你做主,你又拿不起纲。好,我问你,我这个参议,和你这个团长谁大谁小?"

"您大,不过……"

"没什么不过。"齐月轩没容他再说,"非常时期,非常情况,我大就听我的。打!打完你就学日本人那厮奸奸,报误伤。就说天黑看不清,当土匪打了,大不了发个照会,说两句遗憾。说出大天去,现场在我界内,日本人又能怎样?有娄子我兜着,有好儿算你的。"

郝炳臣也插言:"您就听齐参议的吧。"

"是啊,团长。"连参谋长也敲起了边鼓。

齐月轩见肖团长还不吭气,竟指着他鼻子吼起来,完全没了文人的斯文和矜持:"告诉你,今天北平各界代表都在这儿看着,老百姓能跟鬼子拼命,你们这些吃饷扛枪的在干吗?你可以不打,可明天你一定名扬天下,臭到了家,落个千夫所指,万人唾骂!你的上峰能保你?呸!都得拿你当替罪羊。就侥幸保住脑袋,唾沫星子也得淹死你!你,好好掂量掂量吧。"

肖团长直把脸憋得通红,才忽然咬咬牙:"好……打。"说着提高声,"命令两个炮连:全体炮位马上十发快速射。命令一营正面发起突击,二营从西迂回侧后,三四营坚守阵地,严防敌增援。注意:不要短兵相接,和敌保持五十米以上距离。我们只打兔子,不包饺子。"

"是!"屋里齐刷刷一声应,几部电话同时摇了起来。

肖团长这才瞟一眼齐月轩,边擦擦额头的汗,边苦笑道:"哎,您这张嘴可真厉害,能杀人。"

齐月轩也笑了:"嘴能杀人,也能成人呀。您这仗打好了,我保证跟捧梅兰芳似的捧您,敬关公似的供您。"屋里一阵笑声。

齐月轩忽又想起什么,往外就走。

"你干什么去?"郝炳臣忙问。

"我去把咱的锣鼓都调上来……"齐月轩没停步,笑着答着,却不经意腿上一绊,结结实实摔了个大马趴。可没等跑过的郝炳臣扶,自己爬了起来,又接着说,"哈哈,来……来个擂鼓战金山!"

第六十三章

　　西安事变像个突如其来的大地震,全中国都被波及。由于南京政府切断了西安与外界的电讯联络,起初的一个多星期里,几乎完全没有来自西安的声音。北平的报刊广播全是一边倒,连篇累牍地全是"何应钦在南京誓师讨逆","政府军大军压境准备攻打潼关"的相关报道,各种谣言、猜测更加剧了人们对于时局的担忧。异乎寻常的是,日本军队在怀柔被中国军队"误伤"五十余人后,却连抗议都没发,倒突然停止了一切军事活动,所有的军事分界线安静极了。日本军方和领事馆还向华北政府、军方照会,表示支持中国政府平叛,日方决不乘人之危。其实日本人用心非常浅显,在这个时候他们最想看到的,最可能的预测就是中国爆发大规模内战。最希望的结果是南京政府里,以何应钦为代表的亲日派能取代蒋介石。这样,本来要用大规模战争才能取得的利益,就可能通过谈判而得到。可是,这回他们失算了。

　　自打套买军需药品失手后,松崎原山的店铺变得冷清了许多,他们的住处,原先学士府的车马院更是没了一点儿张扬。先是门口的膏药旗不挂了,后来索性连日侨寓所的牌子也摘了去。进出门都是小心翼翼,低头缩脑。晚上更是鸦雀无声,隔墙也再听不见院里过去酒后的喧闹和东洋的歌。这可不是他们学乖了,狗是叫不咬,咬不叫。

　　这天下午,报务员刚收了一份密报,马上交给身旁的松崎原山。他看了愣了愣,马上爬出壁橱后的密室,把川岛叫进屋来。

　　上次川岛被抓,由日本领事和侨会会长出面,关了七天才被放出来。本来他以为自己办事不力,肯定要受到责罚。没想到松崎原山竟十分大度,不仅没有训斥打骂,而且揽下了所有的责任。他没受处分,松崎却被抹掉了一颗星。为此他更加敬重这位长官,急于立功报效。可这以后的几个月,他们收敛了许多,特别是西安事变以后,更是减少了活动,让川岛憋得难耐。

"先生,有事?"山口问。

但松崎原山没答,川岛看他神情凝重,也没敢再问。

松崎停了好一阵,才道:"川岛君,我刚得到情报,西安事变已经和平解决了。"

"和平解决?!"川岛一愣,这完全出乎他的预料。

松崎苦笑一声,又说:"这我也没想到,都到悬崖边上的车竟又能刹住了。哎,蒋介石同意了张、杨和中共代表提出的八点主张,同意停止内战,一致对外,建立抗日统一战线。这意味着什么?哼,中日的全面战争已经不远了。"

川岛点点头,心里也有些沉重,不过他马上挺直身板,道:"等候您的命令,愿为天皇效忠!"

松崎笑笑:"好,其实大战早一点来,并不是坏事,反正是迟早的事,不如早打。我们现在就要以临战的姿态,把一切埋好的内线全用上,全面掌握中国军方的部署和动向,为军部决策提供可靠情报。"

川岛应了一声,却仍有些迟疑:"那……二十九军军部的'蜘蛛'……"

"我说了,毫无保留。"松崎打断,语气十分坚决,"大战在即,不需再保留,只有破釜沉舟去赢得胜利。我已经预感到了,战争一旦打响,就不止是京津、华北,而是全中国。"

山口看着松崎一扫沮丧,两眼又闪出兴奋的光,不禁又问:"先生,您估计那是什么时候?"

松崎狡黠地一笑:"不是明天,可也不会太久,总之这场战争一定是在我们想打,对我们有利的时候。"

一个星期以后的一个傍晚,刘成龙被一枝花派人找了去,说今儿有客临门,一进门,他见除了师傅之外,张志诚也在。

他忙问:"师傅,今儿是谁要来呀?"

一枝花只淡淡一笑:"上炕等着吧,来了就知道了,贵客。"

刘成龙刚脱了鞋,刚要往炕里蹭,扫了一眼炕桌,就笑了:"嗨,您招待贵客就弄这么俩菜?还是我去端几个吧。"说着,他就又要下炕。

"待着你的吧,"一枝花白了他一眼:"现在你小子钱多了烧的慌了?人家今儿来不是奔这口酒,准有大事。"

刘成龙只好又回了炕里,向张志诚递了个眼色,可他也只笑笑,没吱声。

没过多一会儿,伙计推门进来,说:"当家的,客到了。"

"快请!"一枝花忙迎到了门口。

一个着长衫的中年汉子走了进来,帽檐压得挺低,看不清脸,身后还跟着个短打扮的小伙子。

"你就在外边盯着吧。"中年人吩咐了一句,那小伙子连忙和伙计一起退了出去。

待门关上,那中年人才摘下礼帽,笑着与一枝花寒暄。刘成龙这才看清,他竟是秦将军。没等他恍过神来,人家已经走到炕边。

"小子,犯什么愣?没见过我?"秦将军笑着在炕边坐下。刘成龙这才慌忙见礼,倒被拦住了,"行了,我是你的父母官,可今儿又是我来拜你的码头,算了,礼儿两免了吧。"他的话把大家都逗乐了。

秦将军捧起酒杯,向一枝花道:"哈哈,我虽不在门里,可您是我老长官陈玉龙的师叔,早该来拜拜。来,我先干为敬。"

一枝花却伸手拦住:"秦将军,别介,我知道您今儿有事。您先把话吩咐了再喝不迟。要不,心里没底,这酒都难咽。"

秦将军点点头,放下酒杯:"好,那我就一句客套都不讲了。"他顿了顿,轻舒口气才又说,"眼下的形势大伙可能也都知道,老蒋已经平安回了南京,同意停止内战,共同抗日,作为一党一国领袖既然通电全国,总是要说话算数。日方本来是想日后摘桃,老实了几天。可这些天又嚣张起来了,顺我军防御间隙渗透到河北易县。北已近大兴,西已近丰台,弄得北平已是腹背受敌。这我正和日方交涉……哎,可也是进来容易,请出难。"

一枝花叹口气,心想:这军国大事,就是着急、生气,也帮不上手啊。

秦将军看出她的意思,话锋一转:"这几天我就疑惑,日本人的行动怎么就这么迅速准确,像摸准了我方的脉一样?今天才证实了我的怀疑,日本人把间谍都安到我军部机要部门了。内鬼我已清理了,对外没声张,但他们的根儿就在北平城里,我想把它连锅端了。"

"行,您给我一个排,保险一个跑不了。"张志诚答得信心满满。

秦将军却一声苦笑:"哎,难就难在中日现处的状态,政府军方都不好出面,不能落以口实把柄。所以我才……"他说到这儿停住了,用目光扫视了一下。

"嗯,我明白了。"一枝花寻思着点点头。

刘成龙也插上一句:"您的意思是让我们干,再给日本人个哑巴亏?"

"对,是这意思。"秦将军笑笑,"就不知你们能不能帮这个忙?"

他话音未落,一枝花就朗声答:"没问题,这活儿我们接。保证不洒汤、不漏水,干净利索。"

秦将军见她应得痛快,张志诚、刘成龙二人也随声附和,就从怀里掏出一张支票放在桌上:"这是规矩,给兄弟们打点儿赏。"

刘成龙扫了一眼支票上的数,刚想伸手,一枝花却板起脸,把支票推了回去:"秦将军,您这是干吗?收起来。我接这事没二话,是为这俩钱?您这可有点小瞧人。我一枝花虽上不得台面,可也是个中国人。"

"好,说得好,"秦将军笑了,想收回支票,又停住,笑也变得有些尴尬,"可……万一有闪失,落人把柄,官方可只能……"

虽然他话说半截,谁又能不明白?一枝花笑道:"您放心,若有万一,也就到此为止。大不了落个打家劫舍,杀人越货,不会扯到别人。这钱你收起来,要不,恕我无能。"

秦将军十分感慨,半晌,才把支票揣回:"当家的,具体计划,明天一早我让人来布置。"说着,他郑重地端起酒杯,"今儿我啥……也不说了,全在酒里,敬诸位三杯。"

"好,干!"几个人应着举起了杯,一饮而尽。

福海兴书茶馆在大栅栏街上,是前三门外最大的一个园子。自打董彩屏让琴师带着转场,先也是奔了这儿。这里的客有不少是住在南城的各地文人,也有不少是内城住的旗人,一品红登台一试演,那口儿俗中有雅,韵味浑厚的京韵大鼓就对了胃口。从此董彩屏白天转天桥的两个小书馆,每到晚上就在这儿唱。一前一后上两回,有客人点,抽空也转转包厢。

这晚,董彩屏刚在二楼单间给客人唱完一段,跟着琴师下了楼。她挟着鼓和架子走在后头,突然发现手里的鼓槌只剩了一支,一愣神差点儿和个穿大褂的男人撞个满怀。她忙欠欠身,红着脸垂下头,跑到了场边候场。

这男人让董彩屏可人的模样引得直勾勾盯了好一会儿,茶房一声招呼,才恍过神来。这人正是川岛秀三。他今天约在这里,是和代号蜘蛛的诸参谋接头。这么大的事愣没耽误他瞟花眼儿,也真邪性。

"先生,您一位?"

"不,有人已经订了包厢。我姓单,可有人留下话?"

"噢,有,有有,有位诸先生候您有一会儿了。204,您上楼,左手第二间。"

川岛听罢,点点头,转身上了楼梯。到楼上左拐,在第二间门前停了停,左右扫了一眼,才推门进去。

只见屋内隔着茶桌,已有一个戴礼帽的人背身而坐。川岛笑笑,刚要搭话,那人转过脸来,竟是刘成龙。

川岛一见情知不好,转身要跑,可身后的门早已关上。方才闪在门后的一个汉子,早已用一把尖刀抵住了他的后腰。

刘成龙忙走上前搜他的身,从他背后腰间缴下一把手枪,又在绑腿里搜出一把匕首。

川岛愣了愣,马上就镇定下来。没等刘成龙发问,竟冷笑一声,问:"你们是什么人?"

"打劫。"

"我是……日本人。"

"老子劫的就是日本人。"

川岛知道碰上了硬茬,又装出一副可怜相:"好汉饶命!咱们前无冤后无仇,我把钱都给你,这儿还有块手表……"

他边说边摘下手表,假意往前一递,突然手一扬,把手表掷向刘成龙。同时,一闪身,向后猛击一肘。只听哎呀一声,身后的汉子已被他击倒,他不顾一切地往外冲,拉开了屋门。

可没容他迈出屋,刘成龙早一个箭步蹿上,一刀捅在了他的后心。川岛"嗯"了一声,腿一软,倒在了地上。

这时,刘成龙才发现门口站着一个姑娘,正是董彩屏。她正想上楼找鼓槌子,没想到撞上这么一出,早被眼前的血腥吓呆了。刘成龙也一愣,短瞬间,他突然发现眼前这个姑娘好面熟。可没待他细想,董彩屏一见他手中带血的刀,不禁想张嘴惊叫。刘成龙眼疾手快,没容她出声,就一把捂住了她的嘴,把她扯进屋内,扬刀便刺。刀儿近胸前,却不料被人架住了腕子。

猛抬头,才发现是一枝花。"师傅?你……怎么来了?"

"就你这活儿,我能放心?放了她。"

"留活口?!"

"她是个唱曲儿的,别胡来。"

刘成龙这才松了手,这时刚才倒地的那个汉子已爬了起来,早带上了门。

一枝花边把腿都软了的董彩屏扶到椅子上,边说:"可别给地上的留气儿,再搜搜,全卷了快闪!"

董彩屏见一枝花不似个歹人,这才定下神来,又扫了一眼刘成龙。刚才她被吓傻了,眼睛全盯着那血、那刀,这回才看了看他的脸目。可这无意一瞥,却让董彩屏的目光被粘住一般,腿似乎也有了劲,刚往起站,又被一枝花按下。

"姑娘,全当你什么也没看见。"

董彩屏没吱声,只点了点头。

"闪了!"随着一枝花一声吩咐,三个人相跟着,出了屋。

董彩屏呆坐了片刻,越想越觉得那后生像自己的表哥成龙。可待她追出屋去,几个人早已下了楼,不知去向。

与福海兴茶楼的行动几乎同时,张志诚带着十几个人,来到松崎原山租住的院外。高望田从小在这院门外捡煤核儿,对这儿再熟悉不过,先由他爬上那棵老榆树,顺枝杈爬到院墙上。只见东西厢房亮着灯,有说话的人声,北屋却是漆黑一片。他放轻手脚,沿墙角溜下,打开了院门。

众人一拥而进,分别冲向北屋和东西厢房,踹开房门杀将进去。两侧厢房立刻传出一阵打斗叫喊的声音,不过没响几分钟,就又安静了下来。

张志诚知道事情顺利,松了一口气。

北屋先出来人报:"头儿,正房里没人。"

"好好再搜搜,千万别让松崎溜了。"

那人应着,刚又进了屋,高望田从东厢房拎出个受伤的日本人。

"还有个活的。"

张志诚揪着他脖领,忙问:"你们掌柜的呢?"

那小子还挺倔,梗着脖子,伊里哇啦说了几句日语。

张志诚有些不耐烦:"不会中国话,留也没用,干掉!"

那日本人慌了,忙讲起了中国话:"兄弟,有话好说。"这口儿还是地道的东北大碴子味儿。

张志诚也忍不住笑了:"会说,还不赶紧说?"

"松崎君没……没在这儿,上领事馆了,明个一早才……回。"

张志诚听了,心里不禁暗暗叫苦,网撒的不错,却没赶上大鱼。

正这时,院外传来说笑声,街上有人路过。那日本人像见了救命稻草,张嘴就要喊,幸亏高望田一个锁喉捂嘴,没让他叫出声。等人声渐远,高望田才松了手,可那人一头栽到地上,竟让勒断了气。高望田虽有些懊丧,可也解气。上次肚子上挨了一枪,连日本人的影都没见着,这回可算找补了点儿。

是非之地不敢久留,十分钟后,张志诚就带人匆匆撤了。走时没忘把所有值钱的细软全都卷了,满满地拉了一洋车。

第二天早上,松崎回来才发现出了事,几个屋子被洗劫一空,只留下五具尸体。让他感到万幸的是,北屋里间大柜后的密室没被发现,电台和文件还在。

警察局闻讯后,马上派人来勘查现场,草草就定案为黑道上干的谋财害命案。不久又传来川岛被杀的消息,也是认定抢劫杀人。松崎原山虽然心知肚明,可也怕再招勘查,怕事再闹大,所以当天就由领事馆派车拉走了全部机要,一走了之。后来日本领事馆倒发了个抗议照会,中方也象征性地表示了歉意,还派了俩警察在这空院门前站桩,双方都明白,这不过是一场戏。北平的老百姓不知就里,这倒更成了胡同里、茶馆里神聊海侃的素材,一时竟编出了无数种版本的故事。真假没人较真儿,好歹出口恶气。

第六十四章

严冬的清晨依然恬静,没风只干冷,树也没伸懒腰。什刹海边上虽然渐渐有了些遛鸟、逛早的人,但大都是只静静地迈着步,甩着胳膊,摇着鸟笼子。连鸟此时也顾不得叫,只紧扎在棉笼罩里。偶尔卖豆腐的独轮车经过,发出的吱吱扭扭的声儿还挺扎耳。

其实此时的北平已经像一个火药桶,虽然默不作声,但一丝火星可能就是惊天的一响。北平政府已经根据南京方面的命令,把故宫博物院的文物精品和银行的黄金储备秘密运向了后方。这几天,又做着政府机关和各大学的转移准备。虽报纸没登,也没作公示,不过这么大个行动不漏出些风来,几乎是不可能。不是老百姓肚量大,沉得住气,是他们知道急也没用。这几十年,英法联军来过,八国联军来过,国内的这帮那伙更是换了多少茬儿。骂多了不差,打多了不怕,也算是无奈中的无奈。

一大早,周正节就去了学士府,从被窝里把齐月轩唤了起来。

齐月轩写到半夜,刚睡着没多会儿,哪有好气?嘟囔道:"真讨厌!没听过,舍家不舍黎明觉?"

周正节见他又合了眼,忙又推他:"醒醒,真有急事!"

齐月轩只得半坐了起来,打了个哈欠,才问:"什么急事?"

周正节反问:"是不是你也要往南边撤?"

"嗨,就这事?"齐月轩苦笑一声,又说,"名单上有我,让我给回了,我不走。没事了吧?让我睡觉。"说着,他又想躺下。

周正节拦住他,眨眨眼,满脸的不相信:"你不走?要我?你要不走,为什么除了墨香斋,其他的买卖都关了?"

齐月轩叹口气,说:"关买卖的事是杨叔做的主,家里事我不管。他说兵荒马乱,货都供不上,天天赔,不如一次亏。我真不走。要走,能不告诉你?"

周正节仍不信,哼一声:"哼,那……房呢?我可听说你把府上的房都卖了,敢说没有?"

这回齐月轩愣了愣,想说,却又咽了回去。周正节倒没说错,卖房确有其事,但不是因为要走,也没卖给外人,而是把东跨院给了月娥一家。只不过为全成龙的面儿,才象征性地收了点儿钱。可这里的内情又不好挑明,所以才让齐月轩有些为难。

见齐月轩打了壳儿,周正节拉着长音,笑道:"没……话了吧?"

齐月轩一下坐直了身,有些发急:"卖房是有,就卖了个东跨院。可这不是为走才卖的,我真的……"

"嗨,走也应该。"周正节没待他说完,就接过话茬,"我……能不能跟你们一起走?你是铁杆抗日,我也没少张扬,万一……嗯,都没好果子。还是出去躲躲安全。"

齐月轩又好气,又好笑,认真地道:"正节,我是真不走。市政府和学校是都通知我了,还能随带家眷,可都让我回了。不信,你去问炳臣兄,要是你想走,只要上边同意,名额我让给你。"

周正节盯着他看了片刻,才相信了他的话,可又嗫着牙花子问:"那你干吗不走啊?一般人那可没这机会。"

齐月轩长叹一声,答:"正因为这样,我才不愿走。要说撤走文物,保护人才,这我没话说。可仗还没打,当官的先往后跑,就没了士气,就散了人心。刘备火烧新野,还不忍撇百姓,这国民的政府连古人都不如?谁都是血肉之躯,军人百姓都是一条命。他们能豁出去,我就豁不出?当年八国联军进京,我爹就不能走?可他没走,就端坐在堂屋,等日本人都进了院才服了鹤顶红,死都没倒身。父辈敢为,子辈何不能?"

周正节苦笑一声:"嗨,令尊是深受皇恩的重臣,职应尽,节当守,名正言顺。可你,真以为你那虚职参议算个官?"

齐月轩也一笑:"嗨,古往今来,能重名节,能畏人言的官又有多少?我从来没把自己当个官。不是官,我又走什么?我又怕什么?谁想走,我不拦,反正我不走。人已半百,命已不值钱,与其颠沛流离,倒不如留下瞪着眼看着,到底能演哪出?活就记几篇文字,死就留一个叹号,随他去吧。"

周正节没再劝,想想,问:"那……你刚才说让我顶缺,行吗?"

"你就说我同意,成不成?我可做不了主。"

"那好,我先走了,你睡吧。"周正节匆匆站起,就想走。

齐月轩急了:"别,我这儿刚让你给搅精神了,你倒要走?再聊会儿……"

周正节哪管他叫不叫,只赔了个笑脸,就一溜烟似的出了屋。

齐月轩躺下又睡,可太阳穴腾腾直跳,哪里还睡得着?一会儿又觉得口渴,忙叫桂枝倒茶。喊了几声竟没人应,只好披衣下床,自己出了堂屋。刚喝了两口,院里响起一阵孩子的嘻笑声。隔窗一望,是一男一女俩孩子跑进院,绕着花木追逐着。

齐月轩认出这是心良和良心,知道是月娥带他们来收拾屋子。心里顿觉欣喜,正要让他俩进来,才想起自己还衣冠未整,忙跑回里屋。

就听桂枝有些急:"哎哟,可不敢嚷,少爷可刚睡。"

月娥一听,忙帮她逮住俩孩子,点着他俩脑门埋怨道:"没跟你们说,这院是少爷住的,不准到这儿玩?真不听话。"

成龙平日不太待见这儿子,所以心良从小老实,听了娘的话,低头没再吱声。平时受宠的丫头良心却眨巴着眼,一撇小嘴,嘟囔着:"人家都叫我爹大爷,大爷的院和我姥爷的院都能玩,少爷的院为啥倒不能玩?姥爷、大爷不都比少爷大?"

月娥让她弄得哭笑不得,骂不敢喊,打怕她哭,拉又不走,气得她一把夹起良心就往外走。良心手脚乱挣着,竟大哭起来,让月娥更急更气,抬手就要打。

这当口,屋里齐月轩一声喊:"月娥,带孩子进来玩。不碍的,我起了。"这才给解了围。

孩子就是孩子,刚才还哭天抹泪,进屋一见满是稀罕物,马上雨过天晴,顾不上叫人,这转那转,摸这碰那,吓得桂枝忙紧拉慢拽。齐月轩拿出糖果、点心,这才让他们安稳下来。

月娥拉过他俩："还不给少爷鞠个躬,问少爷好?"

俩孩子刚要叫出声,却被齐月轩打断:"别叫少爷,叫姥爷。"

月娥抿嘴一笑:"少爷,那可差辈儿了,您可管我爹叫叔。"

齐月轩一愣,稍思,笑出声:"哈哈,我五十多了,还能总叫少爷?大小我也算有过一官半职,就叫不得老爷?"

"噢,这个老字行,"月娥也乐了,"来,见过青天大老爷。"

俩孩子叫了一声,鞠了一躬,让齐月轩一边一个抱了起来,心里有些甜,也有些酸。忍不住又笑道:"好嘛,左一个冬哥,右一个春妹,中间我是青天大老爷。月娥,你想扮秦香莲呐?哎,得了,甭管是哪个老字,反正是一个音,叫姥爷就行。来,再叫两声。"

"老爷!老爷!……"

俩孩子让糖抹着嘴,嘴还能不甜?一口气叫了十几声,乐得齐月轩合不拢嘴,眼圈却红了。月娥也跟着乐,可心里却有些嘀咕,不知少爷今儿是咋了。

几天后,刘成龙一家搬进了学士府的东跨院。按月娥的安排,他们四口住正房五间,西厢房让高望田和张志诚住,东厢房住新雇的账房兼屯些粮食、杂物,几间南屋暂空着,只有玉香睡在里间。家具都没买,原先屋里都有。虽说没正院里讲究,可老爷老夫人在时,少爷就住这儿,原样没动,又能差了多少?说是搬家,其实也就是搬了些被褥杂物、锅碗瓢盆。除了月娥,他们谁也没住过这么宽畅豁亮的房,没用过这么气派精致的家具,除了俩孩子玩累了倒下能睡着,别人睡在这儿,还真是瞅不冷地过大年,兴奋得转不过劲,也睡不着觉。

大家都明白,学士府把这么个大便宜给了刘成龙,全靠月娥。刘成龙嘴上硬气,心里清楚。可再细往深处想,谁也道不明,就连月娥心里也犯猜疑。她知道自己从小没娘,爹最心疼她,可爹虽是管家,可卖齐家祖业他也做不了主。爹也透过,是少爷的意思,可虽然少爷是看她长大,待她不薄,可终归是主仆之分。她总觉着这些日子,少爷对她的呵护超出了寻常,看她、看俩孩子的眼神都变得让她觉得暖得发烫。她问过爹,也问过严妈,可啥也没问出。问严妈还好言好语笑脸答,问爹就跟捅他肋叉子似的,硬邦邦给你一句:"嗨,买卖只说愿不愿,别问所以然。"想不透,月娥也懒得再猜,不过闲下没事,这问号还是不由自主在脑子里转悠。

刘成龙自打当上北隅堂的老头子,又占下了一百五十座公厕,无论道上还是粪行,他都算了个人物。应酬交际自不必说,从来没在家吃过一顿饭,没早回过一次。起初学士府的老门房老大不高兴,私下说:"好嘛,沈三儿在时都没他抖,鼠爷打洞,还比谁都忙。"可刘成龙每天坐着洋车一回来,不是给他带点儿打包菜,就是多少赏点儿零钱。得,一个星期不到,话就改了:"嗨,英雄不问出身,甭管人家混啥,混得出就是个爷。"

这天,孩子都睡了刘成龙才回到家,酒又没少喝,醉态中透着特别的高兴,一进屋就笑着大呼小叫。

月娥哄孩子睡着,也和衣在边上忍了会儿,听见外面动静,忙起身迎了出去。把正晃着膀子往里屋走的刘成龙拦下,扯他在堂屋坐下。

"你小声点儿,孩子都着了。"月娥边给他倒茶边说,"哼,今儿又喝得不少,应酬能推的就得推,非去的也得悠着点儿。"

刘成龙一口就喝干了杯中茶,又干脆抱起白瓷壶灌了几大口,才笑笑道:"今儿高兴!你……知道为什么吗?"

月娥没吱声,只把目光转了过来。

刘成龙一拍大腿,笑出声:"帮里原先的几家小典当,可让我给把过来了。哼,甭忙,帮里的买卖早晚都得攥我手上。"

月娥冷冷哼了一声:"你狂!你抖!还有新鲜的吗?"

"你还……还要什么新鲜的?"刘成龙一睐眼,"哼,我这些日子天天都新鲜,一天一个样。人呐要走了运,挡都挡不住。远的不提,就说府上那老门房吧。头几天见我还爱答不理的呐,打前儿叫刘爷了,今儿见我那腰弯的跟虾米似的。哼,也就是你这么挤对我,别人,有一个算一个,谁敢?"

月娥叹了口气,语调和缓了些:"成龙,说你的都是为你好的,多听听你师傅和望田哥、志诚哥讲。他们哪个不劝你收着点儿?有多大势,趁多少钱,我不在乎。你就不能让人觉得安稳点儿?"

"嗨,机不可失,时不再来,我现在正是咬牙瞪眼的时候。"刘成龙嘴上说着,还真鼓起腮帮子、鼓起眼。

月娥忍不住笑了:"得,我不说了,快睡吧……哎,你现在俩眼都是绿的。"

"什么？绿的?!……"刘成龙愣了愣，一时没明白，等他回过味儿，月娥已转身进了里屋。

刘成龙苦笑着摇摇头，嘴上没说什么，心里却忿忿不平，合着酒劲直往上撞。他又灌了两口茶，口不干了，周身却依然燥热。他起身拉开门，走到了屋外，站在廊子底冷风一吹，真觉得痛快了些。

"还不睡?"月娥拉门问了一声。

刘成龙边走下台阶，边应着："你先睡吧，我在院里过过风。"

月娥没再说什么，背后只一声门响。

刘成龙踱到院中央，环视了一下这偌大的宅院，心里竟腾起一阵感慨。他抱着臂弯，抬头望着星空发起了呆。虽是冬季星稀天远，可今儿天气好，还是清晰可见半拉月亮周围隐隐约约聚着些亮点儿，只有为数不多的格外亮些，在黝黑的天上闪着寒光。他不禁打了冷战，把双臂夹紧了些，也出了口长气。轻声自语道："哎，爹娘没白给我起名叫成龙啊，就不知我刘成龙应的是天上的哪颗星?!"

南房门响了一声，是玉香出来倒洗脚水。穿的挺单薄，只披着个花棉袄，见刘成龙站在院里，赶紧倒了水，就转身回了屋。

刘成龙一见是她，刚消了点儿的酒劲竟又涌了上来，连耳根子都觉得发烧。他回身扫了一眼，正屋里间已熄了灯，东屋里也是鼾声如雷，于是踮着脚尖快走几步，去推南屋门。

玉香正要关门，见他要进，忙使劲顶住屋门。不敢大声，只轻声说："刘叔，可再不敢了，要不，我咋做人呐?"

可她的话刘成龙哪听得进，用尽吃奶的劲又哪能挡得住？刘成龙硬挤了进去，随手插上了门。

"刘叔，别了，"玉香又怕又窘，一时眼泪汪汪，"您的大恩我别处一定报，这么着，实在对不起婶……"

刘成龙笑笑没吭气，只一把拉灭了灯。

黑暗里，在玉香低声的哀求和两人挣搏的声响中，也有刘成龙断续的声音："……听话……我不会亏你……甭怕，叔大婶大？……嗨，有就要，我扶你做二房……"

第六十五章

那天周正节出了学士府,就直奔了燕京大学。找到了郝炳臣,说齐月轩坚决不走,让他顶这个缺。郝炳臣听了很为难,说这名单是南京方面戴着帽儿下来的,换人肯定不行。要冒名顶替也难,北平谁不认识齐大少呀?真要出了洋相,他也吃罪不起。软磨硬泡半天,人家也没答应。

周正节回到家又反复掂量,还是决定走。不能随官方一起撤,就自己携家奔南逃。他妻子是浙江人,提出去上海,可周正节觉得中日若有大战,上海也是兵家必争之地,还是先到武汉,再到香港最安全。香港让英国人占着,就中日两国正式宣了战,也是中立地方。再说又有同学朋友在哪儿混得还不错,落下脚谋个职总多些扶持,于是他下了远赴香港的决心。主意一定,周正节就把《实报》社转给了他人,连房也出了手。虽然都是割肉的价,可此时已顾不了那么多了。虽眼看就快过年了,可政府后撤的头批人员就赶着初一的火车,郝炳臣也奉命随行。周正节也打算和他们一起走,先到武汉再想办法,就算盘缠自理,起码比单枪匹马要安全。

腊月三十下午,周正节和郝炳臣约好,一起到学士府,和齐月轩道别。

齐月轩一见他俩来,还以为是来拜年的,自然非常高兴,满面春风。可听郝炳臣讲了来意,脸上的笑就一下没了,神情变得凝重。半天谁也没说话,国事家事、过去未来、酸甜苦辣、悲怆惆怅都涌了上来,压在心头,憋得人有些透不过气。

桂枝端茶上来,但见少爷和两位先生都铁青着脸,也没敢吱声,放下茶忙退下。等她出了屋,齐月轩才猛然想起什么,追到门口,说了声:"让杨叔赶紧来一下,我有要事。"

桂枝应着去了,齐月轩才转回身,扫了一眼他俩,才忍不住扑哧一笑。

"来,来来,喝茶。这可是好香片,品品看,如何?"

郝炳臣和周正节端起盖碗,只抿了一口,就忙着点头称好。

齐月轩又笑笑:"哎,咱们又不是生离死别,没准你们去打个转,几天又回来了呢。"

他二人还听不出这话是特为发宽心丸,喂解忧汤?都抬眼望望,却没话。

一声长叹,郝炳臣才说:"月轩,我看你是不是再想想,最好能跟我一起走。留得青山在,不怕没柴烧,这是撤退,不是逃跑。偌大个华北,已经容不得一张书桌。你留下又能怎样?再三思一下好吗?只要你能明天到车站,我保证能安排。"

"是啊,炳臣兄说得有理呀,"周正节也跟着附和,"文人非武长,美玉非刀枪,留又何益?你不愿随大流,那和我一起去香港也好嘛。"

齐月轩轻舒口气,淡淡一笑:"你们说的都对,可我想的也不见得错。我自觉算不得什么大才,更不是美玉,说我知识分子都不敢接,只凑合算个文化人。勉强开个小铺,卖点杂货,多一个不多,少一个也不少。有人为未来,就也得有人顾眼前。虽武非我能,文也不长,但就不能金山擂鼓,总可做个摇旗呐喊的吧。"

郝炳臣还要说什么,可话未出口,又被齐月轩打断:"炳臣兄,你放心我不会有事。我算不上政要,又算不上巨富,就是真城破,日本人又能把我怎么样?就有万一……贱命又何足惜?"

郝炳臣苦笑一声:"可你想过没有……"他话说半截,竟又煞住,似乎有些难以启齿。

齐月轩不解:"还想什么?"

郝炳臣没答,倒叹了口气,垂眼犯起了寻思。

这时,杨志兴进了屋,和郝、周二人点头打个招呼。齐月轩忙站起,没等杨志兴发问,先把他拉出书房。两人在堂屋小声嘀咕着,还争执了几句,只是听不清说什么。

不一会儿,齐月轩回到书房,坐下又问:"炳臣兄,你接着说,让我还想什么?"

郝炳臣大概趁他出去的空,已想好怎么说,没再迟疑,道:"月轩,你执意不走,我理解你的心。若我不是公务在身,也有此意。可累卵之时,人可更多猜测,也更易误解呀,现在对你可已有些非议呀。"

齐月轩一愣:"他们非议什么?"

郝炳臣欲言又止,犹豫了一下,终没忍出口。

齐月轩心里已明白了几分,气愤地要发作,却又忍住,只哼出一声冷笑:"哼,五十步笑百步已是可笑,百步笑五十岂不是无耻?我心自知,日后可鉴,我不在乎什么人言。"

郝炳臣又说:"月轩,日本人每占一地,可都要软硬兼施,网罗可用。人都是血肉之躯,若一念之差,悔之晚矣。还是别把自己置于绝地……"

齐月轩没等他说完就真火了,猛一拍桌子,把茶杯盖都震落了,水溅了一桌。周正节伸手忙接,茶杯才没掉地上。

"炳臣兄,士可杀不可辱。"齐月轩的眼有些红,"人是血肉之躯,但非猪狗。我齐月轩做过错事,但明大义。今日已是民族之绝地,岂容我有退?别人如何说,我不介意,就当蚊蝇嗡嗡。可话出你口,就是戳心的刀。你明说,若不相信我的人格,今天我们就割席断交!"

"月轩……"郝炳臣也冲动地站起,但只叫一声,却又噎住,憋了半天,只一声长叹。

周正节也忙站起,劝齐月轩坐下,又向郝炳臣怨道:"炳臣兄,这就是你的不是了,有什么话你直言相告,干吗非吞吞吐吐?"

郝炳臣又坐下,闷坐着没吱声,只轻轻地摇摇头。

齐月轩哼了一声:"行了,行了,别为难他了,人家就肚子里知天知地,也得闷得儿密。"说着又看着郝炳臣,道,"这些年,你有什么背景我打听过吗?但我仍相信你的人格,相信我自己的眼光。可你……为什么就不信我呢?"

"月轩,我怎么能不相信你?可……"

"行了,有你这句话就行,其他的不说也罢。"

"好,不说了。不过,你答应我一件事?"

"什么事?说,只要我能办。"

郝炳臣端详着他,目光变得柔润:"月轩,不走也千万别逞匹夫之勇,一切从长计议。实在不行,你可避到燕京。只要美国不参战,那就相对安全,我会关照查理,必要时来接你。不为别的,别让朋友担心你的安危,好吗?"

齐月轩笑了:"好,好好,我应你。"

郝炳臣站了起来:"月轩,那我就告辞了。"

"别,再坐坐……"

"不了,今晚还有事要安排。正节不必着急,我先……"

"那也稍等片刻,等杨叔回来,多少也得给你们带些盘缠。"

"不,不用。"

一个要走,一个拦住不放,两人正僵持,杨志兴进了屋。

"少爷,给您。"杨志兴递过两封银元。

齐月轩接过,微皱了皱眉:"怎么……这么少?"

"哎,家里就这点儿现金。"

齐月轩掂了掂手里的银元,觉得拿不出手,先分别递给郝、周二人,又返身从书架上抽出两轴字画,杨志兴想拦,已来不及。

齐月轩把字画递到他俩手上,脸上的笑才坦然了些:"仓促之中,实在……嗨,这是王实谷的一幅山水,这是郑板桥的风竹,你俩带在身上,防个万一吧。哎,拿着,穷家富路嘛。多好的玩意儿能比得上人才?……嗨,别再推,给我留点面儿。"

郝炳臣没再推辞,但眼角有些红热,只道了声"保重"转身要走。

"那我也走了,保重。"周正节也说了一声。

齐月轩连忙:"我送你们。"

郝炳臣回过身:"不用了,千里相送,终需一别……"

"嗨,此一别还不知相见何时?走吧。"齐月轩披上大衣,随二人走出屋,杨志兴也送了出去。

几个人来到大门口,杨志兴见了放在檐下的桌子,才想起。忙说:"少爷,您还不趁二位先生在,把春联写了?纸笔我都备下了。"

"好啊,"齐月轩笑了,"来,炳臣兄、正节兄,你们俩各赐上下联,横批我来。"

郝炳臣应着先拿起笔,蹙眉凝思。

正这时,东边原先车马院门前,响起了鞭炮。

齐月轩扫了一眼,问:"杨叔,那院的日本人不走了吗?这是……"

"嗨,这不又回来了嘛,"杨志兴苦笑着,"比原先更抖,门口还有站岗的了。"

齐月轩叹了一声,话还未出口,却见郝炳臣大笔一挥,已写就了上联。七个大字:"与鬼为邻惊梦噩"。

"好!"齐月轩不禁赞了一声。

周正节边接过笔,在砚上揿着墨,边寻思着,片刻眼中一亮,挥毫而就。下联是:"望洋兴叹咏国殇"。

大家齐声称许,把目光转向齐月轩,他没思索,提笔写下"屈原不屈"四个大字。抬起头,已是热泪盈眶。

齐月轩哪里想得到,周正英此时远在晋南,而且已成了新建的山西抗日救国决死队的一名女军官,当然更想不到就在今天,她就将与左井溪举行婚礼。

这事不假,头几天他俩就把喜帖子发下去了,而且租了两间民居,布置了新房。部队上下都知道他俩要成婚,可个中的秘密没人晓得。

周正英随队到晋南之后,一个多月后,怀孕的身子就渐渐显怀了。起初只有左井溪知道,可这事哪儿瞒得住人?没多久就嚷嚷得满世界都知道了。左井溪请示了党组织,组织才决定让他二人暂以夫妻名义继续工作,等有机会再作调动。这样既可以使在新军中刚开展的党的工作不受影响,也表面上顺理成章,可以掩人耳目。周正英起初也想不通,可一有组织决定,二也想不出更好的办法,也只得如此。左井溪这才正式向长官申报,得到允许才发喜帖、备喜酒、准备新房。

这些日子,山西抗日救国决死队的征兵工作已经全面展开,青年工人、农民和学生纷纷报名入伍,部队已经有了几千人的规模。共产党在这支新军中的工作开展得很顺利,特别是西安事变之后,党中央在太原公开有了由彭雪枫担任主任的"工农红军驻晋办事处",在决死队中也公开派去了一些同志担任教员和各级干部。这是公开的,秘密的更多。商震将军高层左右也有共产党同志,更不用说像左井溪这样的中层军官了,多少次清党剿共,也没断了火种。商震将军不是不知道,只是装糊涂,心里暗有一杆秤。上边督得紧了,就公开走走过场,能遮的就遮,实在遮不了,也大都先通点消息,让人开溜。西安事变之后,他更是睁只眼、闭只眼,只谈抗日,不问党派。不过,由于蒋介石仍是暗地防共反共,阎锡山对共产党是既利用又戒备,所以原先秘密工作的同志大都没有暴露身份。周正英公开的身份是决死队总队参谋处文书,而秘密工作则是配合左井溪收集各方军事情报。左井溪正是以未婚妻的名义,把她安插到这么重要的岗位上,他也是允许周正英联系的唯一同志。

婚宴没有几桌,就摆在新房外的院里,可还算热闹。连商震将军也来打了个转,喝了两杯喜酒。一对新人一身军装,胸前戴了朵大红花。杯来盏去中,自然又把早背熟的恋爱故事重复了好几遍,让宾客们大叫新潮、浪漫,更让大伙儿拿周正英隆起的肚子为题,哄笑了好几回。左井溪脸上有些麻子,还遮点儿脸;周正英可惨了,一口酒还没沾,脸就羞得通红。她听说当地的风俗是"三天闹房无大小,墙根听声等鸡叫",更让她不知该如何过关。

好在是军队,又是紧张时期,闹房听声也就嘴上说说,倒没人真干。等客人散了,左井溪插上门,就抱了被褥在外间打起地铺。周正英才总算松了口气,可躺在床上却翻来覆去地睡不着,偶尔腹中孩子的胎动,更让她百感交集。

掰着手指算,从离家到今天已经三个月零三天了。表面上周正英坚强、冷静,可她自己知道这是咬着牙硬撑的。她怎么可能不想家?不想她爱的人?作为一个中共党员、一个中国人,她觉得无愧。但作为一个妻子、一个母亲,她就觉负疚。她知道齐月轩没有因为自己而受到牵连,但此时北平中日双方一触即发的紧张局势,不能不让人担心他的安危。再过几个月,腹中的孩子就要出世了,是男?是女?给他起个什么名?将来怎么安置他?什么时候能一家团聚,让他见到爸爸?……一连串的问号把她的心占得满满的。在此时,似乎一切都不存在,只有这个三口的小家。白天她不敢去想,也只有在不眠中,或在梦中回到这个小天地。一切都没有答案,可没有答案的猜想却也温馨。想着,泪竟悄悄地淌了下来,她忙用衣袖拭干,心里骂了自己一句"没出息"。

外屋的灯突然亮了,听动静是左井溪又起来了,周正英以为他起夜,没在意。可他却边一根烟接一根烟地抽着,边翻看着什么,好像一点儿睡意也没有了。

周正英披上外衣走到门口,轻轻撩起了帘,见左井溪坐在桌前,正翻看着那一大堆礼品。突然他拿起一个礼包,看着直轻声地嗫牙花子,拆开包,是一床被面。可他却又捧着礼包纸看了又看,还不住摇头。

"你怎么还不睡?"周正英不禁问。

左井溪回脸笑笑:"嗨,哪睡得着?是我……把你吵醒了吧?"

"没有,你要真睡得香,那呼噜一打,跟火车拉鼻儿似的,我更睡不着。"

"哎呀,那怎么办?要不……拿夹子把鼻子夹上?"

"行了,那还不憋死?这些日子我早练出来了,也好,将来上战场也能忍着。"

"那,你就赶紧再睡吧。"

"嗨,今儿我也睡不着。"

轻声说笑间,周正英走到近前。这些日子的相处,他俩已没有了起初的生疏和尴尬,在她心目中,左井溪已不只是同志、上级,就和个大哥一样。而且她发现原先不苟谈笑的左井溪,竟私下里也有几分风趣。

"对了,你这文化人帮我看看,"左井溪把刚才看了半天的红包纸递过,"这上面写的诗是啥意思?"

周正英接过,见纸上写着:"雨打沙滩惜点点,风蚀铜剑叹斑斑。偏与平滑白玉配,总恨不平在面前。"

"你看这诗是不是有点革命倾向?"左井溪说,"总恨不平,我觉得……"

周正英却突然笑出了声。

左井溪被她笑得糊涂了,傻愣了愣,才忙追问所以然。

周正英忍住笑,说:"这哪是要革命啊?这全是损你呐。"

"损我?损我什么?"

"嗨,是损你……"周正英话留半截,只用手指指他的脸。

左井溪愣愣才恍然大悟,摇着脑袋也乐了:"嗨,转半天就是说我这点儿麻子呀,还至于绕这么大圈子?哼,这准是那小文书写的,王营长没这水。明天我非罚他围大场子跑十八圈。"

周正英看着他有些滑稽的样子,忍俊不禁,只是紧闭着嘴强忍。

左井溪瞪她一眼:"还笑?哼,你们中国人总说这个鬼子,那个鬼子,其实哪国鬼子也没中国人鬼。"这下可像挠了周正英的笑穴,一下笑得捂着肚子,差点儿岔了气。左井溪哪还憋得住劲,也对着大笑起来。

第六十六章

北平的形势是一天紧过一天,入夏以来,日本人就占了丰台,连宛平城西都有了鬼子。北平就像被人兜进了大口袋,就西北还留着一面口儿。

虫把式老张到西山替齐家守坟也有十几年了。齐家的坟地就在老旗营村西,山脚下一片缓坡地,拿围墙圈着足有几十亩。从齐家进京以后,各代的主子就都葬在这儿,大大小小有二三十个墓,西北角还有一片义仆坟。不是所有的家奴都能葬在这儿,不是对府上忠心耿耿,又有大功劳的可没有这个待遇,拢共也就十几座。不过,杨志兴上三代先人和老张的爹在这儿还落个坟头,竖了块碑。

老张不干虫把式了,可手艺也没丢。这一带虽很少出好蛐蛐儿,可逢季逮些哄棒槌、逗孩子的,经他养两天,在城里虫市上也不愁卖。到冬天,他在暖炕上酚的蛐蛐儿、蝈蝈儿能卖到年前。少爷这些年是没空玩蛐蛐儿了,可每年入冬,他准挑最好的蝈蝈儿送去。揣在怀里听个声,人多的时候打开显摆显摆,尽自己的心,长主子的脸,不也让他忘不了自己这点儿本事嘛。起初还盼着哪天再回府上,可越等越没戏,时间一长也就习惯了,认头了。在这儿有在这儿的好。守坟这差事只要别让人盗了墓,平日野草别让长得看不见坟头、进不来人就没有大褒贬。除了逮虫、酚虫卖,还可以粘鸟、养鸟换钱。粮油有府上给,菜沿墙种一圈儿就吃不完。在这儿不用请安哈腰,比他大的都是死的。老旗营过去住的都是些下级兵勇,别说少一辈,就老的也得称他个张爷。就一样不好,离府后他讨了三回老婆了,可都待不长。最后一个算不错,和他过了两年,还是走了。哎,也不知是啥毛病?养得住鸟虫,却养不住人,守得坟,却守不住家。

天很晚了,老张正想上山挂粘鸟的网,刚走到村西口,就听下面的山路上有人声。过去一看,不远处有马灯和电筒光直晃,一群人抬着什么正往山上爬。从山下通老旗营有两条路,村东那条路宽坡缓,但绕点儿弯。村西这条石板小径虽近得多,可道窄坡陡,一般搬重物上山,很少有人走这条道。老张一激灵,心想:别是鬼子吧?他忙倚在山石后面,喊了一声:"是干什么的?不言声,大石头可下去了啊!"

下面有人应:"哎,是老张吧?我是杨志兴!"

老张听得出这声音是杨管家,这时候杨管家怎么奔这儿来了?他忙举着马灯喊:"脚底下看着,我给您照着点儿。"

等这群人到了近前,老张才看清,打头的是杨志兴。高望田在一旁搀着他,后面十几个小伙子抬着的竟是一口棺材。

一上来,大伙儿就想往下撂,这一路虽说是轮班倒,可也都累得够呛。

杨志兴忙说:"哥儿几个再努把劲,进了坟地咱再歇。老张,快前边儿给引着。"

幸亏齐家坟地就在村口,抬进了大门,棺材一落地,所有的人都一屁股坐在了地上。

没容老张问,杨志兴又吩咐:"快给大伙弄口水喝。"

老张应着,却没出大门,叫上望田奔了墙根儿。没一会儿,一人抱着俩西瓜回来了。

大伙儿吃着瓜,老张这才问:"这是……谁没了?"

杨志兴叹口气:"哎,是老李头。"

"哟,他怎么?……他身子骨子可比我棒啊。"

"嗨,再棒能搪得住枪子儿?"

"啊?这是怎么话儿说的?"

杨志兴又一声叹:"哎,我呀,派两挂车回祖地拉粮,老李头路熟也跟着去了。去的时候没事,回来就碰上鬼子了。老李头这挂车在后头,让给撵上了。粮车都抢了还不算,人还要拉去修战壕。老李头抽空想跑,这不就……哎,好歹算把尸首拉回来了,没像望田他爹。"

"这他娘的小鬼子,真可恨呐!"老张骂了一句,也是一声长叹。

半天没人说话,连啃西瓜的声都停了。

老张四处看看，又问："唉，怎么没见他家里人呀？"

"他老婆、孩子都回老家了，说好他过后也回的，哎……"杨志兴刹住，没再往下说。

老张递过一块瓜："嗨，您也真是，人都死了还着什么急？咋也得等天亮来呀。"

杨志兴没接那瓜，哼了一声："现在啥时候？还想赶时辰，出大殡？那没准碰上鬼子，再搭进两口去。"

"这倒也是，"老张苦笑一声，边向里走，边说，"得，你们先喘口气，我去选块宽敞地，等以后咱俩过了，也这儿就伴儿。"

不多会儿，老张又回来，引着大伙把棺材抬到西北角的义仆坟圈。

几个小伙子杠子刚离肩，就又小声叨唠开："就这一桦木棺，怎么这么重啊？"

"可不，跟抬大石头似的。"

杨志兴听了忙笑着岔开话："得了，哥儿几个赶紧挖吧，尽量深点，今儿钱我给双份儿。"

高望田也跟着招呼着，拎起锹先干了起来。那些杠夫这才没话，顿时只是一片挖土声。

老张却悄悄敲了敲棺材板，又胳膊用力抬了一下杠子，刚松了劲，他脸上就浮起一丝怪怪的笑。

杨志兴听见响动一回头，瞪他一眼："干嘛？你也想进去？"

老张笑笑，眼中闪着狡黠，盯住杨志兴，轻声道："我想进去，您干吗？"

"嗨，啥时候，还嬉皮笑脸？"杨志兴没好气。

老张笑出声："杨大管家，您可真行，往阴间存阳间的物，是赏给老李头了？还是过后再掘坟呐？"

杨志兴有点急："别，别瞎说。"

"好，好好，我瞎说，"老张冷笑一声，"不过我丑话说头里，老李头这死鬼我保证跑不了。别的我不知道，不打听，也不担责任。"

杨志兴愣了愣，忙把他拉到一边蹲下，这才向他坦言原委。

原来杨志兴是怕日本人打进来，早关了买卖，把钱大都换成了金条。

埋在自己屋里,可总觉得不踏实,正赶上老李头死,他这才想出这么一个主意。没告诉少爷,是怕他知道忒大手,守不住,连月娥、成龙也没敢漏半点儿。他和严妈两人干不了,想来想去,还是望田最可靠。于是才让望田帮着,把金条和府上的细软都里三层外三层地包好,装进了棺材。不敢耽搁,也怕招眼,这才趁晚上给运了来。

杨志兴讲完经过,又道:"老张,事我可都跟你说了,我这么办也是给府上留下些东山再起的本钱。你也说句明白话,要不敢担这沉重,又管不住自己的嘴,那我立马让他们抬棺材下山。"

"哪的话?"老张一笑,"我是胆小、嘴不严的人吗?您能跟我讲到这分上,是看得起我。府上待我不薄,小蚂蚁都知道看家守业,用得着时没退的。我能连虫都不如?不过,这么大的事瞒着少爷,合适吗?就不怕他犯嘀咕,怪您?"

杨志兴轻叹一声,说:"哎,不到万不得已,我是不会告诉他实底,等以后世道安稳了再说吧。也只能如此啊,这点东西不瞒他,没准什么时候一心血来潮,又给撒出去了。怪我就听着,骂我就挨着,随他去吧。反正我当管家,不能让齐家败了,这就问心无愧了。"

老张点点头,又有些不放心地问:"我可有日子没见望田这孩子了,把牢吗?"

"要成龙我不敢说,望田这孩子,没问题。"

"那就好。"

这时,望田叫:"杨叔,您看看,深浅够不?"

杨志兴应着。拉了老张一把:"得,咱俩也去给老李头添把土。哎,这回就对不住他呀。"

两人走了过去,见这坑宽窄深浅都行。一声吩咐,没多会儿,就下了棺,埋了土,堆起了坟头。杨志兴又留了十块钱,让老张找石匠打块碑,就想带人回。

老张刚把众人送到路口,有人就喊了起来:"哎,你们快看!"

这时大家才注意到,远处的山下,漆黑的夜幕中,竟有一片火光在闪,隐约还有枪炮声。

杨志兴忙问:"你看,那是哪儿?"

老张仔细望了望,说:"那边儿是宛平城、卢沟桥,肯定是和日本人交上火了。看这阵势,仗小不了。"

杨志兴一听发了急:"快,赶紧下山,别戒严回不去了。"

齐月轩头天回的挺晚,回家就发现屋里少了不少东西,知道是杨志兴干的,气得一夜没睡。天蒙蒙亮,杨志兴才回来,本想大发雷霆,可一听他讲起在山上的所闻所见,哪还顾得发火。赶紧打电话向秦将军询问,这才知是真大打起来了。

放下电话,他就急着问:"杨叔,家里还有多少钱?"

"没……多少。"

"还有多少粮?"

"没……多少。"

齐月轩一听,一拍桌子嚷道:"没多少是多少?钱你把着,连我的玩意都弄走,弄哪去我就不问了。可这回是真打起来了,听秦将军讲,是要豁出去跟小日本干到底,明儿一早我就去组织筹粮募捐,慰问劳军。你可给我听好:你要是让我在这时候落个小人,那别怪我和你彻底翻脸。不扣你一汉奸,也整你一内奸。不枪毙,也得关你几年……"

杨志兴听着他吼,非但不生气,倒心里发笑,直庆幸自己先把钱物藏了。等齐月轩住了口,才应着:"得,得,少爷,您甭生气,我哪能让您落人后。家里有多少,您随便拿,行不?别您将来成了抗日义士,我倒成里通外国了。"

齐月轩气出了,也觉得自己的话有点出边,见杨志兴不急不恼,也忍不住苦笑一声。

第二天一大早,齐月轩就出去联络善会的理事和各界朋友。大伙一拍即合,倡议发出,响应甚众,北平城里掀起了一股抗日救国、支援前线的热潮。街上到处可见宣传点、募捐箱,到处可闻歌声、口号。不少人上了前线,送给养、救伤员。齐月轩又带着个慰问团去了趟卢沟桥,还在驻地连唱了一天戏。不仅有小月蓉这样的名票,不少当红的名角也都去了。杨志兴也没闲着,和严妈、月娥带人连班倒蒸馒头,每天让望田几个人赶车往城外送。张志诚当天就跑到卫戍司令部,要求归队,这回秦将军答应了,让他到大兴南苑当了个连长,他家没回,就直接上了阵。

人们的热情都在燃烧着,也都在期盼着胜利,可战场上的形势却是毫不乐观。日军是早有备而来,几面夹击,而且装备远在中国军队之上,又有大量飞机轰炸。半月之后,随着撤回的伤员越来越多,传回的消息越来越糟,北平开始人心惶惶,城西北通绥远、山西的几股道上,涌起了难民潮。

晚上,查理乘车来了,他是想劝齐月轩到燕京避难。他说明了来意,可齐月轩只听不语。

查理有点儿急:"齐先生,你还犹豫什么?我们美国和日本不是交战国,就算日本人占了北平,出于外交规则,他们也不敢轻易进燕京校园,那里安全得多。你今天晚上就和我走吧。"

齐月轩苦笑一声,终于开了口:"查理先生,您让我很感动,您这朋友没白交,好意我领了。不过,您换个角度,这儿要是您美国芝加哥的家,日本人打到您家门口,您能一走了之?"

"我当然走。"查理说得干脆,"世间只有生命最宝贵,我活着就可以再回来。"

齐月轩摇了摇头:"查理先生,这大概就是东西文化的差异,在中国文化里有许多比生命宝贵的东西,人格、道义、尊严、气节……这些都比生命重要。人生总得有舍有弃。若顾了命,倒丢了这些,活着也就没意思。"

查理连着"No"了几声:"其实这不是什么文化差异,只是你有些迂腐,而我灵活些。我不相信人可以没有畏惧,你敢说,你就不怕?"

齐月轩微微一笑:"我当然怕,前几天上前线,听着炮弹在不远炸,我都哆嗦。"

查理笑出声:"承认了吧,别再硬撑了,赶快去收拾一下,和我……"

齐月轩却又打断了他的话:"查理先生,我敢坦言这怕字,那就说明我齐月轩虽不是英雄,但还不是个懦夫。我也不是想死撑面子,只是还没怕到那个份上。北平这么多老百姓,能都躲到燕京去吗?嗨,与其去了心里不安,倒不如听凭自然,随他去。"

"可是……"查理迟疑了一下,才道,"齐先生,我们不是神,是人,人就有时会经不起诱惑和威胁。日本人若占领北平,一定会拉拢控制像您一样的社会名流。如果到生死关头……那还不如跟我走,以全气节。"

齐月轩像猛地被灌下一口烈酒,一下子脸甚至双眼都涨红了,声音冲动得有些发抖:"查理先生,你不觉得这话对朋友有点儿污辱吗?"

查理见他这样,慌忙说:"齐先生,别误会。实不相瞒,我今天来不只是我个人的意思,也是受中国官方某个组织所托。"

齐月轩微怔,但很快又平静下来,轻舒口气,淡淡一笑:"我明白你所指的是那种狗鼻子组织,更明白他们的意思。如果您能有机会,请您转告他们:我齐月轩虽只是个文人,但骨架也是坚挺的,血也是热的。如果真有那一天……我也决不会有负祖宗、有负国人!"

查理望着他肃穆的脸,半晌没说话,只长叹了一声。

第六十七章

几天后,北平周边的战事已不可逆转,大兴、宛平、丰台方面的守军开始奉命向山西方向撤退。

张志诚所在连的阵地是在大兴南苑机场西边三里的东赵庄。没什么有利地形可凭借,只有用村边的水渠改成的简易工事。自7月19日日军加强南线攻势以来,他们这个连的正面就承受着敌人一个大队和一个炮连,五六百鬼子的轮番攻击。战到18日黄昏,整个阵地已经基本被日军的炮火犁平。全连已死伤过半,连长也已阵亡,张志诚只好把部队撤到了村内。村里的几十户老百姓早就逃难去了,这里已是个空村。他命令剩余的弟兄依托院墙高房,准备和敌人进行夜战、巷战。可等到午夜,也不见敌人再攻。派出侦察的人回来了,说友邻阵地已都是鬼子,南苑机场也早被鬼子占了,大道小道上都是北进的鬼子兵。张志诚明白了,他的部队已经撤了,他们没得到通知,是想用他们牵制吸引敌人。可敌人也不傻,竟甩开了东赵庄这块嚼不烂的滚刀肉。自己这几十个人,已经是被装进了个大口袋里,与其让敌人腾出嘴来再慢慢嚼,倒不如趁夜突围。

十几个重伤员没办法再带,只好给他们留下食物弹药,集中安置在老乡的屋里。虽说张志诚早看惯了血腥,看淡了生死,但走出屋的那一刻,还是止不住热泪横流。出村后,他们没敢向正北撤,而是斜插向西北,想绕丰台再撤回北平。一路上,他们多次和鬼子相遇,能躲就躲,躲不过就硬冲,冲不过去就绕。原本七八十里的路竟走了一天两夜,好不容易到了西直门外,遇到的竟都是西撤的人流,把个张志诚气得七窍生烟。

初战时,所有的人都嚷着一个口号:人在阵地在,与北平共存亡!可这才几天呐？竟又是一场败退。他们这一个连,除了阵亡、重伤、走散的,现在只剩下十几个人,还没有一个不挂彩的。而往西去的队伍倒都是全须全尾,有的连军装都不沾土,还有实力为什么不打？

气愤之下,张志诚竟决定不再随队西撤,要北上热河,去寻找抗联。他向大伙说了自己的打算,但不勉强他人,让弟兄自择出路。没想到,除了有一人打了退堂鼓,其余的都铁了心,跟着他走。于是一行人暂短歇息,补充些给养,就又上了路。因怕斜插顺义、怀柔要经鬼子的防区,只好绕道向正北奔昌平,然后再穿山越岭东去热河。这一路遇到不少被打散了建制的散兵游勇,知他们要进山寻抗联、打鬼子,就陆续又有十几个人加入。

午夜时分,他们已过了昌平县城,莽莽大山已在眼前。这时,远处有两辆汽车驶来,大灯在漆黑的夜中格外扎眼。虽不知敌友,张志诚还是心头一喜,心想：要是鬼子正好把他包了饺子,壮壮士气。要是自己人,也豁出去犯回浑,抢下车上战场也天经地义,往后跑的就该你腿儿着。于是,他让众人隐于道边树丛之中,做好战斗准备。

车驶到近前,才发现是两辆吉普车。张志诚一声喊,众人一拥而上,挺着枪把车拦下,团团围住。

前车马上跳下个军官,下车就喊："自己人！这是干吗？"

张志诚冷笑一声："自己人也都赶紧下车,司机留下,我征用了。"

那军官也火了："嘿,你好大胆子,你知道……"

"甭费话,下车！"张志诚厉声打断："我们要车是去打鬼子,你们往后跑,就凑合溜达着吧。"

"对,下车！"周围众人也都随着喊起。

那军官愣愣地还未答,后车上下来一个人,高声道："张志诚！你奶奶的,是我！"

张志诚一惊,虽看不清,但听声音就知道是秦将军。连忙把枪收起,跑上前去,立正行礼,大声道："报告军长：一三二团三营四连阵亡五十九人,重伤十七人,失踪三十三人,只剩连副张志诚以下十七人。另收容散落人员十五名,共三十二人全数在此。请长官训示！"

秦将军看看浑身血污的张志诚,又环视了一下众人,长出口气,说：

"好,我知道你们尽力了,我先行一步,在大同等你们。"说着,他就要上车。

张志诚犹豫了一下,朗声又道:"报告军长,我们不打算西撤了,打算沿山东进。"

秦将军一愣:"为什么?"

张志诚此时已毫无顾忌,梗着脖子答:"军长,这仗打得太窝囊,总守不攻,处处被动,一遇挫折掉头就跑,更没道理。我和弟兄们商量了,打算去投抗联,接茬儿跟鬼子干。"

"混蛋!"秦将军火冒三丈,骂了一声,盯住他问:"你们眼中还有军法吗?张志诚,你私自拉队伍哗变,知道是什么罪过吗?"

张志诚没退缩,倒挺起了胸脯:"军长,在阵前我们连没有一个逃兵。我们现在是迎着鬼子去,没把屁股给敌人。没罪!"

秦将军愣了愣,又吼:"军人以服从命令为天职!"

张志诚的声音也高了:"军人先是人,是中国人!是中国男人!"

秦将军气得直哆嗦,顿了一下,一挥手:"来人,把他给我拿下。"

几个护兵刚要上前,张志诚一声喊:"别动!"枪已抽出,众人一见也都执枪而对。

秦将军气极,边嘴里骂着边想抽枪。可张志诚又喊了声"别动!"枪先响了,子弹打在他两腿之间的地上,溅起一缕烟尘。秦将军不由呆呆愣住,如果这一切不是发生在眼前,打死他他也不会相信自己的部下,特别是张志诚能把枪口对着自己开枪。

只听张志诚声音有点抖颤:"军长,别逼我!今儿您放我们一马吧,等打完鬼子,要是我张志诚还活着,我一定把命给您。"

秦将军也鼻子一酸,呜咽道:"志诚,弟兄们,你们……真这么看低我秦某人?!"

听着他的话,张志诚的泪夺眶而出,枪慢慢垂下,四周的人们也都是一片唏嘘抽泣。

一个护兵刚要上前下张志诚的枪,却被秦将军拦住。他长叹口气,说:"走吧,你们走吧,趁我还没后悔。"

所有的人都愣了,一阵死寂。突然,张志诚抬起头,向着他行了个端正的军礼,众人也都齐刷刷扬起了手臂。

秦将军向几个护兵吩咐道:"把你们的冲锋枪换给他们。"

张志诚一听,止不住心中的感动,上前几步,只叫了声"军长",就再也说不下去。

秦将军也不等他再说,背过身吼道:"滚! 赶紧给我……滚!"

7月25日上午,日本兵进城了,进永定门,沿着前门大街列队开进了北平。这座千年的古都在几十年中,继英法联军、八国联军之后,又一次陷入侵略者的铁蹄之下。而这一次却是整整八年的沦陷和屈辱,也是整整八年的不屈和抗争。

日本人进城的第一件事,就是在北平所有的象征性建筑上换上太阳旗,连鼓楼、钟楼上也插上了。这还不算,找了些人挨家挨户发小旗,不挂轻则挨打,重则就当抗日分子抓了去。

周四就讨了个替日本人查旗的差事。他在市面上混了这么多年,这可是头一次混上个公差。而且干好了,没准还真能穿官衣、吃官饭。所以他带着两人,一大早就满街溜达,俩眼还紧眨摸。好像生怕别人看不见胳膊上的膏药箍,走起路膀子晃得有点螃蟹味儿。

来到月蓉居酒楼门前,他站住了,大声喊了起来:"嘿,出来个人!"见里面没人应,更提高了嗓门:"怎么着,没活的了?!"

一个伙计慌忙跑了出来:"哟,周爷,您……吃饭早了点儿吧?"

"谁他妈吃饭?"周四一睬眼,"这一溜儿可就你们这儿没挂旗啊。是想关张,还是皮痒了?"

"嗨,这不是怕丢嘛,晚上给收了。得,我马上挂。"

周四见四周有些围观的人,似乎更来了劲,大声道:"都给我听着:可别再让我逮着不挂旗的,到时候我好说话,皇军可不好说话。听明白没有?"

没人答,背后倒一声笑,周四扭头一看,是老板小月蓉。

小月蓉满脸是笑,走下台阶:"哎哟喂,周爷,您这嗓子够冲的呀。我就纳闷了,京城这么多戏班儿怎么就都不长眼,没请您下海呢?"

周四没听出他的话音,倒认了真,笑道:"嘿,王老板,还真不是您一人这么说。"

小月蓉一笑:"得嘞,您走着,我这儿得给您个锣鼓点儿。"

周四让捧得高兴,应着摆了个武生的架势,真格真令地拉了个山膀。

小月蓉忍住笑:"不赖,您还得吆喝一声,叫板呐。"

周四空张了张嘴,却没出声,问:"怎么个……叫法?"

"嗨,不就这个嘛……啊哈!台台令台—令台,台台令台—令台……"小月蓉学着丑角的叫板和身段,矮着步,探着身,脖子随着锣鼓点前后伸缩着,引得大伙都笑了。

周四这才一愣:"怎么,让我唱丑?!"

小月蓉笑出声:"哎哟,丑好歹也是个行当,在台上也有伸胳膊、张嘴的份儿。怎么着也比查旗强啊,这在戏班里可是底包的活儿。"

周围又一阵哄笑,让周四的脸有点挂不住,怒从心起,刚要发作,却被手下偷拉了一下。扭脸一看,见从北边驶来一辆洋车,车上坐的是刘成龙。他顾不得再找茬,忙迎了上去。

刘成龙是刚从他师傅那儿回来。鬼子进城后,一枝花已准备离开北平,到科尔沁草原暂避。虽然御刀刘不愿走,可也当不了她的家,而且一枝花放了狠话,他不走,就绑起来装箱塞麻袋。他知道女儿急了说得出就做得到,也明白她是好心,别看平时一口一个老帮子,肯綮儿上这老帮子还真放不下。得,随她去。一枝花把刘成龙找来,也是想让他带上老婆孩子,跟着一起走。

刘成龙可犯了难,他不是不想走,可他舍不下刚打拼出来的家业。这些日子,人心惶惶,他可没少捡漏儿。有的是个人名义,有的是打着帮里的旗号,得了不少便宜房产和买卖,也把钱全填进去了。要说个走字容易,可一走就不知这些产业又归了谁?他现在已是家大业大,哪能像小时逃难一样,拍拍屁股就能颠儿啊?可不走,以后能怎样也心里没底。周四头两天已经捎来日本人的口信,说想让他和他们合作在街里建公所。他虽没应,不过他反复掂量,总觉着只要井水不犯河水,日本人倒也不一定能把自己怎么样。他这话没敢当着师傅说,表面未置可否,只说回去商量商量再给回话。回来这一路,也是心里颠三倒四,思来想去,没个着落。听得一声叫,才让他回过神来。

一见是周四,刘成龙只冷冷扫他一眼,理都没理,车也没停,他也看不起周四这号人。人都说有奶就是娘,可日本人给了点儿饽饽渣,让他干点碎催的活儿,就让他乐得屁颠屁颠的,也真算是没起子。

周四跟着洋车小跑,紧往脸上堆着笑:"小师叔,日本人派下的那差事,您还是应了吧。"

"要应,你去应吧。"

"哎哟,我哪有那份儿呀。"

"哼,我这没应,你不也干上了?"

"小师叔,这您可屈我。我这不是全想为您蹚蹚水、探探路、引引线吗?"

"用不着。"刘成龙说着,又向车夫喊道,"慎着什么?麻利地跑快点儿!"

车夫忙加快了脚步,周四追了几步,实在跟不上了,只好停下。拉风箱似的喘着,喊了声:"得,待会儿……我……到府上去。"

刘成龙下了车,才发现大门对面的影壁下停着一辆黑色的轿车。车前插着面太阳旗,两个日本宪兵站在边上,他不禁心头一惊。

第六十八章

学士府门前的轿车是松崎原山的,他已摇身一变,成了北平日本特高科①的头儿。这次驾临学士府,是为齐月轩而来。

此时在正院客厅里,桂枝奉上茶,早已退下,屋里只有齐月轩和松崎二人。

松崎还是便装,长衫换成了和服,皮鞋换成了木屐,神态倒还是笑容可掬,温文尔雅。

他瞥了齐月轩一眼,道:"齐少爷,被日方查封的墨香斋我可以马上返还,不过,那新民会会长一职您也不要推辞啊。"

齐月轩淡淡一笑:"这就是交换的条件?您也太小看齐某了,不就是个买卖嘛,还不还无所谓。真还回来,想印的不能印,不想印的又不能不印,倒让我为难。得,您就封着吧,等要再有走的那天,还也不迟。"

松崎稍思,笑笑:"我很理解您的心情,我一直是很敬佩您的。您身上有中国文人的气节,大有屈子、太白之风啊。不过,如不能顺大势,识时务,可就有迂腐之嫌了。中国历史上这种例子太多了,关羽降汉、姜维降蜀、秦琼降唐、杨业降宋,明末有洪承畴、祖大寿……就是您的祖上不也是汉旗降将吗?愧疚只是一时,后来反倒成就一番伟业,一段佳话呀……"

齐月轩朗声笑了:"刘先生……噢,不,松崎君,此言差矣。"

"哦?!我倒愿听其详。"

齐月轩顿了顿,又道:"您所说的古人虽事二主,但终归还是没出中

---

① 日本的特务机关。

国这块地,终归还是中国人吧。我一点儿都不迂腐,我想得开着呐。如果松崎君能说动你们的天皇放弃日本国号,归于中华民族之中,我又怎能不顺大势呢?"

松崎愣了愣,又道:"齐少爷,恐怕是我这个降字言重了。其实新民会不过是民间组织,任会长也不是政府官职,算不得降,只是民间合作。"

"噢,只是形同虚设,装装门面?我对这种连'门插官'都不如的差事不感兴趣。"齐月轩的头摇得像个拨浪鼓。

"那好说,好说,"松崎连忙接过话茬,"华北政府也筹建在即,您想谋个什么职务?"

"只要你们日本人能听我一句话,什么官我都愿当。"

"哦?什么话?你说。"

齐月轩站起身,一挥胳膊,像发口令似的道:"向后转,齐步走!"说完,竟先笑出了声。

松崎的脸沉了下来,冷笑一声:"哼,国不在大小,强者为上;人不在多寡,智者为首。日本就如同欧洲之德国,中国和日本一起,共同奉日照神,共建王道乐土,施行日中亲善,又何尝不是一种明智的选择呢?"

齐月轩也冷冷一笑:"中国人盼的是进步之强,均平之富,不是野蛮的强,掠夺的富。中国人连自己的皇上都打倒了,还能吃饱了撑的,信日本的天皇?中国两千年前就信奉儒学,虽不能全其法治,起码还是个人治,能倒回去让神当家?你们日本人口口声声说自己是日照大帝的唯一后裔,你们也好意思?就这一个太阳你们都独占了去,中国人还能指望你们给带来什么富强、均平的乐土?笑话!中日亲善是有过,盛唐之时中国给了你们文字、诗书、礼乐、农技、工艺、武术……可以说是全套的文明。可你们给中国什么?只有战争和血腥……"

"够了!"松崎打断了他的话,但仍压抑着怒火,竭力用平和的口吻道,"信仰、政治我不想再谈,我只劝齐少爷面对现实。中国是不可能在战争中取胜的,只有通过亲善、合作的态度才能停止战争,减少流血。"

齐月轩默默地盯住松崎,耐住性子听他把话讲完,才苦笑着道:"哎,真是倒打一耙呀。我赞同亲善,我主张合作。但有拿枪拿炮打进别人家里,把刀架在主人脖子上的亲善吗?有在中国的土地上不让挂中国的国旗,只能挂你们太阳旗的合作吗？若把中日调个个儿,中国人这样去你们东京谈亲善合作,松崎君,你能接受吗？"

松崎被噎住,空张张嘴,没出声。

齐月轩叹了口气,说:"中日近邻,一衣带水,以日本之技术,以中国之幅员和人力,为什么不能走和平共赢的路,非以暴力相加？你不用冷笑,不要以一时之胜而以为得计,你们远不是最后的胜利者、征服者。战争给中国带来灾难,会给日本带来什么？除了给你们的老百姓带来灾难,可能会有暂短的膨胀,但那是泡沫、是气球。你们在几亿人心里播下仇恨,就会永远坐在活火山口上。我说句向着你们日本人的话吧,早点停战回家,早停早好,早撤早了。"

松崎大笑出声,竟笑得满眼是泪,好容易才止住笑,道:"齐少爷,今天你可真让我领教了什么叫阿Q,什么叫精神胜利法！"

齐月轩没有丝毫尴尬,只淡淡一笑:"松崎君,亏得你还是个知识阶层,精神胜利法可笑,但没有精神更可笑。你看看历史,看百年别看一时,最后的胜利从来不会属于精神、文化的贫者。"

"你能说日本没有精神？没有文化？"松崎满脸讥笑地摇摇头,"近代你们的精英们,不论是政治、军事、科技,还是文学,都是以日为师……"

这回轮到齐月轩笑出了声,不过笑中有些苦涩:"松崎君,你恰恰举了反证。以你们日本为师的,若学些技艺,我无可厚非,若效仿日本人的极端思维,那才是二五眼。我齐月轩虽才疏学浅,倒还看不上如此精英,更看不上那种服了壮阳药似的日本味儿的文化。中国脊梁在哪儿呀？得长在自己的屁股上。中国弱在哪儿呢？弱在这根脊梁不正。为什么不正？没插对地方。把自己五千年的文化贬得一无是处,把自己的国民贬得一钱不值,月亮都是外国圆。文化都不自信,还谈什么民族自信？松崎君,我问句你不爱听的话:日本有自己的文化吗？"

"当然有。"

"哼,除了神教和鬼画符似的假名,哪样又不是中国的？是,近代又学了点西方的,半部《论语》又加上半本《国富论》。可只求了实用,哪有底蕴？只求了谋术,哪有根本？靠割来的肉能贴成胖子？"

松崎愣愣,但马上冷笑道:"哼,我相信实力,实力！这才是强弱的标准。"

齐月轩一笑："不错,你们有了强国的实力,可却没有大国的文化。当个暴发户可以,长久没希望。在你们眼里只看到中国软弱、松散的表面,却看不到宽容、多样恰是中国百难而不亡的文化优势。哼,一个缺乏本源文化,没有哲学、没有独特思维形式、没有宽容大度的民族只能征服比他更精神贫困的民族,对中国不可能。战争只能促进你们同化。不中化,就西化,化到最后日本在哪儿?如此看,休战为上和为贵,战败为中,还算是你们比较好的结局。若真占了中国全境,倒是寻了条自我消亡的路。"

松崎被齐月轩的侃侃而谈说得有些发蒙,想反驳却找不到下嘴的地方,觉得有道理又不敢承认,只干瞪了瞪眼。

齐月轩笑笑,又话锋一转:"我也说得绝对了点,日本本源文化中有一点还是值得中国借鉴的。"

"什么?"

"危机感。不过这个是学不来的,千年朝不保夕才养成了你们这种特性。现在你们苦苦相逼,倒是可以逼得中国人学上一点儿。"

齐月轩举重若轻的话却让松崎眉头拧起个疙瘩,审视着他半晌,才勉强又挤出些笑,说:"齐先生,今天我不想再斗嘴,不顾眼前哪有未来?我的邀请你可以考虑,但你要知道,懂中国文化,又对中国有感情的日本人并不多。如果下次来的是宪兵队的粗人,恐怕就不会像我一样有礼貌了。我看,敬酒饮下的滋味总比罚酒强吧?"

齐月轩明白他话中的恐吓,平静地道:"我不用再考虑,谁来,我也不会改。"说着,他端起盖碗,向松崎让了让,说了句:"这茶虽不是新茶,没那么清香,可却有几分醇厚,您也品品?"

松崎看他若无其事地抿着茶,也端起碗,说:"齐先生,真是心静如水,佩服。难道……您就不怕?!"

齐月轩放下茶碗,笑道:"松崎君,过奖了,我那点儿怕劲早过去了。想开了还怕什么?我齐月轩现在是孑然一身,妻子不知身在何处,上无父母、下无子女、无官无爵、无财无产,虽无济世之才、安邦之勇,但也无害人之心、奴颜之贱。百念俱灰,无欲无争,唯一有的,就是祖上留下的这点德性。若说怕,也就是怕丢了它。怎么样,这茶不错吧?"

松崎被他的漠然激怒,把盖碗猛地撂在桌上。虽然他没有高声,可话却像从牙齿缝里挤出一般:"齐先生,何苦呢?你不是讲过,若为好玉,不能只求其硬吗?你不是个一般的中国人,您是个有影响的文化人,好玉何必拼得一碎?"

齐月轩仰天一叹:"哎,国难当头,泰山压顶,如不能舍身一碎,别说比玉了,连块石头就都不如了。"

刘成龙刚到家不多久,周四就跟了来。月娥向来不待见他。见他来,知道没什么好事,也就没什么好脸。周四皮厚惯了,毫不介意,仍一口一个小婶叫着,倒是刘成龙顾面儿,让月娥带孩子出去玩,把娘儿三个支到了屋外。

刘成龙等她们出了屋,才瞥了周四一眼,说:"有话说,有屁放。"

周四笑笑:"嗨,还不是建公所的事,这事非您出山不可,日本人还等您回话呐。"

刘成龙哼了一声,冷冷地:"你给我回了吧,就说我病了干不了,砍头疮、拦腰堵、天花、麻风……随便你编吧。"

"那……哪蒙得了日本人呐。"

"嗨,爱信不信吧,反正我干不了。"

周四见他的话没一点儿活泛,稍思又说:"我看,这事您还是得再掂量掂量,京城的堂口可不只我们一家,我听说洪帮、袍哥可都憋着插一脚呐。您想想,谁要能在四九城里公开建公所,那可就是头一份了。这时候,您要让别人抢了先,今后可就难有出头的日子了。"

刘成龙苦笑着摇摇头:"哎,天上能掉馅饼?他日本人无非是想让我们给他维持地面。乱的时候用你,等他们站稳了,一脚再把你蹬了,落个鸡飞蛋打。这事能干?"

"我看不至于,"周四凑近了些,又说,"谁打天下也得用人,强龙他也压不住地头蛇。天底下的事说穿了,不就是你用我,我用你。您要是没用,他日本人能用您?您要做得让他离不开,他舍得蹬您?事也别想那么远,都得走一步,看一步,掂量自己合适、值得就行。"

刘成龙沉吟着道："我……也知道这块肉肥,可叼了这块肉,可在人眼里就是条狗,东洋狗了。"

周四笑了,咂吧着嘴说："嗨,您可甭信那个,这世道谁不是狗啊?有皇帝在的时候,就这学士府的老爷子,一品大员他不也得称奴才?民国了也一样,官大一级都压死人。不过话又说回来,要一人之下,万人之上,当狗也值。这样的狗您不当,那您就得见人就哈腰,其实也没逃了做狗,倒落了个谁都敢打的狗。什么东洋、西洋、中国、外国,您较那真儿干吗?出来混为什么?不就为出人头地嘛,我给掌权的人做狗,一般人他见我得称爷。我这话糙,但是大实话,您仔细琢磨琢磨,是不是这理?"

周四这番狗论,让刘成龙听着扎耳,可又没话驳,在心里掂了两个个,竟也觉得有道理。他半天没吱声,好一阵才又说："嗨,我能比你吗?顾头不顾腚。你跟日本人探探,看两下相安无事行不行?我不图发展,只图保住这点儿家底。"

周四偷窥了他一眼,知道他的心有些活了,笑笑,把语气更放柔了些："小师叔,啥叫闯江湖呀?不进则退,想保难。您想,日本人的面儿那么好驳?甭说明着整,就背地给您双小鞋也受不了。您要不干,让洪帮、袍哥抢了这行,他们要有日本人撑腰,都得往死里踩咱们。现在日本人挺器重您……"

"器重?"刘成龙打断,"哼,就让你带个话来,算器重?"

周四连忙："您这眼挑的可不是地方,人家松崎先生是怕一下子说饯了,才让我先下点毛毛雨。人家说了,只要您肯赏脸,日子您定,中晚饭都行,月蓉居他请。"

刘成龙"嗯"了一声,仍犹豫着："我……怎么也得跟师傅商量一下,这么大事迈过他去,可不合适。"

周四一听就急了："哎哟,您可别介,这事要让他点头,门儿也没有。"

"那……"

"嗨,事有了谱儿,再说不迟。生米已成熟饭,他又能怎么着?再说,您不才是堂主嘛。"

刘成龙正要说什么,月娥慌慌张张地跑进来："成龙,快去看看,不好了。"

"怎么了？"

"日本兵闯院里来了，我爹那儿正拦呐。"

刘成龙一听哪能怠慢，连忙跟着月娥出了屋，直奔前院。

刚到月亮门，就见正院门前，杨志兴、严妈和老门房正和几个日本宪兵吵着。

一个日军少佐操着生硬的中国话，喊道："不要吵了，从现在起，齐的不准出去，下人的可以。"

杨志兴上前一步："这不是把我们家少爷给软禁了吗？"

"不是关押，是保护。"

"那不行！"

"什么不行？这是命令。违抗，死啦死啦的有。"

月娥急着想上前，却被刘成龙拦住，边把她和孩子往东跨院里拉，边说："嗨，别过去添乱了，再吓着孩子。进屋吧，这有我。"

月娥虽不情愿，还是带孩子走了，刘成龙刚要往外走，又让周四拉住。

"哎呀，您也别过去了，您别再搂不住火打起来。嗨，没什么大事，准是日本人请齐家少爷出山。明儿他一想明白，啥事也没有。"

刘成龙没再往前凑，倚在月亮门上远远望着，长出了口气。

周四凑近，低声说："这……您可也看见了，主意您得早拿，肯綮儿上犯不得二乎。"

刘成龙没吱声，沉吟半晌才抬眼道："这么着吧，你给松崎个回话吧，今儿晚上在月蓉居，我候着他。"

"得嘞，这就对了……"周四喜出望外，猴急地应着就要走。

"等等！"刘成龙又把他叫住，"可说清楚，我只是应今晚谈谈，事成不成两说。"

"啊？您这是……"

刘成龙盯他一眼："废话，啥买卖能不划个价，一口应的？"

"噢，明白了。"周四这才又笑了。

第六十九章

晚上,松崎果然未食言,准时去了月蓉居。几个随从都留在了包厢外,只让宪兵队中队长山口中佐进去作陪,刘成龙这边也只有他和周四二人。双方见面,几句寒暄,桌前对坐。

刘成龙虽然竭力表现出镇定,但心里却像长满了乱草野藤,交错着、捋不清个头绪。今天这事,他没好迈过师傅,可也没敢当面去问。只找个辙,让个手下送去点东西,顺便透了几句探探口风。可一枝花没听完就火了,让来人只捎回两句话:"他知道我最恨什么,也知道我是什么性子,让他自己掂量吧。"听了这话,差点儿让他打了退堂鼓。可话已说出去了,也只好硬着头皮来了。他心里也不是没有打算,他想学沈三爷使过的那招儿。该笑笑、该喝喝,要紧处兜圈子,实在不行还有个拖。可他一坐到松崎对面,让他那笑眯着的眼一扫,那目光竟像针尖麦芒似的,扎得他不敢对视。心里哪还有底?他暗暗屏了口气,可当初下场子剁手指头、香堂上胸脯顶枪口的那股劲儿,怎么就找不回来了?人都说财大气粗,怎么倒英雄气短了?他不禁暗骂了自己一声。

松崎先举起了杯,笑道:"成龙老弟,我们也算有过一面之交,我早知老弟英雄了得。来,干了这杯酒,大家就是朋友。"几个人都举杯,干了杯中酒,周四又忙给满上。

"来,这第二杯为我们的合作。"松崎又端起了杯。

刘成龙没动酒杯,叹口气道:"松崎先生,这杯我可不敢干。"

"为什么?"

"帮里的大事我一个人可做不了主啊。"

山口一听,立刻瞪起了眼,刚要往起站,被松崎冷冷的眼神止住。

松崎把目光转向刘成龙,笑笑:"我知道你的苦衷,你虽是堂主,根基尚浅,你师傅还在,难免让你有些顾忌。可终归是你坐在这个位子上,能不能抓住这次机会,还是看你的呀。"

"是啊,"周四接过话茬,"太君说得对,您要不……"

刘成龙脸上淡淡一笑,桌下却偷偷踢了周四一脚,周四忙刹住口,没再往下说。

松崎却笑出声:"成龙老弟,现在皇军允许你们公开建公所,不久你们就可以渗透到北京的任何地方。明里政帮分离,暗里政帮合一,控制各区的街里,这对你们不是天大的好事?皇军不仅会保护你们帮里的公产和帮众的私产,而且会拨一些钱做你们的经费。恐怕从古到今,也没有哪个政府,能有如此的大度吧?"

刘成龙苦笑一声,摇摇头:"哎,要真应了这事,我们不也得听您的喝,担维持街里治安的沉重?"

"那当然。"松崎提高了些声调,"我们给了这么优厚的条件,当然要获得对等的回报。成龙老弟,这杯酒就这么难咽?不能让我总举着杯吧?"周四见刘成龙还迟疑,忙把酒杯递到他手上。

刘成龙接过,偷瞟了松崎一眼,说:"松崎先生,今儿我实在给不了您死话儿,您再……容我几天?来,酒我干,为朋友交情……"说着,他挤出些笑,举起杯。

松崎脸上的笑却突然凝固了,目光也变得冷峻,他猛地把酒杯撂在桌上,哼一声道:"我们不需要虚假的朋友,不能合作就是敌人。其实你现在根本没有什么选择。除了帝国利益之外,我是格外珍惜人才,要是按宪兵队的意见,恐怕早就对贵帮、对你不利了。"

刘成龙一愣:"为……什么?"

松崎冷笑未语,身旁的山口却拍案道:"你的还装什么?根据可靠的情报,去年在北京被杀的几个日本人,都是你帮所为。"

刘成龙被惊呆了,脑子嗡的一声一片空白。但他很快清醒了过来,本能地把手伸向椅背,拧身就要往起站。

松崎却大笑起来:"哈哈哈……英雄何必作困兽犹斗?成龙老弟,不必慌,只要坐到同一条船上,就不必再揭过去的疮疤。来,还是为合作干杯吧。"

刘成龙的手这才慢慢松开了握着的椅背,正了正身子,伸向了酒杯,可就这一杯酒,竟似乎重了千倍万倍,让他的手微微抖着,握了几次竟都没托起。周四在一旁偷拱了他一下,他才长舒口气,一咬牙双手把酒杯捧起,没和松崎碰杯,只自己一饮而尽。

松崎没介意,也笑了干了杯中酒,并亲自起身,边给刘成龙斟酒,边说:"成龙老弟,过去的事我是不想再提,不过,对上司此事总得有个交代。"

"您……什么意思?"

"总得有人为此事负责。皇军要在北京站稳,必须恩威并至。像老弟你这样的,当然要重赏重用。而对不肯合作,危害合作的死硬分子,不能不杀一儆百。这不仅对我们有益,对你也少了一个障碍。"

"您指的……是谁?"

松崎笑而未答,周四发急地接过话茬:"哎呀,小师叔,松崎太君都说到这分上了,你还不明白?不就是……"

"住嘴!"刘成龙没让他说下去,腾地一下站了起来,"松崎先生,他是我师傅,我不能欺师灭祖。告辞!"说着,他转身就走,还没到门口,后面松崎喊了一声:"等等!"他停住了步。

松崎又几声笑,笑得阴阴的、冷冷的。突然,他的笑声戛然而止,说:"老弟,不要动一时之气,好好掂量一下因果利害。中国人最喜欢供奉关公,崇尚义气,这不过是最虚伪的假象。人与人之间,说穿了其实只有利益。你可以选择,坐下来,你就有任何时候都没有过的显赫,有无限的未来,那不仅仅是一条地头蛇,而可能真正像你的名字一样成为政界之龙。若走出去,你就什么都没有了,包括你自己和你所有的一切。慢慢想,不着急,人嘛求生才畏死,欲得才患失。生不易,得不易,失才更痛啊。"

刘成龙呆呆地站着,松崎平缓但极具穿透力的话把他的心全搅乱了,一切冷的、暖的、苦的、甜的、阴的、晴的、飞翔的、失落的……都捉着对地死死缠斗着……半晌,他没有再往外走,也没有回桌边坐下,只抱住胀疼的脑袋蹲到了地上。

第二天凌晨,天刚蒙蒙亮,顺达大车店刚打开店门,送走赶早上路的几挂马车,日本宪兵队的几辆挎斗摩托就闯进了大车店的院内,后面还紧跟着辆军用卡车。伙计们都不知道是怎么回事,愣神的工夫,车子已经径直驶进了后院。

一枝花正在院里练早功,一见这架势,情知不好,扭头就往屋里跑。她是想抄家伙搏死一拼,可没等她抽出藏在炕洞里的撸子,已经有日本兵冲了进来。一枝花使出浑身解数,上边一个擒拿,下边一个弹腿,两个鬼子应声而倒。她一拧身蹿到了炕上,脚钩起炕桌猛踢了出去,又把个鬼子砸趴下。她趁这空撩起窗子,跳出了窗外,可脚刚一落地,就被拦腰抱住。她半回身一肘捣去,那鬼子惨叫一声,跪倒在地,可手却不肯松。这时,一群鬼子已蜂拥而上,把一枝花扑倒在地,连吃奶的劲都使出来了,好不容易才把她铐上。

在混乱中,宪兵中佐山口的脸也让一枝花踢了一脚。这时才觉得疼,捂着腮帮子吐了一口,一大口血中竟有两颗槽牙。山口本是日本柔道的黑带高手,一对一也从没吃过这样的亏,气得哇哇叫着,猛扇了一枝花一个耳光,一缕血顿时从她的嘴角渗出。他还要打,一枝花冷冷地一笑,竟让他停了手。

一枝花没再挣扎,只挺挺身子:"哎,听得懂中国话吗?你们这么多人练我一个,算他娘什么本事?你们日本的这道那道,就这点儿起子?真让人看不起。"

旁边的宪兵听了伸手又要打,却让山口拦住。他咧着淌血的嘴竟笑了,挑着大拇哥道:"啊,中国人也有这个,好!等到了宪兵队,我一定讨教,一对一。请吧。"

一枝花只轻蔑地哼了一声,径自走向卡车,让几个宪兵簇拥着上了车。

正这时,御刀刘手里举着那把剃过龙须的御刀,从他屋里冲了出来,边扯着脖子骂着,边朝着有人声的地方拼命砍。

一枝花一见急了,忙大喊:"老帮子,没你的事!瞎目合眼的,快回屋去!"

御刀刘已红了眼,哪里肯听?仍骂着,挥着手中的刀。他近前的几个宪兵,也看出这是个瞎老头,倒跟他逗起了闷子。嘻笑着边躲闪,边趁空打他一下,踢他一脚,并不下狠手。可他们低估了御刀刘,他眼看不见,可耳朵灵,人老可心贼。你会声东击西,他也会指南打北,再加上玩命的这股劲儿,没几下,一个鬼子的就让他划了一刀,袖子都划开了,胳膊上的大口子肉都翻了。"八格!"他大叫一声,狠命一个窝心脚,把御刀刘踢倒,几个鬼子围上去,用大皮靴子一顿猛踹。

一枝花见了想往车下跳,可让几个人死死按着哪里动得。还是山口吼了一声,那几个鬼子才住了手,各自上了车。随着车子启动,一枝花看着倒在地上一动不动的御刀刘,泪如雨下,声嘶力竭地喊了声:"爹!"

御刀刘的耳朵动了动,已没了血色的脸上竟浮起了笑,他使出全力应了一声,尽管像蚊子似的那么微弱:"臭丫头……老子听……着了……我可听着你……叫声爹了……"

汽车轰鸣着远去。

天近晌午,杨志兴刚给少爷送去午饭回到西院。没等他坐下,严妈就急着问:"少爷还好吧?"

杨志兴叹口气:"哎,老虎给圈在笼子里,能好吗?打昨儿到今儿,他气得都没合眼,饭也没吃几口。"

"哎哟,可别出什么事。"

"我交代桂枝了,让她盯紧点儿。"

严妈给他盛碗饭,递到他面前,又寻思着说:"唉,这么下去能有好?你说先让少爷应下那会长行不?"

"屁话!"杨志兴瞪起了眼:"这事也能胡扯?应了就是汉奸了。"

"嗨,我不是那意思……"

"哪意思也不灵。"

"你这老东西,容人说完了行不行?"严妈也急了,见杨志兴不再吱声,才凑到他身旁,低声道,"我是说先应下这差事,日本兵不就撤了。那时候再想法儿走啊,这也叫汉奸?"

杨志兴想想,还是紧摇了摇头:"这还是馊主意,日本人找少爷就是借少爷的名,借学士府的名。文人重的也就是名,卖了这名,还有什么?让人戳脊梁骨,倒是往死里逼少爷。"

"那……"

"嗨,先走一步看一步吧,万一我就……"

"咋样?你快说呀。"

杨志兴犹豫了一下,后面的话还是没出口,只苦笑一声:"嗨,以后再说吧。"

严妈还想追问,正这时,高望田跑了进来。大概是跑得太急,到了近前,一时竟只扶着桌子喘粗气,说不出话来。

"别着急,慢慢说。"杨志兴忙扶他坐下。

高望田好容易才喘匀了气,说:"杨叔,月娥的姥爷没了,让日本人给打死了。她那个叔,还是舅也给抓走了。"

杨志兴一惊:"啊?!你……怎么知道的?"

"嗨,成龙昨晚上一夜没回,不知道又哪儿喝去了。今儿上午才回来。他让我去那大车店一趟,看看他师傅怎么样,等我去到那儿才知道已经出事了。我这不,直接就先奔您这儿了。"

"为什么事呀?"

"说是……"高望田从怀里掏出张告示:"嗨,您自己看吧,这是贴在门口的告示,我乘人不注意给扯回来了。"

杨志兴接过那张印着宪兵队血红大印的告示,见上面写着:"……匪首刘秀兰,绰号一枝花,于1936年12月27日,纠集帮众杀害日侨六名,人证物证俱在,实属罪大恶极,判处死刑,七天后执行。特公告于众,以维持日中亲善之新秩序……"

看着,杨志兴已是热泪盈眶。他半天一声没吭,只叹出了一口长气,而后又是一阵久久的沉寂。严妈和高望田也没敢再问,也只默默地看着他,屋里闷得怕人。

突然,杨志兴猛地站起来,朝着正西扑通一声跪下,手举着那张告示,声音哽咽着说:"老夫人,事到如今,老奴杨志兴今天只能违诺背约,做个无信的小人了。我实在不忍呐……您怪我,老天罚我,我都认了……"说到这儿,他已是声泪俱下。

严妈和高望田都被惊呆了,搀不敢搀,说也不敢说。只见杨志兴连磕了三个响头,把告示揣进怀里,猛地站起身,奔出了屋。

第七十章

一枝花被关在了什刹海西的日本宪兵队里,这儿和当年和坤的府邸只一墙之隔,原先是内务府的一处库房。前院西式的小楼是日本宪兵总部,后院是刑讯室和临时监房。北平沦陷后,日本兵就像疯狗似的在北平城里到处抓人,这才半个多月,这儿的几十间监房,都像沙丁鱼罐头一般塞得满满当当。关的人有中国的军人和伤兵,也有军官的家眷和各阶层的反日分子。更多的是无辜的老百姓,只要见着日本人躲的、跑的、慌的、问话答得不利索的,都可能被列为可疑。有不少连这儿都没送,当场就给打死在街上。日本人还在城郊的西苑又圈了地,正在建个"战俘纠正所",名儿好听,其实就是集中营。哎,那还不知道要关多少人呐。

这儿虽是深院高墙,周围又不邻什么住家,可自从成了宪兵队,一到晚上,隔着一条胡同都能听到里边的惨叫声。这儿每天都有人被拉来,也每天有人给拉走,不过进来的都是站着的,而出去的没几个不是躺着的。

一枝花进来倒没受刑,还住了单间。一是案已明了,没啥可问;二也因是判了死刑的犯人。但就这样,也没少遭罪。

宪兵中队长山口不是光嘴说说。把一枝花抓来的当天,就把她带到院里,给她卸了手铐脚镣,要和她一对一的过几招儿。一枝花当然不怵,而且家仇国恨正愁没处发泄,自然也应得爽快。不过,她知道日本的柔道也是打中国传过去的,和中国的掼跤是一脉相承。可手上的活儿,脚下的绊儿可远没有掼跤那么多。不过中国的掼跤是跌倒就算输,而柔道却常是倒地用寝技取胜。规矩不同,哪有胜负呀?所以她提出:要比可以,不过要比摔得按中国的规矩。要不然干脆拳脚都上,踢打不论,豁开招呼。

山口没把一枝花放在眼里,也就满口答应,按中国规矩练跤。可万万没想到,刚上把抓住,就让一枝花借力打力,上边使个小擒拿的阴阳锁,下盘使个红拳的贴身靠。大喝一声,骤然发力,山口只顺劲慢了一点儿,早跌出丈外。不仅摔了个结结实实,还把胳膊错了环儿,疼得直叫,气得直跳。本想找回面儿,却更丢了人。还想再摔,可疼得受不了,让大夫给复了位,吊着胳膊又回来了。他从手下挑了十几个人,虽还是一对一,却和一枝花打起了车轮战。虽又有人伤了胳膊瘸了腿,也数不清摔倒他们过多少次。可一枝花终有力竭的时候呀,直到累得她气力全无,被他们扔口袋似的摔来摔去,跌得浑身是伤,才算罢手。

临刑的头晚,山口令人打开牢门,让个中国狱警端进几样酒菜和一壶酒。

半躺着的一枝花见他进来,忙坐直了身子。猛一使劲,腰上的扭伤疼得钻心,让她不禁咬了咬嘴唇。

山口见她这样,微欠了欠,竟说了声:"对不起。"

一枝花只用眼角瞥他一眼,微带冷笑的脸上只有轻蔑和不屑。

"我的这是诚心的。"

一枝花仍没吱声,眼中闪出惊奇。

"你的不像中国人,倒像我们日本人。"

一枝花忍不住笑出声:"放屁,中国人好样的多了,哪跟你们似的,一点起子都没有。"

山口有些尴尬,顿了顿,才低声说:"作为日本军人,我的不能认输,战争时期不可以。我来只想表示歉意,酒的、肉的你的用。"

一枝花看看他的脸,又扫了扫他还吊着绷带的胳膊,笑变得有些宽慰:"好了,你走吧。冲你这壶酒、这句话,明儿我变鬼也不找你的茬。"说着,她倒满了一杯酒。

山口又欠了欠身,向屋外叫了声:"你的进来吧。"

一枝花听他一叫,抬眼扫去,只见是刘成龙抱着个酒坛走了进来。她一愣,酒杯竟停在了唇边。

山口走了出去,刘成龙低垂着头,半天不敢和一枝花小刀子似的眼神相碰。

一枝花放下酒杯,冷冷问:"你……来干什么?"

"我……我来给师傅……送行。"刘成龙哽咽地答着,把酒坛放下,又拿出个大碗,往里倒酒。他的手抖得厉害,倒满了碗,更洒了一地。

一枝花盯住说:"你今儿要想在这儿待会儿,就别吭声,听我说。"

"好,好。"刘成龙连声应着。

一枝花笑了,笑得十分苦涩:"成龙,行啊,你真比师傅强,没想到我临了竟带出一个狼崽来。我混了几十年,烂皮烂肉没烂骨,你这才出道几天?愣能把心都烂了……你可真行!"

"师傅,我……"

"你别吱声!我心里明镜似的,什么都明白。"

"师傅!"刘成龙扑通一声跪倒在地上,哽咽片刻,才说:"我……我一定给您葬得风风光光,修个讲究的阴宅,每年……"

"不用!我宁可暴尸街头,也用不着你!"一枝花厉声打断。

刘成龙没敢再说,可泪已流下。

一枝花扫他一眼,道:"我只想让你答应一件事。"

"好,您……说。"

"好好给我待月娥,别让她受屈。"

"行,行……"

一枝花紧盯住他,从牙齿缝里又挤出一句话:"要是你连这事儿都做不到,我就是到了阴间,变了鬼也放不过你!"

刘成龙捣蒜似的连连点着头,又想说什么,却咽了回去,只哭出了声,这哭声中似乎酸甜苦辣,什么味都有。

一枝花却是一阵朗声大笑,笑到最后竟也是两眼湿红。她长舒口气,说:"成龙,我这些年都是憋着死活着的。怎么生选不了,怎么死也由不得人。要是一口窝头噎死,见了阎王爷,我都不知道该说什么好。今儿个倒是你小子成全了我,给师傅找了个光光彩彩、堂堂正正的个死法儿!好,今儿我喝你这碗酒,领你这份情。"说着她捧起酒碗,一口气把酒饮干,轻咳两声,向刘成龙亮亮碗底。

刘成龙呆愣在那儿,不知所措。

一枝花笑着凑近了些,轻声问:"怎么,这点儿眼力见儿都没有?还……不滚？"

刘成龙却好像根本没听清她的话，只傻呆呆地一声："啊？"

一枝花却突然如火山爆发，酒碗被她狠狠砸在地上，在刘成龙的眼前摔得粉碎。"滚！"一声大吼，竟震得他双耳欲聋。

刘成龙似乎还想说，但他没敢，也没敢直面一枝花喷火的目光。起身退了出去，退得灰溜溜，甚至有些慌不择路。

一枝花这才仰天一声长叹，扶着墙站起身，望着铁窗外的星空，泪眼朦胧。

门外，狱警低声央告："我说姑奶奶，您小声点儿，您不怕，我怕……"

一枝花向他一笑："得，您把门锁了吧。"说完，又回过身。

"可还有人想见您。"

一枝花哼了一声："不见，别再给我添堵。"

"这是……"

"我谁也不见。"

有人走了进来："秀兰，是我。"

一枝花转过身一愣，她没想到竟是齐月轩，手拎着一个小包袱，站在她的面前。心中一暖，鼻子一酸，泪已盈眶。两人默默地对视着，却都久久无言。

狱警识趣，边关上牢门边说："有什么话赶紧着。"

一枝花伸手让了让，自己也想坐下，可腰间猛地一抻，疼得她咧了咧嘴。齐月轩忙上前，扶着她坐下，忿忿地问："他们……给你上刑了？！"

一枝花忍着疼，释然一笑："没有，跟那些日本兵比跤来着，伤了他好几个，我还能不掉点瓷儿？"她见齐月轩要看她的伤，忙闪避着，"没事，没大伤。不就明儿最后那一哆嗦了吗？怎么着我也现不了，死更得挺着身，扬着脖。"她说得坦然极了，就好像明天不是走向刑场，而是赴个茶馆酒会一样。她越这样，却越刺痛齐月轩的心，本来已红热的眼一下子被泪遮得模糊，只是尽量睁大着，才没让泪涌出。

那天，杨志兴把秀兰被处死刑的消息告诉他，他顿时如遇晴天霹雳。那段情已经尘封得太久，以致平日很少再想，似乎已经渐渐淡忘。但此时他才明白，没有！一生的第一次，苦苦的二十年，哪里能够忘却？起初他还顾及杨志兴作梗,可杨叔的话让他意外,也让他感动。他说:"我都不在乎了,你还磨唧啥?要再不想法儿去,就见不着了。"这话点醒了他,他这才闹着往院外闯,惊动了松崎,终于获准探监。

只听一枝花苦笑一声,说:"真没想到你能来,哎,咱们不是'十年成陌路,泾渭不合流'吗?"

齐月轩愣了愣,发急地欲言又止,只愧疚地叹了口气。

一枝花见了,连忙道:"嗨,其实我也没怪你,也不怪正英、老杨哥和我爹,连老夫人也不怪……哎,要怪就怪这个分主子、奴才的世道。你能来送我,我就……"

"秀兰,"齐月轩抢过话头,"我一生以书为伴,却把人读呆了,把理悟歪了,其实并不明何为清、何为浊、何为贵、何为贱。有时明知,却又顾这怕那……我,我真不是个……"

一枝花没容他说完,一把抓住他的手:"月轩,我不许你糟改自己,在我心里你不愧个堂堂正正的男人。有你今儿这番话,我就不屈。过去啥也不说了,今生无缘,来世咱们再聚,就当猪做狗也投到一起。你……愿意吗?"

齐月轩哽咽着,只深深地点点头。

一枝花笑了,笑得欣慰、笑得满足、笑得磊落。

齐月轩也被她感染,笑道:"秀兰,干吗等来世?我想今生就让你还了女儿装,今儿我就娶了你。死也得让你有个名分,也得让你进我家的祖坟。"说着,他打开包袱,里面竟是一套大红的嫁衣。

一枝花意外地一愣:"你……你就不怕辱了你的祖宗先人?污了学士府的名声?"

"不!要是连你这样的女人都不能容,那就不配是我齐家的祖宗,我也懒得供、羞得认。"说着,他展开嫁衣,"来,穿上。"

一枝花捧过嫁衣,定定地看着,泪却再也止不住,扑簌落下。半晌,她噙着泪笑了:"我应你……应你。"此时,她的眼里已没有了一丝凛然之气,只有女人的柔美和妩媚。

突然,她又好像有些失落:"要是……月娥在,就好了,她可是咱俩……"

"我早知道了,只不过没认她。"

"为什么?"

"我不是不想,可生恩哪比养恩大?杨叔也太不容易,我也怕孩子……"

虽然齐月轩没说下去,一枝花已明白他的心境,虽心里有些苦涩,但还是点点头。

齐月轩站起身,走到门前,大声喊了起来:"来人!来人!"

狱警闻声,匆忙跑了来,边找着钥匙,边说:"哎哟,祖宗,您别嚷,别嚷啊……"他打开门,见齐月轩不动,诧异地嘿了一声,"您嚷这么急,这怎么又不急了?"

"嗨,我不走。"

"不走?那您嚷什么呀?"

"你把她脚上的镣子去了,让她换上这身衣裳。"

"这可……"狱警十分为难。

这时,一枝花扶着墙,站了起来,不顾疼痛,求道:"兄弟,我是个女人,可被世道逼的着了二十多年的男装,充了二十多年的爷们儿。求您了,让我临死再做回女人,行不?"

狱警这两天眼见一枝花的胆气,早心生敬佩。听她如此说,犹豫了一下,终于狠狠心,走进牢房,给她打开脚镣。

齐月轩忙塞过几块银元,道着谢。

那狱警竟坚辞不受,说:"得了爷,您别臊我了。这身皮已经够丢人了,再要……嗨,那生孩子都得没屁眼儿。您赶紧着吧。"狱警说着退了出去,铁门又关上了。

一枝花解着衣扣,见齐月轩不错眼珠地盯着,脸竟红了,娇嗔地说了声:"闭上眼。"

齐月轩憨笑着真把眼闭得紧紧的,黑暗里,他的脑际竟放起了电影,过去那些忘不却的瞬间飞快地掠过,绽放着……他渐渐又把眼睁开了一条缝,眼前的情景却让他惊愕地瞪大了双眸。

一枝花半转着身,已褪去棉袄、小衣,扯开束胸,袒露出柔美的身形,在她的身上竟满是青紫的淤伤。但此时,在齐月轩的眼中,她简直就像尊庄重超然的女神像,尽管风蚀驳脱,却无损她的美丽和神圣。

"闭上啊。"一枝花背过身又嗔叫了一声,齐月轩忙闭上眼,可泪却止不住静静地淌下。

过了一会儿,一枝花才让他睁开眼。齐月轩睁眼看去,她已换好嫁衣,红袄、红裙,把她的脸映得像桃花似的娇艳、妩媚。

齐月轩上前拉住:"来,咱们拜天地。"

"不。"

"嗯?!……"

一枝花笑道:"天不公,地不平,咱拜他干吗?要拜,我就拜你一人。"

齐月轩应着点点头,两人窗前跪下,相对着拜了三拜。两人搀扶着刚站起,门外却有人拍起了巴掌,牢门上的小窗露出一个人的脸,竟是松崎。

"哈哈哈,好,好一对才子佳人,生离死别,浪漫佳话呀!"

齐月轩冷冷哼了一声:"你……来干什么?"

"齐少爷,别误会,恻隐之心,人人有之,我不忍呐。"松崎叹口气又说,"这样吧,只要你答应我的请求,让我和上司能有个交代,我愿为令夫人做保,成全二位。"

"用不着!我……"齐月轩话刚出口,一枝花却笑出了声,把话接过。

"松崎先生,小女子谢您的好意了。"她说着还煞有介事地蹲身扬手,行了个女式安。又笑着一瞥,道,"不过,人生的轰轰烈烈、圆圆满满,我今儿都有了。就是死,还有什么不知足?要让月轩为我昧良心,再让您跟着我沾边儿,那就不值当喽。"说着,她突然偎向齐月轩,扬起头:"来,月轩,亲亲我。"

齐月轩愣愣没动,不知是没听清,还是顾忌。

一枝花笑噌地拉他一把:"来呀,别让松崎先生白跑,让人家也过过眼瘾。"

齐月轩听罢,这才捧起她的脸,把颤抖着的唇贴了过去,好一阵热吻,完全旁若无人。

第二天,一枝花去了,没敢公开游街,只是悄悄地给拉到西苑的空场。等齐月轩和杨志兴等人赶到,她已经静静地躺在了草地上。似乎没有挣扎,没有痛苦,只像是睡了。身上已凝固的鲜血,好像是嫁衣上缀的暗红的花。她被葬在齐家祖坟,来不及刻碑,只竖了一块木牌,上写:"爱妻齐刘氏秀兰之墓。"

齐月轩送葬归来,还是被软禁在院里,悲愤、热泪和着水墨写下了一首诗:

路有头,情难罢,
热血润开血色花,
常开何分冬夏?
话无多,心长挂,
悲歌慷慨唱天涯,
永传一段佳话。

仇未偿,血流罢,
国若不存哪有家?
视死如归何怕?
心不平,愤难压,
拼就一抹半天霞,
只求无愧天下!

第七十一章

北平陷落之后,天津、涿州,易县、保定等地也都相继失守,中国的军队没做什么像样的抵抗,有的连日本兵都没见着,就把大片的国土和手无寸铁的乡亲撇下,脚底抹油似的溜了。这也是南京国民政府的统一部署,南方重点坚守长江沿岸的沪、宁、汉,北方重点固防山西一线。就算军事战略有重有轻,集中兵力似乎无可厚非,可无虚无实,只守不攻,尽等着挨打,老百姓想不通。抗战初期,让日本人一下子占了半个中国,除了决心和士气,呆板的战略确也是重要原因。

这时,共产党领导的工农红军已改编成了国民革命军第八路军,下辖一一五、一二〇、一二九三个师。红军的八角帽不戴了,也换上了自制的国军军装,头上也顶上了国军的青天白日的帽徽。除了少数留守,主力部队全都开赴到山西前线,和阎锡山的几十万晋军,卫立煌的十万中央军汇合到一起,共赴国难。

战争已夺去了无数中国人的生命,尔后的战争还会夺去更多,但屠杀阻止不了新的生命的诞生。在北平战事正紧的7月15号,周正英就在晋南乡村的土炕上生了个六斤八两的男孩。周正英给他起名叫"难生",不过没法姓齐,只能先跟左溪川姓了左。转眼孩子已满了月,随着战事的临近,她所在的决死队也准备要开赴广灵一带的防区。

这天晚上,左溪川又回来得很晚。虽然他和周正英只是名义上的夫妻,难生不是他的骨肉,可他却是把难生真当亲儿子一般,只要到家,头一件事就是抱难生。可今天,他却例了外,一进屋,先忙把门窗都关好,笑着但显得神秘兮兮。

"有事？"周正英看出蹊跷，忍不住问。

左井溪把她引到里屋，两人相对坐下，他才低声说："组织上决定，我和你都不随部队去广灵。"

"为什么？"周正英有点儿急："是不是因为难生？这两天我已给他断了奶，在驻地附近找了个老乡，部队开拔，我就托付给她，都说好了。哪能因为孩子耽误了工作？"

左井溪笑了："有更重要的工作，要不是因为这孩子，你还捞不着去。"

周正英让他说得摸不着头脑，忙催他快说。

左井溪不慌不忙道："这任务可是八路军办事处彭主任和军工委薄书记亲自布置的。八路军要派一支部队东进敌后，在北平附近山区开辟根据地，让我为东进支队做前站，去和京北的抗联游击队取得联系。"

"这哪有我的事呀？"周正英耐不住插了一句。

"怎么没你的事？我可是以送孩子回你娘家才请的三天假，准你同行。组织上也批准了，认为有老婆孩子做掩护，更隐蔽、更安全。过了防区，咱们就开小差，去完成组织交的任务。"

"太好了！那就离家不远了。"周正英乐得合不上嘴。说也奇怪，难生醒了也咯咯地笑了。

第二天一早，左井溪和周正英就带着难生上了路，搭军车北上，下午就到了大同。京绥线的火车已经不通了，他们换了便装，雇了辆驴车折向东行。没走察哈尔沿赤城的北线，而是从下花园沿怀来直插延庆的南路，这条路多是山路，可近得多。一路走去，大都是迎面来的难民和散兵，很少有往东去的，一路没少遭人盘查。晋军军官和八路的身份都不敢亮，要不，准当投敌的奸细给抓了。还多亏怀里抱个孩子，编的故事也没破绽，这才有惊无险。

走了两天，到了怀来县东二十里的索子屯，赶车的死活不再往东去了，他说前边不远就是日本人的地盘了。没辙，两人只好沿谷底的小径，向东步行，果然刚走出几里地，到了索家屯就碰上了鬼子。周正英背着孩子忙想往树丛里躲，左溪川却把她拦住。

"你别吱声，我来应付。"左溪川说着，竟笑着迎了上去，边招着手，边用日语喊了几句,周正英虽不懂,也猜出他是亮出了日本人的身份。

本来已端起枪的几个日本兵,又把枪放下了,为首的军曹也用日语问了一句。

左溪川哇啦哇啦讲了好一通,谈话间还指指周正英和孩子。

那军曹又问了几句,左溪川从容自若,有问即答。没一会儿,那军曹脸上也露出笑容,等左溪川掏出香烟递给他们,交谈已像朋友般融洽了。

更没想到那军曹竟让个士兵把他们带到村里,又用挎斗摩托把他们一直送到十几里外,到延庆县界的岔路口才返回。

而后的两天,在客栈、在路上,又多次遇到日本兵的盘查。凭着左溪川一口流利的日语,倒也没遇到什么麻烦。周正英一路上后悔不已,怪自己守着个日本人,却没学点儿日语。可是,也就是这口日本话,却险些要了他们的命。

这天晚上,他们在隆旺镇上落了脚,这儿已是热河境内。虽没有日本军队,但街中的镇公所挂着太阳旗,驻有几十个保安队,还有两个日本顾问。这离组织上交代的接头地点还有十几里山路,天色已晚,他们只好在镇公所边上的客栈住下,准备翌日清晨再上路。为安全,左溪川是以日侨商人小井溪川的名义登记的房间。

一路劳累,周正英草草扒了两口饭,倒在床上,奶着孩子就睡着了。这儿早晚温差大,盛夏季节,晚上也挺凉。左溪川忙帮她盖上被,自己也裹个被,俩椅子一搭,一会儿也睡熟。

半夜里,有人敲门,一问,是客栈老板,说是保安队查房。

左溪川刚打开门,几个汉子就闯了进来,几支长短枪把他和周正英逼住了。

左溪川忙端起架子,用日语斥问。可话还没说完,就被一枪托砸翻,马上被五花大绑捆了起来。左溪川又讲了一句日语,脸上又狠狠挨了几个耳光。

左溪川不敢再讲日语,忙用中国话问:"你们……是保安队?"

一个汉子笑道:"会中国话不说,找打?"

"我是日本人,你们……"

那汉子不理,一挥手:"把他们押镇公所去。"

另几个人应着,把左溪川推出了门,见周正英抱着孩子,没绑她,押着她跟在后面。

一进镇公所,就见许多人来来往往,正往大门外的大车上装着东西,院里撂着一堆各式枪支。靠墙蹲着一溜人,有穿保安队军装的,大都是只穿着裤衩背心,有的干脆一丝不挂,整个一赤条条。后面让几个人拿枪看着,个个老实得像个避猫鼠。

只听一个中年汉子问:"把个娘们儿孩子弄来干吗?"

"队长,那男的是日本人,要不要也……"

"别别,弄个活口不容易,带回去,可给我看好。"

"那女人呢?"

中年汉子没答,走到近前,见了周正英,一愣,竟笑出声。周正英也认出了他,这不是别人,是张志诚。

"哎呀,这不是周小姐嘛,你怎么……"

周正英不知道他现在的身份,没答反问:"张大哥,你们这是什么队伍?"

"抗日联军……哈哈,不过是自封的,正牌的我还没找着。这不,搂草打兔子,一枪没发,收拾了这帮保安队。我这一扬了名,正牌的还不找来?"

周正英也笑了,指指蹲在一边,嘴角还淌着血的左溪川:"嗨,还用找?正牌的在那儿呐。"

"啊?他……不日本人吗?"张志诚让她说愣了,半天没回过味来。

自打刘成龙应了日本人的差,北隅堂的堂口就遍地开花,在四九城里开了十几个,对外挂牌子叫公所。虽然原先的帮众散了不少,可有腥味儿就有苍蝇撵,一些本是洪帮、哥老会门里的弟子,还有些无帮无底的混混倒乐得顶这个缺。日本人给发饷、给配车,还给发了短枪。一时无论白天晚上,也不分大街胡同,就常能看到他们三五成群地乱晃。除了在街面上巡逻,也跟着日本兵逐街挨户地查武器、查户口、查抗日分子,搅得鸡犬不宁。原北平市国民政府的警察署和各区分署虽也被日本人收了编,但一部分人已随中国军队西撤了,不少人请了辞或干脆溜号,剩下的尽是些老弱。虽有身官衣,可枪大都给收了,只配根警棍,只负责些核对户籍、贴公告、发通知一类零碎事,远没有刘成龙这帮穿便衣的在日本人面前吃得开。所以老百姓背地都骂："家狗不咬,野狗当家。"

这天下午,出去背道的高望田早早就收了工。先奔了自家老屋,屋里屋外紧收拾一番,才回了学士府东跨院。进屋卷上铺盖,夹着就往外走,刚出屋门却和月娥碰个对面。

月娥见他夹铺盖,忙问："望田哥,你这是要干吗?"

"我……嗨,我搬回老屋去住。"

"为啥?"

"不为啥,老屋住得舒坦。"

"那两间破屋能比这大房大院舒坦?"

高望田欲言又止,只长叹一声。

"哎……我明白,你是嗔着成龙做了伪事,怕人戳脊梁骨啊。"

"哼,岂止是戳脊梁骨?是让街坊四邻扇这张脸。"高望田压抑不住,声高了起来,"成龙那差是一般的伪事吗?你见他们挎着枪,晃着膀子那嚣张劲了吗?纯给日本人当枪做狗。弄得我这些天登谁家门,都没敢抬过头,臊啊!可我不聋,一天顺耳朵灌一腔子骂,堵得我都透不过气。"

"那,那你也不能就这么走啊。"

"我不走?我还让人咒死、骂死、气死?"

"你咋也是他哥,得管他、劝他呀。"

"我管得了,劝得住他?"高望田苦笑着摇摇头,"那天你也在,我讲了多少?他听吗?憋半天,到了就一句话:我的事你甭管,我自己心里有数。哼,我这哥算白搭……哎,还是你再好好给他刮点儿枕边风吧。让他冲着你,冲着孩子,也不能没了德性。"

"哎,我能不劝吗?"月娥又一声叹,眼里竟湿润了,"连我爹都跟他翻了脸,说以后要封上这院,让他另开门。可……有用?油盐不进呀……这不说恼了,今儿早上说了,公干忙,以后住公所,没空就不回了。临走,还把玉香打发回了家。"

"把玉香辞了?"

"哼,什么辞了……回家不碍我的眼,不方便?"

高望田一时没回过味儿,愣愣才省悟："啊?!……这……啥时候的事?"

月娥没答,可泪却像断线的珠子滚了下来。

"这小子真能作……"高望田气得瞪起眼,说着返身把铺盖扔到床上,就想往外走,却被月娥一把拉住。

"望田哥,这事我和我爹都没说,家里的事我……啥都能忍。只要成龙大处能回头,咋屈我……也认头。望田哥,算我求你了,你要走也晚走几天,寻空咱们再好好劝劝成龙,耐下性子把话说透,掰开揉碎了慢慢说。就算他下坡溜,亲的己的还够得着,也不能撒手呀……你就冲我,冲心良、良心,行不?算我求你……"话音未落,月娥已泣不成声。

高望田一肚子的话,却一个字也说不出,一声长叹,也是两眼红热。

一枝花死后,齐月轩仍被软禁在院里,日本人催问了好几次,可到新民会任职的事他也没松口。他认定他们很快也会对自己下手,早抱定了一死的念头,把家藏的一瓶鹤顶红找了出来,随时揣在怀里。这时候还真不怕了,甚至有些亢奋地盼着那一刻。可过了快一个月,日本人竟没把他怎么样,让他有些奇怪。

下午,杨志兴到胡同口给少爷买报,一路就察觉人们的眼神有些异样。往常碰面总是应接不暇的寒暄,今儿全免了,远远看见就赶紧躲。实在避不开的,脸上硬挤出的笑更让人别扭。等他买了报一看,才明白是怎么回事,心中暗暗叫苦,匆匆赶回府上,直奔了正院。

齐月轩接过报纸,不看则已,一看立刻火冒三丈,不仅头版头条登的新民会名单上有自己的名字,而且冠上个名誉会长。还有一篇冒他名的文章,题目是《大清旧臣言日中亲善,兼告北京同胞书》。里面的词句更是不堪入目,皆尽奴颜婢膝,颠倒黑白。

"卑鄙!太卑鄙了!"他骂着把报纸撕得粉碎,扔到地上还用脚跺了几下,却仍不解气,抄起茶碗就摔,茶水和碎瓷片溅了一地。转身又要往屋外闯,被杨志兴和桂枝死死拉住。

"少爷,您别生气,气出好歹不值。"杨志兴硬按他坐下。

齐月轩怆然道:"我……我能不气?!名比命重,节比天大,士可杀而不可辱!"

杨志兴挤出点儿笑,说:"嗨,真的假不了,假的也真不了,有我们给您做见证。我见人就说,给您辟谣,您放心,没人信。"

齐月轩苦笑一声:"嗨,那恐怕更是此地无银三百两。现在是人逢乱世,良莠混杂,哪容人不信? 哎……"一声长叹,没再说下去,只睁着红热的两眼,呆呆地沉吟。

杨志兴愣了愣,一时也想不出合适的话,见桂枝在一旁也傻愣着,忙向她丢个眼色,桂枝会意,忙拿来笤帚簸箕,收拾地上。杨志兴这才凑近轻声说:"少爷,法儿总有,咱们慢慢想。中午我陪您喝两盅,您得放宽心。"

齐月轩抬眼看看,没再说什么。见桂枝出了屋,却突然问:"月娥……在吗?"

杨志兴一时没回过味儿,愣了一下,才说:"在……在呀……噢,对,我这就叫她带俩孩子过来,给您解解闷。"

"算了吧,"他摇了摇头,犹豫了片刻,才吞吞吐吐地说,"杨叔,她……也没给她妈打过幡,上过坟……"

杨志兴愣愣,长吁口气,才问:"您是……想让我跟她挑明?"

"哎,要说不透,还是……别说了。"

杨志兴愣了愣,但没犹豫,忙道:"少爷,我明白你的意思,我这就叫她来,让她认祖归宗。"

"杨叔,我不是想……"

"少爷!"杨志兴打断,"我明白,您早就知了底。借今儿咱们三头对案,来个竹筒倒豆子,我这心也就踏实了。反正我已经背约违誓,还在乎什么?"说着,他就要往外走。

齐月轩却拉住他,把他的手握得好紧,声音有些哽咽:"杨叔,生是地,养是天。归宗不归宗不重要,认不认我这爹也不打紧,更何况我又背上了这汉奸的名,就是归宗也得等我洗清的那一天。我只是……只是想,我要有万一……让她能给我摔个盆,打个幡。怎么说由你,这家业全给她……"

"少爷,您说这干吗?"杨志兴又发急地打断,"别瞎想,没那万一。"

齐月轩还想说什么,可又咽了回去,拖着步,回到案前坐下,默默拿起笔。

"少爷……"杨志兴也跟了过来。

齐月轩没抬头,只扬了扬手,没让他再说,边捻着墨,边道:"杨叔,你去吧,让我……静静。"他的声音很轻,但又满含着沉重和坚决。

杨志兴迟疑了一下,还是应着退了出去。

齐月轩见他出了屋,才凝思片刻,提笔在信笺上一挥而就,写下四句古风:

> 不求龟鳖寿,
> 何必缩此头?
> 昭昭悬日月,
> 溟溟自清流。

写罢,他拢拢散发,整整长衫,挺身端坐,从怀里掏出那瓶鹤顶红,打开瓶塞,脸上竟浮起淡淡的一丝笑,慢慢地把瓶口送向口边。

正这时,杨志兴冲了进来,一个箭步蹿到桌前,一把将小瓶夺过。他早看出齐月轩神色不对,没敢走,只躲在屋外。

齐月轩还欲夺:"你……给我!"

"不!"

"杨叔!"齐月轩冲动地喊道,"我不怕死,可我怕背这汉奸的千古罪名。我有口难辩,我屈!我冤!让众人戳着脊梁骨,生不如死。我此心已决,你就让我和秀兰做伴去吧。你就不给我,我也会想别的法儿。你防得了今儿,也防不了明儿,我……"

"你,你没出息!"杨志兴大吼了一声,打断他的话。

齐月轩从来没见过他如此震怒,也从没见过他对自己如此高声,惊愕地愣住了:"我……没出息?!"

"是。少爷,不是老奴不成全您,您这样实在无理呀。"

"嗯?!……"

杨志兴盯住他问:"您不任伪职,是为己,还是为国?"

"当然是为国。"

"您要喝这鹤顶红,是为己,还是为国?"

"为国,是以死报国。"

杨志兴冷笑一声:"哼,中国人要都像您这样,倒让日本人得了逞。中国不还没亡嘛,就是亡了,就没有重兴的那天?求死难吗?不难。求生难,在屈里活更难。一时之辱您都忍不下,连活都不敢了,说您没出息,冤吗?少爷,您不口口声声说,中国能被打倒,但永远也不会被征服吗?那您就别光说不练,别想一闭眼,卸了担子躲轻闲。这当口,您更得忍着屈、咬着牙、瞪着眼,好好挺着、看着、寻着、盼着、挣蹦着。别让我都瞧不起您!"说着,他把那瓶鹤顶红撂在齐月轩面前,"少爷,该说的我说了,您要觉得我说得不在理,您就喝。我也陪您一块儿喝。"

齐月轩被他一气呵成的这番话深深震动了,呆愣了半晌,才叹出一口长气,跌坐到椅子上。

杨志兴也松了口气,刚要再说,身后有人笑,回头看,是老张。

他笑吟吟地躬着身,说:"少爷,您听我一句行不?"

"老张?你什么时候来的?"

"回少爷,我早来了,没敢进。其实呀,今儿这事和斗蛐蛐一样。"

杨志兴一听有些急:"什么时候还胡扯?!"

"哎,让他说。你说,你说。"齐月轩发了话。

老张笑笑,故意顿了顿,卖了个关子,才说:"少爷,日本人这招儿就是逼您进斗盆。您要不想让拿探子的得逞,最好的招儿是'蹦盆儿'。"

"'蹦盆'?"

"对,往盆外蹦啊,一下蹦不出,也得先扒边儿呀。"

"怎么个蹦法儿?"

"嗨,后儿不就是老爷的祭日?借这茬儿,您就奔老旗营。只要上了山,您就以守孝为名扎下不回了。您报社不也有朋友?辟谣他们不敢,登个守孝的启示总行吧?您来个守孝三年,谢绝一切社交往来,那日本人的话还有多少人信?"

齐月轩"嗯"了一声,但马上又摇摇头:"不行,再蹦不还是个逃?"

老张又一笑:"少爷,要是想和日本人死磕,没服、没降、没死就不算败。谁说那是逃?咱这叫闪。先闪过他那俩大牙,再找咱能下嘴的地方。"

杨志兴听着直点头,拍了老张一下:"别说,胡扯还真扯出点儿道道,就不知日本人……"

沉吟着的齐月轩猛拍了一下桌子,接过话茬儿:"嗨,成不成总得试试。杨叔,您马上去找松崎,就说当天去当天回,千万别露出破绽。"

"行,您放心,装屄我还不会?"

老张的话跟得紧:"光装屄可不行,肯綮儿上还得敢叫板。"

齐月轩却苦笑着摇摇头:"哎……阶下囚、砧上肉还凭什么叫板?唯有一死……"

"对呀!"老张一拍大腿。

"还对?!你……"杨志兴发了急,可未说完,被齐月轩拦住。

"别急,让他说完。说,说呀。"

老张一笑,这才慢条斯理地继续道:"少爷,日本人既想拿您当招牌,壮门面,他就不怕没开张砸了匾?冲这,也不能忒软。实在不答应,就明告诉他,咱少爷早憋着一死……"

"对,就这么说。"这回,轮到齐月轩一拍大腿了,"就说:若逼我连孝都尽不了,那就他开大会我出殡!"

杨志兴也回过味儿,"嗯"着点点头。

齐月轩边抄起笔边又吩咐:"老张,我这就写个启示,你给我送到报馆去。记着,让他们大后天再登。"

说完,一扭脸,竟见老张向他伸张着双手,忙问:"急什么?我这儿还没写呐。"

老张的手仍伸着:"少爷,今儿我出了这么大个主意,您……一点儿也不打赏?"

逗得齐月轩笑出声,扬起巴掌比划着:"好,赏,赏你个五根金条。"

见齐月轩笑了,老张的话又跟上了:"少爷,可见您笑了……嗨,别绷着,笑才对。大赌不赢头三把,早叫的蛐蛐儿是秧子。凭什么咱不笑?咱就慢慢陪小日本玩,天塌也得笑着顶。笑,也得把小鬼子笑毛了。这,才是咱北京爷们儿的分!"

(第一部完)

2007年3月——2009年6月于京西房山